Jonathan Miller

Jane Goodall

Bernardo Bertolucci

George Steiner

Desmond Tutu

Susan Sontag

Amartya Sen

Gloria Steinem

Jared Diamond

Oliver Sacks

Jane Jacobs

Umberto Eco

Mary Douglas

Noam Chomsky

Arthur C. Clarke

Harold Bloom

오리지널 마인드

엘리너 와크텔 지음 | 허진 옮김

xbooks

SLS를 위하여

그리고 사랑하는 다음 이들을 기억하며

피터 다이슨
1931~2002

메리 메이그스
1917~2002

레이 라이터
1939~2002

엘리너 와크텔의 〈라이터스 앤드 컴퍼니^{Writers & Company}〉 같은 프로그램은 또 없다. 캐나다 서해안에 사는 나로서는 일요일 오후 다섯 시마다 모이는 비공개 클럽의 회원이 된 기분이다. 같은 프로그램을 들으며 같은 생각에 반응하는 사람들을 와크텔이 하나로 모아 주는 느낌이 든다. 청취자들끼리 연대가 생기고 모두 내가 알고 싶은 그 문제에 대해 관심을 갖는다. 바로 작가가 어떻게 아이디어를 얻고, 그 아이디어를 어떻게 이용하느냐이다.

엘리너는 정말 뛰어난 라디오 진행자이며 어떤 진행자와도 다르다. 교묘하지 않고 직설적이고 진실하다. 다이얼을 돌리면서 〈라이터스 앤드 컴퍼니〉를 찾는 것은 어렵지 않다. 대화의 리듬, 엘리너의 열정과 집중, 따스함을 금방 알아들을 수 있다.

엘리너의 스타일을 설명하기는 힘들다. 그녀는 단순한 인터뷰어가 아니다. 엘리너는 대화에 깊숙이 들어가고, 토론을 시작하고, 뒤에서 설명해 준다. 해석하고 제안하지만 절대 나서지 않는다. 엘리너는 호기심, 즉흥성, 유머, 선의를 투영한다. 인터뷰 상대에 대한 존경심, 기분을 맞춰 주는 배려, 유명한 사람에게도 절대 아첨하지 않는 태도, 어려운 질문을 던지는 예리한 능력——나야말로 정말 잘 안다!——때문에 독자와 청취자는 그녀를 무척 사랑한다. 게다가 이 모든 것을 무척 경제적으로 해낸다. 엘리너는 한 시간짜리 인터뷰에서 상대적으로 말을 아낄 때가 많다. 단 한 마디의 말이나 간략한 반응만으로도 그녀가 저자의 작품을 속속들이 알고 있음이 드러난다. 오해가 생기기 쉬운 부분을 간단한 설명으로 분명하게 해명한다. 인터뷰가 그릴 호를 의도하기라도 한 것처럼 대화마다 특유의 형태와 방향이 있다. 대화가 예기치 않은 쪽으로 방향을 틀어도 엘리너는 금방 따라가고, 우리는 그러한 방향 전환이 꼭 필요했음을 깨닫는다.

엘리너가 다른 질문을 던지는 대신 잠시 말을 멈추고 작가의 대답에 대해 곰곰이 생각하는 순간을 떠올려 보자. 그녀는 "어떻게 해서 그렇지요?"라고 묻고, 그러면 작가도 잠시 말을 멈춘다. 침묵이 흐른다. 청취자는 무슨 말을 더 할 수 있지? 라고 생각한다. 그때, 신중하고 깊은 뜻을 드러내는 대답이 뒤따른다. 우리는 작가의 정신이 지금까지 자신이 한 번도 표현한 적 없었던 경험의 영역에 가닿았음을 느낀다. 우리는 이렇게 재빨리 움직이는 정신에, 그것이 생각과 감정을 연결시키는 방식에 감탄한다.

나는 청취자로서 대화에 온전히 참여하고 있다는 느낌을 받는다. 작가, 엘리너, 나 사이에 친밀한 삼각형이 그려진다. 로디도일이 웃음을 멈추지 못할 때, J. M. 쿠체가 긴장을 풀기 시작할 때, 해럴드 블룸이 감동으로 눈물을 흘릴 때 나 역시 그 자리에 있다. 내 친구들 중에는 자동차에서 이 프로그램을 듣다가 대화에 더 온전하게 참여하고 싶어서 길가에 차를 세운 이들도 있다. 이 프로그램을 잘 모르고 처음에는 진행자의 솜씨를 눈치 채지 못하는 작가들의 인터뷰도 들었다. 넉넉한 1시간 동안 인터뷰가 진행됨에 따라 작가들이 차츰 이해하는 것을 느낄 수 있었다. 조심스러운 대답은 점차 사라지고 작가의 마음이 열리고 점차 흥분한다. 인터뷰가 끝나면 작가들은 진심으로 기뻐하며 정말 즐거운 시간이었다고 말한다.

나는 내가 "작가의 삶"이라고 부르는 것을 이룩한 사람들로부터 영감을 얻는다. 작가가 자신의 글을 통해서 세상에 어떻게 파고드는지 조금 더 알고 싶다. 부모님은 어떤 사람이었는지, 형제자매가 있는지, 가족에 대한 감정은 어떤지, 무엇이 가능하다고 믿었는지, 그래서 실제로는 어떻게 되었는지 궁금하다. 나는 사람들이 언제 아이디어를 떠올리는지 알고 싶다. 예를 들어 여성이 페미니즘을 언제 인식하는지, 70년대에 어디에 있었는지 궁금하다. 나는 우리의 삶이 언제 일치하고 언제 일치하지 않는지에 관심이 있다. 엘리너는 개인적 경험에서 창의적인 작품이 나온다는 사실을 이해한다. 그녀는 작품의 감정적 맥락을 보여 주려고 항상 애쓴다. 엘리너는 내가 정말 묻고 싶은 질문을 던진다.

나는 책을 한 권 끝내면 보통 엘리너와 가장 먼저 인터뷰를 하기 때문에 미리 준비된 말이 아직 없다. 그렇기 때문에 아마 매끈하지는 않더라도 조금 더 참신하고 조금 더 열려 있을 것이다. 하지만 엘리너는 인터뷰 대상이 매끈하게 다듬어지기를 바라지 않을 거라고 나는 생각한다. 엘리너는 그들이 즉흥적이기를 바란다. 작가는 책을 쓰지만 자신이 어떻게 해서 그런 생각을 하게 되었는지, 혹은 어떻게 생각들을 모아 하나로 만드는지 반드시 분석적으로 파악하는 것은 아니다. 그러므로 우리는 질문을 받으면——내 경우는 그렇다——이야기의 전환점에 대해서, 혹은 내 등장인물들에게서 반복적으로 나타나는 특징에 대해서 설명하게 된다. 나는 왜 특정 주제로 계속 돌아가는가? 이것이 좋은 인터뷰의 역할이다. 작가의 정신에서 무작위로 나오는 듯한 생각들을 그물로 잡는다.

엘리너와의 인터뷰는 대화와 무척 비슷하다. 나는 물론 라디오에서 들었을 뿐 아니라 우리의 우정 때문에 오래 전부터 그녀의 목소리에 익숙한 탓에, 인터뷰 중임을 잠시 잊을 때가 있다. 스스로 중언부언하는 것이 조금 더 신경 쓰일지도 모르지만 꼭 나쁜 것만은 아니다. 두서없이 이야기하다 보면 내 글을 새롭게 볼 수 있기 때문이다. 내 글에서 어떤 이유로든 구조가 약해지거나 시적 공상에 젖은 부분이 있다면, 내가 미처 깨닫지 못하더라도 엘리너가 지적해 줄 것임을 나는 항상 알고 있다.

∞

『오리지널 마인드』는 앞서 나온 엘리너의 인터뷰집 두 권과 마찬가지로 이 복잡하고 풍성한 대화를 다시 즐길 기회를 준다. 나는 이 책을 통해 우리가 생각하는 방식, 상상을 통해 경험을 재창조하는 방식을 바꾼 사람들을 만난다. 이들은 우리가 지적으로뿐 아니라 상징적·감정적으로 세상을 이해하는 방식들에 대해 많은 것을 알려 준다.

예를 들어 수전 손택을 보자. 그녀는 스스로 무엇을 하고 싶은지 분명히 말할 수 있지만 여전히 열린 마음으로 자신의 질병에 비추어 모든 것을 다시 생각할 준비가 되어 있다. 손택은 자신이 속한 문화와의 갈등을 우아하게 해결했던 대담한 작가이다. 또는 해럴드 블룸처럼 문학을 압도적으로 사랑하는 사람도 있고, 그 사랑이 넘쳐흘러 독자나 청취자에게 전해진다. 그는 문화라는 아주 견고한 제방에 굳건히 자리 잡고 있기에 그 바탕은 어느새 우리에게 현실로 다가온다. 자기 작업에 몰두하면서도 기꺼이 열린 마음을 유지하고 분주하게 탐색하는 사람들을 보면 감탄이 나온다.

독창적original이라는 말이 무슨 뜻일까 생각하다 보니 아이작 뉴턴 경의 유명한 말이 떠올랐다. 누군가 자신에게 찬사를 보내자 뉴턴은 이렇게 말했다. "제가 더 멀리 볼 수 있었다면 그것은 거인의 어깨에 올라 서 있기 때문입니다." 이 세상에 독창적인 사상가는 많지 않을지도 모르지만 역사적으로 중요한 순간, 역사적으로 기억할 만한 순간에 이 세상의 전반적인 체계에 의문을 제기한 사람들은 분명히 있다. 자신의 사회를 넘어서, 그리고 더욱 중요하게도 자기 시대를 넘어서 생각한 사람들이다. 그들은 참신하고 실용적이며 우리가 실제로 적용할 수 있는 공헌을 했기에 우리는 그들을 독창적인 정신original minds 이라고 부른다.

나는 용감해야만 독창적일 수 있다고 생각한다. 바보 취급을 받고 웃음거리가 될 위험을 무릅쓰고 기존의 생각과 어긋나는 생각——말하자면 아주 당연한 생각, 혹은 당연한 것과 정반대인 생각——을 내뱉어야 한다. 비범한 천재성이 번득여야 하고, 그것을 표현할 만큼 용감해야 한다. 아이디어를 계속 추구하고 끈질기게 버티며 그것이 통하게 만들기 위해 헌신해야 한다. 라디오 시리즈이자 이제 책으로 나온『오리지널 마인드』는 나를 수많은 발견으로 이끌어 주었다. 이 책을 읽으면 인간성이 더욱 증폭되는 느낌이 든다.

내가 열한 살인지 열두 살 때 언니한테 풍진을 옮았다. 예방 접종을 했기 때문에 심하게 앓지는 않았지만 전염성이라 학교에 갈 수 없었다. 간단히 말해서 (거의) 침대에 누워 책을 읽을 시간이 12일이나 있었다는 뜻이다.

책은 금방 떨어졌다. 나는 창밖으로 우리 동네 어린이 도서관이 보인다고 상상했다. 벽돌담 하나와 건물 한두 채만 없었다면 정말 보였을지도 모른다. 하지만 나는 풍진이 다 나은 언니가 책을 가져다줄 때까지 기다려야 했다. 제일 또렷하게 기억나는 것은 전기들이다. 퀴리 부인, 에이브러햄 링컨, 토머스 앨바 에디슨(나는 앨바라는 이름의 이국적인 느낌을 음미했다). 위인의 삶 전체를, 그들의 용기와 고집, 창의성을 처음부터 끝까지 좇는 시그니처 출판사의 시리즈였다. 정말 신나는 책이었다. 과학자나 정치 지도자나 발명가가 되는 상상을 했기 때문이 아니라 이 훌륭할 사람들이 내가 사는 세상을 바꾸는 것을 보았기 때문이었다. 물론 아이는 영웅주의에 끌리게 마련이지만 나는 사생활과 직업, 삶과 일이 뒤섞이는 모습에도 끌렸다. 내가 주로 읽는 소설에 필적할 만한 이야기들이었다. 나는 그

용맹함과 독특함, 창의력이 어디에서 왔을까 궁금했다.

이 모든 기억은 〈오리지널 마인드〉 라디오 시리즈를 취합하다가 떠올랐다. 새로운 밀레니엄이 다가오는 시점이었기에 나는 지난 세기를 형성했고 다음 세기에도 영향을 끼칠 사람들을 인터뷰하고 싶었다. 물론 밀레니엄이라는 전환점은 자의적인 시점이지만 그것을 기회 삼아 주변을 둘러보는 것도 괜찮을 듯했다. 나는 이번 시리즈의 바탕을——내가 남아프리카, 베를린, 러시아, 인도, 이스라엘에서 했던 것과는 달리——지리적 위치나 이슬람 세계 작가와 같은 시의적절한 주제가 아니라 예술, 과학, 경제학, 인류학, 사회 정책 분야의 사상가와 창작자의 초상에 두었다. 나는 우리 시대에 가장 큰 영감을 주고 영향을 끼친 이들과 광범위한 이야기를 나누고 싶었다.

우선 내가 만나고 싶었던 사람들, 항상 감탄해 온 사람들, 상상력이 뛰어나고 일반적인 범주에 넣을 수 없으며 지평 위로 우뚝 솟은 사상가들과의 만남으로 시작했다. 대부분 내가 행보를 주시하던 사람들이었고, 나는 그들의——유인원부터 천사에 이르는——주제와 생각에 익숙했지만 이들이 어떻게 자신의 연구에 형태를 부여했는지 알아낼 반가운 기회였다. 나는 이들이 삶의 의미를 가르쳐 주기를, 아니면 적어도 적극적으로 참여하는 지성인의 본보기를 제시해 주기를 바랐다.

나는 인터뷰를 진행하면서 내가 얻고자 했던 것이 감성에 가까웠음을 깨달았다. 감성sensibility에는 "감정적인 의식"이라는 뜻이 있는데, 라틴어 센수스sensus의 이중적 의미——느낌과 이해——가 모두 담긴 뜻이다. 생각과 감정, 삶의 사건들이 연결되는 영역, 아이디어와 기질이 뒤섞이는 이 영역을 나는 더욱 깊숙하게 탐구하고 싶었다. 이 사상가들이 열정을 잃지 않도록 지켜 주는 것이 무엇인지 알고 싶었다.

독창적인 정신은 무엇보다도 열정적인 정신이기 때문이다. 이 책에 등장하는 이들은 배경과 스타일이 다르지만 항상 호기심이 넘치는 사람 특유의 동력과 헌신은 똑같다. 호기심은 최고의 소설가들에게서도 찾을 수 있는 특징이다. 이들은 세상과 현재의 순간을 무척 좋아하고, 이처럼 열린 자세가 단련과 확신, 그리고 위험을 기꺼이 감수하는 자세와 합쳐진다.

이들에게는 또한 널리 읽히고 싶다는 공통된 욕구가 있다. 이것은 당연히 여길 일이 아니다. 학술 어휘가 점점 더 전문화되고 대중의 수준에 맞추는 작가를 경멸하는 분위기가 있기 때문에 오늘날에는 자기들만의 작고 강력한 세상을 고수하는 사람들에게 상당한 보상이 돌아간다. 반대로 이 책에 모인 사상가들은 자신의 생각을 접근하기 쉽게 만들고자 한다. 활동가든 학자든 예술가든, 모두 더 많은 청중을 향해 열정과 에너지를 쏟는다. 마음이 넓어서이기도 하지만 모두 함께 걱정하면 하나가 된다고 생각하기 때문이다. 이들은 모두 생각이 다르고, 서로 동의하지 않는 근본적인 가정도 많지만, 모두 세계 시민이 되고자 한다. 이들은 우리와 매일 대화를 나눈다.

각 인터뷰는 서로 다른 개념적 지형을 그린다. 우리는 이 혁신가들이 한 영역에서 다른 영역으로 넘어가거나——혹은, 더욱 종종——자기 분야의 윤곽선을 확장하여 그들이 지나간 후 풍경이 달라지는 것을 볼 수 있다. 바로 촘스키 이후의 언어학, 메리 더글러스 이후의 인류학, 제인 제이콥스 이후의 도시 계획, 움베르토 에코 이후의 기호학, 아마르티아 센 이후의 경제학, 올리버 색스 이후의 신경학이 그렇다. 또한 이들은 세상을 보는 아주 새로운 바탕을 상상한다. 데즈먼드 투투의 남아프리카나 글로리아 스타이넘의 페미니즘이 그러하다.

이처럼 다른 감성을 생각할 때 이들을, 그리고 이 분야들을 한 지붕 아래 모으는 것은 드문 일이다. 내 입장에서는 그것이 이번 기획의 특별한 즐거움이었지만, 따라서 지나친 일반화는 불가능했다. 이러한 인물들은 비슷한 심리나 배경에서 탄생하지 않는다. 대하기 힘들거나 파악하기 어려운 어머니, 혹은 만족시키기 힘든 아버지를 둔 사람이 있는가 하면, 응원을 아끼지 않는 어머니에게 공을 돌리거나 큰 영향을 끼친 아버지에게 양가감정을 드러내는 사람도 있었다. 학문적으로나 전문 분야에서 일가를 이룬 배경 출신이 있는가 하면, 또 집안에서 처음으로 고등 교육을 받은 사람도 있다. 어떤 이들은 아주 어릴 때부터 무엇을 하고 싶은지 뚜렷하게 알았고, 어떤 이들은 나중에야 야망을 발견했으며, 어떤 이들은 아직까지 여러 관심 분야를 탐색한다. 나는 어떤 면에서 무척 마음이 든든하고 민주적이라는 생각이 들었다. 충분한 결단력과 창의력만 있으면 누구나 무엇이든 할 수 있을 것 같았다. 아인슈타인의 말을 인용하자면, "상상력이 지식보다 중요하다."

그리고 바로 그 결단력이 무척 많은 영감을 준다. 나는 얼마 전에 초청을 받아 방 하나를 가득 채운 대학 졸업생들 앞에서 이야기를 하게 되었는데, 어느새 이 비범한 사람들을 불러내고 있었다. 경시당하고 평가절하된 평범한 것들——우리가 당연히 여기는 것들——을 치열한 호기심으로 살펴보는 조녀선 밀러, 인간의 적응력을 믿는 조지 스타이너, 통신 위성을 예측하고 그 후 반세기 동안 공상적이면서도 현실적인 미래를 상상했으며 화성에 생명체가 존재할 가능성에 아직도 매료되는 아서 C. 클라크, 탄자니아에서 침팬지를 연구하는 유인원학자 제인 구달도 있다. 구달은 전문 교육을 받지 않았지만 침팬지가 너무 좋아서 무작정 탄자니아로 갔다. 그녀는 어렸을 때 『닥터 두리틀』과 『타잔』을 읽었고 자신이 더 나은 제인, 나약하지 않은 제인이 될 수 있다고 생각했다. 게다가 이름부터도 제인이지 않은가.

이 책에 등장하는 다른 이들과 마찬가지로 제인 구달은 여러 가지 면에서 영감을 준다. 그녀는 자신의 꿈을, 자신의 열정을 좇았다. 구달은 학교 친구를 만나러 아프리카에 갔다가 그곳에 남아 자신이 좋아하는 것을 공부할 방법을 찾아냈다. 그런 다음 목가적인 아프리카 대륙 한구석에서 멋진 침팬지 공동체와 친해지고 세계적인 권위자가 되더니 낙원을 떠나서 전세계의 침팬지를 구하는 일에 자신을 바쳐 포획 침팬지에게 더 나은 환경을 제공하고 실험실 침팬지의 적절한 대우를 확립하기 위해 싸웠다. 제인 구달은 20년이 넘도록 한곳에 3주 이상 머문 적이 없다. 구달이 우리에게 주는 세 번째 영감은, 한편으로 개인이 중요한 영향을 끼칠 수 있다고——구달 자신이 그 확실한 증거이다——믿지만 또 한편으로는 인간이 하나의 종으로서 도덕적으로 진화하고 있다고 믿는 것이다. 구달은 올두바이 협곡에서 루이스 리키와 함께 화석을 캐면서 인간의 신체적 진화의 증거를 직접 보았다. 그 뒤에 언어가 출현하면서 문화적 진화가 시작되었다. 그리고 이제 그녀는——본인 역시 잘 알고 있는 온갖 파괴 행위와 사악한 행위에도 불구하고——신체적 진화보다 훨씬 빠른 속도로 일어나고 있는 도덕적 진화를 알아본다. 시간과의 싸움이라는 것은 구달 역시 인정하지만 말이다. 그녀는 자신의 책에 『희망의 이유』라는 제목을 붙이기도 했다.

나 역시 1970년대 초에 아프리카에서 살아서인지 동물 종이 풍부하고 정치 상황이 혼란스러우며 이로 인해 극단적인 반응을 자아내는 아프리카 대륙에 항상 끌렸다. 남아프리카 소설가 나딘 고디머가 아직도 영웅이 존재하는 곳에 사는 것이 얼마나 멋진 일인지 이야기했던 기억이 난다. 최근에 전前 대주교 데즈먼드 투투의 인터뷰를 재방송했을 때 한 청취자는 방

송국으로 전화를 걸어서 투투의 낙관주의를 조금이라도 얻을
수 있다면 자신이 가진 지식과 지혜를 모두 내놓아도 좋다고
말했다. "낙관주의야말로 진정한 도덕적 용기이다." 전혀 다른
시대에 다른 곳에서 살았던, 20세기 초의 남극 탐험가 어니스
트 새클턴 경의 말이다. 다시 한 번 말하지만 이 책에 실린 모
두가 낙관적이라는 뜻은 아니다. 그러나 나는 숨겨진 낙관주
의가 지속적인 헌신의 자양분이라고 진심으로 믿는다.

조지 스타이너는 다른 사람의 뛰어난 작품을 볼 때 "사랑의
빚"을 느낀다고, 그것을 알게 된 것이 어마어마한 특권 같다고
말한다. 스타이너는 키 큰 풀숲의 거대한 하마 위에 작은 새가
앉아 있는 매혹적인 자연 다큐멘터리를 언급하며 작은 새가
하마의 이를 청소해 주고 다가오는 위험을 경고한다고 설명
한다. 그런 다음 이렇게 말했다. "더욱 흥미로운 점은, 이 새가
다른 동물들에게 하마가 온다고 알려 준다는 것입니다." 새는
"하마가 온다"고 쩍쩍거린다.

나는 정말 운 좋게도 위대한 존재 위에 앉은 작은 새가 된 기
분을 가끔 느낄 수 있다. 이 책에 "하마가 온다"라는 제목을 붙
여도 좋았을 것이다.

목차

일러두기

1 이 책은 Eleanor Wachtel, *Original Minds*, Harper Flamingo Canada, 2003를 완역한 것입니다.

2 외래어 표기는 원칙적으로 국립국어원의 〈외래어 표기법〉을 따랐습니다.

3 본문의 모든 주는 옮긴이의 것입니다.

4 본문에서 언급된 책들의 서지정보는 〈참고문헌〉에 있습니다. 찾아보기 쉽도록 본문에 언급된 순으로 정리했습니다.

5 헤럴드 블룸 인터뷰의 경우, 저자의 전작 『작가라는 사람 2』에 실린 헤럴드 블룸의 인터뷰와 일부 동일한 내용이 수록되었습니다.

조너선 밀러
Jonathan Miller

삶은 신기한 역설과 문제로 가득하기 때문에
눈을 크게 뜨고 스쳐 지나지 말아야 합니다.
정말 흥미로운 것은 다른 사람들이 별것도
아니라고 생각하는 것으로 소란을 피워야
드러나는 법입니다.

조너선 밀러

조너선 밀러는 뜨거운 재치와 호기심, 넉넉한 지성으로 수많은 주제를 섭렵한 사람이기 때문에 나는 이 책을 밀러로 시작해야겠다고 생각했다. 그의 열정은 너무나 다방면으로 뻗어 있기에 어떤 이들은 조너선 밀러가 두 사람, 심지어는 세 사람이라고 생각한다. 내가 밀러를 처음 만난 것은 1960년 에든버러 페스티벌에서 시작해 런던과 뉴욕에서 히트를 기록한 익살스러운 풍자극 「피상을 넘어」를 통해서였다. 「피상을 넘어」는 비디오테이프로도 나와 있고, 나는 그 연극의 많은 부분을 아직도 기억한다.

조너선 밀러는 의학 박사 학위를 받은 후에 배우가 되었지만 의학사에 대한 13부작 텔레비전 시리즈이자 1978년에 책으로도 나온 「몸을 의심하다」에 출연한 다음에야 그 사실이 널리 알려졌다. 나는 이 시리즈에 출연한 조너선 밀러가 「피상을 넘어」에서 피터 쿡, 더들리 무어, 앨런 베넷과 함께 공연한 '조너선 밀러'와 같은 사람이라는 사실을 한참 후에야 알았다.

세 번째 조너선 밀러는 1980년대 BBC 셰익스피어 시리즈에 참여하고 런던 국립 극장과 올드 빅 극장에서 작업했으며 런던, 뉴욕, 파리, 피렌체, 베를린, 취리히에서 오페라 50편을 감독한 연극과 오페라 분야의 국제적인 감독이다.

혁신적인 무대 연출로 유명한 밀러는 사진이나 회화에서 종종 영감을 얻는다. 내가 조너선 밀러를 만나러 갔을 때 그는 산타페 오페라에서 로시니의 「에르미오네」를 감독하고 있었다. 원작은 트로이 전쟁 직후의 이야기이지만 밀러는 남북전쟁이 끝난 19세기 미국을 배경으로 삼아 그 시절의 은판사진을 떠올리게 하는 목탄화 같은 분위기의 무대를 꾸몄다. "남북전쟁 역시 형제끼리 죽고 죽이는 기나긴 전쟁이니까요." 그는 나에게 설명했다. "게다가 덕분에 빌어먹을 그리스식 튜닉을 뺄 수 있었지요."

지난 몇 년 사이에 조너선 밀러는 시각예술과 관련된 책을 두 권 냈다. 『상像에 대하여』는 그가 런던의 국립 미술관에서 큐레이터를 맡았던 지각知覺에 관한 전시회를 바탕으로 만든 책이다. 또 한 권은 밀러가 30년 전부터 기록한 컬러 사진과 메모를 선별한 뛰어난 작품집 『딱히 그 어디도 아닌』이다.

산타페에서 조너선 밀러는 「에르미오네」의 리허설을 하는 틈틈이 우연히 발견한 용접기와 녹슨 잡동사니를 이용해서 상당히 크고 매력적인 구성의 조각을 만들고 있었다. 밀러의 아버지 역시 철학자였지만 인류학에 관심을 갖게 되었고, 의학을 공부한 다음 범죄학에 흥미를 가진 정신과 의사가 되었으며, 여가 시간에는 그림을 그리거나 조각을 했다.

조너선 밀러는 여전히 몸으로 웃음을 주는 희극 배우이고, 끊임없이 표정이 변하는 얼굴은 표현력이 무척 풍부하다. 그는 인류학과 예술부터 뇌과학, 심리학, 연극까지 무척 다양한 주제에 대해서 이야기하지만 암탉이 우는 소리나 기차 소리를 주저 없이 흉내 내면서 여덟 살 때 학교에서 괴롭힘을 당할 위험에서 그를 구해 주었던 촌극을 다시 보여 준다. 산타페 오페라 리허설 장으로 향하는 길에 밀러는 어느 배우의 담배를 빼앗아 피우면서 이렇게 말했다. "괜찮아요. 난 의사니까."

∞∞

와크텔 어린 시절부터 뇌의 작동에 관심이 있었다고 말씀하신 적이 있는데요, 어린 아이치고는 독특한 그 관심이 어디서 생겼는지 아십니까? 무엇에 자극을 받았나요?

밀러 그런 호기심이 제일 처음에 어디서 생겼는지 저도 모릅니다. 하지만 제가 뇌에 처음으로 관심을 보였던 순간 ─ 적어도 아버지의 말에 따르면 그때가 처음이었다고 합니다 ─ 은 기억이 납니다. 여섯 살이나 일곱 살, 아니면 그보다 어렸던 것 같아요. 아버지가 『그레이 해부학』 책을 보고 있는데 두뇌 컬러 도판이 나왔습니다. 제가 마음은 어디에 있느냐고 묻자 아버지는 "두뇌"와 "마음"이 연관되어 있긴 하지만 차이가 있다는 것을 먼저 알아야 한다고 설명하려다 말았습니다. 저는 그때 이후로 뇌에 특별한 관심을 보이지 않았지만 생물을 공부하기 시작하면서 어떤 생물이 행동을 하게 만드는 것은 무엇인지, 바위나 웅덩이와 다른 이유가 무엇인지, 왜 마음을 가지고 있는 것처럼 보이는지, 경사로에서 돌은 아래로 굴러가는데 생물은 반대로 올라가는 이유가 무엇인지, 그런 문제에 관심이 생겼습니다. 저에게는 알쏭달쏭하면서 흥미로운 문제였어요. 특히 개미처럼 아주 작은 것들, 중력을 거슬러 언덕 위로 올라갈 능력이나 자극을 주는 데 필요한 기관이 들어갈 자리가 없어 보이는 것들이 흥미로웠지요. 그때부터 저는 그런 문제에 흥미를 보였습니다.

와크텔 마음과 뇌가 관련이 있다는 사실을 어떻게 알고 있었는지 기억나세요?

밀러 그 두 가지가 관련이 있음을 알았는지 잘 모르겠군요. 여섯 살이었던 제가 뇌의 단면을 보고 "마음은 어디 있어요?"라고 말한 이유는 저에게도 아직 수수께끼입니다. 하지만 제가 마음이라고 부르는 것이 머리 어딘가에서 비롯된다는 암시를 받았다는 생각이 듭니다. 의식의 대부분, 즉 시각 세계를 전달하는 제일 중요한 감각 기관인 눈이 머리에 있다는 단순한 이유로 마음이 머리에 있다고 느끼는 사람이 많을 텐데, 저 역시 그래서 머리로 세상을 본다고 느꼈습니다. 당시의 제가 다른 이유 때문에 머리로 세상을 본다고 이해했을 것 같지는 않아요. 눈이 머리로 사물을 받아들이는 하나의 관문에 지나지 않으며 머릿속에서 일어나는 아주 복잡한 작업 때문에 내가 나무를 흔들리는 초록색이 아니라 나무라고 볼 수 있다는 사실을 정말로 알았던 것 같지는 않습니다.

와크텔 영화관에 처음 갔던 경험에 대해서 이야기하신 적이 있습니다. 일곱 살쯤에 단편 애니메이션 「쭈뼛거리는 용」을 보았다고요. 그때도 당신은 플롯이나 드라마에 반응한 것이 아니라 다른 차원을 인식했던 것 같습니다.

밀러 제가 보고 있는 것이 스크린에서 움직이는 사진이라는 사실은 알고 있었습니다. 고개를 돌리면 연기 때문에—그때는 영화관에서 담배를 피울 수 있었지요—영사실에서 나오는 길쭉하고 깜빡거리는 광선이 보였지요. 저는 제 눈에 보이는 영상과 이 깜빡거리는 광선이 전달하는 시각 정보가 관련이 있다는 사실을 알았습니다. 광선이 스크린에 가로막혀야만 영상이 보였으니까요. 당시 저에게 영화는 지각이 무엇인지 보여 주는 모델이었던 것 같습니다. 눈이 영사기와 같고 신경학적으로 광선에 해당하는 무언가가 있어서 그것을 머릿속의 스크린에 투사하는 것일지도 모른다고 생각했지요. 그러한 모델이 무한 회귀로 반복될 수 있다는 사실은 몰랐습니다. 머릿속에 스크린이 있다면 누가 거기 앉아서 스크린을 보는 걸까요? 또 다른 영사기와 스크린이 있다고 가정해야 하고, 그러면 관객의 무한 회귀가 생기는 거죠. 이것이 바로 어느 철학자가 말하는 데카르트 극장, 영화관에 유령 관객이 앉아 있다는 생각입니다. 물론 그것은 여러 가지 이유로 불가능합니다. 저는 아마 뇌에 대해서 점차 알게 되면서 그 안에 관객이 들어가 앉아 영사기가 비추는 것을 보는 게 아니라 뇌의 어떤 구조 때문에 우리가 주관적인 경험을 한다는 사실을 깨달았을 겁니다.

저는 물질적이고 육체적인 뇌가 어떻게 해서 철학자들이 퀄리어qualia라고 부르는 주관적인 감각, 즉 감각질을 생성하는지, 풀 수 없는 수수께끼가 있을지도 모른다고 생각합니다. 우리는 빨간색과 초록색을 구분하는 것처럼 보이는 기계를 설계할 수 있습니다. 명령을 통해서 기계가 빨간색 블록을 집고 그것을 초록색 블록과 구분하도록 훈련할 수 있지요. 하지만 기계가 빨간 블록을 본다는 것에 대해 특정한 느낌을 가질 가능성은 무척 낮습니다. 수수께끼는 뇌가 어떻게 해서 관찰 가능한 현상이 아닌 것, 즉 빨간색에 대한 인식을 가져오느냐입니다. 아마 영원한 수수께끼로 남을 거예요. 물론 시스템에서 비물질적인 것을 모두 제거하려는 극단적인 제거론자들도 있습니다. 제 말은 무언가 비물질적인 것이 있어서 우리가 통증이나 빨간색에 대한 인식, 분노를 느끼게 한다는 뜻이 아닙니다. 저는 근본적으로 뇌에 대해서 유물론적 입장입니다. 뇌가 아닌 다른 무언가가 그 안에 숨어 있다거나, 뇌의 뒤쪽에 영혼이 들락날락거리는 고양이 문 같은 게 있다고 생각하지 않습니다. 그러면 아까 이야기했던 데카르트 극장으로 돌아갈 수밖에 없으니까요. 아무튼 저는 유물론자입니다. 럿거 대학의 철학자인 제 친구 콜린 맥긴은 저를 불가지론적 유물론자라고 부르지요. 저는 뇌와 의식에 대해서 뼛속까지 철저히 유물론자입니다만, 뇌가 빨간색에 대한 감정을 어떻게 일으키는지 우리가 절대 알아내지 못할 수도 있다고 생각합니다.

와크텔 의식에 대해서는 잠시 후에 조금 더 이야기하도록 하지요. 아무튼 당신은 어렸을 때 조숙한 생각을 가지고 있었던 것 같지만 학교에서 똑똑하지는 않았다고 말했습니다. "열네 살이 되어서야 내가 골똘히 생각하는 정신을 가지고 있음을 깨달았다"고 하셨지요. 어떻게 깨달았습니까?

밀러 저는 어렸을 때 무척 한심했습니다. 제가 정규 교육에 잘 안 맞는다는 것을 알았지요. 수학도, 간단한 문법도 몰랐고, 학생이라면 해야 할 그 무엇도 못했습니다. 저는 어렸을 때 무척 산만했는데, 이유는 간단합니다. 저희 가족은 전쟁 중에 이사를 많이 다녔거든요. 군의관이었던 아버지를 따라서 옮겨 다녔죠. 그래서 저는 정착하지 못했고, 학교가 불편했고, 늘 무섭고 뭔가 어긋난 느낌이었습니다. 열 살인가 열한 살 때 아버지가 낡은 놋쇠 현미경을 주셔서 저는 물에 넣고 끓인 건초 같은 것을 들여다보기 시작했고, 미소동물과 적충류를 처음 보았지요. 그러자 호기심이 생겼습니다. 아주 어렸을 때도 그랬던 것처럼 놋쇠 관 밑에 보이는 이 하찮고 작은 것들이 자연 발생해서 움직인다는 생각이 무척 흥미로웠지요. 저는 동물학을 공부하고 싶어져서 고전 문학을 포기하고 과학 쪽으로 바꿨습니다. 하지만 교장선생님은 제가 그쪽으로 가기를 원하지 않았기 때문에 저를 불러서 이렇게 말씀하셨습니다. "네가 의사가 되고 싶다는 건 안다." 그때 저는 딱히 의사가 되고 싶은 생각이 없었지만 말입니다. "고전 문학을 포기했다가 네가 새로운 질병을 발견하고도 라틴어를 몰라서 이름을 못 붙이면 어떻게 되겠니?" 반대하는 이유로는 참 이상하다고 생각했습니다. 그래서 저는 생물학에 뛰어들어서——우리 학교에서는 그렇게 표현했습니다——열렬한 다윈주의자가 되었지요. 아주 기발하고 카리스마 있는 선생님을 통해서 다윈주의를 접했습니다. 저는 올리버 색스를 비롯한 몇몇 친구들과 함께 동물학과 식물학, 생명 형태를 공부했습니다. 우리는 그런 쪽에 관심이 무척 많았거든요. 저는 해부를 잘했고 생물이 작동하는 방식에 대해 생각하는 데 뛰어났습니다. 저는 동물 생리학에, 그리고 동물 분류학에 매료되었습니다. 동물이 서로 왜 그렇게 다른지, 왜 진화 등급이 높을수록 복잡해지는지 생각했지요. 그때 저에게 호기심이 많다는 것을, 호기심이 저를 똑똑하게 만든다는 사실을 깨달았습니다.

와크텔 당신은 지적이고 교양 있는 집안에서 자랐습니다. 아버지는 법정신의학, 아동 지도, 아동정신의학의 선구자였을 뿐만 아니라 신경병학과 법학도 공부하셨지요. 아버지보다 스무 살 어린 어머니는 소설가이자 문학 전기 작가였습니다. 집안 분위기가 어땠습니까?

밀러 음, 어렸을 때는 눈에 띄게 지적이거나 문학적인 분위기가 아니었습니다. 아버지는 전국을 돌아다니느라 늘 집에 없었고, 우리가 아버지를 따라다닐 때도 정말 바빴지요. 어머니는 비밀스럽고 늘 어딘가에 틀어박혀 있는 작가였습니다. 어머니는 서재에 들어가서 타자기로 글을 썼고, 글을 쓴다는 것에 대한 이야기를 많이 하거나 저에게 책을 읽으라고 권하지는 않았던 것 같아요. 저는 책을 많이 읽었습니다. 어렸을 때는 모글리(키플링의 『정글북』 등장인물)나 뭐 그런 걸 읽었지요. 하지만 열네 살, 열다섯 살쯤 아버지에게 동물학과 철학에 대해서 이야기하기 전까지는 집 안에서 딱히 지적인 대화가 오갔던 것 같지 않습니다. 아버지는 버트런드 러셀과 영국 철학적 관념론자 존 맥태거트 같은 사람들의 제자였습니다. 저희 집 책장에는 책이 잔뜩 있었고, 저는 점차 책에 빠지기 시작했습니다. 열다섯 살에 러셀의 『마음의 분석』을 읽고, 다시 한 번 정신이라는 개념에 흥미를 느꼈던 기억이 납니다. 예를 들어 감각 자료처럼 러셀이 주장했던 개념 중에 제가 동의하지 않는 것들도 무척 많습니다. 감각 자료라는 개념은 정신이 처리할 것들이 주어진다는 것처럼 들리지만 저는 정신이 그런 식으로 작동한다고 생각하지 않습니다. 그렇지만 저는 정신과 의식과 지각 등등에 대한 문제, 그리고 행위와 우리가 행위로 의미하는 것의 문제, 단순한 사건과 행위를 어떻게 구분하느냐는 문제가 있다는 생각을 접하게 되었습니다. 그래서 열여섯 살, 열일곱 살쯤 되자 동물학에만 쏠려 있던 관심에 철학적 생각이 침투하기 시작했고, 저는 유기체가 무엇인지, 또 유기체가 돌이나 물웅덩이 같은 것들과 어떻게 다른지 철학적으로 생각하기 시작했습니다.

와크텔 어렸을 때 정신과 상담도 받았습니다. 재미있는 경험이었나요, 아니면 침입당하는 느낌이었나요?

밀러 침입당하는 느낌은 아니었습니다. 그것 때문에 크리켓을 하러 가지 못해서 지루했지요. 제가 왜 정신과 의사를 만나야 하는지 이해하지 못했습니다. 저는 좀 불행한 아이였고, 더 어렸을 때는 오줌을 자주 쌌어요. 자주 이사를 다니면서 생긴 불안, 전쟁으로 인한 암울함과 불안정함 때문이었던 것 같습니다. 그런 것들이 제 삶을 불안하게 만들었죠. 뭔가 문제도 있고 발작적으로 성질을 부리기도 했었을 텐데, 기억은 나지 않습니다. 그런 문제들 때문에 부모님은 저를 여러 의사들에게, 소설가 수전 아이작스나 소아 정신분석의 권위자인 D. W. 위니코트 같은 사람에게도 데리고 갔습니다. 저는 정신 분석을 받았고 영국 정신분석학의 석학들 사이에서 자랐지만 그것이 제 삶에 영향을 끼친 것 같지는 않습니다. 제가 기억하기로는요.

와크텔 당신은 부모님이 낯선 사람보다 가족을 대하는 것을 더 어려워했을지도 모르겠다고 말씀하신 적이 있습니다. 왜 그랬을까요?

밀러 모르겠습니다. 아버지는 전형적인 빅토리아 시대 사람으로, 당시 부모님들이 대개 그랬듯이 자식들과 거리감이 있었습니다. 어머니는 대체로 자기 일에 몰두했고, 가정생활에 별로 흥미가 없었어요. 충실한 아내로서 요리나 뭐 그런 일들을 해야 한다고 생각했지만, 어머니에게 요리란 가끔 끓는 물에 닭의 사체를 넣고 사람이 먹을 수 있는 것이 나오기만을 바라면서 30분 뒤에 들여다보는 것이었지요. 어머니는 애정을 표현하는 편이 아니었고 아버지도 마찬가지였지만, 그게 두 분의 단점이었다고 생각하지는 않습니다. 어쨌든 아버지는 1893년생, 어머니는 1910년생이고 현대 가족의 공공연한 애정 같은 것, 말하자면 질척거리고 난잡한 위안 같은 건 몰랐으니까요.

와크텔 부모님이 당신에게 어떤 영향을 미쳤다고 생각합니까? 혹은 어떤 영감을 주었을까요?

밀러 열여섯, 열일곱 살쯤 부모님 두 분 모두와 대화를 나눌 수 있게 되자 저는 보이는 것을 물리적으로 정확하게 설명하면서 그것들이 어떻게 보이는지, 무엇과 비슷해 보이는지 분석적으로 판단을 내리는 제 자신이 자랑스러워졌습니다. 예를 들면 비유법 말입니다. 제가 꽤 어렸을 때 풀에 서리가 잔뜩 내린 잔디밭을 가로지른 다음, 서리의 백발 때문에 잔디가 라벤더 같아 보인다고 말하자 어머니가 깜짝 놀라며 기뻐하셨던 기억이 납니다. 어머니는 정확한 비유와 묘사를 칭찬하면서 그렇게 하면 된다고 격려해 주었습니다.

아버지는 나중에 저에게 무척 중요해진 개념들을 가르쳐 주었습니다. 제가 의대에 다닐 때 아버지는 자신에게 큰 영향을 끼친 스승님에 대한 이야기를 많이 했는데, 바로 인류학자이자 생리학자인 W. H. 리버스였습니다. 리버스는 원래 의사였는데 셰퍼의 『생리학 교과서』 중에서 아주 긴 장을 썼지요. 리버스는 또한 영국 인류학의 선구자였고, 상징적 사고가 생리학뿐 아니라 사회 구조에서 갖는 중요성에 관심이 있었습니다. 저는 마음의 구조에 대해서, 뇌가 마음에 부여한 구조에 대해서 아버지와 이야기를 나누곤 했는데, 그때 아버지는 존 휼링스 잭슨을 자주 언급하셨습니다. 잭슨은 신경계에 대한 진화적 관점을 무척 중요하게 여겨서, 신경계란 인간의 진화에서 단계별로 습득한 수준이 쌓여서 위계적으로 구조화된 것이라고 생각했습니다. 저는 그 생각에 아주 큰 영향을 받았습니다. 열일곱, 열여덟 살 때부터 푹 빠졌던 잭슨의 선집 두 권이 기억납니다. 저는 러셀의 마음 분석과 신경계에 대한 잭슨의 관점을 받아들이면서 이미 뇌와 정신에 대한 특정한 생각을 갖게 되었지요. 어머니에게서도 영향을 받았습니다. 어머니는 마음을 갖는다는 것이 무엇인지에, 그리고 인간이 마음을 가지고 있기 때문에 동물과 달리 경험을 비유적으로 표현할 수 있다는 사실에 관심이 있었습니다.

와크텔 W. H. 리버스는 팻 바커의 1차 대전 소설 『부활』에 등장해서 더욱 유명해졌지요.

밀러 그렇습니다. 그리고 리버스가 전쟁 당시 포탄충격증에 대해서 실시한 연구도 사람들의 관심을 끌었습니다. 리버스는 1917년에 의사자격증을 따자마자 프랑스로 가서 뇌와 척추를 다친 환자들을 보았습니다. 뛰어난 영국 신경학자 헨리 헤드, 고든 홈즈와 함께 연구했지요. 세 사람은 참호에 들어갔다 나온 수많은 군인이 부상을 당하지 않아도 심각한 장애가 생긴다는 사실에 흥미를 느꼈습니다. 군인들은 몸이 마비되거나 앞이 보이지 않거나 어떤 식으로든 장애가 생겼지만, 장애를 설명할 만한 유산탄 부상 같은 것은 없었지요. 저희 아버지는 특정 장애에 대해서 점차 정신의학적 해석에 무게를 두게 되었습니다. 하지만 그 뒤에는 항상 신경학적인 관심이, 허버트 스펜서가 큰 영향을 끼친 휼링스 잭슨과 잭슨이 큰 영향을 끼친 헨리 헤드가 있었습니다. 허버트 스펜서는 지금은 거의 잊혔지만 최초의 다윈주의자였고 다윈을 적극적으로 지지했지요. 다윈이 사실 본인은 별로 좋아하지 않았던 "적자생존"이라는 용어를 쓰게 된 것도 아마 스펜서 때문이었을 겁니다. 아버지의 장서에는 스펜서의 책이 전부 있었습니다. 저는 절대 스펜서주의자가 아니지만, 휼링스 잭슨의 작품을 통해서 파생적으로 스펜서의 영향을 받았다고 할 수 있지요.

와크텔 당신은 아버지를 박식가라고 설명했습니다. 철학, 인류학, 의학, 법정신의학에 관심이 있었고 여가 시간에는 그림을 그리거나 조각도 했으니까요. 아버지가 당신의 박식한 성향에 영향을 주었다고 생각하십니까?

밀러 아버지 세대에는 누구도 박식가라는 생각을 하지 않았을 겁니다. 박식가라는 말은 현대적인 표현이죠. 요즘은 두 가지 이상의 분야에 흥미를 가지고 뭔가를 성취하면 일반적인 언론이 표현하듯이 "르네상스적 인간"이라고 생각하는데, 저는 그 말이 보편적인 호기심에 불과한 것을 아주 끔찍하게 표현한다고 생각합니다. 빅토리아 시대에 교육을 받고 교양을 쌓은 수많은 사람들, 예를 들어 레슬리 스티븐[1]과 그 딸들은 서로 연관이 있어 보이는 여러 분야에 관심을 갖는 것을 아주 당연하게 여겼을 겁니다. 고전도 읽고 제인 오스틴과 워즈워스에 익숙하다고 해서 박식가라고 하지는 않았습니다. 단순히 주변 모든 것에 호기심을 가지고 있다는 뜻이었지요. 개개인에게는 분명히 한계가 있습니다. 저의 한계는 수학을 못하는 것이었지요. 사실 아직도 못합니다. 무척 유감스럽고 뭔가 부족한 느낌이에요. 저는 스스로 박식가라고 생각하지 않고 아버지가 박식가였다고 생각하지도 않습니다. 아버지는 교육을 받은 빅

---

1 영국 빅토리아 시대의 작가, 비평가, 역사학자로 작가 버지니아 울프와 화가 바네사 벨의 아버지.

토리아 지식인의 전형이었고, 한 분야에서 다른 분야로 넘어가는 것이 자연스러웠을 뿐입니다. 다양한 분야들이 어떻게 서로 단절될 수 있겠습니까?

와크텔 당신은요?

밀러 저도 그런 느낌입니다. 저 역시 자라면서 부모님과 같은 생각을 하게 된 것 같아요. 삶을 가치 있게 만들어 주는 것은 바로 호기심이고, 관심이 가고 흥미롭고 서로 연관된 문제들에는 해답이 있고, 그러한 문제들은 또 서로 연관되어 있기 때문에 흥미롭다고 말입니다. 대학 학부처럼 딱딱 나뉘는 것이 아니지요.

와크텔 아까 말씀하신 것처럼 생물학에 뛰어든 후에는 의학이 당연한 선택이었나요?

밀러 동물학자가 아니라 의사가 되어야겠다고 결심한 것이 정확히 언제인지는 모르겠습니다. 신경계에 대한 관심이 다른 무엇보다도 커졌는데, 세상에서 가장 흥미로운 신경계——인간의 신경계——에 접근하는 가장 좋은 방법은 의사 자격증을 따는 것이라는 생각이 들었습니다. 의사가 되면 다른 사람이 하면 무례하게 느껴질 질문——총리가 누구냐든가 오늘이 며칠이냐——을 할 자격이 생기죠. 의사가 아닌 사람이 그런 질문을 하면 무례하고 건방져 보입니다. 특히 하루에 오줌을 몇 번 누는지, 오줌을 눌 때 힘든 점이 있는지, 그런 흥미로운 질문은 더욱 그렇지요. 방금 바지에 똥 싼 거 아세요? 같은 말은 절대 할 수 없지요. 의학 학위가 있으면 자격증이 없는 사람은 멀리에서 볼 수밖에 없는 것들을 바로 앞에서 볼 수 있습니다. 그런 면에서 의사 자격증이 유용하리라 생각했죠.

와크텔 의학을 공부하고 의사로 일하면서 만족스러웠습니까?

밀러 아, 의학 공부는 아주 흥미로웠습니다. 접근법이 조금 다른 동물학이라고 할 수 있는데, 연구 대상이 여러 가지를 말해줄 수 있다는 점에서 동물학보다 더 재미있었지요. 미국 철학자 톰 나젤이 말한 것처럼, 박쥐로 산다는 것에 뭔가 특별한 점이 있겠지만 박쥐는 말을 하지 않습니다. 아무리 캐물어도 소용없죠. 반면에 인간으로 살면 많은 부분은 언어로 소통할 수 있습니다. 또한 이제 소위 말하는 인지 혁명 덕분에 우리를 사람으로 만드는 것, 우리가 두 번째 천성이라고 생각하는 모든 행동——사전에서 단어를 찾지 않고도 말을 한다거나 사물의 이름이 적힌 목록을 보지 않고도 사물을 알아보는 것——을 가능하게 만드는 것이 바로 의식적으로 접근할 수 없는 머릿속의 작용과 과정이라는 사실을 알게 되었습니다. 무의식의 가장 중요한 형태는 프로이드가 설명한 형태——수치스러운 감정을 넣고 자물쇠로 잠가서 보관하기 때문에 저는 "보호 무의식"이라고 부릅니다——가 아니라 우리가 접근할 수도 없는 심층구조에 뛰어들지 않고도 여러 가지 행동을 할 수 있게 만드는 "능력 부여 무의식"일지도 모릅니다.

와크텔 당신을 의학으로 이끈 또 다른 요소는 인간 행동의 작은 부분들에 대한 관심입니다. 작은 몸짓, 억양, 신체 언어 말이지요. 그것을 통해서 발견하고 싶었던 마음에 관한 진실은 무엇입니까?

밀러 제가 마음에 관한 진실을 발견하고 싶었다고 생각하지는 않습니다. 단지 천성적으로 그런 것들에 호기심이 있었던 거죠. 그런 작은 부분들은 쓸모없다고 여겨졌기 때문에 아무도 자세히 설명하려고 하지 않았습니다. 사람들이 중요하게 여긴 문제는 미덕을 어떻게 추구하느냐, 어떻게 용맹한 행동을 하느냐, 도덕성을 어떻게 유지하느냐, 더 높은 차원의 지성은 무엇으로 구성되느냐였지요. 많은 것들이 사소하다고 치부되어 관심을 받지 못했습니다. 예를 들면 말을 할 때 따라가는 손의 움직임이라든지, 말로 표현할 수 없는 것들을 표현하기 위해서 우리가 끊임없이 사용하는 비언어적 몸짓, 다른 사람이 우리를 어떻게 받아들이기를 바라는지, 그런 것들 말입니다. 물론 저는 이미 그런 것들에 대한 호기심을 가지고 있었지만, 나중에 미국의 사회 인류학자 어빙 고프먼의 글에 큰 영향을 받았습니다. 그는 다른 방법으로는 이해할 수 없는 것들을 무척 성공적으로 설명했고, 중요하지 않다고 여겨져 경시되던 행동의 측면들——시스템의 소음, 특이성——에 사람들이 주목하게 만들었습니다. 저는 어떤 면에서 고프먼의 생각이 말실수가 진실을 드러낸다는 프로이트의 주장에 비견될 만하다고 생각합니다, 전적으로는 아니지만요. 저는 말실수에 대한 프로이트의 생각이 옳았다고 생각하지 않습니다. 프로이트는 말실수가 무의식에 대해서 알려 준다고 생각했지만 후에 다른 학자들은 더욱 흥미로운 글을 통해 말실수가 언어 구조에 대해서 알려 준다고 주장했지요. UCLA의 빅토리아 프롬킨은 말실수를 면밀히 연구한 결과 말실수의 발생률과 통계를 보면 우리가 말을 조직하는 방법에 대해서 알 수 있음을 발견했습니다. 말실수가 반드시 더욱 심오한 생각을 드러내 보여 주는 것은 아니지만 우리는 말실수를 통해서 뇌가 문장을 계획하는 방식을 약간 들여다볼 수 있습니다.

와크텔 당신이 뛰어난 희극 배우가 될 수 있었던 것은 사소한 행동을 보는 관찰력 덕분이었습니다. 그래서 케임브리지에 다니다가 전혀 다른 방향으로 나아가게 되었지요. 처음에는 역사를, 나중에는 과학 철학을 공부하다가 연기를 시작했고, 공부를 계속하면서 런던의 여러 카바레에서 공연을 했습니다. 연기의 어떤 점에 매력을 느꼈습니까?

밀러 아, 사람들에게 보여 주는 거죠. 저는 어렸을 때 꾹꾹거리는 암탉을 흉내 내거나 기차 소리를 거의 똑같이 내서 친구들의 주목이나 인정을 받았습니다. 저에 대한 반감을 줄였다고 할 수도 있겠죠. 지금 보면 썩 대단한 재주가 아니지만, 어렸을 때는 무척 도움이 되었습니다. 그게 아니었으면 명사도 동사 접합도 모르고 수학도 못했으니 학교에서 아이들이 괴롭히거나 깔보았을 겁니다. 암탉의 소리를 흉내 내는 것이 불규칙

동사 활용을 대체할 만하다고 하기 힘들지 모르겠지만 그래도 아이들 사이에서는 대단한 일이었지요.

저는 열여섯 살쯤에 친구들과 같이 우스운 토막극을 만들 수 있겠다고 생각했습니다. 사람들을 웃기는 것, 무엇이 사람들을 웃게 만드는지 찾는 게 좋았지요. 자신이 보기에 웃기면 다른 사람도 웃을 확률이 높습니다. 제가 희극 배우가 될 거라고 생각하지는 않았지만 케임브리지에 가서도 계속 했습니다. 많이는 아니었지만요. 주로 인체를 해부했고 하루가 끝나면 손에서 고약한 지방을 씻어 내느라 너무 바빴지요. 저는 열정적인 과학자였지만 가끔 다른 일들도 했고, 그걸로 꽤 유명해졌습니다. 제가 임상 실무를 끝낸 후에 친구들 세 명——앨런 베넷, 피터 쿡, 더들리 무어——과 함께 에든버러 페스티벌 심야 공연에 초대를 받았고, 그것이 「피상을 넘어」라는 제목으로 유명해졌지요. 그때부터는 쉬웠습니다.

와크텔 관객을 위한 것이기도 했지만 스스로도 재미있었나요?

밀러 저희가 보기에 재미있지 않았다면 관객에게도 재미있지 않았을 겁니다. 「피상을 넘어」가 신선했던 것은 쇼비즈니스가 아닌 것에 이목을 집중시켰기 때문입니다. 그때까지 시사풍자극은 대부분 "…라면 재밌지 않겠어?"로 접근했지만 저희는 "…라니 재밌지 않아?"로 접근했지요. 우리는 평범한 삶의 익살맞고 흥미롭고 우스운 부분에, 또 종종 시시한 부분에 주목하게 만들었습니다. 그것이 감독으로서 저의 정책이었습니다.

사람들은 종종 저에게 감독 작업이 어떤지 묻는데, 좋은 희극 배우가 되는 것과 거의 똑같습니다. 사람들이 항상 알지만 잊고 있는 것에 주목하게 만드는 거죠. 유머에서 가장 신나는 부분은 프로이트의 말처럼 억압되었기 때문이 아니라 제2의 천성이 되어 버려서 잊힌 것을 수면 위로 끌어내는 것입니다.

와크텔 잊힌 것을 주목하게 만들기만 한 것은 아니지요. 당신의 연극에는 어떤 해석이 있었습니다.

밀러 저는 내부인이라 그런지 무엇이 해석이었는지 모르겠습니다. 가끔 돌아보면 보일 때도 있지만, 어쨌든 거의 다 우리 일상생활에 존재하는 부조리입니다. 그게 사람들을 웃게 만들지요.

와크텔 「피상을 넘어」를 3년 동안 공연하셨는데, 당신은 공연과 그것이 끌어내는 웃음의 관계에 감탄하며 입을 벌리고 서 있곤 했다고 말했습니다. 유머에 대한 책을 공동 편집했고, 농담과 농담을 하는 행위에 대한 에세이도 썼지요. 유머를 어떻게 생각하십니까? 물론 유머란 분류할 수 없는 것이라고 말씀하신 적도 있고, 유머란 그것에 대해서 이야기하면 재미가 없어진다는 치명적인 단점이 있긴 하지만요.

밀러 유머에 대한 좋은 분석은 절대 재미없어서는 안 됩니다. 저는 다양한 유머를 살펴보고 공통점을 파악하면서 유머에 대해 배웠습니다. 어쨌든 저는 유머에 대해서 항상 재미있게 말할 수 있을 거라고 생각합니다. 제가 유머를 내부에서 이해하고 있다는 뜻이지요.

와크텔 그게 무엇인지, 혹은 어떻게 작용하는지 말씀해 주시겠어요?

밀러 유머는 대부분 인식과 관련이 있습니다. 은연중에 알고 있지만 말로 설명할 수 없는 뭔가를 명확한 의식의 차원으로 끌어오는 거죠. 그게 유머예요, 농담과는 다르죠. 저는 유머가 농담과 전혀 다르다고 생각합니다. 농담은 말하자면 더러워진 돈 같은 거예요. 이 사람에게서 저 사람에게로 전달되고, 말하는 사람의 것이 아니지요. 농담은 누구 한 사람의 것이 아닙니다. 남에게 농담을 들은 대가로 나도 하나 건네는 선물 관계의 일부에 지나지 않지요. 미크로네시아에서 주고받는 무늬개오지 조가비와 같죠. 하지만 농담과 정말로 웃긴 것 사이에는 근본적인 차이가 있습니다. 정말로 웃긴 농담도 물론 있지만 대체적으로는 그렇지 않아요. 농담은 공식적인 구조가 있는데, 보통 셋으로 이루어집니다. 영국인, 아일랜드인, 유대인이 있었는데…. 사제가 세 명 있었는데…. 단순한 민간전승 구조에 따르는 공식적인 장치예요. 전반적으로 농담은 아주 웃기지는 않지요. 가끔 웃길 수도 있지만, 보통은 잘 모르는 사람들 사이에 유쾌한 분위기를 유지하는 장치죠. 유머는 전혀 다릅니다. 웃긴 것을 만들 줄 아는 사람 곁에 있으면 유머가 어떻게 작용하는지 깨닫게 됩니다. 저는 피터 쿡의 독백에 감탄하고 즐거워하면서 흥미롭게 지켜보곤 했습니다. 매일 밤 쿡의 독백을 보면서 유머가 어떻게 작용하는지, 그리고 무엇이 웃음을 자극하는지 많이 배웠지요. 때로 유머는 철학자들이 범주 오류라고 부르는 것에서 생깁니다. 그러면 우리가 무의식적으로 잘못 적용하는 범주에 주목하게 되지요. 피터 쿡의 이야기 중에 정말 웃긴 것이 있었는데, 판사가 될 수도 있었지만 라틴어를 못해서 광부가 된 사람의 이야기였습니다. 그 자체도 참 우스운 범주 오류죠. 광부와 판사의 차이가 라틴어 지식밖에 없는 것처럼 이야기하니까요.

와크텔 당신은 「피상을 넘어」 투어가 끝나고 1965년에 런던으로 돌아와 BBC 텔레비전에서 일했고, 10년 후에 「몸을 의심하다」를 제작했습니다. 우리의 몸을 구성하는 것이 무엇인지, 우리의 몸이 어떻게 작동하는지 새로 밝혀진 사실들을 알아보는 프로그램이었지요. 접근법이 무척 새로웠습니다. 당신은 텔레비전 시리즈와 같이 나온 책에 이렇게 썼습니다. "내가 인간의 몸에 대해 질문을 던진 것은 인간 사고의 본질에 대해서, 특히 의식적인 정신 과정에 의해 몸이 작동한다는 생각을 떨치지 못하는 것에 대해 더 심오한 질문을 던지기 위해서였다. 이것은 유령 속 기계의 정체를 밝히는 이야기이다." 여기서 당신은 '기계 속의 유령'이라는 개념으로 장난을 치고 있습니다. 그것에 대해서 조금 더 이야기해 볼까요? 그러한 의식의 전환이 왜 그렇게 중요하지요?

밀러 저는 그것이 위대한 과학사학자이자 철학자인 데이크스테르하위스Dijksterhuis가 말하는 기계화된 세계의 본질적인 부분이라고 생각합니다. 지식을 크게 바꾸고 우리가 막연하게 과학 혁명이라고 부르는 것——아마 대부분의 사람들이 인정하는 것보다 더 오래 걸렸을 것입니다——을 가져온 원인 중 하나는 사건이 행위와 다르다는 사실을 보려는 의지였습니다. 사건은 의도에 의해서 발생하는 것이 아니라 기계적인 설명, 혹은 적어도 물질적인 설명이 가능한 무언가에 의해서 발생합니다. 예를 들어서 구름은 하늘 한쪽에서 반대쪽으로 가고 싶어서 흘러가는 것이 아닙니다. 구름은 정신 과정의 여지가 전혀 없는 어떤 기상학적 과정 때문에 움직입니다. 그래서 우리는 정신의 영역을 우리 자신에게로 축소시키는 법을 서서히 배웠습니다. 또 생리학적 행동을 설명할 때 정신 과정을 제거해야 했습니다. 그렇게 우리는 심장, 폐, 혈관, 선 등등을 기계화하도록 배웠지요. 이제 곧 정신 과정 자체도 그렇게 생각하게 될 것 같습니다. 정신 과정은 많은 면에서 기계에 의해 재생산될 수 있지요. 상당히 훌륭한 체스 게임을 할 수 있는, 아마 그랜드마스터보다 나은 기계도 있습니다. 하지만 그럼에도 불구하고 분명히 차이가 있습니다. 뉴에이지 추종자들 말처럼 영혼이 들락날락하는 고양이 문 같은 게 있다는 뜻은 아닙니다. 단지 정신 과정이 어떻게 작용하는지 우리는 모른다는 것입니다. 제가 말한 것처럼 우리에게 영원히 닫힌 영역이 있을지도 모르지만, 그렇다고 영혼이 머리에 접근할 수 있는 고양이 문 같은 것이 있다는 뜻은 아닙니다. 저는 완전히 물질적인 과정이라고 생각하지만 뇌의 작용 때문에 빨간색을 보면서 슬픈 기분을 느끼는 것이 어떻게 가능한지는 잘 모르겠습니다. 제 동료들도 대부분 잘 모르겠다고 생각하고요.

와크텔 그렇다면 유령이 아직 존재하지만 기계가 더 큰 역할을 한다는 거군요. 그 생각을 작품에 활용하고 싶은가요?

밀러 글쎄요, 저는 그래도 유령이 있다고 생각하지 않습니다. 유령 비슷한 개념, 혹은 비물질적이고 반투명한 유령이라는 개념을 받아들이기 시작하면 온갖 가짜 설명이 등장할 겁니다. 어떤 면에서 급진적인 기계론자였던 데카르트 같은 철학자들은 동물을 "동물 기계"라고 불렀고, 동물이 기계적이라고 생각했습니다. 그건 우리가 충분히 노력하지 않았기 때문에 삼각형 원을 발견하지 못했다는 생각만큼 자가당착입니다.

와크텔 인간이 기능하는 데 필수적인 무언가가 그토록 파악하기 어렵다는 것은 아이러니가 아닐까요? 의식 자체 말입니다.

밀러 네, 저는 의식이 정말 알쏭달쏭하다고 생각합니다. 일부 근본적인 제거론자들은 마음을 아예 없애거나 정신에 대한 담론을 없애고 싶어 하는데, 민간 심리학이라고 믿기 때문이죠. 하지만 진지한 철학자들은 대부분 의식에 뭔가 신비로운 면이 있다는 사실을 인정합니다. 그들은 이 수수께끼를 인정하면서도 의식을 가능하게 만드는 것이 초자연적이라는 가능성을 배제합니다.

와크텔 좀 다르지만 무의식은 증명 불가능한 것 같군요.

밀러 아니요, 저는 무의식을 증명할 수 없다고 생각하지 않습니다. 프로이트의 무의식은 다시 현대 심리학의 중심이 된 인지적 무의식보다 증명하기 어려울지도 모릅니다. 저는 인지적 무의식을 능력 부여 무의식이라고 부르죠. 하지만 정의에 따르면 우리가 인식하지 못하는 무의식, 우리가 접근할 수 없는 무의식은 준*정신 과정이 없다면 설명할 수 없는 일들을 우리가 할 수 있게 해줍니다. 예를 들면 문법책을 보지 않고도 문법적으로 말할 수 있는 것이지요. B. F. 스키너처럼 단순한 사람은 조건화일 뿐이라고, 문법적으로 말하면 보상을 받고 비문법적으로 말하면 벌을 받기 때문에 우리가 문법적으로 말한다고 생각했습니다. 즉, 우리는 파블로프의 개처럼 문법적으로 말을 하도록 조건화되었다는 거죠. 저는 그렇게 생각하지 않습니다. 놈 촘스키의 위대한 업적 중 하나는 이 모든 일이 너무 짧은 시간 안에 일어나기 때문에 힘들고 고통스러운 조건화 과정으로 설명할 수 없다는 사실을 깨달은 것입니다.

와크텔 하지만 꿈이나 기억의 연료가 되는 무의식과는 다른 무의식이군요.

밀러 네, 하지만 물론 정의에 따르면 꿈은 무의식이 아니라고 말할 수도 있을 겁니다. 제 꿈을 의식하고, 말을 하는 데 어떤 연료가 필요하지 않은 것처럼 꿈을 꿀 때에도 연료가 필요한 것은 아니지요. 그냥 자연스럽게 일어나는 일입니다. 빨간 식탁보가 눈앞에 있으면 눈을 떴을 때 당연히 붉은색이 보이는 것만큼이나 수수께끼가 아닙니다. 눈을 감고 아무것도 보지 않을 때 아주 풍성하고 복잡한 꿈을 꾼다는 것은 조금 더 신비할지도 모릅니다. 저는 많은 것들을 봤지요. 눈을 뜨고 있을 때 빨간색 식탁보와 초록색 나무와 인간들이 등장하는 아주 복잡한 장면을 수없이 많이 보았고, 나의 뇌는 이러한 경험을 계산하고 압축하고 단순화하고 복잡하게 만듭니다. 내가 잠을 잘 때도 스위치를 내린 것처럼 완전히 꺼지지 않는다는 것은 별로 놀랍지 않아요. 오히려 완전히 꺼진다면, 잠을 잘 때 생명 유지 장치가 필요하다면 그게 더 이상하겠지요. 그와 마찬가지로 생각 유지 장치가 필요하다는 것도 이상합니다. 생각은 계속 이어지면서 제가 의식하는 꿈을 만들어 내지요. 물론 꿈을 잊어버릴 수도 있지만, 사실 우리는 깨어 있을 때 의식했던 것들도 많이 잊어버립니다. 하지만 사람들은 눈을 뜨고 했던 경험보다 꿈을 더 신비롭게 생각하는 것 같군요.

와크텔 하지만 바로 그것이 이유가 될지도…

밀러 음, 저도 그렇다고 생각하지만 꿈은 그렇게 신비로운 게 아닙니다. 감각 기관이 자극을 받아야만 의식이 생긴다고 생각한다면 그것을 신비롭게 생각할 수 있겠지요. 사람들은 오랜 세월 동안 자극을 겪었고 그것이 저장되고 기록되어 있다는 사실을 잊습니다. 우리는 녹음기나 하드 드라이브를 보고 신비롭다고 생각하지 않아요. 인간에게 하드 드라이브와 비슷한 무언가가, 우리가 자는 동안에 계속 덜걱거리면서 꿈이라는 것을 전달하는 무언가가 있는 것이 분명합니다. 꿈의 흥미로운 점은 모든 것을 조합하는 그 놀라운 다재다능함입니다. 우리가 실제로 겪은 그 무엇과도 다르지만 우리 경험에서 나온 것들로 새로운 경험을 만들어 내죠. 우리의 경험을 정말 놀랍게 엮기 때문에 이게 어디서 왔지? 싶습니다. 생각도 못했던 거니까요.

와크텔 요즘 특히 공격을 많이 받는 프로이트에 대한 책을 편집하셨지요. 지금은 프로이트에 대해서 어떻게 생각합니까?

밀러 제가 생각하는 프로이트는 자신의 생각과 달리 과학자가 아니었고, 흔히 말하는 것과 달리 마음의 과학적 탐험가나 정복자가 아니었습니다. 제 생각에 프로이트는 우리가 그 전까지 의식적으로 알지 못했던 것들에 사람들의 관심을 끌어왔습니다. 예를 들면 자신이 의식하지 못하는 바람을 가질 수 있다는 사실 같은 것들 말이지요. 하지만 저는 아마 거의 모든 윤리학자들이 그 사실을 알고 있었을 거라고 생각합니다. 우리가 위선이라고 부르는 것입니다. 사람들은 모순된 행동을 하고 있으며 자신이 아는 진실을 거스르고 있다는 사실을 의식적으로 깨닫지 못하면 위선자가 될 수 있습니다. 사실은 이렇게 생각하지만 저렇게 행동하겠다고 말하는 자의식 강한 위선자는 거의 없습니다. 위대한 문학 속 인물들은 대부분 우리 인간이 갈등을 겪는 존재라는 것을 알고 있었습니다. 사실 저는 프로이트가 말하는 모순의 원인이 옳았다거나, 그의 생각처럼 작용한다고 생각하지 않습니다. 하지만 프로이트는 과학 전통이 아니라 필립 리프가 말하는 "도덕적 전통"에 속해 있고, 저는 프로이트가 신경증적 행동을, 그것이 얼마나 이상하고 특이한지 정말 생생하게 묘사했다고 생각합니다. 그러나 프로이트가 옳았다고 생각하지는 않아요. 아주, 아주 모호합니다. 프로이트는 불행을 설명할 때 유용한 언어를 제공했습니다. 또 지금까지 인정하지 못했던 욕구와 욕망을 설명할 수 있는 어휘와 숙어도 제공했지요. 대단한 업적입니다. 프로이트의 에세이 중에는 대단한 문학 작품도 있습니다. 애도와 우울증에 대한 에세이—세 개의 상자에 대한 에세이—는 과학적으로는 틀렸지만 아주 대단하고 감동적입니다. 프로이트는 위대한 문학적 인물이지만 과학은 완전히 틀렸지요.

프로이트는 또한 존 휼링스 잭슨으로부터 큰 영향을 받았습니다. 잭슨은 신경계에 심오하고 원시적인 차원이 있고, 비교적 새로 생겨난 차원의 신경계가 그것을 저지한다고 생각했는데, 프로이트는 분명히 그 영향으로 이드와 에고라는 개념을 만들어 냈을 겁니다. 간접적이긴 하지만 그것은 분명히 잭슨의 개념이었습니다. 스펜서의 개념이기도 하지요. 다들 알겠지만 스펜서는 모든 면에서 프로이트처럼 흥미롭고 매력적인 수다쟁이였습니다. 하지만 프로이트는 어린아이들의 정신세계에 대해 그토록 자신만만하게 말하면서도 아이들을 자세히 관찰하지 않았지요. 지금 우리는 아이들을 대상으로 훨씬 더 흥미로운 연구들을 하고 있습니다. 피아제 같은 사람들은 아이들을 직접 관찰했고, 피아제 혁명 자체도 훌륭하게 수정되었습니다.

저는 정신 분석보다 우리가 지금 하고 있는 인지 연구가 훨씬 더 흥미롭다고 생각합니다. 많은 인지 과학자들이 생각하는 것처럼 모든 것이 계산이라고 말하고 싶지는 않습니다. 그러면 우리가 스스로에 대해서 말하는 아주 유익하고 생산적인 방식들을 제외해야 하니까요. 저는 셰익스피어가 형제나 자매에 대해, 혹은 두렵거나 화가 나는 상대에 대해 말할 때 쓴 언어를 중립적인 말로 대체할 수 없다고 생각합니다. 미래의 셰익스피어는 신경 섬유 출력물로 만들어지지 않을 겁니다.

와크텔 당신은 최근 텔레비전 다큐멘터리에서 정신에 대한 연구를 계속했습니다. 언어와 광기에 대한 시리즈 「광기의 박물관」이었지요. 정신 이상에 대한 책을 쓰겠다고도 했습니다. 정신 이상의 어떤 점이 그렇게 흥미롭지요?

밀러 어떤 것이 작동하는 방식에 관심이 있다면 그것이 작동하지 않을 경우, 혹은 부분적으로만 작동할 경우 어떻게 되는지 알아보는 것이 아주 좋은 방법입니다. 우리는 엉망이 된 생리 상태를 보면서 생리가 무엇인지에 대해서 많은 것을 배웁니다. 마찬가지로 엉망이 된 생각을 봄으로써 생각이 작동하는 방식에 대해 많은 것을 발견합니다. 조현병은 사고 과정을 볼 수 있는 정말 좋은 경로입니다. 조현병 환자의 경우 사고 체계가 혼란스러워져서 자신의 생각을 다른 사람이 주입한 생각이라고, 또는 다른 사람이 자신과 이야기를 하지 않아도 그 사람이 자기 생각을 이해하고 인정하고 느끼고 경험할 수 있다고 생각합니다.

뒤죽박죽이 된 시스템을 보면 그 시스템이 원래 어떤 방식으로 작동하지 않는지 알아낼 수 있습니다. 그래서 생리학자들은 일부러 손상을 입힙니다. 하지만 다른 생물이 어떻게 작동하는지, 또 그것에 비춰서 우리 인간이 어떻게 작동하는지 유추하기 위해 다른 생물을 해칠 권리가 인간에게 없다고 생각하는 사람도 있습니다. 하지만 손상을 입히거나, 인간이 아니라 자연의 힘 때문에 손상당한 상태를 살피는 것은 그 대상이 어떻게 작동하는지 알아내는 가장 좋은 방법입니다. 1860년대에 브로카가 어떤 환자의 왼쪽 전두엽 주름에서 종양과 상처를 발견했을 때 우리는 언어에 대한 한 가지 사실을 깨달았습니다. 그 환자는 딴-딴-딴-딴이라는 말밖에 못했습니다. 브로카 본인이 환자에게 손상을 입힌 것은 아니었지만 손상된 뇌를 봄으로써 언어가 어떤 방식으로 실행되는지 알게 되었고, 언어의 어떤 측면, 그러니까 아주 심한 손상의 예를 보면서 언어의 실행은 무척 복잡하고 특정 부분에 할당되어 있기 때문에 뇌의 어떤 부분은 손상을 입어도 언어에 아무 영향도 끼치지 않지만 어떤 부분은 손상을 입으면 심각한 언어 장애를 일으킬 수 있음을 알게 되었습니다.

와크텔 당신에게 무대는 정신을 연구하는 일종의 실험실이었습니다. 무대가 "심리학적인, 심지어는 생리학적인 실험실"이라고 말씀하신 적이 있지요. 어렸을 때 연극을 보러 갔다가 무대 위 어둠 너머의 다른 세계에 사로잡혔다고 들었습니다. 연극의 어떤 점이 그토록 매력적이었나요?

밀러 제가 어렸을 때는 연극이 생생하고 밝고 번쩍거렸고, 무대 조명이 지금과는 달랐습니다. 아래에서 비추는 풋라이트와 라임라이트를 썼지요. 또 배우들은 아이라인을 굵게 그리고 뺨을 붉게 칠하는 아주 진한 화장을 했습니다. 살아 있는 인형 같았어요. 아주 크고, 움직이고, 살아 있는 인형이죠. 그것은 다른 세계, 대안적인 세계, 철학자 솔 크립키가 말하는 가능세계, 즉 그럴 법하지 않으면서도 가능한 세계였습니다. 평범한 세상으로 돌아와서 눈이 저녁 풍경에 적응이 되고 나면 버스는 무대 위의 사람들처럼 밝은 색이 아니었습니다. 참 흥미로웠지요. 딱히 무대 위의 배우가 되고 싶지는 않았지만, 극장으로 가서 지켜보고 싶었습니다. 그러다가 가장 기술, 즉 다른 사람인 척하는 기술에 관심을 갖게 되었고, 우리가 어렸을 때 하는 아주 정교한 과정과 관련이 있다는 사실을 깨달았지요. 예를 들어 성냥갑으로 자동차인 척하면서 부르릉 소리를 내며 식탁 위에서 미는 거죠. 아이는 정말 그것이 자동차라고 생각하는 게 아닙니다. 우리가 "그거 자동차 아닌데"라고 하면 아이들은 "아니에요, 맞아요"라고 하지만요. 아이들은 척하는 것이 진지한 것과 다르다는 사실을 압니다. 하지만 척하는 과정은 어떤 행위를 하는 실제 과정에 대한 통찰을 제공합니다. 역시 잘못된 작동으로 이야기가 돌아가는데, 척하기는 잘못된 작동의 한 형태입니다. 실제가 아니죠. 우리는 실제와 흉내의 차이를 발견함으로써, 또 실제에 비해 흉내는 무엇이 부족한지 분석함으로써 실제에 대해서 배웁니다.

와크텔 어린 시절의 인상들이 당신에게 어떻게 남았는지, 혹은 감독으로서 당신에게 어떤 영향을 주었는지 궁금합니다. 빛의 반대편, 다른 세계의 마법이라는 인상 말입니다.

밀러 그냥 다른 사람인 척하는 사람들을 보면서 무척 재미있었습니다. 그들이 관객에게 분노, 원망, 공포, 슬픔 등등을 느끼는 인상을 줄 수 있다는 사실이 말이지요. 배우들이 무대에서 내려가면 무대에서 보여 주었던 슬픈 감정은 모두 사라지고 핸드폰을 들고 증권 중개인한테 전화를 하거나 뭐 그런다는 사실을 저는 잘 알고 있었습니다.

와크텔 연극을 연출할 때 "항상 도덕심리학, 동기의 심리학, 역동적 심리학에 영향을 받는다"고 말씀하셨는데, 배우를 지도할 때 심리학적으로 접근한다는 것은 어떤 의미인가요?

밀러 대체적으로는 상식을 이용한다는 뜻일 뿐입니다. 이런 상황에서 어떤 느낌을 가질까? 라는 거죠. 원하신다면 심리학이라고 불러도 괜찮습니다. 힘들게 프로이트적으로 분석하기 시작해야만 엄밀한 심리학이 되는데, 저는 프로이트 심리학이 무대에서는 정말 재미없다고 생각합니다. 지적 상상력을 발휘해서 사람들의 의식적인 생각을 떠올려 보면 대부분 쉽게 이해하고 표현할 수 있습니다. 배우들에게 등장인물의 행동 뒤에 당신이 의식하지 못하는 생각과 동기가 있다고 말할 수 있습니다. 프로이트가 말하는 보호 무의식에 넣어서 자물쇠로 잠가 놓았기 때문이 아니라 사람들은 보통 자신의 행동 방식 외에 다른 생각을 인식하지 못하니까요. 사람들이 스스로 생각하는 방식이 아니라 다른 방식으로 행동할 때, 혹은 자신은 모르는 감정에 자극을 받을 때 온갖 흥미로운 일들이 생깁니다. 저는 대부분이 단순한 도덕적 상식이라고 생각합니다. 제인 오스틴은 늘 그랬습니다. 그녀는 오만과 편견을 구분하고 이성과 감정을 구분하면서 사실 어떤 사람들은 민간 심리학이라고 일축해 버리는 것을 구분하고 있었던 겁니다. 저는 그것이 심리학이라고 생각하지 않습니다. 도덕적 상상력이죠.

와크텔 당신은 해석과 창조를 구분하지 않습니다. 창조와 해석이 별개의 행위라기보다는 대칭적인 협력 관계라고 말씀하신 적이 있지만, 저는 비교적 새로운 현상으로서 감독이라는 개념이 어떤 것일까 생각하고 있었습니다.

밀러 네, 저는 『뉴욕 리뷰 오브 북스』에 기고한 오페라 감독에 관한 긴 글에서 그런 이야기를 했습니다. 저는 과거의 오페라가 부활하면서 해석이 문제가 되기 때문에 감독이 존재한다고 지적했지요. 18세기에는 동시대 오페라를 공연하는 방법이 문제가 되지 않았습니다, 당시 기준에 따라서 새로운 오페라를 공연했으니까요. 오페라는 대부분 공연을 하는 시대의 스타일과 작풍에 의해서 결정되었습니다. 하지만 먼 과거에서 무언가를 가지고 오면 그건 이미 잔여물이 됩니다. 저는 다른 책에서 그것을 '다음 생'이라고 표현했습니다. 작품이 처음 공연되었을 때 가지고 있던 기능은 더 이상 존재하지 않고, 따라서 해석이 필요합니다. 소생시켜서 여러모로 변형해야 하는 거죠. 전통주의자들은 오페라를 원래 공연했던 대로 해야 한다고 말하겠지만, 사실 당대에 오페라를 어떻게 공연했는지 모르기 때문에 원작을 복원하는 것은 기술적으로 어렵습니다. 모호한 암시는 있지만 기록은 거의 없지요. 게다가 마법 같은 일이 일어나서 오페라를 원래대로 공연한다 해도, 옛것의 보존이라는 의미에서는 흥미롭겠지만 저자나 원작자가 예상할 수 없었던 방식으로 그 작품을 변형시켰을 때만큼 매료되지는 않을 것입니다.

시각 예술에서도 수많은 일들이 일어납니다. 수백 점의 작품이 우주 저편에서 온 운석처럼 우리 시대에 떨어지는데, 우리는 그 작품들이 제작된 시대의 사람들이 소중히 여기고 가치 있다고 생각했던 것과는 다른 이유로 그 작품들을 소중히 여기고 이용합니다. 예를 들어서 그리스 조각상을 원래 그랬던 것처럼 색칠하면 우리는 천박하다고 생각할 수도 있습니다. 우리는 색깔 없이 돌로만 만든 그리스 조각상을 좋아하고, 기껏해야 퇴색한 여러 가지 색채를, 잔여물처럼 남아 있는 칠만을 좋아합니다. 우리는 또 약간 훼손된 조각상을, 아득한 옛 시대를 목격한 망가진 물건들을 좋아하지요. 이와 마찬가지로 우리가 물려받은 텍스트는 훼손되지는 않았을지 모르지만 의미는 달라졌습니다. 의미의 구성에 대한 우리의 생각이 당대 사람들의 생각과 다르기 때문입니다. 프로이트 때문이 아니라 우리가 어떤 행동의 동기들을 전혀 다르게 생각하게 되었기 때문입니다. 우리는 더 미묘하고 복잡하지만 또 일부 옛날 사람들보다 더 조악하고 퉁명스러울지도 모릅니다. 그러나 우리는 다른 목적을 위해 같은 텍스트를 이용하지요. 그 사실을 인정하고 용인해야 합니다.

와크텔 감독으로 점차 자리를 잡으면서 오페라뿐만 아니라 연극도 연출했습니다.

밀러 연극에서는 감독의 출현 자체가 비교적 새로운 일입니다. 1880년대 정도까지는 감독이 없었고, 20세기 초반까지는 완전히 발달한 기능이 아니었습니다. 대부분의 연극이 새로웠기 때문이지요. 따라서 해석의 문제는 연극에서도 오페라와 똑같았습니다. 우리는 다음 생을 사는 작품을 물려받았고, 따라서 원래 이유와는 다른 이유로 소중히 가치 있게 여기고, 사용하고, 소생시킵니다. 우리가 그것을 오염시키거나 오용했기 때문에 그런 것이 아닙니다. 원래 늘 그렇게 했어요. 시골집으로 재단장한 16세기 비둘기장에 온갖 사람들이 살고 있습니다. 그렇다고 해서 우리가 비둘기장을 만든 사람의 의도를 오용하는 것은 아니지요. 그것을 만든 사람은 비둘기장을 집으로 쓰는 것을 보면 깜짝 놀랄 겁니다. 우리는 작품을 과거에서 가지고 옵니다. 과거의 작품들은 파편과 유적과 잔여물로 남아 있다가 여러 가지 목적을 위해 해체되고 재사용됩니다. 저는 그래도 괜찮다고 생각합니다. 그렇게 발전하는 거니까요.

와크텔 당신의 연극과 오페라 작품은 항상 무척 창의적이고 암시와 비유, 시각적인 참조, 특히 예술 작품에 대한 참조가 풍성합니다. 원작과는 다른 배경, 다른 관점을 이용하지요. 어디까지 가도 괜찮다고 생각하십니까?

밀러 너무 멀리 가는 것이 범위의 문제라고 생각하지는 않습니다. 문제는 옳은 방향을 선택할 만큼 현명한가이지 그 방향으로 얼마나 멀리 가느냐가 아닙니다. 한계의 문제라고 생각하지는 않습니다. 가끔 지나치다 싶게 변형한 작품도 실제로 무대에 올리고 보면 현대 관객에게 완벽하게 맞습니다. 텍스트는 그것으로 색다른 것을 만들어 내는 사람을 위해서 남아 있습니다. 사람들이 다 안다고 생각했던 작품을 가지고 와서 창작자가 무의식적으로도 생각하지 못한 의미가 숨어 있을지 모른다는 사실을 보여 주는 사람 말입니다. 창작자가 생각한 의미는 중요하지 않아요. 우리는 비둘기장을 끊임없이 집으로 바꾸어 쓰고 있습니다.

와크텔 스스로의 흥미를 자극하고 싶어서 그렇게 만드는 면도 있습니까?

밀러 원작을 새롭게 바꾸는 것은 아주 진기하고 흥미로운 일입니다. 오래된 것을 다시 이용하고 재활용하고 다른 면을 비추는 것은 아주 흥미로운 창작 형태이지요. 제2의 창작입니다. 작품을 처음 만들어 내는 것이 훨씬 더 만족스럽겠지만 이미 존재하는 것을 새롭게 만드는 것 역시 흥미롭습니다. 또 다른 형태의 예술이지요.

와크텔 당신이 연출한 「베니스의 상인」에는 19세기 은행가들이 등장합니다. 또 「리골레토」의 배경을 1950년대 뉴욕 갱단의 세계로 바꾸기도 했지요. 당신이 연출한 「토스카」는 파시즘이 횡행하던 40년대와 로셀리니의 「무방비 도시」에 등장하는 세계가 배경이었습니다. 「라 보엠」은 1930년대가 배경이었고, 사진작가 브라사이와 케르테스의 그 시대 사진을 바탕으로 만들었습니다. 어떻게 해서 그러한 변화에 이르렀습니까?

밀러 저는 어머니 덕분에 비유적으로 생각하는 법을 배웠습니다. 한 작품에서 다른 예술 형식과의 흥미로운 유사성을 발견하면 이걸 바꿔 보면 어떨까, 다른 예술 형식을 적용해도 괜찮을까, 라는 생각이 드는 거지요. 의외로 놀랄 만큼 아주 비슷한 예술 형식을 말입니다. 예술 작품의 새로운 모습에 빛을 비추는 새로운 발견을 하면 무척 즐겁습니다. 비유는 자신이 안다고 생각했던 두 가지가 공통적으로 무엇을 가지고 있는지 깨달아 그 두 가지를 더욱 뚜렷하게 이해하게 해줍니다. 다시 말해서, 이전에는 간과했던 면에 주목하게 되는 거죠.

와크텔 당신이 그런 면을 어떻게 찾는지 아시나요?

밀러 전혀 모르겠습니다. 저는 리허설 날 아침에 제가 뭘 할지 전혀 모르는 상태로 들어가지만 한 장면을 시작하고 30초만 지나면 어떤 배우가 대사를 하는 방식에 깜짝 놀랍니다. 누가 말하는 것을 들으면 그 대사의 진짜 의미를 알게 되지요. 또 그 대사가 어떤 의미가 될 수 있는지도 아는데, 그 장면에 이미 주어져 있는 의미와 늘 맞지는 않습니다. 리허설을 시작하기 훨씬 전부터 제가 어떤 생각을 가지고 있는 것은 확실합니다. 기존 전통과 다른 무대 배경을 다른 사람에게 맡기거나 직접 무대 디자인을 했으니까요. 하지만 그런 생각들이 어떻게 떠오르는지는 모르겠습니다. 아마도 어떤 경험이 기나긴 세월 동안 잠자고 있다가 연극이나 오페라를 연출해 달라는 요청을 받으면 갑자기 그 경험——케르테스의 사진이나 카르티에 브레송이 찍은 스페인 세비야의 사진——때문에 갑자기 "잠깐, 「카르멘」은 이렇게 해야 돼"라고 말하는 거죠. 물론 키치 같은 부분을 많이 없앱니다. 저는 「카르멘」에 주름장식이 몇 겹씩 달린 드레스와 캐스터네츠, 스페인의 각종 민속적 이미지가 나오는 것을 견딜 수가 없습니다. 그러다가 갑자기 1930년대의 세비야를 찍은 사진이 기억나면 이렇게 생각하죠. 우스꽝스러운 플라멩코가 나올 필요 없는 스페인도 있잖아. 그러면 오페라가 갑자기 다시 보이는 겁니다. 체스터튼의 소설 중에 제가 자주 인용하는 구절이 있는데요, 아마『목요일이었던 남자』에 나올 겁니다. "어떤 것을 천 번은 봐야 처음으로 제대로 보게 된다." 자주 일어나는 일이지요. 어떤 것을 999번 봤을 때, 마찬가지로 999번 본 다른 것과 어디까지 비슷한지 깨달으면 그제야 그것을 처음으로 보는 셈입니다. 이러한 경험을 하나로 합치면 두 가지 모두를 처음으로 보는 것이 되지요.

와크텔 「마술 피리」를 연출할 땐 파파게노의 깃털을 없앴지요.

밀러 저는 새처럼 분장을 하고 나오는 루니 툰즈의 귀여운 트위티 같은 이 인물을 견딜 수가 없습니다. 파파게노는 새를 잡을 뿐, 반드시 새를 닮을 필요는 없지요.

와크텔 로렌스 올리비에는 19세기 은행가로 변한 샤일록을 연기하는 것에 어떤 반응을 보였습니까?

밀러 얼른 기회를 잡았지요. 저는 오랫동안 전통적인 연기를 해 온 위대한 배우이니만큼 그가 제 말에 반박하면서 "아니 아닙니다, 이렇게 할 수는 없어요!"라고 말할지도 모른다고 생각했습니다. 하지만 좋은 아이디어를 내면 흥미로운 연기자들 대부분이 좋다고 합니다. 저는 항상 그런 생각을 했습니다. 정말 단순하지만 그동안 아무도 생각하지 못했던 아이디어를 내놓으면 토머스 헨리 헉슬리가 다윈의 『종의 기원』을 읽었을 때와 똑같은 반응이 나온다고요. 헉슬리는 책을 덮고 이렇게 말했지요. "왜 이런 생각을 못했을까, 정말 멍청하군." 정말로 좋은 아이디어가 있으면 사람들은 비유를, 비슷한 점을 갑자기 알아봅니다. 비슷한 점을 이용하면 어떻게 되는지 봅시다, 배경을 그 시대로 바꾸면 작품이 얼마나 새로워지는지 봅시다, 이렇게 말하게 되지요. 예전에 했던 방식 그대로 성실하게 반복하는 것은 아무 의미가 없어요. 책에서 시키는 대로 하는 수준 낮은 사람에게 얼마든지 연출을 맡길 수 있습니다. 그러면 공연은 종교 의식 비슷한 것이 되어 버리지요. 하지만 종교 의식을 비판하는 사람은 아무도 없습니다. 성찬식에서 제병을 높이 드는 게 "마음에 안 들었다"고 말하는 사람은 없죠.

와크텔 당신은 오페라를 듣지 않고 보러 가지도 않는다고 말했습니다. 자주 보지는 않는다고요. 당신에게 오페라의 매력은 무엇입니까?

밀러 오페라를 연출하는 매력은 조사원이 되는 것, 수리공이 되는 것에 있습니다. 저는 스스로를 인디애나폴리스 자동차 경기장의 수리공이라고 생각합니다. 피트에서 차량을 정비하면서 더 흥미롭고 다양하게 움직일 수 있는지 보는 겁니다. 경주 자체에는 별로 흥미가 없어요. 저는 리허설이 거의 끝나면 제 작품을 보기가 아주 힘듭니다. 드레스 리허설을 하는 동안 자리는 지키지만 그걸로 끝입니다. 출연자들에게 빚을 진 느낌이라서 그 사람들을 보러 들어가지만, 제 작품을 보는 것은 정말 너무 재미없는 경험입니다. 물론 다른 작품도 많이 보지 않아요. 질투나 경멸 때문은 아닙니다. 그림이나 과학처럼 재미

있지가 않거든요. 제가 연극에 접근하는 방식은, 연극과 전혀 상관없어 보이는 것들을 생각하면서 사실은 우리 생각보다 연극과 관련이 있음을 발견하는 것입니다.

와크텔 연극도 거의 보러 가지 않지요. 연극 연출과 오페라 연출에 다른 점이 있습니까? 한쪽에 접근하는 방식에 다른 쪽이 영향을 끼칩니까?

밀러 저에게는 연극과 오페라가 똑같습니다. 오페라에서는 출연자들이 노래를 할 뿐이지요, 그게 답니다. 말을 하지 않는다는 점은 좀 이상하지만, 어쨌든 연극에서는 대부분 이상하게 말하니까요. 사람들은 셰익스피어 연극처럼 말하지 않아요, 그러니 연극 역시 오페라만큼이나 인공적이죠. 결국 중요한 것은 인간의 행동을 보여 주면서 인간에 대한 지식을 새롭게 하는 것입니다. 연극 일을 했던 것이 큰 장점이 될 때가 많아요. 최근까지 오페라는 노래가 아닌 대사를 지시하는 사람들이 감독하지 않았기 때문에 원시적인 형태의 연극이었습니다.

와크텔 악보를 못 읽으신다고요. 그것이 방해가 된다고 느낀 적이 있습니까? 아니면 그게 장점일까요?

밀러 저는 장점이자 단점이라고 생각합니다. 출연자에게 어떤 부분에서 어떻게 하라고 지시할 때는 엄청난 단점입니다. 저는 이런 식으로 말해야 하죠. "따라라라랄라 하는 부분에서 멈춰요. 거기서 이렇게 하는 게 좋겠어요." 그건 단점이죠. 아주 큰 장점은 제가 악보를 생각하지 않는다는 겁니다. 출연자들이 뭘 하는지 지켜본다는 뜻이에요. 일부 구식 음악 평론가들은 제가 악보를 읽지 못하고 음악에 조예가 깊지 않기 때문에 제가 연출한 오페라가 형편없다고 주장합니다. 글쎄요, 저도 다른 사람들만큼은 음악적입니다. 음악에 귀를 기울이고, 듣고, 그것이 무슨 뜻인지 이해하니까요. 그 사람들 말이 사실이라면 난독증을 가진 사람들은 모두 문학적 감수성이 없다는 건데, 꼭 그렇지는 않거든요. 저는 음악에 귀를 기울이면 그것이 무엇을 말하는지 압니다. 단어의 뜻을 아는 것처럼요.

와크텔 당신은 이렇게 썼습니다. "내가 말하는 연극의 다음 생에는 연출의 다음 생도 포함된다. 자전적이고 우울한 의미에서, 나는 아마 내 이야기를 하고 있는 것 같다." 당신이 연출한 공연이 그림이나 책만큼 오래 갈 수 없다는 사실이 궁극적으로는 고뇌의 근원인가요?

밀러 네, 저는 몇몇 작품이 무척 자랑스러운데, 무척 복잡할 때도 있고 꽤 멋질 때도 많은 예술 작품이 그냥 사라져 버릴 수 있다고 생각하면 슬퍼집니다. 연극이 오랜 시간을 견딜 수 있으면 어떨지 전혀 모르겠습니다. 물론 일부는 비디오테이프의 형태로 남지만, 제가 했던 건 아니지요. 제가 무대에서 한 것은 화면으로 상영하기 위해서 만든 것이 아니었습니다. 낡고 버려져 사람들이 좋아하지 않게 된 공연 예술 작품도 많지만 회화 쪽에서도 똑같은 일이 벌어지고 있습니다. 빅토리아 시대 사람들이 열광했던 화가 귀도 레니를 지금 누가 좋아합니까?

그리고 지금 우리는 페르메이르를 좋아하지만 18세기 사람들은 그를 그렇게 좋아하지 않았어요. 하지만 맞아요, 제가 만든 것이 사라져서 슬픕니다. 그 중 몇몇은 지속적인 가치가 있을 것 같습니다. 잠깐 극찬을 받고 사라진 영화도 있지만, 5~60년 동안 계속해서 빛나는 영화도 있습니다. 저는 아직도 「제3의 사나이」를 보면서 대단한 작품이라고 생각합니다.

제 작품이 앞으로의 공연을 위한 유전적 정보만 남기고 사라진다는 것은 슬픈 일입니다. 미래의 공연은 제가 아닌 다른 사람의 작품이 되겠지요. 제가 과학자로서 배운 것과는 다릅니다. 과학자는 영구적인 가치를 가진 것을 남길 수 있지요.

와크텔 소설과 희곡, 특히 셰익스피어의 작품은 영화와 텔레비전 프로그램으로 끊임없이 만들어집니다. 그것이 별로 좋은 생각은 아니라고 보십니까?

밀러 네, 그렇습니다. 읽히지 않는 작품을 대중화한다고 불평하면 지나친 엘리트주의처럼 들리겠지만, 사람들이 그런 작품을 읽지 않는다는 것 자체가 안타까운 일이고, 또 영화나 텔레비전을 봤기 때문에 작품을 찾아 읽으면 원래 그 작품을 읽을 때 필요한 것과는 다른 마음가짐으로 읽게 된다고 생각합니다. 저는 생각을 문학의 형태로 표현하는 것이 다른 차원의 일이라고, 묘사는 사실 서술보다 못하다고 생각합니다. 문장으로는 표현할 수 있지만 공연으로는 표현할 수 없는 것들이 있습니다. 작가가 무언가를 설명할 때는 여러 가지를 뺄 수 있지요. 제인 오스틴은 어떤 물건이 어떻게 생겼는지 전혀 설명하지 않습니다. 무언가의 생김새가 드러나기 시작하면 더 이상 오스틴의 작품 세계를 다루는 것이 아닙니다. 제인 오스틴의 작품은 사람들이 어떤 행동을 하도록 이끄는 마음 상태를 신중하고 꼼꼼하게 설명하죠. 오스틴은 대단한 도덕주의자이고, 등장인물이 과거에 했던 말에 대해서 생각하거나 이제부터 할 행동이나 말에 대해 생각하는 것으로 도덕적 고민을 다룹니다. 내적 생각은 영화로 표현할 수 없어요. 영화에서는 생각과 감정을 말로 표현해야 하니까요. 이것은 문학의 위대한 업적입니다. 문학에는 영화에서 불가능한 표현 형태가 많아요, 예를 들면 비유적 설명이 그렇죠. 디킨스처럼 누군가의 입이 우체통처럼 생겨서 음식을 먹는다기보다 부치는 것 같다고 말할 수 있지요. 그렇게 재치 넘치는 설명을 어떻게 영상으로 전달할 수 있습니까? 범주 오류도 참 재미있어요, 음식을 부친다는 생각 말입니다. 우리는 음식을 부친다고 하지 않아요, 먹는다고 하죠. 그렇기 때문에 음식을 부치고 모아서 다른 사람에게 전달한다는 생각은 아주 재미있고 흥미롭습니다. 그걸 영화에서 어떻게 전달할까요? 기껏해야 까다로운 배역 담당 책임자를 고용해서 입이 우체통 입구처럼 생긴 사람을 찾는 게 최선이겠죠. 하지만 '우와, 저 사람 입은 정말 우체통처럼 생겼다, 음식을 먹는 게 아니라 부치는 것 같아!'라는 생각이 저절로 떠오르게 만드는 사람은 없습니다. 다른 누군가가 그런 비유를 명확하게 표현해야 합니다. 문학은 그런 거예요. 또한 문학은 시제를 아주 미묘하게 배치하지만, 다른 장르에서는 그렇게 할 수 없지요. 문학에서는 목요일마다 어떤 일을 한다고 말할 수 있습니다. 하지만 영화에서 목요일마다 무슨 일을 한다는 것을 어떻게 보여 줄 수 있죠? 영화에서 보여 줄 수 있는 건 어느 목요일에 무엇을 했는지밖에 없습니다.

와크텔 인물을 보는 것, 시각적 표상이 실제로 눈앞에 드러나는 것도 스포일러일까요?

밀러 저는 등장인물을 실제로 보는 것이 문학 작품의 경험을 망치는 데에는 아주 복잡한 이유들이 있다고 생각합니다. 저는 사소하다고 생각하지만, 사람들이 반대하는 가장 흔한 이유는 "나의 미스터 다시는 이렇지 않아"라는 겁니다. 중요한 문제는 아니에요. 내가 제인 오스틴의 설명을 바탕으로 상상 속에서 만들어 낸 미스터 다시는 지금 화면에 보이는 미스터 다시와 다르다는 겁니다. 미스터 다시라는 인물의 흥미로운 부분은 그의 외모에 대한 설명이 전혀 없다는 점입니다. 외모가 없기 때문에 사실 더욱 성공할 수 있었지요. 영화의 나쁜 점은 미스터 다시에게 외모를, 그것도 아주 세세한 외모를 준다는 겁니다. 그가 뒤로 돌면 등이 보이죠. 이건 오히려 방해가 됩니다. 제인 오스틴의 작품 세계와 아무런 관련이 없지요.

와크텔 당신은 예술계에서 25년을 보내고 1983년에 의학계로 돌아갔습니다. 서섹스 대학 인지연구과에서 2년 동안 신경심리학 특별연구원으로 연구했습니다. 무엇이 당신을 다시 불렀습니까?

밀러 제가 원래 가졌던 관심사를 계속 좇지 못한 것을 항상 후회했기 때문입니다. 하지만 돌아가 보니 이미 정신력이 바닥났더군요. 예전처럼 집중할 수가 없었습니다. 과학자로서 가장 중요한 것은 아침 일찍 일어나서 밤늦게까지 실험실을 지키는 것이고, 뭐든 성취하려면 아주 지루한 일상을 견뎌야 할 때가 많습니다. 음, 리허설을 하거나 무대 의상을 입은 사람들 틈에서 시간을 보내다 보면 그런 체제와는 멀어지죠. 그쪽 일은 재미있고, 즐겁고, 악당이 된 것처럼 흥미진진하고, 평범한 사람들과 다른 시간에 일을 하러 갑니다. 러시아워를 피해서 돌아다닐 수 있고 밤늦게 잠자리에 들었다가 느지막이 일어나서 전문직 종사자나 과학자가 할 수 없는 온갖 일들을 할 수 있지요. 그런 일을 오래 하다 보면 정신력이 물렁해집니다. 저는 끝없이 후회하면서 예전으로 돌아가려고 노력하지만 대개의 경우 소용이 없습니다. 저는 이제 경망스럽고 멍청해졌어요.

와크텔 정말 그렇게 생각하세요?

밀러 종종 그런 생각이 듭니다. 제가 본격적인 과학자가 되고 싶다면 꼭 가지고 있었어야 할 활력을 잃지 않았으면 좋았을 텐데, 하고요. 하지만 제가 지금까지 한 일에 만족합니다. 저는 사람들에게 뭔가를 알려 주었다고, 살아 있다는 것이 무엇인지 새로운 방식으로 보게 해주었다고 생각합니다. 그것도 중요하다고 생각해요. 학계에 남아 있는 일부 근엄한 동료들은 지금까지의 제 삶을 경멸하면서 연극이 전도유망한 미래를 망쳤다고 말합니다. 밀러는 왜 그랬을까? 왜 그렇게 천박한 것을 했을까?라고 말입니다.

와크텔 당신이 중간에 끼어 있다는 생각이 가끔 듭니다. 똑똑한 사람이라고 놀림을 받지만 순수 과학자들에게는 경멸을 당하다니 운이 나쁘다고 말입니다.

밀러 저는 정말로 두 개의 불 사이에 끼어 있는 느낌입니다. 동료가 아닌 사람들에게 평가받는 분야인 연극이나 저널리즘에서는 "똑똑하다"고 질투를 사거나 경멸을 당합니다. 네, 저는 입술을 움직이지 않고도 글을 읽을 수 있고 제 전문 분야가 아니라도 참조할 수 있습니다. 사람들은 저를 박식가라고 부르는데, 재주는 많지만 제대로 하는 건 아무것도 없다는 뜻에 불과하지요. 하지만 저를 그렇게 비난하는 사람들은 한 가지 재주도 없는 경우가 많아요.

와크텔 지식인이라는 말은 직업에 대한 설명일 뿐이라고 말씀하신 적이 있습니다. 하지만 영국에는 지식인을 불쾌하게 여기는 분위기가 있고, 지식인이라는 말은 뽐내는 것으로 여겨집니다. 왜 그럴까요?

밀러 조직적이고 어려운 사고를 왜 그렇게 미심쩍게 보는지 저는 모르겠습니다. 우리는 어떤 분석도 불가능한 일에 매료될 수 있습니다. 예를 들면 문법적으로 유창하게 말하는 것도 그렇지요. 언어는 우리의 생각보다 훨씬 복잡합니다. 촘스키는 사람들이 그 사실에 주목하게 만들었지요. 그런데 영국 저널리스트들에게 촘스키 같은 이름을 꺼내면 이렇게 말합니다. "그래, 그래, 촘스킨지 침스킨지… 그냥 말 많은 사람이지 뭐." 그런 식으로 말하는 사람들은 촘스키의 업적을 이해할 만큼 머리가 좋지 않아요. 촘스키는 우리 인간이 제2의 본능처럼 보이는 행동을, 아주 간단해 보이지만 사실은 매우 복잡한 행동을 할 수 있음을 사람들에게 주지시켰습니다. 왜 그런 행동을 할 수 있는지 현재로서는 분석이 불가능하다는 사실을 알려주었지요. 인간이 체스를 두는 컴퓨터는 발명할 수 있겠지만, 어떤 문장이 최소한 다섯 가지 의미를 나타낸다는 사실을 이해하는 컴퓨터는 만들지 못합니다. 실제로 정말 그렇게 어렵다면, 그것에 대해서 까다롭게 굴 만도 하지요. 하지만 영국에서는 그런 것들을 거만하다고, 건방지다고 생각합니다. 으스댄다고 말입니다. 하지만 약간 으스댈 필요도 있어요. 흥미로운 발견은 대부분 으스대다가 나온 겁니다.

와크텔 공적 지식인이 설 자리가 있을까요?

밀러 네, 영국에서는 그렇습니다. 하지만 일정한 형식을 갖춰야 합니다. 경계를 넘나들며 두 가지 이상의 사이에서 그 연관관계를 보는 사람들은 거만하다고 여겨지죠. 참 유감스럽고 슬픈 일입니다. 저널리스트 대부분이 형편없는 잡지 『프라이빗 아이』에나 나오는 "가짜pseud"라는 단어를 써도 된다고 생각하는 나라에 산다는 건 참 어려운 일이지요. 뭔가를 "가짜"라고 부르는 건 무슨 의미일까요? "가짜-지식인"이라는 말은 무슨 뜻일까요? 아마 그들은 지식인에 대한 기준을 가지고 있을 테고, 그에 따라 가짜-지식인인지 아닌지 판단할 수 있겠지요. 글쎄요, "가짜"라는 개념을 말하는 사람들은 대부분 지식인이라는 것에 대해 아주 조금밖에 모르거나, 앤서니 트롤럽의 소설을 읽으면 지식인이다 정도로 생각합니다.

와크텔 북아메리카는 좀 나을까요? 북아메리카에서는 영국이 더 낫다고 생각하는데요.

밀러 북아메리카는 여러 분야에 걸친 관심에 관대한 분위기입니다. 여러 분야가 서로 밀접하게 관련이 있음을 알고, 한 분야에서 다른 분야로 나아가는 것에 관대하죠. 사실 그렇게 사려 깊은 태도는 귀중하고 흥미롭고 생산적입니다. 꼭 물질적으로 생산적이라서——예를 들면 노트북을 만들어 내서——가 아니라, 노트북을 만들면 우리가 마음을 가지고 있다는 게 어떤 것인지 생각하게 되기 때문입니다. 전반적으로 북아메리카에서는 이러한 상호 참조에 더 호의적이고 그것을 거만하다고 생각하지 않습니다. 북아메리카 사람들은 그런 것들을 즐거워하고 똑똑하게 구는 사람들을 보면서 좋아합니다. 저는 그게 좋아요. 제 생각에 미국이 지적·기술적으로 그토록 폭발적인 성공을 거둔 이유 중 하나는 그러한 분위기입니다. 진중하고 겸손하고 괜찮은 영국 신사로 보이려고 무진 애를 쓰다 보면 사실 아무것도 못하지요.

와크텔 하지만 당신은 많은 작업을 하지요. 몇 년 전에는 런던 내셔널 갤러리에서 열린 대규모 전시회 「상에 대하여」의 큐레이터를 맡았습니다. 그때 당신은 "인식의 심리학을 그림 연구와 접합"하고 싶다고 말했습니다. 왜 상인가요? 왜 그것을 이용했습니까?

밀러 처음부터 그런 생각으로 시작한 것은 아니었지만, 저는 언뜻 불가해하게 보이는 상의 역설에 매료되었습니다. 한쪽 방향을 보고 반대편 방향을 보는 것에 대한 역설 말입니다. 우리는 자동차의 앞 유리창과 백미러를 동시에 보면서도 두 프레임에 비친 광경을 혼동하지 않는 이상한 능력이 있어요. 저는 그게 참 놀라워요. 그런 능력에는 무엇이 필요할까요? 광택이라는 개념도 놀랍습니다. 예를 들어 반사되는 이미지 말고는 아무것도 볼 게 없는 완벽한 반사면을 볼 때, 실제로는 눈에 보이지 않는 무언가를—반짝이는 표면 자체를—보고 있다는 사실 말입니다. 반사면을 반들거린다고 말하는 것은 그것이 반사된 이미지임을 우리가 알고 있기 때문입니다. 그전까지는 아무도 그것을 알아차리지도, 설명하지도 못했습니다. 반사된 상이 비치는 표면을 가리면 반들거리는 표면은 사라집니다. 반사면이 바로 앞에 있는 것의 이미지를 복제한다는 사실을 알기 때문에 그것이 반사된 상임을 아는 거죠. 표면에 상이 반사된다는 사실을 알면 반사된 이미지가 아닌 그 아래의 표면을 보게 됩니다. 반사를 가능하게 만드는 표면을 보는 거죠.

와크텔 어떻게 광택이라는 것에 관심을 갖게 되었지요?

밀러 눈을 뜨고 있으니까요. 삶은 신기한 역설과 문제로 가득하기 때문에 눈을 크게 뜨고 스쳐 지나지 말아야 합니다. 많은 사람들은 그저 광택이 반들거린다는 단순한 이유로 좋아합니다. 평범한 빨강색과 달리 광택이 있다는 것이 무슨 뜻인지 절대 자문하지 않습니다. 흥미로운 문제는 대부분 당연하게 생각했기 때문에 지금까지 간과하던 것에 마음을 쏟을 때 생깁니다. 대체로 정말 흥미로운 것은 우리가 당연하다고 생각하는 것들입니다. 자세히 살펴보면 아주 복잡한 심층구조를 가지고 있다는 사실이 드러나기 때문이지요. 범속한 자들과 가짜 사냥꾼들은 "이런, 당신은 별것도 아닌 일로 소란을 피우는군요"라고 말하겠지만 정말 흥미로운 것은 다른 사람들이 별것도 아니라고 생각하는 것으로 소란을 피워야 드러나는 법입니다.

와크텔 당신은 미술에서 거울이 어떻게 표현되는지 면밀하게 살핍니다. 미술가들은 거울에 왜 그렇게 흥미를 느낄까요?

밀러 거울이 미술가에게 중요하고 흥미로운 이유는 우리 모두에게 중요하고 흥미로운 이유와 똑같습니다. 우선, 거울은 유용한 도구입니다. 거울 덕분에 할 수 있게 된 일들이 많아요. 한쪽 방향과 그 반대 방향을 볼 수 있지요. 예를 들어 백미러처럼 말입니다. 거울은 또 그것이 없었다면 전혀 몰랐을 것을, 예를 들면 우리 자신을 보여 줍니다. 우리 자신을 본다는 것은 사실 무척 놀라운 일이에요. 거울이 없어서 기껏해야 자기 코끝밖에 보지 못한다면, 같은 종에 속하는 사람들 대부분이 코를 가지고 있으니 나도 코가 있겠구나, 정도의 추론밖에 못합니다. 거울에 비친 자기 모습을 보고 음, 내 코가 이렇게 생겼군? 이라고 발견하는 것은 아주 놀라운 일입니다. 사람들이 내 코가 크다고 말하는 것도 당연하다는 것을 깨닫죠. 본인은 자기 코가 얼마나 큰지 볼 수 없으니까요. 코를 가지고 있다고 해서 그 크기까지 알 수 있는 건 아니지요.

물론 거울은 허영심을 나타내는 비유적 도구로 쓰입니다. 거울을 너무 많이 들여다보는 사람은 거울에 비친 자신의 모습을 보며 기뻐하지요. 그러므로 거울은 자존심, 과도한 자존심의 상징이 됩니다. 하지만 자기 이해의 비유도 될 수 있기에 미술 도상학에서 그런 의미를 획득했습니다. 바니타스와 분별 모두 손에 거울을 들고 있지요. 다시 한 번, 거울은 인간만이 가질 수 있고 이용할 수 있는 비유적 상상력의 뛰어난 다재다능함을 보여 줍니다.

와크텔 당신은 그림을 이용해서 인식을 증명하고, 인식을 단서로 그림을 이해합니다. 인식의 심리학과 미술의 상호작용에 관심이 생기는군요. 인식의 심리학과 미술이 서로 영향을 주고받는 것을 보면서 놀란 부분이 있습니까?

밀러 우리는 사물에 대한 우리의 생각에 끊임없이 놀랍니다. 그렇기 때문에 모든 관찰이 흥미롭지요. 아, 이런 식으로 작동하는 거였군? 결국 이런 말이었어?라고 깨닫습니다. 저는 최근에 또 다른 주제에 상당한 흥미를 갖게 되어서 책을 쓰고 있는데, 전시회를 할 것 같지는 않습니다. 저는 "보는 것"에 흥미가 있어요. 본다는 행위의 자명함에 매료되었습니다. 눈은 왜 뭔가를 나타내는 것처럼 느껴질까요? 예를 들어 우리는 왜 초상화의 눈이 나를 따라 움직인다고 생각할까요? 사실 그림은 평면이기 때문에 얼굴의 나머지 부분도 마찬가지입니다. 하지만 코가 뭔가를 나타내는 것 같지는 않아요. 좋은 초상화는 코가 관람자를 따라다닌다고 말하는 사람은 없습니다. 눈은 왜 그럴까요? 콧날 양쪽에 있는 움직이는 얼룩 한 쌍일 뿐인데 말입니다. 이런 질문을 하기 시작하면 얼굴을 인식한다는 것이 사실은 무엇인지, 시각을 경험한다는 것이 무엇인지에 대해 흥미로운 질문을 던지게 됩니다.

와크텔 그림 속의 눈은 왜 관람자를 쫓아다니죠?

밀러 아, 정말 간단합니다. 초상화의 우수성과는 아무 상관없어요. 초상화에는 좋은 초상화, 나쁜 초상화, 이도저도 아닌 초상화가 있는데, 셋 다 눈이 관람자를 쫓아다닙니다. 그건 두 가지의 결과예요. 그림에 그려진 사람이 보는 방식, 그리고 어떤 대상을 그리기 위해서는 한 시점에서 그 사람을 봐야 한다는 사실이죠. 그림을 평면에 그리면 그것밖에, 당신을 보는 사람의 그림밖에는 될 수가 없습니다. 어떤 위치에서 보든 당신을 보는 사람이 될 겁니다. 옆으로 피할 수가 없어요. 조각상의 눈이 자신을 따라다닌다고 말하는 사람은 없습니다. 그러면 정말 기분 나쁠 거예요. 조각상은 관람자가 특정 위치에서만 눈을 마주칠 수 있는 자세를 취하고 있기 때문에 눈이 관람자를 따라다니지 않습니다. 왜 사람들이 그 사실을 알아차리지 못했는지 모르겠어요. 하지만 우리를 쫓아다니는 눈에 관심을 갖는 것은 아주 흥미로운 일입니다.

와크텔 눈은 영혼을 들여다보는 창이라고 하지 않나요?

밀러 네, 그러면 우리가 눈을 영혼의 창이라고 생각하는 이유에 대한 온갖 의문이 떠오르지요. 우리는 왜 눈을 그토록 중요하게 여길까요? 눈이 영혼의 창이라는 사실을 모르는 아주 어린 아기도 눈에 흥미를 느끼는 것처럼 보입니다. 아기는 엄마의 얼굴을 볼 때 다른 부분보다 눈을 제일 오래 봅니다. 엄마가 얼굴에 있는 한 쌍의 얼룩을 통해서 본다는 사실을 생후 6주 된 아기가 알 리가 없지요. 이런 질문을 던지기 시작하면 미궁에 빠집니다. 물론 눈은 중요하지만, 우리는 눈이 왜 중요한지 깨닫기 훨씬 전부터 그것이 중요하다고 생각합니다. 그러므로 우리가 왜 눈과 그런 흥미를 연관시키는지 물어야 합니다. 음, 그 이유는 뻔하지요. 눈은 우리에게 통찰을 줍니다. 다른 사람의 영혼을 들여다보는 것이 아니라 그들이 우리와 함께 있다는 사실을 알려 주죠.

와크텔 다시 관문으로서의 눈에 대한 이야기로 돌아왔군요.

밀러 네, 하지만 저는 관문이라는 단어를 쓰지 않습니다. 우리는 눈이라는 감각 기관을 통해서 뭔가에 닿지 않고도 그것을 가장 풍성하고 복잡하게 경험합니다. 저에게 아주 중요한 스승인 찰스 셰링턴은 눈을 "원격 수용기"라고 불렀지요. 눈은 우리가 육체적으로 접촉하고 있지 않은 것에 대한 정보를 줍니다. 우리에게 물건이 어디에 있는지 아주 자세한 지형적 정보를 주지요. 예를 들면 뭔가가 우리 시야의 바로 왼쪽에 있다고 알려 줍니다. 청각 역시 원격 수용기지만, 무언가가 다른 무언가의 바로 왼쪽에 있는지 알려 주지는 않습니다. 후각도 마찬가지입니다. 그러므로 우리의 얼굴에서 세계가 어떠한지 자세한 정보를 알려 주는 부분이 우리가 "본다"라고 말하는 행위를 담당하는 것은 별로 놀랍지 않습니다. 우리가 물어야 할 것은 사물을 왜 그토록 의식하는지, 다른 사람이 사물을 보는 것을 왜 그렇게 의식하는지입니다. 눈은 작은 얼룩일 뿐이지만 우리는 눈이 그 이상의 것을 투영한다고 생각합니다. 턱이나 코는 그런 식으로 생각하지 않아요. 물론 자신의 눈과 비교해서 그런 면도 있겠지만, 내 머리에서 시각을 담당하는 부분이 다른 사람의 머리에서 코 양쪽에 있는 부분과 같다는 사실을 어떻게 알까요? 우리는 코 양쪽의 무언가를 통해서 보는 게 아닙니다. 주관적으로 경험하는 시각은 그렇지가 않아요. 내가 눈을 뜨면——그것이 눈이라는 사실은 나중에 알게 되죠——주변에 펼쳐진 광대한 환경을 의식하게 되고, 그것은 내 머리 크기를 훨씬 넘습니다. 내 얼굴 중에서 눈이라는 부분이 그런 경험을 가능하게 한다는 사실을 어떻게 알까요?

와크텔 당신은 「상에 대하여」 전시회와 책에서 18세기 유럽 옛 거장들의 복제화와 함께 사진을 이용했습니다. 당신의 연극 작품 역시 종종 사진에 의지하지요. 최근에는 지난 삼십 몇 년 동안 당신이 찍은 사진을 모아서 『딱히 그 어디도 아닌』이라는 사진집을 냈습니다. 저는 이 책이 당신의 다재다능함과 상상력을 증명했다고 생각합니다. 당신은 그 책을 짧은 메모와 생각을 덧붙인 "부분의 사진들"이라고 설명합니다. 1820년까지 거슬러 올라가는, 분명한 장르라고요.

밀러 네, 한때 사람들은 단순히 화가가 전체 그림을 구상하기 위해서 부분을 그린다고 생각했습니다. 나무나 지붕을 상세하게 그린 그림은 그런 부분이 들어가는 완전한 그림을 그리기 위한 연습이라고 말입니다. 하지만 뉴욕 현대미술관의 사진부 수석 큐레이터 피터 갈라시가 지적한 것처럼 19세기 초가 되자 부분화를 그림의 일부 이상의 무언가로 내놓기 시작했습니다. 토머스 존스나 피에르-앙리 드 발렌시엔처럼 예전에는 완전한 집을 그리기 위한 연습이라고 생각했던 부분화를 전문적으로 그리는 사람들이 있었습니다. 부분화를 하나의 작품으로 내놓았지요. 저는 「사진 이전의 회화」라는 갈라시의 전시회 카탈로그를 읽으면서 내가 계속 그런 일을 해왔음을 깨달았습니다. 부분이 매력적이고 흥미롭다고 생각했기 때문에 30년 동안 싸구려 휴대용 카메라를 들고 다니면서 그런 것들을 찍었다는 걸요. 저는 이 사진들로 전시회를 열 것이라고 전혀 생각하지 않았습니다. 그냥 부분들을 모으고 또 모았지요. 궁극적으로 뭔가를 구상하기 위해 연구하려는 생각도 아니었습니다. 그래서 저는 몇 년 후에 그런 사진들을 들여다보기 시작했는데, 무척 흥미로웠습니다. 그 자체도 여러 부분으로 구성되어 있고 흥미롭기 때문에 말하자면 더 큰 구상의 요소가 되어 인정을 받을 필요가 없었습니다. 그래서 저는 이 사진들을 전시해도 괜찮겠다고 생각했습니다. 그런 사진을 찍어 온 사람들이 많지만 제 것도 꽤 괜찮다고 생각했지요.

와크텔 물론 괜찮습니다. 하지만 아무렇게나 찍었다는 사실도 당신에게는 중요해 보입니다. 그러니까, 싸구려 카메라로 찍어서 24시간 인화점에서 인화했고, 색의 명도가 제각각이지요.

밀러 저는 그것이 굉장히 흥미로웠습니다. 실제 인공물 자체가 아무렇게나 등장하기 때문에——찢어진 포스터와 건축회사 마당에 널려 있는 콘크리트 슬래브 같은 것들 말입니다——인화도 아무렇게나 할 수 있겠다고 생각했습니다. 저는 그런 것들로 예술을 만들어 내려는 게 아닙니다. 또 무언가를 프레임에 담기로 선택하고, 특정한 부분을 보면서 즐거워하고, 24시간 현상 서비스로 인화하는 과정이 하나의 예술 형식이 될 수 있음을 깨달았습니다. 네, 제 생각은 그렇습니다. 저는 선수를 쳐서 비판을 피하려고 사진집에 "완전한 쓰레기"라는 제목을 붙이려고 했습니다. 영국인이라면 "세상에, 완전 쓰레기네"

라고 말할 게 뻔했으니까요. 글쎄요, 가끔은 완전한 쓰레기가 무척 흥미롭습니다. 제가 아까 했던 이야기의 반복인데요, 보통 아주 흥미로운 것 대다수는 하찮은 것에 관심을 가짐으로써 생깁니다. 간과된 것들은 과소평가되거나 경시된 경우가 아주 많고, 다른 무언가의 단서가 될 수 있습니다. 제 사진들이 무언가의 단서라고 생각하지는 않지만, 그 전까지는 쓰레기라고 여겨지던 것들을 주목하게 만들고, 그런 것들이 흥미롭다는 사실을 드러내지요. 사실은 이전에도 다른 사람들이 이런 작업을 했습니다. 쿠르트 슈비터스는 쓰레기를 모아서 예술을 만들었지요. 저는 지금 쓰레기와 이런저런 잡동사니로 콜라쥬를 만듭니다. 제가 독창적으로 만들어 낸 분야라고 주장하는 것은 아니지만 제가 선택한 분야 내에서 한 작업들은 나름대로 독창적이라고 생각합니다. 하지만 저는 그렇기 때문에 거만한 가짜라 불리고 있지요.

와크텔 이야기를 나눠 보니 당신은 자신이 한 일에 굉장히 만족하지만, 하지 않은 일에 대해서 그만큼 후회하는 것 같습니다.

밀러 네. 사람들이 높이 평가하는 일을 하면 사람들의 생각을 바꾸거나 놀라운 깨달음을 준 작품을 만들었다는 사실에 만족하게 되지요. 하지만 저는 과학을 공부했습니다. 케임브리지에서 지나치게 꼼꼼하고 딴 세상 같은 영역에 살았고, 어떤 것들은 업적이라고, 또 어떤 것들은 변덕스러운 소일거리에 지나지 않는다고 생각하도록 조건화되었습니다.

와크텔 당신이 마흔 살 때 아버지께서 무슨 일을 할지 찾았느냐 물어보셨다고요.

밀러 토요일 아침에 아버지를 찾아갔을 때였습니다. 아버지는 진료실 책상 앞에 앉아 있었고, 저에게 뭘 할지 결정했느냐고 물었지요. 저는 아직 마음을 정하지 않았지만 그때 하고 있는 일을 계속할 것 같다고 말할 수밖에 없었습니다. 아버지는 기분이 좋지 않아 보였습니다.

와크텔 아직도 부모님의 인정을 받느냐, 실망시키느냐의 문제 군요.

밀러 부분적으로는 관련이 있다고 생각합니다. 저희 부모님은 무엇이 흥미롭거나 가치 있는 성취인지 아주 높은 기준을 설정해 놓았고, 아버지는 케임브리지에서 만났던 사람들에게 큰 영향을 받았습니다. 케임브리지가 청교도 대학이고 옥스퍼드가 왕당파 대학인 것은 우연이 아닙니다. 하지만 케임브리지는 흥미로울 만큼 경박한 온갖 인물들을 양성했는데, 그 사람들은 진지한 사람들과 밀접하게 연결되어 있습니다. 블룸즈버리 클럽에는 많은 과학자들이 경박하다고 평가할 만한 사람들이 많았지만, 서로 친하게 어울렸습니다. 예를 들어 케임브리지의 다윈론자들은 스트래치 가문[2] 사람들을 높이 평가하지

---

2 정부 관직과 예술, 행정부, 학계에 여러 인물을 배출한 영국 가문.

않았을 겁니다.

와크텔 이처럼 양면적인 성향을 감수하며 사는 것이 그럭저럭 편안한가요? 아니면, 회한을 느낍니까?

밀러 항상 회한이 있습니다. 제가 신경계의 근본적인 무언가를 발견할 일은 절대 없을 테고, 그래서 슬픕니다. 하지만 저는 사람들이 신경계를 어떻게 다루는지 살펴봄으로써 신경계에 대한 비과학적인 사실을 많이 발견해 왔다고 생각합니다. 그러니 불편하지만 참을 만한 상태라고 말할 수 있겠군요. 저는 불편함에 제 자신을 헌신했고, 그것을 견디고 있습니다. 이제 와서 바꿀 수는 없지요.

2000년 7월

제인 구달
Jane Goodall

우리 인간은 두뇌가 무척 발달했기 때문에
의식적인 선택을 할 수 있습니다.
우리는 선과 악이라는 두 가지 면을 물려받았고,
어디로 갈지 선택하는 것은 우리에게 달려 있습니다.
저는 우리가 이미 선택을 했다고 생각합니다.
단지 실수를 저지르고 있을 뿐이죠.

제인 구달

열렬한 팬에서 과학자로, 이제는 중재인으로 변신한 영장류 학자 제인 구달은 항상 비범하고 헌신적인 여성이었다. 구달 이 탄자니아 곰베 보호구역에서 실시한 혁명적인 침팬지 연구 는 인간의 의미에 대한 우리의 이해를 바꾸었다.

구달은 1934년 런던에서 태어났고, 다섯 살 때 가족과 함께 잉글랜드 해안의 본머스로 이사했다. 야외 활동을 무척 좋아 하고 태어났을 때부터 동물을 사랑했던 구달은 말을 타고 주 변의 자연을 즐기거나 지렁이의 생활 습성을 자세히 관찰했 고, 본인의 표현에 따르면 "우리 인류의 조상이 다른 유인원들 처럼 나무로 올라가지 않은" 이유를 고민했다. 그녀는 아프리 카로 가서 동물을 연구하고 싶다는 꿈을 꾸지 않은 때가 있었 는지 기억도 나지 않는다고 말한다.

비서로서의 능력이 있으면 무슨 일을 하든 유리하다는 어머니의 조언에 따라 구달은 비서 학교에 다니면서 웨이트리스로 일해서 뱃삯을 모아 케냐로 여행을 갔다. 그곳에서 유명한 고생물학자이자 당시 나이로비 자연사 박물관 큐레이터였던 루이스 리키를 찾아갔고, 그의 개인 비서가 되었다. 구달은 올두바이 협곡에 가서 고고학 발굴 작업에 참여했고, 마침내 탕가니카 호수 동쪽 기슭에서 독자적인 침팬지 연구를 시작했다. 당시 그녀는 스물다섯 살이었다. 구달은 침팬지의 출생과 죽음, 짝짓기와 사랑, 권력과 전쟁을 관찰하며 우리와 가장 가까운 친척을 잘 알게 되었다.

몇 년 후, "『내셔널 지오그래픽』 표지 모델"로 전락할 뻔했던 구달은——키가 크고 금발머리이다——루이스 리키의 제안에 따라 케임브리지 대학에서 비교 행동학 박사 학위를 받았다. 제인 구달의 유명한 저서 『인간의 그늘에서』는 나중에 곰베 국립공원이 된 곳에서 보낸 첫 10년 동안의 이야기를 들려준다. 그 후 구달은 『곰베의 침팬지들: 행동 패턴』, 『창문을 통해서: 곰베의 침팬지와 함께한 30년』을 출판했다. 미국의 진화생물학자 스티븐 제이 굴드의 말처럼 "제인 구달의 침팬지 연구는 서구의 가장 위대한 과학 업적 중 하나이다."

최근 구달은 개체수가 점차 줄어드는 침팬지 보호에 앞장서고 있다. 그녀는 자신의 책에 다음과 같은 헌사를 넣었다. "아직 자연에서 자유롭게 살고 있거나 이미 포로로 잡혀서 인간의 노예가 된 전 세계의 모든 침팬지들에게. 침팬지들이 지식과 이해에 기여한 공헌을 기리며."

나는 제인 구달이『희망의 이유』와『내 핏속에 흐르는 아프리카: 편지로 읽는 자서전』을 가지고 토론토에 왔을 때 그녀를 만났다. 그 뒤에 구달은『순수를 넘어: 편지로 읽는 자서전』을 펴냈고 캐나다에서 제작한 아이맥스 다큐멘터리「제인 구달의 야생 침팬지」(2002)에도 출연했다.

나는 구달의 강연을 듣거나 그녀를 만난 사람들이 감동을 받아 눈물을 흘리기도 한다는 이야기를 많이 읽었다. 구달은 마더 데레사와 비교되는 것을 싫어하지만, 그녀는 수녀에 가까울 만큼 정말 욕심이 없고──음식이나 물질적인 안락함에도 거의 관심이 없다──결단력이 대단하다. 하지만 제인 구달이 지나치게 진지하고 재미없는 사람처럼 느껴질지도 모른다는 노파심에 한 가지만 밝히자면, 내가 부탁을 하자 구달은 침팬지식 인사를 해주었다. 글로는 전달할 수 없음이 안타까울 뿐이다. 구달은 고개를 뒤로 젖히고 여러 가지 울음소리와 우우 소리를 냈는데, 내 맞은편에 앉아 있는 정중한 60대 여성과는 전혀 어울리지 않는 소리였다.

제인 구달은 2002년에 UN 평화 대사로 임명되었다.

∞

와크텔 당신이 곰베 국립공원에 처음 도착한 후 40년이 지났습니다. 당시에는 국립공원이 아니라 탕가니카 호수 연안의 금렵구역이었지요. 처음 그곳에 갔을 때 무엇을 발견했는지 설명해 주시겠어요? 첫인상이 어땠습니까?

구달 제 어머니와 작은 배——정말로 작은 배였습니다——를 타고 산과 울퉁불퉁한 언덕을 올려다보면서 도대체 어떻게 침팬지를 찾을까 생각했던 기억이 생생합니다. 비현실적인 감각이 저를 사로잡았지요. 침팬지를 연구하는 것이 오랜 꿈이었는데, 이제 이 외딴 곳에서——당시에는 정말 오지였어요——꿈을 실현하려는 참이었습니다. 제 일은 침팬지를 찾아서 침팬지에 대해 배우는 것이었습니다. 제가 평생 꿈꾸던 일이 정말 실현된 겁니다. 참 이상한 기분이었어요.

와크텔 왜 그런 꿈을 가졌습니까?

구달 모르겠습니다. 아이들이 대부분 그렇듯 저는 아주 어렸을 때부터 동물을 정말 좋아했고, 어머니는 두 딸이 관심 있는 것을 추구하도록 격려해 주었지요. 제가 18개월 때 어머니가 제 방에 올라왔다가 베개 주변에 지렁이를 잔뜩 늘어놓고 꿈틀거리는 모습을 홀린 듯 바라보는 저를 발견하셨대요. 어머니는 이불이 더러워졌다고 화를 내는 대신 이렇게 말했지요. "제인, 지렁이를 여기 두면 죽어. 지렁이는 흙이 필요하단다." 그래서 저는 종종거리며 걸어가 런던 우리 집의 작은 풀밭에 지렁이를 풀어 주었습니다. 몇 년 뒤 네 살 반 때도 비슷한 일이 있었어요. 우리 가족이 어느 농가에서 휴가를 보내고 있었는데, 저는 암탉이 낳은 달걀 거두는 일을 돕게 되었지요. 당시에는 잔인한 대량 사육 농장이 없었기 때문에 암탉들이 농장 마당을 꼬꼬댁거리고 다녔고 대부분 나무로 만든 작은 닭장에 알을 낳았습니다. 저는 달걀을 거두고 있었어요. 제가 보는 사람들마다 붙들고 도대체 달걀이 나올 만큼 커다란 구멍이 닭 어디에 있느냐고 물어보며 다녔다고 합니다. 제 눈에는 그런 구멍이 안 보였고 사람들도 만족스러운 대답을 해주지 못했기 때문에, 저는 숨었지요. 닭장 뒤에 숨어서 네 시간을 기다렸어요. 가족들은 제가 어디 있는지 몰라서 경찰에 신고를 했습니다. 엄마는 저를 계속 찾아다녔고, 해가 뉘엿뉘엿 질 때가 되자 제가 온몸에 지푸라기를 묻히고 달려왔지요. 겁이 나서라도 아이를 붙잡고 "어떻게 말도 없이 사라질 수가 있니? 두 번 다시 그러지 마!"라고 말하지 않을 엄마가 몇 명이나 될까요? 하지만 우리 어머니는 그렇게 하지 않았습니다. 어머니는 제 옆에 앉아서 반짝이는 제 눈을 보면서 멋진 이야기를 들으셨죠. 눈을 감으면 그때가 어제 일처럼 생각납니다.

와크텔 네 시간 동안 뭘 했지요?

구달 그냥 기다렸어요.

와크텔 네 살 반에도 인내심이 대단했네요.

구달 네. 참 놀랍지요? 저에게는 호기심, 과학에 꼭 필요한 질문하기, 그리고 동물을 대할 때 필요한 인내심이 있었습니다. 그리고 물론 "유레카!"라는 느낌도 있었고요. 저는 그런 면에서 오늘날의 아이들이 무척 위험하다고 생각합니다. 요즘 아이들에게는 가상 현실이 너무 많아요. 무엇이든 자신의 눈과 자신의 힘으로 처음 발견하면 어마어마한 영향을 줍니다. 이미 다른 사람이 수천 번 목격한 발견이라고 해도 말이지요.

어쨌든 저는 동물에 대한 다양한 책을 읽었습니다. 닥터 두리틀도 만났지요. 열 살 쯤에는 에드거 라이스 버로우스의 책에서 타잔을 만났어요. 바로 그거였습니다. 저는 열렬한 사랑에 빠져 제인을 미친 듯이 질투했어요. 책 속의 제인은 겁쟁이 같았고 제가 타잔에게 훨씬 잘 어울릴 것 같았습니다. 그럴 것 같지 않나요?

와크텔 게다가 당신 이름도 제인이고요. 그것도 중요했겠군요.

구달 그렇죠. 저는 그때부터 아프리카에 가서 동물들과 살면서 동물들에 대한 책을 쓰겠다는 꿈을 키웠습니다. 과학자가 되고 싶은 게 아니었어요.

와크텔 마침내 곰베에 도착했지만 침팬지를 찾기가 어려웠습니다. 왜 그랬지요?

구달 침팬지는 조심성이 아주 많아요. "하얀 유인원"을 본 적이 없었기 때문에 도망치고 또 도망쳤지요. 제가 좁은 협곡 맞은편에만 있어도 침팬지들은 저를 흘깃 보고 말없이 사라졌습니다. 그래도 숲에 나가는 것이 참 좋았습니다, 정말 마법 같았어요! 하지만 어마어마한 불안이 그 경험을 지배했습니다. 정말 신나는 것, 정말 흥미로운 것을 찾지 못하면, 괜찮은 데이터를 얻지 못하면 저의 멘토인 루이스 리키는 제가 연구를 계속할 자금을 얻지 못할 거고, 제가 그를 실망시킬 테니까요. 당시 리키가 프로젝트 자금을 마련하는 데 1년이 걸렸습니다. 저는 교육도 받지 못했고, 대학도 다니지 않았고, 영국에서 이제 막 도착한 셈이었죠. 그러니 누가 돈을 주겠어요? 결국 부유한 미국 사업가 네이선 윌키가 자금을 지원해 주었습니다. 젊은 여자 혼자 숲 속으로 들어가는 일이었으니 영국 정부의 승인을 얻는 건 당치도 않은 일이었어요. 하지만 루이스가 고집을 부리자 영국 정부는 결국 이렇게 말했습니다. "좋습니다, 하지만 동행이 있어야 합니다." 그래서 아까 말씀드린 것처럼 멋진 어머니와 같이 들어갔지요.

와크텔 당시 루이스 리키는 나이로비 자연사 박물관의 큐레이터였습니다. 그를 직접 찾아가다니 정말 대담했군요. 고향에서 편지를 썼지만 약속한 소개장이 오지 않자 직접 전화를 걸어서 당신이 동물에 얼마나 관심이 많은지 설명한 다음 결정은 그에게 맡겼습니다. 루이스 리키에 대한 가장 생생한 기억은 뭐죠?

구달 그는 포부가 원대하고 무척 비범한 사람이었습니다. 루이스 리키는 즉시 제 영웅이 되었지요. 그는 동물과 아프리카인에 대해서 정말 많이 알았습니다. 보통 사람이 한 번쯤 만나기를 꿈꿀 만한 사람, 수많은 질문에 대답할 수 있고 정말 흥미로운 문을 열어 줄 수 있는 사람이었지요. 하지만 사람들을 대할 때는 정말 참을성이 없었어요. 제가 조수로 일할 때——사실은 비서였죠——리키가 누군가의 편지를 받거나 과학 논문을 읽을 때면 자기와 생각이 조금만 달라도 온통 "쓰레기! 허튼 소리! 헛소리!"라고 적었던 기억이 납니다. 리키는 그 사람에게 화가 나서 당장 전화를 걸라고 했고, 저는 그 사람이 자리에 없다고, 내일 전화하시라고 대답하는 법을——그러니까, 거짓말하는 법을——배웠습니다. 다음 날이면 마음이 가라앉아서 이성적으로 대화를 할 수 있었지요. 당시 리키는 자기 생각에 푹 빠져서 아주 무례해 보일 때가 많았습니다. 인사도 없이 사람을 지나치곤 했는데, 그러면 상대방은 화를 냈지요.

와크텔 리키는 여자에게 관심이 많기로 유명했고, 또 여자가 최고의 현장 연구자라고 믿는 것으로도 유명했습니다. 그의 관심을 첫 번째에서 두 번째로 돌리는 것이 힘들었습니까?

구달 글쎄요, 리키가 저에게 호감을 느낀 건 사실입니다. 당시 그런 남자들이 꽤 있었지요. 저는 그가 처신을 아주 잘했다고 생각합니다. 리키는 "내가 뭐 하러 신경을 써? 그 여자는 그럴 가치가 없어"라고 생각할 수도 있었어요. 하지만 리키는 그렇게 하지 않았습니다. 루이스 리키는 제가 정말 해낼 수 있다고 굳게 믿었지요. 리키는 침팬지의 행동을 정말 알고 싶어 했습니다. 우리의 초기 조상의 행동을 이해하는 데 도움이 되리라 생각했거든요. 그래서 리키는 저에게 무엇을 시켜야 하는지 판단력을 잃지 않았습니다.

와크텔 당신의 능력과 감수성을 알아보았군요. 그때 당신은 나이도 젊고 현장 연구 훈련을 받은 적이 없었는데도요.

구달 확실히 그랬어요. 저는 리키와 그의 아내 메리, 그리고 질리언이라는 젊은 영국 여성과 세렝게티의 올두바이에 갈 기회가 있었는데, 리키 가의 사람들이 놀라운 발견을 했던 곳이라 지금은 무척 유명합니다. 호모 하빌리스와 진잔트로푸스 말이에요.

와크텔 초기 인류가 거기서 발견되었군요.

구달 네. 제가 처음 갔을 때 인간의 유해는 아직 발견되지 않았고 도구만 발견된 상태였지요. 메리 리키는 발굴된 물건들이 도구라고 주장했고 다른 사람들은 아니라고 했지만, 당연히 도구였습니다. 아직까지는 야생의 아프리카, 아무도 건드리지 않은 아프리카였지요. 매일 화석을 찾아서 땅을 조금씩 파냈고, 저녁이면 질리언과 저는 평원을 산책했습니다. 우리는 기린과 영양, 얼룩말, 타조와 함께였고, 하루는 코뿔소도 보았습니다. 두 살인데 크기는 성체와 같고 갈기가 막 나기 시작한 어린 수컷 사자가 460미터 정도 우리를 따라온 적도 있었고요. 우리 같은 사람들을 본 적이 없어서 궁금했던 거죠.

와크텔 무서웠습니까?

구달 너무 흥분해서 무서운 줄도 몰랐고, 잘만 하면 괜찮을 거라는 느낌이 들었습니다. 본능적으로 알았던 것 같아요. 전 동물들이 저를 해치지 않으리라 믿었습니다.

와크텔 루이스 리키는 다른 연구에도 여자들을 파견했습니다. 1963년에는 다이앤 포시의 산악고릴라 연구를 지원했고, 그 후에는 비루테 갈디카스의 오랑우탄 연구도 지원했습니다. 당신은 초기에 지원을 받은 사람 중 하나였지요. 당신이 맨 처음이었습니다.

구달 음, 맨 처음은 아니에요. 리키는 젊은 여성 두 명과 함께 고릴라 연구를 시작했다가 실패했습니다. 저는 처음으로 성공한 경우였지요.

리키는 여자들이 관찰을 더 잘한다고 생각할 뿐이었습니다. 여기에는 몇 가지 문제가 있어요. 아직 페미니즘 운동이 활발해지기 전이었고, 당시에는 여자 혼자 생계를 꾸릴 수 있다고 생각하지 않았습니다. 여자가 가만히 앉아 있으면 백인 기사가 용맹하게 달려와서 결혼한 다음 남은 평생을 돌봐 주고, 여자는 인내로 보답한다고 생각했지요. 반대로 당시 젊은 남자가 가정을 꾸리고 싶으면 박사 학위를 받아야 했습니다. 당시에는 완전히 무의식적이었겠지만 그런 저류가 있었다고 생각합니다. 하지만 진화적 의미에서 여성을 생각해 보면——침팬지를 보면 그런 생각을 하게 됩니다——옛날 식의 좋은 어머니가 되려면 인내심을 가져야 하고 말 못하는 존재의 행동을 이해하는 법을 배워야 합니다. 아이들은 말을 못하니까요. 또 여자들은 전통적으로 가정 내의 불화를 잘 다루었습니다. 긴장을 누그러뜨리고 가족들을 감시했지요. 이러한 특징이 모두 현장 연구에서는 무척 큰 도움이 됩니다.

와크텔 루이스 리키는 학력이나 자격을 신경 쓰지 않았지만——사실 배우지 않아서 더 개방적인 사람을 선호했지요——당신 스스로는 정식 교육을 받지 않았기 때문에 걱정하기도 했습니까?

구달 리키가 저를 선택했다는 것이 그저 놀라웠습니다. 그가 천재라는 증거죠. 리키는 행동학 연구자나 생태학자와 달리 환원주의적이고 과학적인 믿음에 물들지 않은 사람을 콕 집어서 원했습니다. 동시에 제가 결과를 내기 시작하자마자 케임브리지에서 박사 학위를 받으라고 주장했지요. 그가 아는 사실을 제가 증명하고 나자——리키는 제가 증명하리라 예상했던 것 같아요——저는 독립하기 위해 자격을 따야 했습니다. 그는 선견지명으로 이렇게 말했어요. "제인, 그렇게 하지 않으면 연구를 계속할 자금을 구하지 못할 거예요." 당시에는 1년 연구를 지원받는 것도 대단한 일이었습니다. 리키는 시야가 아주 넓은 사람이었지요. 그때 벌써 10년 뒤를 생각했습니다.

와크텔 당신은 3년을 생각하고 있었는데 말이지요. 루이스 리키가 10년을 이야기할 때 당신은 3년을 생각했습니다.

구달 네. 스물여섯 살에 10년이라고 하면 영원과도 같이 느껴집니다. 시간이 계속 늘어나다가 연구가 끝날 때는 이미 늙어 버리지요.

와크텔 이제 40년이 넘었는데 아직도 계속되고 있군요.

구달 계속되고 있고, 아직도 새로 배우고 있습니다.

와크텔 곰베를 향해 출발할 때 어떤 식으로 연구에 접근할지, 데이터를 어떻게 수집할지 뚜렷한 생각이 있었습니까?

구달 글쎄요, 저는 경험이 약간 있었습니다. 루이스 리키와 배를 타고 빅토리아 호수의 작은 무인도에 화석을 찾으러 갔다가 버빗원숭이를 3주 동안 관찰한 적이 있었으니까요. 계획을 하고 간 것은 아니었지만 거기서 몇 가지 방법을 파악했습니다. 항상 같은 색의 옷을 입는다든지, 너무 빨리 너무 다가가려 하지 않는다든지, 쌍안경을 잘 활용한다든지, 모든 것을 기록해 놓고 생각은 나중에 한다든지, 그런 거 말입니다.

와크텔 당신은 카키색 옷을 입었습니다. 눈에 띄지 않기 위해서였나요?

구달 그래야 눈에 띄지 않고 배경과 섞여 보이니까요. 그냥 그게 예의라고 생각합니다. 화려한 복장으로 자연에 들어가고 싶지 않았어요. 물론 꽃과 새와 나비는 멋진 색이지만요. 저는 눈에 띄기보다는 배경의 일부가 되고 싶었습니다.

와크텔 곰베에 도착했을 당시의 젊은 제인 구달을 어떻게 설명하시겠어요?

구달 아주 순진했죠. 열정으로 가득했고요. 곰베에 도착해서 정말 신이 났어요. 현실이라고 믿기 힘들었지요. 그리고 루이스를 실망시키면 안 된다는 생각에 걱정이 태산 같았습니다.

와크텔 요구되는 것도 많고 위험한 곳에 가겠다는 결단력과 힘을 어디서 찾으셨나요?

구달 저는 그런 식으로 생각하지 않았습니다. 저에게는 꿈의 실현이자 정말 하고 싶던 유일한 일이었어요. 당연한 일 같았기 때문에 결단력과 힘이 필요 없었습니다. 제가 하고 싶던 일이었을 뿐이에요.

와크텔 가족들이 많은 면에서 지원해 주었는데, 어머니뿐만 아니라 원기 왕성하고 적극적이고 별처럼 많은 여자들, 바로 할머니와 이모들이었지요. 그들이 당신에게는 본보기였나요?

구달 아, 확실히 그랬을 거예요. 아버지는 전쟁 때 떠났고——어머니와 이혼을 하셨죠——그래서 제 삶에 남자라곤 엄마의 남동생 에릭 외삼촌밖에 없었는데, 외삼촌 역시 저에게 아주 큰 영향을 끼쳤습니다. 정말 멋진 사람이었지요! 아주 큰 병원의 외과 의사였지만 거의 주말마다 우리 집에 왔어요. 외삼촌이 수술하는 모습을 보여 주었기 때문에 저는 아주 어렸을 때부터 인간의 몸이 얼마나 놀라운지, 어디까지 견딜 수 있는지, 외과 의사가 되려면 어떤 기술이 필요한지 배웠고 보살핌과 관심이 의학의 일부가 되어야 한다는 사실을 배웠습니다. 외삼촌은 정말 인정 많고 멋진 사람이었어요. 절대적인 역할 모델이었죠.

물론 어머니도 늘 저의 역할 모델이었습니다. 할머니는 빅토리아 시대 사람답게 불굴의 정신을 가지고 계셨지요. 절대 굴복하면 안 된다고, 무언가에 굴복하면 나약한 겁쟁이가 될 뿐이라고 생각했습니다. 그렇지만 정말 관대하셨어요. 아주 엄격해 보일 수도 있었지만 사실은 무척 인정이 많았습니다. 역시 정말 멋진 분이었어요!

와크텔 어떤 식으로 인정이 많았나요?

구달 항상 제 곁을 지켜 주었어요. 기분이 언짢을 때면 할머니가 위로해 주었습니다. 절대 포기를 모르는 분이었어요. 정말 좋은 성장 환경이었지요! 요즘은 그런 것들이 사라지는 추세 같습니다. 인간의 나약함에 굴복하면 안 된다, 극복해야 한다는 빅토리아 시대의 생각이 말입니다. 요즘은 그런 분위기가 충분하지 않은 것 같아요. 요즘 아이들에게는 그런 성장 환경이 부족하지요. 외유내강 말이에요.

와크텔 곰베에서 보낸 시간을 기록한 당신의 글이나 영화, 비디오에 포착된 이미지들에서 정말 놀라운 부분은 침팬지에 대한 당신의 애정과 공감입니다. 침팬지들을 만나자마자 그런 감정을 느꼈습니까?

구달 아니요, 사실은 그렇지 않았습니다. 침팬지들이 계속 도망쳤으니까요. 하지만 침팬지를 각각의 개체로 알게 되자 모든 것이 변했습니다. 다른 침팬지들보다 먼저 두려움을 버린 데이비드 그레이비어드가 제가 가까이 다가가도록 허락하고 결국 털을 고르게 해주었을 때 모든 것이 변했지요. 사실 그렇게 하면 안 되지만, 저는 그때로 돌아가도 또 그렇게 할 겁니다. 다 큰 수컷이 두려움을 극복하고 인간의 손이 닿는 것을 허락할 정도로 신뢰 관계를 쌓다니, 얼마나 멋진 일인가요!

와크텔 왜 그렇게 하면 안 되지요? 너무 위험해서요?

구달 연구 목적은 침팬지들의 자연스러운 행동을 관찰하는 것인데, 상호작용을 시작하면 인간이 침팬지 사회에 들어가게 되고 자연스러운 행동을 방해하기 때문입니다. 물론 위험하기도 하고요. 침팬지는 우리보다 훨씬 힘이 세기 때문에 신망을 잃으면 상황이 나빠질 수도 있거든요. 하지만 플로와 꼬마 플린트, 마이크, 골라이아스 모두 성격이 정말 좋았습니다. 절대 잊지 못할 거예요.

와크텔 과학적으로 거리 두기와 개별 침팬지들과 관계 맺기라는 어려운 상황 사이에서 갈피를 잡지 못했습니까?

구달 그렇지는 않습니다. 하지만 저는 과학자로 훈련을 받지 못했어요. 원래 대상을 지켜보면서 과학적 보고서를 작성할 때는 자신이 본 것을 최대한 객관적으로 써야 합니다. 침팬지들을 보면서 마음속으로 느낀 분노나 슬픔이나 즐거움으로 보고서를 물들이면 안 돼요. 일종의 자기 훈련이지요.

와크텔 당신은 1960년에 곰베에서 연구를 시작했을 때 "동물의 마음에 대해서 이야기하는 것은 허락되지 않았다——적어도 비교 행동학계 내에서는 그랬다. 인간만이 마음을 가질 수 있었다. 동물의 성격에 대해서 이야기하는 것도 적절하지 않았다"라고 지적했습니다. 침팬지에게 개별성을 허락하는 것이, 이름을 붙이고 그들의 감정에 이름을 붙이는 것이 당신에게는 왜 그렇게 중요했습니까?

구달 깊이 생각해서 그런 게 아니었습니다. 저는 대학 교육을 받지는 않았지만 어린 시절 내내 정말 멋진 선생님이 있었습니다. 제가 키우던 개 러스티죠. 러스티는 동물의 행동에 대해서 정말 많은 것을 가르쳐 주었습니다. 그래서 저는 곰베에 가기 전부터 동물에게 성격이 있다는 것을, 이성적인 사고가 가능하고 행복, 슬픔, 절망 같은 감정을 느낀다는 사실을 알았습니다. 물론 우리 인간도 동물입니다. 저는 루이스가 학술적으로 물들지 않은 사람을 특별히 원했던 이유가 바로 그것이라고 생각해요. 저로서는 침팬지에게 숫자가 아니라 이름을 붙이는 것이, 침팬지의 성격을 설명하는 것이 자연스러웠습니다. 바로 눈앞에 침팬지들이, 생생하고 독특한 성격들이 있으니까요! 그것을 부정할 수는 없습니다. 예를 들어서 침팬지가 도구를 사용해서 처음 맞닥뜨리는 문제를 해결하는 모습을 보면 마음을 가지고 있는 것이 분명합니다. 물론 지금은 동물의 마음을 연구하는 것이 유행이지요. 그리고 감정은… 글쎄요, 침팬지들과 시간을 보내면서 대부분의 인간과 아주 비슷하게 강렬한 감정을 가지고 있다는 사실을 깨닫지 않기는 힘듭니다. 상식이었어요. 이제 과학이 바뀌었지요.

와크텔 당신은 침팬지를 의인화하지 않기 위해서 자신과 싸워야 했는데, 아주 힘든 일입니다. 당신은 어느 편지에서 "나는 데이비드(그레이비어드, 침팬지들 중 하나)에게 인간적인 동기를 부여하려는 게 아닙니다. 제가 전달하려는 건 그의 행동이 나에게 남긴 아주 주관적인 인상입니다." 주관적일 수밖에 없는 당신의 반응을 통해서 침팬지의 행동을 어떻게 객관적으로 이해할 수 있었습니까?

구달 과학 연구는 연구자가 어떤 사람인지, 어떤 환경에서 자랐는지에 따라 달라질 수밖에 없고, 그 사람의 해석, 특히 동물행동 등에 대한 해석도 그에 따라 물듭니다. 그 편지는 제가 대학에 가서 의인화의 위험을 배운 후에 쓴 거예요. 하지만 곰곰이 생각해 보면 과학적 사고의 많은 부분이 무척 비논리적입니다. 침팬지를 데려다가 두뇌 연구를 비롯한 의학 연구에 이용할 수도 있습니다. 생리학, 생물학, 유전학적으로 침팬지와 인간은 아주 가까우니까요. 그건 문제가 되지 않습니다. 그렇다면 인간과 침팬지의 뇌와 중추신경계가 유사하니 지적 행위와 감정 표현도 비슷하다고 가정하는 것이 논리적이지 않을까요? 하나는 문제없이 받아들이면서 다른 하나를 부인할 수는 없습니다. 저는 반대로 여기에 문제를 제기하는 사람들에게 말하고 싶습니다. 좋아요, 그렇지 않다고 생각한다면 증명해 보세요. 왜 항상 그렇다고 증명해야만 하지요?

와크텔 당신이 곰베에서 연구한 지 얼마 안 되었을 때 쓴 편지에는 다채로운 의인화가 등장합니다. 당신은 수컷 침팬지가 고깃덩이를 먹는 모습을 지켜봤다며 "한 손에는 돼지고기 파이를, 한 손에는 셀러리를 든 사람"처럼 보였다고 말했습니다.

당신이 본 모습을 당신이 겪은 인간의 행동과 연관시킬 수밖에 없겠지요.

구달 참 흥미로운 문제입니다. 가끔 다른 문화권에서, 이를테면 일본에서 원숭이를 연구하는 사람들과 이야기를 나눠 보면 문화에 따라 서로 다른 해석을 내리는 것이 분명합니다. 참 흥미롭지요. 하지만 맞아요, 저는 집으로 편지를 보낼 때 제가 본 것에 대해서 썼고, 그 뒤에 배웠습니다.

제가 케임브리지에 다닐 때 박사 과정 지도교수님이 정말 멋진 분이었는데, 방대한 정보를 과학적으로 용인되는 형식으로 정리하는 법을 잘 가르쳐 주셨습니다. 참 힘들었어요. 저는 진심으로 즐겼지만요. 저는 수업이 정말 좋았습니다. 교수님과 토론했던 기억이 납니다. 저는 피피의 남동생을 다른 아기들이 만지자 피피가 질투했던 이야기를 썼는데, 로버트 힌드 교수님은 "그렇게 말하면 안 돼요"라고 하셨습니다. 제가 "음, 하지만 질투를 했는데요"라고 하자 교수님은 "그래요, 하지만 증명할 수 없잖아요"라고 했지요. 그래서 제가 말했습니다. "그럼 제가 뭘 할 수 있죠?" 그러자 교수님이 말씀하셨어요. "'피피는 인간이었다면 우리가 질투를 한다고 말할 법한 방식으로 행동했다'라고 쓰면 어때요?" 정말 대단하지 않아요? 아주 좋은 것을 배웠습니다.

와크텔 당신의 편지나 일화에서 침팬지 행동을 해석하는 어려움이 잘 드러납니다. 1963년에 쓴 편지에서 당신은 침팬지가 왜 마분지를 씹는지 알아냈다고, 죽은 나무를 당겨서 씹은 다음 뱉는 것을 봤다고 말했지요. 그러니까 마분지가 침팬지에게는 일종의 죽은 나무인 거죠. 물론 침팬지가 죽은 나무를 왜 씹느냐는 문제가 남지만요. 당황스러운 의문들이 있었습니까?

구달 네, 아직도 있습니다. 우리는 전체적인 그림에 대해 어떤 해답도 찾지 못했습니다.

와크텔 그런 면에서 당신의 흥미를 끄는 구체적인 문제가 있습니까?

구달 글쎄요, 슬픈 점은──그리고 가장 흥미로운 점이기도 하죠──여러 곳에서 침팬지를 연구 중인데, 각지의 침팬지들이 모두 다른 전통, 다른 도구 사용 행동을 보인다는 사실입니다. 관찰과 모방을 통해서 한 세대에서 다음 세대로 전달되는 것처럼 보이니까, 문화라고 부를 수 있겠지요. 우리가 침팬지의 다양성을 전부 발견하지는 못할 겁니다. 침팬지들이 사라지면서 침팬지 문화도 같이 사라지고 있으니까요. 그러므로 우리는 침팬지의 행동 전체를 결코 알아내지 못할 겁니다. 아주 슬픈 일이지요.

와크텔 『희망의 이유』에서 당신은 곰베에서 보낸 처음 몇 달 때문에 지금의 성격이 형성되었다고 썼습니다. 어떤 면에서 그런가요?

구달 처음 몇 달 동안 저는 완전히 혼자였습니다. 숲에서 시간을 보냈지요. 저는 원래 인내심이 많았지만 인내심을 더 많이 배웠습니다. 숲에서 침팬지를 기다리면서 주변의 작은 소리와 색, 냄새를 의식하다 보면 생각에 잠길 시간도 생기지요. 철학 자처럼 의식적으로 생각을 하고 질문을 던진 것은 아니지만, 아무튼 시간에 마음을 가라앉히는 효과가 있는 것이 분명합니다. 사람들은 제가 평화로워 보인다며 명상을 하느냐고 항상 묻습니다. 글쎄요, 저는 명상을 하지 않지만 분명 숲에서 보낸 시간들 때문에 그렇게 보일 겁니다.

와크텔 이렇게 오랜 시간이 지난 뒤에도 그 영향이 남아 있군요. 당신의 일부가 되었어요.

구달 네. 주변이 요란하고 시끄러우면 내면에 작고 고요한 핵심이 생기지요. 숲에서 보낸 시간뿐 아니라 제가 자란 방식 때문이기도 합니다. 어렸을 때부터 침착하라고 배웠기 때문이기도 하지요. 숲과 제가 자란 환경과 멋진 가족이 섞인 결과이자 어느 정도는 제 유전자 때문일 겁니다.

와크텔 자연계와 연관되면서 당연히 영적인 차원을 생각하게 되었습니까?

구달 아마 당연하지는 않았겠지만, 제 느낌에 그 두 가지는 무척 밀접한 관계가 있습니다. 자연에, 자연계에 나가 보면 아주 아름답고 시간을 초월하는 곳이기 때문에 뭔가 영적인 것이 존재하는 느낌이 강하게 들지요. 세쿼이아 숲에 들어가서 저 높은 하늘을 올려다보거나 열대 숲이나 산꼭대기, 세렝게티의 야생에서 누 떼에 둘러싸여 누워 있던 경험은 제가 강렬하게 느끼는 영적인 힘에 무척 가깝습니다.

와크텔 당신은 어렸을 때부터 교회에 다녔고, 신이 존재한다고 생각했고, 자연을 좋아했습니다. 스스로 신앙심이 깊다고 생각했습니까?

구달 아니요, 전혀 아닙니다. 우리는 종교를 억지로 주입받거나 하지 않았습니다. 제가 신앙심이 깊으면 좋겠다고 생각했던 때는 아마 동네 목사님과 사랑에 빠졌던 십대 시절이었을 거예요. 아주 플라토닉한 사랑이었지요. 저는 목사님을 동경하고 숭배했습니다. 다들 저를 놀리면서 무척 즐거워했지만, 저도 즐겼어요. 저는 예배가 있을 때마다 교회에 가서 사랑하는 사람의 머리를 물끄러미 바라보았지요. 십대 아이들이 무언가에 푹 빠지면 어떻게 되는지 아실 거예요. 하지만 그 일이 저에게 아주 좋은 영향을 끼친 것은 분명합니다. 저를 더 나은 사람으로 만들어 주었으니까요. 저는 목사님이 인정하실 만한 일을 하려고 애썼습니다. 그 뒤에 한 몇 가지 일들도 분명 목사님 때문일 거예요. 그런 경험들이 전부 하나로 묶여 있지요. 물론 전쟁과 홀로코스트, 또는 그 기억도 마찬가지입니다.

와크텔 어렸을 때 홀로코스트에 대해 배웠던 기억 말인가요?

구달 네. 무슨 일이 일어나고 있는지 듣고, 생존자들의 사진과 해방된 수용소에 쌓여 있는 해골 사진을 봤지요. 너무 충격적이었습니다. 전쟁 자체만 해도 나쁜 경험이에요. 폭탄이 터지고 사람들이 죽었다는 사실을 아니까요. 하지만 홀로코스트 같은 일들이 조용히 진행되고 있었다는 건 너무 끔찍했습니다. 저는 어린애다운 방식으로 인간의 본성에 대해서 생각하기 시작했고, 우리가 얼마나 사악해질 수 있는지 깨달았습니다. 아마 제가 그토록 사랑하는 가족과 너무나 대조적이었기 때문에 특히 더 심오하게 느껴졌던 것 같습니다.

와크텔 아프리카에서 연구를 시작할 때는 어떤 영적 관심을 가지고 있었습니까? 늘 마음에 가지고 있던 의문 말입니다.

구달 제가 곰베에서 연구를 시작했을 때 딱히 영적 관심을 가지고 있지는 않았던 것 같습니다. 내가 할 수 있을까, 나로 괜찮을까, 침팬지의 신뢰를 얻을 수 있을까, 어떻게 하면 더 강해져서 숲에 더 오래 머물 수 있을까, 그런 것들이 문제였지요. 그런 게 걱정이었어요. 육체적으로 무척 힘든 일이었고, 정신적으로도 강인해야 했습니다. 실망스러운 일이 많았지만 극복해야 했으니까요. 침팬지들에게 가까이 다가가려고 무진 애를 썼지만 모두 도망가 버리면 눈물을 터뜨리면서 "다시는 못하겠어, 너무 지쳤어"라고 말하고 싶어집니다. 하지만 어쨌든 계속해야 하지요.

와크텔 『회망의 이유』는 파리의 노트르담 성당에서 영원을, 혹은 황홀경을 느낀 순간으로 시작합니다. 장미꽃 무늬 창문 아래 앉아 있는데 오르간 연주자가 바흐를 연주하기 시작하지요. 그곳에서 당신에게 무슨 일이 일어났나요?

구달 지금 돌아보니 어떤 메시지가 있었던 것 같아요. 삶을 어떻게 느끼느냐에 따라 다른 것 같습니다. 우리가 이 땅에서 사는 삶에 목적이 있다면 그 순간이 저에게 전해진 메시지, 당시에는 이해하지 못했던 메시지 같아요. 아주 단순한 메시지였지요. 저는 그 경험 전체——성당, 음악, 아름다운 장미꽃 무늬 창문, 성당에서 경배를 드린 모든 이들의 생각과 기도와 각기 다른 성격과 삶——를, 진화 자체를 아주 짧은 시간에 깨달았습니다. 저는 삶에 우연 이상의 무언가가 있다고, 목적이 있고 계획이 있다고, 제가 그 일부라고 느꼈습니다.

와크텔 계획이란 신의 계획이라는 뜻인가요? 무슨 의미지요?

구달 우리 인간이 이 땅에서 사는 삶에 대한 계획이 무엇인지 아는 척하지는 않겠습니다. 하지만 제 생각에 우리는 진화의 새로운 단계를 향해 아주 천천히 움직이는 중입니다. 육체적인 진화——저는 오래된 화석을 손에 쥐었던 경험이 있어요——가 먼저 일어난 다음 도덕적 진화가 시작됩니다. 옳고 그름을 판별하거나 어떻게 행동해야 하는지 판단할 수 있는 마음을 서서히 발전시키면 문화적 진화가 일어납니다. 언어가 발전하면서 문화적 진화로 도약하지요. 저는 우리 인간이 도덕적·영적으로 진화하는 중이라고 생각하지만, 너무나 파괴적이었고 지나치게 성공적으로 번식했기 때문에 계획이 있다 해도 그 계획을 완수할 시간이 있을지 모르겠습니다.

와크텔 도덕적 진화가 육체적 진화만큼 오래 걸린다면 수백만 년이 걸릴 수도 있겠군요.

구달 글쎄요, 문화적 진화로 인해 모든 속도가 빨라졌기 때문에 그렇지는 않을 겁니다. 제 66년 평생 동안 어마어마한 기술적 발전이 일어났습니다. 제가 보기에는 정말 마법 같아요. 저는 747기가 어떻게 하늘에 떠 있는지는 고사하고 어떻게 이륙하는지도 모르겠어요.

와크텔 로켓이 달에 가는 것도요!

구달 맞아요! 정말 마법 같지요. 제가 어렸을 때 사람이 달에 갈 거라는 말을 들었다면 완전히 과학 소설 같은 이야기라고 생각했을 겁니다. 그런데 우리가 그걸 해냈지요! 미래의 희망이 바로 거기에 있습니다. 우리 뇌의 능력에 말입니다. 우리는 인간이 환경을, 자연계를 끔찍할 정도로 해쳤다는 사실을 인정했으니 이제부터 바로잡으면 되지 않을까요? 이미 바로잡고 있습니다. 그런 일들이 일어나고 있어요. 그런데 속도가 빠르다고 할 수 있을까요? 모르겠습니다. 자연은 놀랄 만큼 넓은 아량으로 우리를 용서해 줍니다. 인간은 자연을 해치고 망치고 더럽히지만 자연은 기회나 시간만 있으면 스스로 회복할 거예요. 하지만 시간이 충분할까요?

와크텔 당신은 물리적인 환경 파괴, 특히 인간의 파괴라는 점에서 지금까지 여러 가지 사례를 보아서 알고 있는데도 우리가 도덕적으로 진화하는 중이라고 확신하는군요. 왜 그렇습니까?

구달 영국의 빅토리아 시대를 돌이켜 보면 마차를 타고 다니며 호화롭게 사는 신사 숙녀들도 있었지만 하인들은 돈도 자유도 거의 없이 말 그대로 노예 취급을 당했습니다. 눈 위를 맨발로 다니는 아이들이 있었고, 숙녀들은 그런 아이들에게 너그럽게 동전을 던져 주었지요. 구빈원도 있었고 일부 여자와 아이들은 탄광에서 무시무시할 정도로 오랜 시간 동안 일하면서 거의 쉬지도, 먹지도 못했습니다. 사회적 불공평에 대해서 이야기하자면 끝이 없지만, 우리는 그런 문제에 다시 관심을 기울이고 있습니다. 누군가는 그런 문제들을 해결하고 있지요. 사회적 의식이 커졌고 봉사 정신도 커졌습니다. 예를 들어서 미국을 봅시다. 노예제도가 존재하던 시절도 있었지만 남북전쟁이 일어났고 노예제도는 폐지되었어요. 지금도 차별이 존재합니다, 그건 맞아요. 하지만 사람들은 차별에 맞서 싸우고 있습니다. 저는 현재 정말 비참한 시기를 겪고 있는 아프리카도 다음 단계로 서서히 나아가기를 기도합니다. 시간 문제예요!

와크텔 그래서 『희망의 이유』라는 제목을 붙였군요, 당신 마음속에는 희망을 가질 이유가 있으니까요.

구달 네. 또 우리에게는 제가 "꺾이지 않는 인간 정신"이라고 부르는 놀라운 것이 있습니다. 불가능한 임무에 도전해서 성공하는 사람들, 가혹한 육체적 장애를 극복하고 주변 모두에게 영감을 주는 사람들 말입니다. 마지막으로, 젊은이들은 문제가 무엇인지 깨닫고 행동할 동력만 얻으면 어마어마한 에너지로 헌신할 겁니다. 그렇기 때문에 저는 젊은이들을 위한 뿌리와 새싹Roots and Shoots 프로그램에 에너지의 대부분을 쏟고 있습니다. 뿌리와 새싹 프로그램이 전 세계로 퍼져나가면서 아이들에게 희망을 주고 있지요.

와크텔 곰베에서 겪었던 결정적인 순간들로 돌아가 봅시다. 침팬지 데이비드 그레이비어드――당신이 붙여 준 이름입니다――가 당신 손바닥에 놓여 있던 붉은 야자 열매를 치운 적도 있지요. 무슨 일이었습니까? 그 사건이 그토록 놀라운 이유는 무엇인가요?

구달 아, 정말 멋진 사건이었습니다! 저는 데이비드를 따라다니고 있었지요. 제가 따라다니는 것을 데이비드가 허락한 직후였어요. 그 전까지는 제가 가까이 다가가는 것을 데이비드가 허락하고, 그런 다음 데이비드가 멀리 떨어져서 혼자만의 공간을 갖도록 해주는 정도의 관계였지요. 데이비드가 좁은 터널과 가시투성이 덤불을 지났습니다. 저는 옷에 걸리는 가시덤불을 헤치며 힘들게 따라갔습니다. 그러다가 놓쳤다고 생각했는데 데이비드가 저를 기다리는 것처럼 작은 냇가에 앉아 있더군요. 그때 붉은 야자 열매가 보이기에 제가 손바닥에 올려 데이비드에게 내밀었더니 데이비드가 고개를 돌렸습니다. 침팬지는 야자 열매를 정말 좋아하는데 왜 안 먹을까, 생각했지요. 그래서 더 가까이 내밀었습니다. 그랬더니 데이비드가 내 눈을 똑바로 보면서 손을 내밀어 열매를 가져가서 땅에 떨어뜨렸지만, 동시에 제 손을 가볍게 꾹 누르며 잡았습니다. 침팬지들이 서로 안심시키거나 진정시킬 때 쓰는 방법이지요.

말이 필요 없는 소통이었습니다. 우리 둘 다 아주 먼 과거의 영장류로부터 그러한 소통 방법을 물려받은 것 같았지요. 마치 데이비드가 "쌀쌀맞게 구는 게 아니야, 그냥 열매를 먹고 싶지 않을 뿐이야"라고 말하는 것 같았어요. 정말 놀라웠습니다!

와크텔 데이비드 그레이비어드는 당신에게 특별했고, 곰베의 다른 침팬지들도 그랬습니다. 당신은 삼대에 걸친 실제 가족의 역사를, 다양한 침팬지들을 우리에게 소개했습니다.

구달 플로가 피피를 낳았고, 피피가 딸들을 낳고 그 딸들도 자식을 낳았습니다. 그러니 이제 삼대가 아니라 사대군요.

와크텔 당신은 한 가족에게 같은 알파벳으로 시작하는 이름을 붙여 주었습니다. 그래서 플로와 피피와 프로이트가 된 거죠.

구달 피피는 1960년부터 지금까지 튼튼하게 살아 있는 유일한 개체예요. 피피와 제가 40년이나 거슬러 올라가는 추억을 공유한다니, 정말 멋지지 않습니까? 60년대 초의 기억들은 아마 우리 둘만 가지고 있을 겁니다. 우리 둘만이 당시의 침팬지들을 기억할 수 있죠.

와크텔 처음 연구를 시작할 때 침팬지 사회에서의 삶이 이토록 풍성한 결을 가지게 될 거라고 예상했습니까?

구달 아니요, 이렇게 풍성한 경험이 되리라고는 누구도 상상하지 못했을 겁니다. 물론 오스트리아 심리학자 볼프강 쾰러가 『유인원의 정신세계』라는 대단한 책에 카나리아 제도의 포획 침팬지 집단 이야기를 쓰긴 했지만요. 그 책은 당시 저에게 성경이나 마찬가지였습니다.

와크텔 한 집안의 어머니인 플로는 당신이 정말 아끼는 침팬지인데——11년 동안 알고 지냈습니다——당신은 플로가 "목적과 활력, 삶에 대한 사랑으로 가득"하다고 설명합니다. 1972년에 플로가 죽었을 때 런던『선데이 타임스』에 부고까지 실렸지요. 플로에 대해서 이야기해 주세요.

구달 플로는 많은 일을 겪었어요. 귀가 너덜너덜한 것을 보면 많이 싸웠던 게 분명했습니다. 플로는 정말 훌륭한 어머니였어요. 자식들을 보호했지만 지나치게 보호하지는 않았지요. 놀랄 만큼 애정이 넘쳤어요. 플로는 아이들을 늘 지켜봤고, 문제가 생길 것 같으면 꼭 붙어 있었습니다. 플로는 자식들을 무척 잘 돌보았기 때문에 가끔 그렇듯 다른 침팬지나 비비와 다툼이 생기면 암컷이면서도 수컷 성체를 향해 주저 없이 몸을 던져 자기 자식을 구했어요. 또 번식도 많이 했지요. 수컷들에게 인기가 정말 많았어요. 사실, 플로가 발정기에 들어가서 사교적·성적으로 수컷들에게 매력을 뿜낼 때 정말 많은 수컷들이 저희 캠프로 왔습니다. 데이비드 그레이비어드가 바나나를 먹으러 찾아오면서 플로를 데려왔고, 그런 다음 플로에게 구애하는 수컷들이 쫓아왔지요. 플로에게 다가가고 싶어서 저에 대한 두려움을 극복하고 캠프까지 온 거예요. 수컷들은 사실 겁이 났지만 플로를 놓칠 수 없었습니다. 플로는 정말 메릴린 먼로만큼 인기가 많았지요.

와크텔 당신 역시 아이들을 키울 때 플로를 본보기로 삼았다고, 플로의 모성 행동에 큰 영향을 받았다고 말했습니다.

구달 네. 플로와 저의 어머니의 영향을 많이 받았고, 벤저민 스폭 박사[1]의 영향도 조금 받았겠지요. 제가 플로를 비롯한 어미 침팬지 세 마리를 지켜보면서 강하게 느낀 것은 무엇보다도 자기 자식을 갖는 것이 크나큰 즐거움과 기쁨이 되어야 한다는 사실이었습니다. 그래서 전 아이를 낳았을 때 즐기자고, 아이와 함께 재밌게 지내자고 결심했습니다. 세월이 흐르면서 서서히 드러난 또 하나의 사실은 초기의 경험이, 특히 어머니의 모성 행동 유형이 아이의 행동과 품성을 결정하는 데 무척 중요한 역할을 한다는 것이었습니다. 지지하고, 보호하고, 애정을 듬뿍 주고, 장난기 많은 어미를 둔 아기 침팬지는 자라서 자기주장이 강한 성체가 되었습니다. 그런 침팬지들은 번식도 잘하고 다른 침팬지들과 관계도 좋았지요. 반면에 가혹하고 새끼를 별로 감싸 주지 않는 어미 밑에서 자란 침팬지는 다른 개체와 늘 긴장되고 초조한 관계를 맺고 번식 성공률도 낮습니다. 우리가 현재 아이들을 키우는——혹은 키우지 않는——방식에 이것을 대입해 보면 일부 십대가 겪고 있는 크나큰 문제들도 별로 놀랍지 않습니다.

---

1 『영유아와 어린이 돌보기』라는 베스트셀러 육아서를 쓴 미국의 유명한 소아과 의사.

와크텔 예상 가능한 일이지만 참 흥미롭군요. 놀라운 발견, 당신이 상상하거나 기대했던 것과는 다른 발견도 있었습니까?

구달 아기 침팬지들의 행동에 놀랐습니다. 왕개미가 플린트의 뺨을 물었던 때가 생각나는데, 저는 플린트가 왜 낑낑거리며 아파하는지 바로 알았지요. 하지만 플로는 그것도 모르고 모든 방법을 총동원했습니다. 꼭 끌어안아 주고, 안아서 흔들어 주고, 뽀뽀도 해주었지만 왠지 상황을 종합적으로 보지 못했습니다. 참 이상했지요. 포획 침팬지를 연구하는 사람들도 같은 말을 했습니다. 우리가 보기에는 아주 간단한 문제를 침팬지는 풀지 못하는 거죠. 연구자들은 초조해하면서 침팬지가 왜 문제를 해결하지 못할까 생각하지만, 알 수 없습니다. 그러니까, 우리가 몇 분만 침팬지의 마음이 될 수 있다면…. 제가 가만히 앉아서 피피의 눈을 들여다보면 생각하는 존재가 저를 내다보고 있습니다. 하지만 피피는 무슨 생각을 하고 있을까요? 어떤 사고 과정을 거칠까요? 우리는 알지 못합니다.

와크텔 권력 관계도 무척 흥미진진합니다. 우두머리 수컷이라는 개념이 널리 알려졌지만, 의외의 침팬지들이 창의력을 발휘해 꼭대기 자리로 올라갔지요. 침팬지들을 관찰하면서 권력의 역학에 대해서 어떤 점을 배웠습니까?

구달 정말 흥미진진합니다. 최고의 자리를 차지한 수컷들은 일곱에서 여덟 마리 정도였는데, 전부 다른 방법을 이용해서 그 자리에 올라갔습니다. 수컷이 번식에 성공하기에 무척 좋은 지위인 것 같습니다. 덜 공격적이고 더 작은 침팬지들은 꾀를 이용해서 꼭대기 자리로 올라갔습니다. 하지만 그런 침팬지들이 우두머리 자리를 더 오래 지키는 것 같아요. 흥미로운 일이지요. 다른 침팬지들을 괴롭히던 덩치 큰 험프리는 그 자리를 1년 반밖에 지키지 못했지만 빈 등유 깡통을 이용해서 위협했던 마이크는 6년 동안이나 우두머리로 군림했지요.

와크텔 깡통으로 큰 소음을 냈군요.

구달 커다란 소음으로 다른 침팬지들을 쫓았어요. 하지만 마이크는 다른 수컷들이 합동으로 도전했을 때 맞설 배짱도 있었습니다. 우리는 침팬지의 우위에 대해 아직도 많이 배우는 중이에요, 침팬지가 우위를 차지하는 방법과 그것이 정확히 무슨 의미인지에 대해서 말입니다. 제일 중요한 것은 동맹이지요. 혼자서 성공하기는 힘듭니다. 마이크에게는 등유 깡통이 있었지만 형제도 있었지요.

와크텔 곰베에서 겪은 또 다른 극적인 순간에 대해서 듣고 싶습니다. 당신은 침팬지가 웅장하게 비의 춤을 추는 순간을 처음 목격했습니다. 가족에게 보낸 편지에 이렇게 쓰셨지요. "내가 어떤 기분이었을지 상상이나 가요? 그런 모습을, 원시적이고 환상적인 경이를 목격한 유일한 인간이 된 기분을요?" 어떤 장면이었습니까?

구달 그 장면 역시 생생하게 떠오릅니다. 비가 오고 있었고, 저는 아주 좁은 협곡 한쪽에 앉아 있었어요. 우기였기 때문에 맞은편에 풀이 60센티미터 정도 푸릇푸릇 자라 있었지요. 나무가 몇 그루밖에 없는 비교적 탁 트인 경사면에 침팬지 한 무리가 있었습니다. 비가 부슬부슬 오고 있었는데, 갑자기 하늘이 아주 어두워졌어요. 천둥이 쳐서 산과 계곡 중간에서 소리가 크게 울렸지요. 갑자기 수컷 침팬지들이 한 마리씩, 또 가끔은 두 마리씩 경사면을 쏜살같이 달려 내려가더니 나무에 매달려 가지를 꺾은 다음 몸을 양옆으로 흔들며 가지를 끌고 다니다가 다시 나무에 올라갔습니다. 암컷들은 그 장면을 지켜보았고, 수컷들은 다시 경사면을 달려 올라가 똑같은 행동을 했어요. 정말 대단했습니다. 그런 광경은 두 번 다시 보지 못했지요. 그렇게 극적이고 안무를 짜기라도 한 듯한 장면은 못 봤습니다. 침팬지들 사이에서 비의 춤이 드문 건 아니에요. 거센 비가 내리기 시작하면 거의 항상 침팬지 한 마리가 리드미컬하게 발을 바꾸며 몸을 흔들고, 초목을 흔들거나 끌고 다니죠. 마치 자연에 도전하는 것 같습니다. 폭포에서도 같은 행동을 하죠.

와크텔 침팬지가 비를 좋아합니까?

구달 아뇨, 전혀요. 아주 불쌍해집니다.

와크텔 푹 젖은 채 앉아 있군요. 비를 피하지도 않고요.

구달 처음에는 조금 피하려고도 하지만 폭우가 내리기 시작하면 그냥 탁 트인 곳으로 나가서 가만히 앉아 있습니다. 푹 젖어서 밤새 잠도 못 자죠. 털은 마르지만 체온이 내려가니까요.

와크텔 그렇다면 비의 춤이 축하의 뜻은 아니군요.

구달 저는 도전에 가깝다고 생각합니다. 정말 신나 보여요, 폭포에서 춤을 출 때는 특히 더 그렇습니다. 침팬지들이 울퉁불퉁한 강바닥에 서서 발을 바꿔 가며 몸을 흔들고, 커다란 바위를 던지고, 가끔은 우-우-우 소리를 내며 작은 넝쿨을 타고 올라가서 25미터 높이에서 물이 떨어지면서 생기는 물보라를 향해 몸을 내밉니다. 침팬지에게 언어가 있다면, 이러한 행위를 만들어 내는 감정에 대해서 서로 말할 수 있다면——저는 그것을 "자연 과시 행동"이라고 부릅니다——이것이 원시의 애니미즘적 종교가 되지 않을까요? 물과 태양, 비, 우리가 통제할 수 없는 것들을 숭배하는 초기 형태의 종교 말입니다.

와크텔 지도 교수님이 말씀하신 것처럼 당신은 침팬지가 인간이었다면 외경이라고 묘사할 만한 반응을 알아볼 테니까요.

구달 맞아요. 외경과 놀라움이죠.

와크텔 놀라움이요?

구달 저는 놀라움이라고 생각합니다. 놀라움이 존재한다고 생각해요. 침팬지가 주변에서 작은 것을 발견하고 가만히 바라보는 모습을 보면 꼭 사방을 기어 다니며 처음으로 인생을 배우는 작은 아이 같아요. 어린 인간은 놀랍지요. 자연으로 나갔을 때 하는 행동을 보면 저는 어린 침팬지와 어린 아이의 차이를 모르겠습니다. 둘 다 손을 뻗고, 바라보고, 만져 보죠.

와크텔 당신은 침팬지가 다른 동물——강멧돼지, 비비——을 죽여서 그 고기를 먹는 모습을 최초로 관찰했지만, "4년 전쟁"이 일어나기 전까지는 침팬지가 인간과 무척 비슷하지만 더 선하다고 생각했습니다. 무슨 일이 있었습니까?

구달 정말 충격적이었습니다. 4년 전쟁의 첫 번째 사건을 목격한 사람은 저의 제자 데이비드 바이곳이었습니다. 바이곳이 보고했을 때 우리는 믿을 수 없었지요. 한 무리의 수컷 성체가 영역의 경계를 순찰하다가 이웃 공동체의 암컷을 만나자 잔인하게 공격하더니 새끼 침팬지를 빼앗아서 먹었다기보다 가지고 놀았습니다. 여러 수컷이 새끼 침팬지 사체를 끌고 다니면서 몇 번 뜯어먹기도 했지요. 낯선 개체에 대한 증오를 목격한 것은 그때가 처음이었습니다.

우리가 4년 전쟁이라고 불렀던 것은 더 심했어요. 주요 연구 대상이었던 큰 공동체가 분열하기 시작했지요. 수컷 일곱 마리와 암컷 몇 마리가 원래 같이 쓰던 구역의 남쪽에서 점점 더 많은 시간을 보내기 시작했습니다. 분열이 시작되고 2년이 지나자 그 무리가 다른 공동체가 되었음을 깨달았지요. 친근한 상호작용이 사라졌습니다. 더 큰 공동체의 수컷들은 갈라져 나간 공동체가 자기 땅이라고 주장하던 영토 깊숙이 체계적으로 뚫고 들어가기 시작했고, 분열된 공동체의 개체가 보이면 20분 정도 잔인하게 공격한 다음 상처 속에 죽게 내버려 뒀습니다. 정말 무시무시한 싸움이었고, 4년 동안 지속되었지요.

와크텔 먹을 것을 구하기 위해서, 또는 자신들만의 영토가 꼭 필요해서는 아니었고요?

구달 그랬을지도 모릅니다. 제 생각에는 영역 때문이었던 것 같아요. 침팬지들이 그 영역으로 돌아가긴 했으니까요. 하지만, 공동체가 분열된 후에 그 영역이 필요했을 리는 없어요. 남겨진 영역이 충분히 컸으니까요. 어쩌면 수컷들은 늘 지내던 곳으로 돌아가고 싶었을 뿐인지도 모릅니다. 다른 수컷들이 그 영역을 차지했다는 사실에 분노했지요.

정말 무시무시했어요! 서로 잘 아는 침팬지들, 같이 털도 고르고 먹을 것도 먹던 침팬지들이 싸우고 있었어요. 내전 같았지요.

와크텔 그러한 폭력을 어떻게 이해했습니까?

구달 영역 싸움일지도 모른다는 사실을 깨달으면서 이해하게 되었습니다. 우리 인간도 영토를 두고 싸우는데, 침팬지는 우리와 비슷하죠. 거꾸로 침팬지의 공격적 성향과 우리의 공격적 성향이 아마 오래 전 공동의 계통발생적 과거에서 왔다고 말할 수 있을 겁니다.

와크텔 인간의 폭력 성향이 유전적이라고 생각하십니까?

구달 저는 우리의 폭력 성향이 오래 전 공동의 유산에 뿌리를 두고 있다고, 침팬지와 인간 공동의 조상이 존재했던 5백만 년 전까지 거슬러 올라간다고 생각합니다. 우리 행동에 수많은 공통점이 있으니까요. 하지만 폭력과 전쟁이 우리 유전자에 새겨져 있다고 해서 불가피한 것으로 받아들여야 한다는 뜻은 아닙니다. 저는 그렇게 생각하지 않아요. 우리는 매일의 삶에서 그 사실을 증명합니다. 대부분의 인간은 타인을 향한 공격적인 감정을 자유롭게 드러내면서 돌아다니지 않아요. 만약 그런다면 완전한 무법 상태가 되겠지요. 우리가 누군가에게 화가 나서 "죽일 수도 있어!" "살인을 저지를 수 있어!"라고 진심으로 말하는 일이 몇 번이나 되겠습니까? 그런 생각을 할 수는 있지만 실천하지는 않지요.

와크텔 충격을 받으면서——특히나 당신이 잘 아는 침팬지들이었으니까요——실망도 했습니까? 침팬지가 우리보다 낫기를 바랐나요?

구달 네, 충격적이었어요. 나의 침팬지들이 그런 식으로 행동할 수 있다는 사실이 충격적이었습니다. 다정한 침팬지들이 갑자기 아주 잔인하고 공격적인 살인자로 변할 수 있었으니까요.

와크텔 수컷들만 그런 게 아니었지요. 암컷들의 동족상잔도 있었습니다.

구달 그건 좀 달랐어요. 일부 동족상잔은 공동체간 분쟁 때문에 일어났습니다. 하지만 더 충격적이었던 건 패션과 폼 모녀인데, 둘은 같이 돌아다니면서 같은 공동체 내 다른 암컷들의 갓난 새끼를 공격하고 훔쳐서 잡아먹었어요. 이상하게도 다음 날이면 새끼를 죽인 두 침팬지가 새끼를 도둑맞은 어미와 같이 앉아서 털을 골라 주었지요. 뭔가 이상한 일이 벌어지고 있었습니다. 그 일도 4년 동안 계속되었는데, 새끼 열한 마리 중 한 마리만 빼고 모두 죽었고, 우리가 아는 한 적어도 다섯 마리는 패션과 폼이 죽였어요. 끔찍했지요. 저는 그것이 이상 현상이라고 생각했습니다. 패션은 항상 좀 기이하고 차가운 어미였기 때문에 저는 패션의 기이한 행동일 뿐이라고 생각했지요. 하지만 최근에 더욱 비슷한 사건을 다시 목격했는데, 이번에는 피피가 한 번은 성체가 된 딸과, 한 번은 새끼가 없는 암컷과 함께 팀을 이뤄서 공격했어요. 다행히도 두 번 다 공격을 받은 어미가 도망을 쳤지요. 제가 다행이라고 말한 건, 제가 무척 아끼는 침팬지 그렘린이 공격을 받았기 때문입니다. 그렘린은 얼마 전에 정말 예쁜 딸 쌍둥이 골드와 글리터를 낳았거든요. 피피가 쌍둥이를 노렸어요. 끔찍했지요.

와크텔 하지만 살았군요.

구달 네. 그렘린은 정말 똑똑해요. 그렘린은 두 암컷 사이에 포위되었습니다. 나뭇잎이 없는 기다란 가지에 피피와 함께 앉아 있었는데, 출산한 지 이틀밖에 되지 않은 피피가 가지 한쪽 끝에 앉아서 머리카락이 삐죽삐죽 선 사악한 마녀처럼 가지를 흔들었습니다. 피피의 딸 패니가 가지 반대편 끝에 자기 새끼와 함께 앉아 있었고, 그렘린은 가운데 있었지요. 저는 그렘린이 도망치려고 움직이면 다른 두 마리가 쌍둥이 중 한 마리를 낚아챌 거라고 생각했어요. 그 전에도 시도했었으니까요. 하지만 그렘린은 가만히 앉아 있었습니다. 그렘린은 강인하고 용감했기 때문에 그 자리에 가만히 앉아서 양쪽 끝을 지키는 폭력적인 침팬지들보다 오래 버틸 수 있었지요. 결국 패니가 포기하고 내려갔습니다.

와크텔 침팬지들이 왜 그랬을까요? 당신은 피피를 평생 알았고, 피피는 자신처럼 애정 넘치고 이상적인 어미였던 플로의 딸이 잖아요.

구달 플로가 똑같은 행동을 했어도 저는 놀라지 않았을 겁니다. 이제 침팬지들을 더 잘 알게 되었으니까요. 왜 그런 행동을 할까요? 출산으로 인한 피 냄새 때문일까요? 새끼들이 낯설어서? 하지만 수컷은 그런 행동을 보이지 않습니다. 절대 그런 적이 없어요. 피피가 그렘린과 쌍둥이를 공격하려고 했던 다음 날 두 마리는 서로 털을 골라 주었고 피피가 쌍둥이를 공격하지도 않았어요. 정말 수수께끼입니다. 우리는 전혀 이해할 수 없지요. 그런 일이 자주 일어나지 않아서 다행입니다.

와크텔 당신은 『희망의 이유』에서 인간과 침팬지의 폭력을 구분합니다. 두 종 모두 폭력 성향을 드러내지만 사악함은 한쪽에서만, 침팬지가 아닌 인간에게서만 나타난다고요. 폭력과 사악함을 어떻게 구분하지요?

구달 저는 그런 구분이 중요하다고 생각합니다. 침팬지와 인간의 잔인한 집단 공격을 비교하면 패턴이 완전히 똑같지 않더라도 대부분 비슷합니다. 하지만 육체적·정신적 고문은 피해자에게 최대한 고통을 가하려는 계획적이고 고의적인 시도지요. 침팬지는 피해자의 감정이 어떤지 어느 정도 이해하고 공감하지만 그것이 냉혹하고 고의적인 계획으로 이어지지는 않습니다. 침팬지들은 홀로코스트 같은 것을 계획할 수 없어요. 침팬지에게는 언어가 없습니다. 그런 계획을 세울 수 있는 수준으로 발달하지 않았어요. 하지만 그것이 가능한데 침팬지가 하지 않을 거라는 말은 아닙니다.

와크텔 침팬지에게 총을 주고 쓰는 방법을 가르쳐 주면 쓸 거라고도 말씀하셨습니다.

구달 저는 그럴 거라고 생각합니다. 하지만 현재로서 고의적인 고문을 계획할 수 있는 유일한 존재는 우월한 지능을 가진 우리 인간이지요. 그것은 악입니다. 진정한 악이에요.

와크텔 인간의 악을 인식한 이후——홀로코스트를 알게 된 후——왜 그렇게 행동하는지 이해하게 되었습니까?

구달 아니요, 그런 것 같지 않습니다. 하지만 우리는 먼 옛날 공동의 과거로부터 이처럼 공격적이고 잔인한 경향을 물려받은 것처럼 사랑과 동정과 이타심도 물려받았다는 사실을 반드시 기억해야 합니다. 그것은 인간 본성의 다른 면인 만큼 침팬지 본성의 다른 면이기도 합니다. 침팬지는 아주 다정하고 서로를 잘 돌볼 수 있어요. 고아가 된 새끼를 오빠나 언니가, 특히 오빠가 입양할 때는 정말 감동적이고 뭉클합니다. 관계도 없는 청소년기 수컷이 세 살짜리 고아를 돌보고 목숨을 구해 주었을 때도 같은 감정을 느꼈지요.

와크텔 밝은 면을 보는 것, 어두운 면을 인정하고 식별하지만 긍정적인 쪽으로 돌아가는 성격을 타고나신 것 같군요.

구달 전 그래야 한다고 생각해요! 우리 인간은 두뇌가 무척 발달했기 때문에 의식적인 선택을 할 수 있습니다. 우리는 선과 악이라는 두 가지 면을 물려받았고, 어디로 갈지 선택하는 것은 우리에게 달려 있습니다. 저는 우리가 이미 선택을 했다고 생각합니다. 단지 실수를 저지르고 있을 뿐이죠. 오늘날 지구에 살고 있는 사람의 수가 너무 많다는 것이 큰 문제입니다. 자원을 마땅한 방법으로 나누지 않아요. 탐욕과 부패가 너무 많습니다.

와크텔 당신의 연구 팀은 침팬지들을 질병이나 부상으로부터 보호하기 위해서 가끔 개입한다고 알고 있는데요——예를 들어서 항생제를 주기도 하지요——곰베의 폭력 사태와 동족상잔은 연구 팀에게 분명 힘든 시험이었을 것 같습니다. 과학자로서 거리를 두어야 하지만 심장이 당신을 반대로 이끄는 상황에서는 어떻게 합니까? 개입하고 싶다는 유혹을 느끼나요? 개입할 수 있습니까? 그렇게 하시겠어요?

구달 글쎄요, 제가 개입하려고 했던 적이 한 번 있었지만 모든 일은 높은 나무 위에서 벌어지기 때문에 소용없었습니다. 한 번은 탄자니아인 현장 직원들이 패션에게 돌을 던졌어요. 패션이 새로 태어난 새끼를 공격하고 있었지요. 하지만 패션은 돌멩이에 맞은 것을 느끼지도 못했습니다. 공격적인 태세를 갖춘 침팬지들, 아주 폭력적이고 우리보다 훨씬 힘이 센 침팬지들을 실제로 보면 우리가 아무것도 할 수 없다는 사실을 깨닫게 됩니다. 약을 주는 것과는 달라요, 충돌에 개입하는 것은 거의 불가능합니다.

와크텔 당신은 한두 번 부상을 당하기도 했습니다. 프로도가 머리를 세게 때려서 목이 부러질 뻔했지요. 그동안 육체적인 위험에 빠진 적이 많습니까?

구달 프로도에게 공격당했을 때밖에 없습니다. 프로도는 진짜 깡패예요. 인간뿐 아니라 다른 침팬지도 괴롭히죠. 프로도는 연구 대상 중에서 제일 큰 침팬지입니다. 진심으로 상대를 다치게 하려는 게 아니에요, 죽이려는 건 확실히 아니죠. 하지만 땅이 무척 울퉁불퉁하고 험한 데다 절벽도 있기 때문에 위험합니다. 프로도는 정말 위험해요.

와크텔 무서웠던 적이 있습니까?

구달 프로도 때문에 무서웠지요. 탱크 같은 프로도가 저를 향해 돌진하는데, 당시에는 겁을 먹을 틈도 없었습니다. 저는 기도했어요. "제발, 프로도, 그러지 마!" 프로도한테 공격당하고 나서 일종의 공포를 느낀 것은 사실입니다. 다시는 그러지 않으면 좋겠어요.

와크텔 현재 곰베의 환경과 침팬지 공동체에 대해 설명해 주시겠습니까?

구달 77제곱킬로미터의 숲에 침팬지 공동체가 세 개 있는데, 제가 처음 갔을 때는 탕가니카 호수 연안을 따라 난 480킬로미터 정도 되는 숲의 일부였습니다. 지금은 곰베의 면적 16킬로미터는 예전 그대로고, 내륙으로 군데군데 갈라진 벼랑들까지가 작은 국립공원입니다. 북쪽이나 남쪽으로 가거나 산봉우리에 올라가서 호수 건너편 동쪽을 보면 숲이 사라지고 없습니다. 국립공원에는 침팬지 120마리가 살고 있는데, 장기적으로 존속할 만큼 유전자 풀이 크지 않기 때문에 결국은 멸종할 겁니다. 우리는 곰베에 들어온 지 40주년이 된 기념으로 농장을 사서 또 하나의 작은 공동체 서식지를 만들어 주려고 하고 있지만, 아마 안 될 것 같아요. 충분한 공간이 없습니다. 땅이 부양할 수 있는 것보다 더 많은 사람들이 살고 있기 때문에 침팬지도 사라지고, 땅도 비옥함을 잃고, 사람들은 극심한 고난을 겪기 시작했습니다. 또 동부 자이르였던 호수 너머 브룬디에서 난민들이 몰려왔지요. 문제는 저 바깥에서 사람들이 고통 받고 있는 상황에서 이 소중한 침팬지들과 보석 같은 작은 숲을 적어도 가능한 기간 동안은 어떻게 보존할 수 있느냐, 입니다. 그러므로 우리의 해결책은 다른 보호단체와 마찬가지로 지역민들과 협력해서 그들의 삶을 개선시키는 것입니다. 현재 33군데 마을에서 멋진 프로그램을 진행 중입니다. 프로그램은 잘되고 있어요. 이제는 사람들이 침팬지 구하는 것을 돕기 시작했습니다. 우리의 첫 번째 문제는 동부 자이르에서 유입되는 난민이었는데, 그들은 침팬지와 원숭이를 먹는 전통을 가지고 있지요. 현재 국립공원 측과 우리 연구원들이 추가 순찰을 실시하고 있습니다.

와크텔 당신은 이제 곰베에서 보낼 수 있는 시간이 별로 없습니다. 침팬지 보호와 대중 교육, 포획 침팬지 운동 때문에 1년의 대부분을 돌아다녀야 하니까요. 그래도 곰베의 연구에 참여하고 있다는 느낌이 듭니까?

구달 네, 저는 어떤 연구가 진행 중인지 계속 파악하려고 애쓰고, 또 연구를 지속할 자금을 모으고 적당한 사람들을 찾으려 애쓰고 있습니다. 우리 팀에는 외국인이 많지 않아요, 미국이나 유럽 출신이 별로 없습니다. 대부분 탄자니아 사람들이죠. 또 뛰어난 비디오 작가가 있기 때문에 저는 곰베가 어떻게 돌아가고 있는지 볼 수 있습니다. 필름을 통해서나마 쌍둥이가 자라는 모습을 보는 게 참 좋아요. 제가 곰베에 갈 기회가 점점 줄어들고 있지만 그런 영상이 빈틈을 채워 줍니다.

와크텔 곰베가 그리운가요?

구달 아, 정말 그리워요. 하지만 지금은 그곳에 가도 즐길 수가 없습니다, 지금 제가 하는 일을 해야만 한다는 사실을 잘 아니까요.

와크텔 그러면 15년 전에 불가피하다고 생각했던 결심을, 곰베를 떠나야 한다는 결심을 후회한 적은 없겠군요.

구달 맞습니다. 그 결정을 후회한 적은 없습니다. 그럴 수밖에 없었어요.

와크텔 곰베 연구 초기가 평생 가장 행복한 시절이었다고 말씀하셨습니다.

구달 그랬습니다. 실제로 그런 시절을 보냈다니, 꿈꾸던 대로 살 수 있었다니, 정말 행운 아닌가요? 누가 그 이상을 바랄 수 있겠습니까? 하지만 주변에서 모든 것이 산산조각 나고 있었기 때문에 이기적으로 그런 생활을 계속할 수는 없었습니다. 그럴 순 없죠. 저는 그럴 수 없었어요. 그랬다면 제 자신을 견디지 못했을 겁니다.

와크텔 프로젝트를 시작한 지 40년이 지났는데요, 곰베에서 연구할 때 다르게 할 수 있었다든가 다르게 했어야 한다고 생각하는 부분이 있습니까?

구달 글쎄요, 침팬지들에게 바나나를 준 것은 확실히 실수였습니다.

와크텔 침팬지들을 캠프로 유인하려고 바나나를 내놓았던 것 말이죠?

구달 네. 하지만 그 덕분에 계획에 없던 놀라운 현장 경험을 하게 되었지요. 우리는 그 일을 통해서 많이 배웠습니다. 연구에 관해서는 제가 의식적으로 내린 결정들이 다 좋은 결정이었습니다.

와크텔 당신은 사람들에게 영감을 주는 인물이 되었습니다. 그 사실이 당황스러울 때도 있습니까?

구달 처음에는 그랬어요. 사람들이 별별 이야기를 다 하면서 눈물을 흘리기 시작해도 저는 다 받아들일 수가 없었습니다. 지금은 이해할 수 있게 된 것 같아요. 사람들이 놀라면서 눈물을 흘리는 것은 감동했기 때문인데, 우리는 감동하지 않으면 행동하지 않습니다. 모든 개인이, 우리 모두가 중요하다는 것을, 우리 모두가 매일 변화를 불러올 수 있음을 깨달아야 합니다. 우리는 정부와 산업과 과학이 변화를 불러오기만 기다리지요. 60억 명 중 한 사람으로서 너무 무력하다고 생각하기 때문에 가만히 앉아서 그 일이 일어나기만 기다리는 겁니다. 내가 뭘 할 수 있을까? 뭔가 해야 한다는 건 알지만 그래봤자 아무것도 변하지 않을 거야. 우리가 그런 생각을 바꿀 수 있다면, 사회적, 환경적 의식을 가진 사람들이 말 그대로 수백만에 이를 것이고, 그 사람들은 자신이 하는 일이 어떤 영향을 미친다는 사실을 깨달으면 다르게 행동할 것입니다. 특히 부유한 사회의 개개인은 어마어마한 힘을 가지고 있고, 그것을 집단적으로 사용해서 무엇을 사고 무엇을 사지 않을지 윤리적인 결정을 내릴 수 있습니다. 돈이 있으면 친환경적이지 않고 사회적 책임을 무시하는 회사의 제품을 억지로 살 필요가 없어요. 동물 실험을 하는 화장품을 살 필요도 없고, 유기농 식품을 찾을 수도 있습니다. 소득이 적은 사람은 그런 선택을 할 수 없지만, 우리가 그런 선택을 계속하면 저소득층도 윤리적 소비라는 사치를 누릴 때가 올 겁니다. 가격이 내려갈 테니까요. 소비자가 주도하는 사회잖아요.

와크텔 카키색 위장복을 입고 배경에 녹아드는 당신과 지금 눈에 띄게 활동하는 당신을 생각해 보았는데요, 본성을 거스르고 있다는 느낌이 드나요? 아니면, 당신이 지금 참여 중인 일 때문에 기질도 바꿔야 했습니까?

구달 네. 말하자면 저는 두 사람입니다. 항상 그런 느낌이 강하게 들었지요. 저는 본머스에서 나무에 오르며 자란 소녀이고, 아직도 종종 아이처럼 행동해요. 제 동료들도 그렇게 말할 겁니다. 하지만 『내셔널 지오그래픽』 잡지와 다큐멘터리를 통해서, 또 제가 직접 쓴 책을 통해서, 여러 곳을 다니면서 사람들을 만나고 텔레비전과 라디오와 강연을 하면서 바깥 세상에 노출된 제인이기도 합니다. 외적인 제가 지금은 아주 중요한 역할을 하고 있지요. 사람들이 그렇게 말을 하니까요. 강연을 끝내고 나서 들은 말들 중에 제일 멋진 것은, 저로 인해 자기 삶이 더 가치 있다는 사실을 깨달았다는 말입니다. 그리고 전 세계 수천 명의 아이들이 제게 말했지요. "당신도 했으니 저도 할 수 있다는 것을 배웠어요." 정말 멋지지요. 그렇기 때문에 이 모든 노력이 정말 보람찹니다.

2000년 4월

베르나르도 베르톨루치
Bernardo Bertolucci

저는 영화가 과거를 완전히 잃은 젊은이들과
대화를 나누는 방법이 되어야
한다고 생각합니다.

베르나르도 베르톨루치

베르나르도 베르톨루치는 40년 넘게 감독으로 활동하는 내내 동세대의 뛰어난 이탈리아 영화감독으로서 많은 사람들의 존경을 받았다. 베르톨루치는 「순응자」부터 논란이 되었던 「파리에서의 마지막 탱고」, 아카데미상을 수상한 대서사 「마지막 황제」에 이르기까지——어느 평론가의 표현처럼——"그 어떤 유럽 감독과도 다른 실험적인 영화를 만들면서도 (북)아메리카의 폭넓은 관객에게 호소"하는 데 성공했다.

영화는 20세기의 예술 형식이고 베르톨루치는 영화의 어린 아들들 중 하나이다. 그는 원래 시인이었다. 사실 베르톨루치는 이탈리아 최고의 시 문학상을 받은 해에 첫 번째 장편 영화를 만들었는데, 스물한 살도 되기 전이었다. 베르톨루치는 작가이자 시인, 아버지의 친구이기도 한 피에르 파올로 파졸리니의 첫 장편 「아카토네」 세트장에서 일한 경험이 있었고, 그

후 파졸리니의 이야기를 바탕으로 「냉혹한 학살자」를 만들었다. 2년 후 베르톨루치는 고향인 파르마에서 자전적인 영화 「혁명전야」를 찍었다. 이 영화는 칸 영화제에서 크게 환영받았고, 젊은 미국 감독 마틴 스코세이지에게 본보기가 되었으며 사회적 격변을 겪고 있던 1968년 파리에서는 슬로건이 되었다.

그 다음으로 파시즘과 정체성을 탐구하는 오싹한 영화 「순응자」가 나왔다. 댄스홀이나 숲 속의 살인 등 영화의 몇몇 이미지는 30년이 지난 지금까지도 중요한 장면으로 남아 있다. 그러나 베르톨루치를 유명하게 만든 작품은 말런 브랜도와 마리아 슈나이더가 출연한 장편영화——영어(일부 프랑스어)로 만든 첫 영화——「파리에서의 마지막 탱고」였다. 도발적이고 절망적이며 관능적인 이 영화는 즉시 유명한 쟁점이자 영화사에서 중요한 기념비적 작품이 되었다. 이 영화로 인해 베르톨루치는 고국에서 스타가 되었지만 추방당했다.

그때(1972년) 이후 베르톨루치는 영어로, 혹은 영어를 쓰는 배우들과 자주 작업을 했고 전 세계를 돌아다니며 영화를 만들었다. 할리우드 최고의 성공작인 「마지막 황제」는 20세기 중엽의 중국이 배경이고, 작품상과 감독상을 포함해서 아카데미상을 아홉 개나 수상했다. 아내인 클레어 페플로와 공동 작업으로 만든 가장 최근 영화는 「하나의 선택」이다.

내가 인터뷰를 위해서 처음 연락했을 때 베르톨루치는 "매일 영화에 대해서 새롭고 거대한 의구심"이 든다고 말했다. 몇 달 후 베르톨루치를 그의 로마 아파트에서 만났을 때 그의 의구심은 영화라는 매체보다 자신에게 초점이 맞춰져 있었다. 베르톨루치는 1년 전에 겪은 아버지의 죽음 때문에 무기력에 빠졌지만 몇 가지 작업을 진행 중이라고 했는데, 그 중에는 16세기 작곡가 카를로 제수알도에 대한 영화도 있었다.

베르톨루치는 매력적일 뿐 아니라 놀랄 만큼 솔직하고 개방적인 사람이었다. 우리는 크고 바람이 잘 통하는 그의 집 식당에서 대화를 나누었다. 베르톨루치의 뒤에는 '탱고'라고 적힌 그림이 걸려 있었다.

∞

와크텔 당신은 열다섯, 열여섯 살 즈음 사촌에게서 받은 16mm 카메라로 첫 영화를 만들었습니다. 그 중 하나는 돼지 도살에 대한 것이었고요. 설명해 주시겠습니까?

베르톨루치 네, 게다가 그 영화는 이제 존재하지 않으니까 설명을 드려야죠. 열여섯 살에 만든 짧은 영화 두 편이 모두 사라졌으니 어떤 영화였는지 기억을 떠올리면서 설명해 보겠습니다. 돼지 도살에 대한 영화는 아이들이 매년 초조한 마음으로 기다리는 날에 대한 일종의 다큐멘터리였습니다. 한겨울 눈이 잔뜩 내린 포 계곡에 돼지 잡는 사람들——이탈리아어로 노치니^{noccini}라고 합니다——이 자전거 두세 대를 타고 옵니다. 두

건을 쓰고 칼이랑 이상한 도구가 잔뜩 든 가방을 가지고 있지요. 무척 특별한 날이기 때문에 아이들은 잔뜩 흥분했습니다. 교수대가 세워지고, 아이들은 대체 무슨 일인지 모르는 척하죠. 그런 다음 도살자들은 돼지들의 눈에 띄지 않도록 도구를 쥔 손을 등 뒤로 숨기고 돼지우리로 들어갑니다. 하지만 돼지들은 도살자들의 옷에서 나는 냄새를 알아차렸던 것 같아요. 자기들이 죽을 날이라는 것을 알아차렸지요. 돼지들이 비명을 지르며 울기 시작했습니다. 그런데 꼬마 카메라맨한테 신경이 쓰였는지 돼지 도살 전문가가 실수를 합니다. 기다란 꼬챙이로 심장을 찔러야 하는데 빗나가는 바람에 돼지가 우리 밖으로 달아나더니 쌓인 눈에 빨간 핏자국을 남기면서 농장 마당 밖으로 도망갔지요. 그러자 도살자와 농부들이 돼지를 잡으러 쫓아다녔습니다. 그 장면을 찍던 기억이 납니다. 지금 생각해보면 흑백 무성영화라서 다행이었어요. 아니었으면 견디기 힘든 공포 영화가 됐을 겁니다.

와크텔 그런 주제를 선택한 이유는 무엇이었습니까? 도살자들에게 망토를 입히셨다고 하던데요.

베르톨루치 아닙니다, 원래 망토를 입고 왔어요. 브뤼헐의 그림이 생각나는 장면이죠. 왜 그런 주제를 골랐냐고요? 저는 그런 이교도적인 의식, 야만적인 의식에 항상 끌렸으니까요. 그리고 돼지를 교수대에 매달아 잡는 건 즐거운 일이었지요. 농장 마당에 온종일 즐거운 분위기가 넘쳤습니다. 그때는 돼지의 모든 부분을 활용했어요. 전부, 전부, 전부 말입니다. 가죽이랑 털도 쓰고, 나머지는 다 먹지요. 야외에 불을 피우고 커다란 솥을 걸어서 먹을 부위들을 바로바로 던져 넣었습니다. 아이들은 펄쩍펄쩍 뛰면서 노래를 했고요. 대단한 축제였죠. 잔인한 면도 있지만 멋진 농촌 문화였습니다.

와크텔 당신 작품에서 반복되는 주제의 초기 형태를 봤다면 지나친 생각일까요? 설명을 들으니 돼지가 피를 흘리며 달아나는 장면에서 「순응자」에 나오는 교사의 죽음이 떠오르네요. 잔인함과 즐거움의 혼재에 대한 설명을 듣자 뭔가 중요한 것이 있다는 느낌이 듭니다.

베르톨루치 방금 제가 설명한 내용에 매력적인 부분이 있을지도 모르지만, 순전히 잔인함에만 매료된 것은 아니었습니다. 사실 저는 동물을 존중합니다. 그 당시에 동물을 도살하는 장면을 목격하고 있었을 뿐입니다. 저는 절대 동물을 죽인 적이 없어요. 「1900년」 시작 부분에서 어린 올모가 개구리를 잡는 장면만 빼면요. 제가 여덟 살, 아홉 살, 열 살 때 할아버지의 농장 도랑에서 그런 식으로 개구리를 잡곤 했지요. 하지만 저는 늘 동물을 대단히 존중했습니다.

와크텔 동물을 도살하는 광경을 목격하고 있었을 뿐이라고요?

베르톨루치 네, 그걸 영화로 찍은 거죠. 저는 손에 카메라가 들려 있어야만 아주 잔인한 장면을 보면서 받아들일 수 있었던 것 같습니다. 아마 그렇기 때문에 지금까지 살면서 비무장 상태였다면 직면하기 아주 어려웠을 일들을 카메라의 도움으로 여러 번 직면할 수 있었겠지요. 비무장이라는 건 카메라가 없다는 뜻입니다.

와크텔 「1900년」과 「바보 같은 자의 비극」에도 돼지를 죽이는 장면이 나옵니다. 후자는 파르마 근처에서 찍으셨던 것 같은데요.

베르톨루치 아주 맛있는 파르메지안 치즈를 만드는 장면인데, 치즈 부스러기를 버리면 아까우니까 커다란 돼지 농장에서 사람이 와서 가지고 갑니다.

와크텔 프로슈토 햄은…

베르톨루치 네, 가끔 전 이탈리아에서 중요한 두 가지를 같이 활용합니다. 파르메지안 치즈와 프로슈토 말입니다.

와크텔 "손에 카메라를 든 순간부터 나는 영화감독이 된 기분이었다"고 말씀하셨습니다. 그 이유를 말해 주시겠어요? 어떤 기분이었는지 기억이 납니까?

베르톨루치 음, 저는 아버지를 흉내 내려고 했었습니다. 글을 쓰기 시작하자 시를 썼지요. 하지만 진정한 정체성을 찾은 순간, 제 자신이 된 순간은 시 쓰기를 멈추고 영화감독이 되었을 때였습니다. 이것이 제 운명이라는 강렬한 느낌을 받았습니다. 그 운명 외에는 아무것도 보이지 않았지요. 영화를 만들든지 아무것도 하지 않든지, 둘 중 하나였습니다.

와크텔 운명을 믿으십니까?

베르톨루치 전혀 안 믿습니다. 그냥 일반적인 의미에서 "운명"이라는 말을 쓴 겁니다. 저는 프로이트 분석에서 말하는 것처럼 운명이 어느 정도는 학습된 것이라고 생각합니다. 스스로 자기 운명을 만드는 거죠. 자기 인생의 각본은 자기가 쓰는 겁니다. 운명도 마찬가지입니다. 천국 어딘가에 우리 모두의 운명이 적힌 책이 있다고 생각하는 건 아니에요. 사실 저는 티베트 불교에 대한 영화를 찍으면서 불교 철학에 매료되었고, 업보와 운명이 무척 비슷하다는 사실을 깨달았습니다. 전생에 어떻게 살았는지가 업보를 결정하지요. 역시 자기 운명을 직접 쓰는 셈입니다.

와크텔 당신의 작품에는 유년기에 겪었던 세상이 직접적으로든 간접적으로든 항상 등장합니다. "나는 시적 현실과 자연적 현실이 하나인 지상 천국에서 자랐다"고 말씀하신 적이 있는데요. 파르마에 대한 이야기를 조금 들려주시겠어요? 주변 풍경이나 당신이 자란 집에 대해서 말입니다.

베르톨루치 저는 시골에서 자랐고, 제가 자란 땅을 사랑했다는 점에서 진정한 시골뜨기였지요. 포 계곡의 단조로운 평원이 좋았고 멀지 않은 곳에, 자전거로 30분 떨어진 곳에 파르마라는 큰 도시가 있다는 것도 좋았습니다. 파르마의 인구는 15만 명밖에 안 됐지만요. 제 어린 시절을 결정한 것은 아버지의 시, 부모님의 존재, 전설을 대하는 따스한 태도였습니다. 주변 모든 것들이 전설이 되는 과정인 것 같았지요. 적어도 제가 저의 세상을 사는 방식은 그랬습니다. 저는 글을 읽기 시작하면서 아버지의 시를 읽었습니다. 전부 우리 집 주변 세상에 대한 시, 혹은 아버지 집안의 고향이자 우리의 여름 별장이 있던 아펜니노 산맥의 작은 마을에 대한 시였지요. 우리 가족은 제가 열두 살 때 로마로 이사를 했는데, 이제 와서 털어놓자면 큰 충격이었습니다. 뿌리가 뽑힌 느낌이었죠. 새로운 신화를, 훨씬 진부하고 시시한 로마의 신화를 받아들이기 위해서 시골의 신화를 포기하고 잊을 수는 없었습니다.

와크텔 시골뜨기 같다고 말씀하셨지만 부모님은 농부가 아니었습니다. 교양과 학식을 갖춘 분들이었지요.

베르톨루치 할아버지는 농부였습니다. 아버지는 흔히 말하는 기적이었지요. 열세 살, 열네 살쯤 되는 소년이 농부인 부모님의 손에 이끌려 처음 간 베네치아에서 서점으로 들어가 자기도 모르게 프루스트의 『잃어버린 시간을 찾아서』 초판본을 샀습니다. 그 책이 우리 집에 아직도 있습니다. 아버지는 기적이었어요. 내면에서 문화가 자연스럽게 꽃피는 그런 사람 말입니다. 그래서 아버지는 저에게든 누구에게든——교사였을 때는 제자들에게도——학자가 아니었습니다. 아버지는 문화에 대해 항상 이야기하고 책을 정말 많이 읽는 데다 시와 예술을 잘 알았지요. 사실 아버지는 예술사가였고 고등학교에 해당하는 리체움lyceum에서 예술사를 가르쳤습니다. 저는 아버지가 문화에 대해서 지나치게 진지한 태도로 이야기하는 것을 한 번도 들어 본 적이 없습니다. 아버지는 항상 단순하면서도 세련된 방식으로 이야기를 하셨지요. 아버지가 어머니에 대해서 썼던 시가 아주 생생하게 기억납니다. 그때 저는 일고여덟 살이었어요. 「흰 장미」라는 시였는데, "당신은 정원 가장 낮은 곳의 흰 장미, 여름의 마지막 벌들이 당신을 찾아옵니다"라고 시작해서 "이 장미는 마음 쓰지 않아요, 서른이 되면 당신도 그렇겠지요"로 끝나지요. 두 분 모두 아주 젊었을 겁니다. 아직 어렸던 제가 정원 가장 낮은 곳으로 가서 흰 장미를 봤던 기억이 납니다. 저는 시의 소재가 우리 주변의 사물임을 곧 깨달았습니다. 사물을 바라보는 방법만 깨달으면 사방에서 찾을 수 있지요. 그것이 아버지가 저에게 준 가장 큰 가르침이었습니다. 아버지가 직접 가르쳐 준 것은 아니었지만, 저는 모든 것을 아버지로부터 배웠습니다. 그것이 아버지의 방식이었지요.

파르마에 대해서 물으셨지요? 아버지는 파르마를 일종의 프티트 카피탈 도트러푸아petite capitale d'autrefois로 삼았습니다. 자그마한 옛 수도라는 뜻이죠. 아버지는 파르마의 예술을, 코레조와 파르미지아니노의 프레스코화를, 베네데토 안텔라미가 지은 세례당과 대성당의 멋진 로마네스크 조각을 정말 좋아했습니다. 아주 옛날, 아마도 12세기 즈음의 작품입니다. 아버지는 항상 그런 문화적 흐름 안으로 들어가고 싶어 했습니다. 가족을 사랑하듯이 고향을 정말 사랑했지요. 그것이 저에게는 아주 강렬하게 다가왔습니다. 젊은 감독이라면 모두 자전적인 영화를 만들어야 했는데, 제가 처음 각본을 쓴 영화 「혁명전야」는 파르마가 배경이었습니다. 파르마라는 도시에 대한 영화지요. 저는 파르마에게서 벗어나기 위해서, 아버지에게서 벗어나기 위해서 그 영화를 만들어야겠다고 생각했습니다. 하지만 환상일 뿐이었지요. 아주 오랫동안 그곳으로 돌아가서 영화를 찍었으니까요.

와크텔 「1900년」을 거기서 찍었습니다. 아버지에게서 벗어난다고 말씀하셨는데, 당신이 주로 다루는 묵직한 주제 중 하나는 부모와 자식의 관계, 특히 아버지와 아들의 관계입니다.

베르톨루치 네. 제 영화에 아버지가 살해당하는 내용이 많이 나온다는 말을 많이 들었습니다.

와크텔 아버지, 혹은 아버지와 같은 존재인 선생님이죠. 왜 아버지라는 존재를 죽여야 했습니까?

베르톨루치 뉴욕 사람들이 말하는 것처럼, 오이디푸슨지 뭔지 때문이겠지요. 그런 농담이 있잖아요, 어머니를 사랑한다는데 뭐가 문제냐는. 작년에 아버지가 돌아가셨는데, 돌아가시기 몇 년 전에 저에게 말씀하셨습니다. "아주 똑똑해. 나를 그렇게 여러 번 죽이고 감옥도 안 갔구나."

와크텔 왜 거기에 집착하는지 아십니까?

베르톨루치 워낙 여러 해 동안 분석을 받았더니 알았다가 잊어버리고, 또 알았다가 잊어버린 것 같군요. 저는 그 문제에 깊이 파고들 수 있었고, 어떤 면에서는 도움이 되었습니다. 확실하지는 않지만, 그랬으면 하는 바람이지요.

와크텔 아버지가 정말로 돌아가셨을 때 그 사실을 받아들이기 힘들었습니까?

베르톨루치 힘들"었"던 게 아닙니다. 아직도 힘들어요, 아주 힘들죠. 저는 아이가 없기 때문에 무척 힘듭니다. 스스로 항상 아들이라고만 생각했기 때문에 아이가 없는 것 같습니다. 아들이 어떻게 아버지가 되겠습니까? 아버지가 돌아가셨을 때 저는 이미 나이가 많았고, 크게 속은 기분이었습니다. 아버지는 자기가 불멸의 존재라고 믿게 만들었으니까요. 시 속에서 불멸의 존재라는 뜻이었을지도 모릅니다. 아주 어려운 주제예요.

와크텔 오이디푸스와 어머니 이야기가 나와서 말인데요, 당신의 어머니는 항상 배경으로 물러나 있다는 느낌이 듭니다. 어머니가 당신 삶에서 가장 수수께끼 같은 사람이라고 설명한 적도 있지요. 어머니는 어떤 분이었습니까?

베르톨루치 수수께끼 같다는 건 완곡어법이었을 겁니다. 저는 아버지와 어머니가 공생하는 존재임을 어느 순간 깨달았습니다. 두 사람이 하나였으니 구분하기 어려웠지요. 하지만 어머니는 더 신중했습니다. 가끔 아버지가 사실 세 번째 자식이 되려고 했고, 성공했다는 생각이 들기도 했습니다. 저희는 동생 주세페까지 두 형제인데, 아버지가 어머니의 애정을 훔치고 중심이 되었다는 점에서 셋째 아들이었던 셈이지요. 종종 있는 일 같긴 하지만, 그런 느낌이 강했습니다. 저는 뒤늦게야 그 사실을 진정으로 이해하기 시작했습니다. 프로이트식으로 소파에 누워서 제 뒤에 숨어 가끔은 목소리를 내고 가끔은 조용한, 보이지 않는 사람에게 말을 걸기 시작한 다음에야 말입니다.

와크텔 당신처럼 아주 어린 나이에, 스무 살이 될까 말까 할 때 영화를 만들면 실제보다 훨씬 나이가 많다고 여겨질 위험이 있습니다. 당신은 벌써 40년 동안 영화를 찍고 있으니까요. 하지만 그때 당신은 영화를 통해서 그런 주제를 다루고 있었습니다. 주제가 당신에게 파고들었고, 당신이 이해를 했든 하지 못했든 그것이 창의력의 원천이었습니다.

베르톨루치 네, 하지만 이해하는 게 더 좋은 순간이 있습니다. 완전하고 무의식적인 무아지경의 상태에서 창의력을 발휘하는 것은 정말 환상적이지만, 무아지경에서 깨어나 그 몽롱함 안에 무엇이 있는지 파악하려고, 모든 것들의 의미를 해독하려고, 아니 찾아내려고 노력해야 하는 순간이 옵니다. 저는 영화를 만드는 주된 이유 중 하나가 제 자신의 치료를 위해서임을 잘 알고 있었습니다. 상태가 좋지 않을 때는 영화를 만드는 것이 악마와 악몽을 없애는 좋은 방법입니다. 영화를 찍는 것이 좋은 치료지요.

와크텔 어떤 사람들은 너무 많은 것을 알게 될까 봐, 즉흥성이나 창의성이 사라질까 봐 치료를 두려워합니다. 무엇 때문에 치료를 시작하고 싶었습니까? 「거미의 계략」이나 「순응자」를 만들기 전인 1960년대 후반에 치료를 시작했지요. 치료를 받아야겠다고 결심한 계기는 무엇입니까?

베르톨루치 때가 되었던 것 같습니다. 무의식적인 것들이, 무의식적인 유령이 제 안에 가득 차 폭발할 것 같았고, 제 영화도 점점 더 모호해지고 있었습니다. 「거미의 계략」과 「순응자」를 만들기 전, 프로이트식 정신분석을 받기 시작한 즈음에 「파트너」라는 영화를 만들었는데, 정말 모호한 영화였습니다. 제가 보기에 그렇다는 게 아니라 비평가, 관객, 친구, 친척 등 다른 모든 사람들이 보기에 모호했지요. 저는 기분이 정말 나빠졌고, 아무도 감상을 말해 주지 않는 영화를 계속 만드는 건 정말 쓸모없는 짓이라는 생각이 들었습니다. 저는 사람들이 제 영화를 보고 뭔가를 얻어서 돌아가기를 간절히 바랐거든요. 저와 같은 세대의 많은 감독들, 저와 나이가 비슷한 60년대 감독들 대부분이 그랬습니다. 관객을 거스르는 작품을 만들던 시대였지요. 그 시대가 끝날 즈음 저는 대화를 하고 싶다고, 독백은 이제 그만두고 싶다고 생각했습니다. 제 자신에 대해서 이야기하는 것은 그만두고 싶었어요. 다른 사람과 토론을 하고 싶었습니다.

저는 아마 우리 세대 중에서 제일 처음으로 60년대의 훈계적이고 금욕적인 태도를 버리고 누군가가 영화를, 제 영화를 아무 이유 없이 보러 갈 수도 있다는 사실을 받아들였을 겁니다. 또 쾌락이라는 개념도 처음으로 받아들인 편입니다. 아시겠지만 60년대에는 다들 무척 정치적이었고, 60년대 유럽과 비유럽 지역의 극좌파 감독들은 "쾌락"이라는 단어를 우파적인 단어라고 생각했습니다. 물론 이런 이야기를 하는 사람이 제가 처음은 아닙니다. 저는 쾌락이라는 관념 속으로 뛰어들어서 영화는 쾌락이 되어야 한다고, 영화를 만드는 사람뿐 아니라 보는 사람에게도 쾌락이 되어야 한다고 생각했습니다. 그 뒤에 롤랑 바르트의 『텍스트의 즐거움』이라는 멋진 에세이를 읽었는데, 같은 이야기를 하고 있더군요. 작가가 영어에서 말하는 일관성을 완전히 섬멸하는 글을 쓰는 순간을 꿈꾼다는 점에서 말입니다. 운문이면서 산문인 글, 철학적이면서 철학적이지 않은 글, 심리학적이면서 심리학적이지 않은 글을 쓰기 위해서요. 말하자면 모순의 이데올로기, 대조의 이데올로기죠. 그것이 저에게는 정말 중요했습니다. 저는 제 영화가 관객에게 사랑한다고, 당신의 것이 되고 싶다고 말하면 좋겠다고 생각했습니다. 영화와 관객의 필수적인 관계죠. 저 자신도 몰랐지만 제 영화는 항상 그랬다고 생각합니다. 이 사실을 인식하기 시작하자 제가 하는 일이 훨씬 더 즐거워졌습니다. 그래서 저는 제 영화에서 카메라 움직임이 복잡한 것을 가지고 농담을 즐겨 합니다. 제 카메라는 동적일 때가 많거든요. 사랑에 빠진 사람에게 『카마수트라』의 체위들이 있다면 영화에는 카메라수트라의 체위들이 있다고 말입니다.

와크텔 당신의 영화들——초기 영화들이 특히 그런데 후기 영화 역시 그럴지도 모르겠군요——은 정치와 섹스의 혼합물, 정치적 정체성과 성적 정체성의 탐구입니다. 정치적 의식을 가진 중산층 지식인으로서 갈등이 있었습니까?

베르톨루치 저는 걸어 다니는 갈등 뭉치였던 것 같습니다. 제 영화를 보면 의심과 확신 사이의 갈등이 항상 등장하지요. 정치색이 더 강했던 영화들을 가끔 되돌아보면 이 끔찍한 의심의 공격을 극복하기 위해서 지나치게 확신하는 순간들이 보입니다. 저는 의심에 완전히 포위되어 있었기 때문에 정치적 문제에서 확신을 가져야 했습니다. 하지만 의심이 있어야 삶이 있다고 생각합니다.

와크텔 영화가 진정한 시적 언어라고, 또 현실의 언어라고 말씀하셨습니다. 어떤 면에서 시적이고 현실적입니까?

베르톨루치 저는 시를 쓰기 시작하면서 첫 번째 영화도 같이 만들었으니, 두 언어를 오갔던 셈입니다. 시를 쓰는 것과 영화를 찍는 것 사이에 연속성이 있는지 확인해야 했습니다. 저에게는 중요하고 필수적인 문제였지요. 또 영화가 말하자면 다른 모든 언어의 개요라고 생각했고, 20세기의 우리는 영화와 함께 태어나는 특권을 누렸다는 느낌이 들었습니다. 영화는 저보다 약간 나이가 많지만, 저는 영화가 모든 신생아처럼 말을 못하는 아기라고 생각하는 게 좋습니다. 무성영화는 역시 아기처럼 무척 시각적이었지요. 그 뒤에 영화가 말을 하기 시작하면서 더욱 현실적으로 변했습니다. 컬러가 발명되자 더욱 그렇게 되었지요. 삶은 흑백이 아니라 컬러니까요. 60년대 초가 되자 누벨바그, 특히 고다르의 등장과 함께 영화가 생각을 하기 시작했습니다. 자신에 대해 생각하기 시작했지요. 저는 그때 영화를 만들기 시작했습니다. 고다르는 저의 진정한 멘토입니다. 고문관이기도 하고요.

와크텔 왜 멘토이자 고문관이죠?

베르톨루치 저는 고다르가 영화로 하는 모든 것을 정말 사랑했으니까요. 고다르와 무척 친했지만 68년에 사이가 좀 멀어졌습니다. 고다르는 친중국화되었고——마오쩌둥주의자 말입니다——바로 그때 제가 이탈리아 공산당에 가입했거든요. 고다르는 저를 비롯한 공산당 당원들 모두를 수정주의자라고, 너무 연약하고 나약하다고 비난했습니다. 그래서 저는 그를 멘토-고문관이라고 부릅니다. 고다르는 나의 아버지, 나의 세 번째 아버지이기도 하니까요. 첫 번째는 제 아버지, 두 번째는 파졸리니입니다. 저는 평생 처음으로 영화 촬영장에 걸어 들어갔을 때 파졸리니와 함께였습니다. 파졸리니도 처음이었지요. 「아카토네」라는 영화였는데, 지금 봐도 명작입니다. 그때의 경험 때문에 그 영화는 저에게 특별했습니다, 단순히 감독에게 배우는 게 아니었지요. 우선, 파졸리니는 감독이 아니라 감독이 된 작가였습니다. 저는 영화의 탄생을 도우면서 동시에 감독의 탄생을 돕고 있었던 겁니다. 파졸리니는 말하자면 영화에 대한 열정이, 집착이 없었습니다. 저는 이미 그런 것들을 가지고 있었는데 말입니다.

와크텔 당신은 파졸리니보다 영화를 훨씬 더 많이 봤습니다.

베르톨루치 네, 그랬기 때문에 파졸리니는 말하자면 영화를 발명해야 했습니다. 대단했지요. 그리피스를, 르네상스 이전 시대의 화가를 바로 옆에서 지켜보는 것과 마찬가지였습니다. 파졸리니는 항상 자신의 어머니, 자신의 참조 대상은 영화가 아니라 르네상스 이전의 회화, 시에나 화파 시모네 마르티니의 토스카나 지방 그림들이라고 말했거든요.

와크텔 고다르가 당신의 세 번째 아버지였군요. 첫 번째는 당신 아버지, 그 다음은 파졸리니, 그 다음이 고다르군요.

베르톨루치 파졸리니 다음이 고다르죠. 아버지들에게 저는 어마어마한 존경과 사랑, 그리고 아마도 공격성을 느꼈습니다.

와크텔 시네아스트들은 「순응자」에 나오는 교사——장 루이 트린티냥이 죽여야 했던 남자——의 주소가 고다르의 실제 주소라고 지적합니다.

베르톨루치 그것은 장 뤽 고다르에게 보내는 분명한 메시지였습니다. 우리 둘 다 그 사실을 알고 있었지요. 「순응자」는 1970년에 파리에서 개봉했는데, 제가 영화에 나오는 교사의 전화번호와 똑같은 번호를 돌려 고다르에게 전화를 걸었던 기억이 납니다. 교사는 죽어야 하는 인물이었지요. 저는 고다르에게 말했습니다. "장 뤽, 우리가 요즘은 별로 가깝게 지내지 않는다는 건 알지만, 당신이 이 영화를 꼭 보면 좋겠습니다." 그는 열시에 가서 보겠다고, 생제르맹의 드럭스토어에서 밤 열두시에 만나자고 말했지요. 그래서 자정이 되자 저는 드럭스토어로 갔습니다. 비가 심하게 내리는 겨울밤이었지요.

레인코트를 입은 프랑스 젊은이들이 신문을 사거나 친구를 만나러 계속 들어왔고, 마침내 고다르가 도착했습니다. 그가 나를 보았습니다. 아무 말도 없었지요. 고다르가 저에게 쪽지를 한 장 주기에 펼쳐 봤더니, 마오쩌둥 주석의 초상이 그려져 있고 붉은 사인펜으로 "당신은 개인주의와 자본주의에 맞서 싸워야 한다"고 적혀 있더군요. 그런 다음 고다르는 가 버렸습니다. 한 마디도 없이 말입니다. 영화에 대한 반응이라고는 그 쪽지밖에 없었어요. 아주 정치적인 메시지였지요. 저는 너무 기분이 나빴습니다. 쪽지를 수천 조각으로 갈기갈기 찢어서 바닥에 버렸던 기억이 납니다. 정말 아쉬운 일이죠, 그걸 서류 사이에서 찾아서 물신을 숭배하는 시네마테크에 주면 아주 좋을 텐데 말입니다.

와크텔 영화는 20세기 예술이라고 말씀하셨습니다. 프랑스의 뉴웨이브 이후 당신에게 영향을 준 것이 있습니까? 1964년에 찍은 「혁명전야」에 그런 대사가 있습니다. 어느 영화광이 "어떻게 로셀리니 없이 살 수 있습니까?"라고 말하죠. 당신 작품에 영향을 끼친 구체적인 것이 있었습니까?

베르톨루치 저는 감독들이 서로 영향을 주고받는다고, 그런 영향의 흔적이 영화에 보인다고 즐겨 생각합니다. 보이지 않는 의사소통이라는 개념을 아주 좋아하기 때문에 그런 흔적이 보이지 않으면 참 슬프지요. 저는 과거에서 더 많은 영향을 받았다고 생각합니다. 로셀리니 외에도 제가 정말 많은 빚을 진 감독을 꼽자면 우선 르누아르가 있고요, 미조구치도 있고, 정말 많습니다. 영화를 찍다 보면 다른 감독의 영화에서 마음에 들었던 장면이 떠오르지요. 저는 그런 기억을 환영합니다. 제 영화에서 동시대에 일어나는 일의 연속성을 느끼는 것이 좋습니다. 최근에도 모종의 일이 일어나고 있다고 말씀드려야겠군요. 아까 영화사에서 가장 중요한 변화의 순간에 대해서 이야기했지요. 무성 영화에서 토키, 즉 유성 영화로, 흑백에서 컬러로, 그런 다음 60년대의 영화로 넘어오는 변화 말입니다. 저는 여기에 이탈리아 네오리얼리즘을 더하고 싶습니다. 로셀리니와 그 뒤를 이은 데시카, 비스콘티는 카메라를 세트장 밖 거리로 가지고 나갔습니다. 그리고 누벨바그가 있었지요. 저는 현재 역시 아주 흥미로운 순간이라고, 아주 중대한 변화의 순간이라고 생각합니다. 진정한 돌연변이가 일어나고 있다고 말하고 싶군요. 저와 같은 세대의 감독들, 혹은 더 젊은 세대의 감독들이 알고 있는지는 잘 모르겠지만요. 신기술로 인한 변화가 장비나 설비의 변화만은 아니라는 느낌, 영화를 찍는 것이 더 수월해지는 것만은 아니라는 느낌이 듭니다. 디지털로 영화를 찍는다는 것은 드라마투르기의 큰 변화, 이야기 구조의 큰 변화, 이야기의 의미와 인물에 접근하는 방식의 변화를 뜻한다고 생각합니다.

와크텔 왜 의미가 변하지요?

베르톨루치 아, 누군가 미디어가 곧 메시지라고 말했으니까요. 로셀리니가 「로마」, 「무방비도시」, 「전화의 저편」, 또는 「독일 영년」을 찍은 것은 사실 양식의 변화였습니다. 영화의 민낯이었죠. 실제 장소에서 찍은 영화였는데, 그것은 양식의 변화만이 아니라 영화 구조의 변화를 의미했습니다. 대만의 차이밍량 감독이나 「화양연화」를 만든 왕자웨이 감독의 영화를 보신 적 있습니까? 미국의 젊은 감독 하모니 코린은요? 제 말이 얼토당토않은 소리가 아니라는 걸 아시겠지요. 양식이 변했어요. 이야기를 하는 방식도 크게 변했습니다.

와크텔 조금 전에 의심이 필수적이라고, 의심이 있어서 삶이 있다고 말씀하셨습니다. 또 매일 영화에 대한 새로운, 어마어마한 의심이 생긴다고도 했는데, 좋은 뜻은 아닌 것 같았습니다. 왜 그렇죠?

베르톨루치 저는 새로운 감독들, 영화를 만드는 대안적인 방식들에 완전히 마음을 빼앗겼으니까요. 그렇기 때문에 1998년에 만든 저의 최근작 「하나의 선택」에서 변화를 느끼셨을 겁니다. 예를 들어 보죠. 「리틀 부다」나 「마지막 사랑」처럼 돈, 사치스러운 장식과 디자인, 수많은 엑스트라가 들어가는 대규모 영화를 넉넉한 제작 스케줄에 따라 만들고 났더니 최소한의 빛을 이용해서 아주 적은 인원으로 며칠 만에 영화를 찍어야겠다는 생각이 들었습니다. 1995년에 라스 폰 트리에 감독이 편지를 보내서 도그마95라는 것을 만든다며 관심이 있냐고 묻기에 저는 이탈리아인이고 가톨릭이 모태 신앙이기 때문에 다른 도그마를 따르는 것이 꺼려진다고 답했지요. 가톨릭교회에는 도그마가 아주 많으니까요.

와크텔 라스 폰 트리에의 도그마는 극적인 조명을 쓰지 않고, 핸드헬드 카메라로만 찍고, 아주 적은 예산으로 영화를 만드는 거였지요.

베르톨루치 네, 그래서 저는 그 운동에 동참할 수 없다고 느꼈습니다. 하지만 무척 궁금했어요. 라스 폰 트리에가 젊은 감독들에게 더 큰 충격을, 더 큰 힘을 주기 위해서 그런 고난과 한계를 설정한다고 확신했거든요. 사실 제 생각에는 재능이 뛰어난 예술가라면 누구나 그렇듯 라스 폰 트리에가 스스로 만든 도그마를 가장 먼저 어길 것 같습니다.

와크텔 의심에 대한 이야기를 좀 들어…

베르톨루치 영화는 변화하기 때문에, 돌연변이를 낳기 때문에 매력적입니다. 저는 얼마 전에 예순 살이 됐어요. 저의 의심은 이 돌연변이를 내가 따라잡을 수 있을까, 라는 겁니다. 노력은 하겠지만 재능이 열정을 따라 줄지 모르겠습니다, 현재 영화에서 일어나고 있는 특별한 변화를 따라잡는 재능 말입니다. 하지만 아시다시피 저는 항상 위험을 무릅쓰는 것을 좋아했습니다. 위험한 상황에 뛰어드는 것을 좋아하지요. 예를 들어서 어떤 영화를 찍은 다음 전혀 다른 영화를 찍는 것이 저만의 규칙이었습니다. 그래서 정치적, 심리적 영화였던 「순응자」를 찍은 다음에 「파리에서의 마지막 탱고」를 만들어야겠다고 생각했지요. 당시 사람들은 그것이 남성과 여성의 투쟁에 관한 영화이므로 정치적인 영화라고 말했지만, 사실은 아주 개인적인 이야기였습니다. 저는 아주 내밀한 영화인 「파리에서의 마지막 탱고」를 만든 다음 「1900년」을 찍어야 했는데, 규모가 크고 역시 정치적인 일종의 시대극이었죠. 그 다음에는 역시 두 인물, 어머니와 아들에 대한 이야기인 「루나」를 찍었습니다. 항상 페이지를 넘기고 앞으로 나아가려는 욕망이 있었던 거죠. 그 어떤 작품도 목적지는 아니었습니다. 제 작품은 항상 목적지가 아니라 지나가는 역이었습니다.

와크텔 「파리에서의 마지막 탱고」가 나왔을 때 그 영화가 일반 의식과 맞물렸다고 말씀하셨던 기억이 납니다. 「파리에서의 마지막 탱고」는 1972년에 크나큰 성공을 거두었지만 이탈리아에서 상영이 금지되면서 당신을 곤경에 빠뜨리기도 했지요. 그 영화가 어떤 점을 건드렸을까요?

베르톨루치 저는 그 영화를 아주 순수하게 만들었습니다. 판사들이 외설적인 영화를 만들었다는 죄목으로 저를 심문할 때가 기억납니다. 저는 죄가 없다고 말했지요. 이 영화가 그 정도로 충격을 줄 거라고는 생각하지 못했습니다. 편집자 겸 공동 작가인 프랑코 아르칼리, 그리고 제작자와 함께 1차 편집본을 보았을 때 첫 상영이 끝나자 저와 편집자는 마주보면서 정말 이렇게 말했습니다. "세상에, 아무도 이 영화를 보러 오지 않을 거야. 아주 절망적인 늙은 남자가 주인공인 데다가, 끔찍한 결말에…" 그런데 불이 켜지자 제작자 혼자 기뻐서 춤을 추고 있더군요. 그래서 전 죄가 없다고 말한 겁니다. 저는 그 정도로 충격을 줄 만한 영화를 만들고 있다고 생각도 못했습니다. 제가 그 영화에서 하는 이야기는 너무나 내밀하면서 또 저에게는 너무나 익숙했습니다. 그런 환상이 저에게는 아주 정상적이었습니다.

와크텔 익명의 섹스라는 환상 말인가요?

베르톨루치 네.「파리에서의 마지막 탱고」는 아주 낭만적인 영화였습니다. 두 사람이 중립적인 장소, 빈 아파트에서 이름도 주소도 전화번호도 모르고 서로에 대해 아무것도 모른 채, 사회적 정체성을 완전히 벗고 만나기로 합니다. 저는 불가능하지만 사실은 무척 낭만적인 관계가 정말 필요하다고 느꼈습니다. 물론 그 솔직함이 당시에는 불쾌했을지도 모르지요. 사회가 정상이라고 받아들이는 범주를 영화가 몇 년 앞섰을지도 모릅니다. 지금이라면 이 영화가 그때처럼 엄청난 충격을 주지 않을 겁니다. 약간 두렵기까지 했던 기억이 납니다. 이탈리아 시민권을 잃었음을 깨달았을 때는 아주 끔찍했지요. 당시 저는 무척 정치적이었는데 그 영화 때문에 5년 동안 투표할 권리조차 잃었습니다.

와크텔 하지만 이전 영화들——「순응자」, 심지어는 「거미의 계략」도 떠오르는데요——은 이탈리아 정치와 반파시즘에 흠뻑 물들어 있었지요.

베르톨루치 네, 하지만 제 영화를, 특히 옛날 영화를 다시 보면 정치적 정체성과 성적 정체성을 찾으려는 욕구가 항상 존재합니다. 두 가지가 완전히 섞여 있지요.

와크텔 저는 거의 30년이 지난 다음 「파리에서의 마지막 탱고」를 다시 보러 갔다가 섹스 자체가 아니라 인물들을 둘러싼 모든 상황이 정말 충격적이라는 사실을 깨닫고 깜짝 놀랐습니다. 가족과 타인들이 주인공들의 삶을 침해하지요. 말런 브랜도가 맡은 역의 장모님이나 죽은 아내의 옛 애인, 또는 마리아 슈나이더의 남자친구와 어머니와 죽은 아버지 말입니다. 타인이 너무 많아서…

베르톨루치 네, 하지만 기억나는 건 두 사람뿐이지요.

와크텔 맞습니다.

베르톨루치 글쎄요, 저는 제 영화를 보는 것을 썩 좋아하지 않습니다. 오랜 시간이 지나야만 다시 볼 수 있어요. 「파리에서의 마지막 탱고」는 그 영화를 만들었던 72년에 보고 25년쯤 지나서 97년에 로카르노 영화제에서 다시 봤습니다. 로카르노의 큰 광장에서 밤에 영화를 상영하는데, 영화제는 8월 초에 시작하고, 관객이 9천 명 정도 됩니다. 유럽에서 제일 큰 스크린이에요. 저는 그곳에서 「파리에서의 마지막 탱고」를 보기로 했습니다. 왜 옛날 영화를 보지 않느냐고요? 제 영화에는 무척 개

인적이고 내밀하고 사소한 것들이 늘 가득하기 때문에 영화에
제 자신의 삶을 얼마나 많이 투영시켰는지 확인하면 얼굴이
붉어지니까요. 하지만 25년쯤 지나면 괜찮습니다. 다 참을 수
있어요. 20년, 30년 후에 보면 전생으로 돌아간 느낌이거든요.
지금의 제가 그 영화를 만든 사람의 환생처럼 느껴집니다.

와크텔 「파리에서의 마지막 탱고」를 보면서 무슨 생각을 했습
니까?

베르톨루치 참 신기하다고 생각했습니다. 예를 들어서, 장 피에
르 로가 연기한 마리아 슈나이더의 애인은 시네필의 패러디였
어요, 전형적인 젊은 영화감독이죠. 영화를 처음 봤을 때는 관
객도 제 자신도 말런과 마리아만 보고 싶어 했던 기억이 납니
다. 하지만 이번에 영화를 다시 보자 영화감독인 남자친구가
정말 필요했다는 느낌이 들었습니다. 말런과 마리아의 관계가
너무 무겁기 때문에 숨을 돌릴 순간, 긴장이 잦아드는 순간, 가
벼운 순간이 필요하거든요.

와크텔 이 영화 제목에도 탱고가 들어가는데, 당신의 작품에는
춤이라는 모티프가 계속 등장합니다. 첫 번째 장편 영화에도
댄스홀과 댄스 장면이 나오지요. 「냉혹한 학살자」에도 댄스홀
이 나오고, 「순응자」의 댄스홀 장면은 아주 유명합니다. 사실
상 모든 영화에 춤이 나옵니다. 왜죠?

베르톨루치 제가 춤이라는 개념을 좋아하기 때문이겠지요. 저는
춤을 절대 못 추기 때문에 영화에 춤을 많이 등장시키는 것으

로 복수를 하는 겁니다. 춤을 창피하게 여기는 태도에 대한 테이크를 찍고 싶습니다. 또 춤을 추는 순간은 영화에서 무슨 일이든 일어날 수 있으면서 슬퍼지기도 하는 특별한 순간, 마법 같은 순간이기 때문입니다. 심리적 일관성에 얽매이지 않지요. 불행히도 가장 최근 영화에는 춤이 나오지 않습니다. 「스틸링 뷰티」에는 잔디밭에서 춤추는 소녀가 나오지만요.

와크텔 무슨 일이든 일어날 수 있다고 말씀하셨는데, 논리적일 필요도 없습니다. 「바보 같은 자의 비극」에서 아들은 죽은 자들 가운데서 돌아오고, 사실상 댄스홀에서 다시 태어나지요. 거기 뭔가가 있는 것 같습니다.

베르톨루치 맞습니다. 하지만 그것은 제가 음악을 얼마나 사랑하는지, 또 영화가 음악에 얼마나 많은 빚을 지고 있다고 생각하는지 보여 주는 것 같습니다. 제 영화는 카메라의 움직임을 음악적인 움직임으로 보지 않으면 설명이 불가능할 때가 많습니다. 제가 음악 없는 영화를 만드는 일은 아주 드물지요. 「루나」가 있긴 한데, 소프라노와 말썽쟁이 아들에 대한 이야기라서 베르디의 작품이 많이 나오기 때문에 배경 음악을 넣을 수 없을 것 같았습니다. 베르디와 비교하면 무슨 음악이든 존재감이 옅어지겠다고 생각했거든요. 저는 보통 영화를 찍다가 갈피를 잡을 수 없고 뭘 해야 할지 모르겠다는 생각이 들면 배우들, 공동 제작자들과 함께 음악을 듣는데, 그러면 크나큰 의심과 장애와 공허함이 녹아내리는 기분이 듭니다.

와크텔 댄스홀이 반드시 행복한 장소는 아닙니다. 「냉혹한 학살자」에서는 누군가 죽을 것을 우리가 알기 때문에 댄스홀이 불길하지요. 그런데 「순응자」를 다시 보니 댄스 장면이 제 기억보다 덜 불길하더군요. 즐거움이 더 컸어요. 하지만 댄스홀 구석에 로렐과 하디의 작은 사진이 있는 것을 보고 뭔가 다른 일이 벌어지고 있다고 생각했지요.

베르톨루치 저는 그 장면이 당신 생각보다 더 심오하다고 생각합니다. 우리는 비극이 있음을, 어딘가에서 비극이 일어나리라는 사실을 아니까요. 저는 아주 행복한 장면에서 비극이 일어나면 좋겠다고 생각했습니다. 그리고 그곳에서 도미니크 샌다와 스테파니아 산드렐리의 충돌도 볼 수 있지요. 두 여자는 춤을 추고, 도미니크는 스테파니아와 사랑에 빠진 사람처럼 춤을 추기 때문에 우리는 뭔가 엄청난 일이 일어나고 있음을 압니다. 그 장면이 이야기에서 무척 중요했습니다. 순응자의 아내 스테파니아 산드렐리가 술에 잔뜩 취해서 즐거워하는 장면에서 죽음의 장면으로, 교사가 살해당하는 장면으로 곧장 넘어가지요. 저는 이런 대조가 좋습니다, 아주 극적이지요.

한 가지 묻고 싶습니다. 우리는 인터뷰 청취자들이 우리가 말하는 영화를 다 아는 것처럼 이야기를 하고 있는데, 정말 그럴 거라고 생각하십니까?

와크텔 그랬으면 좋겠군요. 대부분은 비디오로 구할 수 있을 거예요.

베르톨루치 제가 아는 젊은 사람들은 과거를 거의 모릅니다. 저는 영화가 과거를 완전히 잃은 젊은이들과 대화를 나누는 방법이 되어야 한다고 생각합니다. 젊음은 죽은 기억입니다. 그들 잘못이 아니죠. 비난을 하는 것도, 판단을 하는 것도 아닙니다. 젊은이는 기억이 필요 없을지도 몰라요. 어쩌면 현재의 세상에서는 기억할 필요가 없을지도 모르지요. 우리는 기억을, 과거를 바탕으로 하는 세상에서 왔습니다. 오늘날의 젊은이들은 현재가 아주 재미있고 생생하고 흥미진진해서 과거를 젖혀두는 거겠지요.

와크텔 정치, 섹스, 종교, 영성, 동양 영화, 그리고 더욱 최근에는 사랑을 통해서 당신의 작품들을 추적할 수 있을 텐데요, 주제가 계속 변했다고 생각하십니까?

베르톨루치 저는 그러한 요소들이 대부분 공존한다고 생각합니다. 어떤 건 직접적이고 어떤 건 간접적이지요. 그렇기 때문에 제 모든 영화를 별개의 덩어리들이라고 생각하기가 무척 어렵습니다. 저로서는 모든 영화가 각각의 챕터라고, 한 영화의 챕터라고 생각하는 게 더 쉬운데, 그 영화는…

와크텔 바로 당신이죠.

베르톨루치 네, 접니다.

와크텔 그렇다면 제목을 뭐라고 붙이시겠어요?

베르톨루치 저라면 "당신은 내가 아니다"라고 붙일 겁니다. 폴 볼스의 단편 제목이지요.

와크텔 당신은 10년 넘게 이탈리아를 떠나 말하자면 자발적 망명 생활을 했습니다. 힘들었나요? 그동안 앞서 언급하신 세 편의 영화, 「마지막 황제」, 「마지막 사랑」, 「리틀 부다」를 찍었는데, 무대가 동양과 북아프리카이기 때문에 동양 삼부작이라고도 불리지요. 타향에서 지내는 것이 힘들었습니까?

베르톨루치 당시 저는 이탈리아에 있으면 무척 불안했습니다. 끔찍하게 부패한 나라에서, 사람들이 너무 냉소적이라 부패했다는 사실을 알아차리지도 못하는 나라에서 영화를 찍는 것은 불가능하다고 스스로에게 말했지요. 그래서 지리적, 문화적으로 최대한 멀리 갔습니다. 저는 우리 문화와 너무나 다른 문화들이 있다는 사실을 몸으로 느꼈고, 매번 새로운 문화와, 아주 오래된 문화와 사랑에 빠졌습니다. 처음에는 중국을 발견했지요. 첫눈에 반한 사랑이었습니다. 「마지막 황제」를 준비하느라 유럽과 중국을 오가면서 2년을 보냈는데, 중국은 알수록 더 모호해지더군요. 정말 매혹적이었습니다. 그런 다음 북아프리카의 사막으로 가서 사막의 문화를 마주해야만 하는 절실한 부부의 이야기를 찍었지요. 무척 고통스러운 일이었습니다.

와크텔 「마지막 사랑」은 폴 볼스의 소설을 바탕으로 만들었습니다.

베르톨루치 네, 그리고 「리틀 부다」 역시 티베트 철학과 불교 덕분에 할 수 있었던 대단한 경험이었습니다. 그러니 향수병이 매번 위대한 발견으로 이어진 셈이지요.

와크텔 90년대 중반에 이탈리아로 돌아온 이유는 무엇입니까?

베르톨루치 분위기가 바뀌었으니까요. 지금 이탈리아에는 시커먼 구름이 끼어 있는데, 다시 자발적 망명을 해야 하는 상황이 오지 않기만을 바라고 있습니다.

와크텔 당신의 공산주의는 어떻게 되었나요?

베르톨루치 공산주의 자체가 어떻게 되었는지 묻는 게 낫겠군요.

와크텔 그건 다들 알고 있으니까요.

베르톨루치 베를린 장벽이 무너지면서 우리 모두 전혀 예상치 못한 일이 일어나고 있음을, 아마 일어나야 할 일이 일어나고 있음을 뚜렷하게 보았습니다. 인정하고 싶지는 않았지만 수백만 명이 고통 받고 있음을 알았지요. 우리가 실패했음을 깨달았습니다. 모순적이게도 이탈리아 공산당원은 소비에트에서 일어났던 끔찍한 일에 자신도 책임이 있다고 전혀 생각하지 않았습니다. 우리는 이탈리아 공산주의가 사람들에게 무척 중요하다고, 아주 친밀하다고 생각했지만 변해야 했습니다. 당명이 바뀌었고, 확실한 운명이라는 생각을 포기해야 했습니다. 물론 몇 년 동안 우리는 발밑의 땅이 사라진 듯한 느낌을 받았지요. 제 개인적으로는 특히 그랬습니다. 중요한 문제는 제가 한때 유토피아를 꿈꿀 수 있었다는 사실입니다. 이제는 그런 꿈이 허락되지도 않고 가능하지도 않습니다. 그뿐입니다.

와크텔 이제 유토피아주의자가 될 수 없군요.

베르톨루치 네. 제가 예전에 했던 식으로는 안 되지요.

와크텔 정치적인 관점에서 당신을 어떻게 설명하시겠습니까?

베르톨루치 지금 영화계에서처럼 정치에서도 무슨 일이 일어났으면 좋겠습니다. 실제로 어떤 일이 벌어지고 있습니다. 저는 긴장감 넘치는 생태 운동이 무척 흥미롭다고 생각합니다. 이탈리아에서는 일 포폴로 디 시애틀il popolo di Seattle, 즉 시애틀 사람들이라고 불리는데요, 앞으로 전진한다는 의미입니다. 현재 진행 중인 가장 역동적인 일들 중 하나입니다. 오늘날 진정한 정치가 이 운동과 함께 다시 태어나고 있습니다.

와크텔 세계 무역 기구에 대한 반응이지요.

베르톨루치 네, 하지만 세계화와 환경에 대한 반응이기도 합니다. 이 세상은 기쁘게, 즐겁게 자살하고 있어요. 우리가 손 놓고 가만히 앉아서 그 자살을 도와야 할까요? 사람들은 느립니다. 지금 일어나는 일을 보면, 미국이 교토 의정서를 비준하지 않으려 하는 것을 보면 정말 걱정스럽습니다. 아마존 유역의 삼림 파괴가 지금까지처럼 계속되면 25년이나 30년 안에 아마존 유역 전체가 늪으로 변할 테고, 지구 온난화에 영향을 미칠 겁니다. 우리가 사는 행성의 대기가 위협받고 있어요. 어떻게 그 문제에 대해서 아무것도 하지 않고 넘어갈 수 있습니까? 저는 그게 큰 걱정입니다.

와크텔 이탈리아가 편한가요?

베르톨루치 네. 제가 떠났던 80년대 중반보다 훨씬 편합니다.

와크텔 파르마에 가시나요? 가족들이 아직 거기 삽니까?

베르톨루치 네, 몇 년 전에 파르마로 초대를 받아서 간 적이 있습니다. 사람들이 저를 크게 축하해 주었는데, 저는 뭐든 축하를 받으면 죄책감이 들어서 그 이후로는 한 번도 안 갔습니다.

와크텔 왜 죄책감이 들까요?

베르톨루치 제 정신과의사한테 물어보는 게 낫겠군요.

와크텔 이제 안 다니시는 줄 알았는데요.

베르톨루치 다시 시작했습니다.

2001년 5월

조지 스타이너
George Steiner

사람은 뿌리를 내리고 살아야 한다는 것이
저에게는 정말 아이러니한 말이고
심지어는 비웃음이 나옵니다.
나무는 뿌리를 내리고 있기때문에
번개에 맞아서 쪼개지죠.
저는 다리가 있고, 그러니 움직여서
살아남을 수 있습니다.

조지 스타이너

1980년대 중반에 조지 스타이너가 토론토 대학에서 했던 강연을 평론가 노스럽 프라이는 역사적인 사건이라고 칭했다. 열정적인 강연과 웅장한 이론으로 유명한 스타이너는 어마어마한 명성을 가지고 있다. 그의 분야는 문학만이 아니라 인간의 본성이다. 원기왕성하고 박학다식한 스타이너는 열두 개 언어로 문학작품을 인용할 수 있다. 한 번은 영국 텔레비전에 출연해서 덴마크어로 쓴 자신의 글이 자기가 원하는 수준에 약간 못 미친다고 사과를 하기도 했다.

조지 스타이너는 파리에서 오스트리아 유대인 부모 밑에서 태어났고, 열한 살이 되던 1940년에 가족과 함께 미국으로 이주했다. 스타이너는 아버지의 지혜 덕분에 살아남았다고 말한다. 그는 "아버지는 불확실성을 가르쳐 준 근사한 교사였고, 나는 아버지에게 모든 것을 빚지고 있다"고 말했다.

내가 조지 스타이너와 이야기를 나누면서 좋았던 점은 큰 질문, 불가능한 질문을 해야 한다는 사실이었다. 스타이너 자신이 그런 것들을 즐기기 때문이다. 예를 들어 그는 자신이라는 사람, 자신이 믿는 것, 지금까지 쓴 글에서 가장 중요한 것은 "어떤 사람들에게는 순진해 보일지도 모르지만, 인간이 말을 이용해서 축복하고, 삶을 살고, 무언가를 만들고, 용서를 할 수도 있지만 고문하고, 증오하고, 파괴하고, 절멸시킬 수도 있다는 놀라움"이라고 말한 적이 있다.

나는 1992년 파리에서 스타이너와 처음으로 대화를 나누었다. 내가 캐나다로 돌아왔을 때 작가인 친구가 물었다. "세상에서 가장 똑똑한 인간과 대화를 나눈 소감은 어때?" 음, 많은 이야기를 들어야 하지만 그래도 무척 신나는 경험이었다. 에드워드 사이드의 글이 떠올랐다. 사이드에 따르면 스타이너는 "여러 가지 열정에 이끌리는 비평가, 다양한 분야에서 유행의 영향을 이해할 수 있는 사람, 어떤 주제도 불가사의하다고 여기지 않는 독학자, 아주 드문 인물이다. 그러나 스타이너를 읽으려면 그의 기발함에 주목해야 한다. 그는 모든 것을 해결할 수 있는, 모든 텍스트를 해독할 수 있는 시스템이나 기준을 주장하지 않는다. 스타이너는 전문가가 아닌 사람도 이해할 수 있는 글을 쓰고, 그가 참조하는 것은 교리나 권위처럼 안정적인 것이 아니라——3개 국어를 사용하고, 독특하고, 무척 세련된——자신의 경험이다."

몇 년 전 스타이너는 짧은 회고록『정오표: 인생 검토』(1998)를 발표했다. 그는 40년대 후반 시카고 대학에서 보낸 학창 시절이 "내 인생과 직업을 결정했다…. 시카고 대학을 만들어 낸 순수한 지적 활기가 넘치는 풍조, 짜릿하고 열정적인 정신은 최고였다"라고 썼다. 시카고 대학을 졸업한 스타이너는 하버드에 진학했고, 로즈 장학금을 받아 옥스퍼드로 갔다. 그는 미국과 영국의 여러 학교에서 학생들을 가르쳤지만 주로 케임브리지와 제네바에서 가르쳤고, 1994년에는 비교문학 분야 최초로 옥스퍼드 후마니타스 프로그램의 초빙 교수가 되었다. 2001년에는『창조의 문법』을 발표하여 언어와 창의성, 서구 문화에 대해 고찰했다.

여기에 실린 인터뷰는 대부분 우리가 토론토에서 나눈 대화에서 가져왔다. 1992년에 조지 스타이너에 대한 열정을 나에게 감염시켜 준 리처드 핸들러에게 특별히 감사를 표하고 싶다.

◇◇

와크텔 당신은 40년 전에 출판된 첫 번째 책『톨스토이 혹은 도스토옙스키』에서 진정한 비평, 진정한 독서란 "사랑의 빚"이라고 정의했습니다. 왜 사랑이라고 생각했습니까?

스타이너 저는 무척 어릴 때부터 우리 시대가 불안의 시대 — W. H. 오든의 유명한 말이지요 — 가 아니라 바닥 없는 시샘의 시대라고 생각했습니다. 학계와 문학계의 분위기를 특징 짓는 것은 위대함에 대한 시샘과 질투, 그리고 위대하고 보편적인 것에 대한 무서운 복수입니다. 35년, 40년 후에 마틴 에이미스가 베스트셀러 소설 『정보』에서 이 주제를 다루면서 문학적 질투와 성공에 대한 시샘을 고찰했지요. 저는 항상 그렇게 생각했습니다. 우리가 참된 작품을 쓸 수 없고 스스로 창조할 수 없다면, 최고의 작품을 만들어 낼 영감도 운도 총명함도 재능도 없다면, 차선은 그런 작품이 성공하도록, 사람들에게 인정받고 널리 읽히고 사랑받도록 돕는 것이 어마어마한 기쁨이자 특권이라고 말입니다. 엄밀히 말하면 이류에 불과하고 그다지 창의적이지 않지만, 저는 위대한 작품에 도움이 된다는 것이 크나큰 특권이라고 항상 생각했습니다. 누구나 하마 위에 작은 새가 앉아 있는 숨 막히는 자연 다큐멘터리를 본 적이 있을 겁니다. 새는 하마가 몸을 깨끗이 유지하도록 도와주고 적이 오면 경고해 주지만, 더욱 흥미로운 점은 다른 동물들에게 "하마가 오고 있다"고 알려 준다는 것입니다. 정말 좋은 교사, 정말 좋은 비평가, 정말 좋은 독자는 짹짹거리면서 "하마가 오고 있다"고 알려 주지요. 일류 비평가인가 아닌가는 그에게 하마가 있느냐, 내일의 고전이 될 작품에 내기를 거느냐에 달려 있습니다. 저는 항상 새로운 작품에 도움이 되려고 노력했지만 고전을 다시 불러오기 위한 노력도 했습니다. 고전은 항상 새롭지요. 그러므로 그런 의미에서 그것은 사랑의 행위, 기쁨의 행위, 특권과 영광의 행위입니다. 제가 "학계"라는 거친 표현으로 불리는 곳에서 대학을 순회하는 교수 또는 전문 비평가로서 가끔 느끼는 어려움은, 당연한 일이지만 제 주위의 사람들은 스스로 주변적 인물이나 보조적인 인물이라고, 진짜에 붙은 부록이라고 생각하는 것을 좋아하지 않는다는 점입니다. 말씀하신 첫 번째 책은 제가 기나긴 학문 인생 내내 씨름해 온 문제의 시작이었지요. 그 책에서 저는 도스토옙스키의 소설 같은 글을 한 문단만 쓸 수 있었다면 절대 그에 대한 비평을 쓰고 있지 않을 거라고 말했습니다. 도스토옙스키는 스타이너에 대해서 쓸 필요가 없지요. 하지만 스타이너는 도스토옙스키에 대해서 써야 합니다. 그런데 대학에서는 그런 말을 듣고 싶어 하지 않습니다.

와크텔 1992년에 발표한 비평집 『실재적 현존』에서 당신은 "메타텍스트"——예술에 대한 논의나 비평——가 없는 사회가 되어야 한다고 주장하면서 그렇게 되어도 예술 자체가 축소되는 일은 없을 것이라고 말했습니다.

스타이너 그 말은 물론 의도적인 역설이자 과장이지만, 정말 현실적인 의미에서 진심이기도 합니다. 책에 대해서 이야기하는 책, 그리고 또 그런 책에 대해서 이야기하는 책 수백만 권 중에서 10분의 9는 없어도 됩니다. 사람들이 근원적인 충격으로, 위대한 날갯짓과 눈부신 섬광으로 돌아가서 위대한 텍스트나 새로운 예술적 경험에 직접 부딪히게 만들 수만 있다면 말입니다. 그래서 저는 추상적인 말보다 훨씬 더 마음에 와닿는 실화를 항상 인용하지요. 슈만이 아주 어려운 에튀드를 연주하자 함께 연주하던 젊은이들과 곡을 들은 몇몇 친구가 말했습니다. "아, 정말 어려운 곡이군. 설명을 좀 해줄 수 있겠나?" 그러자 슈만은 "그럼, 그럼, 할 수 있지"라고 하더니 자리에 앉아서 같은 곡을 다시 쳤습니다. 이것이 저에게는 정말 중요한 이야기입니다. 예술가가 설명하는 방식은 재현, 반복입니다. 지휘자 피에르 불레즈는 항상 어려운 곡, 반드시 새로운 곡은 아니라도 아무튼 어려운 20세기 음악을 콘서트 처음과 마지막에 반복해서 들려주었습니다. 저는 그것이 무척 교육적인 아이디어라고 생각합니다. "자, 이건 어려워, 새로운 거야. 다시 들려주면서 설명할게"라고 말하는 거죠. 어려운 시나 위대한 희곡, 위대한 텍스트를 만났을 때도 쓸 수 있는 방법입니다. 다시 시도하는 거예요. 다시 읽어 보는 거죠. 물론 뛰어난 비평과 주해, 해설도 존재합니다. 우리의 지적 삶을 갉아먹고 또 갉아먹는 당황스러운 기생적 존재에 대해서 생각해 보라는 뜻으로 약간 과장했을 뿐입니다. 이제 거의 우스꽝스러울 지경이에요. 수준 떨어지는 논문 산업, 살아남아서 어떻게든 직업을 구하기 위해서 이용하는 삼류 학술 출판 산업이 되었지요. 어떻게 해야 할까요? 엉엉 울까요? 깔깔 웃을까요? 둘 다 할까요? 시인 존키츠의 천재성에 대한 600번째 올해의 책——네, 네, 키츠는 천재적이었습니다——이라니요. 우리는 얼마 전부터 이러한 상황에 의구심을 느껴왔습니다. 키츠가 천재라는 사실을 상세하게 설명하기 위해서, 거기 붙어먹기 위해서 논문을 백 편은 더 써야 한다니, 저는 환멸이 점점 더 커집니다.

와크텔 정말 그러신 것 같군요. 극단적인 입장을 취하면서 동료들뿐 아니라 본인까지 주변화시키는…

스타이너 그것도 교수라는 직업을 가지고 있으면서 말이지요. 저는 제네바에서 20년 동안의 교수 생활을 얼마 전에 끝냈는데, 그곳에서 누렸던 가장 중요한 자유는 같이 책을 읽는 것, 학생들과 원탁에 둘러앉아서 2차 자료는 거의 참고하지 않고 텍스트를 읽는 것이었습니다. 제네바학파라고들 하지요. 필요한 도움만 받으면서 1차 텍스트로 돌아가는 아주 간단하고 소박한 방법입니다.

비평 산업의 종착역이 어디인지 저는 모르겠습니다. 비평 산업은 드디어 스스로를 먹어 치우기 시작했어요. 점점 더 많은 비평 텍스트가 다른 비평 텍스트와 논쟁을 벌이고 있습니다. 우리는 "해체주의"라는 막강한 영향력을 가진 운동—어떤 면에서는 진지하게 받아들이기 아주 어렵지요—으로 요약할 수 있는 상황에 접어들었습니다. 그 이야기를 자세히 하고 싶지는 않으니, 해체주의의 위대한 지도자 데리다의 유명한 말장난을 한 번 더 짚고 넘어가도록 하지요. 그는 텍스트라는 것은 존재하지 않는다고 말했습니다. 저에게 그 말은 세련된 야만입니다. 어떤 의미에서 그 말은 소름끼칠 정도로 진실이 되었고, 우리는 정확히 언제 그런 일이 일어났는지 콕 집어서 말할 수도 있습니다. 아주 매혹적이에요. 1940년대 후반에 W. H. 오든이 쓴 편지가 있습니다. 그는 미국에서 학생들을 가르치며 먹고살다가 영국으로 돌아왔지요. 오든은 이렇게 씁니다. "이런 세상에, 나는 내 작품이 세미나에서 연구되기를 바라면서 최근 시들을 썼음을 깨닫기 시작했다네, 세상에나." 뛰어난 시인이었던 오든은 대학원 세미나에서 존경 받고 싶었음을, 자기 시에 대한 논문이 나오기를 노리고 있었음을 갑자기 깨달았습니다. 그러자 당황스러움이, 엄청난 당황스러움이 덮쳐 오죠. 셰익스피어에게는 우리가 필요 없습니다. 셰익스피어는 구실이 아닙니다. 그 어떤 시도 구실은 아닙니다. 문학을 분석과 설명의 구실, 그 작품에 대해서 이야기하는 독백의 구실로 여기는 것은 정신이 나가서 본말을 전도하는 것입니다. 우리는——역시 좀 잘난 척하는 표현이지만 그건 중요하지 않습니다——비잔틴 시대에 살고 있습니다. 알렉산드리아 시대라고도 하는데, 위대한 시와 희곡에서 에너지가 빠져나가고 학자, 사서, 비평가들이 의기양양하게 주도하던 옛 시대를 말하지요. 모든 비평가의 마음 깊은 곳에는 작가에 대한 증오가 존재합니다. 아주, 아주 깊은 곳에 말입니다. 작가라는 정신 나간 사람들이 다음에 뭘 할지 알 수가 없으니까요. 아아, 그런 두려움과 증오가 우리 시대의 중요한 스승과 비평가들을 물들이고 있습니다. 분석 교육으로 인해서 문학의 중요성을 깨닫는 사람보다 문학에서 등을 돌리는 사람이 훨씬 더 많아졌습니다.

와크텔 어렸을 때 어떤 책을 읽었는지, 문학에 대한 사랑과 반응을 어떻게 발전시켰는지 돌아가 보고 싶습니다.

스타이너 저는 믿기 힘들 만큼 운이 좋았습니다. 유럽에 대두한 히틀러주의가 그늘을 드리우고 있긴 했지만 프랑스에서 자랐고, 그래서 두 가지 크나큰 행운을 누렸습니다. 무엇보다도 아버지는 제가 아주 어릴 때부터 중요한 책들만 읽히면서 가르쳤습니다. 저는 아동 문학을 거의 읽지 않았어요. 아버지의 행동이 결정적이었습니다. 그것이 제 인생에 흔적을 남겼지요. 그때 저는 다섯 살도 안 됐을 겁니다, 아마 그보다 조금 어렸을 거예요. 아버지는 『일리아드』에서 누가 누구에게 창을 던지거나 누구를 죽이거나 칼을 쳐드는 환상적이고 재미있는 단락을 하나 가지고 와서 결정적인 순간에 "정말 미안하구나, 이 뒷부분은 아직 번역이 안 됐어"라고 말씀하셨습니다. 물론 저는 아버지의 말을 절대적으로 믿었지요. 저는 너무 흥분해서 몸이 떨렸습니다. 아버지가 말했지요. "자, 그 다음에 어떻게 되는지 우리가 알아내야 해. 그리스어로 읽어 보자." 그게 제 그리스어의 시작이었는데, 아버지의 수법은 정말 기발했습니다. 저는 다음 내용을 모르는 것을 참을 수 없었으니까요. 제가 아버지와 같이, 혹은 혼자서 읽은 책을 짧게 요약해야만 아버지가 다음 권을 주셨습니다. 역시 대단한 교육이었지요.

와크텔 다섯 살 때 옥스퍼드에 다닌 셈이군요.

스타이너 네, 저는 집에서 배웠습니다. 둘째, 프랑스의 학교는 문학과 정확한 발음, 시, 암기를 강조했고 반민주적일 정도로 솔직했습니다. 파란색 멜빵바지를 입은 남자애들을 세워 놓고 "이 큰 교실에 차렷 자세로 서 있는 너희들 중 한 명이 기적적으로 문화라는 벽에 아주 작은 손톱자국을 낼 수도 있다. 너희가 빅토르 위고나 에밀 졸라 같은 작가가 될 거라는 말이 아니다. 읽을 만한 책을 쓰거나 배울 만한 수학 정리를 발견할 수도 있다는 거다. 너희 중 하나가 운이 좋아서 전 인류가 자랑스러워할 만한 일을 할지도 모른다. 그 사람을 찾아내는 것이 이 위계적이고 엘리트주의적인 교육 체계가 할 일이고, 우리는 그 일을 하기 위해서 최선을 다할 거다"라고 말하는 겁니다. 절대 잊지 못할 겁니다. 정말 대단한 동기부여가 됐습니다. 노력할 만한 목표, 간절히 바랄 만한 목표였지요. 어렸을 때 하굣길에 빅토르 위고, 데카르트, 파스칼, 라신 같은 이름이 붙은 거리를 지나다니다 보면 그런 생각을 하게 됩니다. 무언가가 전염되는 셈이지요. 파리의 거리에는 메이플, 파인, 브로드, 레이크 같은 이름이 없어요. 그 차이가 사실은 무척 큽니다. 이 역시 제 공은 아니지요. 저는 암기 교육을, 정확히 독해하는 교육을 단단히 받았습니다. 그것이 어떤 업적이라고는 전혀 생각하지 않았고, 지금도 마찬가지입니다. 프랑스 교육 체계는 정신적인 삶, 정신적인 야망을 목표로 삼았고 그것을 성공적으로 만들어 냈습니다. 유럽은 많은 면에서 비극적일 만큼 지치고 분열되었지만 그러한 교육 체계는 아직도 유럽의 특징으로 남아 있습니다.

와크텔 당신이 약 30년 전에 CBC 매시 강연회에서 했던 말은 아주 정확한 표현이었고 시사하는 바가 컸습니다. "절대적인 것에 대한 향수"에 대해서 말씀하셨지요. 무슨 뜻입니까?

스타이너 많은 사람들이, 모든 문화권에서 다양한 나이대의 수많은 남녀가 공허함에 시달리고 있다는 뜻이었습니다. 정신분석이나 새로 알게 된 블랙홀 때문에 훨씬 더 충격적이었을지도 모릅니다. 전통 종교가 붕괴하고, 전통 철학도 대부분 붕괴하고, 우리가 누구이고 어디에 있으며 무엇이 중요한가에 대한 확신이 붕괴했지요. 그런 향수 때문에, 매달릴 것이 필요하다는 갈망 때문에 인간이 깜짝 놀랄 만한 해결책을 향해 고개를 돌릴 것이라는 느낌이 들었습니다. 대답을 원하니까요. 당시 제 말은 그런 뜻이었습니다. 물론 특정한 형태의 마르크스주의와 공산주의가 붕괴하면서——저는 "특정한 형태"를 강조하고 싶습니다——이제 진공상태가 더욱 소란스럽고 위급해졌습니다.

와크텔 그런 공허함이 정확히 언제 시작되었을까요?

스타이너 저는 우리가 아는 세상이 1914년 8월에 멈추었다고 생각합니다. 저는 그 시절에 살던 사람을 알 정도로 나이가 많습니다. 어렸을 때 "넌 여름이 원래 어땠는지 절대 알지 못할 거다"라는 말을 듣고 당황했던 기억이 납니다. 평화로움, 안정감,

물론 크나큰 문제들이 있지만 곧 해결되리라는 분위기를 말하는 거였지요. 그때는 사람들이 탁자에 둘러앉아 미움과 고난을 털어놓고 타결을 보았습니다. 대대적인 산업 혁명이 일어나고 경제적 불평등이 존재했지만 전체적으로는 점점 더 많은 사람들이 위로 올라가는 에스컬레이터에 타고 있었습니다.

1915년이 되자 유럽에서 하루에 3만 명이나 되는 사상자 명단이 담벼락에 나붙기 시작하고——매일 3만 명의 젊은이가 죽임을 당하고, 가스실에 끌려가고, 산산조각 나서 시체도 찾지 못했습니다——이 세상에서 무언가가 사라졌습니다. 우리 인간이 이성을 향해서, 용서를 향해 점진적으로 올라가고 있다고 생각할 가능성이 사라졌습니다. 간단히 말하자면 우리의 정치가 두 번 다시 알 수 없는 그 길고 조용한 여름이 사라진 겁니다.

와크텔 전쟁 이전의 여름날로 돌아간다는 건 정말 잊을 수 없는 이미지군요. 헨리 제임스의 소설 구절이 떠오릅니다. 영어에서 가장 아름다운 두 단어는 "여름 오후"라는 구절 말입니다.

스타이너 그러한 여름날의 뒤에는 종교적, 사회적, 철학적 믿음이 주는 안정감이 있었지요. 인간이 가진 신의 개념이 수염을 길게 기른 신사——혹은 조금 더 세련된 개념——에 불과했을지 모르지만 그때는 삶에 의미가 있고 목적이 있다고, 자신의 내면을 조금은 안다고 생각했습니다. 이것이 중요합니다. 그 당시에는 타인이 어떤 한계 내에서 움직이고 있음을 알았습니다. 말다툼을 하다가 화가 나서 적의가 치민다고 할지라도요. 절대로 일어날 수 없는 일들이 있었지요. 가스실에 6백만 명을 처넣거나 장엄한 고대 도시에 융단 폭격을 퍼부어 파괴하는 사람은 아무도 없었습니다. 별로 멀지 않은 곳에서 수백만 명이, 특히 아이들까지 굶어 죽어 가는데 시장 가격을 올리겠다는 이유만으로 어마어마한 양의 식량을 비축하는 사람은 아무도 없었습니다. 하지만 지금 우리는 그렇게 하고 있지요. 옛날이라면 이런 일들이 몇몇 정신 나간 사람들이 상상하는 고딕 공포 영화의 환상처럼 느껴졌을 겁니다.

와크텔 무슨 일이 생긴 걸까요? 당신은 어느 일주일을, 특정한 사건을 지적하고 있습니다. 제1차 세계대전이죠. 1915년에 대해서, 점점 더 심해지던 대학살에 대해서 이야기하고 있습니다. 그런데 어쩌다가 그렇게 됐을까요? 인간성의 도덕심에 구멍을 낸 것은 무엇일까요? 무엇이 인간성을 파괴했을까요?

스타이너 정말 어려운 질문이군요. 우리는 아직 모릅니다. 제 아내는 케임브리지 외교사 교수이고 세계대전의 기원에 대한 책을 쓰지요. 하지만 아직 논쟁적입니다. 무엇이 잘못되었을까요? 각 지역에서 끊임없이 벌어졌던 소규모의 왕조 전쟁 때문일지도 모릅니다. 전쟁이 끝나면 수염을 길게 기른 멍청한 황제들이 마주 앉아서 악수를 했지요. 아주 나쁘지만 철저히 전문적이었던 식민 전쟁 같은 것들 때문일지도 모릅니다. 어쩌다가 이렇게 걷잡을 수 없는 지경에 이르렀는지 우리는 아직 모릅니다. 어쩌다가 기본적인 규칙에 균열이 생겨서 베르됭에서, 단 한 번의 전투에서 50만 명의 시체가 매장되지도 않은 채 널려 있게 되었는지 우리는 아직 생각도 할 수 없습니다. 중세 암흑시대에도 그런 일은 없었는데 말입니다.

저의 한 가지 추측은 워털루 전쟁 이후 지루한 백 년이 지났기 때문이라는 것입니다. 저는 『푸른 수염의 성에서』라는 책에서 이 문제에 대해 쓰려고 했습니다. 남자들(남자들만입니다, 훨씬 세련된 여자들은 그렇지 않아요)은 가끔 서로를 죽이지 않으면 어마어마한 지루함에 압도당하는지도 모릅니다. 추측일 뿐이지만요. 축구 경기가 끝나고 거리로 밀려 나오는 사람들을 볼 때, 스포츠가 부추기는 적대감을 볼 때, 길거리의 남자들, 실업자들, 희망이 없는 사람들에게서 혐오스러운 폭력성을 볼 때, 그 사람들에게 군복을 입히면 오늘의 훌리건이 곧 내일의 영웅이 됩니다. 그런 청년들에게 적을 던져 주면 내면에서 잠자고 있던 규율, 용기, 리더십, 희생의 미덕을 보여 줄 겁니다.

그것이 한 가지 추측이지요. 생물학에 따르면 종종 폭발해야 하는 종, 공격해야만 하는 종이 있다고 합니다. 아주 비관적인 추측일 뿐이지요. 생산 라인, 대량 생산, 일주일에 2천 대를 생산하는 포드 자동차 공장 같은 것들 때문이라고 말하는 사람도 있을 겁니다. 잘 알려졌다시피 산업 공정에 익명성이 침투하면서 우리 인간의 삶에도 영향을 미쳤다는 뜻이지요. 전통적인 마르크스주의 분석입니다. 성과급 작업, 조립라인 공장 작업, 익명으로 생산되는 어마어마한 수의 제품이 우습게도 인간의 신체로 전이되어서 그 절망적인 학살 전투가 일어났다는 겁니다.

와크텔 공허함의 시작, "절대적인 것에 대한 향수"의 시작이 언제냐는 저의 질문에 대한 대답이 지금 설명하신 냉혹한 그림이군요. 절대적인 것이 사라지면서 이 거대한 파괴력, 혹은 파괴 잠재력의 첫 번째 신호가 나타났다는 말씀이지요?

스타이너 조금 신중하게 접근합시다. 무엇이 무엇을 초래했을까요? 우리는 모릅니다. 순환적인 논의가 되면 위험합니다. 예를 들어서 중세에도 끔찍한 순간들이 있었지만 "하느님의 평화"라는 것이 존재했습니다. 토요일과 일요일에는 전쟁을 쉬는 거지요. 토요일과 일요일에는 전투를 하지 않았습니다. 왜 그랬을까요? 교회의 높은 권위자가 "하느님의 평화를 지키지 않으면 파문하겠다"고 말했기 때문입니다. 신이 죽고 교회가 지금처럼 미약한 사회 기관으로 전락하자, 처벌이라는 무기, 하늘의 위협이라는 크나큰 무기가 힘을 잃었습니다.

둘째, 프로이트가 나타나서 (물론 저는 단순화해서 말하고 있습니다) 대충 이런 말을 했습니다. 무의식은 난폭하고, 짐승 같고, 잔인하고, 위험하다. 문명은 화산 위의 얇디얇은 껍질이고, 갈라질 수도 있다. 프로이트는 많은 면에서 미래를 예견했습니다. 그리고 인간은 예전부터 마음속에 존재하며 "이렇게 해야 한다, 저렇게 해서는 안 된다"라고 말하던 자신감 넘치는 도덕적 제재를 갑자기 느끼지 못하게 되었습니다. 보통 악몽을 꾸면 그걸 잊으려고 애쓰면서 억누르지요. 19세기 자체를 그렇게 억누른 것입니다.

저는 정신분석이 싫습니다. 제 생각에 정신분석은 유대인 버전의 크리스천사이언스교[1]예요. 이건 어디까지나 저의 문제입니다. 하지만 프로이트가 문명과 그에 대한 불만을 연구하면서 어머니와 폭력적인 섹스를 하고 아버지를 죽이고 싶다는 소망——아버지 같은 존재를, 문명을 죽이고 싶다는 원시부족의 소망——을 밝혀내자 문명은 약효가 오래 가지 않는 아스피린 같은 것이 되어 버렸고, 그래서 이가 다시 아프기 시작한 겁니다. 프로이트가 이러한 이론을 발표하면서 인간의 행동을 제약하던 거대한 닻이 제거되었습니다. 정신의 혁명, 종교적 가치의 혁명이 일어나서 낡은 장애물들이 무너지더니 단 하나의 도덕률도 남지 않았고, 이제 우리는 거대한 투우장에 서 있습니다.

와크텔 세상에 대한 그러한 인식, 매시 강연회의 주제였던 "절대적인 것에 대한 향수"에 대해서 묻고 싶은데요, 당신의 삶과 독서에서 그러한 근심이 처음 등장한 것은 언제입니까?

스타이너 아, 무척 일찍부터였습니다. 제가 파리에서 자랄 때 비

---

1 물질 세계는 실재가 아니라고 믿는 기독교 교파.

관적인 지혜를 가지고 있던 아버지는 항상 짐을 싸두어야 한다고 아주 어렸을 때부터 가르쳤습니다. 아버지는 그 말이 저의 유년기를, 특권적이고 더 바랄 게 없는 아름다운 우리 집을 지배하게 만들었습니다. 아버지는 항상 말씀하셨습니다. "이건 임시적인 거야. 히틀러가 오고 있어. 우리는 짐을 싸놔야 한다. 너는 언어를 많이 배워 놔야 해, 그래야 다른 곳에 가도 공부를 하고 일을 얻을 수 있어."

처음부터 아버지는 불확실성을 가르쳐 준 스승이었고, 저는 아버지에게 모든 빚을 지고 있습니다. 저는 내일 당장 자카르타로 가서 먹고살아야 해도 신에게 "어떻게 저에게 이러실 수 있습니까?"라고 말하지 않을 겁니다. 열심히 노력해서 자바어를 배우겠지요. 요즘 언어 공부에 게을러지긴 했지만 언어를 배우면 정말 큰 도움이 될 테고, 저는 어떻게든 살아갈 수 있을 겁니다. 정말 어마어마한 모험이겠지요.

사람은 뿌리를 내리고 살아야 한다는 것이 저에게는 정말 아이러니한 말이고 심지어는 비웃음이 나옵니다. 나무는 뿌리를 내리고 있기 때문에 번개에 맞아서 쪼개지죠. 저는 다리가 있고, 그러니 움직여서 살아남을 수 있습니다.

와크텔 아버지는 무슨 일을 하셨습니까?

스타이너 저희 아버지는 경제사에서 중요한 책을 쓴 다음 국제 은행가 겸 사업가가 되었는데, 아들인 제가 학자가 될 수 있었던 건 아버지의 덕이 큽니다. 위대한 유대 전통이지요. 아이들이 사업을 할 필요가 없도록 부모 세대가 수단을 마련하는 겁니다. 그것이 꿈이지요. 항상 통하는 것은 아니지만 가장 기본적인 구조입니다.

와크텔 똑같이 임시적인 환경에서 자랐지만 완전히 반대로 반응하는 사람도 있을 것 같습니다. 뿌리에 대해서 회의하고 비웃기보다는 이렇게 말하겠지요. "나는 기회가 생기자마자 어딘가에 뿌리를 내릴 거야."

스타이너 그건 불가능합니다. 당시 우리는 정말 아름다운 집에 살았지만, 1940년에 기적적으로 탈출한 이후 저는 두 번 다시 한 장소에 사랑이나 신뢰를 쏟지 않았습니다. 시간에는 쏟았지만요. 장소와 시간은 전혀 다릅니다. 유대인의 여권은 장소에 대한 여권이 아닙니다. 참, 저는 다른 사람들이 우표를 수집하듯이 여권을 수집하는데, 언제 쓰일지 아무도 모르기 때문입니다. 아무도 모르는 겁니다. 유대인 여권은 시간과 역사의 여권, 연구와 생존이라는 전통 속에서 인간으로서의 정체성을 나타내는 여권입니다. 저는 공간보다는 시간이 훨씬 좋습니다.

와크텔 당시 살았던 집을 좋아했습니까?

스타이너 아주 좋아했지요. 아이가 그런 식으로 집을 떠나고 키우던 폭스테리어와 헤어진다는 것은… 아, 정말 중대한 일입니다. 인간은 감상적입니다. 저는 여느 사람 못지않게 감상적이지만, 제가 쌓아 올린 것이 하룻밤 사이에 무너질 수 있다는 생각 때문에 두려워할 일은 두 번 다시 없을 겁니다. 얼마 전에 제 동료들이 두브로브니크와 사라예보에 학생들을 가르치러 가서 정말 아름다운 집을 꾸몄는데요, 다들 좋은 기후와 아름다운 환경을 부러워했습니다. 새로운 유럽으로 들어갈 기회를 잡은 것 같아서 부러워했지요. 하지만 그 동료들은 일주일 만에 목숨을 걸고 도망치고 있었습니다.

제 이론은 매시 강연회 이후에 발전한 아주 슬픈 이론인데요, 신께서 모든 사람들을 유대인으로 만들기로 결심하셨다는 겁니다. 무슨 뜻인가 하면, 신께서 방랑해야 한다는 게 무엇인지, 안전과 보호가 없다는 것이 무엇인지 다른 모든 이들에게도 가르쳐 주시려 한다는 말입니다. 동유럽인 수백만 명이 서쪽으로 몰려들고 있습니다. 동유럽에는 아무것도 남지 않을 테니까요. 아프리카에서 오는 사람들은 헤아릴 수 없을 정도로 많습니다. 절망의 이주지요. 아마 유대인으로 산다는 것이, 난민이나 방랑자가 된다는 것이, 살아남기 위해 언어를 배워야 하고 직업과 삶의 방식을 다시 배워야 한다는 것이 무엇인지 많은 사람들이 배우게 될 것입니다. 글쎄요, 아주 끔찍하지만 정말 재미있기도 하지요.

와크텔 지금 그 말씀을 하실 때 눈빛에서 흡족함 같은 게 느껴지는데요?

스타이너 흡족함이 아니라 인간의 적응력에 대한 자부심입니다. 우리는 고양이예요. 누가 발코니에서 내던져도 네 발로 착지하지요. 몸을 계속 돌리고, 야옹하고 큰 소리로 울고, 우리 발로 착지해서 쥐들을 쫓기 시작합니다. 혹은, 인간성에 그런 면이 있을지도 모릅니다. 히로시마와 나가사키에 원폭을 투하한 다음——더욱 끔찍하게는 폴 포트가 킬링필드에서 수만 명을 매장한 다음——그 모든 일이 일어난 후에, 아우슈비츠 이후에 레밍쥐의 자살 같은 현상이 일어났을 겁니다. "이제 됐어, 세상을 멈추고 날 내려 줘. 세상을 멈춰." 하지만 세상은 멈추지 않습니다. 기차가 너무 빨리 달리고 있어요. 우리는 여기서 내릴 수 없고, 인간은 뛰어내려서 구르는 법을 배워야 합니다.

와크텔 섬뜩한 낙관주의로군요.

스타이너 극단적이지요, 극단적입니다.

와크텔 제가 "절대적인 것에 대한 향수"라는 감각을 언제 처음 느꼈는지 질문하자 아주 어렸을 때였다며 아버지에 대한 이야기를 해주셨습니다. 하지만 역사적 순서를 이해한 것은 언제부터지요?

스타이너 그건 확실히 더 나중이었습니다. 저는 아주 운이 좋았어요. 뛰어난 선생님들이 있었지요. 프랑스의 고등학교에도 뉴욕에도 1940년에 다른 나라에서 도망쳐 온 뛰어난 인물이 많았습니다. 그런 사람들은 대학에 자리를 얻기 전까지 생계를 꾸리기 위해 멍청한 아이들을 가르쳤지요. 에티엔 질송 같은 위대한 철학자들이 말입니다. 저는 인류학자 클로드 레비 스트로스가 세계적으로 유명해지기 전에 그의 제자였습니다.

　그러니 우선 저는 진짜 뛰어난 인간은 어떤 사람인지 어렴풋이 냄새를 맡을 수 있었다는 점에서 아주 운이 좋았습니다. 그런 냄새가 있어요. 정말 뛰어난 사람은 꾸며 낼 수가 없습니다. 다가가는 순간 바로 알죠. 사상을 실천하는 사람의 느낌이, 지적, 예술적, 도덕적, 과학적 열정을 실천하는 사람의 느낌이 있습니다.

그런 다음 시카고 대학에 진학한 저는 로버트 허친스라는 뛰어난 전제주의자 밑에서 배웠습니다. 그는 교육 개혁사에서 중요한 인물이고, 당시 시카고 대학을 서구 최고의 대학으로 만들었습니다. 저는 그곳에서 철학자들을 비롯한 여러 학자들을 만났는데, 역시 가치에 대해서 토론하고 가르치려는 거의 강박적인 분위기가 있었습니다.

저는 주식과 채권을 팔거나 석유를 찾거나 변좌를 팔아서 수백만 달러를 벌 수 있다는 말은 오히려 당연해 보였지만 우리 인간이라는 동물이 이 짧은 생애를 살면서 그 이상한 힘——이론 수학, 철학, 음악, 위대한 과학——을 발전시켰다는 것은, 우리 안에서 다른 세계의 거미줄을 뽑아냈다는 것은 정말 말도 안 되는 일 같았습니다. 저는 거미줄의 가장자리에서 조금이라도 그 안으로 간절히 들어가고 싶었습니다. 저는 소명을 전혀 의심하지 않았다는 점에서 운이 정말 좋습니다. 소명이라는 단어를 강조하고 싶군요. 저는 종신 재직권이라는 단어를 혐오합니다. 그건 주식에나 쓰는 단어입니다. 소명은 부르심이고, 인간의 정신을 아주 약간이라도 전진시키는 무척 어려운 과정에 정말 작은 공헌을 하도록 부르심을 받은 특권이라는 느낌, 무한한 느낌입니다.

와크텔 당신은 아주 어렸을 때부터 문학이 "본질적인 인간 특성"이라고, 철학, 종교, 정치 문제라는 맥락 속에 존재한다고 생각했습니다. 무엇 때문에 신비평 풍조나 전문화 관습에 저항하게 되었습니까? 왜 모든 것이 서로 연결되어 있다고 보았습니까?

스타이너 저는 여러 언어를 하고, 사실상 태어날 때부터 여러 개의 언어 ── 우선 독일어, 프랑스어, 영어를 썼고요, 조금 커서는 이탈리아어도 했습니다 ── 안에서 자랐기 때문에 전문가가 될 수 없었습니다. 그냥 그런 겁니다. 여러 언어를 하는 사람이 보는 세상은 여러 개의 빛이 자꾸 변화하는 만화경과 같습니다. 현실의 여러 창을 통해서 보는 거죠. 나름의 인식과 정체성을 가지고 다른 창을 통해서 봅니다. 둘째, 저는 처절하게 실패하는 행운을 누렸습니다, 정말 처절하게 실패했지요. 제가 아주 어린 나이로 시카고 대학에 들어갔을 때였습니다. 아까 말씀드린 것처럼 뛰어난 교육자 로버트 허친스가 있었는데, 그는 좋은 의미에서 정신 나간 방식을 썼습니다. 그는 학생들에게 스스로 똑똑하다고 생각한다면, 미국 대학 시스템이 시간 낭비라고 생각한다면──대체로 그랬지요──들어오는 즉시 기말 시험을 얼마든지 봐도 된다고 했습니다. 무슨 과목이든 A를 받으면 수업을 안 들어도 된다고 말이죠. 저는 입학하자마자 열네 과목 전체의 기말 시험을 봤고, 멋지게 실패했습니다. 네 과목에서 D 마이너스나 F 더블 마이너스를 받았지요. 프랑스어, 그리스어, 라틴어, 고전의 소산인 저는 당연히 수학, 물리학, 화학, 그리고 들어 본 적도 없는 사회학이라는 과목에서 실패했습니다. 저는 말 그대로 사회학이라는 게 무슨 뜻인지 몰랐습니다. 정말 전율이 흘렀지요. 사회학과 인류학 쪽에는 레드필드 같은 학자들이 있었습니다. 원자를 쪼갠 페르미가 저 같은 멍청이에게 물리학을 가르쳤지요. 저는 정말 좋았습니다. 그것은, 다른 우주라는 것은 어떤 계시 같았습니다. 1년에 네 가지 교육과정을 이수할 수 있었기 때문에 저는 1년 만에 BA(문학사 학위)를 딸 수 있었습니다. 한 해가 끝나고 시험을 잘 본 저는 작은 공작새처럼 졸업 상담사라는 사람에게 달려갔지요. 그 역시 유럽에는 없는 것이었기 때문에 저는 무척 흥미로웠습니다. 당시 시카고 대학은 과학 분야의 노벨상 수상자가 많았고 세계에서 가장 뛰어난 과학의 중심지 중 하나였기 때문에 저는 과학을 공부하고 싶다고 말했지요. 그가 제 서류를 달라고 하더니 이렇게 말했습니다. "사적인 감정이 있는 건 아니니까 오해는 하지 마세요. 당신은 최우등으로 졸업했지만 기술적인 면에서는 천치나 다름없습니다. 유럽에서 빌어먹을 공식도 전부 외웠고 기법도 배웠지만 수학을 이해할 때 창의적인 불꽃이 튀지 않아요."

저는 상심했습니다, 크게 상심했지요. 복수를 맹세했지만,

그 이야기는 조금 후에 하죠. 상심한 저는 문학과 철학 쪽으로 방향을 돌렸습니다. 미국의 뛰어난 시인 겸 비평가 앨런 테이트와 문학을 공부했지요. 철학은 토론토에서 무척 유명한 리처드 맥키언과 공부했는데, 그는 뛰어난 아리스토텔레스 학자였습니다. 이것이 제 인생을 결정했습니다. 하지만 저는 그때의 실망을 잊지 않겠다고 맹세했어요. 3, 40년 후에 저는 과학 잡지『네이처』에 수학의 어떤 역사적 논점에 대한 논문을 몰래 투고한 다음 당시의 상담사에게 보냈습니다. 이미 은퇴했지만 아직 활력이 넘치는 분이었지요. 저는 사랑스러운 답장을 받았습니다. 자신이 문학에 큰 공헌을 한 셈이기 때문에 후회하지 않는다는 내용이었는데, 흐뭇하고 우쭐해지면서도 재미있는 대답이었습니다. 하지만 이것은 제가 과학에 관심이 있기 때문에——일반인이 가지는 정도의 관심이지요——전문가가 될 수 없었다는 뜻입니다. 우리가 15세기 피렌체에 살고 있다면 가끔 화가들과 아침을 먹을 수 있겠지요. 저는 프린스턴과 케임브리지에서 과학자들과 아침을 먹는 특권을 누렸는데, 당시에는 과학자들의 세계가 가장 흥미롭고 도전적이었고, 철학적으로 서구 역사상 가장 흥미로운 시절이었습니다. 그렇기 때문에 저와 같은 분야의 사람들은 제가 심오한 전문가, 자그마한 한 분야의 대가가 되지 못한다고 비난했지만 저는 그런 것이 될 수 없었습니다. 그런 척할 수가 없습니다. 너무 많은 것들이 저를 매료시켰습니다.

와크텔 당신의 가장 야심찬 학제적 연구서 중 하나인 『바벨 그 후』는 여러 가지 문제를 다루고 있는데, 그것에 대해서 묻고 싶습니다. 미래 시제 또는 "만약"이라는 서술형의 존재가 우리에게 희망을 가질 힘을 준다는 생각이 무척 흥미로웠습니다. 당신의 표현을 빌리자면 "우리는 내일에 대해서 이야기할 수 있기 때문에 견딜 수 있다"고 하셨지요.

스타이너 잘 아시겠지만 우리는 인간 언어의 기원에 대해서 아는 것이 거의 없습니다. 지난 몇 년 동안——18세기부터 그런 책들이 있었죠——언어의 기원을 추측하려는 야심찬 책들이 나왔습니다. 언어가 아주 천천히, 점진적으로 발달했다는 흔적이 있다고 합니다. 그래야 말이 되겠지요. 인간의 후두, 즉 성대가 변하면서 동물보다 훨씬 더 다양한 말소리에 적응되었습니다. 아마 뇌가 임계량에 도달해야 했겠지요. 마지막 빙하기가 끝날 때쯤 아주 흥미로운 일이 일어났던 것 같습니다. 사냥을 하거나 재배한 것을 그 자리에서 소비하지 않고 저장하는 것과 관련이 있었지요. 바로 미래라는 개념입니다. 히브리어에는 영어와 같은 동사 시제가 없습니다. 히브리어는 단일 기본 동사 체계를 가지고 있기 때문에 기묘하게도 과거와 현재, 미래가 하나입니다. 억양으로 무슨 뜻인지 나타내야 하지요. 히브리인들은 말하자면 영원 속에서 사는 겁니다. 그리스어는 많은 언어가 그랬던 것처럼 다음 월요일 아침에 대해서, 자신의 죽음에 대해서 논리적으로 말할 수 있는 복잡하고 멋진 아이디어를 발전시켰습니다. 이제 우리는 별자리나 은하계, 블랙홀에 대해서, 그것들이 지금은 무엇을 하고 있는지, 태양계가 멸종하고——분명히 멸종하지요——10억 년 후에는 어디에 있을지 말할 수 있습니다. 정말 놀라운 위업이지요. 우리는 또한 세계를 재창조할 수 있습니다. "나폴레옹이 베트남에서 미군을 이끌 수 있었다면" 또는 "1933년 암살 시도 때 히틀러가 죽었다면"이라고 말할 수 있지요. 그런 말을 할 수 있다는 것, 일관성을 해치지 않으면서 대안적인 언어 세계를 만들어 낼 수 있다는 것은 정말 환상적입니다. 우리 스스로를 넘어서, 잔인한 생물학적 현실을 넘어서 생각하는 이 복잡하고 마법 같은 방식을 만들어 내지 않았다면 우리는 생물학적으로 분명히 죽는다는 사실——대부분이 평생 그 사실을 잊으려 애쓰지요——을, 분명히 멸종한다는 절대적이고 피할 수 없는 사실을 견디기 힘들었을 거라는 느낌이 듭니다. 언어가 바로 그 수단입니다. 동물은 그렇지 않지요. 동물이 자신의 죽음을 의식하는지 아닌지 우리는 추측할 뿐입니다. 하지만 동물에게 미래 시제나 동사의 가정법이 없다는 것은 분명하지요.

와크텔 하지만 문법에 너무 많은 의미를 부여하는군요. 당신은 유토피아와 메시아가 구문론構文論과 관련이 있다고 주장하지만, 닭과 달걀 중 뭐가 먼저일까요? 언어가 달걀이고 거기서 희망이라는 닭이 나오는 건가요?

스타이너 그런 질문에는 답이 없습니다. 동시에 나올 수도 있죠.

상호적인 필요에서, 표현 형태를 찾으려는 감정의 변증법에서 생겨났을지도 모릅니다. 저는 음악이 언어보다 더 오래되었고 더 보편적이라고 생각합니다. 음악은 수많은 방식으로 기쁨과 희망을 줄 수 있지만 미래를 추정하는 이 독특한 힘은 없습니다. 어떤 인간이 인류 사상 최초로 자기가 죽은 후에 대해서 말했을 때가 있을 텐데, 어떻게 해서 그런 말을 하게 되었을까요? 엘리시온[2]이나 지하 세계나 신화 같은 환상 속에서가 아니라 정말로 누군가가 "어떻게든 하지 않으면 백 년 후에 우리 마을은 상태가 훨씬 더 나빠질 거야" 같은 말을 하는 것 말입니다. 분명하게 밝혀낼 수는 없어요. 제가 정말 놀란 것은 빈곤하고 굶주린 문화, 칼라하리 사막이나 부시맨들처럼 아주 주변적인 문화에는 미래형과 가정법이 풍성하다는 사실입니다. 경제적, 사회적 삶의 냉혹함과 시간에 얽매인 비참함을 언어학적으로 보상하기라도 하는 것처럼 말입니다. 아주 놀라운 대비지요.

와크텔 당신은 언어가 왜 이렇게 많을까, 라는 질문도 던지는데요. 생각해 보면 지금까지 누구도 제대로 된 대답을 내놓지 못했다는 사실이, 혹은 당신 이전에는 묻는 사람도 없었다는 사실이 참 놀랍습니다.

---

2 고대 그리스에서 영웅과 덕 있는 자들의 영혼이 머문다는 낙원.

스타이너 그 문제와 씨름하고 싶은 사람은 아무도 없습니다. 촘스키 학파 중에서 『바벨 그 후』에 나오는 질문에 답하려는 사람은 아무도 없습니다. 『바벨 그 후』는 금기입니다. 자, 단일하고 보편적인 기본 문법이 존재한다는 생각은 우리 모두에게 산소가 필요하다는 것만큼이나 의문의 여지없는 사실입니다. 맞는 말이지요. 이산화탄소를 너무 많이 마시면 죽는다는 말처럼요. 맞는 말이죠. 하지만 아주 사소하고 지루한 말이기도 합니다. 정말 흥미롭고 어려운 질문은 왜 이 작은 행성에 2만에서 2만 5천 개의 언어가 존재하느냐는 것입니다. 필리핀에서는 114개에서 120개 언어를 사용하는데, 불과 3킬로미터밖에 떨어져 있지 않은 지역에 전혀 관련 없는 두 언어가 존재하는 이유가 무엇일까요? 프랑스어의 '팽'이라는 단어를 영어의 '브레드'라는 단어로 완전하게 번역할 수 없는 이유는 무엇일까요? 그런 문제들입니다. 그래서 저는 이런 추측을 내놓았습니다. 이 세상에 지나치게 많은 종이 존재하듯이——아마존의 자그마한 한구석에 정말 아름답고 복잡한 딱정벌레가 15만 종이나 있습니다——이러한 풍요로움, 과잉 생산, 풍성한 표현 수단은 자유에 대한 인간의 욕구, 최대한 많은 세상을 구성하고 수많은 방법으로 세상을 읽고 싶다는 인간의 욕구와 관련이 있다고 말입니다. 제가 보기에 한 치의 의심도 없는 귀결은 언어의 죽음이고——언어는 우리 주변에서 온통 죽어가고 있습니다——식물상과 동물상의 죽음과 마찬가지로 언어의 죽음 역시 돌이킬 수 없다는 것입니다. 식물과 동물이라면 동물원에서 냉동된 정액으로 어떻게 해보려 노력이라도 할 수 있겠지요. 언어는 그렇게 할 수 없습니다. 학술적인 실험에서라면 몰라도 언어는 절대 되살릴 수 없습니다. 제 일생 동안에도 중요한 언어가 정말 많이 죽었습니다. 영국 제도에서 무척 오래되고 중요한 언어인 맨섬의 언어를 모국어로 쓰던 마지막 사람은 약 30년, 40년 전에 세상을 떠났습니다. 폴란드, 리투아니아, 구 소련 사이에 위치한 프리퍄치 습지에서는 리보니아어라는 아주 난해한 언어, 매혹적일 만큼 복잡하고 독특한 언어를 썼습니다. 현재 리보니아어를 쓰는 사람은 아홉 명입니다. 리보니아어를 테이프에 녹음해 두었다고 하는데, 옳은 일이겠지요. 학자들은 테이프라도 갖고 싶을 테니까요. 말할 수 없을 만큼 슬픈 일이기도 합니다. 스트라디바리우스 바이올린이 공기 조절 장치가 달린 유리 케이스 안에서 크나큰 침묵 속에 파묻혀 죽어가는 것과 같습니다. 그러므로 언어의 죽음은 세상을 경험하고 이해할 가능성의 죽음입니다.

와크텔 당신의 또 다른 말이 저를 계속 괴롭혔는데, 책에서 당신 역시 그것 때문에 괴로워하고 있다고, 강박적이고 사람을 미치게 만드는 의문이라고 고백한 부분을 읽고 기뻤습니다. 바로, 비극 속의 비명이 길거리의 비명을 덮거나 지워 버릴까, 라는 의문입니다. 다시 말해서, 예술이 우리를 교화하지 못할 뿐 아니라 우리의 감수성을 둔하게 만들까요?

스타이너 실용적으로 말해서 저는 그것이 지독하고 역설적이라고 생각합니다. 저는 살면서 책이나 그림, 음악에서 느끼는 감정이 압도적일만큼 완벽해서 일상적인 욕구의 지저분하고 한심하고 꼴 보기 싫은 현실이 지워지는 것을 여러 번 느꼈습니다. 상상력의 고양은 비인간적인 면이 있습니다. 상상은 무척 수용적이고 픽션에 즉각적으로 반응하기 때문에 현실이 희미해지는 경향이 있지요. 프로이트가 말하는 현실원칙이 점점 더 멀어지는 겁니다. 이제 우리는 그러한 상황이 어리석음의 경지에 이르렀음을 알고 있습니다. 사람들은 미술관에 갑니다. 한쪽 벽에 뛰어난 작품이 걸려 있고 한쪽 벽에는 텔레비전이 걸려 있다고 할 때, 그 작품에 대한 프로그램이 나오면 사람들은 모두 텔레비전만 볼 겁니다. 그러므로 예술 내에서도 소통과 영향의 비현실성이 진정한 문제가 되고 있지요. 제가 즐겨 드는 예가 있습니다. 하루 종일 『리어 왕』을 읽으면서, 『리어 왕』을 연기하거나 낭독하거나 외우면서 학생들에게 코딜리어의 고뇌에 대해서 이야기하고 있는데 누가 바깥에서 비명을 지르면 화가 치솟습니다. 조용히 하라고, 지금 인간의 말과 인식과 통찰의 정점을 이해하려 애쓰는 중이라고 쏘아붙입니다. 그 사람이 다시 비명을 질러도 창가로 가거나 그 사람을 도우려고 아래층으로 서둘러 내려가지 않습니다. 위대한 예술에서 느끼는 감정, 위대한 사상과 예술이 만들어 내는 감정은 고립적인 측면이 있어서, 무의식적이고 즉각적인 반응과 반사 작용을 단절시킬 때가 종종 있습니다. 인정이 있다면 그렇게 해야 하는데 말입니다. 거기서 어떻게 벗어날 수 있는지 모르겠습니다. 저는 평생 "위대한 문학을 가르침으로써 정치적, 사회적으로 더욱 민감해지도록 만드는 방법이 없을까?"라고 말하며 노력했지만 그런 방법을 만나지 못했습니다. 많은 면에서 현재의 학계는 바로 눈앞에서 벌어지는 문제에 더욱 진실하지 못합니다. 대학이 위치한 도심 지역에서는 더욱 그렇지요.

와크텔 하지만 정말 그렇게 생각한다면——"시는 우리를 흥분시켜 인공적인 감정을 느끼게 만들고 진정한 감정에는 무감각해지게 만든다"라는 콜리지의 말을 인용하셨지요——어떻게 해서 비극 속의 비명이나 고급 예술 감상을 가르치는 일에 삶의 대부분을 바칠 수 있었습니까?

스타이너 저는 실패했기 때문입니다. 전혀 복잡하지 않아요. 마더 테레사가 될 운명, 국경 없는 의사회가 될 운명은 정말 소수에게만 주어지지요. 위대한 예술과 음악에서 파생된 이미지, 거기에 반영된 이미지는 한없이 즐거울 뿐 아니라 사람을 우쭐하게 만들 때가 많습니다. 종교적이거나 윤리를 중요하게 여기는 사람이라면 누가 가치 있고 필요한 사람인지 평가할 때 『리어 왕』이나 콜리지를 설명하는 위대한 비평가가 아니라 밤새 노인 병동을 지키면서 늙어서 실금을 하며 죽어 가는 환자들의 흘러넘친 오물을 닦는 사람을 높이 칠 것입니다. 저는 이 사실을 단 한 번도 의심한 적이 없습니다. 최후의 심판 날이

오면 다른 사람들의 입에 오르내리는 것도 싫어하고 자기 이야기를 하는 것도 싫어하는 그런 사람들이 당신이나 저보다 훨씬 앞에 서 있을 것입니다. 그렇지 않다면 다 무슨 소용이겠습니까? 제가 토론토에서 했던 강연의 배경에는 모세의 율법과 함께 윤리학의 두 기원인 소크라테스와 예수가 글을 남기지 않았다는 중대하고도 역설적인 사실이 있습니다. 이 사실을 날카롭게 꿰뚫는 재미있는 농담이 있습니다. 아마 기억하실 겁니다. 종신 재직권 광풍이 불기 시작해서 사람들이 종신 재직권 때문에 서로를 무참히 도살할 때 하버드 대학에서 정말 웃긴 농담을 만들어 냈지요. 예수가 십자가를 지고 처형을 받으러 골고다로 가는 길목에 랍비들이 서 있었습니다. 젊은 랍비가 소심하게 말했습니다. "안 됐네요. 정말 안 됐어요." 그러자 나이 많은 랍비가 "왜요?"라고 묻지요. 젊은 랍비가 "정말 뛰어난 스승이었으니까요"라고 대답하자 나이 많은 랍비가 이렇게 대꾸하지요. "그래서 뭐요? 책도 한 권 안 냈는데." 이 유명한 하버드의 농담은 핵심을 멋지게 요약하지요.

도덕적인 진지함이라는 면에서 당신과 저는 현장에 있지 않습니다. 우리는 르완다 캠프에 있는 게 아닙니다. 하지만 지식인들이 대의를 위해서 위험을 무릅쓰고 지원하던 시절이 있었기 때문에 그것이 우리의 가슴에 와닿는 것입니다. 전후에 그것은 앙가주망이라고, 헌신이라고 불렸지요. 저는 개별지도와 시험지를 내팽개치고 스페인 내전에 참여해서 싸우거나, 싸우

다가 세상을 떠난 케임브리지 사람들을 압니다. 이제 대부분 나이가 아주 많거나 세상을 떠났지요. 그러한 운동은 어마어마한 위험과 참여를 낳았습니다. 오늘날의 공포 중 하나는 모든 것을 버리고 나가서 싸울 대의가 무엇이냐는 겁니다. 젊은 세대는 이미 아이러니와 냉소주의에 젖어 있습니다. 그러한 경향이 언제 시작되었는지는 저도 모릅니다. 우리 시대 가장 잔인한 학살이 자행되었던 엘살바도르 내전 당시 저는 학생들을 가르치고 있었는데, 케임브리지 학생들에게 멍청하고 경솔한 말을 했지요. "자네들 중에서 할아버지나 아버지처럼 행동에 나설 사람은 없는 것 같군. 나에게 '죄송합니다, 다음 주 에세이는 내지 못합니다. 저는 산살바도르로 갑니다'라고 쪽지를 남기고 떠날 사람 말이야." 학생들이 모여서 저에게 편지를 썼지요. "저희가 좌파를 위해서 싸우러 갔다가 좌파가 이기면 스탈린식 강제수용소라는 끔찍한 결과가 기다리고 있음을 알고 있습니다. 반대로 우파를 위해 싸우면 미국의 지원을 받는 CIA 파시즘이라는 소극이 벌어지겠지요. 저희가 왜 그런 짓을 하겠습니까? 그렇게 하지 않을 겁니다. 다시는 속지 않을 겁니다. 우리는 포섭되지 않을 겁니다." 정말 슬픈 편지였습니다. 물론 저는 그 편지를 지금까지 간직하고 있어요. 정말 맞는 말입니다. 대단한 통찰력이지요. 겨우 열아홉, 스무 살인데 모든 것을 알고 있다니 무서울 정도입니다. 희망과 열렬한 이상주의 때문에 크나큰 실수를 저지르지 않는다는 것이 무서워요.

우리가 젊은 세대에게 지은 죄는 초연하고 아이러니한 현실 감각과 통찰을 너무 많이 전해 주었다는 것입니다. '눈치가 빠르다'는 것은 참 냉혹하지요. 젊은이들은 어느 편에 서도 도움이 되지 않는다는 사실을 잘 압니다. 그 아버지와 할아버지들은 큰 실수를 저지를 준비가 되어 있었습니다. 젊었을 때 큰 실수를 저지르지 않은 사람은 나이가 들면 아주 지루한 사람이 될 겁니다.

와크텔 당신은 인간 본성의 모순을 즐깁니다. 예를 들어 위대한 마르크스주의 비평가 루카치에 대해서 이런 질문을 던집니다. "아침에는 괴테와 발자크를 설명하던 사람이 오후에는 스탈린주의의 선구자가 되는 것은 무엇 때문일까?" 또 유명한 첩자이자 예술사가인 앤서니 블런트에 대해서는 이렇게 묻습니다. "아침에는 와토가 그린 소묘의 부정확함이나 14세기 비문의 부정확한 필사는 영혼에 대한 죄라고 가르치던 사람이 오후가 되면 소비에트 정보원에게 기밀 정보를 전달하는 것은 무엇 때문일까?" 이 질문에 당신은 어떻게 대답하겠습니까?

스타이너 제가 이 세상에 아주 작은 흔적이라도 남긴다면 그런 의문을 처음으로 제기했다는 사실일 겁니다. 더욱 날카로운 말로 지적했지요. 인간은 슈베르트의 곡을 연주하고 나서 타인을 고문할 수도 있다고 말입니다. 입증할 수도 있어요. 물론 손쉽게 빠져나가는 길은 그 사람이 슈베르트의 곡을 정말 못 친다고 말하는 것이겠지요. 하지만 그렇지 않습니다. 슈베르트의 곡을 정말 아름답게, 깊은 통찰과 사랑으로 연주할 겁니다. 그리고 제가 쓴 모든 글에 담겨 있는 이 질문, 홀로코스트, 현재의 대학살, 스탈린주의 이후 중점적으로 생각하게 된 이 질문이 저에게는 가장 중요한 것 같습니다. 이 질문에 대한 대답은 아주 많았습니다. 제가 잘 알고 지내는 소설가 아서 쾨슬러는 답이 뻔하다면서 그에 대한 글을 썼습니다. "진화 단계상 현재 인간은 동물적이고 가학적인 부분, 머리 뒤쪽의 큰 부분을 차지하는 시상이 너무 크고 도덕적 감정, 논리적 추론, 자기 제어를 담당하는 전두엽은 아직 작고 발달 중인 단계라 전두엽이 시상을 이길 수 없다." 아주 사소한 자극만 있어도 우리 뇌의 뒷부분이 주도권을 잡고 짐승 같은 잔인성을 마음껏 즐깁니다. 그렇다고 해서 우리 뇌의 앞부분은 즐기지 않는다는 뜻이 아닙니다. 인간은 기본적으로 정신분열증적인 생물입니다. 짐승 같은 면도 있고, 예술적이고 세련되고 사랑이 넘치고 민감한 부분도 있지요. 신경생리학자들이나 두뇌 및 행동 패턴을 연구하는 사람들은 이러한 주장을 달갑게 여기지 않더군요. 또 독일의 고급문화에 특이한 점이 있다고, 시와 음악에 대한 사랑은 정치적 잔학성과 잔인성을 가리는 감상적인 겉치레에 불과했다고 주장하는 사람도 있습니다. 독일 역사의 특징이라는 말이지요. 그러한 분위기는 예전부터 있었습니다. 유대인을 태우자는 무시무시한 소책자를 쓴 루터에게도, 니체와 바그너에게도 있었습니다. 유명한 논쟁이 있지요. 독일인은 균형 잡힌 인간성을 인지할 만큼 성장하지 못했다는 유명한 주장이 있습니다. 저는 그런 주장을 믿지 않습니다. 사실 그런 일이 프랑스나 오스트리아나 다른 나라가 아니라 독일에서 일어났다는 사실에 아직도 놀라고 있으니까요. 단순히 믿기 힘들만큼 운이 나빠서 일어난 일이라고 확신하는 문화사학자들도 있습니다.

그 질문에 대한 대답은 많이 나왔습니다. 하지만 저는 답을 모르겠습니다. 전 계속 질문을 던질 뿐입니다. 학살이 언제든지 다시 일어날 수 있기 때문에 압박감이 밀려오지만, 저는 답을 모르겠어요. 분명한 것은 사실들밖에 없습니다. 위대한 예술은 우리를 야만 행위로부터 보호하지 못합니다. 아시겠지만 예술은 야만 행위와 어울리는 경우가 오히려 많습니다. 야만 행위에 협력하지요. 서구 역사상 가장 훌륭한 지성이었던 플라톤은 잔인한 폭군에게 진심으로, 기꺼이 조언을 했습니다. 사실 플라톤은 그의 키신저가 되고 싶어 했지요. 하이데거와 나치즘도 있습니다. 사르트르는 위대하고 저명한 도덕주의자였지만 러시아 강제수용소와 마오쩌둥의 문화혁명을 죽을 때까지 열렬히 옹호했습니다. 저는 사실만이라도 정확히 밝히고 싶지만, 그마저도 어려워졌습니다. 일상 속의 잔인성과 폭력을 세탁하고 비현실적으로 만드는 미디어 역시 폭력과 협력하고 있습니다. 미디어는 폭력을 불가능한 것으로, 매력적이지 않은 것으로 비추지 않습니다. 과거에 일어났던 대량학살의 이미지가 새로운 대량학살을 부추기고 조직한다고들 합니다. 제가 최근에 들은 이야기 중에 가장 끔찍한 것은 미국공보원이 대량학살에 반대하는 아름다운 순회 전시회를 개최하고 있다는 소식이었습니다. 아시아 일부 국가에서는 전시회를 급히 마무리해야 했는데, 전시회에 몰려든 사람들이 예전에 어떤 방법으로 학살을 했는지 알고 싶어 했기 때문입니다. 사람들은 몹시 흥분해서 "봐, 예전에도 했으니까 우리도 할 수 있어"라고 말했지요. 그 전시회는 다이너마이트, 뜨거운 기름에 던져진 다이너마이트였습니다.

그러므로 기록 자료를 통해 끔찍한 사건을 설명함으로써 상상력을 강화하는 것은 베트남 전쟁의 경우를 보아도 무척 애매합니다. 저는 천재도 아니고 주님의 사자도 아니기에 이것이 인간의 내면에서 어떻게 작용하는지 알 수 없습니다. 어떤 위대한 인물의 삶을 보아도 형언할 수 없을 만큼 어두운 부분이 있을 것입니다. 모두가 그런 것은 아니지만 대부분이 그렇지요. 저는 미궁에서 빠져나가는 길을 모릅니다. 프루스트는 지분을 가지고 있던 매춘굴에서 동물을 잔인하게 괴롭혔고, 소설에서 정확히 묘사하기 위해서 젊은 여성들에게 어떤 행동을 시켰습니다. 하지만 당신과 저는 프루스트에게 크나큰 빚을 지고 있지요. 저는 『잃어버린 시간을 찾아서』가, 프루스트의 작품이 없는 제 삶을 상상할 수 없습니다. 그렇다면 다음으로 나올 질문은 그 대가가 지나치게 컸냐는 것이겠지요. 이것은 사실 종교적인 질문입니다.

와크텔 당신에게 헌정된 에세이집, 일종의 기념논문집에 대해서 이야기하면서 최근에 당신을 괴롭히고 있다고 말씀하신 문제에 대해서 묻고 싶습니다. 당신의 미학적 반응의 변화와 관련이 있습니다. 당신은 그러한 변화를 "기독교화"라고 표현했지요. 저는 무척 놀랐는데, 본인도 놀랐다고 말씀하셨습니다.

스타이너 네, 저는 그것을 받아들이지 못했습니다. 그러한 변화가 어디에서 왔는지는 압니다. 제가 강력히, 아주 강력히 주장하듯이 언어에 대한 믿음, 의미에 대한 믿음, 형식과 소통에 대한 믿음의 궁극적인 동의, 궁극적인 확신은 형식적일 수 없다는 사실을 바탕으로 합니다. 그것은 기술적일 수가 없어요. 해체주의가 그것을 증명했지요. 우리가 하는 말이 전부 헛소리라거나, 우리가 말을 하는 도중에도 그 말의 의미가 바뀐다거나, 어떤 텍스트도 저자의 의도와 일치하지 않는다는 주장을 형식적, 기술적으로는 반박할 수 없습니다. 제가 생각하는 이미지는 아주 단순합니다. 약 25년 전에 뉴잉글랜드에서 큰 홍수가 났는데, 당시 세계적으로 유력한 보험자협회였던 런던 로이즈는 보험금을 감당할 수 없었습니다. 그런데 저는 재보험사가 있다는 사실을 알게 되었습니다, 일반인은 대부분 모르는 사실이지요. 이름을 알 수 없는 스위스 회사나 다른 최종 회사가 있기 때문에 로이즈는 막대한 보험금을 모두 지불할 수 있었습니다.

그 이미지가 무척 강하게 다가왔기 때문에 저는 스스로에게 묻기 시작했습니다. 예술과 언어, 지성, 소통이 살아남으리라는 나의 믿음을 뒷받침하는 재보험은 무엇일까? 그것은 신학이었습니다. 인간의 창조성이 우리가 생각하는 신의 창조성과 약간이나마 비슷할 수도 있다는 가능성에 대한 일종의 도박이지요. 독창적이지도, 새롭지도 않은 오래된 생각입니다. 그런 문제를 다룰 때는 토마스 아퀴나스부터 우리 시대까지 기독교에 대한 통찰을 가지고 있어야 합니다. 그리고 육화, 몸을 가진 사람이 되었다는 기독교적 신비 혹은 교리의 문제를 해결해야 합니다. 세속적 존재가 다른 존재——저는 실재적 현존이라고 부릅니다——의 빛을 비추고 있다는 것을 말입니다. 맞습니다, 저는 그런 의미에서 기독교적 요소에 의존하고 있습니다. 서구의 전통 예술을 진지하게 연구하는 사람이라면 그래야 합니다. 중국과 일본, 아시아 내륙 지방의 예술에 대한 글을 쓰는 사람이라면 불교를 다뤄야 하듯이 말입니다.

또 한편으로 저는 기독교가 유럽에서 일어난 유대인 대학살에 대한 책임 앞에서 아주 불성실한 태도를 보이기 때문에 무너질지도 모른다는 생각이 점점 듭니다. 기독교가 믿을 수 없을 만큼 큰 곤경에 처했다는 느낌이에요. 오늘날 기독교 신학 사상에서 중도는… 거기까지는 이야기하지 않도록 하지요. 희극적인 면을 보자면, 영국 교회인 성공회의 분열은 제가 살고 있는 영국 일간지의 유머란을 먹여 살립니다. 소극의 경지에 다다랐어요. 교회는 텅 비었습니다. 저는 교회가 직접 성실한 행동을 통해서 스스로가 아는 진실을 큰 소리로 말하지 않으면 그런 식으로 쇠퇴할 수밖에 없다고 생각합니다. 아우슈비츠가 교회의 가르침에서 나왔다는, 기독교 법령집에 새겨진 2천 년에 걸친 유대인에 대한 증오에서 나왔다는 진실 말입니다. 그런 의미에서 기독교가 우리의 현재 상태에 대해서 너무나 무책임하기 때문에 저는 기독교 신학에 몰두할 수밖에 없습니다.

와크텔 초월이나 신비주의, 수수께끼 같은 개념 덕분에 예술적 경험을 이해하는 모순적인 순간이군요….

스타이너 우리가 무언가를 만들어 내는 방법에 대한 학설도 이해할 수 있지요. 이러한 학설에 따라 생각하는 과학자들도 많습니다. 과학 분야에서 사상 최고의 세계적인 베스트셀러인 호킹의 『시간의 역사』를 생각해 봅시다. 『시간의 역사』의 판매 부수는 최근에 800만 부를 넘겼지만 실제로 읽힌 것은 5천 부밖에 안 될 거라고 저는 확신합니다. 하지만 나머지 799만 5천 부가 세상에 존재하지요. 이 짧은 책에서 신은 열한 번 언급되는데, 그것도 많은 편입니다. 이 책은 매우 중요한 문장으로 끝납니다. 우리가 몇 가지 장 방정식을 풀면 신의 마음을 알게 될 것이라는 문장입니다. 그래요. 자, 세 가지 가설이 가능합니다. 첫 번째는 케임브리지라는 대단한 학교에서 연구하는 저의 동료 대부분이 주장하는 것인데요, 이 말이 농담이라는 겁니다.

호킹이 우리를 속이고 있다는 거죠. 아시다시피 형언할 수 없을 만큼 비극적인 신체 조건을 가진 이 특별하고 아주 내밀한 지식인도 농담을 할 권리가 있으니까요. 이것이 첫 번째 가설입니다. 두 번째 가설은 호킹 본인도 확신하지 못할 것이고, 가능성을 겸손하게 인정해서 나쁠 건 없다는 입장입니다. 세 번째 가설은 호킹이 겉으로는 불가지론자나 무신론자, 실증주의자로서의 비범한 자질과 감각을 가지고 있는 것처럼 보이지만 내면 어딘가에 신을 믿는 마음이 숨어 있고, 따라서 그 문장이 문자 그대로의 뜻이라는 겁니다. 1990년대에 우리가 그러한 우주론을 내세운 사람에 대해서 어떤 논쟁을 벌여야 했는지 당시 상황을 생각해 보면 참 재미있습니다. 그의 우주론은 아직도 긴 그림자를 드리우고 있고, 당분간은 사라지지 않을 겁니다. 저는——완전히 틀렸을 가능성도 있지만——위대한 프랑스 작가이자 비평가, 정치가, 전쟁 영웅이었던 말로의 말이 옳았다는 느낌이 듭니다. 그는 앞으로의 세계가 아주 종교적이거나 전혀 종교적이지 않을 것이라고 말했지요. 저는 이 놀라운 주장이 옳다는 생각이 직관적으로 듭니다. 다만 그것이 어떤 형태를 취할지 걱정입니다. 근본주의적 무관용과 증오, 잔학함이라는 형태를 띨 수도 있지요. 이슬람뿐만 아니라 미국 근본주의에서도 당당하게 진행 중인 가장 끔찍한 형태의 종교적 불관용, 절대 권력, 반계몽주의가 될 수도 있습니다. 그럴 가능성도 아주 높지요.

와크텔 1992년에 발표하신 소설 『증거』에 대해서 잠시 이야기하고 싶습니다. 『증거』는 거창한 꿈과 그 꿈의 끔찍한 결말을 받아들이려고 노력하는 이야기입니다. 원고를 교정하는 이탈리아인 주인공은 한때 공산주의자였고, 공산주의에 대한 믿음이라는 크나큰 꿈이 실패했기에 그 경험을 극복해야 합니다. 스탈린이 죽인 사람이 2천 5백만 명에 달한다는 증거가 분명히 드러나고 있었는데──적어도 우리의 관점에서는 그랬습니다──그와 비슷한 처지의 수많은 사람들은 어떻게 그 꿈에 매달릴 수 있었을까요?

스타이너 저는 예수가 부활하고 나서 일주일 후, 아무런 변화도 사건도 없고 메시아가 칭송받으며 돌아다니지도 않았던 그때 기독교인들이 어떻게 믿음을 지킬 수 있었을까 자문해 보았습니다. 기억나시겠지만 그때 기독교인들은 메시아의 재림을 미루었습니다. 100년 안에 오실 거라고 말했지요. 100년이 지나자 200년 안에는 오실 거라고 말했습니다. 그런 식으로 끝없이 계속 미뤄졌어요. 원래 신앙에는 증거가 없습니다. 정말 이상한 일이지만, 신앙은 일이 잘 풀리지 않을수록 더 강해집니다.

90년대 초에 해외 저널리스트들이 피델 카스트로에게 했던 질문이 기억납니다. "이제 설탕도 석유도 아무것도 없고, 섬 전체에 쿠바 시가 하나밖에 없습니다. 당신의 방법이 통하지 않는다는 사실을 깨달을 때가 되지 않았습니까?" 카스트로는 엄청난 대답을 찾아냈지요. "기독교가 진정으로 강했던 때가 언제입니까? 카타콤에 갇혔을 때입니다." 정확합니다. 기독교 신앙의 최고 전성기는 기독교인들이 카타콤에 숨어 있고 지상으로 올라가면 사자가 기다리던 시절이었습니다.

이 문제를 조금 더 깊이 생각해 봅시다. 우선, 서구 지도자들 중에서 이런 대답을 할 만큼 똑똑한 사람은 하나도 없습니다. 마르크스주의자는 왜 그런 대답을 할 수 있었을까요? 마르크스주의는 역사적 지식과 물질적 환경보다 중요하다는 이상에 뿌리를 두고 있기 때문입니다. 우리가 이 땅에 태어난 목적은 정의를 실현하는 것, 균등하게 배분하며 경제를 굴러가게 하는 것이라고 주장하기 때문입니다.

마르크스주의를 진심으로 믿는 사람에게 이제 다 끝났다고 말해 보세요. 똑똑한 사람이라면 부인하지 않을 겁니다. 대신 이렇게 묻겠지요. "맥도날드나 디즈니월드가 인간 역사의 궁극적인 목적이라고 상상할 수 있습니까?" 그리고 이렇게 말할 겁니다. "제 생각이 틀렸다면, 당신이 생각하는 궁극적인 목적은 무엇입니까?" 저의 짧은 소설은 이 문제를 다루고 있습니다. 훨씬 더 까다로운 상황이지요.

와크텔 마르크스주의가 유물론이 아니라 믿음의 문제라고 말하고 있기 때문에 무척 흥미롭습니다. 아닌가요?

스타이너 잊지 마세요, 유대교에는 두 가지 크나큰 이단이 있는데, 바로 기독교와 마르크스주의입니다. 예수와 마르크스라는 두 유대인이 만들어 냈지요. 기독교와 마르크스주의 모두 이 땅의 일부터 바로잡아야 한다는 사상, 각자가 원하는 대로 사랑과 정의, 용서를 누려야 한다는 사상입니다. 위대한 유토피아죠. 물론 마르크스주의 유토피아는 물질 해방입니다. 배가 고프면 정의를 꿈꿔도 소용없지요. 마르크스주의는 배를 든든히 채우면 정의라는 높디높은 목표에, 위대한 예언자들의 이상에 한 걸음 더 가까워진다고 했습니다.

트로츠키는 소비에트 내전 당시 5개군을 지휘하면서 장갑기차에서 쓴 간략하고도 뛰어난 저서 『문학과 혁명』의 마지막 장에서 이렇게 말합니다(저는 그 문장을 외우고 있는데, 약간 다를 수도 있지만 많이 틀리지는 않을 겁니다). 평범한 남녀(지금 여기 앉아 있는 우리 두 사람)가 레오나르도와 셰익스피어, 괴테를 그들이 오르려는 높은 산 앞의 작은 구릉에 불과하다고 생각하는 날이 올 것이다.

자, 미친 소리라고 할 수도 있습니다. 괜찮아요. 하지만 저는 거리마다 맥도날드가 들어서고 세상 모든 사람들이 휴가를 즐길 수 있을 정도로 많은 디즈니월드가 들어서는 날보다 이 미친 소리가 한없이 더 좋습니다. 정말 어려운 문제는 사회주의자들이 항상 던졌던 질문입니다. 제3의 방법은 없을까? 정말 없을까? 고백컨대 저는 아주, 아주 회의적입니다.

와크텔 확실히 당신은 제3의 방법을 발견하려고 애를 써 온 것 같군요. 그 책에서 분명히 설명했듯이 첫 번째 방법과 두 번째 방법은 통하지 않았으니까요.

스타이너 첫 번째 길은 소련의 강제 수용소 굴라크에서 끝났습니다. 두 번째 길은 모든 사람들이 겨우 읽고 쓰는 정도의 폭넓은 삼류 문화로 우리를 데려가겠지요. 두 번째 길은 인간에게 하찮은 평균——저는 말장난을 하고 있습니다[3]——까지만 올라가라고 말합니다. 평균은 정말 하찮아요. 반대로 세상을 바꾸는 이상은 스스로보다 더 나은 사람이 되라고, 절벽 끄트머리를 꽉 붙들고 몸을 끌어올리라고 말했습니다.

와크텔 소설 『증거』의 중심에는 당신이 지금 말씀하신 문제들을 분명히 보여 주는 논쟁이 있습니다. 이탈리아인 교정자와 활발한 정치 활동을 하는 사제가 논쟁을 벌이는데, 그것은 사실 자본주의와 공산주의에 대한 언쟁입니다. 무엇이 더 나은가의 문제처럼 보이지만 사실은 무엇이 상대적으로 덜 파괴적인가의 문제로 끝나고, 이러한 비교로 양쪽 모두 타격을 입습니다. 출발점이 다르지요. 마르크스는 당신의 표현처럼 "모든 거지에게는 왕자의 가능성이 있다"고 생각했는데, 여기서 당신은 공산주의의 꿈이나 이상이 인류를 과대평가하고 있다고 지적합니다. 당신의 표현에 따르면 미국적인 시각은 "인간을 사치품을 놓고 으르렁거리고 여물통을 보고 꿀꿀거리는 무리"로 봅니다. 희생자 수를 헤아려 보면… 음, 최종 평가를 그렇게

---

3 영어 단어 mean에는 하찮다는 뜻과 평균이라는 뜻이 있다.

하는 건가요?

스타이너 아니, 아닙니다, 전 바보가 아니에요. 저는 그 대가를 압니다. 전체주의적 이상이 용인할 수 없을 정도로 많은 사람들의 목숨과 고통을 요구한다는 사실을 잘 알아요. 다른 비용도 막대합니다. 즉 자동차를 한 대 더 사거나 더 좋은 텔레비전을 사면, 또는 급여가 인상되거나 주식이 오르면 당신의 잠재력을 모두 발휘했다고 말합니다. 희망은 시장의 상품이 되어 포장도 할 수 있고, 더 높이 올라가지 못하도록 가로막는 천장이 되기도 합니다.

제가 틀렸을지도 모르지만, 저는 교사이므로 틀려야 합니다. 제가 모든 글을 통해서 평생 해온 일은——철저히 유대식인데요——가르침을 통해 성장하는 것이었습니다. 교사가 하는 일은 무엇일까요? 학생이 삼키려 하지 않는 것을 목구멍으로 밀어 넣는 것입니다. 그게 교사의 정의예요. 잘만 하면 극소수의 학생이 치과 치료를 받은 것처럼 밖으로 나오자마자 뱉는 것이 아니라 꿀꺽 삼킨 다음 안에서 그것이 자라기 시작하면 이렇게 말할 겁니다. "맛이 썩 좋지도 않고 소화하기 아주 어려웠지만, 나는 성장하기 시작했어." 그것은 기적입니다, 자주 일어나는 일은 아니에요. 운이 아주 좋으면 기나긴 일생 동안 여섯 명 정도에게 이 신비로운 희망이라는 종양을 심어 주고 더 잘할 수 있다는 생각에 중독되게 만들 겁니다.

제가 환상을 가지고 있는 것은 아니지만, 신중해집시다. 우리는 절대주의가, 독재가 붕괴하면 자유로운 세상이 되어 검열과 억압의 위협이 줄어들 것이라고 믿었습니다. 하지만 무엇보다도 강한 시장 검열이 존재합니다. 돈이 말을 하지요. 돈이 말을 할 뿐만 아니라 소리를 지릅니다.

하지만 독일의 위대한 철학자 헤겔이 아주 멋진 말을 했습니다. 구원과 낙원과 조간신문 중에 하나를 선택해야 한다면 조간신문을 선택하겠다는 말이었지요. 자, 이 말은 세상이 얼마나 황홀한 것인지, 살아서 아침을 맞이하고 무슨 일이 일어나고 있는지 파악하는 것이 얼마나 황홀한지 가르쳐 줍니다. 정말 대단하지요. 절망도 힘을 잃습니다. 계속 살아가려고 애쓰는 것은 정말 흥미로운 일입니다. 아니, 물론 낙천적인 생각이지만 좀 특이하지요. 우리는 재난이 흥미롭다는 사실을 잘 압니다. 재난이 일어나도 신문은 잘 팔립니다.

와크텔 당신은 음악에 점점 더 끌리는 것 같습니다. 너무 큰 주제라 이제 와서 깊이 파고들기는 힘들지만, 꼭 물어보고 싶은 것이 있습니다. 당신은 "언어와 독서에 중독된 사람들은 말년에 음악에 끌리는 경우가 많다"라고 썼습니다. 저는 "말년"이라는 말을 강조하고 싶은데요, 스스로 말년이라고 생각하지는 않으실 텐데요.

스타이너 당연히 저는 말년이라고 생각합니다. 아주 익숙한 현상이에요. 저와 비슷한 나이대의 수많은 사람들이 점차 음악에 빠지고 있는데, 왜 그럴까 참 흥미롭습니다. 심리학자들도 대부분 동의합니다. 저는 또 예전에 읽은 책들을 다시 읽고 있고, 새로운 책은 읽어야 하는 것보다 적게 읽는 듯합니다. 예의를 차리자면 다 제 탓이라고 해야겠지만, 사실 잘 모르겠습니다. 앨리스 먼로와 로버트슨 데이비스, 마거릿 애트우드를 비롯한 수많은 작가들을 배출한 이 나라를 진심으로 존중하지만, 저는 새 소설을 집어 들었다가도 다섯 장쯤 읽고 나면 유치하고 클리셰가 넘치고 너무 단조로워서 손을 놓고 맙니다. 영국 소설이라면 불륜을 햄스테드에서 저지르느냐 웨스트민스터에서 저지르느냐가 고민이겠지요. 최근에 제 책을 내고 있는 프랑스의 갈리마르 출판사에 갔는데, 다들 읽을 만한 책이 없다고 하더군요. 뛰어난 유럽 소설가들이 다 모여 있는 출판사에서 말입니다. 멋진 시도 계속 나오기 때문에 놓치지 않으려 애쓰고 있지만, 음악에서도 지금이 중요한 시기입니다. 현재 세계적인 수준의 작곡가는 열 명에서 열두 명 정도 됩니다. 어려운 음악, 아방가르드 음악, 처음에는 귀에 잘 들어오지 않기 때문에 계속 연구해야만 하는 음악입니다. 저는 지금이 음악 창작에서 아주 중요한 시기라고 확신합니다. 놓치지 않으려 노력하고 있지요. 음악회에도 가고 음반도 수집합니다. 새로운 음악을 들으려고 애쓰는 중인데, 정말 신나고 도전적입니다. 이제 문학에는 그런 흥분이 없어요. 요즘 어떤 책이 제일 잘 팔립니까? 전기와 정치 기록, 공식 문서입니다. 시대마다 중요한 문학 천재가 나오는 것은 아닙니다. 천재는 우연히 나와요. 흥미진진하고 복잡하고 순환적인 과정이지요. 그래서 저는 젊게 살려고 음악계에서 일어나는 일을 주시하면서 상쾌해지는 기분을 느낍니다. 깊은 인간관계가 있다면——저는 운 좋게도 그런 관계가 있습니다——음악은 그 사람과 단둘이 들을 수 있는 유일한 것입니다. 마땅한 단어가 없군요. 두 사람이 함께이면서도 혼자인 상태 말입니다. 이제 사람들은 서로 책을 읽어 주지 않습니다. 크나큰 손실이죠. 음악을 들을 때는 내가 필요하고 좋아하는 사람과, 혹은 내가 가까이 하고 싶은 사람과 나란히 앉아 각자 자기만의 고독을 즐길 수 있습니다. 인생 말년이 되면 그것이 정말 중요합니다.

와크텔 아무리 생각해도 말년을 겪고 있는 사람의 말처럼 들리지는 않는군요. 당신 작품에서 계속 등장하는 단어는 "리멤브런서"인데…

스타이너 법적 용어입니다. 7세기와 8세기 법률 책에서 그 말을 훔쳐 왔는데, 옥스퍼드 사전을 보면 법적 용어라고 나옵니다. 저는 사람들이 기억을 책임지게 하려고 애쓰는 사람이라는 뜻으로 그 단어를 썼습니다. 아시겠지만, 저는 학교에서 더 이상 암기를 시키지 않으면 언어 교육과 역사 교육은 끝장이라고 생각합니다. 현재 우리는 계획된 기억 상실에 걸렸습니다. 젊은 세대는 과거를 모른 채 자라고 있어요. 최고의 대학에 들어온 학생들에게도 한국 전쟁은 존재하지 않습니다. 베트남 전쟁은 사라졌고, 걸프 전쟁은 잊힐 겁니다. 아무것도 기억하지 않아요. 리멤브런서는 인간이라면 자신의 현재뿐 아니라 자신이 온 과거를 책임져야 한다는 사실을 아는 사람입니다. 말하자면 리멤브런서는 기억의 목격자입니다. 저는 형언할 수 없을 만큼 끔찍한 일이 일어났던 동유럽에 너무 자주 다녀왔기 때문에 깊은 확신이 듭니다. 담벼락에 수백만 명의 이름이 나붙었던 곳, 이름도 알 수 없는 이들이 재로 변한 곳이지요. 제가 오래 전에 제안을 하나 했는데, 파국적이거나 비극적인 제안은 전혀 아닙니다. 이상한 말이지만 오히려 기쁜 제안이지요. 각자 수십만 개의 담벼락에, 혹은 젊은 여성이 설계한 워싱턴의 무척 감동적인 베트남 전쟁 기념탑에 적힌 이름을 열 명씩 외우자는 것입니다. 이름을 열 개 골라서 외운 다음 한 달에 한 번씩 혼자서, 혹은 사랑하는 사람이나 가까운 사람에게 들려주는 겁니다. 그러면 이 땅의 누군가는 기억하는 셈이니까요. 이 사소한 제안에 제가 글을 통해서 말하고 싶은 것이 전부 담겨 있습니다.

1995년 4월/1992년 5월

데즈먼드 투투
Desmond Tutu

저는 이렇게 정말 보잘것없는 사람을
보살피는 사람이 있었음을 항상 기억했고,
제 영혼 어딘가에 그러한 일들이
뿌리를 내렸을지도 모릅니다.

데즈먼드 투투

전前 대주교 데즈먼드 투투는 널리 존경받고 사랑받는 인물이며 남아프리카공화국 해방 운동의 영웅이다.

몇 년 전, 내가 작가 인터뷰 때문에 남아프리카공화국에 갔을 때 데즈먼드 투투는 명예박사 학위를 받으러 토론토를 방문 중이었다. 당시 그는 에머리 대학의 초빙 교수로 애틀랜타에서 살면서 전립선 암 치료를 받고 있었다. 하지만 남아프리카공화국 어디를 가든 그의 존재가 느껴졌다. 사람들은 투투 대주교가 케이프타운 어느 지역에 살았었는지 가르쳐 주었고 획기적이었던 진실과 화해 위원회TRC의 공동 의장으로서 어떤 역할을 수행했는지 분석했다. 넬슨 만델라가 투옥 생활을 하는 긴 세월 동안 데즈먼드 투투는 아파르트헤이트를 가장 솔직하게 비판했고 국제적으로 인정을 받았다.

대주교직에서 은퇴하고 TRC 공동 의장직에서도 물러난 데즈먼드 투투는 이제 공적인 자리를 모두 떠나 남아프리카공화국에서 살고 있다. 하지만 여전히 활동적이고 분주하게 지내며, 정말 겸손하고 전염성 높은 유머 감각을 갖춘, 무척 긍정적인 사람이다.

데즈먼드 투투는 1932년에 남아프리카 트란스발주 서부에 속해 있던 클레르크스도르프에서 교사 아버지와 가정부 어머니 사이에서 태어났다. 그는 프리토리아의 반투 일반 대학에서 사범대학을 졸업한 다음 요하네스버그의 남아프리카 대학에서 공부했다. 투투는 크루거스도르프에서 몇 년 동안 아이들을 가르치다가 세인트 피터스 신학 대학에서 수학한 후 서른 살에 사제 서품을 받았다. 그는 60년대 중반과 70년대에 영국에 살았다. 1975년에 투투는 요하네스버그 대성당 최초의 흑인 수석 사제가 되었다. 1년 후, 그는 정부가 지정한 흑인 "홈랜드" 중 하나인 레소토의 주교로 임명받았다. 이와 함께 투투는 반아파르트헤이트 운동에 점점 더 적극적으로 참여했다. 그는 활동가들을 만나서 폭력적인 방법을 단념시키려고 애쓰는 한편 요하네스 포르스테르 총리에게 편지를 보내 소웨토의 일촉즉발 상황에 대해 경고했다. 몇 달 후인 1976년 6월 16일, 시위를 하던 흑인 600명이 백인 방위군에게 죽임을 당했다.

데즈먼드 투투는 그때부터 거의 20년 후인 넬슨 만델라가 대통령에 당선될 때(1994년)까지 자유를 위한 캠페인을 벌였다. 남아프리카 석탄을 국제적으로 보이콧해야 한다고 주장하다가 여권을 압수당하기도 했다. 데즈먼드 투투는 1984년에 노벨 평화상을 수상하여 상금으로 남아프리카 난민 장학 기금을 만들었고, 해방을 위해서 더욱 열렬하게 헌신했다.

마침내 인종차별에서 해방되자 투투는 "하느님의 무지개 백성"과 새 나라를 만드는 데 앞장섰다. 또 진실과 화해 위원회에 참여해 고통스러운 치유 과정을 영적 차원으로 이끌었다. 그는 『용서 없이 미래 없다』라는 책에서 그 과정을 설명했다.

∞

와크텔 성경은 당신에게 가장 큰 영향을 미친 책입니다. 성경 중 계속해서 다시 들춰 보는 편이나 이야기가 있습니까?

투투 저에게는 창세기의 처음 몇 장이 큰 도움이 되었습니다. 아시겠지만 남아프리카 사람들은 생물학적으로 부적절하기 때문에 중요하지 않다는 말을 자주 듣는데, 창세기 첫 부분을 다시 읽으면 그 생각이 얼마나 위험한지 보여 줄 수 있기 때문에 좋습니다.

와크텔 어떤 면에서 위험하지요?

투투 억압과 불평등이라는 점에서 위험합니다. 성경에 따르면 모든 사람은 하느님의 모습을 본떠 만들어졌고, 그 모습이 본질적이니까요. 그것이 우리를 인간으로 만들어 주기 때문에 외양이나 생물학 같은 것들은 중요하지 않습니다. 제 말은, 우리의 지위는 중요하지 않다는 겁니다. 교육적 지위, 사회적 지위, 경제적 지위 말입니다. 툭하면 수치스러운 일을 당하는 사람들에게 "이봐요, 당신이 어떤 사람인지 아세요? 당신은 하느님의 대리인, 하느님의 총독입니다. 하느님의 모습을 본떠서 만들어졌으니까요"라고 말할 수 있다는 것은 정말 근사한 일입니다.

와크텔 또 다른 이야기는요?

투투 저는 예언자 예레미야에게도 무척 끌립니다. 예레미야는 종종 오해를 받지요. 사람들은 "아, 너무 예레미야 같잖아"라는 말을 하는데, 항상 모든 일의 어두운 면만 본다는 뜻입니다. 예레미야는 곧 닥칠 비참한 일들을 예언합니다. 하지만 사실 그는 희망이 넘치는 사람입니다. 예레미야가 항상 흐느끼는 것은 자기 민족의 고난을 절실히 느끼기 때문입니다. 한 번은 그가 하느님과 격렬한 대화를 나누다가 이렇게 말합니다. "주님, 당신이 저를 잘못 이끄셨습니다. 당신이 저를 예언자로 만드셨고, 제 일은 이 사람들에게 멸망과 심판에 대해서 이야기하는 것입니다. 주님, 제가 당신을 대신해서 말하지 않겠다고 하면 당신의 말들이 제 안에서 불처럼 타오를 것이고, 제가 그것을 견딜 수 없음을 아시지 않습니까." 예레미야는 정말 대단합니다. 맨 처음에 하느님이 그를 불러 예언자가 되라 하셨을 때 이렇게 말하거든요. "죄송하지만 안 됩니다, 저는 할 수 없습니다. 너무 어렵습니다." 그러자 주님은 아주 놀라운 말씀을 하십니다. "예레미야야, 내가 너를 점지해 주기 전부터 나는 너를 알았다." 그것은 우리 한 사람 한 사람에게도 해당되는 아주 놀라운 주장입니다. 그 어떤 사람도 덤으로 만들어지지 않았고, 우리 한 사람 한 사람이 하느님의 영원한 계획에 빠져서는 안 될 부분이라는 뜻이지요. 정말 멋지지 않습니까?

와크텔 네. 예레미야가 동족의 고난을 절실히 느꼈다는 이야기를 들으니 그런 면에서도 예레미야와 동질감을 느꼈겠군요.

투투 네, 그렇습니다. 예레미야가 얼마나 희망찬 사람인지 한 가지만 예를 더 들어 보겠습니다. 주변 시골이 황폐해지자 예레미야는 하느님의 말씀에 따라서 외부인의 침입으로 엉망이 된 조상들의 땅을 찾아갑니다. 그런 다음 앞으로 유대인들이, 이스라엘인들이 이 땅을 되찾을 것이라는 증표로 땅을 사지요. 이스라엘 사람들이 침략자가 빼앗은 땅을 다시 갖게 될 것이라고 말입니다. 정말 놀랍지 않습니까?

와크텔 언제 성경을 처음 접하셨습니까? 어렸을 때 집에서 성경 이야기를 들으며 자랐나요?

투투 주로 주일학교에서 들었지요. 아시겠지만, 흔한 이야기들이었습니다. 다윗과 골리앗, 꿈꾸는 요셉, 사초 속의 모세, 노아 이야기였지요. 물론 신약 이야기도 들었습니다. 저는 그런 이야기들을 들으면서 제가 흡수하고 있다는 것을, 어머니의 젖을 먹듯이 받아들이고 있다는 사실을 깨닫지도 못했지만 어느새 그 이야기들이 제 삶의 씨실과 날실이 되었습니다.

와크텔 종교적인 집안 분위기에서 자랐습니까? 모태신앙이었나요?

투투 네, 부모님 모두 기독교인이었습니다. 아버지는 교회 부속 학교의 교장이었지요. 가정부였던 어머니는 교육을 많이 받지 못했지만 아주 독실하고, 상냥하고, 사랑이 넘치고, 동정심이 많은 분이었습니다. 저는 생김새가 어머니를 닮았습니다. 어머니는 저처럼 키가 작고 코가 컸거든요. 저는 어머니의 사랑을, 동정심을, 불쌍한 사람들을 걱정하는 마음도 닮았으면 좋겠다고 종종 말합니다.

와크텔 노벨상을 수상하시던 해에 어머니가 돌아가셨습니다. 상 받는 모습은 보셨나요?

투투 저는 노벨 평화상을 받고 (뉴욕에서) 남아프리카로 돌아갔는데, 제가 아니라 남아프리카 사람들이 받은 상이기 때문이었습니다. 어머니를 만나긴 했지만 상황을 다 이해하셨는지는 모르겠습니다. 초기 알츠하이머 같았거든요. 그래서 정확하지는 않습니다. 하지만 남아프리카로 돌아와 어머니께 아들이 대표로 불렸다고 말씀드릴 수 있어서 기뻤습니다.

와크텔 말씀하신 것처럼 아버지는 교회 학교의 교장이었습니다. 그렇다면 당신 가족의 사회적 지위가 어느 정도 높았다고 말할 수 있을까요?

투투 네, 그랬다고 생각합니다. 학교 교장 선생님은 종교 지도자처럼 존경받는 자리였고, 물질적으로 썩 풍요롭지 않은 지역 사회에서 어느 정도 입지를 가진 사람으로 여겨졌습니다. 우리에게 허용되는 직업이 많지 않았기 때문에 교사나 종교 지도자가 되는 사람도 적었습니다. 여자는 교사나 간호사가 되었고, 가끔 아주 똑똑한 사람은 의사가 되거나 드물게 변호사가 되었습니다. 길이 많지 않았지요. 지역 사회에서 교육을 받은 엘리트는 보통 교사나 성직자가 되었습니다.

와크텔 당신은 트란스발주 서부의 탄광 마을 클레르크스도르프에서 태어나 그곳에서 어린 시절을 보냈습니다. 어떤 곳이었습니까? 그곳에 대한 첫 기억은 무엇인가요?

투투 저는 클레르크스도르프에서 오래 살지는 않았지만 아버지가 낚시를 좋아하셨던 것과 낚시하는 아버지 곁에 조용히 앉아 있었던 기억이 납니다. 아버지가 음악을 좋아하셨던 기억도 나고요. 집에 피아노가 있었는데, 가끔 아버지가 흔히 하는 말로 흰 건반을 간지럽히셨죠. 또 수련 단체인 패스파인더에서 쓸 나팔과 드럼, 케틀드럼이 도착했던 날도 아주 또렷하게 기억납니다. 그때 남아프리카는 정말 제정신이 아니었습니다. 스카우트는 백인들만 가입할 수 있었고 흑인들은 스카우트에 가입할 수 없지만 패스파인더에는 가입할 수 있었습니다. 저희 아버지 학교에 소속된 패스파인더 악단에 필요한 악기를 받은 거였죠. 그 기억이 무척 또렷합니다.

우리는 분리된 마을에 살고 있었는데, 제 마음속에서는 우리가 살던 곳, "원주민 구역"이라고 불리던 곳이 눈에 선합니다. 우리 마을과 백인 마을 사이에 자라던 유칼립투스 나무들도 보이고요. 가끔 백인들에게 두들겨 맞긴 했지만 분리와 차별, 억압이 존재한다는 사실을 크게 실감하며 살지는 않았습니다. 원래 그런 것 같았고, 하느님의 뜻 같았지요. 아시겠지만 하느님에게 계속 저항할 수는 없으니까요. 그건 클레르크스도르프에 살 때 이야기고, 그 뒤에 우리는 펜테르스도르프로 이사를 갔습니다. 클레르크스도르프와 가까운 마을인데, 외젠 테르블랑슈가 이끄는 네오나치단 AWB의 저항 운동 본부가 있는 곳으로 악명이 높아졌지요. 가끔 저는 펜테르스도르프가 E.T.와 D.T.를 만들어 냈다고 말합니다. 영화에 나오는 E.T.가 아니라 외젠 테르블랑슈와 데즈먼드 투투 말입니다.

펜테르스도르프에서 인종차별이라고 할 만한 일들을 겪었던 기억이 납니다. 아버지는 가끔 저에게 시내에 가서 신문을 사 오라고 심부름을 시켰습니다. 저는 아마 자전거를 가진 유일한 흑인 아이였을 거예요. 위협하는 백인 아이들을 뿌리치며 마을에 다녀오곤 했지요. 백인 아이들은 저를 보고 "픽, 픽!"이라고 소리쳤는데, 이 말에는 두 가지 뜻이 있습니다. 하나는 땅을 파는 곡괭이라는 뜻이죠. 저는 안전하다 싶을 만큼 멀어지면 백인 아이들에게 "흐라프, 흐라프!"라고 외쳤습니다. 삽이라는 뜻이지요. 저는 나중에야 그 애들이 말하는 '픽'은 흑인, 즉 '픽스바르트pikswart'의 거친 표현임을 깨달았습니다. 칠흑같이 검다는 뜻이지요. 우리는 그런 경험을 했습니다. 또 우리 마을의 학교에는 인디언들과 남아프리카에서 "유색인"이라고 부르는 사람들이 다녔습니다. 인디언은 사실 시내에 살고 있었는데도 말입니다. 그것 역시 남아프리카의 기이하고 비정상적인 일들 중 하나였을 뿐입니다. 백인 학교를 지나갈 때면 흑인 아이들이 학교 쓰레기통을 뒤지는 모습을 종종 볼 수 있었는데, 이 나라가 가지고 있던 말도 안 되는 논리 때문이었습니다. 정부에서 점심을 싸 다닐 수 있는 백인 아이들에게는 점심을 제공하고 흑인 아이들에게는 제공하지 않았거든요. 백인 아이들은 대부분 도시락을 싸 왔기 때문에 정부가 제공한 아주 멀쩡한 사과와 샌드위치 같은 음식이 버려졌습니다. 당시 그런 일들이 제 마음에 깊은 인상을 남겼습니다. 주위를 둘러보며 '아, 원래 이런 거구나' 라고 생각하게 되었지요.

그때 역시 펜테르스도르프에서 아주 이상한 일도 겪었는데, 당시 상황의 또 다른 면을 보여 주는 일이었습니다. 말씀드린 것처럼 아버지가 저에게 신문을 사 오라고 심부름을 시켰는데, 저는 집으로 돌아가기 전에 백인 마을의 가게 앞 보도에 신문을 펼쳐 놓고 무릎을 꿇고서 읽곤 했습니다. 그런데 참 이상한 일이 있었습니다. 보통 펜테르스도르프처럼 인종주의가 심한 마을에서라면 백인들이 저를 괴롭히거나 신문을 밟고 지나갈 거라고 생각하겠지요. 하지만 절대 그렇지 않았습니다. 사람들은 거의 모두 저를 피해서 빙 둘러 지나갔습니다. 저는 아직도 그때를 회상하면서 인간은 사실 아주 이상한 존재라고 말합니다. 제 말은, 인간을 어떤 범주에 넣고서 인종차별주의자는 이렇게 행동해, 라고 말하기가 아주 힘들다는 겁니다. 사실 그런 행동은 일탈이니까요. 백인들은 저를 쫓아내거나 신문을 밟고 지나가야 했지만 절대 그렇게 하지 않았어요!

와크텔 당신이 신문을 읽고 있어서 좋은 인상을 받았을지도 모르겠군요.

투투 하지만 그러면 더 짜증이 났어야지요. 더군다나 저는 영자 신문을 읽고 있었는데, 그 마을에 사는 백인들은 대부분 아프리카너라서 영어를 보면 좀 당혹스러워 했거든요. 사실 많은 면에서 요즘도 그렇습니다. 말하자면 그 사람들은 앵글로-보어 전쟁의 결과를 아직 받아들지 못했습니다. 그렇기 때문에 우리가 그들에게 진실과 화해 위원회의 가치에 대해 계속 이야기하는 겁니다. 자신의 과거를 해결해야 한다고 말입니다. 영국인과 아프리카너는 종종 사이가 괜찮은 척하지만 사실은 그렇지 않아요. 표면을 벗겨 놓고 보면 아프리카너는 수많은 아프리카너 여성과 아이들이 강제 수용소에서 학대를 당하고 죽었다는 사실에 아직도 분노합니다. 아시겠지만 강제 수용소는 남아프리카의 발명품입니다. 나치 독일보다 훨씬 앞서 이곳에서 만들어졌지요. 아프리카너와 영국인은 19세기에서 20세기로 넘어올 때 서로에게 저지른 짓을 해결해야 합니다.

와크텔 가족들과 함께 요하네스버그에 살던 십대 초반에 당신은 결핵에 걸려서 거의 2년 동안 병원에서 지냈습니다. 어린 나이에는 참 긴 시간이지요. 그 경험이 당신에게 어떤 영향을 끼쳤습니까?

투투 저는 아주 운이 좋았습니다. 트레버 허들스턴 주교님이 저에게 크나큰 동정과 관심을 보여 주었거든요. 주교님은 정말 바빴지만——소피아타운에서 주교님이 얼마나 바쁘신지 저도 잘 알았습니다——요하네스버그에 계실 때는 일부러 시간을 내서 적어도 일주일에 한 번은 저를 찾아왔습니다.

와크텔 허들스턴 주교님은 소피아타운에서 일하시던 성공회 사제였지요. 그분을 어떻게 알게 되었습니까?

투투 음, 저는 부활 사제회에서 설립한 고등학교에 다녔는데, 허들스턴 주교님이 그곳 소속이었습니다. 그 뒤에 저는 부활 사제회에서 시작한 소피아타운의 호스텔에서 살았는데, 당시 허들스턴 주교님이 원장이었습니다. 소피아타운 근처 코로나티온빌러의 병원으로 저를 데리고 간 사람도 사실은 허들스턴 주교님이었습니다. 결핵으로 밝혀지자 저는 알렉산드라 읍 근처 결핵 격리 병원으로 보내졌습니다. 트레버 허들스턴 주교님이 책을 가져다 주신 덕분에 저는 책을 실컷 읽을 수 있었습니다. 독서를 정말로 좋아했어요. 기침을 하다가 피를 토할 때도 있었지요. 저는 일반 병실에서 지내면서 피를 토하던 여러 사람이 죽는 것을 보았습니다. 사실 피를 토하는 단계까지 간 사람들은 대부분 결국 영안실 행이었지요.

저는 열세 살, 열네 살이었습니다. 화장실에 갔다가 피를 약간 토했던 때가 기억납니다. 제가 하느님에게 말했지요. "제가 죽을 거라는 뜻이라도 괜찮습니다. 저는 아마 살고 싶겠지만, 죽는다고 해도 괜찮아요." 허세를 부리는 것처럼 들리지만 당시의 저는 진심이었다고 생각합니다. 아주 평화로운 느낌이었어요. 나중에, 한참 후에야——제가 주교가 되고 트레버 허들스턴이 대주교가 되고 나서——사실 허들스턴 주교님이 병원으로 저를 찾아왔을 때 의사가 "정말 죄송하지만 당신의 어린 친구는 죽어 가고 있습니다"라고 말했다는 이야기를 들었습니다. 으음, 그게 1947년, 48년의 일입니다. 저는 유예를, 50년 정도의 유예를 얻었지요. 저를 돌봐 준 사람들에게 정말 감사합니다. 백인 간호사들이 우리를 보살핀 적도 있었습니다. 백인 간호사가 병동에서 일어나는 온갖 내밀한 일들을 돌봐 주다니, 정말 이상했습니다. 이 나라에서 흑인과 백인의 정상적인 상호작용이나 관계는 거의 항상 주인과 하인 수준이었으니까요. 그런데 이 병원에서는 백인들이 우리의 시중을 들면서 그게 이상하다고 생각하지도 않는 것 같았습니다. 하지만 이 나라는 항상 제정신이 아니었지요.

와크텔 그것이 당신에게 어떤 영향을 주었다고 생각하세요?

투투 당시 특별히 어떤 생각이 들었는지는 잘 모르겠습니다. 지나고서 돌아보면 그 백인 간호사들이 친구들에게 뭐라고 변명을 했을까, 라는 생각이 들 수 있지요. 사실 오래 가지는 않았습니다. 제가 입원했을 때 백인 간호사들은 1년쯤 있었던 것 같고, 곧 흑인 간호사가 들어왔습니다. 하지만 백인 간호사가 있었던 것만은 사실이고, 제가 아는 한 그렇다고 해서 하늘이 무너지지는 않았습니다. 그 일은 남아프리카가 정상으로 돌아가면 결국 어떤 모습이 될지 보여 주었던 건지도 모릅니다. 누구든 할 수 있는 사람이 환자를 보살피는 것이라고, 인종은 사실 아무런 상관도 없다고 말입니다.

와크텔 당신은 처음에는 의학을 좋아했습니다. 의사가 되고 싶었지만 교직으로 바꾸었고, 결국 교육 체계에 환멸을 느끼고 다시 방향을 바꾸었지요. 하느님께서 당신의 뒷덜미를 붙잡고 주님의 말씀을 퍼뜨리도록 떠미는 느낌이었다고 말씀하신 적이 있습니다. 무슨 일이 있었습니까? 무엇 때문에 이 일이 당신에게 그토록 자연스럽고 필요한 일이 되었습니까?

투투 말씀하신 것처럼 저는 처음에는 의학을 좋아했고 요하네스버그 비트바테르스란트 대학 의대에 합격했지만 집안에서 학비를 감당할 수 없었기 때문에 입학하지 못했습니다. 사실 저는 아직도 청진기와 흰 가운 같은 것들을 동경합니다. 그 뒤 교직으로 방향을 바꾸었지만—저는 아주 좋았습니다—일부러 우리 아이들에게 열등한 교육을 제공하는 음모에 가담할 수 없었습니다. 선택지가 많지 않았으니 사제가 된 고상한 이유 같은 것은 없었지요. 저에게는 유일한 대안이었기 때문에 성직으로 갔습니다. 말하자면 신중하게 내린 결론, 냉철하고 조심스러운 계산이 아니었지요. 저는 허들스턴 주교님만

이 아니라 처음 만났던 성공회 사제에게도 저도 모르게 영향을 받았는데, 흑인 사제였고 아주 대단한 사람이었습니다. 우리 복사들이 신부님과 함께 다녔는데, 시골에 가면 신부님은 무슨 족장처럼 대접을 받았습니다. 미천한 복사들이 바깥에서 기다리는 동안 신부님은 음식을 대접받았지요. 그러면 신부님은——저는 이 일을 절대 잊지 못합니다——절대 곧장 앉아서 식사를 하는 법 없이 반드시 밖으로 나와서 우리도 제대로 대접을 받고 있는지 확인했습니다. 저는 이렇게 정말 보잘것없는 사람을 보살피는 사람이 있었음을 항상 기억했고, 제 영혼 어딘가에 그러한 일들이 뿌리를 내렸을지도 모릅니다. 네, 저는 신학 대학을 졸업한 다음 영국 킹스 칼리지에서 공부를 하고 돌아와서 신학생들을 가르쳤습니다. 하지만 그 뒤에 제가 요하네스버그 주교에 임명된 것은 경력을 염두에 둔 의도적인 움직임이 아니었습니다. 저는 남아프리카에 있었지만 우리 지도자들은 대부분 투옥 중이거나 망명 중이라 없었지요. 저는 흑인 최초로 그 자리에 앉으면서 다른 사람들이 쉽게 다가갈 수 없는 연단에 올랐지만, 의도적인 술책은 아니었습니다. 하느님께서 저를 지목한 것 같았지요. 저는 또 피정을 하면서 당시 총리에게 편지를 썼던 기억이 납니다. 설명하기 힘들지만 하느님에게 떠밀려서 쓴 것이나 마찬가지였습니다. 가만히 앉아 있는데 편지에 쓸 말이 저절로 나왔으니까요. 펜이 저절로 굴러갔습니다. 저는 총리에게 극적인 조치를 취하지 않으면 곧 폭발할 것이라고 경고했습니다. 그는 비웃으며 거절했지요. 그때가 1976년 5월이었는데, 2주 후에 소웨토 봉기가 일어났습니다. 저는 신의 지시를 받는 것이 어떤 의미인지 아는 척할 수 없지만, 그렇게 할 수밖에 없는 순간들이 있는 것 같습니다.

때로는 주님이 시키셨다고 말하는 것이 최고의 오만처럼 느껴집니다. 하지만 그런 적이 한두 번 더 있었습니다. 저는 이곳 케이프타운의 상황이 험악해져서 인종차별적인 선거에 항의하던 사람들이 수없이 죽고 자기 집 마당에 서 있던 아이들까지 총에 맞았다는 소식을 듣고 교회에 쓰러져서 울었습니다. 음, 아시겠지만 예레미야는…

와크텔 저도 예레미야를 생각하고 있었어요.

투투 그때 그 말이 들리는 것 같았습니다. 하늘에서 내려오는 목소리가 아니라 그냥 이렇게만 말했습니다. "너는 행진을 해야 한다." 그래서 제가 사람들에게 말했지요. "행진을 할 겁니다." 저는 아무런 조직도 없었으니 이 말은 정말 오만하게 들렸겠지요. 어떤 사람들은 이렇게 말했습니다. "하지만 아직 의논도 하지 않았고, 또…" 그래서 제가 말했지요. "그래도 괜찮습니다! 그렇게 해야만 합니다. 우리는 모월 모일에 행진을 할 겁니다." 그렇게 해서 1989년 9월에 행진을 했고, 케이프타운 주민 대부분이 밖으로 나와서 당시 벌어지고 있던 폭력사태에 항의했습니다. 말씀드린 것처럼 저는 진짜 지도자가 아니라 임시 지도자였습니다. 목덜미를 붙잡혀 끌려가듯이 그렇게 할 수밖에 없었습니다.

와크텔 수많은 충돌을 겪고 투쟁을 했지만 사실 성격상 충돌과 투쟁을 못 참는다는 말이 무척 흥미로웠습니다. "사랑받고 싶다는 크나큰 약점"이 있다고 말씀하셨지요. 그 약점이 당신의 행동에 어떤 영향을 미쳤습니까?

투투 충돌을 피하고 싶을 때도 많았고 맞서 일어나야 할 때 주저한 적도 많았습니다. 저는 사랑받지 못하는 것을 견디지 못합니다. 투쟁의 시기에, 이 나라의 수많은 백인이 저를 가장 기분 나쁜 괴물이라고 생각하던 때에 제가 져야만 했던 크나큰 부담 중 하나였습니다. 제가 비행기를 탈 때마다 분위기가 정말 나빠졌습니다, 너무 무거웠지요. 시선으로 사람을 죽일 수 있다면 저는 몇 번이고 죽었을 겁니다. 정말 끔찍했죠.

저는 지금까지 살면서 거절해야 할 때 거절하지 못한 적이 몇 번 있습니다. 그러면 충돌을 피할 수 있다고, 혹은 비위를 맞출 수 있다고 생각했으니까요. 그러니 저는 그런 일이 기질적으로 맞지 않았고, 예레미야가 떠올랐습니다. "주님, 저는 이 사람들을 사랑하고 이들에게 위안이 되는 좋은 말을 하고 싶습니다. 저는 이 나라를 사랑합니다. 그러나 당신께서는 이제 끝이라고 말하라 하십니다. 주님, 제가 입을 다물면 당신의 말이 짐이 될 것입니다. 그것은 제 가슴 속의 불입니다." 제가 늘 벌떡 일어서서 "그야 쉽지요"라고 말하며 기뻐했다고 생각하는 사람들도 있었을 겁니다. 그런 행동이 제 기질과 정반대라는 사실을 그런 사람들이 이해하면 좋겠습니다. 지금까지도 제 말을 믿지 않는 사람들이 많습니다. 물론 이제 쇼핑몰에 걸어 들어가면 백인들이 몰려와서 "건강은 어떠세요?"라고 물으니 참 이상하지요. 예전이었다면 암이 저를 확실히 끝장내 버리기를 바랐을 사람들이 지금은 진심으로 걱정해 줍니다. 정말 뜻밖의 곳에서 응원의 메시지와 기도하겠다는 약속과 카드와 선물을 받으니 정말 어리둥절합니다. 제 명성이 어떻게 된 걸까 싶지요. 유머 감각이 뛰어난 남아프리카인이 그런 말을 했습니다. "적을 사랑하라, 그러면 그의 명성을 망칠 것이다."

와크텔 투쟁을 하는 동안 당신의 신앙은 분명 시련을 겪었을 것입니다. 의심이 들었습니까? 하느님과 대화를 할 때 아파르트헤이트의 끔찍함과 하느님의 선함을 어떻게 조화시킬 수 있었습니까?

투투 하느님의 선하심을 의심했던 것 같지는 않습니다. 제가 궁금했던 것은 선이 왜 한쪽으로 편향된 것처럼 보이는가였습니다. 왜 고통은 특히 흑인을 찾는 것 같았을까요? 우리는 하느님의 선하심이나 전능하심을 결코 의심하지 않았습니다. 그저 궁금했을 뿐입니다. 주님 도대체 당신은 누구의 편입니까? 라고 말입니다. 사실 성경이 짐으로 느껴진 것은 하느님이 악명 높을 정도로 억압받는 자의 편이기 때문이었습니다. 우리에게는 교회의 교리가 다른 방식으로 생생하게 다가왔습니다. 성경은 대부분 고통 받는 자들을 염두에 두고 쓰였기 때문에 무척 생생합니다. 억압 받는 사람들, 힘든 시기를 보내는 사람들 말입니다. 그래서 권력을 가진 사람들은 화가 났지요. 결국 그들이 성공할 방법은 없으니까요.

우리는 또 다른 사람들에게 얼마나 큰 빚을 지고 있는지 깨달았습니다. 국제 사회에, 우리가 속한 이 교회에, 전 세계의 모든 기독교에 말입니다. 베드로가 주님께 가서 했던 말을 기억하십니까? "주님을 따르려고 모든 것을 버린 우리는요? 우리는 무엇을 갖게 됩니까?" 그러자 주님께서 약속하셨지요. "너희는 헤아릴 수 없을 만큼 많은 형제자매를 갖게 될 것이다." 그 말이 우리에게 이루어졌습니다. 죽기 전에 절대 만날 일이 없는 수많은 형제자매들이 우리를 위해서 기도하고 있음을 알게 되었지요. 제가 즐겨 이야기하는 일화가 있습니다. 언젠가 뉴욕에서 어떤 수녀님을 만났을 때 제가 말했습니다. "당신 이야기를 해주시겠습니까?" 그러자 수녀님이 말했지요. "저는 캘리포니아의 숲에 살아요." 당시 그 수녀님은 숲 속에서 살고 있었습니다. "제 하루는 새벽 두 시에 시작하지요. 아세요, 투투 주교님? 저는 주교님을 위해서 기도한답니다." 저는 속으로 생각했지요. "아, 여기 나를 위해서 누군가 캘리포니아의 숲에서 새벽 두 시에 기도를 드리다니. 남아프리카 정부, 아파르트헤이트 정부가 얼마나 더 버티겠어?" 물론 남아프리카 정부는 지옥불에 떨어진 눈덩이처럼 오래 버티지 못했지요.

믿을 수 없을 정도로 많은 사람들이 우리에게 사랑과 기도를 보내 주었습니다. 물론 반아파르트헤이트 운동은 세계적인 운동이었고, 절대 우리들만의 노력으로 성공했다고 주장할 수 없습니다. 국제 사회의 지원이 없었다면 우리는 1루에 나가지도 못했을 테고, 우리가 지고 있는 감사의 빚은 절대 갚을 수 없을 것입니다. 사람들은 남아프리카에서 일어난 기적을 보며 놀랍니다. 모두가 예상하던, 혹은 두려워하던 유혈사태 대신 비교적 평화로운 변화가 일어났고, 흑인이 나라를 통치하게 되자 미친 듯이 복수를 하는 대신 진실과 화해 위원회를 세웠으니까요. 우리가 정말 기도의 힘을 믿는다면 남아프리카에서 그런 기적이 일어났다고 해서 놀랄 이유가 어디 있습니까? 남아프리카 공화국은 아마 세계에서 가장 많은 기도를 받았을 겁니다. 우리처럼 일정한 기간에 그토록 집중적으로 기도를 받은 나라는 없을 겁니다. 그리고 오늘날 반아파르트헤이트 운동처럼 사람들이 자주 생각하며 헌신하는 운동은 없을 것입니다. 저는 모두에게 말하고 싶습니다. "우리는 여러분에게 큰 빚을 지고 있습니다. 지금까지 우리에게 주신 사랑과 기도와 응원에 정말로, 정말로 감사를 드립니다. 저는 기도의 효과를 정말 굳게 믿습니다. 기도가 통한다는 증거를 원하십니까? 자, 여기 우리가 있습니다. 우리는 이제 민주주의 국가가 되었습니다."

와크텔 당신은 정말 많은 일을 겪고, 많은 일을 했습니다. 가장 자랑스러운 업적이나 순간을 하나만 고른다면 무엇일까요?

투투 겸손한 척하는 것은 아니지만, 무엇을 개인적인 업적이라고 말씀하시는지 모르겠군요. 저는 운이 좋아서 다른 지도자들이 자리를 비운 중대한 시기에 그 자리에 있었고, 그래서 초점이 되었습니다. 가장 놀라운 순간은 넬슨 만델라가 감옥에서 걸어 나올 때였습니다. 정말 엄청난 일이었지요, 믿을 수가 없었어요! 하지만 가장 짜릿했던 것은 만델라의 취임이었지요. 저는 이슬람교, 유대교, 힌두교 지도자 세 명과 함께 연단에 서 있었는데, 기도를 드려야 한다고 했습니다. 비행기들이 곧 이륙하기 때문에 시간 맞춰 끝내야 한다더군요. 제트기한테 투투 대주교가 아직 기도를 드리고 있으니 속력을 늦추라고 할 수는 없지요! 저는 연단에서 북쪽을 보며 서 있었습니다. 이제 기도를 드리려던 참이었는데, 무엇 때문인지 모르겠지만 제가 뒤로 돌았습니다. 그랬더니 프리토리아 유니언 빌딩의 원형 극장 위로 제트기와 헬리콥터 여러 대가 보였습니다. 정말 놀랐지요! 저는 울음을 터뜨렸지만 믿을 수 없을 정도로 큰 기쁨과 즐거움의 눈물이었습니다. 비행기들이 새로 만든 국기와 같은 색 연기를 내뿜으면서 우리를 향해 날아왔습니다. 마치 누가 스위치를 켠 것 같았고, 바로 그 순간 모든 사람들, 특히 흑인들의 입에서 탄성이 흘러나왔습니다. 이렇게 말하는 것 같았습니다. 그 오랜 시간 동안 저희를 탄압하는 데 사용되었던 것들이 전부 우리의 것이라고 말입니다. 우리 모두에게 동시에 찾아온 깨달음이었습니다. 정말 신비로운 경험이었지요. 그로써 과거의 모든 일이 정리되는 기분이었습니다.

와크텔 어떤 사람들은 무지개 연합이 쇠퇴하기 시작했고 백인들은 특권적인 지위와 경제적 권력을 그대로 가지고 있다고, 만델라의 정신이 사라지고 덜 관대한 분위기가 형성되었다고 말합니다. 기운이 꺾인 적이 있습니까?

투투 저는 가끔 조금만 더 빨리 진행하면 좋겠다고 생각하지만, 우리가 남아프리카공화국에 너무 비현실적인 기대를 거는지도 모르겠습니다. 독일을, 동독과 서독을 보세요. 그들은 한 민족입니다. 같은 언어를 쓰고, 1945년 분단 전까지는 대략 같은 역사를 가지고 있었지요. 하지만 오늘날의 독일은 한 나라 안의 두 국가입니다. 하나의 언어를 쓰고 하나의 고국을, 같은 피부색을 가진 사람들을 융합시키기 위해 할 수 있는 일을 다 했는데도요. 그런데 우리는 공식 언어만 해도 열한 개나 되지요! 수백 년에 걸친 끔찍한 역사가 존재하는데 십 년도 안 돼서 제각각 다른 부분들을 하나의 일관된 전체로 융합시킬 수 있다고 생각하는 겁니다. 사실 우리가 지금 이만큼 안정적이라는 사실이 오히려 놀랍습니다.

　문제가 없는 척한다면 완벽한 거짓일 겁니다. 우리에게는 어마어마한 문제들이 있어요! 제2차 세계대전이 끝난 후 강대국들은 유럽이 자기 발로 일어서는 걸 돕기 위해서 마셜 플랜을 만들었고, 우리도 비슷한 프로그램으로 도움을 받을 수 있습니다. 남아프리카 공화국, 아프리카 남부는 아파르트헤이트 때문에 황폐해졌습니다. 이제 남아프리카에서 민주주의가 성공을 거두는 것이 정말 중요합니다. 다양한 차이——주로 백인과 흑인, 가진 자와 못 가진 자의 차이——가, 부자와 가난한 사람들의 격차가 사라지지 않으면 민주주의는 성공하지 못할 겁니다. 격차가 빨리, 극적으로 줄어들지 않으면 우리는 화해와 작별해야 할 겁니다. 저는 7년이 지난 지금까지도 헛간이나 오두막집에 살고 있는 사람들이 아직 길길이 날뛰지 않는 것이 경이롭다고 생각합니다. 깨끗한 물, 전기, 포장도로, 괜찮은 집, 학교, 진료소가 민주주의와 자유 덕분에 생긴다는 사실을 깨닫는 것이 중요합니다. 우리가 무지개 국가라고 말한 것은 목표를 전부 이루었다는 뜻이 아니었습니다. 우리는 과정 중에 있어요. 아직 목표에 도달하지 못했습니다. 가는 중입니다. 아파르트헤이트 극복에 힘을 모아 주었던 당신들은 전부 이 세상을 위해서, 우리가 될 수 있는 모든 것이 되도록 돕기 위해서 그렇게 한 것이지요.

2001년 5월

수전 손택
Susan Sontag

저는 작가가 단순한 직업이 아니라
이 세상에 존재하는 방식,
삶을 살아가는 방식이라고 생각합니다.

수전 손택

나는 대학생 때 수전 손택의 첫 에세이집 『해석에 반대한다』를 읽은 이후 35년 동안 그녀를 존경했다. 여기 시몬느 베이유의 도덕 철학부터 "캠프"라는 대중 현상에 대한 획기적인 생각에 이르기까지 풍부한 상상력으로 모든 것을 연관시키는 작가가 있다. 지성인이지만 학자는 아니다. 손택은 예술을 좋아했고 열정에 대해서, 열정이 우리 삶에 영향을 끼치는 방식에 대해서 썼다.

나는 수전 손택이 사진에 대해서, 파시즘에 대해서, 암에 대해서 —『은유로서의 질병』과 『에이즈와 그 은유』에 등장하는 암의 "이미지"에 대해서 — 뛰어난 책을 쓸 때마다 그 책을 읽으며 감탄했다. 손택은 자신의 영웅들에 대한 글도 썼는데, 대부분 발터 벤야민과 롤랑 바르트, 엘리아스 카네티와 같은 유럽 사상가나 장 뤽 고다르, 잉마르 베리만, 한스 위르겐 지버베르그 같은 영화감독이었다. 그녀는 이러한 에세이뿐만 아니라 장편 소설, 각본, 단편 소설도 썼는데, 특히 에세이에 대부분의 에너지를 쏟았다. 에세이 한 편을 6개월이나 9개월에 걸쳐 쓰면서 열 번, 열다섯 번씩 손보는 것은 드문 일이 아니었다. 소설은 더 쉽고, 최근에는 소설에 엄청난 열정을 느끼고 있다.

멕시코 작가 카를로스 푸엔테스는 손택을 위대한 르네상스 인문주의자 에라스무스에 비견하며 이렇게 말한다. "에라스무스는 알 가치가 있는 모든 지식이 담긴 서른두 권의 책을 가지고 여행을 다녔다. 그러나 수전 손택은 모든 것을 머릿속에 가지고 다닌다! 그토록 명석한 머리로 연관을 짓고 설명을 하는 다른 지식인을 나는 알지 못한다. 그녀는 유일무이하다."

수전 손택은 1933년에 뉴욕에서 태어났다. 그녀는 애리조나와 캘리포니아에서 자랐지만 작가로 활동하는 동안 대부분 뉴욕에서——그리고 유럽에서——살았다. 내가 손택과 처음 대화를 나눈 것은 그녀가 18세기 나폴리 배경의 야심찬 소설 『화산의 연인』(1992)을 발표했을 때였다. 이 책은 일종의 역사 소설인데, 아주 유명한 삼각관계가 등장한다. 바로 나폴리의 영국 외교관 윌리엄 해밀턴 경과 아름답기로 이름난 그의 아내 에마, 그리고 해군 영웅 넬슨 경의 삼각관계이다. 이 소설은 수집 행위의 본질이나 여성의 역할, 역사에 대한 생각과 고찰이 가득하지만 무엇보다도 특정한 시대와 장소를 생생하게 그려낸다.

최근에 손택은 유토피아적 공동체를 세우기 위해서 미국으로 이민 온 폴란드 여배우에게 영감을 받아 19세기 미국으로 관심을 돌렸다. 그렇게 해서 탄생한 소설 『인 아메리카』는 내셔널 북 어워드를 받았다. 일 년 후, 손택은 또 다른 에세이집 『강조해야 할 것』을 발표했다. 손택과의 대화는 놀라운 경험이었다. 그녀는 뛰어난 사상가이고 존재감이 강력한 사람이었지만 동시에 무척 친근하고 친밀하고 격식을 따지지 않으며 적극적이었다. 손택은 오페라, 정치, 책, 레스토랑, 무엇에 대해서 이야기하든 뛰어난 취향과 열정, 삶을 한껏 받아들이는 자세를 보여 주었다.

∞

와크텔 가장 최근에 발표한 소설 『인 아메리카』에 젊고 야심만만한 작가가 등장하는데, 그는 주의 깊은 성격을, 다른 사람들과 다르다는 느낌을 활용할 더 좋은 방법을 상상할 수 없기 때문에 작가가 되었다고 묘사됩니다. 당신 역시 그렇다고 말할 수 있을까요?

손택 네. 저는 작가가 단순한 직업이 아니라 이 세상에 존재하는 방식, 삶을 살아가는 방식이라고 생각하는 것 같습니다. 참 한정적인 생각이지만──약간 우습죠──제가 글쓰기를 생각하는 한 가지 방식을 설명하는 것 같아요. 저는 소설 속 인물을 만들 때 제 자신의 정체성이나 제가 상상하는 정체성의 여러 면들을 시험해 보는 편입니다. 방금 말씀하신 부분을 쓸 당시 저는 그 말을 믿었어요. 물론 항상 그 다음에는 다른 것을, 전혀 다른 생각을 하지만요. 그게 바로 소설을 쓸 때 아주 좋은 점입니다. 다른 인물의 생각이나 개념, 인식을 이용해서 나 자신의 말에 반박할 수 있거든요.

와크텔 저는 그 인물이 아주 지적으로 묘사되는 것이, 자신의 지성이 장애가 될 수도 있다고 말하는 것이 좋았습니다. 정말 그럴까 싶더군요. 뛰어난 작가가 되려면 사람을 믿어야 하는데, 그것은 곧 기대를 끊임없이 조정해야 한다는 뜻이니까요.

손택 우리는 반지성적인 클리셰가 판을 치는 시대에 살고 있습니다. 가장 흔한 것은 지성을 깎아내리는 거죠. 예를 들자면, 건강해지는 법을 가르쳐 주는 온갖 운동이 스트레스를 주는 경우가 많습니다. 생각하지 마세요, 숨만 쉬세요, 당신의 내면의 무언가——내면의 피해자, 내면의 아이, 내면의 순진한 자신——와 만나세요, 라고 말하지요. 사고하는 두뇌가 자연스러움이나 건강의 적이라도 되는 것처럼 말입니다. 저는 아주, 아주 한정적인 의미에서 물론 그 말이 맞다고도 생각해요. 다른 사람을 너무 의식하면서 머뭇거릴 수도 있으니까요. 옛날에는 그런 심리를 햄릿에 비교했습니다. 햄릿은 생각이 너무 많은 사람이었지요. 『햄릿』에 "창백한 생각으로 병들어 버린다"라는 대사가 나옵니다. 생각하는 것, 지적인 것이 장애라는 생각은 아주 오래 전부터 있었습니다. 물론 지금도 많은 사람들이 지성을 깎아내리고 있지요. 저는 지성이 장애라고 전혀 생각하지 않습니다. 크나큰 힘의 원천이라고 생각해요. 우선, 지성은 느끼는 방식입니다. 온갖 감정을 느끼게 해주죠. 그리고 진정한 힘을 줍니다. 예를 들어 저는 지난 25년 동안 심각한 병에 두 번 걸렸는데, 두 번 다 암이었습니다. 그런데 최근에 또 전혀 다른 암에 걸렸지요. 저는 수술을 하고 치료를 받았어요. 제가 질병에 대해서나 다른 환자들에 대해서, 또 질병에 대한 여러 가지 사상에 대해서 생각하거나, 의학 책을 읽거나, 의사들과 상의할 수 있다는 사실은 힘의 원천입니다. 제가 베개 밑에 머리를 묻고 "병원에서 나를 어떻게 하든 그냥 놔두자. 알고 싶지 않아, 너무 무서워"라고 말했다면 다른 적극적인 환자보다 더 약한 사람이 되었겠지요. 전혀 다른 영역입니다. 저는 무언가를 이해할 때마다 더 강력한 위치를 차지하게 된다고 생각합니다. 반드시 진실이 우리를 자유롭게 한다는 뜻은 아니에요. 그 정도는 아니죠. 하지만 제 생각에 진실을 알면 내가 어디에 있는지, 내 상황이 어떤지, 대안은 무엇이 있는지 이해할 수 있는 힘이 생깁니다. 우선, 그러면 다른 사람들과 더 자주 연락을 취할 수 있습니다. 『인 아메리카』에서 저는 작가를 둘러싼 클리셰를 언급합니다. 작가라면 감정으로 글을 써야 하고 즉흥적이어야 한다는 생각 말이죠. 글쓰기는 의식의 모든 측면을 재현하는 과정입니다. 즉흥적이어야 하지만 또 아주 신중해야 합니다. 많은 작가들이 초고를 즉흥적으로 쓴 다음 신중하게 수정하면서 이 문제를 해결하지요. 저는 퇴고를 정말 많이 하는 사람입니다. 초고로 충분하다는 생각은 절대 하지 않아요. 초고는 사다리의 첫 단일 뿐이죠. 글쓰기라는 것이 하나의 과정인 것도 아닙니다. 글쓰기는 열렬해지는 한 가지 방법, 외부와 연결되는 한 가지 방법입니다. 자신을 세상을 들여다보는 렌즈라고 생각하는 수밖에 없지요. 저는 현실과 연결되어 자신에게만 너무 집중하지 않는 것이 좋다고 생각합니다. 우리 문화에서는 제가 지금까지 이야기한 반지성주의가 있을 뿐 아니라 무척 심한 허영심이나 자만심이 용인되고 있습니다. 이제는 다들 자기 자신, 스스로를 위해 할 수 있는 것, 스스로를 위해 얻을 수 있는 것, 스스로가 세상을 보는 방식에만 관심을 갖는 것이 아주 정상적이라고 생각하지요. 하지만 그러면 바깥의 99%와는 단절되고 맙니다.

와크텔 심한 나르시시즘이 용인되는 원인이 무엇이라고 생각합니까?

손택 잘 모르겠습니다. 원인일 뿐 아니라 증상이기도 하다는 관점에서 생각할 수밖에 없어요. 정말 규모가 크고 복잡한 현상입니다. 그 중에서 원인이 되는 부분을 어떻게 파악할 수 있는지 모르겠어요. 어쩌면 경제의 특정한 작동 방식을 장려하는 것과 관련이 있을지도 모르지요. 우리는 항상 무언가를 구매하도록 부추김을 받는데, 꼭 필요하지도 않은 물건——새로운 모델이나 이미 있는 물건의 대체품——을 항상 구매하려면 자신에게 푹 빠져야 하는지도 모릅니다. 그것이 소비 자본주의에 적합한 인물 유형일지도 몰라요. 쇼핑의 시대니까요.

와크텔 구매를 부추긴다는 관점에서 생각해 보았는데, 50년대에는 값비싼 가전제품을 사라고 부추겼지만 가족 모두를 위한 것이었으니 소비자 그룹이 지금보다 약간은 더 컸지요. 하지만 지금은 자기 몸을 완벽하게 만들고, 그 몸에 이것저것 덧붙이고, 그런 다음….

손택 저는 50년대에 십대를 졸업하고 성인이 되었지만 그 시절의 기억이 아주 흐릿합니다. 가정생활과 집을 둘러싼 열풍만 기억나요. 둥지를 만들고 꾸미라고 부추겼지만, 흐릿한 기억에 따르면——저는 구매자도 소비자도 아니었어요, 그러기엔 너무 가난하고 주변적이었지요——평생 쓸 물건을 산다는 인식이 있었습니다. 예를 들어 냉장고를 살 때 2년 뒤면 아주 세련된 이탈리아산 냉장고가 새로 나와서 낡은 냉장고를 바꾸고 싶어질 거라고 생각하지는 않았지요.

어디에서 비롯되었는지는 모르겠지만, 자만심과 자기중심주의를 부추기는 우리 문화의 현상은 정말 흥미롭습니다. 반드시 사람들이 예전보다 나빠졌다고 생각하지는 않지만, 요즘 사람들이 예의바르게 행동해야 하는 이유를 잘 이해하지 못하는 것만은 확실합니다. 임의적이고 변덕스럽게 결정을 내리는 것 같아요. 사람들이 자기 삶에 원칙이 있다고 인정하게 만들기는 무척 어려운 일입니다. 원칙에 따라 행동하는 것은 괴상하고 숨 막히는 옛날 사고방식처럼 느껴지지요. 예전에는 원칙적으로 이것, 또는 저것을 해야 한다고 굳게 믿었기 때문에 그렇게 행동했습니다. 예전과 같은 도덕적 어휘가 붕괴한 셈이군요.

와크텔 처음 암을 진단받고 극복할 때 지성이 도움이 되었다는 말에 대해서 생각해 보았습니다.『은유로서의 질병』을 쓴 것도 암을 극복하는 방법 중 하나였는데, 당신은 그 책에서 자기 이야기를 쓴 것이 아니라 질병을 표현하는 언어를 분석했습니다. 이번에 재발했을 때는 그런 책을 쓰지 않았는데, 어떻게 극복했습니까?

손택 책을 써야 한다고 생각했지만, 저는 자꾸 제 자신의 생각에 반박하거든요. 저의 근본적인 기질이지요. 지금 뭔가를 쓴다면 아마 무척 자전적이고 개인적인 이야기가 될 겁니다. 90년대의 암 환자와 70년대 말의 암 환자가 너무 달라서 참 놀랍지만요. 70년대 말에 처음 암에 걸렸을 때 수술을 받고 항암 화학요법으로 치료를 했는데, 뉴욕의 대형 암 전문 병원에 다니다가 파리로 옮겼습니다. 제가 병원에서 만난 환자들, 커다란 화학요법실에 같이 앉아 있던 환자들은 자신들이 받는 치료에 대해서 아무것도 몰랐지요. 우리는 지옥의 미용실——항암제를 정맥에 주사할 때 의자가 뒤로 약간 기울어지거든요——에 앉아 있는 사람들처럼 의자에 앉아서 구토가 나오지 않을 때는 잡담을 나누었습니다. 제가 "무슨 약을 투여 받으세요?"라고 물어보면 사람들은 "화학요법이요"라고 대답했죠. 그러면 저는 "네, 그런데 무슨 약물인데요?"라고 물었어요. 저는 투여 받는 약 이름을 알았으니까요.

와크텔 당신은 아주 강력한 치료를 받았습니다. 사실 처음 진단 받았을 때는 살날이 얼마 남지 않았다는 말을 들었지요.

손택 네, 이미 4기였고 살아날 가망이 전혀 없었어요. 예후는 그랬습니다. 아무튼, 사람들은 자기가 먹는 약 이름을 몰랐어요. 치료에 대한 이야기를 나눌 수가 없었습니다. 이야기하고 싶지 않은 것 같았어요. 그리고 암이 추잡한 질병이라는 말도 안 되는 클리셰에 사로잡혀 있었지요. '암'이라는 단어를 입 밖에 낼 수도 없었습니다. "대문자 C"라거나 "그것"이라거나 "알잖아요"라고 말했어요. 물론 사람들은 암으로 죽었습니다. 1970년대 부고를 보면 "긴 투병 생활 후 세상을 떠났다"라고 적혀 있어요. 부고에서조차 암이라는 단어를 쓰지 않을 때가 많았지요.

아무튼, 20년 정도 뒤에 저는 다시 암에 걸렸습니다. 기존의 암이 진행되거나 한 것이 아니라 전혀 다른 암이었어요. 우연히 일찍 발견해서 4기는 아니었지만 치명적인 자궁암이었습니다. 제가 다른 대형 암 전문 병원의 화학요법실에서 같이 치료받던 환자들에게 "무슨 약을 투여 받으세요?"라고 물었더니 이번에는 다들 알고 있더군요. 의사나 변호사, 교수도 아니고 평범한 사람들인데 다들 자기 약 이름을 알고 있었습니다. 어떻게 알았을까요? 인터넷을 보고 아는 거죠. 이제 정보를 얻는 기술이 더 좋아졌어요. 이는 컴퓨터를 통해서 탄생한 정보 문화와 큰 상관관계가 있습니다. 예전이었다면 대도시의 커다란 서점에 가서 의학 코너가 어딘지 물어볼 생각도 하지 않았을 사람들이 지금은 온라인으로 "온코넷^{OncoNet}"이나 "미국 암 협회"를 검색하는 것을 아무렇지도 않게 여기지요.

이제 각종 암 정보 사이트에 방대한 정보가 올라와 있고 전 세계의 전문가들과 연락을 취할 수도 있습니다. 스톡홀름의 카롤린스카 병원에서, 또는 도쿄의 어느 병원에서 당신이 앓고 있는 희귀 암 연구가 진행 중이라는 정보도 얻을 수 있지요.

여러 의사들의 전화번호와 팩스 번호, 이메일 주소가 쭉 나오고, 의사들이 정말 대답을 해줍니다. 의학 저널에 실린 보고서의 요약판도 있어요. 아주 많은 정보를 얻을 수 있지요. 그렇기 때문에 이제는 암 병원에 앉아서 다른 환자들과 대화를 나눠 보면 사람들이 컴퓨터로 인쇄한 종이를 꺼내서 정보를 교환하고 어디에 가면 새로운 약물 프로토콜 정보를 더 많이 얻을 수 있는지 조언을 주고받습니다. 정말 대단하지요! 참 이상한 일인데, 우리는 아직 반지성적인 클리셰가 부유하는 세상에서 살고 있지만 컴퓨터 덕분에 유용한 정보에 대한 접근권이 민주화되었고 알면 더 강해진다는 생각이, 자신의 이익을 잘 대변할 수 있다는 생각이 강해졌습니다.

와크텔 지금 글을 쓴다면 더욱 자전적인 내용이 될 거라고 말씀하셨는데요.

손택 네. 아시겠지만 저는 질병에 관한 책을 두 권 썼는데, 20년 전에 첫 번째 책을 쓸 때는 다른 사람들에게 유용해야 한다는 생각이 제일 컸습니다. 우선, 저는 살날이 얼마 남지 않았다는 선고를 받았기 때문에 그것이 제 마지막 글이라고 생각했어요. 암 환자는 왜 암에 걸렸다는 이유만으로 심리적인 벌을 받는가, 라는 분노에 찬 의식과 아이디어로 가득했지요. 또 다른 일화가 있어요. 저는 처음 암에 걸렸던 70년대에 슬로언-케터링 기념 암 센터에서 청구서를 받았는데, 봉투에 주소만 적혀 있더군요. 그래서 의사에게 물었어요. "청구서에 반송 주소만 적혀 있는 이유가—제가 우편으로 포르노 관련 물품을 받기라도 하는 것처럼 말이에요—제가 생각하는 그 이유가 맞습니까?" 의사가 말했지요. "네, 물론입니다. 가족이나 이웃, 직장 동료들은 환자가 암에 걸렸다는 사실을 모르는 경우가 가끔 있기 때문에, 사생활을 침해하지 않도록 병원에서 보내는 우편물에 병원 이름을 넣지 않습니다." 이제는 안 그래요. 적어도 북아메리카에서는 암에 따라 붙는 꼬리표가 많이 사라졌으니까요. 하지만 당시 저는 사람들에게 유용한 글을 쓰고 싶었고, 실제로도 유용했습니다. 지금도 유용하지요. 거의 20년이 지났지만 단 일주일도 그 책 이야기를 듣지 않고 지나가는 법이 없어요. 길거리에서 누가 불러 세워서 "어머니가 암 투병 중이셨는데, 저에게 정말 도움이 많이 됐어요"라든지 "남동생에게 그 책을 줬습니다"라고 말하죠. 의대와 간호대에서도 그 책을 쓴 다고 들었습니다. 암을 둘러싼 생각과 신화, 신비화에 대해서 이야기해야겠다는 제 생각이 개인적인 이야기보다 훨씬 유용 했던 셈이죠. 나는 어쩌다가 암을 발견했나, 얼마나 울면서 겁 에 질렸었나, 얼마나 끔찍한 치료를 받고 살아남았나, 그런 이 야기보다 말입니다. 저는 개인적인 이야기를 쓰고 싶지 않았 어요. 뭔가 유용한 것을 쓰고 싶었지요. 제 이야기는 너무 사소 하게 느껴졌고, 사람들이 매달릴 수 있는 생각, 암이라는 질병 에 걸렸다는 사실 때문에 겁에 질리지 않도록 스스로를 지키 는 데 도움이 되는 생각을 제공하는 것이 더 중요하다고 생각 했습니다. 그 책에서 저 자신은 뒤로 물러났습니다. 암은 끔찍 하지만 다른 질병과 다를 게 없어요. 암에 덧붙어야 하는 특별 한 수치나 낙인, 추문 같은 것은 없습니다.

지금 뭔가를 쓴다면 — 물론 쓰고 싶다는 충동이 생겨 요—에세이를 쓸 생각입니다. 에세이에는 윤리적인 목적이 있으니까요. 하지만 자전적인 이야기는 조금 부끄럽습니다.

와크텔 그때 죽음에 대한 감각, 또는 죽음을 보는 시선이 바뀌었 습니까? 그래서 재발했다는 이야기를 들었을 때 반응이 달라 졌나요?

손택 1998년 여름에 제가 또 다른 암에 걸렸다는 진단을 받았 을 때, 제일 먼저 떠오른 생각은 '이런, 『인 아메리카』를 못 끝내겠군'이었습니다. 3~40페이지 정도 남아 있었지요. 그때가 7월이었는데, 9월 초에 원고를 넘기기로 했거든요. 당장 입원해서 수술을 받고 화학요법을 시작해야 했기 때문에 책을 끝내지 못하겠다고 생각했어요. 그래서 울었지요. 누가 그런 말을 했습니다. 태양을 오래 바라볼 수 없듯이 자신의 죽음도 바라볼 수 없다고요. 하지만 곧 죽는다는 말을 들으면 자신의 죽음을 바라봐야만 합니다. 저는 오래 전에 살날이 6개월밖에 남지 않았다는 이야기를 들었습니다. 그런 소식을 들으면 마음속에서 뭔가가 죽는 느낌이 들어요. 저의 일부는 그 말을 받아들이지요. 물론 그 일부는 완전히 상심합니다. 그때 저는 40대 초반이었습니다. 사랑하는 아들이 있었고, 아들에게 그런 슬픔을 주고 싶지 않았어요. 저 역시 살아 있는 것이 좋았지요. 저는 진실을 사랑하는 사람이기 때문에 어떤 면에서는 있는 그대로 받아들였지만, 그래도 전부 걸어 보자고, 최대한 급진적인 치료를 받아 보자고 결심했습니다. 그게 효과가 있었죠. 내가 곧 죽는다는 사실을 받아들였는데 그 죽음이 유예되고 나면 예전처럼 죽음을 순진하게 생각할 수 없습니다. 혹은, 약간 신파적으로 말하자면 그때부터의 삶은 사후의 삶 같은 면이 있습니다. 나 자신이 내 삶의 유복자 같은 느낌이죠.

물론 이제 나이를 더 먹었으니 "삶을 누렸다"고 할 수 있습니다. 백 살까지 살면서 세상이 얼마나 끔찍하게 변하는지 보고 싶은 마음도 있지만요. 하지만 갑옷을 두른 느낌입니다. 저는 삶에 대한 욕망으로 가득하고, 살아 있어서 정말 감사해요. 하루는 결코 길지 않고, 저는 여러 가지를 보고 경험하고 싶은 엄청난 에너지와 욕망을 느낍니다. 절대로 노인처럼 살고 있지 않아요. 하지만 이번에 암을 진단받았을 때는 충격이 덜했습니다. 내가 죽는다는 현실을 처음 맞닥뜨렸을 때 같은 충격은 두 번 다시 없는 것 같아요. 저는 그 충격을 제 사고방식에 통합시켰습니다. 전 사람들과 잘 어울려요. 무척 감정적이고, 친구를 쉽게 사귀고, 여러 사람과 연결되어 있다고 느낍니다. 하지만 20년 전에 시작된 병 때문에 사람들과의 연결 관계가 더욱 깊어졌고, 그 덕분에 타인의 욕구에 더욱 주의하고, 공감하고, 예민해졌다고 생각합니다. 질병이 모두에게 그런 결과를 가져오는 것은 아닙니다. 병 때문에 자기 삶을 갖고 싶은 마음이 더욱 간절해지고 타인에게 신경 쓰지 않게 될 수도 있겠지요. 하지만 저는 타인과 타인의 고통에 더욱 열린 마음을 갖게 되고—닫혀 있었다는 뜻은 아니에요—가능하면 더욱 개입하게 된 것 같습니다. 저는 사람들과 연결되기 위해서, 대부분의 사람들이 지고 있는 어마어마한 짐과 고통을 줄이기 위해서 할 수 있는 일은 무엇이든 합니다.

와크텔 아직 살아 있다는 사실이 가끔 놀랍습니까?

손택 살아 있다는 것에 무척 감사해요. 첫 번째 암은 전이형 유방암이었습니다. 저는 당시로서는 평범하지 않은 경험을 했고, 그로 인해 많은 사람들과 가까워지고 제 자신도 더 깊어지고 강해졌어요. 근치유방절제술은 정말 정말 고통스럽지만 누구나 겪을 수 있습니다. 세월이 한참 흘렀지만 아직도 아파요. 아무도 부인할 수 없죠. 하지만 그 병에서 좋은 것을 얻었으니 멋진 경험이었습니다. 저는 유방절제술의 문제를 평생 안고 가야 할 뿐만 아니라 그러한 예후를 가진 모든 사람들이 그렇듯 완전히 회복하지 못했어요. 매일 아침 감사하는 마음으로 일어납니다. 저는 정말 살고 싶었고, 아직 살날이 많이 남아 있기에 감사합니다. 하지만 죽음과 타협하고 내가 죽는다는 사실을 비교적 이른 나이에 받아들이면 절대 잊을 수 없는 지식이 되지요.

와크텔 어린 시절에 대한 글을 보면 당신은 둥지 속의 뻐꾸기, 가족 내의 이방인이었던 것 같고, 어린 시절이 감옥이었던 것 같습니다. 세 살 때부터 도덕적 의식, 혹은 도덕에 관심이 있었다고 쓰신 적이 있는데요. 왜 그랬을까요?

손택 저는 아이들이 어쩌다가 스스로 다르다고 생각하게 되는지, 또는 주변 환경과의 중요한 관계를 어떻게 형성하는지 모릅니다. 사람을 환경——문제나 방치, 학대, 유리한 위치, 특권——의 산물이라고 설명하는 건 너무 쉽지요. 깨달음은 항상 사후에 오는 것 같습니다. "그래, 나는 외로워서, 천식이 있어서, 방치되었기 때문에 어렸을 때 책을 많이 읽었어"라고 말하는 건 쉽죠. 하지만 외롭거나 천식이 있거나 방치되었지만 책을 읽지 않는 사람도 많습니다. 저는 아주 어렸을 때, 세 살 즈음에 혼자서 글을 배웠습니다. 여섯 살에 학교에 들어갔을 때 저는 1학년에 배정되었고, 월요일에는 1A, 화요일에는 1B, 수요일에는 2A, 목요일에는 2B, 금요일에는 3A 과정에 들어갔습니다. 다음 주 월요일에는 아직도 3A라서 정말 깜짝 놀랐지요. 계속 올라갈 거라고 생각했거든요. 나중에 또 1년을 월반해서 열다섯 살에 고등학교를 졸업했습니다. 제가 잘 적응했었는지, 아니면 무척 어려웠는지 스스로에게 얼마나 많이 물어봤는지 몰라요. 제가 당연하게 여기면 안 된다고 생각하는 수많은 것들에 대해서 사람들은 이제야 의문을 제기하기 시작했습니다. 우선, 제가 스스로 잘 적응했는지 아닌지 말할 자격이 있을까요? 둘째, 잘 적응하는 것이 과연 좋은 걸까요? 셋째, 가장 중요한 문제인데, 잘 적응했다는 것이 무슨 뜻일까요? 학교에 오래 다니지 않아도 되었으니 확실히 저는 어린 시절 내내 다행이라고 생각했습니다. 열다섯 살이 아니라 열일곱 살, 열여덟 살까지 기다렸다가 고등학교를 졸업해야 한다고 생각해 보세요!

세 살부터 도덕에 관심을 갖게 된 이야기를 하자면, 저는 아주 어렸을 때부터 사람들이 불행하다는 것을, 저와 같은 특권을 누리거나 안락하게 지내지 못한다는 사실을 알았습니다. 제가 크게 특권적인 어린 시절을 보낸 것은 아니지만, 그래도 굶거나 동냥 그릇을 들고 거리에 서 있지는 않았으니까요. 불행하고 불공평하게 사는 사람들의 모습을 보면 정말 마음 깊이 남지요. 저는 그 사실을 항상 알고 있었던 것 같습니다. 이렇게밖에 설명을 못 하겠군요.

다르다는 것에 대한 질문으로 돌아가고 싶습니다. 화가 재스퍼 존스가 했던 말이 떠오르네요. 그는 사우스캐롤라이나의 작은 마을에서 자랐는데, 자기가 화가가 되리라는 걸 여섯 살 때부터 알았대요. 그의 가족은 가난하고 교육도 받지 못했죠. 교육에 대해서, 문화나 예술에 대해서 전혀 몰랐어요. 화가가 뭔지 어떻게 알았냐고 묻자 그가 말했습니다. "모르겠어, 울워스 상점에 갔다가 플라스틱 액자에 든 석양 그림이라도 봤겠지.『라이프』잡지를 넘겨 보다가 화가에 대한 기사를 보고 화가가 되고 싶다고 생각했을지도 모르고." 아마 전 세계의 아이들이 그런 생각을 하겠지만, 물론 대부분은 포기하죠. 사람들은 자신의 느낌을, 자기 꿈을 따라가지 않아요.

와크텔 "나는 아주 어렸을 때부터 책벌레였다"라고 말씀하신 다음 이렇게 덧붙였습니다. "책을 읽는다는 것은 그들의 삶에 칼을 들이대는 것이었다." 왜 그렇게 강렬했을까요?

손택 저는 사람들이 더 열렬해지기를 원했던 것뿐이에요. 저는 열렬함을 사랑합니다. 그것이 항상 좋으면 안 될 이유를 모르겠어요. 저는 또 어렸을 때 가만히 있지를 못했어요. 사람들이 저녁으로 뭘 먹는지, 뭘 할 건지, 무엇을 보고 들을 건지 수줍어하며 말하지 않는 것을 이해하지 못했지요. 조금 거칠게 표현하자면, 자기 삶을 낭비하는 것 같았습니다. 살아 있다는 게 정말 멋지다고 생각했어요. 저는 대사 과정이 다른 느낌이었지요. 제 자신이라는 껍데기에서 벗어나고 싶었고, 다른 사람들은 모두 의기소침하게 여기저기 부딪히면서 다니는 것 같았습니다. 저는 지는 해만 봐도 흥분했고, 왜 사람들이 모든 것에 대해서 더 흥분하지 않는지 이해할 수 없었습니다. 아직도 그런 느낌이 들어요.

와크텔 당신은 열정에 대해서, 열렬함에 대해서, 그리고 우울함에 대해서 이야기합니다. 이 세 가지가 하나로 어우러지는 건가요? 저는 우울한 사람은 열정과 열렬함을 포용하지 않는 사람, 혹은 그런 것들에 자극받지 않는 사람이라고 항상 생각했거든요.

손택 그것 참 흥미롭군요. 저는 일반화를 잘합니다. 또는, 혼자서는 절대 일반화하지 않지만 지적이고 친한 사람에게 자극을 받아서 일반화를 많이 하지요. 저는 대부분 다른 사람의 생각에 자극을 받아서 어떤 생각을 하게 됩니다. 그렇지 않을 때에는 거의 항상 꿈을 꾸거나 아주 구체적이고 감각적으로 지켜보며 귀를 기울이고 있지요. 저는 제가 읽은 것을 되짚어 보고, 다른 사람들과 대화를 나누고 나서 제가 우울하거나 음침한 기질로 인해 글을 쓴다는 사실을 인정하게 되었습니다. 하지만 그것은 습득한 시각에 가깝지요. 사실 저 스스로는 인생의 많은 부분을 희열 속에서 보냈다는 느낌이 드니까요. 이 역시 별로 현대적이지 않을지도 모릅니다, 희열을 느끼려면 더 높은 기준을 가지고 있어야 하니까요. 하지만 저는 아주 평범한 것에서도 큰 희열을 느낄 수 있습니다. 2년 만에 다시 토론토를 방문하거나 스패디나 거리의 아주 맛있는 중국 식당에 가는 것에서도요. 저에게는 모든 것이 항상 활기가 넘칩니다. 그것이 우울증과 모순될까요? 저는 모르겠어요. 그럴지도 모른다고 생각하신다니 아주 흥미롭군요. 다른 사람과 대화를 하다가 나왔던 또 다른 이야기를 해드릴게요. 제가 특히 존경하는 작가인 윌리엄 개스가 저에게 물었습니다. "수전, 당신의 글은 어떤 감정에서 나오지?" 정말 흥미로운 질문이라고 생각했지요. 개스는 항상 그런 생각을 하고 있었는지, 자신의 글은 분노에서 나온다고 말했어요. 저는 슬픔에서 글이 나온다고 말했지요. 제 자신의 말을 듣고 저도 깜짝 놀랐어요. 그런 생각은 해본 적도 없었거든요. 그런 다음 저는 그게 진실일까, 생각했지요. 그리고 개스의 대답이 분노라는 것이 정말 안타까웠습니다.

와크텔 무엇에 슬픔을 느끼나요?

손택 글쎄요, 누구에게나 슬픔은 있습니다. 문제는 왜 슬픔을 밀접하게 느끼냐에 더 가깝지요. 제가 다섯 살 때 아버지가 돌아가셨습니다. 그것이 결정적이라고 생각해 봅시다. 그런 거 있잖아요. 나를 나타내는, 정의하는 비극이요. 게다가 아버지는 외국에서 돌아가셨어요. 저는 아버지가 돌아가신지도 몰랐지요. 몇 달이 지난 후에야 알았어요. 다들 아버지가 어떤 상황에서 돌아가셨는지 자세히 알려 주지 않았습니다. 저는 제대로 애도할 수가 없었어요. 성인이 되면 이해하는 법을 배웁니다. 수많은 아이들이 비슷한 슬픔을 겪지요. 하지만 한참 지난 후에도 자신의 주된 행동이 슬픔에서 비롯되었다고 말할까요? 아니, 꼭 그렇지는 않습니다. 저에게 일어난 일 중에서 화를 낼 이유와 권리가 충분한 일들도 많았습니다. 많은 사람들이 그렇겠지만, 저 역시 정말 부당한 일들을 겪었어요. 하지만 저는 스스로를 분노하는 사람이라고 정의하지 않습니다. 그러므로 중요한 것은 실제 일어난 일이 아니라 스스로를 생각하는 방식과 타고난 기질입니다. 저는 잔인함과 부당함이 싫고, 사람들이 화해하고 용서하고 서로 관대한 것이 좋아요. 윌리엄 개스는 그의 분노 혹은 화를 소중하게 여기죠. 저는 제 분노를 소중하게 여기지 않습니다. 물론 전형적인 남성-여성의 차이라고 말할 수도 있겠죠. 여자들은 화를 억누르거나 인정하지 않도록 배운다고요. 하지만 저는 스스로 젠더 코드에 의해 결정되었다고 생각할 마음이 없습니다. 분명 젠더 코드에 어느 정도 영향을 받지만 또 많은 여자들처럼 그것을 초월하고 비판할 능력도 있어요. 그렇다면 이런 성향이 어디에서 왔을까요? 이러한 의문에 대해서 생각하면 무척 자유로워질 수 있습니다. 내가 있는 공간의 크기를 알면 밖으로 걸어 나가서 다른 감정을 향해 나아갈 수 있을 것 같으니까요. 저는 스스로 그렇게 말하는 것을 들었던 순간만큼 슬픔 속에 갇혀 있다고 느낀 적이 없는 것 같습니다. 당장 스스로의 말에 반박하고 싶었어요. 다른 감정으로 나아갈 수 있으면 좋겠다고 생각했지요.

그렇기 때문에 저는 이야기를 꾸며 내고 인물을 만들어 내고 세상을 상상합니다. 거기에 저의 사소한 부분을, 자신에 대한 환상을, 실제는 아니지만 상상 속에서는 무척 현실적으로 느껴지는 또 다른 삶을 조금씩 빌려주죠. 저는 글을 쓰는 방식과 글의 소재를 확장하는 데 관심이 있습니다. 오랫동안 글을 쓰고 고쳐 쓴 끝에 두 소설 『화산의 연인』과 『인 아메리카』를 통해서 마침내 그 목표를 이룬 것 같습니다.

와크텔 꽤 오래 전에 정말 원하는 건 모든 삶을 경험하는 것이라고, 작가로서의 삶이 가장 포괄적인 것 같다고 말씀하신 적이 있습니다. 그렇지만 참여하고 모험하는 삶을 약속하는 것이 경험 그 자체가 아니라 경험에 대해 쓰는 것이라니 무척 흥미롭군요.

손택 아니, 그렇지 않아요. 작가의 삶은 돌아다닐 핑계에 가깝습니다. 저는 1993년 4월에 처음으로 사라예보에 갔는데, 유명한 저널리스트인 제 아들이 거기 있었기 때문이지요. 아들이 보스니아에 갔을 때 저는 죽을 만큼 겁에 질렸지만, 돌아온 아들은 "어머니도 꼭 보셔야 해요"라고 말했습니다. 당시 구호단체를 운영하는 친구와 함께 현장에 갈 기회가 생겼어요. 말할 필요도 없이 정말 무서운 곳이었지요. 세르비아의 대공포에 의해 격추될 수도 있다는 걸 알면서 유엔군 비행기를 타고 가는 겁니다. 정말, 정말 무서웠어요. 하지만 현장에 갈 때 ─ 아들이 목숨을 걸고 일하는 곳이 궁금하고 알고 싶다는 진짜 이유 외에도 —— 이런 생각이 들었습니다. '나는 갈 권리가 있어, 나는 작가야'라고 말이지요. 제가 그 경험에 대해서 글을 쓸지도 모른다고 생각했습니다. 어떤 면에서는 정말 유치하지만, 사진작가들이 그런 식으로 말하는 것을 들은 적이 있어요. "난 거기에 갈 권리가 있어, 사진을 찍을지도 몰라." 이러한 소명을 느낄 때 우리는 스스로를 전문적인 관찰자나 지켜보는 자, 목격자로 지정합니다.

사실 제 아들 데이비드 리프는 보스니아 전쟁을 다룬 『도살장』이라는 책을 썼습니다. 유명 작가의 아들이니 글을 쓰는 게 쉽지 않았을 거예요. 저는 사라예보 포위나 보스니아 전쟁에 대해서 절대 쓰지 않겠다고 맹세했는데, 무슨 일이 있어도 아들을 능가하거나 아들의 이야기를 빼앗고 싶지 않아서였지요. 그 뒤에 저는 포위 당시처럼 그곳으로 돌아가서 많은 시간을 보내기로 결심했는데, 작가니까, 라고 정당화할 수도 없었습니다. 언젠가는 이것에 대한 글을 쓸 거야, 라고 스스로에게 말할 수 없었지요. 쓰지 않으리라는 걸 알았으니까요. 저는 작가로서 가는 게 아니었지만, 작가였기 때문에 가도 된다는 허락을 받을 수 있었습니다. 저는 파트타임 자원봉사자로 갔어요, 사람들이 유용하다고 생각하는 일을 하기 위해서, 사람들을 서로 연결시켜 주고 돈을 가져다주기 위해서 갔습니다. 따라서 저는 무엇이든 할 수 있다고, 그 경험에 대해서 글을 쓸 거라고 스스로에게 말할 수 없습니다. 제가 말할 수 있는 것은 저는 최대한 커다란 삶, 최대한 포괄적인 삶을 살고 싶고, 작가이기 때문에 그것이 허락된다는 것입니다. 글을 쓴다는 행위가 좀 뻔뻔하다는 생각도 듭니다. 제가 아는 작가나 이름을 들어 본 작가 중에서 얼마 안 되는 지식을 바탕으로 글을 쓰는 사람도 많습니다. 그런 사람들은 현장에 가 봤으니 아무렇게나 재빨리 써도 된다고 생각하지요. 저 외에 사라예보에 한 번 이상 다녀온 유명한 작가가 딱 한 명 더 있는데, 그 사람도 그랬습니다. 겨우 두 번밖에 안 갔지만요.

와크텔 누구죠?

손택 그 사람의 이름을 밝히는 건 너무 무례하겠지요. 저는 그를 무척 좋아하지만 잘했다고 생각하지는 않아요. 사실, 후안 고이티솔로라는 뛰어난 스페인 소설가예요. 저는 1993년 4월에 처음 사라예보에 다녀온 다음 오랜 친구인 후안에게 달려가서 그곳을 직접 봐야 한다고 말했습니다. 정말 놀랍고, 정말 가슴 아프고, 정말 대단한 곳이라고요. 보스니아 전쟁은 1930년대 후반의 스페인 내전과 비슷한 점이 많아요. 좋은 일도 있고 나쁜 일도 있는데, 전쟁 중에는 그리 흔한 일이 아니지요. 제가 똑같은 이야기를 해주었던 다른 작가들과 달리 고이티솔로는 "좋아, 나도 갈래"라고 말했습니다. 그래서 그는 마드리드의 큰 신문사 엘 파이스의 의뢰를 받아 사라예보를 두 번 방문했습니다. 처음에는 일주일, 두 번째는 나흘 정도였지요. 고

이티솔로는 이 경험을 바탕으로 책을 두 권 썼습니다. 저는 그걸 글쓰기가 아니라 타이프 치기라고 말하죠.

그의 행동이 틀렸다는 것은 아니지만——도움이 되었을지도 모르니까요——제 관점에서 볼 때 훌륭한 일은 아니에요. 본인은 하고 싶어 했지요. 그는 글을 무척 빨리 쓰고, 일주일 동안의 체류를 바탕으로 포위 당시 사라예보에 대한 짧은 책을 쓸 수 있으니까요. 하지만 저는 그렇게 못합니다. 하고 싶지 않아요. 저는 글을 쓰려면 아주 잘 알아야 한다고 생각합니다. 시간을 많이 들여야 해요. 하지만 저는 작가라는 윤리적인 정체성——저는 윤리적 정체성과 미적 정체성을 구분하지 않습니다——을 이용해서 제가 살고 있는 시대를 이해하고 싶다는 이유만으로 위험을 자청하며 돌아다니지요. 제가 태어난 현실에서만 사는 것은 가치가 없다고 생각해요.

와크텔 그 전에도 전쟁 지역을 방문한 적이 있습니다. 베트남 전쟁 당시 하노이를 방문했고, 이스라엘 시나이에도 갔습니다.

손택 그렇습니다. 보스니아는 제가 세 번째로 겪은 전쟁이었지요. 저는 전쟁 당시 베트남에 두 번 갔고, 73년 전쟁 때 이스라엘에 있었습니다. 하지만 사라예보에서의 경험은 달랐어요. 저는 구호기관이 후원하는 유엔의 신용증명서가 있었기 때문에 도시 밖으로 나갈 수 있었습니다. 도시를 출입하는 것은 무척 위험했어요. 저는 도시를 출입할 때 정말 무서웠지만, 어쨌든 그렇게 했습니다. 현재를 온전하게 산다는 것, 아주 위험한 상황을 경험하는 것이 정말로 대단하다고 느꼈습니다. 아시겠지만 특권적인 삶을 살면 의식이 느슨해져요. 우리는 항상 마음속에 과거를 담고서 그것을 대상으로 삼지만 미래에 대한 생각도 합니다. 사라예보는 믿기 힘들 만큼 강렬한 경험이었습니다. 언제든지 죽을 수 있고, 언제든 머리가 날아갈 수 있었지요. 과거만 생각하며 살면 나약해지고 슬퍼질 뿐이고, 미래는 정말 비현실적이었습니다. 그렇기 때문에 총알이 날아다니는 곳에서 하루하루 버티며 현재라는 아주 얇은 조각 안에서만 살아가게 되지요. 저는 사라예보에서 글을 썼느냐는 질문을 많이 받았습니다. 사라예보에 대해서가 아니라 거기서 글이라는 것을 썼냐고 말입니다. 물론 말도 안 되는 생각이지요. 저는 1993년 초 『화산의 연인』을 끝낸 직후에 『인 아메리카』를 시작했고, 4개월 후 사라예보에 처음 갔습니다. 사실상 저는 3년 동안 『인 아메리카』를 전혀 못 썼습니다. 다시 쓰기 시작했을 때는 다 잊어버렸다고 생각했어요. 머릿속으로 초고를 쓴 소설이었으니까요. 초고를 2장까지밖에 쓰지 않은 상태였습니다. 저는 이 소설을 통해 무슨 말을 하고 싶은지 알았지만 2년 반, 거의 3년 동안 손을 놓았어요. 무서웠습니다. 다시 못 쓸지도 모르겠다고 생각했지요. 하지만 결국 다시 쓰기 시작해서 쓰고 또 썼고, 마무리하기 직전에 병에 걸렸다는 사실을 알게 되었습니다. 그러므로 이 소설에는 여러 산을 올랐던 경험이 포함되어 있지요. 원래 소설 쓰기 자체도 에베레스트산에 오르는 것과 같지만, 이 책은 그뿐만 아니라 저와 이 책을 갈라놓는 강렬한 경험들을 통과했습니다. 그래서 소설이 더 심오해졌는지는 모르겠어요. 저는 매우 끈질기기 때문에 이건 내가 쓰고 싶은 소설이라고, 미국으로의 이민, 미국의 발견, 어느 여배우에 대한 기이한 소설이니까 꼭 써야 한다고 생각했지요. 이 책은 연극 소설입니다. 제가 써야만 했던 소설이고, 저는 제가 할 일을 잘 알았지요. 이 책이 어떤 궤적을 그릴지 알았고 어떻게 끝날지도 알았습니다. 저는 많은 인물이 등장하는 서사시적 작품을 쓰는 것이, 세상을 창조하는 것이 좋습니다.

와크텔 『인 아메리카』의 범상치 않은 첫 장에서 화자——당신 말에 따르면 수전 손택은 아니지만 당신과 어떤 경험을 공유하는 사람이지요——는 이상하게도 1876년 러시아 점령하의 바르샤바에서 열린 파티에서 익숙하지 않은 언어로 나누는 대화를 엿듣고 있습니다. 이야기에 들어가려고, 배역을 찾아내려고 애쓰면서…

손택 맞습니다. 제 소설을 위한 오디션을 하고 있지요.

와크텔 하지만 화자는 이야기의 배경이 사라예보가 아니라서 좀 놀란 것 같고, 심지어는 미안해하는 것 같습니다.

손택 물론 그 부분은 나중에 넣었습니다. 처음에는 그 부분을 쓰지 않았어요. 하지만 원고를 수정하다가 그런 생각이 들었습니다. 아, 사라예보에 대해서 써야 하는데, 『포위』라는 소설을 쓰고 있어야 하는데. 하지만 저는 마음 깊은 곳에서부터 우러나는 글을 써야 하고, 그때의 경험이 마음 깊이 가라앉으려면 오랜 시간이 걸립니다. 이 소설은 제가 태어난 나라에 대한 깊은 성찰이지만 처음으로 외국에서 살 때 쓰기 시작했습니다. 외국에 살면서 다른 사람들이 자기 나라를 어떻게 보는지 깨달아야만 자기 나라를 진정으로 이해할 수 있다고 생각합니다. 내가 조국과 맞지 않는 부분이 있다 해도 미국식 존재 방식이나 사고방식, 혹은 편견을 얼마나 많이 체화하고 있는지 깨닫게 되지요. 미국 시민이라는 것—캐나다에서는 이 점을 강조할 필요가 없겠지요, 캐나다 사람들이 보기에는 너무 명백하니까요—은 아주 복잡한 운명입니다. 미국은 이 세상에 너무 거대하게 우뚝 솟아서 자기 정체성에 지나치게 도취되어 있으니까요. 사실 외국에서 지낼 때 미국인들이 저에게 많이 다가왔습니다. 때로는 이탈리아로 가는 비행기 안, 때로는 유럽의 공항이었는데, 그 사람들은 다른 사람들이 영어를 하지 않는 것을, 달러를 쓸 수 없다는 것을 정말로 이상하게 생각합니다. 세계의 다른 나라들에 대한 생각을 조금이라도 가진 미국 시민이—물론 제 이야기입니다—미국에 대해서 양가감정을 느끼지 않기란 아주 어렵습니다. 우리 미국 시민은 조국을 심하게 비판하면서도 애국적이지 않다는 기분을 느끼지 않아도 됩니다. 하지만 외국에 나가면—저는 성인이 된 후 유럽의 여러 나라, 특히 프랑스와 이탈리아에서 꽤 오래 살았지요—저의 미국인다운 점을 인식하게 됩니다. 예를 들어 언제든지 새롭게 출발할 수 있고 과거에 갇혀서는 안 된다는 믿음이 그렇죠. 그것이 딱히 미국인다운 점이라고 생각하지 않았어요, 그냥 그렇다고만 생각했지요. 하지만 프랑스와 이탈리아에서 살아 보니 그곳 사람들은 전혀 그렇게 생각하지 않더군요. 그 사람들은 과거가 자신을 형성하고 제한한다고 생각하고, 일부 미국 사람들이 말하듯이 "다시 태어났다"는 기분을 느끼지 않습니다. 그것이 가능하다고 생각하지 못해요. 제가 그렇게 생각한다는 사실이 결국은 제가 미국인임을 보여 주는 것 같습니다. 미국에는 제가 견딜 수 없는 것이 아주 많긴 하지만요. 어쨌든 저는 그런 생각을 하다가 까다롭고 교육도 많이 받은 유럽인들이 미국으로 와서 아메리카를 발견하는 소설을 쓰고 싶어졌습니다. 말하자면 역사학자 드 토크빌의 저서를 읽은 사람들이죠. 3등석을 타고 온 사람, 경제적 재난을 피해서 망명한 사람들이 아니에요. 이상적인 이유 때문에, 윤리적인 관점에서 새로운 삶을 살기 위해서 미국으로 오기로 선택한 사람들이지요. 공동체를 만들려고, 협동하는 삶을 시작하려고 1870년대에 남부 캘리포니아로 온 폴란드 사람들입니다. 이 사람들을 가리키는 단어도 있어요. "단순한 삶을 사는 사람들"이죠. 60년대의 히피 공동체에서 처음 시작한 게 아닙니다. 훨씬 전으로, 19세기까지 거슬러 올라가지요. 주인공은 대단한 배우입니다. 그녀는 폴란드에서의 경력을 포기하고 단순한 삶을 살기로 결심하지요. 하지만 여러 가지 이유로 실패한 다음 다시 무대에 오르고, 그래서 연극 소설이 됩니다. 배우의 심리를 고찰하는 책이지요. 저는 배우나 감독들과 많은 시간을 보냈기 때문에 그 세계를 잘 안다고 생각합니다. 그러므로 이 책은 제가 오랫동안 생각해 왔던 것입니다. 미국의 발견, 미국에 대한 클리셰, 배우란 무엇인가. 저는 외국인들에 대한 이야기도 좋아합니다. 소설을 두 권 쓴 다음에야 비로소 그 사실을 깨달았지요.

와크텔 이탈리아의 『화산의 연인』과 미국의 폴란드인 말이지요. 다음 책은 일본으로 간 프랑스인 이야기라고 들었는데요.

손택 맞아요. 그 소설이 끝나면 21세기 북아메리카를 무대로 다음 소설을 쓸 계획입니다.

와크텔 이번 소설 『인 아메리카』에서 폴란드 이민자들은 19세기 후반에 미국으로 오는데, 당신의 조부모님도 그랬습니다. 이 책을 쓰기 전에 조부모님이 살던 폴란드에 대해서 얼마나 알았습니까? 그런 이야기를 들었나요?

손택 아니요. 전혀 들은 적 없어요. 한 번도요. 저희 조부모님은 아주 어렸을 때 미국으로 왔습니다. 폴란드 억양도 쓰지 않았어요. 조부모님은 폴란드에서 태어났지만, 19세기 말에 폴란드는 하나의 국가도 아니었습니다. 모두 나뉘어져서 동부는 러시아, 북서부는 프러시아, 남서부는 오스트리아 제국에 속했지요. 그러니 사실상 미국으로 건너오겠다고 결정한 사람은 증조부모님인 셈인데, 저는 그분들에 대해서 아무것도 모릅니다.

저는 가족들과 지낸 시간이 별로 없었지만, 미국에서 태어나지 않은 할머니한테 "할머니, 할머니는 어디서 오셨어요?"라고 물었더니 "유럽"이라고 대답하셨던 기억이 납니다. 조숙한 아이였던 저는 유럽이 옳은 대답이 아니라는 것을, 유럽에 여러 부분이 있고 각 부분을 나라라고 한다는 것을 알았지요. 그래서 "유럽 어디요, 할머니?"라고 물었지만 할머니는 "유럽"이라고만 대답했습니다. 제가 계속 캐묻자 결국 "오스트리아"라고 대답하셨는데, 아마 당시 오스트리아 제국에 속했던 폴란드 남서부 갈리치아 출신의 가난한 폴란드계 유대인이었다는 뜻일 겁니다. 할머니는 본인이 아니라 자기 부모님에 대한 이야기만 했어요. 폴란드를 기억하지 못했으니까요. 다시 말해서 제 가족사는 폴란드와 거의 연관이 없습니다. 제가 아는 건 증조부모님이 폴란드에서 태어났고 1870년대, 1880년대에 어린 아이들을 데리고 미국으로 이민 왔다는 사실밖에 없어요. 증조부모님에 대해서는 아무것도 모릅니다. 저는 미국의 전혀 다른 부분에서, 북동부가 아니라 남서부에서 자랐고, 가족과 지낸 시간이 거의 없어요. 그러므로 정말 임의로 선택한 주제라고 할 수 있죠. 저는 미국으로 이민 온 폴란드 여배우가 있었음을 알게 되었는데, 만약 헝가리나 체코, 노르웨이 여배우였다면 그대로 썼을 테고, 그 나라에 대한 정보를 최대한 많이 찾았을 겁니다.

와크텔 왜 이국적인 것을 좋아하지요?

손택 이국적이라는 것은 정말 멋진 시점이라고 생각합니다, 작가라는 위치처럼 말이죠. 강렬한 방식으로 사물을 보고 세상을 경험하기 정말 좋은 위치예요. 제가 이야기하는 이민자는 한 시간에 2달러를 받으면서 식당에서 일을 하거나 불법으로 들어와서 경찰을 피해 숨어 다니는 가난한 이민자가 아니라 특권을 누린 이민자들입니다. 물론 대부분의 외국인이나 경제적 난민이 전자의 삶을 살지만 제가 말하는 것은 그런 삶이 아니었습니다. 제가 말하는 것은 세상을 조금 더 포용하겠다는 욕망 때문에, 자기가 좋아서, 타고난 호기심과 코스모폴리탄 성향 때문에 외국인이 되기로 선택한 삶입니다. 그런 상황에서는 경험이 증폭됩니다. 그 무엇도 당연하게 여길 수가 없어요. 늘 모든 것이 이상하고 충격적이지요. 어떤 생각이나 인식이 항상 다른 생각이나 인식과 마찰을 일으킵니다. 우리는 어린 아이들의 열린 자세와 호기심, 타고난 시적 감각에 감탄하고 끌리지요. 하지만 어린이가 자라면 더 이상 재미있는 질문을 하지 않고, 일상에 안주하여 스스로를 제한하면서 점점 더 한정된 삶을 살고, 상상력과 일상생활에서 점점 더 많은 한계를 받아들입니다. 물론 이해할 만합니다. 어린애는 어린애처럼 구는 게 일이지만, 성인이 되면 다른 사람을 신경 써야 하고 가족에 대한 의무도 있고 일도 해야 하고 집세도 내야 합니다. 하지만 절벽에서 뛰어내리면, 외국으로 가면, 우리는 삶을 바꾸지요. 미국인다운 말이라는 것은 알지만, 사실입니다. 틀에 박힌 사고방식을 부수는 거죠. 저는 그게 좋아요, 소설 주인공으로 그런 사람들에게 매력을 느낍니다. 두 편의 소설을 쓰기 전부터 그런 생각을 했던 것은 아니고, 소설을 쓴 다음에야 제가 등장인물들에게 정말 흥미로운 할 일을 주었음을 깨달았습니다. 『화산의 연인』에 등장하는 이탈리아에서 사는 영국인들과 『인 아메리카』에 등장하는 폴란드인들은 재미있는 할 일이 있습니다, 자기들이 사는 곳을 이해하는 거죠. 한 곳에서 평생을 살면 대부분의 일들을 당연하게 받아들이지만 외국인들은 당연하게 받아들이지 않습니다. 저는 활동적이고 감정적인 정신을 가진 사람들을 좋아합니다.

와크텔 당신은 에세이를 쓰고 영화를 찍을 때 유럽의 문화와 사상에 공감했습니다. 하지만 『인 아메리카』에서는 미국과 그 이미지를, 현실을 즐깁니다. 이 책을 쓰면서 미국에 대한 열정이, 신세계에 대한 열정이 드러나서 스스로도 놀랐습니까?

손택 글쎄요, 저는 아주 오래 전부터 미국에 대해서 쓰고 싶었습니다. 저는 항상 제 자신에게 빚을 지고 있는 느낌이 들어요. 에세이를 쓸 때는 제가 믿는 것을 지지하거나 알리고 싶어서, 또는 사람들이 흥미로워 할 것 같아서 쓰는 경우가 많은데, 소설을 쓰면 "유용할" 것 같지 않아서, 또는 딱히 독창적으로 할 말이 없기 때문에 미뤄 두었던 열정과 흥미를 따라잡을 수 있기 때문에 더욱 즐겁습니다.

　『인 아메리카』는 부분적으로는 연극 소설이고, 주인공은 폴란드 연극계 최고의 스타였다가 미국으로 이민을 오게 된 여성입니다. 유럽에서, 그리고 무엇보다도 영어를 사용하는 나라들에서 셰익스피어에 대한 숭배가 가장 강렬했던 시대가 배경이지요. 당시 북아메리카에서 공연하는 연극 중 반 이상이 셰익스피어 작품이었습니다. 물론 저도 셰익스피어를 좋아하고——누가 안 좋아하겠어요?——주인공 마리냐가 셰익스피어 연극을 할 때 그에 대한 사랑을 표현할 수 있었습니다. 등장인물들은 셰익스피어의 모든 대사를 알고, 서로 셰익스피어의 대사를 인용하지요. 그의 연극을 보러 갔던 사람들은 누구나 그랬습니다.

저는 아주 현대적이거나 어려운 글쓰기——대부분은 "괴상한" 글쓰기라고 표현하겠지요——를 장려한다는 이미지가 있어서 사람들은 제가 그런 글을 제일 좋아한다고 생각하는 것 같습니다. 사실 제가 가장 좋아하는 글은 셰익스피어처럼 주류이면서 위대한 작품들입니다. 그렇기 때문에 셰익스피어에 대한 에세이는 쓸 수 없지요. 어떻게 쓸 수 있겠어요? 하지만 저는 셰익스피어와 사랑에 빠진 사람들, 셰익스피어 작품에 취한 사람들이 나오는 소설을 쓸 수 있고, 그러면 셰익스피어에 대한 사랑을 드러낼 수 있지요.

비슷한 맥락에서 저는 어머니란 무엇인가에 대해서도 여러 가지 생각과 감정이 듭니다. 제 삶의 주요한 경험 중 하나였으니까요. 저는 이제 명예퇴직한 어머니지만, 제 아들과 아직 무척 가깝습니다. 우리는 자주 만나고 정기적으로 통화도 하지만, 제가 어머니에 대해서 에세이를 쓰는 것은 상상도 할 수 없습니다. 저는 그런 에세이를 쓰지 않아요. 하지만 『화산의 연인』과 『인 아메리카』에서 저는 제 자신의 모습과 제가 반대하는 모습을 많이 넣은 두 어머니의 초상을 그렸습니다. 『화산의 연인』에는 자기 딸을 숭배하는 여자——에마 해밀턴의 어머니죠——의 독백이 나오는데, 저는 이 독백을 쓸 때 그녀가 속된 말을 쓰는 문맹의 여성임을 알고 있었고, 이 18세기 영국의 시골 여인은 저와 더없이 거리가 먼 사람이었습니다. 하지만 그녀가 내 딸, 내 딸, 내 대단한 딸에 대해서 이야기할 때 저는 어렴풋이 제 아들을 생각했습니다. 『인 아메리카』의 여배우 마리냐는 어린 아들이 있지만 무대에 서는 여자들이 대부분 그렇듯 서툰 어머니입니다. 저는 많은 여배우들을 알았고 그 중에 유명한 배우들도 있었는데, 보통 좋은 어머니는 아닙니다. 믿을 수 없을 만큼, 거의 억압적일 만큼 사랑이 넘쳐서 아이들과 가깝게 지내다가 오랫동안 아이들을 무시하기도 하죠. 우리의 상상과 크게 다르지 않아요. 일종의 직업적 기형 같습니다. 여배우로 살면서 어머니로서의 의무에 많은 시간을 투자하기는 힘들지요.

저는 그런 사실을 알고 있었고 직접 보았으며, 제 어머니 역시 모성애가 없고 어머니 역할에 어울리지 않는 사람이었습니다. 그렇기 때문에 이 소설에서 내가 아는 부정적인 어머니 상을 보여 주어야 했습니다. 제가 항상 찾던 형식을, 19세기나 20세기의 많은 소설가들이 그랬던 것처럼 원한다면 두서없이 약간 벗어난 이야기를 할 수 있는 형식을 마침내 찾아내서 정말 기쁩니다. 제가 스스로 한 말에 반박할 수 있다니, 정말 멋진 일이지요. 헨리 제임스는 "내가 하는 그 어떤 말도 무언가에 대한 마지막 말이 아니다"라고 말했습니다. 진정한 소설가가 쓴 정말 멋진 문장입니다. 위대한 소설가, 미국에서 가장 위대한 소설가죠. 제 소설들에 대한 생각도 똑같아요. 저의 마지막 말이 아닙니다. 하지만 미뤄두었던 것을 따라잡아서 제가 오래전부터 느끼거나 알고 있던 것, 표현하고 싶었던 것에 대해서 쓸 수 있습니다. 그리고 무척 즐겁기도 하지요. 이야기를 들려주는 즐거움과 사람들을 감동시키는 즐거움은 정말 멋진 경험입니다.

와크텔 셰익스피어에 대해서 말씀하실 때 『인 아메리카』의 한 구절이 생각났습니다. 누가 "셰익스피어, 셰익스피어 작품에는 없는 것이 없어"라고 말하자 다른 사람이 "그래, 미국이랑 똑같아. 미국엔 없는 게 없지"라고 대답합니다.

손택 네. 소설은 아주 넓은 그릇이에요. 무엇이든 넣을 수 있습니다. 그 가능성 때문에 빈약한 이야기도 담고 싶다는 생각이 들긴 하지만요. 지난번에 제가 2년 쯤 전에 오려 두었던 『뉴욕 타임스』 기사를 우연히 발견했는데, 십대 시절에 자신을 폭행한 사람과 친구가 되었던 남자의 부고였어요. 그는 돈을 빼앗기고, 괴롭힘을 당하고, 칼에 베이는 등 심한 폭행을 당해서 흉터도 남고 한쪽 눈의 시력을 잃었습니다. 성범죄는 아니었지만 아주 잔인하고 가학적이었어요. 아무튼, 폭행한 사람이 붙잡혔고 감옥에서 형량을 채웠어요. 미국에서 사형이 아직 불법일 때였는데, 우리나라는 그때 더 문명국이었지요. 어쨌든 부고에 따르면 그 사람이 출소하자 나이도 더 어리고 그렇게 많이 다쳤던 피해자——가해자는 그가 죽도록 내버려 두었지요——는 가해자와 친구가 되었습니다. 가해자는 가난하고 글을 모르는 남자였어요. 피해자는 교육을 받은 중산층이었는데, 이제 꽤 나이가 든 가해자를 돌봤습니다. 그 사람은 증오도 원한도 없이 가해자를 찾아가서 돌봐 주었어요. 그는 가해자가 그저 불쌍했고, 진정한 친구가 되어 주었습니다. 하지만 둘 중에서 더 젊은 사람, 다쳤던 사람이 죽었지요. 저는 이것에 대해서 쓰고 싶다고 생각했습니다. 그게 며칠 전 일인데, 어떻게 해야 할지 아직 모르겠어요. 아주 빈약한 이야기일지도 몰라요, 전부 가해자의 머릿속에서, 또는 그 젊은 사람의 머릿속에서 일어난 일일지도 모릅니다. 아니면 그러한 용서, 동포애, 형제애를 이해하지 못하는 누군가의 머릿속에서 일어난 일일지도 몰라요. 우리를 찾아오는 이야기, 계속 따라다니는 이야기들이 있습니다. 그래서 저는 이틀째 그 생각을 하는 중인데, 당신에게 털어놓았다는 이유로 사그라지지 않으면 좋겠군요. 혼자만 알고 싶은 이야기들도 있으니까요. 하지만 이 이야기는 그렇지 않다고 생각합니다. 그것을 소재로 글을 쓸 것 같아요. 이런 이야기들은 그냥 갑자기 다가옵니다. 제가 서점에 갔다가 폴란드 여배우 이야기를 발견했던 것처럼요. 그때 저는 어떤 책을 뽑았다가 폴란드 여배우에 대한 부분을 읽고 멋진 소설이 되겠다고 생각했습니다. 미국의 발견에 대해 이야기하면서 연극에 대해서도 쓸 수 있겠다고요.

와크텔 당신의 삶에서도 연극이 중요한 역할을 했습니다. 당신은 연기도 했고, 희곡도 썼고, 감독에도 매력을 느꼈고, 관객으로서 발레 형식에 매력을 느꼈고, 나중에는 당신의 표현에 따르면 "오페라의 황홀경"에 이끌렸습니다. 공연 예술과 당신의 관계 변화에 대해서 이야기해 주시겠어요?

손택 단순한 열정이지요. '단순하다'는 말은 빼야겠군요. 가장 강렬한 즐거움의 원천입니다. 제가 작가인 것과 관련이 있을지도 모르겠군요. 저는 글쓰기가 세상에 존재하는 한 가지 방식이라고, 내가 아닌 바깥의 것들을 관찰하고, 주목하고 더욱 강렬한 관계를 맺는 방식이라고 말했지만, 그 말이 전부 사실이긴 하지만, 실제로 글을 쓰는 과정은 무척 고독합니다. 괜찮은 글을 만들어 내려면 쓰고 다시 쓰고 또 다시 쓰면서 수천 시간 동안 방 안에 혼자 있어야 하지요. 어쨌든 저는 그렇습니다. 가장 강렬하고 고립된 경험이지요. 조종사이자 유일한 승객으로 혼자 우주선에 타고 있는 것과 같습니다. 저 역시 글쓰기에 대해서 복합적인 감정을 가지고 있어요. 저는 쓰지 않으면 못 견디는 사람이 아닙니다. 무척 흥미가 당기는 다른 모든 것들을 멀리해야 했다는 점이 아쉬워요. 연극과 공연 예술은 우선 협업이기 때문에 정말 즐겁습니다. 다른 사람과 힘을 합쳐서 뭔가를 만드는 것은 정말 큰 즐거움입니다. 그리고 집 안에만 틀어박히는 게 아니라 밖으로 나가는 일이고, 따라서 끊임없는 유혹이자 크나큰 기쁨의 원천이지요. 물론 실황 공연 예술이 아닌 서사 예술인 영화는 제 평생 열정의 대상이었습니다. 저는 영화에 정말 많은 시간을 소비했는데, 대부분 옛날 영화나 외국 영화를 봤지요. 엘리너, 제가 유럽에 공감한다는 것은 정곡을 찌르는 말이었어요. 사실 저는 미국 문화를 대부분 좋아하지 않습니다. 그냥 좋아하지 않는 거예요. 끌리지 않습니다. 한 번도 끌린 적이 없어요. 저는 미국의 아주 외딴 시골에서 자랐고, 미국 예술이나 음악에 그렇게 친밀감을 느낀 적이 없습니다. 저에게는 미국 문학이 영국 문학보다 중요하지 않았습니다. 이런 이상한 취향이 어디에서 왔는지 잘 모르겠어요. 저희 집안의 핏줄은 확실히 아닙니다. 저에게 무엇을 읽으라거나 무슨 생각을 하라고 말하는 사람은 아무도 없었거든요. 제가 정말 좋아하는 19세기 작가들이 있어요. 저는 호손과 멜빌을 좋아했고, 어렸을 때는 에드거 앨런 포를 정말 좋아했습니다. 하지만 어렸을 때부터 뛰어난 영국 소설을 확실히 더좋아했지요. 십대 초반에 도스토옙스키, 토마스 만과 같은 유럽 작가들을 발견했고, 그 작가들이 훨씬 더 중요했습니다. 독서, 무엇보다도 독서였지요. 하지만 제 마음속에서는 클래식 음악 역시 유럽적인 거예요. 저는 미국 작곡가 에런 코플런드에게는 관심이 없었습니다. 베토벤에게 관심이 있었지요. 더 좋은 것, 제가 감탄할 만한 것, 흥미로운 것은 북아메리카가 아니라 유럽에서 온다고 생각했었는데, 속물적인 태도는 아니었다고 생각해요. 논리적인 추론이었지요. 미국의 것이 미국적이기 때문에 좋아해야 한다고 느낀 적이 없습니다. 누가 저에게 미국인이니까 헤밍웨이를 좋아해야 한다고 말한다면 저는 "왜? 나는 토마스 만과 프루스트, 체호프가 더 좋아"라고 말할 거예요. 저는 스스로 발견한 것들 때문에 진지함과 예술적 활력은 주로 유럽에, 그리고 물론 과거에 있다고 생각하게 되었습니다.

와크텔 우리는 품위가 떨어진 시대에 살고 있다고, 저속하고 공허한 시대에 살고 있다고 말씀하신 적이 있습니다. 정말 그렇게 나쁘다고 생각하세요?

손택 네, 그렇습니다. 가까운 예를 들어 보죠. 오늘 아침에 J. K. 롤링이 스카이돔에서 낭독을 했는데, 그 전에 캐나다 동화 작가 두 명이 낭독을 했습니다. 한 명은 『은날개』라는 유명한 작품을 쓴 케네스 오펠이었지요. 그 사람에 대한 특집기사가 있었는데, 그 사람이 직접 한 말인지 저널리스트가 한 말인지 기억이 나지 않네요. 스카이돔에서 J. K. 롤링과 함께 낭독을 한다는 것은 첼리스트가 마돈나 공연의 오프닝 무대에 오른다는 것과 똑같다는 말이었는데, 엄청난 대성공을 거두었다는 뜻이죠. 제 생각에——전 정말 구식이에요——클래식 음악가라면 마돈나 공연의 오프닝 무대에 서고 싶지 않을 거예요. 벌써 오래전에 대규모의 청중 앞에서 대중음악을 연주하는 음악가보다는 클래식 음악가가 되는 게 좋다고 결정했을 겁니다. 문학을 표방하는 책을 쓰기로 선택한 사람, 또는 클래식 음악을 연주하기로 선택한 사람은 남몰래 다른 것을 좋아하지만 어쩔 수 없이 이상하고 상업적이지도 않은 일을 하게 되어 기회만 있으면 다른 가능성에 달려드는 게 아닙니다. 아니요, 정말로 돈을 버는 것보다 중요한 것이 있다고 생각하기 때문에 그런 일들을 하는 겁니다. 그들은 스스로 존중하는 일, 존경받을 만하다고 생각하는 일, 자신이 존경하는 일, 가치 있다고 생각하는 일, 마음과 감정과 양심을 심화시킨다고 생각하는 일을 하고 싶어서 자원한 겁니다. 제가 진심으로, 확고하게 지지하는 그런 관점이 이제는 정말로 사라진 것 같아요. 사람들이 왜 돈 때문에 아무 일이나 하지 않는지 이해하는 것이, 수많은 관객이 제일은 아닐지도 모른다는 사실을 이해하는 것이 점점 더 어려워지는 것 같습니다. 저는 대중오락과 유명인 문화가 우리의 진지한 문화와 정치에 큰 해악을 끼쳤다고 생각합니다.

와크텔 하지만 진지함을 좋아하는 취향도 아직 있지 않습니까? 그것은 항상 소수의 취향이 아니었나요?

손택 이제 더 적어진 것 같아요. 저는 진지함에 대한 존중이 부분적으로는 위선에서 나왔다고 생각하지만, 아니요, 저는 정말 많이 변했다고 생각합니다.

와크텔 하지만 항상 중간 계층의 문화가 있었고…

손택 저는 중간 계층의 문화를 이야기하는 게 아니에요. 중간 계층의 진지함이라는 것도 있으니까요. 제가 이야기하는 것은 온갖 현상이에요. 예를 들어, 대학에서──특히 인문대학에서──학문적인 자세가 예전만큼 높이 평가받지 않아요.

와크텔 하지만 우리도 학교에 다닐 때 공부를 열심히 한다고 인정하지 않았습니다.

손택 하지만 열심히 했잖아요. 우리는 그랬어요. 사람들이 앨고어에게 반감을 느낀 이유 중 하나는 자신이 똑똑하다고 생각하는 것 같고 잘난 체하는 것처럼 보여서였어요. 조지 W. 부시에 대한 기대치는 아주, 아주 낮지만──세 단어 이상 발음을 틀리지 않고 한 문장을 끝내면 다들 정말 잘하고 있다고 생각하죠──고어는 아는 게 많아서 뻣뻣하고 매력 없다고 생각하지요. 옛날에는 그런 기준이 없었습니다. 매력적이고, 귀엽고, 타산적이라는 쇼비즈니스의 기준이 우리 문화를 점령했어요. 예라면 수도 없이 들 수 있습니다. 고어가 받은 비난 중 하나는 매력적이지 않다거나 지나치게 똑똑해 보인다는 것 외에도, 주식을 가지고 있지 않다는 것이었습니다. 그는 1976년에 공직을 시작하면서──저명하고 부유한 집안 출신이고, 주식을 물려받았지요──주식을 전부 처분했습니다. 이해 충돌이 있다고 생각해서 전부 처분했고, 그 후에는 단순한 저축 계좌에 돈을 전부 넣어 두었습니다. 뮤추얼 펀드도 아닌 2, 3퍼센트의 이자를 받는 은행에 넣어 두었어요. 그런데 이제 그것 때문에 비난을 받습니다, 너무 바보 같다고 말이에요! 그런 높은 기준을 가지고 있다고 칭송받는 것이 아니라 비난받고 있어요, 투자에 대해서 아무것도 모르면서 어떻게 미국 재정 정책을 관리할 수 있느냐는 거죠. 하지만 돈에 관심이 아주 많은 텍사스 출신의 석유기업가 두 명이 출마를 하는 것은 완벽하게 정상이라고 생각하지요.

진지함만의 문제가 아니에요, 원칙의 문제, 공직의 문제입니다. 저는 이타주의 없는 문화는 불가능하다고 생각하는데, 이타주의가 지금 공격을 받고 있습니다.

와크텔 누구나 모든 것이 나빠지고 있다고, 자신이 더 젊고 문화가 더 풍성했던 30년 전이 더 좋았다고 말하는 경향이 있는데요, 그것과는 다른가요?

손택 달라요. 저는 정말 변했다고 생각합니다. 모두 항상 예전이 더 좋았다고 말한다는 지적은 전적으로 옳아요. 하지만 저 개인에게 더 좋았다는 이야기를 하는 게 아니에요. 제 삶은 예전보다 지금이 더 좋습니다. 지금 제 눈에 보이는 것은 젊은이들에게 이상주의를 억제하라는 압력, 명예로운 삶이나 사회적으로 봉사하는 삶보다 돈에 더 신경 써야 한다는 절대적인 주장입니다.

와크텔 『인 아메리카』 중에서 당신이 떠올랐던 구절로 끝내고 싶군요. 화자——물론 당신일 수도 있고 아닐 수도 있습니다——는 이렇게 생각하지요. "나는 마음먹은 일은 무엇이든 할 수 있어. 확고하면, 중요한 것만 신경 쓰면, 가고 싶은 곳 어디든 갈 수 있어."

손택 네, 그건 확실히 저군요.

2000년 10월 / 1992년 10월

아마르티아 센
Amartya Sen

저는 자랑스러운 경제학자로서 경제학자는
인간적인 문제에 대체로 무관심하다는 생각을
반박하고 싶습니다. 경제학자는 자랑스러운
직업이며, 대부분의 경제학자들이 인간의
문제에 몰두해 왔다고 생각합니다.
그것이 우리의 전통입니다.

아마르티아 센

스웨덴 학술원은 1998년에 아마르티아 센에게 노벨 경제학상을 수여하면서 그가 "중대한 경제 문제 논의에 윤리적 차원을 회복시켰다"고 말했다. 또 다른 경제학상 수상자는 센을 "경제학자의 양심"이라고 설명했고, 센은 빈곤에 대한 염려와 연민 때문에 "경제학계의 마더 테레사"라고도 불린다. 인도에는 그의 이름을 따서 "노벨 아마르티아"라고 이름 붙인 렌틸콩 디저트가 있다.

경제학자이며 윤리 철학자이기도 한 아마르티아 센은 인도에서 자란 경험을 바탕으로 기근, 불평등, 발전이라는 복잡한 문제에 대한 독특한 관점을 제공한다. 센은 돈이 반드시 모든 것의 척도는 아니라고 오래전에 결론을 내렸다. 그는 사회를 평가하는 유엔 인간개발지수를 만들 때 도움을 주었다. 1인당 소득뿐 아니라 기대 수명과 식자율, 교육 수준까지 평가하기 때문에 캐나다가 높은 점수를 기록하는 지수이다. 센은 인간 개발지수를 통해 놀라운 발견들을 내놓았는데, 예를 들어 일부 아프리카계 미국인은 40세를 넘길 확률이 방글라데시인보다 낮다.

센의 인본주의적인 접근법은 그의 책 제목에 뚜렷하게 드러난다. 그의 저서로는 『집단 선택과 사회 복지』, 『윤리학과 경제학』, 『불평등의 재검토』, 그리고 가장 최근에 낸 『자유로서의 발전』이 있다. 센은 경제 성장과 사회적 기회 중 하나를 선택하는 것은 "잘못된 딜레마"라고 주장한다. 성장은 "높으면서도 참여적"이어야 한다. 동시에 그는 인간 개발에 회의적인 보수주의자들을 비판한다. 『자유로서의 발전』에 따르면 그들이 걱정해야 하는 것은 "현재 가난한 나라들에서 하나둘씩 드러나는 어마어마한 군사 비용 지출과 같이, 사회적 이득이 전혀 명확하지 않은 목적에 공적 자원을 이용하는 것이다… 재정적 보수주의는 학교 선생님이나 병원 간호사의 악몽이 아니라 군국주의자의 악몽이 되어야 한다."

아마르티아 센은 1933년에 콜카타 외곽에 위치한 작은 마을 산티니케탄의 학자와 교사가 많은 집안에서 태어났다. 그는 콜카타에서 공부한 다음 영국의 케임브리지 트리니티 칼리지로 갔고, 현재 트리니티 칼리지의 학장이다. 영국 출신이 아닌 트리니티 칼리지 학장은 그가 처음이다. 센은 또한 하버드 대학에서도 10년 넘게 학생들을 가르쳤다. 그는 일반 대중을 위한 글도 종종 쓰는데, 예를 들자면 노벨 문학상 수상자인 시인 라빈드라나트 타고르나 인도에서 가장 유명한 영화감독인 사티야지트 레이 등 자신과 같은 벵골 출신 지식인에 대한 글을 썼다.

나는 예전부터도 아마르티아 센이 우리 시대에 가장 큰 영감을 주는 사상가라고 생각해 왔지만, 하버드에서 그를 직접 만났을 때 따뜻하고 관대하고 재치 넘치면서도 겸손한 태도에 큰 인상을 받았다. 내가 최근 아미트 차우두리가 쓴 소설인 『새로운 세상』에 그가 등장한다고 알려 주자 센은 깜짝 놀라며 호기심을 약간 비쳤다. 『새로운 세상』의 등장인물들은 센이 과연 노벨상을 받을 수 있을까, 지금은 어디에 있을까 이야기를 나누며 이렇게 말한다. "아마 하버드에 있겠지. 동시에 여러 곳에 존재하는 것 같지만 말이야…. 옥스퍼드였다가, 케임브리지였다가, 내일은 또 자다브푸르에 나타나지." 그들은 센의 결혼과 이혼에 대해서도 이야기한다. 실제로 센은 경제사학자이자 애덤 스미스 전문가인 에마 로스차일드와 부부인데, 그는 나에게 "로스차일드 가문[1] 중에서는 가난한 집안 출신"이라고 단언했다.

---

1 국제적 금융기업을 보유한 금융재벌 가문이다.

와크텔 당신이 태어난 마을은 작가 라빈드라나트 타고르가 교육 센터를 세운 콜카타 외곽의 산티니케탄입니다. 그곳에서 자란 이야기를 들려주시죠.

센 네. 작은 마을입니다. 제가 살 때는 센터가 학교였는데, 조금 더 심오한 공부를 하는 학과가 따로 있었지요. 제 외할아버지가 그곳의 산스크리트어 교수였습니다. 중국어과, 일본어과도 있었고요. 아주 국제적이고 인도의 다른 기관들과는 달랐는데, 영국적인 것만을 다루지 않았다는 뜻에서 '국제적'이었습니다. 세계의 나머지 부분에 대한 의식이 약간 있었습니다. 저는 거기서 공부하는 것이 정말 좋았습니다. 아주 진보적이었어요. 그 학교에 다녀서 운이 좋다고 생각했습니다.

와크텔 어떤 학교였습니까? 수업을 야외에서 했다는 기사를 읽었는데…

센 맞습니다. 날씨가 허락하면, 즉 장마철만 아니면 항상 야외에서 수업을 했습니다. 남녀공학이었고 학문적 성취를 지나치게 강조하지 않았지요. 사실 시험을 잘 봤다고 말하는 것을 부끄러워할 때가 많았습니다. 옳은 일이라고 생각하지 않았으니까요. 어떤 선생님이 저희 반의 한 학생을 가리켜 점수는 썩 좋지 않지만 생각이 무척 깊다고 말했던 기억이 납니다. 성적이 좋으면 보통 벼락치기로 마구 주입했기 때문이라고 생각했습니다. 인도, 특히 벵골에서는 그런 경우가 많으니까요. 타고르는 그러한 관습에 반대했습니다. 몇 년간 시험을 치지 않을 때도 있었습니다. 사실 우리가 학업을 해냈다는 것이 놀랍지요. 하지만 무척 재미있었습니다.

와크텔 당신 가족은 콜카타가 아니라 현재 방글라데시의 수도인 다카 출신입니다.

센 네, 저희 가족은 다카 출신인데, 그곳도 참 아름답습니다. 저는 다카에서 입학했습니다. 하지만 다카 대학 교수였던 아버지는 일본과의 전쟁, 그 다음에는 버마 전쟁 때문에 다카와 콜카타 모두 공습을 받을 거라는 말에 설득 당했지요.

다카는 분리 당시 동파키스탄의 수도였고, 방글라데시가 독립하자 그 나라의 수도가 되었습니다. 저는 바로 그곳, 다카의 구시가지 출신이지만 이제는 다카를 거의 알아보지 못합니다. 구 도시에 이것저것 많이 세운 것 같아요. 우리 집은 구시가지 한복판에 있었습니다. 아버지는 그 지역 전체가 폭격을 당할 것이라 생각하고 저를 산티니케탄으로 보냈습니다. 아버지는 일본 폭격기 조종사가 정신이 나가지 않는 한 산티니케탄에는 폭탄을 떨어뜨리지 않을 거라고 말했지요. 그래서 저는 결국 41년에 산티니케탄으로 갔습니다.

와크텔 당신에게 아마르티아라는 이름을 준 사람은 타고르였습니다.

센 맞습니다. 저희 가족은 타고르와 무척 친했습니다. 이제 아흔 살이 다 되신 우리 어머니는 예전에 무희였는데, 콜카타에서 타고르의 무용극 여러 편의 주역을 맡았습니다. 어머니는 타고르가 무척 아끼는 무용수였고, 그래서 누구에게든 스물다섯 개쯤 되는 이름 중에서 아무거나 하나를 붙이는 관습은 말도 안 된다고 생각했던 타고르는 제가 태어나자 아마르티아라는 이름을 지어 주었습니다.

와크텔 무슨 뜻이지요?

센 원래 불멸이라는 뜻입니다. 죽는다는 뜻의 모털mortal에 부정적 의미를 나타내는 접두사 에이ª를 붙였다고 생각하면 됩니다. 어모털, 아마르티아, 발음도 비슷해요. 인도유럽어족의 뿌리가 보이지요. 다른 해석도 있습니다. 마티아는 사람들이 죽는 곳입니다. 그러니 아마르티아는 이 세상이 아닌 곳이라고도 할 수 있는데, 이런 해석은 비웃음을 사지요. 더욱 세련된 해석으로는, 부모님은 어떤 이유에선지 이쪽을 더 좋아하셨는데요, 반드시 불멸의 존재를 가리킨다기보다 "불멸의 존재가 되어야 마땅한 사람"을 뜻한다는 것입니다. 저는 이런 해석이 항상 기분 좋았습니다. 얼마 전까지만 해도 이름이 똑같은 사람을 한 번도 못 봤지요.

와크텔 인도의 영화감독 사티야지트 레이 역시 산티니케탄의 학생이었습니다. 그는 그곳에서 보낸 몇 년이 일생에서 가장 유익한 시기였다고, 거기서 인도와 극동 예술에 눈을 뜨게 되었다고, 산티니케탄이 자신을 "동양과 서양의 합작품"으로 만들었다고 말했습니다. 산티니케탄이 당신을 어떻게 형성했다고 생각하십니까?

센 우리의 경험은 많은 면에서 무척 비슷했습니다. 레이는 콜카타에서 학교를 다니다가 조금 늦게 산티니케탄으로 왔기 때문에 이미 어떤 시각이 형성되어 있었지요. 당시 레이는 서구 문화와 서구 음악, 서구 문학에 깊이 빠져 있었습니다. 산티니케탄은 그에게 동양의 문화를, 인도와 중국, 일본 등의 문화를 열어 주었습니다. 저는 훨씬 더 어린 여덟 살 때 산티니케탄 학교에 들어갔는데, 전 세계를 제일 처음 접하는 기회가 되었습니다. 우리가 받은 교육에는 국제적인 내용이 아주 많았지만 고대와 중세 인도에 대한 내용도 많았습니다. "네 나라를 알고 네 문명을 알라"는 교육이었지만, 호전적이거나 쇼비니즘적이지는 않았습니다. 인도 문명은 다른 많은 문명과 마찬가지로 탁월하지는 않지만 좋은 문명이었습니다. 제 마음속에 그런 생각이 강했고, 그것이 제 태도에 큰 영향을 끼쳤다고 생각합니다.

와크텔 당신이 물려받은 벵골의 문화적 유산을 어떻게 설명하시겠습니까? 무척 풍성하고…

센 네, 제 안에는 벵골의 문화적 유산이 무척 강하게 남아 있습니다. 저는 분명한 정체성을 가지고 있습니다. 벵골인으로서의 정체성을 가지고 있는데, 그것은 제가 명예시민인——아주 자랑스럽습니다——방글라데시와도 통합됩니다. 벵골의 일부는 인도, 일부는 방글라데시니까요. 저는 인도인으로서의 정체성, 아시아인으로서의 정체성도 무척 강하지요. 그리고 인간으로서의 정체성도 강하게 주장해야 한다고 생각합니다. 벵골인의 정체성은 문학 쪽에서 특히 강합니다. 예를 들어 벵골의 시는 번역해서 읽으면 이해하기 어려운 것으로 악명이 높습니다. 사실 라빈드라나트 타고르가 영어 번역으로 노벨 문학상을 받았을 때 저는 깜짝 놀랐습니다. 번역문은 원작을 사람들이 바라는 만큼 담지 못하는 것 같아요. 타고르의 시 일부는 예이츠의 도움을 받아 번역되었는데, 예이츠는 좋은 번역이라고 굳게 믿었지요. 저는 얼마 전 『뉴욕 리뷰 오브 북스』에서 타고르의 시 한 편을 번역하면서 예이츠가 사실 타고르의 시를 훨씬 획일적으로 재해석했고, 타고르의 신비주의를 자신이 동양을 보는 시각에 가깝게 맞추었다고 주장하고 싶었습니다. 벵골 문화는 아주 오래 전으로 거슬러 올라가고, 벵골 시는 약 6세기경까지 거슬러 올라갑니다. 벵골 시는 무척 흥미로운 문학, 산스크리트어의 딸이지요. 저는 오랫동안 산스크리트어 텍스트를 공부했습니다. 세 살부터 열일곱 살까지 산스크리트어로 많은 작품을 읽었지요.

와크텔 원래 산스크리트어 학자가 될 생각이었다고요.

센 그랬습니다. 저는 산스크리트어를 정말 좋아하고, 영어를 전혀 몰랐던 세 살 때 산스크리트어를 공부하기 시작했기 때문에 저에게 큰 흔적을 남겼습니다. 외할아버지는 저에게 『바가바드 기타』나 『우파니샤드』의 일부, 논리와 인식론에 대한 인도의 전문 서적 등 철학적인 글을 번역문이 아닌 산스크리트어로 읽히려고 무척 신경을 썼습니다.

와크텔 당신의 외조부는 학자였고, 당신에게 삶을 어떻게 생각하는지 물어보곤 했습니다. 어떤 영향을 받았나요?

센 외할아버지는 세 가지 면에서 저에게 아주 큰 영향을 미쳤습니다. 우선 외할아버지는 고대 문화와 문명에 대한 관심이 무척 컸는데, 물론 서구 문화는 아니었지요. 나중에는 이슬람 신비주의 시, 수피들의 작품, 힌두와 이슬람 시인들의 합작품에도 큰 관심을 보였습니다. 14세기, 15세기에는 그런 글이 무척 중요했지요. 외할아버지는 그런 시들을 처음으로 모은 사람이었습니다. 여러 종교의 근본적으로 같은 신에 대한 시들을 모아서 엮은 이슬람교도 직조공이었던 셈이지요. 외할아버지는 사실 인도 세속주의 창시자라고 할 수 있고, 자신의 문화와 문화의 다양성에 대한 자부심이 있었습니다. 둘째, 할아버지는 산스크리트어 학자로서 무척 엄밀했기 때문에 대충 얼버무리는 말로는 절대 만족하지 못했습니다. 아주 까다로웠지요. 세 번째는 좋은 영향이었는지 확신은 못하겠지만, 간결함에 대한 크나큰 열정이 있었습니다. 제가 글을 몇 줄만 넘게 써도 외할아버지는 늘 장황하다고 생각했습니다. 본인은 정말 간결하게 글을 썼지요. 나중에 외할아버지가 펭귄 출판사의 부탁을 받고 힌두교에 대한 책을 쓴 적이 있는데, 아주 큰 성공을 거두었습니다. 아마 펭귄 출판사의 세계 종교 시리즈 중에서 가장 성공했을 겁니다. 50년대 책인데 아직도 나오고 있지요. 하지만 정말 짧습니다. 할아버지는 영어를 거의 몰랐고 원래 나온 번역이 끔찍했기 때문에 제가 다시 번역을 해야 했지요. 저는 재번역을 하면서 한 장章이 두세 페이지밖에 안 되어서 깜짝 놀랐습니다. 한 문장이 하나의 요점이고, 다음 문장은 다음 요점이죠. 제가 잘 아는 것이었습니다. 바로 산스크리트의 논리적인 슐로카[2]와 똑같았지요. 슐로카에서는 모든 문장에 번호를 매기는데, 22번과 23번은 전혀 다른 내용입니다. 서로 다른 논점을 이야기하니까요. 하지만 영어에서는 그런 식으로 글을 쓰지 않기 때문에 그게 저에게 썩 좋은 훈련이었는지는 모르겠습니다. 다른 방향으로 빠지는 경향이 있다면 유용했겠지요.

산스크리트어 교수였던 외할아버지는 이런 식으로 저에게 큰 영향을 끼쳤습니다. 아버지는 다카 대학의 화학 교수였습니다. 그리고 제가 아주 어렸을 때 봤던 친할아버지는 변호사였지요. 할아버지도 다카 대학과 관련이 있었습니다. 다카 대학 초대 재무국장이었으니까요.

---

2 고대 인도 시의 형식

와크텔 산스크리트어 학자가 되려다가 왜 경제학으로 진로를 바꾸었습니까?

센 사실 학교에서 산스크리트어는 수학과 경쟁했습니다. 인도 학교에서는——산티니케탄도 예외가 아니었지요——수학에 관심이 있으면 고전학자가 될 수 없고, 산스크리트어와 팔리어, 프라크리트어로 쓰인 고전에 관심이 있으면 보통 수학에 관심이 없다고 여겨졌지요. 수학과 고전은 경쟁적인 분야였지만 저는 두 가지를 최대한 다 하려고 애썼습니다. 그러다가 한쪽을 선택해야 하는 때가 왔지요. 당시 저는 수학에 대한 흥미가 아주 컸기 때문에 수학을 전공해야겠다고 생각했습니다. 그러면서 산스크리트어는 두 번째 관심의 대상이 되었지요. 저는 대학에 들어가서 물리학을 공부했지만 항상 인간에게, 인간의 행동 방식에 관심이 많았습니다. 저에게는 인간의 행동이 가장 중요한 문제인 것 같습니다. 물리학이 흥미롭긴 했지만——상당히 잘하기도 했지요——좀 건조하다고 느꼈고, 더 인간적인 연구를 하고 싶었습니다. 주변에서 흔히 볼 수 있는 고난과 빈곤을 생각하니 사회과학의 여러 분야 중 하나를 선택할 때 경제학이 강하게 자신을 선택하라고 나서는 느낌이 들었습니다. 저는 1943년에 벵골 기근을 목격했는데, 어떤 면에서는 운이 없고 어떤 면에서는 운이 좋았다고 할 수 있지요. 아홉 살 때의 일이었습니다.

와크텔 어떤 기억이 있습니까?

센 특히 세 가지가 기억납니다. 우선, 사망자 수입니다. 정말 많이 죽었어요. 한 번도 보지 못한 광경이었습니다, 사방에서 사람들이 죽어 나갔죠. 산티니케탄은 아주 가난한 지역에서 콜카타로 가는 길목인데, 사람들은 콜카타에 가면 구제받을 수 있다고, 그 지역 사람들이 먹을 것을 준다고 생각했습니다. 정부는 아무런 구호활동도 하지 않았어요. 사실 영국-인도 정부는 상황을 아주 냉철하게, 끔찍하게 지켜보고 있었습니다. 콜카타 사람들이 개인적으로 원조를 제공할 것이라고 생각했고, 실제로도 그랬지만 물론 충분하지 않았습니다.

둘째, 기근이 너무나 갑작스러웠습니다. 어떤 사람이 갑자기 학교로 들어와서 아주 이상한 행동을 했던 기억이 아직도 남아 있습니다. 좀 못된 아이들이 그 사람을 괴롭혀서 우리가 말렸지요. 물론 겨우 아홉 살이라 아주 작았지만 선생님과 함께 그 사람을 도우려고 애썼습니다. 그 사람은 정신이 나간 것이 분명했어요. 말을 아주 이상하게 했지요. 저는 나중에 기근을 연구하고 기아와 관련된 일을 하면서 그와 같은 정신 이상이 장기간의 기아와 관련된 경우가 아주 많다는 사실을 알게 되었습니다. 정말 갑작스럽게도 그런 사람이 한 명, 두 명에서 열 명, 백 명, 수만 명으로 늘어났고, 나중에 보니 백만 명은 되는 것 같았습니다. 기근으로 인한 총 사망자 수가 2백만 명에서 3백만 명 사이였으니 그랬을 리는 없지만 말입니다. 저는 사망자를 3백만 명으로 추정했지만, 나중에 나온 연구에 따르면

250만 명 정도였던 것 같습니다.

세 번째는 계급적이라는 특징이었습니다. 수많은 사람들이 죽었지만 그 중에 제가 아는 사람은 없었습니다. 저와 같은 계급 사람은 없었어요. 저희 가족이 특별히 부자였던 것은 아닙니다, 중산층 중에서도 하층이었지요. 우리는 임금이 그다지 높지 않은 교사의 자식들이었습니다. 하지만 우리의 삶은 토지가 없는 시골 노동자들의 삶과 전혀 달랐고, 그 사람들이 제일 많이 죽었습니다. 그러므로 결국 계급적인 기근이었던 셈인데, 기근이 대부분 그렇습니다. 저는 나중에 시골 노동자들이 기근에 그토록 큰 타격을 입은 이유를 알아냈습니다. 아무튼 콜카타, 다카, 산티니케탄 어디에서도 학교를 통해서든 다른 이유로든 제가 아는 사람들은 단 한 사람도 굶어 죽지 않았다는 것, 그 시기에 어떤 고난도 겪지 않았다는 사실을 깨닫자 너무 끔찍했습니다. 정말 불평등한 상황이었지요.

와크텔 당신은 양철 담배통에 음식을 담아서 나눠 주었는데…

센 그랬습니다, 하지만 대단한 일은 아니었어요. 외할아버지는 집으로 찾아와 구걸하는 사람에게 쌀 한 통은 줘도 된다고 허락했지만 그 이상은 주지 못하게 했습니다. 참 비정하지만 할아버지도 그 정도 여유밖에 없었습니다. 아무튼 그래서 저는 참여하는 느낌이 들었고, 가끔 사람들의 눈에 떠오른 놀라운 감정을 보면서 고마운 마음이 들었습니다. 몇몇은 쌀을 어디서 요리해야 할지 모르겠다고, 혹시 도와줄 수 없느냐고 말하기도 했지요.

나중에 저는 세계의 기근, 아시아와 아프리카의 기근이나 아일랜드와 중국의 역사적 기근에 대해 10년, 15년 정도 연구했습니다. 벵골 기근을 목격했기 때문에 어떤 통찰력을 얻었지요. 저는 기근을 목격하면서 무척 많은 것을 배웠습니다. 벵골 기근의 원인에 대해서 나름대로의 생각이 있었지요. 나중에 나이를 훨씬 더 많이 먹고 나서——마흔이 넘은 후에 연구를 했습니다——밝혀진 원인은 아홉 살 때의 생각과 크게 다르지 않았습니다. 당시 쌀값이 폭등했는데, 부분적인 이유는 전쟁으로 경제가 활성화되면서 많은 사람들이 도시 지역에서 일자리를 찾았기 때문이었습니다. 도시 노동자들은 대부분 가난했지만, 그래도 식량을 사야 했기 때문에 가격이 폭등했습니다. 정부는 도시 지역의 정세가 불안해질까봐 촉각을 곤두세웠습니다. 도시가 불안해지면 전쟁 활동에 방해가 될 테니까요. 그래서 정부는 지방 정부에 시골 지역에서 파는 식량에 보조금을 투입할 테니 가격과 상관없이 콜카타에서 싸게 팔라고 지시했습니다. 따라서 콜카타는 소득이 높고 식량 가격이 낮았고, 시골 지역은 소득이 낮고 식량 가격이 높았습니다. 모든 물가가 치솟았으니까요. 임금은 변화가 없었겠지만 실구매력은 대폭 하락했습니다. 그것이 기근의 시작이었습니다. 쌀을 가진 농부들, 심지어는 소작인들도 그렇게 큰 고통은 겪지 않았습니다. 소득이 식량으로 들어오니까요. 하지만 임금을 현금으로 지불받는 가난한 사람들은 궁지에 몰렸습니다.

와크텔 당신이 기근을 연구하면서 발견한 것 중에서 가장 놀라운 점은 기근이 반드시 식량 부족 때문에 일어나는 것은 아니라는 사실이었습니다. 우리의 직관과는 상당히 어긋나죠. 우리는 식량이 충분하지 않기 때문에 기근이 생긴다고 생각하지만 사실 1943년의 벵골 기근뿐 아니라 많은 경우 충분한 식량이 존재합니다.

센 정말 그렇습니다. 나중에 저는 다른 기근, 예를 들어 1974년의 방글라데시 기근 당시에 식량 생산이 감소하지 않았고 오히려 식량 가용성이 정점에 달했음을 깨달았습니다. 기근 때에도 식량이 충분하다는 생각을 제가 처음 한 것은 아니었습니다. 사람들은 알고 있었어요. 벵골의 신문들이 대부분 그렇게 비판했지만 검열을 당했습니다. 전쟁 활동에 방해가 될 수 있다는 이유로 신문사는 그런 기사를 실을 수가 없었습니다. 검열을 받지 않는 신문은 콜카타에서 발행되는 영국 소유의 『스테이츠맨』밖에 없었지요. 아주 흥미로운 이야기입니다. 당시 『스테이츠맨』의 편집장 이언 스티븐스는 인도의 영국 공동체가 모두 그랬듯 지배 계급이었기 때문에 정부에 협조하여 더 이상 참을 수 없는 상황이 될 때까지 기근을 보도하지 않았습니다. 그러다가 1943년 10월 중순이 되자 스티븐스는 아주 감동적인 성명을 발표하여 영국-인도 정부가 기근을 인정하지 않고 사실이 알려지는 것을 막고 있다며 신랄하게 공격하기 시작했습니다. 그러자 일주일도 안 돼서 의회에서 기근 문제를 논의했고, 또 그로부터 일주일도 안 돼서 중재가 시작되었습니다. 2주 후 기근은 끝났습니다. 이는 당시의 재난에 태만이 얼마나 큰 역할을 했는지 보여 줍니다. 다들 식량이 충분하다고 생각했습니다. 정부 역시 그렇게 믿었고, 그러므로 기근이 일어나지 않으리라 생각했던 것입니다. 사실은 옳았지만 이론은 틀렸던 거죠. 참 이상하게도 이론은 힘이 세기 때문에 2년 후 기근 조사 위원회가 기근에 대해서 보고할 때 사실은 수정했지만 이론은 수정하지 않았습니다. 그들은 "음, 우리가 파악한 사실이 틀렸던 것이 분명합니다. 국내 비축량이 적어서 기근이 발생했습니다"라고 말했습니다. 그러니 사람들이 몰랐다고는 할 수 없지요. 단지 말씀하신 것처럼 너무나 반직관적이고 믿을 만하지 않다고 여겨졌던 것뿐입니다. 사실 물론 그 생각은 무척 믿을 만합니다. 식량 가용성이 감소하지 않은 상황에서 많은 기근이 일어납니다. 모든 기근이 그런 것은 아니지요. 아일랜드 기근 때는 감자 마름병이 돌았고, 중국에서 대약진 운동 직후에 발생하여 3천만 명이 사망한 기근 당시에는 식량 가용성이 감소했습니다. 하지만 일부 기근의 경우에는 그렇지 않습니다. 실제로 식량 가용성이 감소한 기근의 경우에는 왜 누구는 굶어 죽고 누구는 그렇지 않은지 전혀 알 수 없지요. 계급이나 직군 등을 차별화하는 이론이 필요합니다.

와크텔 그렇다면 문제는 식량의 양이나 식량의 가용성, 심지어는 우리가 생각하는 것처럼 식량의 배분도 아니군요. 이 모든 것들이 기근의 요소이긴 하지만 결정적 요소는 아니지요. 당신은 결정적 요소가 다른 것임을 밝혀냈습니다.

센 네. 그것은 바로 구매력인데, 경제학자라면 당연히 떠올릴 수 있는 생각입니다. 저의 공은 아니지요. 뛰어난 고전 경제학자들, 적어도 이 문제에 대해서 생각해 본 학자들은 항상 같은 이야기를 했다고 할 수 있습니다. 애덤 스미스도 그런 이야기를 했어요. 리카르도는 1825년 의회에서 아일랜드의 기근──1840년의 대기근과는 다릅니다──에 대해 연설을 하면서 식량을 살 돈이 없어서 죽는 것이 어떻게 가능한지 설명했습니다. 식량 공급과는 관계가 없지요. 리카르도는 그 점을 확실히 밝혔습니다. 그러니 제가 독창적이었다고는 생각하지 않습니다. 어떻게 된 것이냐면, 어떤 생각을 특수한 경우에 한한 것으로 내놓으면 전체 경제학 문헌에 통합되지 않습니다. 그것을 경제학에 통합시켜야 하지요. 균형이론처럼 학술적인 경제 이론조차도 많은 사람들이 기아로 죽는다는 사실과 전혀 모순되지 않는다는 것을 제가 증명할 때까지 시간이 좀 걸리긴 했습니다. 저는 기아에 대해서 고민하는 경제학자로서 사람들이 식량을 살 수 있었는지 묻는 것이 당연하다고 생각합니다. 지리학자가 이용 가능한 식량이 충분했는지 묻는 것이 당연하듯이 말입니다. 저는 그 문제에서 경제학자의 입장을 취하고 있었습니다.

와크텔 역시 뛰어난——혹은 놀라운——말씀도 하셨는데요, 민주주의 사회에는 심각한 기근이 없었다는 것입니다.

센 네. 그 생각은 좀 나중에, 1981년 기근에 대한 첫 번째 책을 출판한 다음에 떠올랐습니다. 저는 70년대에 기근을 연구했는데, 당시 기근의 전체적인 역사를 살피다가 이 수수께끼 같은 사실을 알아차렸습니다. 당시 저는 전 세계에서 발생했던 기근을 표시한 긴 표를 도출했는데, 놀랍게도 그 목록에 민주주의 국가는 하나도 없었습니다. 처음에는 민주주의 국가인 유럽과 미국이 더 부유하기 때문이라고 생각했습니다. 하지만 사실이 아니었지요. 가난한 민주주의 국가도 기근은 겪지 않았습니다. 사실 저는 글을 쓰다가 에티오피아와 소말리아가 보츠와나, 혹은 지금은 아니지만 당시 민주주의 국가였던 짐바브웨보다 식량 가용성이 훨씬 높은데도 기근을 겪고 있음을 깨달았습니다. 첫 번째 책에서는 구매력의 인과관계를 연구하면서 과거의 기근을 설명하려 애썼기 때문에 그 사실을 이론화하지는 않았지요. 1981년에 책이 나온 다음 저는 『뉴욕 리뷰 오브 북스』에 글을 한 편 기고했습니다. 제목은 「현재 인도의 상황은 어떠한가?」였고, 여러 가지 실책이 있지만 독립과 함께 기근이 사라졌다고 언급했습니다. 제가 1943년에 목격한 기근이 마지막이었는데, 인도는 4년 뒤인 1947년에 독립했습니다. 그 후에는 기근이 한 번도 없었지요. 인도에 비해 여러 가지 면에서 상황이 나았던 중국은 계속 기근을 겪었고, 1958년 대약진 운동 이후 3천만 명의 죽음을 불러온 세계 역사상 가장 큰 기근도 있었습니다. 저는 민주주의가 기근을 막는다는 사실을 깨달았습니다. 기근이 발생하면 선거에서 이길 수 없으니까요. 여당은 야당이나 신문들의 비난을 받고 싶어하지 않습니다. 저는 벵골 기근 때 6개월 동안 2백만 명이 죽은 후 영국 소유의 신문사 『스테이츠맨』이 기근 해결에 큰 역할을 하는 것을 보고 교훈을 얻었습니다. 영국 의회는 들으려 하지 않을 테니 인도가 독립해서 스스로의 의회를 갖지 않으면 보호 장치를 마련할 수 없다는 것이지요. 물론 중국에는 보호 장치가 없었습니다. 그래서 대약진 운동이 실패하면서 해마다 천만 명이 죽었고, 정책은 약 3년 동안 바뀌지 않았습니다.

와크텔 58년부터 61년까지군요.

센 네, 62년에야 바뀌었습니다. 당시 마오쩌둥이 공산당 간부 7천 명 앞에서 흥미로운 연설을 했는데, 드물게도 민주주의를 칭송했죠. 맥락상 민주주의가 사람들에게 권력을 주기 때문에 본질적으로 소중하다고 주장한 것이 아니라 효과적인 중앙집권을 위해 정보가 필요하고, 이를 위해 사람들이 보고하는 것을 두려워하지 말아야 한다고 말했습니다. 중앙 정부가 더 많은 정보를 갖기 위해서는 진정한 민주주의가 필요했는데, 사람들은 사실 두려워했습니다. 그러나 어쨌든 마오쩌둥은 민주주의가 어떤 역할을 한다고 마지못해 인정한 셈이지요.

경제학자의 일에서 흥미로운 점은 미래가 과거와 일맥상통하는지 항상 살펴야 한다는 것입니다. 지나고 나서 알게 된 사실을 가지고 과거에 대해 생각함으로써 과거를 이해하는 것은 불가능에 가깝습니다. 하지만 아아, 그렇게 되고 말았지요. 제가 아아, 라고 한탄한 이유는, 이론은 확인되었지만 인간의 크나큰 고통을 비용으로 지불해야 했고 기근이 아직도 일어나고 있기 때문입니다. 제가 책을 쓰던 당시에도 캄보디아에서 기근이 일어났습니다. 물론 수단에도 기근이 있었고, 80년대 초반의 에티오피아 기근도 계속되고 있었습니다. 지금은 지난 몇 년 동안 북한이 기근을 겪고 있습니다. 모두 비민주주의 국가지요, 에티오피아, 수단, 소말리아처럼 군부 독재나 식민 통치 체제입니다. 그러한 패턴이 드러났고, 이해하기 어렵지도 않습니다. 정부로서는 기근을 멈춰야 할 정치적 동기가 있지만, 사실 경제와 정치가 함께 가야 합니다. 기근의 원인과 식량의 양이 같더라도 소득을 되살리기만 하면 기근을 쉽게 막을 수 있음을 이해하려면 경제학이 필요합니다. 사람들은 이례적일 만큼 곤궁하기 때문에 죽어가고 있습니다. 적당히 낮은 임금을 지불하는 일자리를 제공하면 그러한 일자리 자체에 선별력이 있기 때문에 정말 필요한 사람만 그 일을 받아들일 것입니다. 그러면 소득이 생깁니다. 그 소득으로 시장에서 식량을 살 수 있고 다른 사람들과 경쟁을 합니다. 그러면 식량 가격이 조금 오르지요. 그렇게 하면 다른 사람들이 허리띠를 좀 더 조이고, 결국 식량의 총 공급량을 나누게 되는 겁니다. 이 방법을 이용하면 기근을 극적으로, 아주 빨리 멈출 수 있습니다. 사람들은 소득이 생기자마자 나가서 식량을 삽니다. 바로 그거예요. 이렇게 쉬운 예방책, 즉 경제적인 요소가 기근을 방지하겠다는 민주주의 정부의 정치적 동기와 결합되어야 합니다. 그러면 민주주의 국가에서는 기근이 절대 일어날 수 없습니다.

와크텔 전 세계의 기근을, 빈곤과 자연 재해, 식량 부족을 막을 수 있다고 정말로 생각하시는군요?

센 기근으로 고통 받을 이유가 없다고 생각합니다.

와크텔 인구 과잉은요?

센 인구 과잉은 기근의 원인이 절대 아닙니다. 여기에는 두 가지 문제가 있어요. 우선, 기근이 일어나려면 정말로 아주 가난해야 합니다. 굶주림과는 달라요. 인도에는 굶주리는 사람이 아직 많지만 그렇다고 기근이 발생하지는 않습니다. 굶주림은 기근만큼 극적이지 않아요. 그것을 정치적 논쟁으로 삼기는 아주 어렵습니다. 저널리스트들이 굶주림 방지——기아 방지와 반대되는 의미에서——정책을 세우라고 압력을 가하려면 아주 정교해야 합니다. 기근은 끔직한 악화이지만 막기 쉽습니다. 둘째, 인구 과잉을 말씀하셨는데요. 사실 세계 어디에서나 식량 공급이 인구보다 더 빠르게 증가하고 있습니다. 아프리카만 제외하고요. 하지만 식량 생산만이 아닙니다, 생산 자체가 그래요. 인구에 비해 식량 생산이 감소한 지역이 아주 많지만 다른 소득이 증가했기 때문에 타지에서 식량을 사올 수 있습니다. 그러니 정말로 생각해야 하는 것은 주로 접근성——저는 이것을 식량 획득, 즉 식량 구매력이라고 부릅니다——의 문제이지요. 그 문제는 해결하기 쉽습니다. 한편으로는 경제 성장 정책을, 또 한편으로는 고용 창출 정책을 세우는 것인데, 고용 창출이 무척 중요합니다. 저는 국제 노동 기구의 세계 고용 프로그램을 위해서 기근을 연구했습니다. 거기서 시작했지요. 기본적으로 기근을 방지하려면 고용 성장 정책에 사회 보장을 약간만 더하면 됩니다. 물론 민주주의도 있어야 하지요.

와크텔 당신이 아홉 살 때 목격한 기근에 대해서 이야기를 하다가 기근에 대한 대화가 이어졌네요. 열 살 즈음 다카에서 살 때 카데르 미아라는 이슬람교도 노동자가 힌두교도들이 주로 사는 당신 동네에서 일자리를 찾다가 칼에 찔려 죽었다는 이야기를 하신 적이 있습니다. 이 경험이 당신에게 그토록 큰 영향을 미친 이유는 무엇일까요?

센 그 사건은 세 가지 면에서 저에게 영향을 끼쳤습니다. 우선, 저는 그 사건이 일어나기 직전에 기근이라는 형태의 죽음을 보았습니다. 엄청나게 많은 사람이 죽었지요. 하지만 살인은 본 적이 없었습니다. 한 인간이 다른 인간에게 그렇게 나쁜 짓을 저지르는 것은 본 적이 없었지요. 그때 제가 마당에서 놀고 있는데 카데르 미아라는 사람이 옆문으로 들어와서 도움을 청했습니다. 아빠를 소리쳐 불렀던 기억이 납니다. 카데르 미아는 물을 달라고 했고, 그래서 저는 도와 달라고 소리쳐 부르면서도 그 사람에게 물을 주려고 했습니다. 배를 칼에 찔려서 엄청난 양의 피를 흘리고 있었습니다. 제가 무슨 일이냐고 계속 묻자 그는 힌두교도 깡패들이 칼로 찔렀다고 말했습니다. 물론 당시는 종파 폭동이 극에 달했을 때였습니다. 힌두교도 깡패들은 이슬람교도가 눈에 띄기만 하면 죽였지요. 피해자는 주로 가난한 사람이었습니다. 이슬람교도 깡패들은 자기 마을에서 가난한 힌두교도가 눈에 띄면 죽였지요. 살인을 목격했다는 것이 첫 번째 영향입니다.

둘째, 저는 그때까지 정체성이 정말 치명적인 문제가 될 수 있다는 생각을 한 적이 없었습니다. 정체성은 공동체주의 철학과 정치에서 아주 크고 대단하고 애정 어린 단어가 되어 있었습니다. 정체성과 공동체는 좋은 것이고, 국가는 끔찍하다는 거죠. 그에 관한 책이 대단히 많았습니다. 하지만 저는 그때 만난 이슬람교도 노동자 때문에 아주 어릴 때부터 정체성이라는 것에 면역이 생겼습니다. 그는 살인자들에게 아무 짓도 하지 않았고 아무런 해도 끼치지 않았지만, 다른 공동체에 속해 있다는 이유만으로 칼에 찔려 죽었습니다. 그래서 저는 정체성 문제나 그와 관련된 폭력에 큰 관심을 갖게 되었습니다. 여섯 달 전만 해도 스스로를 인도인이나 인간이라는 넓은 의미에서 생각하던 사람들이 갑자기 힌두교도나 이슬람교도라고 좁게 보면서 서로를 구분한다는 것이 분명해졌습니다. 이러한 정체성 변화는 폭력과 밀접한 관련이 있었습니다. 물론 저는 정체성을 바탕으로 하는 사고에 아직도 무척 회의적입니다. 정체성이 중요하지 않다는 것이 아니라, 우리는 인간으로서 수많은 정체성——이 경우에는 인도인, 힌두교도, 어떤 계급에 속해 있고 어떤 정치적 견해를 가진 사람——을 가지고 있으므로 잘 생각해야 한다는 것입니다. 항상 문제는 그 중에서 무엇이 가장 근본적인 정체성이냐는 것입니다. 그러한 생각을 피할 방법은 없습니다. 그래서 저는 열 살부터 열다섯, 열여섯 살까지 이 문제에 대해서 많이 생각했고, 열여섯 살에는 정치에 직접 참여하면서 명확한 시각을 갖게 되었습니다.

그 살인 사건이 저에게 끼친 세 번째 영향, 그 사건이 저에게 이토록 중요해진 세 번째 이유는, 아버지가 그 사람을 병원으로 옮기려고 차를 가지러 간 사이에 그가 저에게 했던 이야기 때문입니다. 그의 아내는 이 지역이 어수선하다고, 그는 다른 공동체 소속이니 가지 말라고 했다더군요. 하지만 집에 먹을 것이 없었기 때문에 그 사람은 올 수밖에 없었지요. 위험을 알았지만 먹을 것이 없었기 때문에 가족을 위해 위험을 감수할 수밖에 없었습니다. 그는 누가 일을 준다는 이야기를 듣고 이 지역으로 왔고, 일을 하러 가는 길에 칼에 찔렸습니다. 그 사람은 결국 병원에서 죽었습니다.

저에게는 그러한 속박이 서로 관련 있다는 사실이 분명해졌습니다. 카데르 미아의 경우 경제적 빈곤으로 인한 속박이 생명과 자유의 속박을 낳았습니다. 가장 위험한 환경에서 일을 찾을 수밖에 없었으니까요. 비참한 탄광 등 끔찍한 환경에서 일하는 사람들을 찍은 세바스티앙 살가두의 가슴 뭉클한 사진을 보면 그들이 경제적인 빈곤 때문에 자유의 제한을 받아들일 수밖에 없다는 사실을 알 수 있을 겁니다. 여러 종류의 속박이 서로 연결되어 있음이 제 마음 속에서 분명해졌습니다. 가장 최근 책인 『자유로서의 발전』은 사실 그 모든 것을 하나로 묶으려는 시도입니다.

와크텔 당신을 형성한 어린 시절 사건이 하나 더 있습니다. 심각한 구강암에 걸려서 지금이라면 치명적이라고 할 수준의 방사선 치료를 받았지요. 어느 비평가는 이것 때문에 상식에 대한 회의가 생겼을지도 모른다고, 심지어는 극복할 수 없을 듯한 문제에 대한 만성적인 낙관주의가 생겼을지도 모른다고 말합니다. 그것이 어떤 영향을 끼쳤다고 생각하세요?

센 그 경험은 저를 상당히 변화시켰습니다. 저는 열여덟 살에 암 진단을 받았습니다. 구개에 혹이 느껴져서 당시 YMCA 기숙사에서 지내던 저는 옆옆방에 살던 의대생에게 한 번 봐 달라고 했지요. 저는 늘 건강 염려증이 있었던 것 같습니다. 의대생은 별거 아닐지도 모르지만 비슷한 암종이 있다고 했습니다. 저는 그가 도서관에서 빌려 준 책을 읽고 편평세포암종이라고 생각했습니다. 자가진단을 한 거죠. 돈이 별로 없었기 때문에 콜카타의 어느 대형 병원에 외래 진료를 받으러 갔는데, 당연히 거기서는 제 혹을 보고 걱정할 것 없다고 말했습니다. 나중에 개업한 지 얼마 되지 않은 암 전문 병원에 가서 생체검사를 받았더니 편평세포암 2기로 밝혀졌지요. 그래서 8천 래드가 넘는 방사선 치료를 받았는데, 요즘은 그런 치료를 하지 않습니다. 하지만 그때는 히로시마 피폭 후 7년밖에 지나지 않았고, 방사선의 장기적인 영향이 알려지지 않았습니다. 사실 저는 방사선 치료 때문에 죽을 뻔했지요. 나중에 케임브리지 아덴브룩스 병원에서 계산을 해보더니 암의 특성을 고려했을 때 방사선 치료를 빼더라도 생존 확률이 15퍼센트 정도인데 방사선 치료 때문에 그 반 이하로 줄었을 거라고 했습니다. 운이 정말 좋았지요. 그래서 어느 정도는 낙관적인 성격이 되었습니다. 1년, 2년, 5년이 지날 때마다 살아남은 것을 축하했던 기억이 납니다. 정말 놀라웠지요.

저는 항상 과학을 믿었습니다. 핵폭탄에 반대하지만, 결국은 제가 핵에너지에 의해 죽임을 당한 것이 아니라 그 덕분에 병이 나았음을 인정합니다. 또 저는 견뎌 낼 수 있을지 확신하지 못했던 시간을 보내면서 어떤 절박함이 생겼다고 생각해요. 그래서 전반적으로 더욱 낙관적인 성격이 되었습니다.

와크텔 낙관주의에 대해서 이야기하자면, 당신은 보통 숫자와 돈, GNP와 시장을 다루는 경제학에 윤리 철학을, 삶의 질 문제를 도입했습니다. 『삶의 질』이라는 책을 공동 편집하신 적도 있지요. 삶의 질을 어떻게 정의하십니까?

센 저는 삶의 질이란 스스로 가치 있다고 생각하는 일을 할 수 있는 것이라는 전제에서 시작했습니다. 그러자 공동 편집자였던 고전 철학자 마사 누스바움이 아리스토텔레스의 사상과 뚜렷하게 연결된다고 지적했지요. 삶의 질이라는 개념은 근본적으로 애덤 스미스, 존 스튜어트 밀, 칼 마르크스의 글에서 확장된 것이었는데, 그들은 자유가 중요하고 다른 것들은 자유라는 목적이 있을 때에만 중요하다고 이야기했습니다. 하지만 삶의 질이라는 개념의 진정한 기원은 아리스토텔레스라고 생각합니다. 아리스토텔레스는 인간의 삶에 관심이 많았습니다. 그래서 저는 아리스토텔레스의 영향을 강하게 받은 사람들의 초기 저작을 이용했지요. 아리스토텔레스 시대에 인도에는 카우틸랴라는 사람이 있었는데, 최초의 경제학 책 『아르타샤스트라』를 쓴 사람입니다. 원래 통치에 관한 책이지만 기근, 구매력과 굶주림의 연관성 등 경제학 역시 논했지요. 카우틸랴는 삶의 질과 그 수단을 아리스토텔레스만큼 또렷하게 연관시키지는 않았습니다. 아리스토텔레스는 카우틸랴보다 훨씬 더 명확한 사상가, 더 세련된 철학자입니다. 카우틸랴는 많은 면에서 통치에 대해 더욱 뛰어난 사람이었습니다. 부패를 방지하고 견제와 균형을 유지하는 것에 대해서 할 말이 많았으니까요. 통찰력이 무척 뛰어나죠.

하지만 저에게는 그 당시 다른 사람들의 관점을 비교하는 것이 도움이 되었습니다. 또 저는 종교를 가진 적이 없지만 불교에 관심을 가진 적은 몇 번 있었습니다. 불교 초기 문헌을 보면 빈곤과 삶의 질 등에 대한 글이 있습니다. 결국 붓다는 깨달음을 찾아 집을 떠났지요. 사실 붓다는 깨달음이라는 뜻이고, 그는 세 가지 삶의 질을 빼앗긴 사람들을 본 다음 깨달음을 얻었습니다. 첫날에 그는 죽은 사람이 떠나는 모습을 보았습니다. 생명의 끝이었지요. 그 모습을 보고 붓다는 우리가 왜 죽어야 하는지 자문합니다. 둘째 날에는 너무 늙고 완전히 쇠약해져 혼자서 아무것도 하지 못하는 사람을 보고 우리가 왜 노화를 겪어야 하는지, 왜 늙으면서 삶의 질을 빼앗겨야 하는지 자문합니다. 셋째 날에는 심하게 병든 사람을, 병이 얼마나 큰 고통을 주는지를 보았습니다. 이렇듯 삶의 질 박탈은 모든 고대 사상에서 아주 큰 부분이었지만 저는 이론가 중에서 아리스토텔레스가 최고라고 생각합니다.

와크텔 하지만 현대 경제학 사상에 삶의 질이 반드시 포함되는 것은 아닙니다. 당신은 유엔 인간개발지수에 소득뿐만 아니라 삶의 질과 관련된 요소들인 수명과 보건, 교육을 포함시켰습니다. 어떤 의미에서는 붓다의 의문이군요.

센 네, 맞습니다. 인간개발보고서는 뛰어난 파키스탄 경제학자이자 저의 절친한 친구인 마붑 울 하크가 시작했는데, 그는 안타깝게도 2년 전에 세상을 떠났습니다. 우리는 케임브리지에서 같이 공부했고, 그는 제 평생의 친구였습니다. 마붑이 인간개발보고서를 시작했을 때 저는 그가 붓다의 일을 이어가고 있다고 말했지요. 잘 생각해 보면 사실 인간 개발은 경제학에 자주 등장했습니다. 17세기의 윌리엄 페티, 18세기의 애덤 스미스, 그리고 밀과 마르크스가 있지요. 현대 경제학에서는 약간 기술관료제화되었을지도 모르지만, 그래도 인간 개발에 대한 경제학자들의 글이 좀 있습니다. 아무튼 제가 처음은 아닙니다. 하지만 인간개발보고서를 처음 만드는 단계에서 중요했던 것은 무엇보다도 순수하고 타협하지 않는 수준의 이론을, 동료 전문가들이 무시할 수 없는 이론을 개발하는 것이었습니다. 그리고 동시에——제가 마붑 울 하크와 인간개발보고서를 만들 때의 두 번째 목표였는데요——인간개발지수를 전 세계의 개발 평가 방식과 연결시키는 것이었습니다. 물론 인간개발지수는 수치를 얻기 위해서 제가 마붑을 도와 만든 아주 대략적인 지수입니다. 하지만 인간개발보고서의 주된 장점은 교육, 보건, 여러 가지 궁핍과 불평등에 대해서 다양한 정보를 준다는 것입니다. 저는 인간개발지수를 만든 사람이라고 할 수 있지만 마붑에게 그것을 쓰지 말자고 설득하려 했습니다. 하나의 수치만 쓰는 것은 너무 천박하다고 말했지요. 우리가 어떤 나라의 삶에 질에 대해서 알고 싶을 때 "23" 같은 대답을 기대하지는 않습니다. 훨씬 더 복잡한 대답을 기대해요. 하지만 마붑은 종합적인 지수를 만들어야 지나치게 집중되어 있는 GNP를 누를 가능성이 있다고 설득했습니다. 그때가 기억납니다. 첫 보고서가 나오기 전에 마붑에게 전화가 왔기에 저에게 만들라고 한 인간개발지수가 아주 천박한 표지가 될 거라고 말했습니다. 마붑은 화를 내며 전화를 끊었죠. 그런 다음 다시 전화를 걸더니 GNP와 비슷하게 허술하고 비슷하게 천박하지만 더 나은 인간개발지수를 만들라고 말했습니다. 그래서 저는 그렇게 했지요.

와크텔 당신의 지수가 보여 준 것들 중에는 아프리카계 미국인들의 기대수명이 중국이나 스리랑카, 심지어는 인도 케랄라 주 사람들의 기대수명보다 낮다는 사실도 있었습니다. GNP만 따지면 그런 정보가 절대 드러나지 않겠지요. 정말 깜짝 놀랄 만한 통계량입니다.

센 맞습니다. 꽤 전부터 의사들은 그 문제에 관심이 컸습니다. 『뉴 잉글랜드 저널 오브 메디슨』뿐만 아니라 『저널 오브 아메리칸 메디컬 어소시에이션』에도 관련된 글이 실렸지요. 그들은 빈곤한 지역들을 주로 비교했던 것 같습니다. 할렘과 더 가난한 국가들을 비교한 유명한 연구가 하나 있었죠. 하지만 제 주장은 그러한 국가들이 빈곤한 것은 사실이지만, 아프리카계 미국인들에 대해서는 빈곤의 더욱 큰 패턴이 어느 정도 있다는 것이었습니다. 정말 깜짝 놀랄 만한 주장이었고, 저는 90년대 초에 『사이언티픽 아메리칸』에 아프리카계 미국인들이 말하자면 중국인, 스리랑카인, 케랄라인보다 오래 살 확률이 낮다는 발견을 발표했습니다. 다른 지역, 특히 인도의 기대수명은 훨씬 더 빨리 증가했지만, 아프리카계 미국인의 격차는 어느 정도 더 벌어졌습니다. 현재 인도에는 아프리카계 미국인들보다 기대수명이 높은 지역이 여러 군데 있습니다.

와크텔 왜 그렇게 된 거죠?

센 저는 박탈과 관련된 문제들이 언급되지 않았다고 생각합니다. 미국은 의료보험이 없기 때문에 크나큰 대가를 치렀습니다. 미국처럼 부유한 나라에 아직도 의료보험이 없다는 사실이 저는 정말 무서워요. 의료보험이 없는 미국인은 4,400만에서 4,500만 명 정도입니다. 제가 인도에서 살펴본 주들에는 기본적인 의료보험이 있었습니다. 물론 케랄라주가 가장 많았지만 다른 곳도 많았지요. 질은 썩 높지 않을지 모르지만, 고품질의 의료행위가 필요하지 않을 때도 많습니다.

아프리카계 미국인은 폭력성 때문에 사망률이 높다는 근거 없는 통념이 널리 퍼져 있습니다. 심술궂은 훈계도 들어 있지요. 아프리카계 미국인들은 폭력에 휘말려 높은 사망률을 자초했다고 말입니다. 그래서 저는 『사이언티픽 아메리칸』에 발표한 논문에서 여성과 폭력적인 나이를 지난 35세 이상도 살펴보았습니다. 패턴은 똑같습니다. 35세에서 55세 사이에서도 흑인과 백인의 차이가 무척 뚜렷하다는 사실을 알 수 있습니다. 제가 90년대 초에 살펴보았던 통계에 따르면 35세에서 55세 사이의 흑인 여성 사망률은 백인 여성 사망률의 2.9배였습니다. 소득에 따라 조정한 후에도 — 소득 수준은 높은 사망률의 원인 일부를 설명할 수 있으니까요 — 흑인의 사망률이 두 배 이상 높았습니다. 그러니 실제로 박탈이 존재하는 것입니다. 여러 가지 요소들이 있는데, 언젠가 인종의 구체적인 영향, 저소득의 구체적인 영향, 의료보험 부재의 구체적인 영향에 대해서 좀 더 연구할지도 모르겠습니다. 통계학자들이 공변이라고 부르는 것인데요, 서로 결합되어서 각각의 영향을 강화하고 더 중대하게 만드는 요소들을 말합니다. 이런 식으로 상황을 파악하려면 경제학자들이 다루기 꺼리는 문제들에 집중할 필요가 있습니다. 저는 암에 걸린 이후 저를 괴롭히던 의문에 답을 찾겠다고 굳게 결심하고 이 문제에 집중했습니다. 제 인생에서는 사망률이라는 것이 무척 큰 요소였습니다.

와크텔 당신은 『삶의 질』 서문에서 어려운 딜레마를 제기합니다. 번영을 위해 무엇이 가장 중요한지 알아내려면 연구하는 나라나 지역의 전통을 봐야 할까요, 아니면 좋은 삶에 대한 더 보편적인 기준을 찾아야 할까요? 후자의 경우 당신의 말처럼 "전통이 억압하거나 주변화시켜 온 사람들의 삶을 힘센 나라가 옹호할 가능성"이 있습니다. 무엇이 삶의 질을 구성하느냐에 대한 당신의 결론은 무엇입니까?

센 저는 그 문제에 대해 편견이 있습니다. 저는 보편주의자입니다. 문화적 차이가 존재하지만 궁극적으로——이 부분은 아리스토텔레스에게서 힌트를 얻었는데요——우리의 가장 기초적인 욕구는 그것을 충족시키는 복잡한 방법보다 서로 훨씬 비슷하다고 생각합니다. 우리는 모두 생존, 행복, 즐거움, 교육에 관심이 있지만 교육의 형태는 다양하고, 우리가 먹는 음식도 다양하고, 주거 형태도 다양합니다. 예를 들어 일본의 가옥과 미국의 가옥은 전혀 다르지만 집이 필요하다는 욕구는 똑같습니다. 그러므로 저는 아주 기본적인 수준에서는 공통점이 더 많다고, 지역적 차이는 그렇게 크지 않다고 말하겠습니다. 그것이 첫 번째 요점입니다. 둘째, 저는 우리가 훨씬 유연하다고 생각합니다. 때로는 우리가 얼마나 빨리 적응하는지 자신도 깨닫지 못합니다.

요즘의 인도 음식을 떠올리면 고추가 주요소라고 생각할 겁니다. 자, 고추는 포르투갈인들이 400년 전에 인도에 처음 들여왔습니다. 하지만 인도인은 물고기가 물을 좋아하듯 고추를 좋아하게 되었고, 고추가 갑자기 인도 요리에서 아주 중요해졌습니다. 영국인들이 인도 음식을 좋아한 것처럼 말입니다. 영국 어디를 가도 영국관광청은 커리가 진정한 영국 음식이라고 설명합니다. 저는 또 『텔레그래프』에서 어떤 영국 여성이 스스로 수선화만큼, 혹은 치킨 티카 마살라만큼이나 영국적이라고 묘사하는 글을 읽고 참 재미있었습니다.

이는 어떤 나라의 문화가 다른 나라로 들어가서 그 일부가 되는 것이 얼마나 쉬운지 보여 줍니다. 저는 우리가 서로에게서 유연성을 많이 배운다고 생각합니다. 그리고 지역 문화에서 큰 부분으로 내세우는 많은 것들이 그 지역 정체성의 아주 작은 부분을 다시 강조하는 것에 지나지 않는 경우가 많습니다. 모든 문화는 수많은 다양성을 가지고 있는데, 일부 공론가들이 나와서 무엇이 중요한지 결정하지요. 주로 종교의 형태로 말입니다.

저는 30년대에 아프가니스탄으로 갔던 사예드 무스타파 알리라는 뛰어난 뱅골 작가의 책을 최근에 읽었습니다. 알리는 아프가니스탄에 대해, 그리고 그곳에 널리 퍼진 논의에 대해서 썼습니다. 참 뛰어난 책이고, 아주 급진적인 시각에서부터 보수적인 시각까지 다양한 의견을 섭렵하고 있지요. 빠진 것은 탈레반의 견해, 아주 획일적인 종교적 견해밖에 없습니다. 하지만 어떻게 해서든 그것이 아프가니스탄의 유일한 입장, 아프가니스탄의 진정한 입장이 되었다면 어떻게 개입할 수 있을까요? 여자가 학교에 다니는 것을 막지 말라고 어떻게 요구할 수 있을까요? 그것이 아프간 문명이 아니라고 말할 수 있을 겁니다. 30년대의 아프가니스탄 개혁가들은 교육 같은 문제에 무척 관심이 많았지요. 외국에서 이식된 것이 아니었습니다. 문화 내의 다양성, 문화 내의 복수성을 감안한다면, 우리의 유연성 뿐 아니라 더 깊은 차원에서 보면 공통된 욕망과 욕구가 많다는 사실을 감안한다면, 생각보다 훨씬 쉬운 문제입니다.

와크텔 정부와 정치를 어떻게 초월하지요? 어떻게 파고들어 힘을 가진 사람들에게 그러한 일이 가능하다고 설득할까요?

센 궁극적으로 기존 보수주의에 대항하는 주된 힘은 민주주의입니다. 어떻게 한 나라의 전통에 끼어들 수 있느냐고 묻는다면 자신을 위해서가 아니라 대다수의 사람들을 위해서라고 대답할 수 있을 테니까요. 어떤 문제를 재검토하려고 할 때 그것이 과거의 전통이라는 주장으로 막을 수는 없습니다. 진짜 전통이었다고 해도 말이지요. 게다가 사실은 전통이 아닌 경우가 많습니다. 그리고 어떤 것이 전통이라고 주장한다고 해서 "이제 우리는 거기에서 벗어나고 싶어요"라고 말할 수 없다는 뜻은 아닙니다. 민주주의가 있으면 결정을 내리고 투표할 권리도 있습니다. 참여하고 싶다는 욕망, 토론을 하고 사람들과의 논의에 참여하고 싶다는 욕망도 포함되지요.

저는 정부의 공식 고문을 절대 맡지 않겠다고 일찌감치 결심했습니다. 통치 정책에 대한 글을 종종 쓰지만 공적인 영역으로만 제한합니다. 전 아주 운이 좋았기 때문에 평생 세 민주국가 인도, 영국, 미국에 살았습니다. 어느 나라에서든 제 주장을 펼칠 수 있었고 정부를 향해 제 말에 귀를 기울이라고 촉구할 수 있었습니다. 그리고 책을 출판하는 데에 어려움을 겪었던 적이 한 번도 없었기 때문에 대중 매체를 통해서 사실이 항상 흘러나오게 되어 있습니다. 저는 민주주의를 굳게 믿습니다. 우리가 정부에 압력을 행사하든, 공적 논의에 참여하든, 예를 들어 가치관과 성평등 같은 문제를 바꾸든 말입니다. 인도에서는 성평등이 주로 공공 논의를 통해서 주요 문제로 떠올랐습니다. 20년 전에는 의회의 3분의 1을 여성으로 채울 수 있을지 논의한다는 것을 상상도 할 수 없었겠지만 지금 인도 의회는 바로 그 문제를 논의하고 있습니다. 저는 이 모든 것이 공적 논의의 결과라고 생각합니다.

와크텔 당신은 여성 문제를 제기했습니다. 『자유로서의 발전』에서 "가능하다고 상상할 수 없는 것을 욕망하기란 어렵다"고 말했지요. 이 말은 누구보다도 여성에게 가장 큰 영향을 주는 것 같습니다. 당신은 40년 동안 여성 문제를 고민했고 1억 명의 여성이 사라졌다는 놀라운 통계를 내놓았습니다.

센 그렇습니다. 제가 산티니케탄에서 학교에 다닐 때 몰두했던 문제들 중 하나지요. 당시 일부는 야학을 했습니다. 제가 열네 살, 열다섯 살쯤 되었을 때에도 여자가 학교에 다니기가 더 힘들다는 사실을 분명히 알 수 있었습니다. 반드시 가족이 반대해서라기보다 집안에서 여자아이들은 하는 역할이 있었기 때문이지요. 예를 들면 어린 동생들을 돌본다든지 하는 역할 말입니다. 저는 젠더 문제에 대해 고찰하는 것이 아주 중요하다고 항상 생각했습니다. 그러다가 나중에 사망률 통계를 연구하면서 예를 들어 인도가 사하라 이남 아프리카와 격차가 똑같다면 여성이 3천만 명 더 있어야 한다는 사실이 드러났습니다. 물론 사하라 이남 아프리카는 인도보다 사망률이 훨씬 높지만 성별 차이는 없습니다. 평균 성별 차이가 인도에서도 똑같다고 가정하고 격차가 사하라 이남 아프리카와 같다고 가정하면 인도 여성은 3,500만 명, 중국 여성은 4,200만 명이 더 살아 있어야 했습니다. 그것이 저의 첫 번째 계산이었습니다. 그러면 거의 1억 명 가까운 수치가 나오지요.

와크텔 다시 말해서 일부 사회는 여성이 남성보다 더 많지만 더 일찍 죽는다는 뜻인가요?

센 네. 아주 일찍 사망하는 경우가 많습니다. 기본적으로 저는 여성이 남성보다 생존에 유리하다고 생각하는데, 일부의 주장처럼 사회적으로만이 아니라 생물학적으로도 그렇습니다. 여성 태아는 남성 태아보다 생존 확률이 더 높습니다. 훨씬 더 높죠. 남아 109명이 착상할 때 여아는 100명이 착상합니다. 출생 시점이 되면 남아는 105명으로 감소하지요. 하지만 삶을 마칠 즈음에는 남성 100명당 여성은 105명에서 106이 됩니다. 여성의 생존율이 남성의 생존율보다 높기 때문에 수치가 역전된 것이지요. 물론 성감별 낙태와 성 편향(아시아, 특히 중국에서 가장 뚜렷하게 나타납니다) 때문에 이런 통계는 바뀝니다. 인도에서는 성감별 낙태가 불법이기 때문에 하기 어렵지만 일부에서 이루어지고 있습니다. 이제 남아의 출생은 115명, 125명까지 올라가지요. 이러한 격차는 정말 놀랍습니다. 말하자면 캐나다와 미국, 유럽에서는 남성 100명당 여성 105명인데 중국은 남성 100명당 여성이 94명에 불과하니까요. 남성 100명당 여성의 수가 인도는 93명, 파키스탄은 91명입니다. 방글라데시는 94명이고요.

와크텔 거기에서 사라진 1억 명의 여성이라는 개념이 나왔습니다. 남자와 똑같은 취급을 받았다면, 어렸을 때 똑같은 보살핌과 관심을 받았다면 살았을 여성의 수를 계산해서요.

셴 네, 차별적 방치 때문입니다. 유아 살해와 같은 사건은 항상 신문에 극적으로 보도됩니다. 반면, 신문은 별로 극적이지 않은 방치 사건은 무시하는 경향이 있습니다. 우리가 보고 있는 것은 끔찍한 방치입니다. 저는 봄베이의 입원 기간을 연구한 적이 있는데, 남아와 여아의 입원 기록을 보면서 입원 시점에 상태가 얼마나 심각했는지 조사했습니다. 제가 기준으로 삼은 것은 환자가 사망한 경우 입원 후 얼마 만에 사망했는가 등이었습니다. 결과를 보니 여아는 남아보다 훨씬 더 많이 아파야 가족들이 병원으로 데려오더군요. 무료 병원이었는데도 말입니다. 그러므로 유아 살해가 아니라 방치를 유심히 봐야 합니다. 저는 중국의 유아 살해 역시 과장되었다고 생각합니다. 통계 수치를 보면 심각한 방치 실태가 드러나는데, 방치는 유아와 어린 아이들에게 특히 치명적인 무기입니다.

여성의 일생 동안 이러한 일이 계속된다고 할 수 있습니다. 물론 해법은 교육과 고용을 통해서 여성의 역량을 강화하는 것입니다. 여성이 교육을 받고 경제적으로 독립하면 사망률의 성 편향이 즉시 사라지는 것을 볼 수 있습니다. 출생률도 감소하지요. 사람들은 인구과잉을 걱정합니다. 한 가지 흥미로운 점은 끊임없이 아이를 낳고 기르는 젊은 여성의 삶이 가장 황폐해진다는 것입니다. 젊은 여성의 목소리와 의사결정력을 증가시키는 요소는 출생률을 감소시키는 경향이 있습니다.

국가간 비교를 통해서 그러한 결과를 얻을 수 있지만, 가장 설득력 있는 것은 주간 비교이고, 인도에 300개 이상 존재하는 지역을 비교하면 더욱 설득력이 있습니다. 사실 자세한 통계 자료를 바탕으로 보면 출생률 격차를 설명하는 가장 강력한 힘이 두 가지 있는데, 첫 번째는 여성의 교육이고 두 번째는 여성 고용——유급 고용——입니다. 이 두 가지가 변화의 80%를 설명합니다. 다른 요소는 거의 필요 없을 정도지요. 그러므로 여성의 역량 강화가 중요한 요소입니다. 여성은 희생자로 취급되지만 교육을 받고 직장을 갖고 힘을 얻은 여성은 행위자로 취급됩니다. 『자유로서의 발전』은 많은 부분에서 희생자 역할과 행위자 역할을 연관시킵니다. 항상 고통 받는 희생자로서의 여성과 행위자로서의 여성의 관계는 아주 가깝습니다. 여성에게는 그것이 특히 중요한데, 여성의 미래를 위해서만이 아닙니다. 정말 놀랍게도 여성의 교육 수준이 증가하면 남아든 여아든 상관없이 아동 사망률이 전반적으로 감소하고 사망률의 성 편향 역시 줄어듭니다.

와크텔 당신은 시장의 광범위한 이용과 사회적 기회 개발을 결합하자고 제안합니다. 두 가지를 어떻게 조화시킬 수 있을까요? 특히 탐욕과 자기 이익을 자본주의의 동력이라고 여기는 상황에서 말입니다. 사회적 발전을 위해서 필요한 우선순위를 정할 때 어떻게 균형을 맞출 수 있을까요?

센 시장은 두 가지 면에서 흥미롭습니다. 첫째, 누구나 자격만

되면 시장에 들어가서 무언가를 할 기회가 있습니다. 자격이 매우 중요하지요. 자본도 신용도 없어서 시장에 들어갈 수단이 없으면 사업을 시작할 수 없습니다. 그러므로 시장 기회를 확대하기 위해서 시골 지역이라면 소액 대출 기관을 만들고 토지 개혁을 실시하는 것이 아주 중요합니다. 그러면 토지라는 형태의 작은 자산으로 시장에 들어갈 수 있지요. 시장은 대부분 스스로 돕는 자를 돕기 때문에 일정량의 자산으로 스스로를 도와야 합니다. 그것이 우선입니다.

둘째, 시장은 소득 기회를 확대시키는 아주 강력한 도구입니다. 하지만 일자리를 찾지 못하는 사람도 생긴다는 점을 염두에 두어야 합니다. 누군가는 가난해지게 되어 있습니다. 기술은 변할 것이고 일부 사람들은 밀려날 것이므로 사회 보장 시스템이 필요합니다. 여러 가지 보호수단이 필요하지요. 그러므로 민주주의는 사회 보장에 압력을 가하는 아주 좋은 방법입니다. 신용이 필요한 것처럼 기초 교육도 필요하지만, 현대의 통상과 경제 활동에 진입하기 위해서도 교육이 필요합니다. 이를 위해서는 식자율이 무척 중요합니다. 예를 들어서, 별로 알려지지는 않았지만 중국 혁명이 성공할 수 있었던 것은 혁명 전 기초 교육과 보건을 어느 정도 확대했기 때문입니다. 그래서 예전 같으면 시장 진입이 쉽지 않았을 많은 사람들이 힘을 얻었지요. 인도의 기초 교육 경시 풍조는 아주 느릿느릿 개혁 중인데, 저는 인도가 이 때문에 큰 손해를 봤다고 생각합니다. 인도가 시장을 환영하지 못했기 때문에 고난을 겪었다는 지적이 있는데, 어떤 면에서 맞는 말입니다. 사실이지요. 물론 그러한 경향은 바뀌었지만, 문맹률이 높기 때문에 기회가 여전히 제한적인 것도 사실입니다. 중국에서 대학 교육을 받은 사람 한 명당 인도에서 대학 교육을 받은 사람은 여섯 명입니다. 그래서 인도는 IT나 인터넷 같은 첨단 기술 산업에 아주 쉽게 진입할 수 있었고, 인도 사람들은 첨단 기술 분야에서 크게 한몫 잡았습니다. 많은 사람들이, 수백만 명이 첨단 기술로 소득을 올리고 있지요. 하지만 완전히 배제된 사람도 수백만 명입니다. 사회적으로 배제된 사람들 말입니다.

와크텔 식자율이 훨씬 더 낮기 때문이죠.

센 네, 따라서 시장을 성공시키기 위해 필요한 것은 시장 제한이 아니라 시장 활성화, 즉 교육, 토지 개혁, 소액 대출을 통해 사람들이 시장에 쉽게 진입하게 만드는 것입니다. 또 시장은 보호(사회 보장, 민주주의, 기근 방지, 기타 사회적 보호)를 제공해야 합니다. 시장 자유와 다른 자유를 함께 보장하면 균형을 맞출 수 있습니다. 그러므로 우리는 더 넓은 시각을 추구해야 합니다. 저는 그런 기조를 추구하려고 애써 왔습니다.

와크텔 다국적 기업의 힘을 생각했을 때 과연 그러한 기조를 추구할 수 있을까요?

센 네, 그렇다고 생각합니다. 다국적 기업은 강력하지만 민중도 마찬가지입니다. 많은 경우에 다국적 기업이 강력한 것은 민중을 책임지지 않는 고위 정부 지도자들이나 얼마 안 되는 공무원들만 대하면 되기 때문입니다. 정부 지도자들은 훨씬 쉽게 다국적 기업을 회유할 수 있지요. 하지만 일단 민주주의의 힘을 얻고 항의할 준비가 되어 대중을 선동하는 정치가들이 등장하면 상황을 바꿀 수 있습니다. 민주주의는 다국적 기업의 횡포를 해결하는 아주 좋은 도구입니다. 다국적 기업은 좋은 일을 할 때도 많고 나쁜 일을 할 때도 많습니다. 민주주의 참여 정치가 적당한 방식으로 개입할 수 있습니다.

와크텔 당신은 인본주의 경제학자인데, 그 용어 자체가 모순이라고 여겨질 때도 있습니다. 아마르티아 센이 두 사람이라고 생각하는 사람도 있을 정도지요. 노벨상을 받은 이후 당신의 이름을 딴 노벨 아마르티아라는 렌틸콩 디저트도 생겼고, 아미트 차우두리의 소설 『새로운 세상』에도 당신의 이름이 등장합니다. 대중의 인식에서는 어느 아마르티아 센이 더 우위에 있을까요?

센 글쎄요, 저는 모순인지 잘 모르겠습니다. 제가 사회 선택 이론에서 수학적 연구를 하면서 많은 시간을 보낸 것은 사실이지만, 그것은 우리가 지금까지 이야기한 것들과 밀접한 관련이 있습니다. 어쨌든 사회 선택 이론의 기원은 유럽 계몽주의입니다. 1880년대 프랑스 수학자 콩도르세가 발전시켰지요. 콩도르세가 그랬듯이 대부분 프랑스 계몽주의와 밀접한 연관이 있었습니다. 그들은 인민이 권력을 잡으면——프랑스 혁명으로 그렇게 되리라 생각했지요——다양한 사람들이 다양한 생각을 가지고 있는데 나라를 어떻게 운영할까 고민했습니다. 어떻게 하면 응집된 사회를 이룰 수 있을까? 어떻게 보면 수학적 민주주의 정치를 다루든 빈곤과 불평등의 수학적 측정을 다루든, 민중 참여에 의해 생겨난 질문을 하고 있는 것입니다. 그러므로 노벨상은 제 기술적 연구의 결과이긴 합니다만, 제 연구가 빈곤과 고통이라는 문제와 밀접하게 관련이 있다고 생각합니다. 기본적으로 민주주의——민중 참여——는 수학 문제를 포함하는 사회 선택 이론과 기근, 굶주림, 개발, 궁핍과 폭력의 예방, 정체성 충돌에 대한 연구를 연결합니다. 제 마음속에서는 이 모든 것이 긴밀하게 통합되어 있습니다.

와크텔 당신이 노벨상을 받았다는 것은 개발 가치관에 대한 우려가 더 많아졌다는 뜻이라고 생각하십니까?

센 그럴지도 모르지만, 저 때문은 아닙니다. 많은 사람들이 그런 주제로 글을 써 왔습니다. 많은 이들이 같이 해 온 연구가 전부 저의 공으로 여겨질 때면 종종 당황스럽습니다. 학창 시절부터 반 친구들은 제가 항상 제일 크게 외친다고 불평하곤 했는데, 어쩌면 저의 외침 때문에 사람들이 귀를 기울이게 되었을지는 모르지만 전 세계 각지에서 많은 경제학자들이 비슷한 문제를 연구해 왔습니다. 어떻게 보면 제가 더 열심히 참여하고 있는 기술적 경제학 연구에서 주목 받는 것이 더 쉬울지도 모릅니다. 하지만 저는 자랑스러운 경제학자로서 경제학자는 인간적인 문제에 대체로 무관심하다는 생각을 반박하고 싶습니다. 경제학자는 자랑스러운 직업이며, 윌리엄 페티와 애덤 스미스, 데이비드 리카르도, 칼 마르크스, 존 스튜어트 밀부터 대부분의 경제학자들이 인간의 문제에 몰두해 왔다고 생각합니다. 그것이 우리의 전통입니다.

2000년 9월

글로리아 스타이넘
Gloria Steinem

스스로 페미니스트라 칭한다는 것은
자기 자신만이 아니라 모든 인종과 모든 집단의
여성이 동등한 대우를 받아야 한다고 말하는 것입니다.
아주 넓고 깊은 혁명이지요.

글로리아 스타이넘

잠입 취재를 위해서 플레이보이 바니 걸로 위장 취업을 하고, 페미니즘 잡지 『미즈』의 초대 편집장을 지냈을 뿐 아니라 지금까지도 꾸준히 글을 싣는 글로리아 스타이넘은 페미니즘의 아이콘이며 현대 사회와 여성을 보는 시각을 바꾼 저널리스트 겸 활동가이다. 스타이넘이 1983년에 낸 에세이집의 제목 『글로리아 스타이넘의 일상의 반란』은 그녀의 정신을 잘 포착한다. 글로리아 스타이넘은 메리 울스턴크래프트부터 시작된 여성의 권리 옹호 전통을 이어가는 인물로 칭송받았다. 사회 비평가이자 편집자인 디어드리 잉글리시는 스타이넘이 "20세기 페미니즘 진영에서 스스로의 업적뿐 아니라 상징적인 존재로서 확실히 역사에 남을 몇 안 되는 인물 중 하나"라고 썼다. 글로리아 스타이넘은 여성 해방의 대표자가 되었고, 환영할 만한 페미니즘의 얼굴, "똑똑한" 금발머리, 지칠 줄 모르는 연사,

하나의 현상이 되었다.

글로리아 스타이넘은 1934년에 오하이오 톨레도에서 태어났다. 그녀는 힘든 어린 시절을 보냈지만——부모님은 이혼했고 어머니는 정신질환을 앓았다——장학금을 받고 스미스 칼리지에 진학했다. 스타이넘은 졸업 후 2년 동안 인도 각지를 돌아다니며 공부했고, 1960년부터 뉴욕에서 저널리스트로 활동하기 시작했다. 1968년에는 잡지 『뉴욕』을 공동 창간하고 정치 칼럼을 썼고, 1972년에는 『미즈』를 창간했다. 스타이넘은 17년 동안 『미즈』의 편집장이었고, 지금까지도 편집 위원, 공동 소유자, 글을 종종 기고하는 칼럼니스트로 깊숙이 관계하고 있다. 그녀가 가장 최근에 낸 책은 『말을 넘어 행동하기』라는 에세이집이다.

글로리아 스타이넘은 쉰 살, 혹은 예순 살 이후의 삶을 "또 다른 나라"라고 표현하며 사실 그 어느 때보다 급진적이라고 말한다. 또한 스타이넘은 예순여섯 살에 남아프리카 사업가 데이비드 베일(배우 크리스천 베일의 아버지)과 결혼해서 팬들을 놀라게 했다. 그녀가 플레이보이 바니 걸 폭로 기사를 통해 처음으로 주목을 끌었다는 점을 생각하면 『플레이보이』의 휴 헤프너와 같은 해(1998년)에 미국잡지편집자협회 명예의 전당에 올랐다는 사실은 무척 아이러니하다.

최초의 여성 우주 비행사가 우주로 나갔을 때 그녀의 어머니는 지상에서 이렇게 선언했다고 한다. "글로리아 스타이넘에게 축복이 있기를." 많은 이들에게 영감이 되었던 스타이넘은 "변화의 상상이 항상 변화라는 현실에 선행해야 한다"고 말했다.

∞

와크텔 1세대 페미니즘 운동은 여성 투표권 운동과 밀접한 관계가 있었는데, 2세대 페미니즘 운동은 어디에서 촉발되었다고 생각합니까?

스타이넘 1세대 페미니즘은 노예제 폐지 운동의 일부였다고 할 수 있으니, 어떤 면에서는 비슷한 충격에서 시작되었습니다. 수많은 백인 및 흑인 여성들이 유사성을 분명히 파악했습니다. 흑인 여성이 어떤 면에서는 해방될 수 있지만 다른 면에서는 해방될 수 없다는 것은 아이러니했으니까요. 마찬가지로 2세대 페미니즘 운동은 민권 운동 직후에 일어났습니다. 자유라는 생각은 전염성이 강하고, 성과 인종의 카스트 제도는 너무나 밀접하게 연관되어 있기 때문에 같이 뿌리 뽑을 수밖에 없습니다.

와크텔 전쟁과도 관련이 있을까요?

스타이넘 여성의 재생산 역할 외에도 수많은 충격과 이유가 있지만, 저는 그것이 인류학적으로 가장 심오한 이유라고 생각합니다. 게다가 제2차 세계대전도 있었지요. 전쟁이 끝나자 사람들은 여성에게 노동 인구에서 나와 교외로 돌아가라고, 전쟁에서 돌아온 퇴역군인에게 지금까지 하던 일을 넘겨주라고 부추겼습니다. 그러나 자기 부양을 경험한 여성들은 50년대의 제약에 상당한 불만을 느꼈습니다. 베티 프리단의 책 『여성의 신비』에 잘 드러나 있지요. 또 베트남 전쟁이 무척 중요했습니다. 젊은 남자들이 남성으로서의 역할을 하기 위해 징집되는 것에 반항했기 때문입니다. 남자보다 더 많은 여자들이 베트남 전쟁에 반대했습니다. 여자들은 남자가 남성적이기 위해서 멀리 떠나 누군가를 죽이거나 죽임 당하는 역할을 하지 않는다면 우리도 여성의 역할을 수행할 필요가 없다고 마음 깊이 느꼈습니다. 그래서 평화 운동을 하다가 정치화된 여성이 많았지요. 민권 운동에서 그랬던 것처럼 말입니다. 하지만 그런 이상적인 운동 속에서도 여성은 결정을 내리기보다 복사를 하고, 커피를 타고 사람들을 돌보고 있음을 자각했습니다. 그러한 이상주의와 정치화를 통한 이상주의적인 운동 내에서도 진정한 평등을 이루려면 자율적인 여성 운동이 필요하다는 이해가 생겼습니다.

와크텔 남자보다 여자들이 베트남 전쟁에 더 반대했다는 건 저도 몰랐습니다.

스타이넘 네, 훨씬 더 반대했습니다. 더 일찍부터, 더 많이 반대했지요. 사실 특이한 일은 아니에요. 여자들은 폭력으로 문제를 해결한다는 생각에 훨씬 더 회의적인데, 부분적으로는 남성성을 증명하도록 키워지지 않았기 때문이지요. 여성이 더 똑똑하다는 뜻은 아닙니다. 우리는 폭력과 공격의 가치를 믿 도록 세뇌당하지 않았고, 또 여자가 폭력의 주요 대상이며 폭 력이 우리의 마음을 바꾸지 않는다는 사실을 잘 알기 때문입 니다.

와크텔 페미니즘은 왜 1세대, 2세대와 같이 세대별로 올까요? 그런 면에서 다른 운동과 비교할 수 있습니까?

스타이넘 저는 운동에 불변의 법칙이 있다고 생각하지 않습니 다. 당신과 나와 다른 모든 사람들이 매일 무엇을 하느냐에 달 려 있지요. 하지만 운동은 격렬하게 일어났다가 동화, 또는 분 산의 시기를 거친 다음 다시 격렬하게 일어나는 것 같습니다. 뛰어난 역사학자 게르다 러너는 어떤 운동이든 백 년 동안 계 속되어야 지속적인 효과가 있다고 항상 말합니다. 저는 그런 장기적인 시각이 도움이 된다고 생각합니다. 그러면 단계를 인식할 수 있지요.

와크텔 당신은 60년대 후반에 낙태법 관련 모임에 참가했다가 급진주의자가 되었습니다. 하지만 그 이전의 전환점으로 잠시 돌아가 보고 싶은데요, 대학교를 졸업하고 인도에서 지냈던 1950년대 말입니다. 그곳에서의 경험이 어떤 영향을 끼쳤는지 이야기해 주시겠어요?

스타이넘 그 경험은 저를 크게 변화시켰습니다. 그때를 돌아볼 만큼 시간이 흐른 후에야 깨달을 정도로요. 우선 제가 서양이 아닌 나라에서 지낸 것은 그때가 처음이었는데, 세계의 대다수 사람들이 어떻게 사는지 엿볼 수 있었습니다. 또 인도는 독립 혁명을 겪은 직후였고 강력한 간디주의 운동이 여전히 진행 중이었기 때문에 최소한의 폭력으로 큰 변화를 일으킨 예가 수없이 많았습니다. 그러한 변화를 일으킨 전술 면에서도 배운 점이 있었고요.

아이러니하게도 당시 저는 인도의 여성 운동이 많은 면에서 간디에게 본보기가 되었다는 사실을 깨닫지 못했습니다. 종종 그렇듯이, 그 사실은 역사에도 기록되지 않았지요. 인도의 여성 운동보다 데이비드 소로가 간디의 모델로 널리 알려졌습니다. 저는 70년대 후반에 친구와 동지들을 만나러 다시 인도에 갔는데, 우리는 간디가 전 세계 여성들에게 아주 좋은 전술적 모범이라고, 그의 편지를 살펴보고 여성 운동에 도움이 될 만한 것들을 출판해야겠다는 이야기를 나누었습니다. 그래서 간디와 함께 일했던 어느 나이 많은 여성과 인터뷰를 했는데, 그녀는 엄청난 인내심으로 우리 이야기를 끝까지 듣더니 이렇게 말했습니다. "음, 간디가 준 교훈이 여성 운동에 유용한 것은 사실이지요. 간디가 아는 것은 전부 우리가 가르쳐 주었으니까요." 1800년대 후반과 1900년대 초반에 전 세계 대부분의 나라에서 그랬던 것처럼 인도에서도 대대적인 여성 운동이 일어났습니다. 여성들은 조혼과 사티——미망인을 죽은 남편의 시체와 함께 화장하는 풍습이지요——등 여러 가지 병폐에 맞서 싸우면서 비폭력적인 방법을 지지했는데, 여성에게는 비폭력이 편하게 다가왔기 때문입니다. 간디가 그 전술을 배웠지요.

와크텔 인도에서 당신은 급진적 휴머니스트라는 단체에 가담했습니다. 어떤 단체였습니까? 어떤 영향을 받았나요?

스타이넘 대부분 히틀러-스탈린 조약 이전까지 공산주의자였던 사람들로, 사회 정의를 위해서 헌신했습니다. 하지만 인도 공산주의자들이 변한 것은 히틀러-스탈린 조약 때문만이 아니라 공산당이 러시아의 동맹으로서 영국령 인도 제국을 지원하고 인도 독립 운동을 방해하는 방향으로 돌아섰기 때문이기도 했습니다. 아이러니하게도 공산주의가 영국을 지지하자 배신감을 느끼면서 공산주의——자기 나라에서 자연 발생한 것이 아니라 타국에서 들어온 사상——에 대한 환멸이 찾아왔습니다. 그래서 그들은 마르크스주의의 가장 높은 이상이라고 생각했던 무정부주의와 전반적인 사회 정의를 받아들였고, 그것을 나름대로 해석하여 포함시켰습니다. 그 단체가 바로 급진적 휴머니스트였지요. 인도 전역에서 정말 뛰어난 사람들이 참여한 모임이었기 때문에 인도를 돌아다니는 저에게는 일종의 생명줄이자 안전망이 되었습니다. 물론 모임에도 참여할 수 있었고요.

와크텔 당신은 카스트 폭동 당시 중재 팀의 일원이 되어 인도 남부를 여행했습니다. 사리를 입고 머리카락을 검게 물들인 사진을 본 적이 있어요.

스타이넘 아마 머리색은 그대로였을 거예요. 아무튼 당시 저는 인도 남부를 돌아다니고 있었는데, 비극적인 카스트 폭동이 일어나서 퍼질 때 람나드라는 지역에 우연히 들어갔습니다. 뉴델리의 국가 정부는 폭동의 확산을 막으려고 람나드 지역 전체의 출입을 금지하여 고립시켰지요. 저는 비노바 바베가 만든 단체를 만나러 갔는데, 대지주들에게 토지의 일부를 땅 없는 사람들에게 무상으로 주도록 설득하는 토지 개혁 운동 단체였습니다. 어느 마을의 작은 본부에서 폭동 지역 마을까지 걸어가서 사람들을 불러 모아 이야기할 팀을 파견하고 있었습니다. 소문이 현실보다 얼마나 과장되었는지, 또 실제로는 어떤 일이 벌어지고 있는지 설명하여 폭력을 끝내려고 애썼지요. 적어도 여자가 한 명은 있어야 마을 여자들도 모임에 참여할 수 있었는데 제가 도착했을 때 다음 팀에 합류할 여성이 없었기 때문에 같이 가 달라는 부탁을 받았습니다. 제가 말했지요. "인도 사람도 아닌 저를 보내면 좀 이상하지 않을까요?" 그러자 그들이 말했지요. "뉴델리에서 온 사람이나 당신이나 다를 게 없어요." 그래서 저는 두 명, 세 명, 혹은 네 명으로 구성된 팀과 함께 일주일 정도 이 마을 저 마을로 걸어 다녔습니다. 잊을 수 없는 경험이었어요. 어떻게 표현해야 할지도 모르겠군요. 마을 사람들이 우리에게 잘 곳과 먹을 것을 제공해 주었습니다. 저는 등불 불빛 속에 가만히 앉아서 사람들이 걱정을 나누면서 마음을 가라앉히고 사실에 귀 기울이는 모습을 지켜

보았지요. 누구에게나 발언권이 있는 작은 집단에서만 일어날 수 있는 변화였던 것 같습니다. 아마 변화의 힘이 가장 강력한 단위일 거예요. 12단계 중독 치료 프로그램이든 중국 혁명의 인민재판이든, 여성 운동의 의식 고양 모임이든 말입니다. 정말 믿을 수 없는 과정이었지요.

그때를 돌아보면 제가 엄청난 영향을 받았음을 실감합니다. 어떻게 보면 그 후부터 저는 평생 같은 일을 해왔으니까요. 물론 미국에서는 이 마을에서 저 마을로 걸어가지 않지만——비행기나 그레이하운드 고속버스를 타죠——어떤 면에서는 전 세계의 사회 정의 운동가들이 똑같은 일을 하고 있습니다.

와크텔 인도가 왜 그렇게 편했다고 생각합니까?

스타이넘 정말 모르겠어요. 인도가 우리나라처럼 크고 다양하다는 것도 하나의 이유일지 모릅니다. 인도는 유럽의 여러 나라들과는 달리 무척 열려 있고 수용적입니다. 그래서 진정한 흥미를 가진 사람이라면 기꺼이 함께하며 자기들 사이에 끼워 주지요. 개인적인 이유도 있습니다. 저는 어렸을 때 양가 할머니, 어머니와 함께 신지학회에 다녔는데, 1800년대 후반부터 1900년대까지 무척 중요한 철학적, 신학적 세력이었죠. 사실 신지학 지부가 아직까지 남아 있는 도시들도 많습니다. 신지학이라고 하면 보통 크리슈나무르티와 블라바츠키 부인을 연상할 거예요. 인도 사상, 힌두교에서 큰 영향을 받은 사상이었습니다. 저는 신지학회에 가서 "어린이를 위한 연꽃잎"이라는 색칠공부를 했는데, 그때 무언가를 받아들였을지도 모릅니다. 대학생 때에도 인도에 무척 매력을 느껴서 당시의 기준으로는 별난 일을 할 정도였습니다. 베라 마이클스 딘이라는 정말 멋진 여성이 가르치는 인도에 대한 과목을 수강했거든요. 하지만 제가 인도에 간 것에는 다른 영향도 있었습니다. 예를 들어서, 저는 당시 약혼을 한 상태였지만 결혼을 하고 싶지 않았어요. 그래서 멀리 떠나는 것이 피난처럼 느껴졌지요. 우리 삶은 원래 모든 것이 뒤섞여 있으니까요.

하지만 인도에 도착하자마자 마치 집에 온 것처럼 편안했습니다. 그래서 오히려 논문을 쓸 때 방해가 되었지요, 외부에서 보는 시각을 유지하기 힘들었으니까요. 곧 저에게는 모든 것이 완벽하게 논리적으로 보였고, 그래서 서구의 시각으로 쓰기가 더 어려워졌습니다. 콜카타에서 누가 점성술로 미래를 내다본다는 『힌두교 생명의 책』을 들춰 보더니 제가 전생에 벵골 사람이었다고, 미국에서 환생하다니 굉장히 나쁜 일을 저질렀나 보다고 말한 적도 있어요! 아무튼 정말 편안했습니다. 제가 다른 나라에서 평생 살아야 한다면 인도나 남아프리카에서 살 겁니다. 유럽은 절대 아니에요.

와크텔 당신의 친할머니는 1세대 운동에 참여한 초기 페미니스트였습니다. 18세기에서 19세기로 넘어가던 당시 여성 참정권 운동의 회장이었고, 1908년에는 국제 여성 협의회 대표를 맡았으며 투표권을 쟁취하기 위해서 행진을 하셨지요. 어렸을 때 할머니의 업적을 얼마나 알았습니까?

스타이넘 전혀 몰랐습니다. 할머니는 제가 어릴 때 돌아가셨는데, 그때 할머니의 업적에 대해서 약간 들었어요. 아들 넷을 키운 대단한 여자였다, 톨레도에 최초의 직업 고등학교를 세운 뛰어난 교육자다, 그런 얘기였죠. 할머니를 칭찬하는 말은 들었지만 참정권 운동에 대해서는 듣지 못했습니다. 한참 뒤에 『미즈』에서 편집 회의를 하다가 우리 모두 가족 중에 페미니스트가 있었다는 사실을 깨달았지요. 가족들은 할머니가 페미니스트라는 사실을 받아들일 수 없었기 때문에 그 이야기는 하지 않았습니다. 악의가 있어서가 아니라, 페미니스트라는 것이 중요하지 않아 보였거나 지나치게 반항적으로 느껴졌기 때문이지요. 그래서 저는 톨레도의 어느 페미니스트 역사가가 우리 할머니에 대한 논문을 쓴 다음에야 할머니가 참정권 운동에서 얼마나 많은 일을 하셨는지 알았습니다.

예를 들어서 우리 가족은 할머니가 학교 위원회에 당선되었다고 말했지만 여성으로서는 최초였다는 말은 저에게 하지 않았습니다. 당시 여성은 전국 투표가 아니라 지역 투표만 할 수 있었고, 할머니는 사회주의자, 무정부주의자들과 연합해서 당선되었지요. 할머니는 여자들이 몇 명씩 모여 투표장에 가도록 조직해서 당선되었습니다. 당시에는 지금이라면 성희롱이라고 할 만한 행동으로 여자들이 투표하러 가는 것을 방해했으니까요. 여자가 혼자 투표를 하러 가면 남자들이나 소년들이 비웃으면서 위협을 했습니다.

와크텔 그렇다면 당신은 어렸을 때 할머니가 돌아가셨기 때문에 잘 몰랐겠군요. 이런 이야기를 들을 때 할머니 역시 자신의 며느리, 즉 당신의 어머니가 자기만의 삶을 살도록 돕지 못하셨다는 게 흥미롭게 느껴집니다.

스타이넘 맞아요, 저는 그게 이해가 잘 안 됩니다. 저희 어머니는 투표권을 비롯해서 참정권 운동의 수많은 성과를 물려받았지만 무슨 일에서든 아주 전통적인 책임감을 느꼈거든요. 어머니는 선구적인 신문 기자였지만 제가 태어나기 훨씬 전에 직업적 열망을 포기했습니다. 맞는지는 모르겠지만 제가 다다른 결론은 할머니가 그 세대의 많은 사람들처럼 공적인 삶에서는 페미니스트였지만 사적인 삶에서는 그렇지 않았다는 거예요. 할머니는 자기 집안의 권력 구조를 바꾸지 않았고, 따라서 어머니에게 할머니는 슈퍼우먼으로, 모든 것을 할 수 있는 사람으로 느껴졌습니다. 아직도 그런 문제가 있어요. 여자들은 대부분 두 개의 직업을 가지고 있는데, 하나는 집 안에서의 일, 하나는 집 밖에서의 일입니다. 우리는 여자들이——아무튼 많은 여자들이——"잠깐, 남자도 여자랑 똑같이 자식을 키워야 해"라고 말할 권리가 있다고 생각하는 수준에 아직 도달하지 못했습니다. 여성이 불가능한 이중의 짐을 지지 않으려면 육아를 비롯해서 여러 가지 구조적인 변화를 요구해야 합니다.

와크텔 당신은 어린 시절에 대해서, 불안정한 느낌과 고립감, 무엇보다도 정신적으로 병든 어머니를 돌보는 어려움에 대해서 썼습니다. 부모님은 이혼을 하셨고 아홉 살 위의 언니는 학교를 다니느라 멀리 떠났기 때문에 당신이 어머니를 돌봐야 했습니다. 어머니의 어머니가 되어야만 했지요. 당신이 설명하는 어머니는 애정이 넘치고 지적이지만 겁에 질린 여성입니다. 당시 어머니의 문제를, 또 그런 어머니와 사는 당신의 삶을 어떻게 납득했습니까?

스타이넘 아시겠지만 아이들은 눈에 보이는 것을 그대로 받아들입니다. 저는 다른 모습의 어머니는 알지 못했어요. 유능하고 건강하고 직업을 가진 어머니의 모습을 알았던 언니가 더 힘들었겠지요. 저는 그런 모습을 알지 못했기 때문에 있는 그대로 받아들였습니다. 언니가 엄마의 병을 부인하지 않았다면 어머니가 정신 병원에서 일생을 끝내는 일은 없었을 겁니다. 결국 병원이 어머니에게 큰 도움이 되었지만, 이미 오랫동안——20년 동안——무능하게 지낸 후였지요. 어머니는 훨씬, 훨씬 더 일찍 도움을 받았어야 했어요.

와크텔 당신의 학교생활도 특이합니다. 당신은 몇 달 이상 결석하거나 아예 학교를 다니지 않을 때도 있었습니다. 어머니가 당신의 보호자이자 선생님이었지요. 어머니를 통해서, 혹은 어머니라는 존재에도 불구하고, 세상을 보는 어떤 시각을 흡수했습니까?

스타이넘 어머니는 저를 가르치지 않았어요. 태만한 공무원이 사정을 살피러 오면 교사 자격증을 내밀며 쫓아내긴 했지만요. 알고 보니 대학수학 같은 과목의 자격증이었지요. 하지만 어머니는 독서를 정말 좋아했기 때문에 저에게 본보기가 되었습니다. 여름에는 각종 책들이 주변에 정말 많았고 ── 다른 계절에는 이동 주택에 살았습니다 ── 저는 수많은 책들 중에서 고를 수 있었어요. 골동품 상인이었던 아버지가 초판 두 권을 건지려고 도서관 장서 전체를 사들이곤 했거든요. 저는 엄마의 책 사랑에서, 세상을 대하는 태도에서 많이 배웠습니다. 어머니는 모든 것이 나아질 수 있다는 믿음에 철학적으로 끌리는 경향이 있었어요. 나와 우리나라가 연결되어 있다는 느낌을 심어 주었지요. 어머니는 대공황에 대해서, 우리가 얼마나 가난했는지, 루스벨트가 어떤 변화를 일으켰는지 늘 이야기했습니다. '루스벨트'라는 말만 들어도 눈물을 글썽거렸어요. 우리를 대공황에서 끌어내 주었다고 생각해서 너무나 고마웠기 때문이었지요. 그래서 저는 정부를 친밀하게 느꼈습니다. 공무원 중 누군가는 엄마가 감자껍질을 먹고 살거나 담요로 외투를 만들지 않도록 조치를 취했습니다. 어머니는 그런 이야기를 해주었지요. 보통 저는 엄마의 의식적인 가르침을 통해서가 아니라 어머니의 모습을 본보기 삼아 배웠습니다.

와크텔 어머니에게 모든 것이 더 나아질 수 있다고 배웠다는 말씀을 들으니 놀랍군요. 열 살부터 열일곱 살까지 어머니와 함께 사는 것이 너무 힘들어서 낙관적이기보다는 절망적이었을 거라고 생각했거든요.

스타이넘 모르겠어요. 절망적일 때도 많았고, 무서웠지요. 뱃속 깊은 곳에서 느껴지는 감정, 집에 가면 어떤 광경이 기다리고 있을지 모른다는 두려움이 있었습니다. 저는 알코올중독이거나 아프거나 폭력적인 부모 때문에 많은 아이들이 그렇게 자란다고 생각합니다. 무슨 일이 벌어질지 모르겠다는 느낌이 있어요. 하지만 저는 어렸고, 왠지 모르지만 자라서 그곳을 벗어나리라는 걸 늘 알고 있었어요. 내가 부모님보다 오래 살 것이고, 언젠가는 이런 삶이 끝날 거라는 본능적인 느낌이지요. 저는 거기에 차이가 있다고 생각해요. 나쁜 일에 끝이 없으면 정말 힘듭니다. 그리고 어떤 의미에서——그때에도, 그리고 한참 후에도——저는 그 당시 정말 불행했기 때문에 낙천주의자가 되었습니다. 무슨 일이 있어도 그렇게까지 다시 나빠질 수는 없어, 라고 계속 생각했으니까요.

와크텔 확실히 훌륭한 생존자의 반응이군요.

스타이넘 그 일로 인해 생존자로서의 자부심을 얻었다고 생각해요. 유럽 강제 수용소——어머니는 그것에 대해서도 확실히 가르쳐 주셨죠, 감사하게 생각하고 있어요——에 대한 책을 읽은 적이 있습니다. 전혀 논리적이지 않지만 제가 그런 수용소에 있었다면 어떻게든 살아남았을 거라고 생각했던 기억이 납니다. 문제는 그것이 저에게 큰 자신감을 주었다는 것입니다. 무슨 일이 생겨도, 아무리 비현실적인 일이 생겨도 대처할 수 있다고 느꼈지요. 하지만 앞으로의 일을 제가 만들어 가게 하지는 못했습니다. 저는 반응하는 법은 배웠지만 무언가를 시작하는 법은 배우지 못했어요.

와크텔 루이자 메이 올컷의 책을 비롯한 여러 어린이 책을 읽으면서 구원받는 자가 아니라 구원하는 자를 꿈꾸었다고 말씀하셨던 기억이 납니다.

스타이넘 맞습니다. 이유는 모르겠지만 어머니를 돌보며 스스로 타인을 돌보는 사람이라고 여겼기 때문일지도 모르겠군요. 어디까지가 제 성격이고 어디까지가 상황 때문인지 모르겠습니다. 저는 루이자 메이 올컷을 정말 좋아했어요. 어린이나 청소년 책뿐만 아니라 어른용 소설과 단편도 좋아해서 이해가 가든 안 가든 읽었습니다. 저는 올컷이 되살아난다면 무엇을 보여 줄까, 그녀가 제일 먼저 무엇을 보고 싶을까, 무엇을 보면 놀랄까 상상했습니다. 제가 제일 좋아했고 오래 지속된 상상이었지요. 아마 여덟 살이나 아홉 살 때였을 거예요.

와크텔 올컷의 글의 어떤 면에 반응한 걸까요?

스타이넘 제일 처음 읽은 건 『작은 아씨들』이었는데, 수십 년 동안 여자애들이 그랬던 것처럼 저는 여자들의 공동체, 여성 공동체에 반응했습니다. 거기에 모든 것이 있었어요. 재미, 교훈, 전쟁에 대한 두려움, 전부 말입니다. 경제적으로 힘든 시기인데도 주인공들은 더 힘든 사람들을 돕습니다. 네 자매는 고난을 겪으며 맞서 싸웠고, 서로와 어머니를 사랑했고, 전쟁보다 나은 것에 대한 희망을 가지고 있었습니다. 저는 매년 그 책을 다시 읽곤 했어요.

와크텔 몇 살까지요?

스타이넘 모르겠어요. 아마 열한 살, 열두 살까지였을 거예요. 저는 글을 일찍 배워서 어렸을 때부터 책을 읽었습니다. 달리 할 일이 없어서 글을 배웠지요. 그러니 아마 적어도 5, 6년 동안 매년 『작은 아씨들』을 읽었을 거예요. 이상하지만 마거릿 미첼의 『바람과 함께 사라지다』도 매년 읽었습니다. 또 『조 아주머니의 잡동사니 가방』과 『일』이라는 소설도 읽었는데, 『일』은 남북 전쟁 시대를 배경으로 하는 좀 어두운 소설로, 앞으로 여자들이 어떻게 될 것인가라는 이야기가 많이 나오기 때문에 무척 페미니즘적이에요. 모두 루이자 메이 올컷의 작품입니다.

와크텔 어머니가 돌아가신 후 아주 통렬한 에세이를 썼는데, 제목이 「루스의 노래 – 그녀는 그 노래를 할 수 없었기에」입니다. 이 에세이의 놀라운 점은 어머니에 대한 분노가 없다는 것입니다. 어머니가 아픈 채 표류하도록 내버려 둔 세상에 대한 분노만 보이지요. 하지만 그 에세이를 쓰고 나서 2년 동안 읽지 못했다고 들었습니다. 왜 그랬지요?

스타이넘 설명하기 힘들어요. 어떤 일이 머리에서 가슴으로 내려가는 과정이 있는 것 같습니다. 어떤 일을 감정적으로 받아들일 준비가 되기 전에 머리가 먼저 아는 것 같아요. 저는 그에세이를 쓸 때에도 나중에 그것을 읽을 때처럼 마음 깊이 사무치지 않았습니다. 에세이를 쓰기 위해서 감정적인 충격의 일부를 붙들고 있는 느낌이었어요, 진정한 충격은 나중에 왔지요. 또 저는 에세이를 쓰면서 어머니에 대한 이야기라고 생각했지만, 제 이야기이기도 하다는 사실을 나중에야 깨달았습니다.

와크텔 어떤 면에서 그런가요?

스타이넘 우리가 부모님에 대해서 글을 쓰면 그 글은 부모님에 대한 것만이 아닙니다. 우리의 경험과 감정에 대한 글, 우리가 부모님을 보는 시각, 부모님과 함께한 삶에 대한 글이지요. 저는 그 에세이를 쓰는 지적 과정에서 제 자신을 항변했고, 그래서 더 편안해진 것 같습니다. 어머니가 살아 있는 동안 저는 무너지지 않으려고, 계속 정상적인 활동을 하려고 내 자신의 일부를 억누르고 있었던 것 같아요. 하지만 어머니가 돌아가시자 엄마 인생의 비극을, 엄마가 어떤 사람이 될 수 있었고 그 기회를 어떻게 빼앗겼는지를 스스로 깨닫도록 놓아 주었습니다. 그때는 깨달아도 안전했으니까요. 혹은, 예전보다 안전했거나요. 저는 이러한 일이 여러 가지 방식으로 많이 일어난다고 생각합니다. 부모에게 성적으로 심한 학대를 당한 친구들이 여럿 있는데, 부모님이 살아 계신 동안에는 그 일을 전혀 기억하지 못하거나 사소한 부분만 기억했습니다. 부모님이 돌아가시고 안전해진 후에야 실제로 일어났던 일을 완전히 깨닫고 내면화할 수 있었지요. 음, 제 상황도 약간 비슷했습니다. 제가 어머니에게서 위험을 느낀 것은 어머니가 공격적이거나 비열했기 때문이 아니라 제가 돌봄을 받아야 하는 어린이였기 때문이었지만 말입니다. 저는 그것이 사라진 후에야 계속 제대로 기능하기 위해서 감정과 인식을 억눌러야 했던 작동 모드에서 벗어났던 것 같습니다.

와크텔 아까 언급했던 것처럼 당신은 1969년 낙태 자유 발언 모임에 참석한 후 삼십대 중반부터 여성 운동을 시작했습니다. 그때까지는 페미니스트보다 휴머니스트로 불리고 싶어했지요. 어떤 변화가 있었습니까?

스타이넘 페미니즘이 무엇인지 이해하게 되었지요. 그때의 마음으로 돌아가기는 힘들지만, 저는 페미니즘 운동을 보면서 감탄할 만하지만 제 길은 아니라고 생각했던 것 같습니다. 즉, 교외에 사는 여자들이 "인생은 이것만이 아니야, 나는 대학 학위도 있어, 나는 노동 인구에 들어갈 권리가 있어"라고 외치는 운동이라고 생각했지요. "여성의 신비"류의 시작 말입니다. 하지만 저는 항상 일을 하면서도 여전히 힘들었기 때문에 페미니즘 운동이 저와 상관없다고 생각했습니다. 또 남자 작가들 가운데 유일한 여자인 경우가 많았기 때문에 말하자면 "모임 중 유일한 유대인" 같은 위치였는데, 어느 정도의 자기혐오가 수반될 수밖에 없으니 별로 좋은 위치는 아니었지요. 하지만 많은 사람들이 그런 위치를 겪어 보았을 겁니다. 어떤 성과든 거두려면 자기 무리에서 벗어나 지배적인 무리에 들어가야 한다고 생각하니까요. 『뉴욕』 매거진에서 저에게 "남자처럼 글을 쓰시네요"라고 말하면 저는 "아, 고마워요"라고 대답했죠. 중요한 건 마음 상태예요. 저는 낙천성을 발휘해서 휴머니즘으로 넘어가려 애쓰고 있었습니다. 권력의 균등한 분배 문제를 그냥 넘어가려 했던 것이지요. 이해하기 힘들진 않지만, 그러고 싶어하는 여자들이 아직도 있습니다. 페미니즘 이야기는 하지 말아요, 휴머니즘에 대해서 이야기합시다, 라는 거죠. 하지만 평등하지 않은 두 무리가 만나면 위계가 생깁니다. 언젠가는 서로 합칠 수 있도록 각각 자신이 속한 무리를 같은 수준으로 일으켜야 합니다. 휴머니즘은 또 전혀 다른 전통을 가지고 있는데, 여성 평등과 약간 관련이 있지만 많지는 않아요. 역사적으로 휴머니즘이란 신이 아닌 인간을 믿는 것이죠. 70년대 초에 대규모 집회에 연설을 하러 갔던 기억이 납니다. 텍사스 어딘가였는데, 집회 장소 바깥에 제가 휴머니스트라고 적힌 피켓들이 있었지요. 저는 참 친절하다고 생각했어요. 그러다가 이것이 모럴 머조리티Moral Majority [1]의 시작임을 깨달았습니다. 그들에게는 휴머니스트라는 것이 최악이었어요. 정말 나쁜 일이었지요. 신을 믿지 않는다는 뜻이었으니까요.

와크텔 페미니스트로서, 혹은 페미니스트라는 의식을 가지고

---

1 1979년에 창설된 미국의 보수적 기독교 정치 단체.

맨 처음 했던 행동은 무엇이었습니까?

스타이넘 저는 많은 일을 할 때 페미니스트라는 의식을 가지고 있었지만 공공연하게 드러내지는 않았습니다. 역시 머리와 가슴의 차이예요. 저와 친한 친구들은 대부분 여자였고, 저는 뉴욕에서 프리랜서 작가로 활동하고 있었고, 여성 작가들로 이루어진 소규모 모임에 속해 있었어요. 여성 작가가 너무 적었기 때문에 새로운 여성 작가가 뉴욕으로 오면 저는 우호적인 편집자가 누군지 알려 주며 도우려 했지요. 그 모든 것이 페미니스트로서의 행동이었습니다. 또 플레이보이 클럽에 대한 기사를 쓸 때 편집자들은 재미있으면서도 매섭게 쓰라고 제안했지만, 저는 편집자들이 아니라 바니걸들에게 동질감을 느끼고 있음을 깨달았습니다. 의식적인 행동은 아니었어요. 막 피어나기 시작한 결의 같은 거였죠. 창피를 당하지 말자, 다른 여성이 창피당하는 걸 가만히 보고 있지 말자, 가능하면 다른 여성을 지지하려고 노력하자. 하지만 그것을 정치적이라고 생각하지는 않았습니다. 저는 여성이라는 위치를 불가피한 것으로, 어떻게든 대처해야 하는 문제로 생각했나 봅니다. 그러한 행동이 정치적이라는 깨달음은 낙태 공청회에 가면서 생겼습니다.

와크텔 이후 국민 청원에 이름을 올렸습니다.

스타이넘 네. 저 역시 스물두 살에 낙태를 했으니까요. 이 나라를 떠나 인도로 가기 전, 영국에 들러야 했지요. 정말 힘든 경험이었습니다. 낙태 자체가 아니라 낙태 수술을 받으려고 하는 것이 말입니다. 정말 우울하고, 무섭고, 큰 충격을 남기는 경험이에요. 그래서 60년대 말에 낙태 공청회를 취재하러 갔다가 여자들이 낙태에 대해 진실을 말하는 것을 듣고 저는 정말 가공할 만한 충격을 받았습니다. 저는 낙태 경험에 대해서 사람들과 이야기를 나눈 적이 없었어요. 공적인 자리에서는 절대 말하지 않았고 사적인 자리에서도 거의 이야기하지 않았지요. 저는 여자들이 여자에게만 일어나는 일을 심각하게 받아들이고 그것에 대해 이야기하는 것을 그때 처음 들었습니다. 그래서 이런 생각을 하기 시작했지요. 잠깐, 통계적으로 여자 세 명, 혹은 네 명 중 한 명은 평생 한 번쯤 낙태할 일이 생겨. 정말 그렇다면 왜 낙태가 불법이지? 왜 우리는 목숨을 걸고 성적으로 착취당하면서 불법 낙태를 하지? 저는 여성이라는 위치가 불가피하고 변할 수 없다는 생각에 의문을 제기하기 시작했습니다. 그리고 인종이라는 위치가 정치적이듯 여성이라는 위치역시 정치적임을 깨달았지요. 어떤 인종을 값싼 노동력의 원천으로 통제하기 위해 인종 차별이 시작되었듯이 여성의 몸을 재생산의 수단으로 통제하기 위해 여성 차별이 시작됐습니다.

와크텔 당신은 거의 30년 전에 『미즈』를 창간했습니다. 미즈라는 호칭을 널리 퍼뜨린 잡지이자 미국 역사상 유일하게 대량 부수가 발행되는 페미니즘 잡지이지요. 창간호는 일주일만에 30만 부가 다 팔렸습니다. 저도 『미즈』를 사러 갔던 기억이 납니다. 『미즈』의 초기 쟁점들——주제, 문제들——을 돌아보면 무엇이 보입니까?

스타이넘 지금과 별로 다르지 않은 주제들이 보이지만, 그때는 문제에 이름을 붙이고 문제를 진단하는 것만으로도 혁명적이 었습니다. 이제 우리는 문제의 해법을 생각하고 있습니다. 아 직도 이름을 붙이고 있긴 하지만요. 그 과정은 아직도 진행 중 입니다. 심오한 의미에서 주제는 크게 다르지 않습니다.

창간호에 "복지는 여성의 문제다"라는 기사가 있었습니다. 당시에는 복지가 인종 문제로 여겨졌지요. 어쨌거나 생활 보 조금을 받는 사람은 거의 다 여성과 아이였는데, 흑인보다 백 인이 더 많다는 사실은 아무도 알아차리지 못했습니다. 유색 인 어머니가 불균형적일 만큼 많았지만요. 우리는 아직도 같 은 싸움을 하고 있습니다. 이제 우리는 돌봄 노동을 경제적으 로 인정받으려고, 돌봄 노동에 경제적 가치가 있다고 생각하 려 노력 중입니다. 아이를 돌보든 병약한 자를 돌보든, 에이즈 환자를 돌보든 나이 많은 부모님을 돌보든, 돌봄 노동의 가치 를 인정받고 소득세에서 공제할 수 있도록 말입니다. 너무 가 난해서 소득세를 낼 수 없으면 반환금 형식으로 인정받아서 생활 보조금을 대체할 수 있습니다. 정말 다양한 사람들에게 이득이 되기 때문에 정치적으로 실현 가능하다고 생각합니다. 중산층이든 남성이든 여성이든 상관없이 돌봄 노동을 하는 모 두에게 이익이 될 것입니다. 그렇기에 창간호부터 언급되어 지금까지 정교하고 심오하고 복잡한 방식으로 계속 반복되는 주제라고 할 수 있습니다.

와크텔 당신은 공동 창립자이자 편집자로서 17년 동안 잡지에 참여했고, 지금도 편집위원 겸 칼럼니스트로 관여하고 있습니다. 이제 잡지에 광고를 싣지 않고 격월로 발행한다는 점 외에 주제 면에서 바뀐 것이 있습니까?

스타이넘 저는 우리가 이름을 붙이는 것에서 문제를 해결하는 것으로, 또는 해결하려고 노력하는 것으로 옮겨 갔다고 생각합니다. 모든 일은 한꺼번에 일어나기 때문에 이 말은 지나친 단순화라고 할 수 있지만, 예를 들어 우리는 책이 절판되고 세상을 떠난 여성 작가를 재발견하는 것에서 살아 있는 새로운 인재의 책을 점점 더 많이 펴내는 것으로 옮겨 갔습니다. 『미즈』 창간호에는 실비아 플라스와 버지니아 울프의 미출간 작품이 실렸는데, 그것도 참 대단했지만 이제는 책을 낸 적 없는 새로운 작가를 발견하고 있습니다. 지난 20년 동안 뛰어난 창의력을 가진 여성들이 쏟아져 나왔습니다. 여성 감독과 예술가, 록 밴드, 시인이 나오고 시 낭송대회가 생겼지요. 그 자체로도 하나의 여정입니다. 고립된 채 남몰래 글을 쓰던 시인에서 배꼽에 피어싱을 하고 머리를 보라색으로 물들인 채 시 낭송대회에 나가는 젊은 여성들로 변화했지요. 『미즈』는 몇 달 전 시 낭송대회에서 뛰어난 실력을 드러낸 여성을 커버스토리로 실었습니다. 그러므로 주제가 완전히 달라졌다기보다는 주제를 드러내는 형태가 크게 달라졌습니다. 저는 다른 이유에서 이런 이야기를 하는 것이 중요하다고 생각합니다. 즉, 우리——옛날 사람들——는 젊은 여성들을 보면서 가끔 그들이 이룬 페미니즘적 성과의 온전한 영향을 놓치는데, 우리의 성과와 같은 형태일 거라고 생각하기 때문이지요. 의식을 고양시키는 여러 단체의 혜택을 받은 우리는 젊은 여성들이 도대체 어디에 있을까 궁금하게 여기지만, 릴리스 페어[2]나 아니 디프랑코의 가사가 젊은 여성들에게 똑같이 강렬한 의미를 가질지도 모른다는 사실을 잊고 있습니다. 말하자면 거실에 소규모로 모여야만 그런 사실을 깨달을 수 있지요. 또 이제는 비웃음에 맞서 진지하게 받아들여지기 위해 힘들게 싸울 필요가 없기 때문에 더 유머러스해질 수 있다고 생각합니다. 처음에는 우리도 매호에 모든 내용을 넣어야 한다고 생각했어요. 비평가들은 우리 잡지가 6개월을 넘기지 못할 거라고 말했으니까요. 이제 편집자들은 긴장이 조금 풀렸고, 유머와 예술, 재미, 관능을 다룰 여유가 있음을 깨달았습니다. 우리가 그러한 경험을 할 권리가 있다는 사실도 그렇고요.

와크텔 진정한 운동은 백 년 동안 지속되기 때문에 단계별로 보는 것이 중요하다는 게르다 러너의 말을 언급하셨습니다. 그렇다면 현재의 페미니즘은 무엇이고, 어디에 있을까요?

---

2 남성 중심의 콘서트 기획에 반발하여 세라 매클라클런 등이 기획한 여성 뮤지션 중심의 음악 페스티벌. 1997~1999년, 2010년에 개최되었다.

스타이넘 어려운 질문이군요. 우주를 설명하면서 딱 두 가지 예를 드는 것이나 마찬가지니까요. 어디든 귀를 기울이는 여성이나 남성이 있는 곳에 페미니즘이 있습니다. 모든 현실을 고려한다면 어떤 면에서 그렇다고 말할 수 있지만──정의하기가 꺼려지네요, "정의함으로써 배제"하고 싶지 않기 때문에 어려워요──저는 우리가 대부분의 주제에서 첫 번째의 거대한 의식 고양 단계를 지났고, 이제 평등의 기본적인 문제에 대해서는 대다수의 지지를 받고 있다고 생각합니다. 우리는 많은 도구──수많은 법률과 수많은 경험, 여자들이 한 번도 들어간 적 없던 영역에 들어간 수많은 여성들──를 얻었지만 아직 오랜 목표도 완수하지 못했습니다. 동일 임금은 가장 간단한 목표인데도 우리는 근접했을 뿐 실현하지 못했지요. 이제 노동을 재정의해서 남자든 여자든 양육이 명예롭고 경제적으로 가치 있는 일이라고 인식해야 합니다. 우리는 딸을 아들처럼 키우는 일에 너무 몰두한 나머지 아들을 딸처럼 키우는 것이 얼마나 필요한지 이제야 깨닫고 있습니다. 그래야 남성과 여성이 완전한 인간이 될 수 있으니까요. 우리는 남자가 할 수 있는 일을 여자도 할 수 있다는 깨달음을 위해 싸워 왔고 어느 정도 성공을 거두었지만, 여자가 할 수 있는 일을 남자도 할 수 있다는 깨달음 면에서는 별로 전진하지 못했습니다.

와크텔 여자가 하는 일을 남자가 하고 싶어할 수도 있고요.

스타이넘 남자든 여자든 아이를 갖고 싶다면 인생의 일부를 아이를 돌보는 데 쓰겠다는 의지가 있어야 합니다. 남자들은 대부분 자식과 가깝게 지내는 경험을 박탈당하지요.

와크텔 모든 목표를 성취하지는 못했다 해도 의식 고양 단계는 대체로 끝났다고 하셨는데——목표는 생겼다 없어지기도 하고, 빼앗기거나 싸워서 되찾아야 하기도 합니다——왜 그렇게 많은 여자들이 페미니스트라고 말하기를 꺼린다고 생각하시나요?

스타이넘 우리가 현재 어느 단계인지 말할 때 제가 꼭 언급했어야 하는 것은 아주 잘 조직된 반페미니즘 역풍, 민권 운동과 환경 운동, 게이와 레즈비언 운동 등 온갖 사회 정의 운동에 대항하는 역풍입니다. 15년, 20년 공존해 온 그러한 역풍은 '자유주의', '페미니스트', '소수집단 우대정책' 등 많은 것을 악마화했습니다. 페미니즘이 남성혐오를 뜻한다는 말도 안 되는 생각도 있습니다. 미국 여성 중 자칭 공화당원보다 자칭 페미니스트가 더 많지만, 사람들은 그런 식으로 비교를 하지 않아요. 평론가들은 "모든 여성의 100퍼센트나 80퍼센트를 차지하지 않으면 실패한 것"이라고 말합니다. 제 생각에는 "무엇과 비교해서?"라고 물어야 합니다. 사실, 스스로 페미니스트라 칭한다는 것은 자기 자신만이 아니라 모든 인종과 모든 집단의 여성이 동등한 대우를 받아야 한다고 말하는 것입니다. 아주 넓고 깊은 혁명이지요. 저는 여성으로서 우리에게 두 가지 선택안이 있다고 항상 생각해 왔습니다. 페미니스트냐 마조히스트냐, 완전한 인간이냐 그렇지 않으냐라고 말입니다. 하지만 단기적으로 볼 때 많은 여자들이 스스로 페미니스트라고 칭하면 곧 응징을 당할 것이라고, 페미니스트가 된다는 것은 남성과의 우호적인 관계를 빼앗긴다는 뜻, 혹은 섹스에 반대한다는 뜻이라고 생각하는 것을 저도 알고 있습니다. 60년대와 70년대에는 섹스를 지나치게 좋아한다는 뜻이었으니 참 아이러니하지요. 그들이 노리는 것은 여성들이 스스로 페미니스트라 부르지 못하게 하는 것, 따라서 서로 동질감을 느끼고 함께 행동하지 못하게 만드는 것입니다.

와크텔 페미니즘 정치는 다른 운동이나 정치 활동만큼 분파가 많은데, 자매애라는 개념이 아직도 의미가 있을까요?

스타이넘 네, 저는 그렇게 생각합니다. 이제 사람들의 이해가 깊어졌기 때문에 모든 사람을 포함시켜 자매애를 정의해야 한다고, 백인 여성이나 미디어에 접근할 수 있는 여성, 글을 쓰는 여성만이 유일한 목소리가 되어서는 안 된다고 생각합니다. 그러나 남성이 지배적인 사회에서 여성으로 산다는 근본적인 경험에는 안전을 지키려 애쓰고, 자신의 생식과 삶, 월경을 스스로 통제하려고 애쓰는 공동의 경험이 있습니다. 그러므로 넓은 의미의 자매애가 존재합니다. 다만 이제는 더 다양하게 정의되지요.

와크텔 3세대 페미니즘이 있습니까?

스타이넘 자칭 3세대라는 운동이 있는데, 제가 알기로는 그 때문에 역사학자들이 괴로워하고 있습니다. 1세대 운동은 100년 이상 지속됐고 2세대 운동도 그럴 거예요. 우리는 아직 2세대 운동 중이고, 아마 앞으로 70년은 지속될 겁니다. 하지만 사람들은 스스로 원하는 이름을 붙일 권리를 누려야 합니다. 그러니 젊은 여성들이 스스로 3세대라고 칭한다면 그것도 괜찮죠.

와크텔 3세대 페미니즘은 어떤 형태인가요?

스타이넘 제가 본 첫 번째 형태는 대부분 젊은 여성이었는데, 남성 페미니스트도 있었습니다. 인종적, 민족적으로 아주 다양한 그룹이에요. 남성들은 젊은 선거구민들을 돕기 위해서, 그리고 가난한 공동체 등 "충분한 서비스를 받지 못하는 공동체들"이 등록을 하고 투표를 하도록 돕기 위해서 합류했지요. 미국은 세계 어느 민주주의 국가보다도 선거 등록과 투표를 어렵게 만들었습니다. 그래서 그 사람들이 버스를 타고 미국 전역을 돌아다니면서 유권자들을 등록하고 있어요. 3세대라고 불리는 조직은 여러 가지 활동으로 펴져 나갔습니다. 재단이 있어요. 낙태 비용이 없는 젊은 여성들에게 자금을 지원하고, 보조금을 주고, 네트워킹 프로젝트를 통해서 시골의 여러 공동체로 가서 상황을 알아보고 지원이 필요한 단체를 파악합니다. 온갖 사업을 하고 있지요. 이것은 수십, 혹은 수백 개 젊은 페미니스트 단체 중 하나일 뿐입니다.

와크텔 당신은 여러 가지 좌절도 겪었지만 역사의 수레바퀴를 재발명해야 했다고 생각하고, 아직까지 정치적으로 참여하고 있습니다. 힘든 일인가요?

스타이넘 네, 하지만 참여하지 않는 것이 더 힘들어요. 예를 들어서 저는 지난 대선 다음 날 아침에 팜비치 카운티 커뮤니티 칼리지에서 강연을 하게 되었습니다. 청중이 900명 정도 있었죠. 그때 언론은 정확히 무슨 일이 있었는지 아직 파악하지 못했어요. 사람들이 자리에서 일어나 투표를 하러 갔다가 어떤 경험을 했는지 이야기하기 시작했는데, 아예 쫓겨나거나 결국 자신이 선택한 후보에게 투표할 수 없었다더군요. 어떤 사람이 무슨 이야기를 하면 여섯 명 정도가 "아, 저도 그랬어요!"라고 말했지요. 자, 그런 상황에서 적절한 곳에 알리기 위해 노란 종이를 돌려 이름과 주소를 적지 않을 수 있겠어요? 그 작은 행동 때문에 저는 결국 사람들의 인권 위원회 증언을 돕게 되었습니다. 바로 어제, 우파가 플로리다의 상황을 조사하던 인권 위원회의 보고서를 누출했지만, 그는 반대편에서 누출했다고 말했지요. 보고서의 적격성을 박탈하려는 전쟁이 일어나고 있습니다. 이번 선거의 본질——최악의 경우에는 부정 선거이고 잘 봐줘도 비능률적이지요——이 기록에 남지 않도록, 그래서 의회 청문회가 열리지 않게 하기 위해서 말입니다. 결국 강연이라는 행동이 어쩔 수 없는 활동으로 이어졌지요.

와크텔 당신에게는 그러한 활동이 30년 동안 어쩔 수 없는 것이었습니다.

스타이넘 음, 그렇습니다. 행동하지 않으면 "내가 이런 말을 하거나 저런 행동을 했다면 뭐가 달라졌을까?"라고 항상 생각할 테니까요.

와크텔 처음에는 사람들 앞에서 말도 제대로 못했다는 이야기를 읽고 깜짝 놀랐습니다.

스타이넘 네, 정말 엉망이었어요.

와크텔 두려움을 어떻게 극복했습니까?

스타이넘 아직 완전히 극복하지 못했습니다. 상황의 중요성이나 청중이 표현하는 반감에 따라 아직도 긴장하고 목소리가 떨립니다. 다른 사람들이 알아차리는지는 모르겠지만 적어도 제가 듣기에는 그래요. 입안이 바싹바싹 마르죠. 치아 하나하나가 작은 스웨터를 입은 것 같아서 입술을 다물 수가 없어요. 저 혼자였다면 사람들 앞에서 말하는 것을 그만둘 거라고 가끔 생각하지만, 사실 30년이 지난 후에야 저는 말이 글을 대체할 수 없듯이 글이 말을 대체할 수 없음을 깨달았습니다. 여러 사람이 한 방에 모여 있으면 인쇄된 종이로는 불가능한 일이 일어납니다. 그래서 저는 말을 아주 중요하게 생각하게 되었고, 가끔은 즐기기도 합니다. 하지만 저에게는 아직도 자연스러운 일이 아니에요.

와크텔 공적인 삶의 영광, 혹은 대가는 무엇입니까?

스타이넘 사실 저에게 가장 어려운 것은 바깥으로 나가면 제 자신과 전혀 상관없는 이미지가 되는 것이었습니다. 다른 사람들에게는 실제의 저보다 제 이미지가 더 현실적으로 느껴질 수도 있죠. 그건 참 언짢은 경험이에요. 하지만 피할 방법은 없는 것 같습니다. 전화기 게임[3]을 해보면 간단한 문장이 한 방에서 스무 사람을 거치면서 얼마나 크게 바뀔 수 있는지 알 수 있습니다. 그렇기 때문에 누군가의 말처럼 공적인 행동이나 말은 관찰자와 피관찰자의 공동 프로젝트입니다. 공적인 인물로서 내가 하는 행동만이 아니라 나를 관찰하는 사람이 평생 동안 겪은 경험이 중요하지요.

와크텔 구체적으로 어떤 이미지죠?

스타이넘 정확히는 모르겠지만, 저는 "사람들 말처럼 나쁘지는 않군요" 같은 말을 일주일에 한 번쯤 듣습니다. 아마도——저 역시 다른 여성에게 이런 느낌이 들 때가 있어요——관습에서 벗어나 일반적인 역할을 거부하면 공격적이거나, 거칠거나, 유머감각이 없다고 여겨진다는 뜻이겠지요. 작가이자 정치가인 클레어 부스 루스를 만났을 때가 기억나는데요, 아주 친절하고 자그마한 여성이었습니다. 저는 그녀와 정치적 견해가 다르지만, 그래도 제가 상상했던 것과는 전혀 다른 사람이었어요. 여성이 권력을 손에 넣는 올바른 방법이란 것은 없기 때문에——여성이 권력을 가져야 하는지 우리가 아직 확신하지 못하기 때문이지요——어떤 이유로든, 심지어는 전혀 반대되는

---

3 여러 사람이 한 줄로 서서 어떤 메시지를 귓속말로 차례차례 전달하여 원래의 메시지와 마지막 사람이 발표한 메시지를 비교하는 게임.

특성 때문에 비난받거나 거부당할 수 있습니다. 저는 코네티컷에서 주정부 선출직에 출마한 글로리아 셰퍼의 선거운동을 하면서 그 사실을 배웠습니다. 셰퍼는 무척 친절하고 우아하고 침착했는데, 다들 그렇기 때문에 정치를 잘 못할 거라고 말했지요. 그 뒤에 뉴욕으로 와서 상원에 출마한 벨라 앱저그의 선거운동을 하게 되었는데, 그때는 다들 이렇게 말했습니다. "아, 앱저그는 너무 세고 공격적이라서 정치를 잘 못할 거야." 결국 저는 올바른 방법이란 없음을 깨달았고, 그래서 무척 자유로워졌습니다. 올바른 방법이 없다면 내 모습 그대로도 괜찮아, 라고 생각하게 되니까요.

하지만 본인이 하지도 않은 일에 대해서 사람들이 온갖 이야기를 하면 기분이 무척 나쁘지요. 예를 들어 볼게요. 사방에서, 심지어 인용문을 모아둔 책에도 제가 "남자가 없는 여자는 자전거가 없는 물고기와 같다"라는 말을 했다고 나옵니다. 재미있는 말이지만 사실 제가 한 말은 아니에요. 오스트레일리아의 철학과 학생 이리나 던이 한 말이죠. 던은 어딘가에서 읽은 "신이 없는 인간은 자전거가 없는 물고기와 같다"라는 어느 철학자의 말을 약간 바꾸었고, 이 말이 널리 퍼졌어요. 저는 제가 그 말을 했다는 인상을 절대 없애지 못할 겁니다. 실제로 그 말을 한 여성에게도 불공평한 일이죠.

와크텔 세간에 알려진 이미지에 대해서 생각해 보았는데요, 아름답다는 것이 짐이 되기도 합니까?

스타이넘 모든 여성이 공유하는 경험은 남자들에 비해 외모가 우리 정체성에서 더 많은 부분을 차지한다는 것인데, 우리는 다 같이 그러한 관행에 맞서 싸워야 합니다. 사회가 규정하는 대로 생긴 여성이 뭔가를 성취하면 외모 덕분에 남자들을 통해서 그런 성취를 이루었다고 말하지요. 또 사회가 규정하는 대로 생기지 않은 여성이 뭔가를 성취하면 남자를 얻을 수 없어서 그러한 성취를 이루었다고 말합니다. 어느 쪽이든 기가 꺾이는 일이에요. 저는 가끔 아무리 노력하고 아무리 나이를 먹어도 제가 이룬 것이 외모 덕분이라는 이야기를 듣기 때문에 기가 꺾입니다, 참 불쾌한 기분이지요. 정말 가슴이 아파요. 저는 이제 예순일곱입니다. 나이가 들면 그런 것도 사라질 줄 알았어요.

와크텔 쉰 살, 예순 살 이후의 삶은 "다른 나라"라는 유명한 말씀을 하셨고, 또 늙었기 때문에 우울하지는 않다고 말했습니다. 당신은 분노에 대해서 말합니다. 사실, 나이가 들면서 더 급진적으로 변했다고 하셨지요. 아직도 그렇게 생각합니까?

스타이넘 네, 그렇습니다. 저는 여자들이 보통 그런 경험을 한다고 생각해요. 우리 대부분은 일반적인 패턴——남성의 패턴——이라고 여겨지는 것을 역전시키는 경향이 있습니다. 젊은 시절에 반항적이고 나이가 들면 더 보수적으로 변한다는 패턴 말이에요. 여자들은 젊을 때 보수적이다가 나이가 들면서 반항적으로 변하는 경향이 있습니다. 제 경험상으로는 확실히 그래요.

와크텔 여성이 나이가 들면서 더 반항적으로 변하는 이유는…

스타이넘 문제를 더 많이 겪었기 때문이지요. 이제 여자라서 채용할 수 없다는 말을 듣지는 않지만, 12년에서 15년 정도 지나면 유리 천장에 부딪치거나 핑크칼라의 밑바닥 일자리를 벗어나지 못한 채 남자들이 당신을 추월해 가는 모습을 지켜보게 됩니다. 그러니 급진적으로 변하게 되지요. 30년 동안이나 법을 바꾸기 위해 애쓴 끝에 요즘은 평등한 결혼을 하지만, 아이를 낳으면 다시 불평등해집니다. 그러므로 나이가 들수록 여성을 급진화시키는 많은 일들이 일어납니다. 나이 자체도 물론 그렇지요. 아직까지도 나이는 남성보다 여성에게 더 큰 불이익을 줍니다.

와크텔 당신 개인적으로는 나이가 들면서 어떻게 더 급진적으로 변했다고 생각합니까?

스타이넘 예전에는 무엇이 잘못되었는지 심도 있게 보지 못했다고 생각합니다. 겉모습만 보고 이건 불공평해, 확실해, 사람들한테 말하면 다들 고치길 바랄 거야, 라고 생각했지요. 물론 실제로는 그렇지 않아요. 많은 사람들이 그 불공평함에서 이득을 보고 있으니까요. 그보다 훨씬 더 심오한 문제입니다. 처음에는 우리가 여성의 저평가를 얼마나 내면화하고 있는지 대부분이 잘 몰랐습니다. 즉, 스스로 끊어 내야 하는 서로에 대한 낮은 평가와 자기혐오를 알지 못했지요. 저는 육아가 얼마나 정치적인지, 남자도 여자와 똑같이 얼마나 많은 일을 해야 하는지 몰랐습니다. 제가 더 급진적으로 변할 수 있었던 것은 대안을 보았기 때문입니다. 북아메리카 원주민 사회나 아프리카의 산 족, 피그미 사회 같은 아주 오래된 토착 사회를, 지구상 가장 오래된 문화의 유산을 보았거든요. 저는 운 좋게도 그런 문화들을 알게 되었습니다. 극히 적은 부분이지만요. 그런 사회를 보면 무엇이 가능했는지 깨달을 수 있습니다. 한때 인간 역사의 95%가 그런 식이었다면, 지금부터 다시 그렇게 될 수도 있지요. 우리는 과거로 돌아가는 것을 바라지 않고 돌아갈 수도 없지만, 위계질서와 민족주의, 인종차별, 성 차별적 제도가 항상 존재했던 것은 아니라는 사실을 알아야 합니다. 그러면 미래에 대해 더 큰 희망을 가질 수 있습니다. 또, 더 많이 알려져 있었지만 아무도 우리에게 이야기해 주지 않았음을 깨닫고 더 화가 나지요. 예를 들어, 플로리다 주는 30년 정도 아메리카 원주민과 자유 노예, 도망친 노예들이 통치하면서 정부와 맞서 싸운 적이 있습니다. 아무도 저에게 그 이야기를 해주지 않았어요. 모차르트에게 본인의 말에 따르면 자신보다 재능이 뛰어난 나넬이라는 누나가 있었다는 것도 아무도 말해 주지 않았지요. 이것은 우리가 지금 공부하는 역사, 우리가 이제야 깨닫는 역사입니다. 새로 알게 되어 신이 나지만 더 일찍 알지 못했다는 사실에 화가 나죠.

와크텔 당신처럼 사회를, 사회의 얼굴을 바꾸는 데 도움이 되었던 사람들에게 우리가 동질감을 느끼는 것은 사실 무척 드문 일입니다. 당신은 물론 혼자서 한 게 아니라고 말씀하시겠지만, 가장 큰 성취가 뭐라고 생각합니까?

스타이넘 사람들이 자기 인생이 정말 많이 바뀌었다고 이야기해줄 때 가장 만족스럽습니다. 우리는 공적 인물로서의 단점에 대해서 지금까지 이야기했지만, 크나큰 장점도 있습니다. 저는 얼굴이 알려져 있기 때문에 사람들이 다가와서 사실 우리 운동을 하는 모두에게 하고 싶은 이야기를 저에게 해줍니다. 제가 그런 혜택을 누리는 것은 그 사람들이 제가 누구인지 알기 때문이지요. 가장 큰 성취라니, 잘 모르겠습니다. 저는 2세대 페미니즘 운동 내내 장거리 주자로 뛰었다는 생각이 들지만, 무엇 덕분인지는 모르겠습니다. 선택의 여지가 없었던 것 같아요. 저는 또 가치 있는 일을 했지만 삶에 의해 망가지고 무너져 물러나 버린 많은 사람들을 압니다. 제가 계속할 수 있었던 것이 자랑스럽기도 하고 운이 좋았다고도 생각합니다.

와크텔 당신은 아주 오랫동안 결혼이 맞지 않다고 생각했으니 이 질문을 하지 않을 수가 없군요. 사실 대학을 졸업한 후 결혼을 피하려고 인도에 갔다고 하셨지요. 그런데 2000년 가을, 예순여섯 살의 나이에 첫 결혼을 했습니다. 무엇 때문에 마음이 바뀌었습니까?

스타이넘 우선, 이제는 저에게 맞지 않았던 형태 외에도 여러 형태의 결혼이 생겼습니다. 제가 적령기에 결혼을 했다면 시민으로서의 권리를 거의 다는 아니더라도 많이 잃었을 거예요. 제 이름을 쓸 수도 없고, 은행 대출을 받을 수도 없고, 법적 거주지나 신용 거래를 제 이름으로 등록할 수도 없었을 겁니다. 블랙스톤의 관습법에서 결혼은 원래 한 사람과 반 사람을 위해 만들어진 것이었는데, 영국과 미국 모두 그 유산을 물려받았지요. 그것을 바꾸는 데 30년이 걸렸습니다. 제가 결혼을 항상 그런 식으로 생각한 것은 아니지만요. 일부일 뿐이에요. 저는 또 제가 남은 평생을 어떤 사람과 함께 보내고 싶은지 알 만큼 성숙했다는 느낌이 들지 않았고, 결혼이 유일한 삶의 방식이라고 생각하지도 않았습니다. 예전에는 결혼이 바람직하거나 가능해 보이지 않았을 뿐이에요. 개인적인 생각으로는 제가 10년 넘게 남자와 어떤 관계도 없었지만 완벽하게 행복했기 때문에 이러한 변화를 받아들일 준비가 되었던 것 같습니다. 우리는 누군가와 함께 하기 전에 혼자 지내는 법을 배워야 한다고, "네"라고 말하기 전에 "아니요"라고 말하는 법을 배워야 한다고 생각합니다. 하지만 당신이 작년 이맘때 똑같은 질문을 했다면 저는 이렇게 대답했을 겁니다. "아, 전 하고 싶지 않아요, 그냥 불가능해요. 다른 사람들의 결혼, 특히 게이와 레즈비언의 결혼은 지지하지만 저에게는 안 맞아요." 하지만 우리는 서로를 만났고, 데이비드와 저는 각자 다른 삶을 거쳐서 같은 곳에 도달한 것 같았습니다. 저는 여자로서 해서는 안 되는 일들을 하고 있었고, 그는 남자로서 해서는 안 되는 일을 하고 있었는데, 바로 세 아이를 키우는 것이었지요. 우리는 관심사가 같다는 사실을 깨달았어요. 한 달 내내 꼭 붙어서 같이 지냈는데, 둘 다 예전에는 그렇게 해본 적이 없었습니다. 아주 중요한 관계를 맺은 적도 있었지만요. 결혼이 서로에게 책임을 지는 방법이라고 느껴졌습니다.

와크텔 네, 『미즈』에 발표한 결혼식에 대한 글에도 그렇게 썼지요. 그렇다면 "책임을 진다"는 건 무슨 뜻인가요?

스타이넘 "좋아, 무슨 일이 생기든 나는 당신 편이야. 당신한테 나쁜 일이 생기면 내가 곁에 있을 거고, 당신이 병원에 입원해서 어떤 치료를 받을지 결정하지 못할 때도 내가 곁에 있을게"라고 말한다는 뜻이에요. 상대방을 가족으로 선택했다는 선언인데, 삶의 다른 단계에서는 다른 방식으로도 선언할 수 있었겠지요. 집을 같이 살 수도 있었겠지만 우리는 각자 집이 있기 때문에 두 집에서 같이 살지요. 아니면 같이 아이를 가질 수도 있었겠지만, 현재라는 삶의 지점에서는 이 방식이 말이 되는 것 같았습니다. 우리는 오클라호마에서 열리는 전국 체로키족 모임에 가는 길이었어요. 데이비드의 친구들 중에 남아프리카에서 원주민 의식에 따라 결혼한 친구들이 있었는데, 훨씬 더 평등하지요. 체로키족 의식도 마찬가지고요. 그러므로 우리의 결혼은 우리와 시대, 결혼을 할 수 있다는 사실, 법적 평등이 모두 수렴된 결과였습니다. 우리는 또 그러한 법률이 지금은 평등해졌지만 남성 두 명이나 여성 두 명은 그러한 법을 이용할 수 없다는 사실을 인정하고 싶었기 때문에 서로를 남편과 아내가 아니라 더욱 보편적인 '파트너'라 칭하기로 했습니다.

와크텔 옛날식으로 표현하자면, 정치적으로 올바르군요.

스타이넘 음, 반대는 정치적으로 틀렸다는 의미에서 보면 그럴지도 모르겠군요.

와크텔 그렇다면 페미니즘 때문에 오히려 결혼이 독립적인 여성에게 더욱 현실성 있는 선택지가 되었군요.

스타이넘 저는 그렇게 될 거라고 항상 말했습니다. 60년대 후반에 사람들이 페미니즘이 이혼의 원인이라고 말하면 저는 이렇게 말했죠. "아니, 이혼의 원인은 불평등한 결혼이에요." 페미니즘 덕분에 사상 최초로 사랑이 가능해졌을지도 모릅니다. 한발짝 떨어져서 보면 사랑처럼 보이던 것이 사실 사랑이 아닌 경우, 의존이거나 선택지의 부족인 경우가 많아요. 그러므로 평등하고, 스스로 선택하고, 서로가 만족스러운 관계라는 의미의 사랑은 페미니즘에 의해서 가능해졌습니다.

2001년 6월

재레드 다이아몬드
Jared Diamond

가장 중요한 교훈은 모든 사람이 비슷한 역량을 가지고
있다는 것입니다. 일부가 다른 결과를 맞이했던 것은
환경 때문이었고, 오늘날에는 똑같은 기회를 주면
누구나 전진할 수 있습니다. 모두에게 동등한 기회를
주는 것이 우리 모두에게 이득입니다.
그러면 모든 사람이 자신의 길을 개척해서 사회의
다른 부분에 짐이 되지 않기 때문입니다.

재레드 다이아몬드

몇 년 전 재레드 다이아몬드가 지난 1만 3천 년을 야심차게 분석한 책 『총, 균, 쇠』(1997)로 논픽션 부문의 퓰리처상을 받았을 때, 나는 그를 정확하게 정의할 수 없었다. 아마 진화생물학자쯤 될 거라고 생각했다. 나중에 다이아몬드가 UCLA 의과대학에서 생리학을 가르치며, 생체막 전공이라는 글을 읽었다. 그는 또한 조류 생태학 전문가로, 뉴기니와 남서 태평양의 여러 섬에서 조류 동물상을 연구하고 있다. 두 분야는 전혀 관련이 없고 그의 퓰리처상 수상작에서만 간접적으로 연관된다. 『총, 균, 쇠』가 아니라 그 전에 나온 『제3의 침팬지』 말이다. 다이아몬드는 창의적인 연구를 격려하기 위해 아무 조건 없이 몇 년 동안 제공되는 연구 지원금인 맥아더 지니어스 상도 받았다.

그 뒤에 그런 사람이 나만이 아님을 깨달았다. 인류학자 마크 리들리는 재레드 다이아몬드를 "일부 사람들은 그가 사실 여러 사람의 집합체라고 의심할" 정도의 속도로 수준 높은 연구 논문을 내는 것으로 유명한 박식가라고 설명했다. 또 다른 비평가는 『총, 균, 쇠』를 "획기적인 책이다. 다이아몬드가 쓴 인간 역사의 요약은 … 다원설에 맞먹는 권위를 가진다고 말할 수 있다"고 썼다. 최근 재레드 다이아몬드는 하버드 자연사 박물관이 후원하는 강연에서 천 명에 달하는 청중을 모았고, 강연이 끝나자 수많은 사람들은 자리에서 일어나 열렬히 환호했다.

재레드 다이아몬드는 1937년에 보스턴에서 태어났다. 하버드 대학 소아과 교수였던 다이아몬드의 아버지는 전쟁이 끝난 후 미국 적십자사에서 혈액 은행 프로그램을 설립했으며, 어머니의 혈액과 부적합한 혈액을 가진 유아에게 수혈하는 방법을 개척한 것으로도 유명했다. 그는 아흔일곱 살에 세상을 떠났다. 다이아몬드의 어머니는 교사이자 피아니스트였고, 언어에 무척 관심이 많았다. 재레드 다이아몬드는 학교에서 라틴어와 그리스어를 배웠고 어머니에게 독일어를 배웠으며, 나중에 러시아어, 프랑스어, 스페인어, 핀란드어, 네덜란드어, 이탈리아어, 신멜라네시아어, 뉴기니 포어 방언을 읽고 말하는 법을 배웠다.

다이아몬드는 하버드와 케임브리지를 졸업한 후 생리학자로서의 경력을 시작했고, 후에 조류 생태학에서 또 다른 경력을 쌓았다. 그는 또한 지난 10여 년 동안 『제3의 침팬지』 이후 좋은 의미에서 대중화의 선구자가 되어 일반 대중에게 열심히 다가갔다. 그래서 1997년에 발간된 책에는 『섹스는 왜 재미있을까?- 성의 진화』[1] 라는 제목을 붙였다. 재레드 다이아몬드는 퓰리처상 수상작 『총, 균, 쇠』에서 왜 "유라시아 사람들, 특히 유럽과 동아시아 사람들이 지구 전역으로 퍼져서 현대 세계의 부와 권력을 지배하게 되었는가? 왜 아메리카 원주민, 아프리카인, 오스트레일리아 원주민은 유럽인과 아시아인을 정복하거나 절멸시키지 못했는가?"라는 의문을, 혹은 『이코노미스트』의 빈정거리는 헤드라인처럼 "지리적 결정주의, 혹은 어떻게 백인이 세상을 지배하게 되었는가"를 탐구한다.

다이아몬드는 아주 오래 전부터 이 의문에 끌렸지만 분자생물학, 식물 및 동물 유전학, 생물지리학, 고고학, 언어학의 발전을 통해 최근에야 새로운 종합적 접근법을 시도할 수 있었다고 말한다. 그는 지리와 식량 생산에서 답을 찾으면서 "민족의 생물학적 차이가 아니라 각 대륙 환경의 차이"를 지적함으로써 인종주의적인 결론을 단칼에 떨쳐 버린다. 그는 자연 과학 지식을 이용해 인간 역사의 의문에 대답한다.

---

1 한국에서는 『섹스의 진화』라는 제목으로 출간되었다.

와크텔 『총, 균, 쇠』는 지난 1만 3천 년 동안 이루어진 인간 사회의 성장을 폭넓게 살피는 책입니다. 당신은 역사, 지리, 진화 생물학, 인류학, 생리학과 같은 다양한 분야의 지식을 끌어왔는데, 부모님 덕분에 세상을 넓게 보는 시야를 갖게 되었다고 말했습니다. 한 분야를 벗어나서 생각하는 법을 부모님이 어떻게 가르쳐 주셨습니까?

다이아몬드 부모님이 구체적으로 가르쳐 주셨다는 뜻은 아닙니다. 어머니는 교사였지만 학식이 높은 언어학자이자 피아니스트이기도 했습니다. 아버지는 의사였지요. 저는 운이 좋아서 매사추세츠주 보스턴의 작지만 아주 좋은 학교에 다녔는데, 6년 동안 라틴어가 필수 과목, 3년 동안 그리스어가 선택 과목이었고, 역사 수업이 아주 뛰어났습니다. 저는 다 좋아했지요. 그래서 많은 것들에 흥미가 생기기 시작했고, 그 흥미를 유지할 수 있었습니다.

와크텔 보스턴의 록스버리 라틴 스쿨에 다닐 때 나중에 커서 무엇을 할 거라고 생각했습니까?

다이아몬드 아버지가 의사였으니 아주 간단한 문제였습니다. 어렸을 때 누가 나중에 커서 뭐가 되고 싶냐고 물으면 저는 항상 아버지 같은 의사가 되고 싶다고 대답했습니다. 대학 마지막 해가 되어서야 의학이 아니라 과학을 연구하고 싶다고 깨달았지요. 그래서 마지막 순간에 진로를 바꿔서 의대에 진학하는 대신 박사 학위를 땄습니다.

와크텔 의사가 되겠다는 야망이 있었는데도 라틴어와 그리스어, 다른 언어들을 공부했군요. 어머니가 독일어를 가르쳐 주셨다고요.

다이아몬드 맞습니다. 저는 남은 평생 과학을 연구하겠구나 생각했지만 언어와 음악과 역사를 정말 좋아했기 때문에 역사와 고전, 그리고 제가 흥미를 느끼는 것들을 공부하기로 결심했습니다. 그래서 학교에서뿐 아니라 대학교에서도 과학에 대한 노출은 최소화했지요.

와크텔 어머니는 피아니스트였고 당신 역시 노련한 음악가입니다. 과학과 음악 중에 하나를 선택해야 할 때가 있었습니까?

다이아몬드 어떤 면에서는 그랬습니다. 저는 과학자가 되겠다고 이미 결심했지만 영국에서 생리학 박사 학위를 받고 미국으로 돌아오자 과학자는 한 분야에 평생을 바쳐야 한다는 끔찍한 깨달음이 서서히 떠오르기 시작했습니다. 저는 생체막 생리학 전공인데, 재미있긴 했지만 남은 45년 동안 생체막 생리학 외에 아무것도 하지 않는다고 생각하니 끔찍했습니다. 그래서 또 다른 길을 찾아 주변을 둘러보았고, 제일 처음 생각한 것이 음악이었습니다. 바흐를 정말 좋아했고 오르간 연주도 좋아했거든요. 지휘와 작곡 쪽도 생각했지만 음악에 재능이 없었기 때문에 포기하고 아마추어 음악가로 남았습니다. 그 대신 역사와 과학의 다른 분야로 손을 뻗었지요.

와크텔 당신은 또한 평생 조류에 관심이 있었습니다. 어떻게 관심을 갖게 되었습니까?

다이아몬드 단순합니다. 일곱 살 때 보스턴의 우리 집에서 창밖을 내다보았더니 잔디밭에 잉글리시 스패로가 있었어요. 미국에서 제일 흔하고 시시한 새죠. 마침 옆에 조류에 관한 책이 한 권 있기에 뒤적이다가 그 새가 치핑 스패로라는 결론을 내렸고 ─ 완전 틀렸죠 ─ 처음 보았던 그 새 때문에 조류에 관심을 갖게 되었습니다. 또 운 좋게도 3학년과 5학년 때 조류 관찰을 좋아하는 선생님들을 만나서 새에 더욱 빠져들었지요. 1960년대 초에는 뉴기니에서 조류를 전문적으로 연구하기 시작했고, 그 이후 항상 그곳을 다시 찾아갑니다.

와크텔 조류와 조류 행동의 어떤 면에 끌렸습니까?

다이아몬드 많은 사람들이 조류에 매료되는데요, 그 이유는 우선 정체를 파악할 수 있기 때문이지요. 조류는 8천 종이 있는데, 분류를 좋아하는 사람들 입장에서 보자면 조류는 분류하기 좋습니다. 새는 예뻐요. 노래도 하고 육안으로 알아볼 수 있지요. 쥐나 박테리아는 후각 ─ 인간의 후각은 형편없습니다 ─ 으로 서로를 구분하지만 새는 다릅니다. 새들은 시각과 청각으로 서로를 식별합니다. 새는 가장 많이 알려져 있는 동물이기 때문에, 사실 행동학과 진화 생물학과 생물지리학에 대한 지식 대부분은 새들을 관찰하면서 깨달은 것입니다. 감히 말씀드리자면 뉴기니는 이 세상에서 가장 매력적이고 멋진 곳입니다. 세상에서 제일 멋진 새들이 다 모여 있어요. 새들의 천국이죠. 또 서로 다른 언어를 사용하고 최근까지도 석기를 썼던 천 개의 부족이 있습니다. 그러니 학문 연구에도 정말 좋은 곳입니다.

와크텔 당신은 오스트레일리아와 뉴기니에서 발견된 바우어새와 예술의 동물 기원설을 연관지었습니다. 바우어새 수컷은 암컷을 유혹해서 짝짓기를 하기 위해 놀랄 정도로 정교하고 아름다운 집을 꾸밉니다. 하지만 정말로 인간의 예술이 동물이나 조류의 행동에 뿌리를 두고 있다고 생각하십니까?

다이아몬드 글쎄요, 인간 예술의 뿌리 중 하나라고 말하고 싶군요. 과거에는 인간이 생물학적 기원을 가지고 있었지만 현재에는 그것을 뛰어넘는 수많은 복잡한 행동을 합니다. 하지만 중요한 사실은 바우어새 수컷이 집을 아주 복잡하게 꾸민다는 것입니다. 종에 따라 특정한 색의 재료를 고르지요. 어떤 종은 파란색을 좋아하고 어떤 종은 빨간색과 초록색의 조합을 좋아하는데, 암컷을 유혹하기 위해 특정 장소에 좋아하는 색의 재료를 둡니다. 색을 잘못 고르는 수컷은 참 불쌍하지요. 그러면 암컷을 얻지 못하니까요. 물론 예술가나 음악가가 자기 재능을 이용해서 여성이나 남성에게 매력을 호소한다는 사실은 널리 알려져 있지만, 인간 예술의 유일한 기능이 이성을 유혹하는 것이라고 말할 수는 없습니다. 우리는 그러한 수준을 넘어

섰지만, 저는 백만 년 전에 인간의 예술이 시작된 이유 중 하나가 바우어새들처럼 성적 이유를 포함한 사회적 이유였다고 해도 놀라지 않을 것입니다.

와크텔 당신은 최근에 감정적으로 따지자면 전체 시간의 반을 뉴기니에서 보낸다고 말했습니다. 새와 언어의 측면에서 아주 매력적인 곳이라는 건 알겠는데요, 뉴기니는 당신에게 어떤 의미입니까?

다이아몬드 뉴기니의 정글에 한 번 가 보면 나머지 세계가 너무 따분하게 느껴집니다. 수백 종의 온갖 새들이 있는데 대부분은 들어만 봤지 직접 본 적이 없는 새들이죠. 정글은 아름다운 곳이에요. 처음에는 위험하고 불편할 수도 있지만 알고 보면 아주 안전합니다. 그리고 정말 멋진 사람들, 아주 똑똑한 뉴기니 사람들이 있는데, 걸어다니는 조류 백과사전입니다. 아주 노골적인 사람들이라서 자기 생각을 다 이야기하고 마음에 안 드는 것이 있으면 화를 냅니다. 또 서로 매우 달라요. 세계 언어의 6분의 1이 뉴기니에 있습니다. 천 가지 언어가 있지요. 뉴기니는 국가와 왕국이 발전하기 전에 세계 대부분이 어떤 모습이었는지 보여 줍니다. 뉴기니에서는 국가나 왕국이 발전하지 않았지요. 그렇기 때문에 우리의 과거를 보여 주는 창입니다, 정말 멋지지요.

와크텔 당신은 뉴기니에서 시간을 보낸 덕분에 언어에 대한 새로운 생각을 떠올릴 수 있었습니다. 뉴기니인들은 신멜라네시아어를 쓰는데, 이 언어는 영어 링구아프랑카[2]의 일종이지요. 당신은 '크리올' 언어들을 살펴다가 똑같은 문법적 특징이 반복적으로 나타난다는 사실을 발견했습니다. 이것이 동물의 의사소통과 인간 언어의 관련성을 가리킨다고 생각하는 이유는 무엇입니까?

다이아몬드 제 생각에 그것은 인간 언어의 유전적 배경을 보여줍니다. 모든 동물은 노래——새의 경우가 그렇지요——나 과시 행위, 또는 냄새 기반의 의사소통 체계를 가지고 있습니다. 원인(原人)은 현대의 침팬지와 고릴라처럼 으르렁거리는 소리와 과시 행위가 포함된 의사소통 체계를 가지고 있었습니다. 인간 언어에 유전적 바탕이 존재한다고 생각하는 이유는, 모든 인간이 언어를 가지고 있기 때문입니다. 어떤 인간은 음성 언어를 가지고 있고 어떤 인간은 그렇지 않고, 그런 식이 아닙니다. 우리는 인간이 언어를 만들어 내야 했을 때 독립적으로 탄생한 모든 언어가 통사론적으로 비슷하다는 사실을 발견했습니다. 소위 말하는 크리올어——혼성공통어, 플랜테이션 언어——는 지난 세기에 미국 남부를 포함한 전 세계에서 독립적으로 생겨났습니다. 미국의 경우 플랜테이션 언어가 동시적으로 발생해서 다른 배경을 가진 사람들——다른 부족 출신의 아

---

2 모국어가 서로 다른 사람들이 의사소통을 위해서 사용하는 언어.

프리카인들——이 서로, 그리고 플랜테이션 주인과 의사소통을 할 수 있게 되었습니다. 소위 말하는 모든 크리올어는 문법이 다 비슷합니다. 크리올어에는 가장 기본적인 전치사만 있고 시제의 대부분과 복수가 없지만, 얼마 안 되는 전치사와 시제가 아주 흥미롭고 비슷한 기능을 하는데, 이는 모든 크리올어가 우리 안에 내장된 유전적 프로그래밍에서 나왔음을 시사합니다.

와크텔 그렇다면 어떤 언어를 말하든 모든 인간이 유전적으로 언어 능력을 가지고 있다는 촘스키의 언어 혁명과 관련이 되는군요.

다이아몬드 그런 면이 있지요. 저는 인간의 언어에 유전적 바탕이 있다는 생각에 동의합니다, 아마 대부분의 언어학자가 그럴 거예요. 논쟁이 벌어지는 부분은 그것이 우리 뇌의 특정한 세포에 있느냐, 전치사 유전자가 있느냐, 그런 세세한 부분입니다. 하지만 제가 보기에 언어에 유전적 바탕이 있다는 사실만은 분명합니다.

와크텔 그러한 유전적 바탕이 반드시 동물 언어나 진화와 관련이 있다는 뜻입니까?

다이아몬드 언어에 진화적 바탕이 있다는 것은 의심의 여지 없는 사실입니다. 현존하는 3백만 종 가운데 인간이 처음으로 음성을 이용해서 의사소통을 한 것은 아닙니다. 예를 들어 버빗원숭이가 으르렁거리는 소리는 무척 다양합니다. "표범"을 뜻하는 소리와 "뱀"을 뜻하는 소리, "독수리"를 뜻하는 소리, "낯선 원숭이"를 뜻하는 소리가 다 있지요. 버빗원숭이에게 없는 것은 문법입니다. 제 생각에 인간 언어만의 독특성은 문법, 즉 특정한 방법으로 단어를 조합해서 새로운 뜻을 만들어 내는 능력입니다. 원숭이들이나 침팬지에게는 없지요.

와크텔 당신은 1972년 얄리라는 뉴기니 정치가와 나눈 대화에서 아이디어를 얻어 『총, 균, 쇠』를 썼습니다. 어떤 대화였지요?

다이아몬드 1964년에 처음 뉴기니에 갔을 때 저는 정말 순진했습니다. 뉴기니 사람들이 철기가 아니라 석기를 쓰는, 소위 말하는 원시인이라는 것은 알았습니다. 하지만 그들의 뇌에 원시적인 면이 있기 때문에 석기를 쓴다고 생각할 정도로 아무것도 아는 게 없었지요. 하지만 말 그대로 반나절 만에 그들이 정말 똑똑하다는 사실을 깨달았습니다. 그러자 마음 깊은 곳에서 '정글에서 길도 못 찾고 빗속에서 불도 못 피우는 나 같은 멍청이도 철기와 글을 쓰는데 이 똑똑한 사람들이 석기를 쓰게 된 이유는 무엇일까?'라는 의문이 생겼지요. 1972년에 뉴기니 어느 섬의 해변을 산책하면서 새를 관찰하고 있을 때, 마침 그 지역을 방문한 정치가가 저를 따라와 이것저것 묻기 시작했습니다. 우리는 긴 대화를 나누었지요. 얄리라는 이 정치가는 결국 뉴기니인의 기원에 대해서, 어떤 섬에 있는 화산의 기원에 대해서 묻기 시작했고, 마지막으로 저를 보며 이렇게 말했습니다. "당신네 백인들은 수많은 화물——물질적 소유물이라는 뜻이었습니다——을 가지고 여기에 왔는데 어째서 우리 흑인은 아무것도 없을까요?" 확실히 뉴기니인과 유럽인의 차이에 대한 가장 당연한 질문이었습니다. 하지만 저는 그에게 정확한 답을 줄 수가 없었습니다. 뭐라 중얼거리긴 했지만, 대답이 입 밖으로 나오는 순간 틀렸음을 알았지요. 그 뒤로 얄리의 질문이 계속 떠올랐습니다. 세상 사람들의 차이, 아메리카 원주민과 아프리카인과 유라시아인과 오스트레일리아 원주민이 발전시켜 온 기술과 글쓰기와 정치 체계의 차이는 왜 생겼을까?

와크텔 그들이 유럽인을 노예로 삼거나 멸종시킨 것이 아니라 그 반대가 된 이유가 뭐냐는 것이지요?

다이아몬드 정확합니다. 지금 저는 이곳 로스앤젤레스에, 500년 전에는 아메리카 원주민들밖에 없었던 땅에 앉아 있습니다. 그때는 여기 유럽인이 하나도 없었지요. 1만 년 전에 외계인이 지구에 와서 지금으로부터 1만 년 후에 이 로스앤젤레스에 유럽인과 아프리카인이 있을지, 아니면 유럽에 오스트레일리아 원주민과 미국 원주민이 있고 최후의 유럽인들이 멸종되거나 피레네 산맥과 알프스 산맥의 보호구역에 살고 있을지 예측해 보라는 질문을 받았다면 대답하기 어려웠을 겁니다. 그러므로 그것은 1만 3천 년 인간 역사상 가장 큰 질문입니다. 오스트레일리아 원주민이나 아프리카인이 아니라 유라시아인이 전 세계로 뻗어 나간 이유는 무엇일까요?

와크텔 다른 과학자들은 얄리의 질문에 어떻게 대답했습니까?

다이아몬드 당시 대부분의 과학자들과 현재의 많은 과학자들——저는 이런 말을 늘 듣습니다——은 대충 이렇게 말할 겁니다. 교육을 받은 사람들은 아프리카인이 유럽을 정복한 것이 아니라 유럽인이 신세계와 아프리카로 뻗어 나간 이유가 뭐냐는 질문을 받으면 어김없이 이렇게 말합니다. "글쎄요, 음, 어, 아시겠지만, 이런 말을 하기는 싫어요. 정치적으로 올바르지 않으니까요. 누가 듣고 있는 건 아니죠? 하지만 좋아요, 사실을 직시합시다. 유럽인이 더 똑똑해서 그런 거죠. 게다가 그 사람들은 직업윤리나 유대-기독교 전통도 없고, 뭐 그런 게 하나도 없잖아요." 이것이 일반적인 대답, 인종차별적인 대답입니다. 유럽인이 유전적으로 우월하다는 증거가 전혀 없는데도 말이죠. 하지만 민족 간의 차이는 역사적으로 아주 명백한 사실이고, 우리는 스스로 어떻게든 납득해야 하기 때문에 인종차별적인 해석에 빠지게 됩니다. 사람들의 얼굴과 머리색이 다른 것을 보면서 우리는 그 안에 다른 뇌가 들어 있을 거라고 가정합니다. 증거가 하나도 없는데도 말이지요.

와크텔 궁극적으로 환경에 따라 다른 문명이 발전했고 이것이 인종의 생물학적 차이라는 설명을 반박한다는 말씀이시지요?

다이아몬드 환경적 차이에 기대면서 인종차별적이지 않은 다른 설명들도 있지만, 옳지는 않습니다. 예를 들어 어떤 사람들은 유럽인이 전 세계로 뻗어나간 것은 북유럽의 추운 기후 때문이라고, 그래서 창의력을 발휘할 수밖에 없었다고 주장할 겁니다. 집을 발명하고, 옷과 기타 여러 가지를 발명해야 했다고 말입니다. 가능한 설명이긴 하지만 틀렸다고 증명되었습니다. 지난 1만 3천 년 동안 가장 중요한 발명은 북유럽커녕 유럽도 아니라 기후가 따뜻한 동부 지중해에서 일어났으니까요. 농업도 거기에서 시작되었고, 금속, 글, 국가 정치 체계가 발명되어서 남유럽으로 퍼져나갔습니다. 그러므로 사실 추운 북유럽은 천 년 전까지 유라시아의 벽지에 불과했지요.

와크텔 지리가 사회를 만드는 힘이라는 개념이 그토록 오랫동안 과학자들의 관심을 받지 못했던 이유가 무엇일까요?

다이아몬드 흥미로운 질문이군요. 그 개념은 몇 가지 이유 때문에 1940년대와 1950년대에 관심 밖으로 밀려났습니다. 1900년대 초에 지리학에 기대어 세계 역사의 흐름을 설명하려는 시도가 있었지만, 당시에는 충분한 지식이 없었다는 것도 한 가지 이유입니다. 그래서 지리적 설명이 어느 정도 신뢰를 잃었는데, 그래서는 안 되는 일이었습니다. 1920년대에는 대륙 이동설에 기대어 각 대륙의 위상을 설명하려다가 실패했는데, 당시에는 대륙의 이동에 대한 지식이 부족했습니다. 여기서 중요한 부분——저는 아주 큰 부분이라고 생각합니다——은 지리의 영향을 이해하려면 과학의 구체적인 사실들을 알아야 한다는 것입니다. 지리의 영향은 식물 종과 동물 종의 유전적 특징과 염색체, 행동, 교배의 차이에 의해 나타납니다. 지리의 영향을 이해하려면 언어와 고고학을 이해해야 하고, 따라서 과학적 지식이 필요합니다. 하지만 대부분의 역사학자들은 과학적 기술, 혹은 방법을 배우지 못했어요. 마지막으로, 휴머니스트는 지리적 영향을 인정하면 인간의 영혼을 부정하고 자유의지를 부정하는 셈이라고 느낍니다. 인간은 우리가 무엇이든 할 수 있고 환경은 아무 영향도 없다고 믿으려 하지요. 말도 안 되는 소리죠. 환경은 당연히 영향을 끼칩니다. 문제는 그것이 어떤 영향인지 알아내는 것입니다. 이러한 이유들 때문에 우리는 지리의 중요성에 대해서 불행할 정도로 무지한 편견을 갖게 되었습니다.

와크텔 당신은 책의 첫 부분에서 뉴기니인이 기술은 원시적이지만 유럽인들보다 더 똑똑할지도 모른다고 말합니다. 이유가 뭐죠?

다이아몬드 그것은 저의 경험, 뉴기니인에 대한 저의 인식일 뿐입니다. 『총, 균, 쇠』에서 미국인, 유럽인, 일본인을 가장 화나게 만든 문장은 뉴기니인이 그들 모두보다 똑똑할지도 모른다는 말이었습니다. 아프리카인이 유럽인보다 유전적으로 열등한지 아닌지 길고 냉철한 논의를 펼치는 것은 아무 문제도 없지만 뉴기니인이 유럽인보다 우월할지도 모른다고 말하는 것은 절대 안 되지요. 저는 뉴기니 사람들과 이야기를 나누면서 평균적으로 봤을 때—편차가 아주 크지만 평균적으로 말입니다—뉴기니인이 평균적인 미국인이나 유럽인, 일본인보다 더 기민하고, 호기심이 많고, 빨리 배우고, 말이 많고, 질문이 더 많다는 인상을 받았을 뿐입니다. 뉴기니의 자연선택으로 인한 유전적인 이점이 아주 약간 있을지도 모릅니다. 뉴기니에서는 똑똑한 사람만 살아남거든요. 지난 8천 년 동안 유럽의 농경 지역에서 살아남은 사람들은 더 똑똑하다기보다 전염성 질병에 저항력을 가진 사람들이었습니다. 아니면, 뉴기니 사람들은 자라면서 텔레비전을 보거나 컴퓨터 게임을 하지 않기 때문에 어린 시절에 자극을 더 많이 받아서일까요? 어쩌면 뉴기니인에게 유전적인 이점이 없을지도 모릅니다. 뉴기니 아이들은 분명 대부분의 미국과 일본, 유럽 아이들에 비해서 발달상의 이점을 가지고 있지만, 제가 뉴기니인이 평균적으로 미국인보다 조금 더 똑똑하다고 증명할 수는 없습니다. 제가 할 수 있는 말은 뉴기니인이 평균적으로 약간 더 똑똑한 인상을 준다는 것밖에 없습니다.

와크텔 "역사적으로 유럽인과 아시아인이 다른 집단의 정복에 항상 성공한 이유는 무엇인가"라는 의문에 대해서 이야기해 보도록 하지요. 일부 대륙은 다른 대륙보다 훨씬 일찍부터 인간이 거주했습니다. 예를 들어서 아프리카인은 일찍 시작했다는 이점이 있는데 왜 유럽처럼 뒤늦게 등장한 사회를 지배하지 못했을까요?

다이아몬드 아프리카는 인간의 진화가 일어난 대륙입니다. 인간은 아프리카에 600만 년 전부터 존재했지만, 아시아와 유럽으로 뻗어 나간 것은 200만 년밖에 되지 않습니다. 그러므로 일찍 등장했다는 것이 어떤 의미가 있다면, 아프리카인은 엄청난 장점이 있었던 것입니다. 아프리카인이 이른 시작에서 이득을 보지 못한 이유를 설명하자면 1만 3천 년 전에 공평한 경쟁의 장이 있었기 때문입니다. 즉, 아프리카인이 아프리카를 떠나 유럽과 아시아로 퍼져나갔고, 전 세계의 모든 사람들이 대충 비슷한 수준의 기술과 비슷한 복잡성을 가진 수렵·채취 사회에 살았습니다. 간단히 말해서 완전히 새로운 게임이 시작된 거지요. 새로운 게임에서는 가축화와 경작에 적합한 야생 동식물이 있는 지역이 유리했습니다. 소수의 야생 동식물만이 작물과 가축이 될 수 있습니다. 야생 양과 염소, 소, 돼지, 그리고 밀과 보리, 쌀이 있는 지역은 농업을 빨리 시작할 수 있다는 이점을 가집니다. 그런 사람들은 폭발적인 인구 증가, 군사 기술을 비롯한 여러 기술, 글, 국가 체계도 빨리 발전시킬 수 있었습니다. 따라서 1만 년 전에 농업이 시작된 지역, 야생 밀과 양 등등이 있었던 지역은 인구가 증가하여 영토를 확장하고 다른 사람들을 정복했습니다.

와크텔 1만 3천 년 전이라고 못 박은 것은 마지막 빙하기가 끝난 시점이기 때문이지요. 빙하기가 끝나면서 평평한 운동장이 탄생한 것인가요?

다이아몬드 네, 맞습니다. 1만 3천 년 전 마지막 빙하기가 끝날 때까지는 전 세계의 모든 사람들이 수렵·채취 생활을 했습니다.

사실 최초의 농부라고 부를 수 있는 사람들, 한곳에 정착하여 야생 동식물이 아닌 작물과 가축으로 대부분의 영양을 섭취했던 사람들은 기원전 8500년경 비옥한 초승달 지역에서 나타났습니다. 현대의 이라크, 이란, 터키, 시리아, 레바논, 요르단에 걸친 동부 지중해 지역이지요. 그와 비슷하거나 약간 늦은 시기에 중국에서 농사가 시작되었고, 물론 제가 사랑하는 뉴기니와 미국 남동부, 멕시코, 안데스, 아프리카 사헬 지역, 에티오피아, 열대 서아프리카에서도 농사가 시작되었습니다. 하지만 농사를 짓기 시작한 지역은 전 세계에서 겨우 아홉 군데——모두 좁은 지역이었지요——밖에 없었습니다. 그곳에서 농업이 세계 전역으로 퍼져 나가게 된 것이지요. 예를 들어 저는 지금 미국에서 가장 비옥한 땅이자 아메리카 농업의 중심지인 캘리포니아에 앉아 있지만, 이곳에서는 농업이 자연적으로 발생하지 않았습니다. 캐나다의 밀 곡창지대인 서스캐처원이나 앨버타, 매니토바에서도 자연적으로 발생하지 않았습니다. 길들일 수 있는 야생 종——야생 밀, 야생 양과 염소——이 없었기 때문이죠.

와크텔 유럽 정복자가 가져올 때까지 기다려야 했군요.

다이아몬드 맞습니다. 유럽인들이 곡식과 가축을 들여오자 캐나다 평원이 밀을 기르기 좋고 캘리포니아가 아보카도와 토마토를 기르기 좋다는 사실이 명확해졌습니다. 하지만 외부에서 들여와야만 했지요.

와크텔 『총, 균, 쇠』는 어떻게 해서 유라시아가 가장 빨리 발전하면서 가장 풍성하고 기술이 발달한 사회를 만들었는지 보여줍니다. 유라시아를 어떻게 정의하시겠습니까?

다이아몬드 저는 유라시아를 우리가 유럽과 아시아라고 생각하는 대륙 전체로 정의합니다.

와크텔 그러면 너무 넓은 지역이 포함되지 않을까요? 예를 들어 인도와 인도네시아를 아시아의 일부라고 생각하시나요? 인도와 인도네시아는 식민지가 되었는데요.

다이아몬드 그렇기도 하고 아니기도 합니다. 유라시아 대륙 사람들이 유리했다고 가정하면 말씀하신 것처럼 또 다른 의문이 듭니다. 왜 유라시아 대륙 내에서도 비옥한 초승달 지역이나 중국, 인도 아대륙 사람들이 아니라 유럽인들이 전 세계로 뻗어 나갔을까? 이것은 무척 어려운 질문인데, 기원후 1000년까지도 유럽인은 유라시아 문명 중에서 뒤떨어져 있었기 때문입니다. 무엇보다도 농업과 글, 알파벳을 발명한 비옥한 초승달 지역 사람들이 왜 이른 출발이라는 유리한 위치를 유용하게 써먹지 못했을까요? 혹은, 1400년이나 1430년까지 기술을 비롯해 중요한 거의 모든 면에서 세계를 이끌었던 중국은요? 그렇게 발달된 사회가 아니라 유럽인이 전 세계로 퍼져나간 이유는 무엇일까요? 그것은 또 다른 문제입니다.

와크텔 그런 의문에는 뭐라고 답하시겠습니까?

다이아몬드 간단히 말해서, 지리적 요소 때문입니다. 예를 들어 비옥한 초승달 지역은 길들일 수 있는 야생 동식물 종이 존재한다는 자연적 이점이 있었지만 땅이 건조해서 삼림 파괴와 염화가 비교적 빨리 일어난다는 환경적 취약성이 있었기 때문에 이른 출발로 인한 우위를 잃었습니다. 비옥한 초승달 지대의 사람들은 생태학적으로 자살이나 다름없는 짓을 저질렀고, 이제 '비옥한 초승달'이라는 말은 질 나쁜 농담이 되고 말았지요. 이라크는 세계를 선도하는 농업 지대였지만 너무 취약해서 현재 농업 생산성이 가장 낮은 지역에 속합니다. 중국은 산지와 강, 반도, 섬으로 나뉜 유럽과 달리 쉽게 통일할 수 있다는 지리적 단점이 있습니다. 중국은 지리적으로 나뉘어지지 않기 때문에 기원전 221년에 통일된 이후 거의 계속 통일 국가를 유지했습니다. 유럽은 통일된 적이 없어요. 유럽인들은 여전히 유럽을 통일시키려고 애쓰고 있지만 성공할 수가 없었지요. 통일을 장점이라고 생각할지도 모르지만, 나쁜 생각을 가진 독재자가 넓은 지역에서 모든 일을 망쳐 버릴 가능성이 있기 때문에 단점이 될 수도 있습니다. 1400년대에 중국에서 그런 일이 일어났고, 30년 전에도 교육 제도의 수장 자리에 앉아 있던 현명하지 못한 사람들이 말 그대로 10억 명의 중국인들에게 교육 제도를 닫아 버렸습니다. 유럽은 통일되지 않았기 때문에 멍청이 하나가 유럽 전체에 영향을 주는 일이 불가능했지요.

와크텔 유라시아의 일부였던 인도, 인도네시아, 필리핀이 식민지가 되고 세계를 손에 넣지 못했다는 사실은요? 그들은 오히려 지는 쪽이었습니다.

다이아몬드 1500년 전에는 인도 아대륙이 유럽에 비해 기술적 이점 및 기타 이점이 있었습니다. 제 인도 친구들의 말에 따르면 인도의 발전을 지연시킨 주된 원인은 경직된 카스트 제도의 발달이었는데, 한 계급 내에서는 결혼도 하고 의사소통도 했지만 다른 계급과는 그렇지 않았다는 뜻입니다. 그것이 기술 발전을 저해했습니다. 이를테면 금속 기술자와 정치가는 계급이 달라서 서로 소통을 하지 않았기 때문입니다. 하지만 왜 다른 나라가 아닌 인도에서 카스트 제도가 발달했을까요? 환경적 다양성이나 인도 아대륙의 생물지리학적 다양성 등 숨어 있는 지리적 이유를 추측할 수 있겠지만 그것은 또 다른 책에서 다룰 내용입니다. 인도네시아와 필리핀은 열대 국가이기 때문에 온대 국가에 비해 불리합니다. 열대 국가에는 심각한 공중 보건 문제들이 있어요. 일 년 내내 병균이 활동하지요. 최상의 공중 보건 조치는 병균을 죽이는 추운 겨울입니다. 그러므로 열대 국가는 어느 나라든 온대 국가에 비해 심각한 공중 보건 문제가 있습니다. 게다가 열대 국가에는 생산적인 농업이 적습니다. 모든 열대 국가가 불리했던 두 가지 주요 이유는 바로 공중 보건과 낮은 농업 생산성입니다. 그러나 그것은 교훈이 되기도 하는데, 지난 30년 동안 이처럼 불리한 점을 공략하고 공중 보건에 투자한 열대 국가들——대만, 홍콩, 모리셔스, 말레이시아, 싱가포르——은 문제를 해결하고 부유해졌습니다. 소위 말하는 아시아의 호랑이들이지요.

와크텔 어떤 의미에서는 병균이 결국 숨겨진 정복 무기가 되었기 때문에 무척 흥미롭습니다.

다이아몬드 맞습니다. 병균은 양날의 검이라고 할 수 있어요. 천연두, 홍역, 결핵, 독감 등 끔찍한 전염성 병균들이 유라시아에서 진화했습니다. 유럽인들이 미국 원주민 대부분을 쓸어 버린 더러운 병균을 가지고 왔는데 미국 원주민들은 왜 유럽인들에게 되갚아 줄 더러운 병균이 없었는지 물어야 합니다. 지난 20년 동안 DNA와 분자 생물학 연구 덕분에 인간의 전염성 질병이 가축의 전염성 질병에서 왔다고 밝혀졌습니다. 가축은 대부분 신세계가 아닌 유라시아에 있었지요. 따라서 유라시아는 천연두처럼 더러운 질병을 진화시키고 그것에 감염되었지만, 동시에 그러한 질병에 대한 유전적 면역과 항체 면역을 모두 발전시킬 수 있었습니다. 그래서 저는 그러한 질병을 양날의 검이라고 부릅니다. 유라시아인이 천연두, 홍역과 함께 신세계에 도착해서 돌림병이 생겼을 때 유라시아인들은 대부분 살아남았지만 아메리카 원주민은 대부분(95퍼센트) 유라시아의 질병으로 죽고 5퍼센트만이 살아남아 식민 지배자들과 싸웠습니다.

와크텔 정말 놀라운 통계군요.

다이아몬드 예를 들어 19세기에 캐나다 서스캐처원을 지나는 대륙횡단 철도를 놓았을 때 수많은 캐나다 원주민들이 외부인과 외부인의 질병에 처음으로 밀접하게 접촉하게 되었습니다. 1년에 서스캐처원 원주민 인구의 10퍼센트가 사망했다는 기록이 남아 있는데, 정말 높은 사망률 아닙니까? 특히 결핵 때문이었습니다. 그 전까지는 유라시아 질병에 노출된 적이 없었거든요.

와크텔 당신은 1532년 페루에서 피사로가 이끄는 스페인 병사 169명이 잉카의 8만 대군을 이기는 장면을 흥미진진하게 설명합니다. 그 순간이 현대 역사에서 어째서 그렇게 결정적이었을까요?

다이아몬드 1532년 페루의 카하마르카 전투는 당시 유럽에서 가장 힘센 국가 스페인의 전위대와 신세계에서 가장 강력한 제국의 첫 만남이었기 때문에 세계사의 결정적인 순간이라 할 수 있습니다. 유럽인에게 저항할 수 있는 신세계 세력이 있었다면 바로 잉카 제국이었을 겁니다. 거대하고, 중앙집권적이고, 아주 효율적인 아메리카 원주민 제국이었으니까요. 그러나 피사로의 스페인 병사들이 말과 철검과 갑옷을 갖추고 잉카 제왕 아타우알파의 8만 군대를 만났을 때 모든 상황은 10분 만에 끝났습니다. 10분 만에 스페인 군대는 단 한 명의 부상도 없이 검으로 아타우알파의 병사와 짐꾼 약 7천 명을 죽였습니다. 스페인군은 아타우알파를 생포했고, 몸값을 받으려고 8개월 동안 포로로 삼았습니다. 사실상 스페인군이 잉카 제국의 머리를 벤 셈이지요. 그들은 제국을 점령했고, 카하마르카 전투는 스페인군이 최초의 전투 당시 가지고 있었던 이점 때문에 중요할 뿐 아니라 상징적인 전투가 되었습니다. 바로 철검과 갑옷, 말, 그리고 천연두죠. 천연두가 전투보다 먼저 퍼져서 이전 황제 두 명을 포함해 잉카의 반을 쓸어버렸습니다. 카하마르카 전투는 그 자체로 중요하면서 스페인 사람들과 다른 유럽인들이 잉카와 북아메리카 원주민 사회를 정복한 모든 전투의 상징입니다.

와크텔 역시 놀라운 통계군요. 스페인 병사 169명이 스페인의 원조로부터 아주 멀리 떨어진 낯선 곳에서 8만 대군을 이겼으니 말입니다. 그것도 상대가 속속들이 아는 그들의 땅에서 말이지요. 어떻게 그런 일이 가능했을까요?

다이아몬드 정말 믿기 힘든 일입니다. 누가 타임머신을 주면서 과거의 어디로든 갈 수 있고 단 한 번만 쓸 수 있다고 하면 저는 1532년 카하마르카로 가서 전투를 지켜볼 겁니다. 스페인 사람들은 전투 전날 밤, 8만 대군의 야영 불빛을 보고 얼이 빠질 정도로 겁을 먹었습니다. 목격자들의 말에 따르면 그곳에 남겨진 스페인 군사들은 "그 광경을 보고 너무 겁이 나서 순전한 공포 때문에 바지에 오줌을 쌌"습니다. 하지만 스페인 병사들에게는 보병을 무력하게 만드는 말과 적을 벨 수 있는 철검, 철갑옷이 있었던 반면 잉카인들에게는 석기와 목제 무기밖에 없었습니다. 그리고 심리적인 영향도 있었지요. 잉카인들은 말을 보고 겁에 질렸습니다. 사실 최초의 전투에서 잉카인 대부분은 스페인 사람들에게 맞서 무기를 들지도 않았습니다. 나중에 말에 익숙해진 잉카인들이 무기를 들었지만, 철갑옷과 철기가 없었던 잉카인들은 말을 타고 철검과 창을 든 스페인 병사들 손에 쓰러졌습니다.

와크텔 당시 전투에 대한 당신의 놀라운 의견 중 하나는 피사로가 문맹이었지만 그의 승리에 읽고 쓰는 능력이 필수적인 요소였다는 것입니다. 스페인 사람들의 읽고 쓰는 능력이 전투에서 어떤 차이를 불러왔습니까?

다이아몬드 신세계에서 스페인으로 보낸 보고서가 두 가지 면에서 중요했기 때문입니다. 보고서에는 지도가 포함되어 있었습니다. 유럽에서 멕시코로, 또 멕시코에서 파나마와 그 너머로 항해하는 방향을 알려 주는 아주 자세한 지도였지요. 그것이 스페인 사람들에게는 큰 도움이 되었습니다. 두 번째 중요한 요소는 아즈텍에서 발견된 귀중품을 자세히 적은 보고서였습니다. 이 보고서는 다른 유럽인들이 남미로 오려는 중요한 동기를 부여했습니다. 특히 피사로가 잉카인들을 무찌르고 나서 잉카 황제 아타우알파가 몸값으로 세로 9.7미터, 높이 6미터, 대각선 5.5미터의 방에 금과 은을 가득 채워 주었다는 보고서를 유럽으로 보냈을 때는 더욱 그러했습니다. 3개월쯤 지나 보고서가 유럽에 도착하자 수백, 수천 명이 부자가 되려고 신세계로 몰려갔습니다. 유럽인들이 더 몰려오지 않았다면 잉카인들이 전열을 가다듬어 스페인군 169명을 몰아냈을지도 모릅니다. 그러나 이미 스페인 사람들이 통치권을 강화하기 위해 페루로 밀려오고 있었습니다.

와크텔 당신은 어느 사회든 성장하려면 식량 생산이 중요하다는 사실을 보여 줍니다. 마야인과 잉카인은 식량 생산에 뛰어났는데 왜 유럽인이 더 유리했을까요?

다이아몬드 마야인과 잉카인, 아즈텍인, 북아메리카 동부 원주민들이 식량 생산에 뛰어났던 것은 사실이고, 옥수수, 감자, 토마토, 고추 등 현재 우리가 먹는 많은 식량은 아메리카가 원산지입니다. 그러나 밀 종자 한 포대를 밭에 쏟아붓는 흩어뿌리기 방법을 쓰지 않았기 때문에 아메리카 원주민의 농업 생산성은 유라시아 농업의 반 정도밖에 안 됐습니다. 아메리카 원주민들은 옥수수 종자를 일일이 심었습니다. 흩어뿌리기 대신 옥수수, 콩, 호박 속을 섞어서 심었고, 유럽인과 달리 가축을 이용해서 밭을 갈지 않았습니다. 따라서 유럽인——유라시아인——은 더 많은 땅을 갈 수 있었고, 신세계 농업보다 생산성이 두 배 정도 높았습니다. 또 유라시아의 가축은 훨씬 더 생산적이었습니다. 신세계에는 덩치가 큰 가축이 라마밖에 없었고, 그것도 안데스에만 있었습니다. 즉 안데스 이외 지역의 아메리카 원주민은 단백질 공급원인 가축이 없었다는 뜻입니다. 아메리카에서는 단백질 섭취가 제한적이었지만 유라시아 사회에는 소, 양, 염소, 돼지, 말, 순록, 당나귀, 야크, 물소, 들소,

낙타가 있었지요. 그러한 동물들은 단백질 공급원인 동시에 밭을 갈고, 전쟁에서는 기병의 탈것이 되고, 나중에는 바퀴 달린 운송 수단을 끌었습니다.

와크텔 비옥한 초승달 지역의 작물은 서쪽에서 동쪽으로 빠르게 퍼져나갔습니다. 당신은 제국 건설에서 위도가 중요하다고 생각하는 것 같은데요. 제국의 성장에 유라시아의 동서 축이 왜 그렇게 중요했습니까?

다이아몬드 제가 이 책을 쓰면서 유레카를 외친 순간이 있다면 바로 유라시아 동서 축의 중요성을 깨달았을 때였습니다. 세계 지도를 그린 다음 대륙의 모양을 보면 유라시아가 동서로 길고 남북으로 짧다는 사실을 알 수 있습니다. 반면에 아메리카는 남북으로 길고 동서가 좁지요. 아프리카도 마찬가지입니다. "그게 뭐, 누가 그런 데 신경을 써?"라고 말할 수도 있습니다. 하지만 지리에서는 그것이 무척 중요했습니다. 작물이나 가축은 위도가 같은 동서 지방으로 퍼져 나가면서 항상 정확히 똑같은 낮의 길이와 햇살, 비슷한 기후와 질병을 만납니다. 그러므로 유라시아에서 작물과 동물은 동서로 빠르게 확산되었습니다. 로마인은 중국 작물을 먹었고 중국인은 유럽 작물을 먹었습니다. 유라시아에서는 이러한 확산이 빨랐지만 신세계에서는 작물과 동물이 남북으로 이동했기 때문에 확산이 느릴 수밖에 없었습니다. 예를 들어 멕시코의 옥수수는 위도와 낮의 길이, 기온이 다른 북쪽으로 많이 올라갈 수 없었습니다.

그러므로 옥수수가 작물이 된 다음 아메리카 원주민이 북아메리카 북동부와 캐나다 남부에서 키울 수 있는 종류를 개발하기까지 4천 년에서 5천 년이 걸립니다. 안데스 산맥의 라마와 감자는 뜨거운 파나마 해협을 지나 멕시코로 북상하지 못했고, 반대로 멕시코의 칠면조는 안데스 산맥으로 남하하지 못했습니다. 아프리카에서는 유라시아의 가축이 남북 축을 따라 퍼지는 데 8천 년 정도 걸렸습니다. 즉 아메리카와 아프리카의 남북 축은 작물과 가축, 관련 기술의 아주 느린 확산을 의미했습니다. 유라시아 대륙 내에서 확산이 더 빨랐다는 것은 유라시아의 한 지역에서 발명되거나 길들여진 것이 다른 지역으로 빠르게 퍼져서 작물 및 가축의 생산성을 풍성하게 한다는 의미였습니다.

와크텔 글은 인간 진화에서 무척 늦게 나타났습니다. 글이 식량 생산과 밀접하게 연관되었다고 생각하는 이유는 무엇입니까?

다이아몬드 사실이 먼저 있고 그 다음에 설명이 있다는 점에서 글은 식량 생산과 관련이 있습니다. 글을 발전시킨 사회는 식량을 생산하는 사회였습니다. 우리가 아는 한, 글은 비옥한 초승달 지대와 중국, 멕시코, 그리고 아마 이집트에서 독립적으로 개발되어 다른 곳들로 퍼졌습니다. 글은 식량을 생산하는 사회에서만 시작되었지요. 전문적인 필경사가 필요하다는 것을 한 가지 이유로 들 수 있을 것입니다. 글은 기록이 필요하고, 따라서 기록만 하는 사람이 필요합니다. 우리가 아는 한 가장 초기의 글은 왕에게 내는 세금을 기록할 때 쓰였는데, 왕과 세금은 양과 염소, 밀 등 세금을 부과할 대상이 존재하는 농업 사회에만 존재했습니다. 그러면 글을 발전시키고 이용하는 세금 징수원과 관료도 필요합니다.

와크텔 글이 발전한 곳에서도 글에 접근할 수 있는 사람은 아주 적었습니다.

다이아몬드 맞습니다. 비옥한 초승달 지대에서는 사회의 극소수만이 글을 알았습니다. 세금 징수원과 관료들이죠. 마찬가지로 우리가 아는 한 멕시코의 마야와 베라크루스 사회에서 글을 최초로 쓴 것은 왕실 선전을 위해서였습니다. 커다란 돌과 기념물을 세우고 "나는 이웃 경쟁자를 무찔러 산산조각 내고 그의 나라를 차지한 위대한 왕이다" 같은 말을 새겼지요. 그러므로 비옥한 초승달 지대에서처럼 멕시코에서도 글은 수천 년 동안 농사를 지은 복잡한 사회 및 왕들의 요구와 관련이 있었습니다.

와크텔 당신은 체로키 인디언 세쿼이아의 이야기를 들려주는데요, 그는 1820년에 영어 문자를 가져와 체로키 모음의 상징으로 이용해서 자신만의 문자를 발명합니다. 세쿼이아는 영어를 읽거나 쓰지는 못했지만 음절표를 고안해서 부족 사람들에게 읽는 법을 가르쳤지요. 체로키 부족은 왜 몇 세기 전에 문자를 만들지 않았을까요?

다이아몬드 체로키 부족이 문자 언어를 만들지 않은 이유는 다른 북아메리카 원주민들이 문자 언어를 만들지 않은 이유와 같습니다. 기원후 1000년경에 미국 남부에서 인구 밀도가 높은 농경 사회——소위 말하는 미시시피 흙둔덕 건설 문명——가 폭발적으로 발생했습니다. 기억해야 할 점은 구세계에서 기원전 6000년경에 인구 밀도가 높은 농경 사회가 폭발적으로 발생했고 3천 년 후에 글이 발달했다는 사실입니다. 신세계에서는 기원후 1000년경에 인구 폭발이 일어났기 때문에 3천 년 뒤, 즉 기원후 4000년에는 북아메리카 동부의 원주민들이 글을 만들었겠지만, 그런 여유를 누리지 못했습니다. 불행히도 1492년에 유럽인이 들어와서 북아메리카 동부의 원주민 사회의 독립적인 발전을 끝장냈으니까요. 그러므로 간단히 말하자면 체로키를 비롯한 동부 북아메리카 원주민은 결국 글을 발명했겠지만, 중국과 비옥한 초승달 지대에서 그랬던 것처럼 몇 천 년 정도 걸렸을 겁니다.

와크텔 그러면 승자는 항상 농부들이군요. 수렵·채집인들은 농경 사회에 의해 식민지가 되거나 정복당했습니다. 그들은 왜 식량 생산을 독자적으로 발전시키지 못했을까요?

다이아몬드 대부분의 경우 수렵·채집인들이 식량 생산을 발전시킬 기회가 주어지지 않았습니다. 일부는 발전시켰지요. 어쨌거나 농경을 발전시킨 사람들 모두 처음에는 수렵·채집인들이었으니까요. 비옥한 초승달 지대와 중국, 멕시코에서 처음 농부가 된 수렵·채집인들은 크게 증가한 인구밀도와 군사 기술을 포함한 우월한 기술, 고약한 병균을 이용해서 아주 빠르게 퍼져나가면서 수렵·채집인들을 몰아냈습니다. 물론 북아메리카, 캘리포니아에서도 똑같은 일이 발생했지요. 이곳 캘리포니아의 경우 수렵·채집 인구 밀도가 높았지만 캘리포니아 원주민들은 유럽인들이나 애리조나와 뉴멕시코의 원주민들에게 농업을 전파받을 기회를 얻지 못했습니다. 애리조나의 원주민 농경은 캘리포니아 남동부 사막을 건너지 못했습니다. 그리고 유럽인들은 작물과 함께 총과 질병을 가지고 왔고, 아메리카 원주민들에게 농부가 되는 법과 스스로를 통치하는 법을 평화롭게 전파하지 않았습니다.

와크텔 당신은 또 파이스토스 원반을 예로 듭니다. 크레타 섬에서 출토된 진흙 원반인데, 241개의 기호와 문자가 새겨져 있지요. 당신은 기원전 1700년에 만들어진 이 원반이 가장 먼저 인쇄된 '기록'이라고 말합니다. 그때부터 구텐베르크 인쇄술이 나올 때까지 왜 3천 년 이상이 걸렸을까요?

다이아몬드 파이스토스 원반은 직경 약 20센티미터의 원형 진흙을 구운 것으로, 크레타 섬에서 발굴되었습니다. 그런데 원반에 새겨진 문양이 손으로 긁은 것이 아니라 인쇄된 것, 미리 만든 판목으로 찍은 것임이 밝혀졌습니다. 파이스토스 원반은 우리가 아는 한 최초의 인쇄 기록입니다. 하지만 고대 크레타의 인쇄술은 기원전 1700년 이후 사라졌고, 중국에서 재발명되고 구텐베르크가 대량 생산할 때까지 돌아오지 않았습니다.

크레타에서 인쇄술이 크게 도약하지 못한 것은 수요가 없었기 때문입니다. 기원전 1700년 크레타에서 글을 쓸 수 있는 사람들은 왕의 세금 징수원밖에 없었는데, 글을 읽고 쓸 인구가 많지 않다면 이 아름다운 인쇄 도구 세트를 가지고 있어도 큰 이득이 없습니다. 그래서 크레타의 인쇄술은 기원전 1200년경에 사라졌고, 글 자체도 그 즈음 크레타와 그리스에서 사라졌습니다. 글은 기원전 800년경 그리스에서 알파벳으로 돌아오지만, 중국과 유럽 인구가 증가한 다음에야 충분한 수의 군주와 관료, 그리고 읽을 준비가 된 사람들이 생겨나면서 인쇄술에 대한 수요가 생겼습니다.

와크텔 발명만 중요한 것이 아니라 발명을 이용할 사회의 역량, 혹은 필요가 있어야 하는군요.

다이아몬드 맞습니다. 또 다른 좋은 예는 사람들이 역사상 가장 위대한 발명가라고 생각하는 토머스 에디슨의 가장 뛰어난 발명입니다. 축음기는 소리를 기록하는 기계장치였습니다. 에디슨이 아이디어를 떠올리기 전까지는 그런 장치가 없었습니다. 처음에는 수요도 없었지요. 아무도 관심이 없었어요. 이것저것 만지작거리기를 좋아하는 에디슨에게는 도전이었습니다. 그래서 그는 축음기를 만들었고, 그런 다음 이것을 무엇에 쓰면 좋을지 알아내야 했습니다. 에디슨은 축음기로 음악을 기록한다는 생각을 경멸했습니다. 오히려 세상을 떠나는 사람의 마지막 말을 기록하거나 시각 장애인에게 소리를 가르칠 수 있다고 생각했지요. 에디슨은 20년 동안 축음기를 음악 기록에 사용하는 것을 반대했지만 사람들이 시도해 볼 가치가 있다고 설득했습니다. 축음기는 필요해서가 아니라 누군가가——이 경우에는 에디슨이겠지요——뭔가 만지작거리기를 좋아해서 발명된 물건의 완벽한 예입니다. 결국 다른 사람이 축음기가 어디에 좋은지 알아냈지요.

와크텔 그래서 발명은 필요의 어머니라고 쓰셨군요.

다이아몬드 그렇습니다. 예를 들어 40년 전에 트랜지스터를 발명해서 노벨상을 탄 물리학자들은 라디오를 만들다가 쉽게 고장나는 크고 조잡한 진공관에 질려서 트랜지스터를 발명한 것이 아닙니다. 그냥 이것저것 만지작거려 본 거죠. 이론적인 아이디어가 떠올라서 트랜지스터를 만들었습니다. 하지만 트랜지스터를 이용해서 전자 산업을 재설계한 사람은 일본인이었습니다. 저는 어렸을 때, 1950년대에 진공관으로 라디오를 만들었습니다. 미국의 전자 산업은 진공관에 투자를 많이 했기 때문에 트랜지스터를 이용하려고 하지 않았습니다.

와크텔 발명 역량을 제한하는 경제적 보호주의군요.

다이아몬드 네, 그런 예가 또 있습니다. 1800년대 후반 영국에는 가스등이 널리 퍼져 있었기 때문에 전기 조명이 등장하자 거센 반대에 부딪쳤습니다. 영국의 도시들은 이미 가스등에 투자를 했기 때문에 전기 조명이 널리 퍼지면 돈을 잃을 테니까요. 그래서 영국의 많은 도시들이 전기 조명 개발을 방해하려고 했습니다.

와크텔 그렇다면 르네상스 시대의 유럽은 "최고의 발명들이 등장한 백 년"——당신이 쓰신 표현 그대로입니다——을 잘 이용할 준비가 되어 있었는데 크레타의 미노아 문명은 왜 준비가 되어 있지 않았을까요?

다이아몬드 르네상스 시대의 유럽은 크레타처럼 작은 섬이 아니었습니다. 유럽은 한 덩어리의 대륙이었고, 비교적 부유하고 교역을 하며 글을 아는 사람이 많았습니다. 그것도 일부의 이유죠. 르네상스 시대 유럽은 크레타 섬과 달리 2천 개의 공국으로 이루어져 있었습니다. 수많은 군주들 중 한 명이 다른 군주들보다 유리한 무언가를 개발하면 이웃을 정복할 수 있는 위치를 차지했지요. 그러므로 예를 들어 르네상스 시대 유럽의 누군가가 1300년대 중국에서 화약과 총이라는 아이디어를 가져와서 제1의 군주가 제2의 군주를 총으로 쓰러뜨렸고, 그러자 다른 군주들은 재빨리 총을 얻으려고 다투었습니다. 일부 군주들은 총이 역겹다고, 우리는 그런 것이 필요 없다고 말했습니다. 그래서 어떻게 됐는지 아세요? 그런 군주들의 공국은 밀려나거나, 총에 반대하던 군주들이 마음을 바꿔서 총을 들여왔습니다. 따라서 서로 다른 2천 개의 유럽 사회의 존재 자체가 기술을 크게 자극했습니다.

　전체적으로 세계 역사상 군대는 기술의 큰 소비자였습니다. 1900년대 초에 자동차가 미국과 캐나다에 도입되었지만 부자들의 장난감에 지나지 않았지요. 그러나 제1차 세계대전에서 병력을 전선으로 이동시킬 필요가 생기자 군대는 말보다 트럭이 낫다는 사실을 깨달았고, 트럭에 큰 투자를 하여 개발했습니다. 제1차 세계대전이 끝나자 전쟁에서 썼던 트럭을 시민들이 이용할 수 있게 되었지요. 마찬가지로 비행기는 제1차 세계대전까지 저돌적인 사람들의 장난감에 불과했습니다. 역사적으로 군대는 기술 개발을 자극해 왔습니다. 제가 기술 발전의 방법으로 전쟁을 응원한다는 뜻은 아닙니다. 단지 기술이 가장 끔찍한 배경에서, 즉 전쟁을 통해서 발전했다는 비극이 존재한다고 말하는 것뿐입니다.

와크텔 제 생각에 당신은 무엇을 설명하든 그것을 응원하지 않으려고 무척 조심하는 것 같습니다. 당신의 분석을 보면 정복에 성공한 사회에 대해서 말할 때에도 승자를 옹호하는 느낌이 들지 않아요.

다이아몬드 승자를 옹호하는 것이 절대 아닙니다. 저는 유럽인들이 우월하기 때문에 세계를 정복할 만했다고 말하려는 것이 아니라 유럽인들이 세계를 정복한 이유를 설명하려는 것이라고 분명히 강조합니다. 역사를 설명하고 이해하려 애쓰면서 정당화하는 것이 아니라고 분명히 밝힙니다. 예를 들면 임상심리학자이며 강간 피해자와 대량 학살 피해자 문제를 다루는 제 아내가 대량 학살과 강간에 관심이 있는 것처럼, 저는 역사를 이해하려고 애쓰는 것뿐입니다. 제 아내는 강간범이나 대량 학살을 저지르는 사람들을 응원하고 싶어서가 아니라 그런 끔찍한 일이 재발하는 것을 막기 위해 그러한 일이 어떻게 일 어났는지 이해하려는 것입니다. 마찬가지로 제가 세계사를 이 해하려는 목적은 어떤 사람들이 다른 사람들을 정복해서 아주 끔찍한 짓을 저지르는 이유를 이해하고, 끔찍한 일들이 재발 하는 것을 막기 위해서 그 일이 어떻게 일어났는지 이해하고, 유럽인들의 유전적 우월성과 같은 인종주의적 설명이 역사와 관련 있다는 생각을 떨치는 것입니다.

와크텔 오늘날에는 전 세계에서 즉각적으로 정보를 교환하고, 무역도 더 자유롭고, 문화가 점점 더 보편화되고 있습니다. 대 륙의 지리적 차이가 21세기에 큰 영향을 미칠까요?

다이아몬드 네, 그 어느 때보다도 그렇습니다. 오늘날 세계를 둘 러보면 라디오와 텔레비전과 인터넷이 있습니다. 오늘 아침에 저는 오스트레일리아와 영국으로 메시지를 보냈습니다. 그것 이 지리는 상관없다는 뜻일까요? 절대 그렇지 않습니다. 현대 세계에서는 부유한 나라와 가난한 나라에 지리가 아주 큰 영 향을 미칩니다. 현대에는 열대 국가가 가난하고 온대 국가는 부유한 경향이 있습니다. 일본과 한국, 말레이시아는 세계 농 업의 최초 중심지였던 중국에서 농경을 들여왔습니다. 유럽과 캐나다, 미국이 비옥한 초승달 지대에서 농경을 들여온 것처 럼 말입니다. 이러한 온대 국가들이 아직까지 경제적, 정치적 으로 현대 세계를 이끌고 있습니다. 사실 사람들은 현대 세계에서 경제적 차이가 작아지는 것이 아니라 커지고 있다고 말합니다. 지리는 아직도 큰 역할을 하고 있지만, 그렇다고 해서 지리적 단점을 가진 국가가 사람들에게 절망적인 상황이니 자살을 하라고 말해야 한다는 뜻은 아닙니다. 오히려 자국의 지리적 단점을 인식하면 그러한 단점을 해결하기 위해서 무엇을 목표로 삼아야 하는지 알 수 있습니다. 앞서 말했던 것처럼 모리셔스와 홍콩, 대만이 바로 그렇게 했습니다. 그 나라들은 지리적 단점인 공중 보건 문제를 인식해서 해결했고, 그 결과 1세계 경제로 진출할 수 있었습니다.

와크텔 『총, 균, 쇠』는 역사를 더욱 과학적으로 연구해야 한다는 결론을 내립니다. 역사에는 언제 터질지 모르는 폭탄——전쟁, 히틀러와 나폴레옹 같은 강력한 힘을 가진 개인, 9·11 테러와 같은 갑작스러운 사건——이 너무 많은데 어떻게 예측할 수 있을까요?

다이아몬드 언제 터질지 모르는 폭탄이 많은 과학 분야에서도 예측이 가능하듯이 역사에서도 얼마든지 예측이 가능합니다. 지리도 마찬가지입니다. 빙하가 녹을 수도 있고, 호수가 사라질 수도 있고, 진화생물학에도 언제 터질지 모르는 폭탄이 있지요. 소행성이 지구에 부딪혀서 공룡이 사라졌습니다. 그런 것이 바로 언제 터질지 모르는 폭탄이지요. 지리학과 천문학과 진화생물학에서 일반화를 할 수 있으면 역사에서도 일반화가 가능합니다. 2001년 9월 10일에 제가 9월 12일이 되면 주가가 떨어지리라고 예측할 수는 없었겠지만, 2002년 4월 22일에 선두적인 주식 시장은 콩고와 파라과이 수도의 주식 시장이 아니라 뉴욕, 도쿄, 런던, 프랑크푸르트의 주식 시장이라고는 예측할 수 있었을 것입니다. 역사에는 일반화할 수 있는 부분도 있고 언제 터질지 모르는 폭탄과 예측 불가능한 사건들도 있습니다.

와크텔 역사학자들로부터 영역 침해라는 비난을 받습니까?

다이아몬드 비난을 받는 게 아니라 역사학자들의 관심을 얻지 못합니다. 역사학자를 뺀 모두가 제 책에 관심을 보였습니다. 과학자, 언어학자, 고고학자, 경제학자 모두요. 역사학자들은 한 나라의 역사를 몇십 년 동안 연구하도록 배웠기 때문에 18세기 후반 네덜란드를 연구하는 역사학자는 16세기 네덜란드 역사나 18세기 프랑스 역사를 절대 연구할 수 없습니다. 하지만 역사에 관한 더 큰 의문들, 장기적인 역사에 관심이 있는 역사학자들도 있습니다. 경제 역사학자, 환경 역사학자, 그리고 "세계 역사학자"라 불리는 사람들은 큰 문제에 관심이 많았습니다. 역사학자 대부분이 큰 문제를 두려워하거나 피한다는 것이 저에게는 비극, 이중의 비극 같습니다. 역사학자는 역사에 대해서 가장 잘 말해 줄 수 있는 사람이지만 가장 큰 역사적 문제에 대해서는 꽁무니를 빼 왔기 때문에 이중의 비극이지요. 오스트레일리아 원주민이 아니라 유럽인이 전 세계로 퍼져 나간 이유는 무엇일까요? 이것은 역사학자들이 가진 도구에 비해 정말 어려운 질문이기 때문에 역사학자들은 그 문제를 포기했습니다. 또 역사학자들이 포기했기 때문에 사람들은 인종차별적인 해석에 빠져들었습니다. 또 다른 비극은 역사학은 원래 가장 흥미롭고, 어렵고, 중요한 역사적 문제들, 장기적인 역사적 문제들에 관여하지 않는다는 것이지요. 이제 역사학자가 아닌 사람들——인류학자, 고고학자, 언어학자, 유전학자——이 침투하거나 잠식하여 그러한 문제들을 다루고 있습니다. 역사학자들은 자기 분야에서 가장 흥미롭고 중요한 부분을 다른 분야에 빼앗길 위험에 처했습니다. 저는 앞으로 역사학자들이 다른 분야들로부터 배우기를 바랍니다. 역사의 큰 의문들을 이해하려면 역사과학의 기법들, 그러한 역사적 문제를 성공적으로 다루어 온 천문학과 진화생물학 같은 분야들, 역사와 마찬가지로 언제 터질지 모를 폭탄이 존재하는 분야들 역시 필요하기 때문입니다.

와크텔 당신은 지난 1만 3천 년을 분석하면서 독자들이 이 책을 읽고 배워 향후 50년 동안 어떤 부분을 개선할 수 있기를 바랐습니까?

다이아몬드 독자들이 배웠으면 하는 가장 중요한 부분은 차이가 인종 때문에 발생하지 않았다는 것입니다. 가장 중요한 교훈은 모든 사람이 비슷한 역량을 가지고 있다는 것입니다. 일부가 다른 결과를 맞이했던 것은 환경 때문이었고, 오늘날에는 똑같은 기회를 주면 누구나 전진할 수 있습니다. 모두에게 동등한 기회를 주는 것이 우리 모두에게 이득입니다. 그러면 모든 사람이 자신의 길을 개척해서 사회의 다른 부분에 짐이 되지 않기 때문입니다.

2002년 4월

올리버 색스
Oliver Sacks

저는 글을 어느 정도는 물속에서 씁니다.
가끔 수영을 할 때 문장과 문단과 이미지들이 저를
통과해 헤엄치기 시작하고, 그러면 저는 물을 뚝뚝
흘리며 나와서 그런 생각들을 잊어버리기 전에
종이에 적으려고 하니까요.

올리버 색스

나는 올리버 색스가 그냥 좋다. 색스는 의사뿐 아니라 형이상학자로 유명한 휴머니스트 신경학자이다. 예술가인 내 친구 하나는 단지 색스를 만나고 싶다는 이유 때문에 신경 장애가 있으면 좋겠다고 말한 적도 있다. 지성과 연민, 열정이 가득한 색스가 나에게는 불가항력이었다. 나는 어디든 그를 따라다녔고, 몇 년 전에는 1997년에 나온 색스의 책 제목이기도 한 '색맹의 섬'까지 찾아갔다. 『색맹의 섬』은 임상학적 설명, 여행기, 역사, 그리고——식물학 탐구와 고사리와 소철에 대한 색스의 열정 덕분에——선사시대 이야기까지 얽힌 독특한 책이었다. 색스는 『올리버 색스의 오악사카 저널』(2002)에서 고사리와 소철에 대한 열정을 더욱 깊이 탐구한다.

그러나 색스를 가장 유명하게 만든 것은 멋진 제목의 임상 사례 모음집 『아내를 모자로 착각한 남자』(1985)와 『깨어남』

(1973)일 것이다.『깨어남』은 제1차 세계대전부터 유행한 수면병을 앓다가 60년대 후반에 잠시 깨어난 환자들을 치료한 경험담인데, 영화로 제작되어 로빈 윌리엄스가 수줍음 많은 신경학자를 연기했다. 색스는 영화에 만족했다.

나에게 생물학과 전기가 교차하는 색스의 독특한 영역을 가장 잘 보여 주는 책은 1995년에 발표된『화성의 인류학자』다. 이 사례사들——투렛 증후군을 가진 외과의부터 동물행동학 박사학위를 가진 자폐증 여성, 갑자기 시력을 되찾은 맹인 안마사까지——은 소설과 비소설을 통틀어 내가 몇 년 동안 읽은 책 중에서 가장 뛰어나고 감동적이었다. 올리버 색스는 독특하면서도 어떤 면에서는 구식이라서 19세기 휴머니스트 전통을 떠올리게 하는 사람이다. 그는 1933년에 영국 런던에서 태어나 책으로 가득한 집에서 자랐다. 색스는 옥스퍼드에서 공부했고, 음악을 사랑하며, 음악의 치유력을 굳게 믿는다.

나는 1994년에 토론토에서 올리버 색스를 처음 만났다. 그는 자신이 치료한 사례들에 대해서, 예전에 했던 작업과 열정에 대해서 이야기했다. 색스는 자신이 선택한 전공을 설명하면서 "뇌는 우주에서 가장 흥미롭고 복잡하고 놀라운 대상이며, 뇌를 공부하고 계속 접촉하는 것은 아주 신나는 일입니다. 신장과 심장과 폐에 대해서 반감이 있는 것은 아니지만… 뇌는 생물학적으로만이 아니라 유전적으로도 우리 그 자체입니다. 우리의 모든 경험이 거기 있어요. 우리 자체지요. 물리적 대상이면서 나 자신이기도 하다는 사실이 무엇보다도 저를 매료시킵니다"라고 말했다.

색스는 또 거리감에 대해서, 거리감과 연민에 대해서도 이야기했다. "가끔 저는 삶에 완전히 참여하고 있지 않다는 느낌, 서술자일 뿐이라는 느낌이 듭니다. 아니, 제 자신 중에 멀리 떨어져서 뭔가를 서술하는 부분이 항상 존재합니다." 최근에 색스는 『엉클 텅스텐』(2001)이라는 책에서 화학에 대한 열정을 통해 자신의 어린 시절을 탐구했다. 우리의 이번 대화에서 올리버 색스는 자신의 독창적인 정신이 언제부터 시작되었는지 회상하면서 더욱 개방적이고 솔직한 이야기를 들려주었다.

◇◇

와크텔 1930년대와 1940년대에 당신이 자랐던 런던의 집은 특히 전쟁 전 아이들에게는 꿈의 집 같습니다. 어떤 집이었는지 설명 좀 해주시겠어요?

색스 네. 저에게는 마법 같은 집이었지만 다른 사람들에게는 크고 이상한 에드워드 7세 시대의 집이었을 겁니다. 1902년에 지은 커다란 길모퉁이 집이었지요. 방이 정말 많았는데, 가족뿐 아니라 한 집에 살던 다양한 사람들을 위한 방이었습니다. 30년대에는 보모와 유모, 요리사 겸 가정부, 운전사, 정원사 등등이 있었으니까요. 환자들이 찾아오는 특별한 방도 있었습니다.

부모님 모두 의사였는데 진료소——사무실——가 집에 있었지요. 편물기나 스포츠 용품을 넣어 둔 신기한 방들도 많았습니다. 저는 책과 게임이 가득한 서재를 아주 좋아했습니다. 계단 밑에는 너무 작아서 다른 사람은 아무도 못 들어가는 벽장이 있었는데, 그곳이 다른 세계의 입구라고 상상하곤 했지요. 커다란 다락방도 있었어요. 지붕은 처마와 박공으로 복잡했기 때문에 저는 그 집을 거대한 수정이라고 상상하곤 했습니다. 수정에 관심이 많았거든요. 그리고 음악 소리가 자주 들리는 집이었습니다. 피아노가 두 대 있었고, 형들이 각각 플루트와 클라리넷을 불었습니다. 오가는 사람들도 많았고요.

와크텔 많은 사람들이 머물렀지요. 친척과 친구 말입니다.

색스 네, 친척이 정말 많았습니다. 어머니의 형제가 8남매라서 외삼촌과 이모들이 오셨습니다. 이모 한 분은 당시 팔레스타인이었던 곳에서 왔고, 또 한 분은 체셔에서 오셨는데 그곳은 아직도 체셔지요. 또 다른 이모와 이모부는 독일에서 크리스탈나흐트 직후 겨우 피신해서 한동안 머물렀습니다. 1940년 대공습 당시 제가 아주 잠시 집에 머무를 때 플랑드르 출신의 부부가 있었는데, 됭케르크에서 거의 마지막 배를 타고 도망쳐 온 난민이었지요. 우리 집에는 늘 사람들이 북적거렸습니다.

와크텔 가족이 사는 집이었을 뿐 아니라 말씀하신 것처럼 부모님이——두 분 다 의사셨지요——수많은 환자를 진료하는 곳이기도 했습니다. 부모님의 직업이 집의 많은 부분을 차지하는 곳에서 자라는 것은 어땠습니까?

색스 환자들이 집으로 찾아왔기 때문에 가정생활과 부모님의 직업이 아주 밀접했지요. 저는 진료실에 매료되었지만 들어갈 수 없었습니다. 가끔 문틈으로 새어나오는 이상한 보라색 불빛이 보였는데, 자외선을 쓰는 것이었지요. 어머니가 외과의 겸 산부인과의여서 저는 온갖 이상하고 당황스러운 기구들을 봤습니다. 나중에는 환자들이 침입자 같다고, 우리 집이 온전히 우리 것이 아니라는 느낌이 가끔 들었습니다. 집에서 정치적 모임──대부분 시온주의 모임이었지요──이 열릴 때는 확실히 그런 느낌이었습니다. 사람들이 아래층에서 고함을 지르고 탁자를 쾅 치는 소리가 들렸고, 화장실을 찾아서 위층으로 올라오거나 제 작은 방으로 쳐들어오기도 했지요. 그때 이후 저는 모든 정치 모임과 정치적 충동을 증오하게 되었습니다. 그런 것들은 시끄러운 다툼의 원인 같았고, 사람들이 제 방으로 쳐들어오곤 했으니까요. 아마 아주 불공정한 생각이었겠지만요.

와크텔 하지만 일반적인 정치 모임에 대한 적절하고 통찰력 있는 설명이군요.

색스 아버지와 함께 왕진을 갔던 기억이 납니다. 왕진은 좋았지만 환자들이 집으로 오는 것은 좀 화가 났어요. 그 시대에는 의사가 자기 집에 진료소를 차리는 것이 아주 흔한 일이었습니다. 환자용 출입구를 따로 두는 집도 있었지만 우리 집은 그렇지 않았어요.

와크텔 당신 아버지는 리투아니아에서 태어났지만 겨우 서너 살 때 가족과 함께 그곳을 떠났습니다. 아버지는 어떤 분이셨습니까?

색스 아주 상냥하고, 외향적이고, 무척 사교적이었습니다. 다른 사람의 이름을 잊어버린 적이 아마 없을 거예요. 다른 사람들의 가족 이야기를 자세히 듣는 것을 좋아하셨습니다. 어머니는 극도로 수줍음이 많고 사교적으로 약간 거리감이 있었지만, 환자와 학생들은 편하게 대했습니다. 나중에 저는 어머니에 대한 여러 가지 이야기를, 특히 학생들과의 이야기를 들었습니다.

와크텔 당신이 어머니의 수업 시간에 같이 들어간 적이 있다는 이야기를 들으셨지요.

색스 네. 제가 어머니의 책을 낸 적이 있는 파버 출판사로 첫 책을 가지고 갔을 때 편집자가 이렇게 말했습니다. "아, 우리 만난 적 있어요." 제가 기억나지 않는다고, 얼굴을 잘 못 알아본다고 대답하자 편집자가 말했습니다. "아니, 기억 못하실 거예요." 알고 보니 우리 어머니의 제자였다고 하더군요. 어머니는 수업 시간에 모유 수유에 대해서 이야기를 하면서 어렵거나 창피한 일이 아니라고 말했습니다. 그런 다음 몸을 숙이더니 발치에 숨겨져 있던 아기를 끌어내서 반 전체 앞에서 젖을 먹였습니다. 편집자 말에 따르면 1933년이었고 저는 갓난아기였다더군요. 저는 어떤 면에서 정말 어머니답다고 생각했습니다. 어떤 상황에서는 거의 한마디도 하지 않을 만큼 수줍음을 타지만 쉰 명의 학생 앞에서 아기에게 젖을 먹이는 것도 완벽하게 가능하지요. 저도 비슷한 것 같습니다. 가끔 파티에서 정말 한 마디도 하지 않지만 천 명 앞에서 흥분할 수 있지요.

와크텔 당신 안의 연기자를 자극하는 건 무엇일까요?

색스 음, 저는 어머니처럼 이야기꾼이면서 시범을 보이는 사람입니다. 제 바깥의 무언가, 혹은 가르침이나 호기심과 관련이 있을 겁니다. 예를 들어 요즘 저는 어렸을 때처럼 분광기를 다시 가지고 다니게 되었습니다. 분광기는 빛을 여러 가지 색으로 분석하고 들뜬 원자들의 특정한 파장을 보여 주지요. 저는 분광기를 가지고 다녔던 어린 시절에 대한 글을 쓰느라 분광기를 구해야 했고, 결국에는 다시 그 소년이 되어야 했습니다. 몇 달 전 저는 네온등과 나트륨등, 각종 형광등이 있는 동네 술집을 물끄러미 들여다보았습니다. 안에 있던 사람들은 누가 수수께끼 같은 작은 기구를 통해서 자기들을 빤히 보고 있으니 당황스럽고 기분이 나빴겠지요. 하지만 제가 술집으로 들어가 모두에게 분광기를 보여 주고 한 사람 한 사람 분광기를 들여다보게 해주자 십 분도 안 돼서 술을 마시던 사람들이 섹스가 아니라 분광학에 대해서 이야기하고 있었습니다.

　일 년쯤 전 월식 때 저는 근사한 20배율 망원경을 가지고 나갔습니다. 모두의 관심을 끌고 싶었지요. 그런데 맞은편 주차

장에서 싸움이 났더군요. 어떤 여자가 과잉 청구를 당했다고 생각해서 다툼이 일어난 것 같았는데, 제가 두 사람에게 다가가서 말했습니다. "이봐요, 잠깐 멈춰 보세요. 곧 멋진 월식이 일어날 겁니다. 자, 여기 망원경이에요. 들여다보세요. 이런 월식은 두 번 다시 못 봐요. 싸움은 조금 있다가 해도 되잖아요." 그 사람들은 너무 놀라서 제가 시키는 대로 했고, 한참 동안 경이로움에 감탄했지요. 그런 다음 제가 자리를 뜨자마자 다시 싸우는 소리가 들리더군요. 저희 어머니에게도 이런 면이 있었던 것 같습니다. 평소에는 혼자만의 세상에서 유아독존 상태로 겁에 질려 있지만 시범을 보이거나, 누군가를 가르치거나, 열정을 공유할 때는 거기서 빠져나오죠.

와크텔 『엉클 텅스텐』을 보면 어머니는 당신과 비슷한 점이 많았던 것 같습니다. 집안을 꾸리고 진료를 하고 여러 가지 일들을 하면서도 당신의 수많은 질문에 대답해 주고 여러 가지를 지적해 주신 것을 보면요.

색스 어머니는 제가 얼마나 어린지 종종 잊었던 것 같아요. 저는 어렸을 때 여러 가지 금속을 정말 좋아했는데, 한 번은 어머니가 주석이나 아연이 구부러질 때 내는 이상한 소리를 들려주었습니다. 주석이나 아연의 "울음"이라 불리는 소리지요. 어디에서 소리가 나는 거냐고 묻자 어머니는 제가 다섯 살이라는 사실을 잊고 결정구조의 변형 때문이라고 대답했습니다. 제가 그 말을 이해했을 리가 없지요. 나중에 어머니는 가끔 사산한 태아를 집으로 가지고 와서——어머니는 해부학 교수이기도 했습니다——저에게 해부하는 것을 보여 주면서 같이 해부를 하자고 해서 한편으로는 무척 괴로웠습니다. 소름이 끼쳤어요. 어쩌면 제가 해부를 싫어하게 된 것도 그 때문일지 모릅니다.

어머니는 제가 자신을 따라서 해부학자 겸 외과의사가 되기를 바라셨던 것 같습니다. 학생들 앞에서 모유 수유를 했을 때처럼 열정이 넘쳤지요. 어머니는 열한 살짜리 아이가 인간의 태아를 볼 때, 또 그것을 해부하라고 했을 때 어떤 느낌이 들지 공감을 못했던 것 같습니다. 저에게는 충격이었어요, 좀 일렀지요.

와크텔 다른 이야기도 하셨는데, 열네 살 때 어머니가 역시 열네 살인 여자아이의 시체를 해부하라고 하셨다고요.

색스 어머니는 동료에게 부탁해서 저에게 해부를 가르치려고 했습니다. 시체가 마르지 않도록 감싼 노란색 유포가 아직도 보이는 것 같고, 포르말린과 조직이 괴사하는 냄새가 나는 것 같습니다. 저를 위해서 선택한 시체는 사실 제 또래의 소녀였지요. 저는 그 아이가 왜 죽었을까, 무슨 일이 있었을까 궁금했습니다. 하지만 묻지는 않았어요. 어떤 면에서 묻지 않아서 다행이라고 생각합니다. 저는 시체를 단순한 조직으로만 생각하려고 애써야 했지만 정말 무서웠던 것 같습니다.

와크텔 하지만 아무 말도 하지 않았고요? 그러니까, 한 달 동안 해부를 했는데…

색스 네, 제 일에 대해서는 말을 절대 못합니다. 저는 피난도 정말 싫었지만——정말 힘든 때였어요——아무 말도 하지 않았지요. 자신을 위해서 무슨 말을 하는 것이 무척 어려워요. 환자나 학생을 위해서 나서는 것은 아주 쉽지만 말입니다.

와크텔 그 이유를 아십니까?

색스 잘 모르겠습니다. 제 상담사와 해결해야 할 문제 같군요.

와크텔 그때의 해부 경험이 정말 힘들었다고 하셨습니다. 그 트라우마 때문에 따뜻하고 살아 있는 인간을 대할 때에도 문제가 생겼다고요.

색스 음, 또래 아이의 그런 모습을 보니 확실히 충격이 컸습니다. 그리고 피난 경험 때문에 사람들과 관계를 맺는 것이 더 어려워졌을지도 모릅니다. 저와 같은 세대 중에 그런 이야기를 하는 사람이 많습니다. 피난을 겪고 트라우마가 생겨서 관계를 맺거나 소속감을 느끼는 것이 힘들어졌다고요. 그런 문제는 평생 갈 수도 있습니다. 절대적이지는 않지만, 특별히 노력해야 하는 경우가 많은 것 같습니다. 물론 시체 해부가 도움이되지는 않지요.

와크텔 피난 경험에 대해서 이야기해 봅시다. 당신은 여섯 살 때다섯 살 위의 형과 함께 시골 학교로 보내졌습니다. 런던의 아이들은 모두 피난을 가야 했기 때문이지요.

색스 네, 당시 부모님들은 아이들을 피난시키라는 압력을 많이 받았습니다. 말 그대로 수백만 명이 피난을 갔지요. 가끔 괜찮은 경우도 있었습니다. 형 마이클이 런던에서 다니던 학교 교장 선생님이 시골에 브래필드 학교를 세웠고, 저와 형은 그곳으로 보내졌습니다. 런던에서는 교장 선생님이 괜찮은 사람 같았지만, 중부의 기이한 기숙학교에서 절대적인 권력을 갖게 되자 조금 이상해져서 아주 불쾌하고 가학적인 성향이 드러났습니다. 체벌을 정말 많이 했어요. 그 당시에 '학대'라는 말이 있었는지 모르겠지만 지금 돌아보면 학대가 정말 심한 환경이었습니다. 누구나 규칙을 약간만 어겨도 체벌을 당했고, 가끔은 아무 짓도 하지 않아도 맞았습니다. 그냥 체벌이 좋아서, 교장이 체벌을 좋아해서 그랬지요. 먹을 것이 극도로 부족했고, 소포는 빼앗겼고, 괴롭힘도 많이 당했습니다. 다른 아이들은 거의 모두 불평했습니다. 하지만 형과 저는 절대 불평을 하지 않았어요. 우리는 늘 그런 데 서툴렀으니까요. 결국 학교는 문을 닫았고 저는 1943년에 런던으로 돌아왔습니다. 당시 열 살이었던 저는 거의 즉시 화학이랑 과학과 사랑에 빠졌는데, 두 삼촌의 영향을 많이 받았지요. 과학은 명확하고 질서 있고 통제되고 예측 가능한 영역을 약속하는 것 같았고, 당시 제가 변덕스럽고 위험하고 무섭다고 생각하던 사람들의 세상, 적어도 그 교장 선생님 같은 사람들의 세상과 한없이 거리가 멀다고 느껴졌습니다.

와크텔 하지만 당신은 브래필드에서도 수에, 특히 소수에 끌렸습니다. 수야말로 안전한 피난처 같았지요.

색스 아, 정말 그랬습니다. 그때는 피난처가 필요했는데, 어떤 면에서는 정신적인 피난처여야 했습니다. 소수는 나눌 수 없기 때문에, 부술 수 없었기 때문에 특히 좋아했습니다. 저는 항상 부서지는 기분이었지만 317은 317입니다. 소수는 정말 대단하고 변하지 않는, 강철 같은 개별성을 가지고 있지요. 위협할 수도, 부술 수도 없습니다. 하지만 자주성이라는 윤리적인 특징 때문만이 아니라 저는 소수가 존재한다는 사실에 매료되었고, 소수에 어떤 논리나 양식이 있는지 궁금했습니다. 10,000까지의 소수를 정리한 어마어마한 표를 만들곤 했지요. 그게 말이 되는 일이었을까요? 그러한 소수를 결정하는 어떤 신비로운 방법이 있었을까요? 저는 찾지 못했지만 어떤 면에서는 제가 나중에 주기율표를 아주 좋아하게 될 것을 알리는 전조였던 것 같습니다. 주기율표에서는 모든 원소와 원소 번호가 아주 확실하고 아름답게 결정되어 있지요.

와크텔 브래필드에 다닐 때 방학을 이용해서 수를 가르쳐 준 이모네 집에 갔습니다.

색스 초기 책인 『나는 침대에서 내 다리를 주웠다』에서 렌 이모에 대해 썼습니다. 렌 이모는 체셔에 허약한 아이들을 위한 학교를 세웠는데, 당시 허약한 아이란 천식, 결핵, 혹은 자폐증을 가진 가난한 아이들이라는 뜻이었습니다. 저는 렌 이모의 학교에 다니고 싶었지만 허약한 아이가 아니었지요. 종종 허약한 아이가 되고 싶다는 생각을 했지만 말입니다. 렌 이모는 식물을 사랑했고, 모든 아이들에게 정원이 있었습니다. 렌 이모는 가끔 저를 숲으로 데리고 가서 솔방울의 나선과 해바라기의 낱꽃을 보여 주면서 수열을 이루고 있다고 가르쳐 주었습니다. 1-2-3, 5-8-13 등등 각 수는 앞 두 수의 합이었지요. 렌 이모는 자연에 수론이 있음을 보여 주었습니다. 이모는 하느님이 수를 통해 생각한다고 말하곤 했지요. 수야말로 세상을 이해하는 방법이라고 말입니다.

와크텔 그 말을 어떻게 이해했습니까? 당신은 그 즈음 신의 존재에 대해서 의심을 품기 시작했는데요.

색스 사실 그랬습니다. 저는 인간의 모습을 한 신에 대해서 어쩌면 너무 빨리 의심을 품었습니다. 부모님이 실제로 무엇을 믿으셨는지 모르겠지만 사실 우리 집안은 꽤 정통적이었고, 사랑스럽고 시적인 의식이 많았습니다. 저는 금요일 저녁에 어머니가 안식일 초에 불을 붙이는 모습이 참 좋았습니다. 안식일은 새 신부처럼 환영을 받는데, 저는 하느님의 평화인 안식일이 우주적인 사건이라고, 하느님의 평화가 우주 전체의 서로 다른 항성계에 내려앉는다고 상상했습니다. 하지만 시골로 보내지면서 부모님과 제 사이의 어떤 신뢰 또는 유대감이 깨졌고, 저는 인간 같은 신의 존재를 가까이 느끼지 못했습니다. 반면에 자연으로서의 하느님, 질서로서의 하느님, 신비롭거나 종교적인 느낌은 가질 수 있었습니다. 수를 이용해서 생각하는 하느님——일부 철학자들은 신성한 수학이라고 부릅니다——이 자리를 잡았지요.

와크텔 하느님의 존재를 시험해 본 이야기가 참 좋았습니다.

색스 네, 저는 브래필드에서 7학년 때 증거를 달라고 말했습니다. "좋아요 하느님, 제 말을 들어 보세요. 저는 래디시를 두 줄 심을 거예요. 하느님께서 한 줄을 축복해서, 아니면 저주라도 해서 다르게 자라도록 해 주세요." 물론 래디시는 똑같이 자랐고, 그래서 제가 말했지요. "좋아요, 시험에 불합격하셨군요. 하느님은 없어요." 아마 많은 사람들이 언젠가는 미몽에서 깨어나거나 신앙을 잃을 겁니다. 저는 아주 어렸을 때 그랬다는 게 안타깝습니다. 그렇지만 그 후로도 몇 년 동안 예배당이나 집에서 성서의 시적인 구절을 들으면 좋았습니다. 저는 수많은 기도의, 수많은 종교적 언어의 아름다움을 아주 잘 알았습니다. 천국과 지옥이라는 관점에서 생각해야 했지요. 저는 성서 속 인물들에게 매료되었는데, 아마 많은 아이들이 그렇겠지만 이삭이 희생당할 뻔한 이야기는 무척 불쾌했습니다. 성경의 아주 끔찍한 부분이고, 키르케고르가 그 이야기에서 영감을 받아 책을 한 권 쓴 것도 이상한 일은 아니지요.

와크텔 부모님이 무엇을 믿었는지 확실히는 모르겠지만 정통적이었다고 말씀하셨는데요.

색스 부모님은 집에서 유대교 교리를 지켰습니다. 예배당에도 가고 축제도 구경했지요. 아버지는 유대 음식을 아주 좋아했습니다. 런던 이스트엔드로 왕진을 가면 환자들이 그런 음식들을 대접했어요. 아버지는 엄청난 거구였고 말년에는 유대 음식을 너무 좋아해서 살이 쪘습니다. 하지만 부모님이 실제로 무엇을 믿었을까요? 사실 유대인으로서의 삶에 믿음이 얼마나 들어 있는지 저는 모르겠습니다. 순종과 관습과 법, 율법, 즉 할라카를 따르는 것으로 충분할지도 모릅니다. 확실히 내세나 천국과 지옥이라는 생각은 거의 없습니다. 종교적인 삶은 온전히 이 땅에서 사는 것입니다. 부모님이 무엇을 믿었는지 저는 모릅니다. 가끔은 제가 뭘 믿는지도 모르겠습니다.

와크텔 당신은 스스로에 대해 "그게 무슨 뜻이든, 늙은 유대인 무신론자"라고 설명합니다.

색스 네, 무슨 뜻이든 말입니다.

와크텔 당신에게는 어떤 뜻입니까?

색스 저는 한편으로는 섭리, 인간적인 신, 아버지 같은 신, 율법을 내리는 신, 하늘에 계신 신에 대해서 아무 생각이 없고, 아마 한 번도 그런 생각을 한 적이 없을 겁니다. 또 한편으로는 유대 문화에서 비롯된 것들, 호기심과 의문과 토론에서 비롯된 것들을 날카롭게 의식하고 있습니다. 유대 문화의 특징이죠. 저는 각주를 좋아하는데, 아마 탈무드와 관련이 있지 않을까 가끔 생각합니다. 아버지가 탈무드를 아주 좋아했는데 탈무드는 본문과 주석, 주석에 대한 주석, 또 그것에 대한 주석으로 구성됩니다. 율법 개념이 유대교의 중심이고 때로는 신비주의적인 형태를 취하는데, 거기서 율법은 학생들에게 스스로를 아주 조금 드러내는 아름다운 여성의 모습을 취합니다. "드러낸다"든지 "계시"라는 말이 그런 이미지와 관련이 있지요. 저에게 자연은 왠지 법칙과, 특히 주기율표와 같은 것이 되었습니다. 원소를 배열해 놓은 이 놀라운 표는 어린 저를 매료시켰고 저는 아직까지 주기율표에 매료되어서…

와크텔 주머니 속 지갑에서 주기율표를 꺼내시는군요.

색스 저는 55년 동안 지갑에 주기율표를 하나 넣어 다녔고, 왠지 율법이 새겨진 돌판 같은 것처럼 생각하게 되었습니다. 저는 주기율표를 만든 멘델레예프가 돌판을 받아 온 모세와 비슷하다고 생각합니다.

와크텔 십계명보다 훨씬 많지만요.

색스 맞습니다. 하지만 보편적인 법칙이라는 생각이 어떤 면에서는 유대교적인 개념처럼 느껴집니다.

와크텔 당신의 또 다른 열정은 수영입니다. 아버지와 함께 왕진만 다닌 게 아니라 수영도 다녔다고요.

색스 아, 저희 아버지는 수영을 정말 좋아했습니다. 젊은 시절에는 진짜 수영 챔피언이었고, 우리 사형제 모두 겨우 생후 몇 주 지났을 때 물속으로 데리고 들어갔습니다. 그 정도 나이에는 본능적으로 수영을 하니까요. 저는 아버지와 수영하는 것이 좋았습니다. 우리 모두 그랬던 것 같아요. 처음에는 너무 어려서 아버지를 쫓아가지 못했지만 열두 살 즈음부터는 비슷하게 수영을 했던 것 같습니다.

와크텔 지금도 하루에 두 시간씩 수영을 한다고요.

색스 아직도 가능하면 매일 아침 수영을 합니다. 아버지는 아흔 살이 넘자 무릎 관절염이 너무 심해서 거의 걷지 못했습니다. 하지만 우리가 휠체어에 태워서 수영장으로 데려가 물속에 넣어 주면 작은 돌고래처럼 헤엄을 쳤습니다. 아버지는 돌아가시는 날까지 수영을 했지요. 아버지의 아버지 역시 수영을 잘했고 물속에서도 항상 야물커[1]를 썼습니다. 친가 쪽 사람들은 오래 전부터 수영을 정말 좋아했습니다. 둥둥 뜬 몸을 지탱해 주는 투명한 물이라는 매체에는 신비주의에 가까운 느낌이 있는 것 같습니다. 물은 물리적으로만이 아니라 영적으로도 반드시 필요한 것이 되었고, 말하자면 저는 글을 어느 정도는 물속에서 씁니다. 가끔 수영을 할 때 문장과 문단과 이미지들이 저를 통과해 헤엄치기 시작하고, 그러면 저는 물을 뚝뚝 흘리며 나와서 그런 생각들을 잊어버리기 전에 종이에 적으려고 하니까요. 저는 수영을 정말 좋아합니다.

와크텔 아직도 수영을 하면 아버지가 생각납니까?

색스 그런 것 같습니다. 맞아요.

와크텔 아버지와의 관계를 어떻게 설명하시겠습니까?

---

1 유대인 남자들이 쓰는 작고 테두리 없는 모자.

색스 어머니와의 관계만큼 강렬하고 열렬하거나 양가적이지는 않았습니다. 저는 어머니를 열정적으로 사랑했지만 조금 무섭기도 했고 때로는 증오에 가까운 감정을 느꼈지요. 적어도 제가 원하지 않는 일에 억지로 끌려갈 때는 말입니다. 어머니에게 지나치게 동일시했지요. 아버지와의 관계는 더 편안하고 가벼웠던 것 같습니다, 왕진을 가든 이따금 시가를 한 대 같이 피우든 뭔가를 같이 하는 관계였지요. 저 역시 아버지처럼 아바나 시가를 아주 좋아했습니다. 아버지와 저 둘 다 모터사이클을 가지고 있었지요. 하지만 아버지와 진솔한 대화를 얼마나 많이 했는지는 모르겠습니다. 활동적인 관계에 더 가까웠어요.

와크텔 당신이 아직도 아버지 같은 존재를 찾고 있다는 글을 읽었습니다.

색스 글쎄요, 저는 우리 모두 아버지 같은 존재를 찾고 있다고 생각합니다. 이제 제가 아버지 같은 존재를 찾기에는 나이가 너무, 지나치게 많을지도 모릅니다. 제 아버지뻘이면 아흔 살은 되어야겠지요. 물론 더 어린 사람도 아버지 같은 존재가 될 수 있지만요. 요즘은 사람들이 저를 아버지 같은 존재, 또는 삼촌 같은 존재로 보더군요. "아버지 같은 존재"보다는 "삼촌 같은 존재"라는 표현을 써야 할 것 같습니다.

와크텔 당신에게는 영국 시인 W. H. 오든과 러시아 과학자 A. R. 루리아가 아버지 같은 존재라고 설명한 적이 있습니다.

색스 저는 여러 해 동안 말하자면 현명하고 나이 많은 사람, 동방박사, 아버지 같은 존재, 권위를 무의식적으로 찾으면서 그런 사람에게 반응했던 것 같습니다. 오든처럼 예술에서든 과학에서든 말입니다. 저는 아직도 특별한 만남을 즐깁니다. 사실 2주 전에는 소설가 솔 벨로와 함께 점심 식사를 했고 며칠 후에는 미국 작가 스터즈 터켈과 저녁 식사를 했는데, 두 사람 모두 아주 멋진 80대 노인이고 서로 무척 다릅니다. 네, 저는 두 사람 모두에게 자식으로서의 정 비슷한 것을 느끼곤 합니다.

와크텔 당신은 어렸을 때 스스로의 표현에 따르자면 화학과 연애를 했습니다. 그 열정적인 흥미는 어디에서 왔을까요?

색스 전쟁 전으로 거슬러 올라가는 이야기입니다. 당시 형들이 가끔 집에서 화학 실험을 했습니다. 분필에 식초를 부으면 거품이 부글거리며 묵직한 증기가 피어올라 양초가 꺼졌지요. 당시 저는 이산화탄소라는 것을 몰랐지만, 기이하고 눈에 보이지 않는 이상한 무언가가 피어오른다는 사실은 알 수 있었습니다. 형들이 적양배추에 암모니아를 부으면 온갖 색으로 변하다가 밝은 초록색이 되었습니다. 또 저는 런던으로 돌아온 다음 어머니의 오빠인 데이브 삼촌을 만났는데, 텅스텐 필라멘트가 달린 백열전구를 만드는 텅스탈라이트라는 공장을 가지고 있었지요. 삼촌의 공장과 실험실에 찾아갔던 기억이 납니다. 삼촌은 여러 가지를 잘 했지만 타고난 선생님이기도 했고, 아마 어린 조카가 열심인 모습을 보면서 즐거웠을 겁니다. 화학, 야금학, 광물학에 대한 삼촌의 어마어마한 열정이 저에게도 강렬하게 스며든 것 같습니다. 삼촌은 저에게 작은 텅스텐 막대를 주기도 했습니다. 데이브 삼촌은 화학사와 화학자들의 전기에도 무척 흥미가 많았습니다. 그래서 저는 과학을 인간의 노력으로, 아주 인간적인 얼굴을 가진 것으로 느끼게 되었습니다. 1780년대에 텅스텐 원소를 밝혀낸 스웨덴 화학자 쉘레에 대한 이야기가 무척 많은데요. 저는 삼촌을 쉘레 같은 인물로, 18세기의 인물로 생각했던 것 같습니다. 그래서 저도 말하자면 18세기 화학이 하고 싶었습니다.

와크텔 그게 무슨 뜻이었지요?

색스 음, 현재의 교과서를 읽는 대신 옛날 방식을 찾아내거나 옛날 방식에 대해서 듣는 것, 그리고 여러 가지를 직접 해본다는 뜻이었습니다. 삼촌은 각종 텅스텐 광석——텅스텐은 여러 종류의 광물에 들어 있습니다——을 용해해서 텅스텐 금속을 얻는 법을 보여 주었는데, 정확히 1780년대의 방식이었습니다. 나중에 저는 혼자서 해보고 싶었습니다. 18세기에 열 몇 개 정도의 금속이 발견되었는데, 저는 그것에 매혹되었지요. 모든 실험을 똑같이 해보고 싶었고, 말하자면 화학의 근원으로 돌아가고 싶었습니다. 뛰어난 화학자 칸니차로는 가끔 학생들이 라부아지에 혁명의 힘을 온전히 느낄 수 있도록 라부아지에의 시대인 18세기로 돌아가게 만든다고 말했습니다. 그는 학생들이 과학의, 화학의 모든 단계를 직접 겪어야 하는 게 아닐까 고민했습니다. 시작은 텅스텐 삼촌이었지만 애비 삼촌이라는 분도 있었습니다. 물리학 삼촌이었지요. 두 삼촌 모두 빛에 관심이 많았는데, 아버지——저의 할아버지——에게 물려받은 것이었습니다. 할아버지는 자식이 열여덟 명이었습니다.

와크텔 외가 쪽 말이지요.

색스 네, 외가 쪽 이야기입니다. 외할아버지는 164년 전에 태어나셨고 제가 태어나기 수십 년 전에 돌아가셨기 때문에 직접 본 적은 없습니다. 저는 집안의 젊은이들 중에서도 가장 젊은 축이었지요. 외할아버지는 영적인 것과 물리적인 것에 똑같이 끌리는 특이한 사람이었고, 신앙심이 아주 깊었지만 뛰어난 아마추어 수학자이자 발명가이기도 했습니다. 할아버지는 가로등뿐 아니라 광부들을 위한 안전등을 발명했고, 빛에 특히 관심이 많았습니다. 그러한 성향이 아들들 중 적어도 두 명에게는 전해진 것 같습니다. 데이브 삼촌——텅스텐 삼촌——은 백열광, 뜨거운 빛에 끌렸고 애비 삼촌은 형광, 즉 차가운 빛에 끌렸지요. 저는 두 가지 모두에 똑같이 끌렸고요.

와크텔 당신은 부모님의 격려를 받으며 작은 실험실을 만들었습니다.

색스 네, 부모님은 진심으로 응원해 주었습니다. 세탁실로 쓰던 뒷방이 있었어요. 아까 말한 것처럼 우리 집에는 방이 정말 많았는데, 쓰지 않는 방들도 있었습니다. 낡은 세탁실에는 수돗물이 나오는 싱크대와 창문, 찬장이 있었기 때문에 저는 꽤 정교한 실험실을 차렸습니다. 삼촌들이 이런저런 물건을 주었고, 저는 용돈을 거의 다 화학용품을 사는 데에 썼습니다. 당시에는 뭐든 살 수 있었습니다. 열 살짜리도 청산가리나 탈륨염, 폭약을 살 수 있었지요. 폭발도 몇 번 일으키고 유독 가스를 발생시킨 적도 있어서 가끔 뒷마당의 잔디밭으로 달려 나가야 했는데, 잔디밭은 금방 시커멓고 얼룩덜룩해졌습니다.

와크텔 형의 눈썹을 태운 적도 있고요.

색스 그랬습니다. 불이 쉽게 붙는 수소 때문에 큰 불꽃이 일었습니다. 하지만 마커스는 아주 참을성이 많았어요, 눈썹을 다시 길렀지요. 스스로 다치거나 다른 사람을 해치지 않았다는 점에서 저는 운이 좋았습니다. 신중함과 책임감도 배운 것 같아요. 위험한 물질을 실제로 다루어 봐야 그런 것들을 배울 수 있는지도 모릅니다. 요즘은 그런 기회가 없어요. 요즘 나오는 화학 실험 세트는 고작 베이킹소다와 식초, 분필 정도지요. 여섯 살짜리나 하는 아마추어 화학 실험처럼 말입니다. 이제는 진짜 화학이 아니에요. 그 사랑스러운 변화를 직접 볼 수 없지요. 제가 쓰던 작은 실험실은 암실이기도 했는데, 정말 재미있는 모험이었습니다. 이전 세기의 많은 책들이 그 이야기를 다루고 있습니다. 제가 제일 좋아했던 책 두 권은 모두 1860년대 분위기의 책이었습니다. 하나는 『화학반응』, 하나는 『금속놀이 책』이지요. 나중에 학교에서 과학을 배우게 되었을 때는 그때만큼 좋아하지 않았습니다. 자유가 없었어요. 재미와 모험이라는 느낌이 없었죠. 더 고정적이고 틀에 박힌 내용이었고 시험을 쳐야 하는 과목에 불과했습니다.

와크텔 당신은 두려움에 대처하는 하나의 방법으로 화학의 특수한 위험을 추구했다고, "우리는 주의와 경계와 신중함을 통해서 위험한 세계를 통제하거나 그것을 통과하는 방법을 배울 수 있다"고 말했습니다. 당시에도 그런 측면을 인식했습니까?

색스 인식했는지 아닌지 모르겠습니다. 하지만 지금 생각하면 그랬던 게 아닌가 싶습니다. 50년이 지난 지금 그때를 돌아보면 뒤늦은 생각을 덧붙일 위험이, 그러니까 그때의 소년이 가지고 있었을 리 없는 감정과 통찰을 투사할 위험이 있습니다. 제가 했던 일은 대부분 본능적으로, 스스로도 설명하거나 이해할 수 없는 충동에 휩쓸려서 한 것입니다. 과학에 대한 충동이든, 장난을 치고 싶은 충동이든—1940년 겨울에 사랑하는 우리 집 닥스훈트를 석탄광에 가둬서 거의 죽일 뻔했던 때처럼요— 말입니다. 저는 그것이 도움을 청하는 간접적인 외침이었다고, 부모님에게 "저를 석탄광에서 꺼내 주세요"라고 말하는 방법이었다고 생각합니다.

와크텔 그 학교에 갇혀 있었으니까요.

색스 네, 그랬던 것 같습니다. 하지만 아이가 자기 행동이나 관심을 그렇게까지 해석할 수 있는지는 모르겠습니다.

와크텔 열두 살 때 겪은 이상한 사건에 대해서 말씀하신 적이 있습니다. 당신은 제일 좋아하는 탁자 아래 있었고 그 탁자가 말하자면 당신을 보호했는데…

색스 아, 모리슨 탁자였습니다. 그 역시 별난 점이었지요. 당시에는 아주 튼튼한 철제 탁자를 가진 집이 많았는데, 그 아래 숨으면 집이 무너져도 벽돌에 깔려 죽지 않을 거라는 생각 때문이었지요. 저는 그 탁자를 아주 좋아했습니다. 탁자를 일종의 보호자처럼 생각했는지, 그 아래에 둥지 트는 것을 좋아했습니다. 공습이 있으면 온 가족이 탁자 밑으로 들어갔지요. 하지만 한 번은 공습이 끝나고 탁자 밑에서 나오다가 부모님이 제 정수리에서 동그랗게 머리카락이 다 빠진 부분을 발견하고 깜짝 놀랐습니다. 정말 당황하셨지요. 백선이 아닐까 싶어서 다음 날 피부과 전문의에게 데려갔습니다. 의사가 제 속을 빤히 들여다보는 느낌이었는데, 그가 머리카락을 한두 올 뽑아서 현미경으로 들여다보더니 인공피부염이라고 말했습니다. 제가 스스로 한 짓이라는 뜻이지요. 저는 얼굴이 새빨개졌습니다. 제가 왜 그랬는지 스스로도 잘 몰랐고 부모님과 그것에 대해 이야기를 나누지도 않았지만, 어떤 징후였던 것은 분명합니다.

와크텔 그 즈음에 과학박물관에 처음 갔다가 주기율표를 보았습니다. 당신은 주기율표에 매료되었고…

색스 황홀경이었죠.

와크텔 황홀경. 매료 이상이군요.

색스 저는 그때 열두 살이었기 때문에 화학적 지식이 조금 있었습니다. 여러 원소와 화합물을 보았지요. 저는 원소에 족이 있다는 것을 이미 알고 있었습니다. 예를 들어서 염소와 브롬, 요오드가 비슷하고 나트륨과 칼륨이 비슷하지요. 저는 그 멋진 표를 보았습니다. 모든 원소와 서로의 관계가 전부 표시되어 있고, 신비로운 반복 패턴이 있어서 최소한 처음에는 여덟 번째마다 비슷한 성질의 원소가 나타납니다. 그것은 제가 본 중 가장 아름답고 가장 경제적이고 우아한 것 같았습니다. 모든 원소가, 우주를 구성하는 모든 구성 요소가 질서를 이루고 있었습니다. 원소는 자연 질서에, 이모의 말처럼 일부는 수에 의해서 결정된 질서에 속해 있었습니다. 저를 그토록 매료시킨 것은 반복 패턴의 수적 성질, 즉 증가하는 원자량에 따라서 원소를 배열하면 이 멋진 순환 주기가 드러난다는 사실이었습니다. 1869년에 멘델레예프가 주기율표를 만들 때 그랬던 것처럼, 저 역시 그 이유를 전혀 몰랐습니다. 엄청난 수수께끼였지요. "삼위일체처럼"이라고 말하고 싶지만, 왜 그렇게 말하고 싶은지는 모르겠군요.

와크텔 아까도 모세의 돌판을 언급하셨지요.

색스 그러한 순환 주기를 결정하는 신비롭고 심오한 근본 법칙이라는 생각이 아주 강렬했던 것 같습니다. 주기율표는 물론 아름다웠지만 이를테면 눈에 보이는 것 이상의 무언가가 있었던 것이지요. 혹은, 무엇이 주기율표를 그렇게 아름답게 만드는지 궁금하게 생각했거나요. 주기율표에 대한 설명이 나오기

50년 전이었습니다. 이를 위해서는 원자가 핵과 전자를 가진 아주 복잡한 것이며 특정한 수의 전자가 그 주변을 돌고 있다는 아주 새로운 개념이 필요했지요. 텅스텐은 74번 원소가 될 수밖에 없습니다. 그리고 특정한 방식으로 배열된 74개의 전자 때문에 텅스텐은 특정한 물리적, 화학적 특징을 갖게 되고, 어쨌든 당시에는 이전에 식물이 그랬던 것처럼 수와 실재가 저에게는 하나였습니다.

와크텔 당신은 과학도로서 수집가와 탐험가의 발견과 생각을 읽기도 했지만 당신 자신도 수집가입니다. 당신은 소수만이 아니라 광물 표본과 동전, 우표, 버스표를 수집하지요.

색스 버스표요. 아, 그렇습니다.

와크텔 버스표를 화학 원소에 따라 분류한다고요.

색스 아, 저는 버스표가 정말 좋아요. 제가 수집할 당시에는 버스표를 직사각형 색지로 만들었는데, 문자 한두 개와 숫자가 하나에서 세 개까지 적혀 있었습니다. 초기에는 O16과 S32를 모았는데, 제 이니셜이기도 하지만 산소와 황의 기호와 원자량이기도 합니다. 저는 결국 모든 원소 기호와 원자량이 적힌 버스표를 전부 모았습니다. 저는 이런 게 좋아요. 1세제곱인치 안에 들어가는 세계 축도를 가진 느낌이었지요. 우주의 모든 구성 요소를 말입니다.

와크텔 스스로 어떤 충동 때문에 수집을 하는지 아십니까?

색스 이해하고 싶다는 충동입니다. 종합하려는 충동이지요. 제가 진짜 수집가인지는 잘 모르겠습니다. 저는 책을 좋아하지만 여백에 낙서를 하는 버릇이 있기 때문에 너무 좋은 책은 싫어요. 저에게 진짜 수집가가 원할 만한 것은 하나도 없습니다. 어떤 의미에서는 쓰레기에 둘러싸여 산다고 할 수 있지만, 멋진 쓰레기죠.

와크텔 직접 수집한 쓰레기이기도 하고요.

색스 음, 버스표는 한정적인 수집이었습니다. 완성한 시점이 있었지요. 1번부터 92번 원소까지 모았고, 그걸로 끝이었습니다. 저에게 우주가 생겼지요. 완전했습니다. 하지만 그때 그런 생각이 들었습니다. 음, 왜 92에서 멈추지? 92 뒤에도 원소가 있을까? 하지만 그건 다른 이야기입니다. 그래서 저는 이것이 어떤 면에서 수집과는 다르다고 생각했습니다. 제 생각에 제가 하는 것은 크로스워드 퍼즐을 완성하거나 문제를 푸는 것에 더 가깝고, 어떤 면에서 끝에 도달했다고 생각합니다. 우표 같은 것을 수집하면 끝이 없어요. 저는 섬이 그려진 우표를 좋아하는데, 우표 앨범을 보면서 대리 여행을 많이 한 것 같습니다. 신기한 우표들을 보면서 말입니다. 저는 우표의 변칙적인 면을 좋아합니다. 아주 이상했던 우표가 기억나요, 특정 각도에서 보면 살해당한 페르디난드 대공이 보인다고 하더군요. 페르디난드 대공의 암살로 제1차 세계대전이 시작되었지요. 제가 숨겨진 얼굴을 본 건지 확신할 수 없었지만 우표에 비밀 얼굴이 숨어 있다는 사실 자체가 흥미를 자극했습니다. 비밀이라는 개념은 어디에나 있는지도 모릅니다. 저는 그런 수집가는 아닌 것 같지만, 비밀 속으로 파고들어서 말하자면 율법이라는 여인이 더 드러나는 모습을 보고 싶습니다.

와크텔 십대에 들어서면서 화학과 멀어졌는데, 당신은 이러한 변화를 "연애의 종말"이라고 표현했습니다. 화학에 대한 열정이 줄어든 이유가 무엇이었다고 생각하십니까?

색스 모르겠습니다. 어린 시절이 끝났다는 것도 하나의 이유겠지요. 저는 누구에게나 신나고 수수께끼 같고 신화적이고 마법 같은 어린 시절의 세계가 흐릿해지는 시점이 있다고 생각합니다. 워즈워스는 이것에 대해서, 평범한 날의 빛 속에서 생기와 영광이 어떻게 사라지는지 썼지요. 그는 또 감옥의 그늘에 대해서도 궁금하게 여겼는데, 그에게 감옥은 학교였습니다. 저는 학교에서 과학을 배우면서 과학과 화학에 대한 흥미가 일부 무너졌던 것 같습니다. 개인적이고 비밀스럽고 재미있고 모험적이었던 경험이 고정적이고 경쟁적이고 공적이고 평범한 일이 되었으니까요. 과학은 더 이상 신성하지 않았습니다. 물론 제가 청소년이 되면서 유기체적인 감각도 생기기 시작했지요. 온몸에 털이 나기 시작했습니다. 허벅지 사이가 이상하게 동요하기 시작했고, 저는 인간과 생물학적 세계에 더욱 흥분하고 관심을 갖기 시작했던 것 같습니다. 간접적이었을지도 모르지만 사적인 것에 대한 크나큰 갈망이 있었던 기억이 납니다. 일부는 음악에 대한 갈망이라는 형태를 띠었지요. 저는 음악이, 특히 모차르트의 음악이 필요했습니다. 음악이 저를 부르고 저를 움직이며 신음하고 싶게 만들었습니다. 과학적, 수학적인 것과는 무척 다른 아름다움과 경이로움이 있었어요. 이제 자연 과학만으로는 충분하지 않았습니다. 어떤 면에서는 부모님의 메시지도 있었던 것 같아요. "그래, 이제 열네 살이니까 충분히 컸어. 바르미츠바[2]도 치렀고, 다 컸어. 놀 때는 지났다. 넌 의대에 가야 해. 가업을 이어야지." 결국 저는 그렇게 했습니다.

와크텔 세 형도 의학을 공부했습니다.

색스 네, 좀 이상한 방식이기는 했지만요. 또 제가 사랑했던 화학은 설명적이고 자연주의적이고 19세기적인 화학이었다고 생각합니다. 저에게는 무척 관능적이었어요, 색과 질감과 냄새와 그 모든 변화가 말입니다. 그리고 제가 수를 사랑한 것은 사실이지만, 화학은 지나치게 수학적으로 변하고 있었고 물리학과 양자론의 일부가 되다시피 했습니다. 저는 근본적으로 스스로 자연주의자라고, 관찰자-설명자-자연주의자-소설가라고 생각합니다. 당시의 제가 확실히 말할 수 있는 것은 아니었지만 어쩌면 저는 생물학과 의학이 아직 관찰자-설명자-수집가-합성자가 편안하게 여길 수 있는, 상대적으로 원시적인 단

---

2 유대교에서 13세가 된 소년이 치르는 성인식

계라고 느꼈을 겁니다. 화학과는 달리 지나치게 난해하거나 추상적으로 변하지 않았다고 말입니다. 어떤 면에서 저는 18세기나 19세기의 화학자가 되고 싶었지만, 20세기 중반에는 말이 되지 않는 일이었지요.

와크텔 당신은 아직도 주기율표를 가지고 다닙니다. 아직도 주기율표 꿈을 꾸나요?

색스 아, 맞습니다. 저는 주기율표를 자주 생각합니다. 꿈도 꾸지요. 자동차 번호판도 참 좋아하는데, 특히 뉴욕 번호판이 좋아요. UVW라는 문자를 보면 우라늄, 바나듐, 텅스텐을 생각하지요. 원자량이나 원자번호가 있으면 더욱 좋습니다. U-92, Y-39, W-74를 보면 기분이 좋아요. 저는 화학과 관련된 이상한 꿈을 종종 꿉니다. 저는 당신도 아는 조너선 밀러랑 에릭 콘과 무척 친했는데, 우리 삼총사는 세 가지 금속이 되지요. 우리는 철, 니켈, 코발트가 되었습니다.

와크텔 당신은 뭐죠?

색스 저는 보통 철입니다. 제 이상한 꿈에서는 뉴욕 지도의 그리드가 주기율표의 그리드와 하나가 되는데, 저는 항상 6번 스트리트와 6번 애비뉴 교차로에 있습니다. 건물들이 정말 이상해 보이는데, 알고 보니 텅스텐 같은 모양이었습니다. 사실 텅스텐은 6족, 즉 여섯 번째 주기에 속합니다. 사실 뉴욕에 그런 교차로는 없다는 말을 덧붙여야겠군요. 그건 제 꿈속의 뉴욕입니다. 저에게 주기율표는 법칙의 아름다움과 확정의 무한한 깊이, 어떤 면에서는 단순함과 경제성을 알려 준 첫 번째 계시였습니다. 55년이 지난 지금까지 주기율표보다 더 나은 것을 본 적이 없습니다. 게놈이 같은 방향을 향하고 있을지도 모르지만 훨씬 더 복잡하고 임의적이지요. 물리 과학에서는 그 무엇도 이렇게 임의적이지 않습니다. 필수적이거나 불가능하거나, 둘 중 하나죠. 우연과 변화의 세계가 아니에요. 물론 우연과 변화는 생물학의 놀라운 경이로움이지요. 물리 과학은 훨씬 단순한 세상입니다.

와크텔 회고록인 『엉클 텅스텐』은 이 세상에서 질서와 안정을 찾으려던 어린 시절의 이야기였던 것 같습니다. 지금은 어디에서 질서와 안정을 찾으십니까?

색스 음, 저는 충실하고 안정적인 듯한 관계와 친구들이 있습니다. 저는 환자들을, 임상 업무를 사랑하고 뇌와 정신의 메커니즘을 들여다보는 것을 사랑합니다. 그리고 최근까지는 주변 건물과 거리에서 아주 만족스러운 견고함을 느꼈습니다. 그러니까, 다들 마찬가지지만, 9월 11일 이후…

와크텔 당신은 뉴욕에 살고 있습니다.

색스 네, 제가 생각하는 안전의 뼈대가 뒤흔들렸지요. 저는 더욱 심오한 불안정성이 등장했다고 생각합니다. 도리스 레싱이 제 책 『깨어남』에 대해서, 우리가 어떤 칼날 위에서 살고 있는지 보여 준다고 말한 적이 있습니다. 음, 대체적으로 저는 우리가 칼날 위에서 살고 있다고 생각하지 않습니다. 누군가 죽임을 당할 수도 있고, 어떤 일이 일어날 수 있는 것은 사실입니다. 하지만 저는 신체에 우리를 안심시키는 견고함이 있다고 생각합니다. 텅스텐의 견고함과는 다르지요, 신체와 유기체의 견고함, 적응력과 유연성과 탄성, 수많은 대체 메커니즘 말입니다. 사물과는 다른 건강의 탄성입니다, 유기체의 놀라운 점이지요. 전반적으로 사람들의 성격은 비교적 안정적입니다. 흥미는 오래 지속되면서 점점 커지지요. 어떤 의미에서는 삶의 안정성, 모험과 위험뿐만 아니라 지속성과 성장도 그렇습니다. 이제 저는 그런 것에 의지합니다.

2001년 11월

제인 제이콥스
Jane Jacobs

도시가 살아 있는 한, 젊은 사람들이
도시에 살면서 일하는 한, 늘 희망이 있고 더
나아질 가능성이 있습니다.
저를 흥분시키는 것은 모든 삶의 집합,
활동적인 사람들과 그들이 하려는 일들입니다.

제인 제이콥스

제인 제이콥스는 도시 전문가, 도시의 전설, "정신분석가 겸 활동가 겸 예언자" 등 다양한 이름으로 알려져 있다. 그녀는 획기적인 저작 『미국 대도시의 죽음과 삶』(1960)을 낸 후 40년 넘게 어마어마한 영향을 끼쳤다. 건축가, 지역사회사업가, 도시 계획 설계자만이 아니라 노벨상을 수상한 경제학자와 생태학자에게도 마찬가지였다. 어느 비평가가 최근에 말한 것처럼 "제이콥스의 영향력을 보면 책이 얼마나 중요한지 확인할 수 있다. 우리 시대에 이와 비견할 만한 충격을 준 다른 작가의 이름을 대기 어렵다." 몇 년 전 제이콥스는 도시 계획 분야에서 미국 최고의 상 빈센트 스컬리 상을 받았다. 이는 무척 드문 일이었는데, 제이콥스가 도시 계획가들을 종종 비난하기 때문만이 아니라 캐나다 훈장을 비롯한 몇몇 상을 제외하면 보통 상──하버드를 포함해서 서른 개 정도 대학의 명예학위——을 거절하기 때문이다. 제이콥스는 대학 졸업에도 관심이 없어서 컬럼비아 대학을 2년 다니다가 자퇴했다.

제이콥스의 담당 편집자인 제이슨 엡스테인은 동료 시민들에게 "삶을 부정하는 당대의 어리석음에 도전할 확신"을 준 몇몇 혁신가들——레이첼 카슨, 줄리아 차일드, 베티 프리단, 마틴 루터 킹 주니어, 벤저민 스폭 박사——에 제이콥스도 포함된다고 말한다. 2002년 캐나다의 날에 제인 제이콥스는 잡지 『맥클린』이 선정한 "변화를 일으킨 10인의 캐나디안"에 선정되었다. 마지막으로 (내가 제일 좋아하는 부분이다) 『뉴욕 타임스 매거진』은 "귀찮은 여자들"——몇 세기 동안 "역사의 소매를 붙들고 놔주지 않은" 여자들——이라는 독특한 목록에 제이콥스를 포함시켰다. 이 목록에는 중세의 대수녀원장이자 작곡가 힐데가르트 폰 빙엔, 18세기 페미니즘 사상가 메리 울스턴크래프트 등이 포함되어 있고 제이콥스가 마지막 한 자리를 차지했다.

제인 제이콥스는 1916년에 펜실베이니아 스크랜턴에서 태어났다. 아버지는 가정의였고 어머니는 교사 겸 간호사였다. 제이콥스는 작가가 되고 싶다는 꿈을 어린 나이에 깨달았다. 또 그녀는 3학년 즈음부터 학교가 자신의 지적 관심을 자극하지 않는다는 사실을 깨달았다. 제이콥스는 고등학교를 졸업한 후 지역 신문사에 들어갔고, 경영 대학원에 다니면서 생계를 꾸릴 수단으로 속기를 배웠다. 열여덟 살이 되자 그녀는 뉴욕 시로 가서 사무원부터 편집자 겸 작가까지 다양한 직업을 거쳤다. 제이콥스는 건축 잡지 『아키텍처럴 포럼』에서 일하면서 시리즈 기사를 썼고, 이것은 나중에 『미국 대도시의 죽음과 삶』이 되었다.

제이콥스의 접근법을 보면 직접 관찰을 이용하는 방식이 독창적이다. 그녀가 목차에 붙인 설명처럼 "이 책의 실례가 되는 장면들은 모두 우리에 관한 것이다. 도해는 실제 도시를 면밀히 봐 주기 바란다. 도시를 보면서 귀를 기울이고, 서성이고, 눈에 보이는 것에 대해서 생각해도 좋다."

1960년대 후반에 제인 제이콥스는 이웃 동네인 그리니치빌리지의 파괴를 막았다. 1968년에는 남편과 징병 대상 연령의 아들 둘, 딸 하나와 함께 토론토로 이주했다. 제이콥스는 이주 직후 애넥스의 이웃 동네를 관통하는 스패디나 고속도로 건설 반대 운동에 참여했다.

내가 방송국 스튜디오에서 누군가를 만난 후 다시 만나 차를 한 잔 마시는 것은—그런 기회를 얻으려고 애쓰는 것은—드문 일이다. 몇 년 전 제인 제이콥스를 만났을 때가 바로 그 드문 경우였다. 우리는 제이콥스가 준비하던, 알래스카에서 교사로 선구자적 역할을 했던 그녀의 이모에 대한 책에 대해 이야기를 나누었다. 우리 둘 다 대화를 더 하고 싶었기 때문에 며칠 후 내가 제이콥스 부부를 만나러 갔다. 제이콥스 부부는 결혼한 지 42년이 되었고, 남편은 은퇴한 건축가였다. (그녀의 남편은 같은 해인 1996년 후반에 세상을 떠났다.) 제이콥스 부부는 솔직하고 따스하고 즐거운 이야기 상대였다.

제이콥스는 지금도 토론토 애넥스의 크고 편안한 집에서 살고 있다. 내가 대화를 나누러 찾아갔던 지난여름에는 보조기를 밀며 걷느라 현관까지 나오는 데 시간이 조금 더 걸렸지만, 제이콥스는 지적으로 기민하고 늘 그랬듯 열정적이었다. 나는 대화를 나누던 중간에 새 냉장고의 웅웅거리는 소리가 녹음을 방해할까 봐 스위치를 끄려고 일어섰다. 그러자 제이콥스는 어떻게 하는지 보겠다며 "뭐든 기회가 있으면 배워야죠"라고 말했다.

제이콥스의 최근 책으로는 『생존의 시스템』과 『자연과 경제의 대화』가 있다.

◇◇

와크텔 당신은 뉴욕에서 살던 1961년에 『미국 대도시의 죽음과 삶』을 썼습니다. "이러한 생각의 소재는 대부분 우리 집 현관문 앞에 있었다"라고 했지요. 저는 당신의 경우에 현관문이라는 말이 단순한 은유 이상이었다고, 지금도 그렇다고 생각합니다. 거리의 삶과 그토록 가까이 연결되어 있다는 것이 당신에게는 어떤 의미였습니까?

제이콥스 저는 거리에서 무슨 일이 일어나고 있는지, 그것이 얼마나 재미있는지 잘 알았습니다. 제가 모든 일들의 한가운데 있다는 의미였지요. 추상적인 뜻도 아니고, 다른 사람들이 전부 자그마한 개미처럼 보이는 저 위에서 신이 된 듯 내려다보는 느낌도 아니었습니다. 다행이지요.

와크텔 당신은 그리니치빌리지의 허드슨 강가, 엄밀히 말하면 웨스트빌리지에 살면서 그 지역이 "매일 추는 발레"를 책에 기록했습니다. 실제 당신 집의 현관문은 어땠습니까?

제이콥스 음, 거리에서 두 계단을 올라가면 목재 문의 문턱이 있었습니다. 머리 위에는 조명을 달 콘센트가 있었지요. 이사하자마자 콘센트를 달았지만 조명은 달지 않았습니다.

와크텔 당신은 그 집을 1947년에 샀는데, 처음에는 1층을 가게로 쓰고 위층에서 살았습니다.

제이콥스 네. 1층에 사탕 가게가 있었지만 문을 닫는 바람에 비었습니다. 사실 당시에는 현관문이 두 개였어요. 하나는 사탕 가게로 들어가는 문이었고 하나는 좁은 복도와 계단을 거쳐 위층 주거 공간으로 이어졌습니다.

와크텔 현관문에서 본 풍경이라는 이미지는 사상가이자 작가로서 당신의 특징을 깔끔하게 포착합니다. 열려 있고, 호기심을 자극하고, 현실적이죠. 당신은 익숙한 것을 새롭게 바라보게 만드는 사람으로 유명합니다. 한 평론가는 본질적으로 당신의 책은 우리가 눈을 뜨면 볼 수 있는 것에 대한 이야기라고 말했지요. 어떻게 해서 그런 태도를 가지게 되었다고 생각합니까?

주의 깊은 태도, 자연스럽게 의문을 품는 태도 말입니다.

제이콥스 모르겠습니다. 저는 스스로 독특하다고 생각하지 않아요. 누구나 볼 수 있는 것들이죠. 그러니 다르게 표현해 볼게요. 저는 왜 그런 것들로부터 단절되지 않았을까요? 사람들은 무엇을 보라는 말을 듣기 때문에 눈앞을 못 보는 경우가 많은 것 같습니다.

와크텔 왜 그럴까요?

제이콥스 몇 주 전에 저는 모던 라이브러리에서 재출간하는 마크 트웨인의 『철부지의 해외여행』 소개글을 썼습니다. 저는 그 책을 읽으면서 트웨인이 독자들에게 자신들의 눈으로 직접 보면 무엇이 보이는지 이야기하는 것의 중요성을 무척 강조한다는 사실에 놀랐습니다. 트웨인은 자신의 눈에 보이는 것이 아니라 여행 안내서를 믿는 사람들을 장황하게 욕합니다. 그러니 오래된 문제인 셈이지요. 저는 사람들이 틀리고 싶지 않아서, 자신이 무엇을 봤고 어떤 느낌이었는지 이야기하면 못 배운 촌놈처럼 보일까봐 스스로를 믿지 않아서 그렇다고 생각합니다. 저는 어렸을 때 말이 앞만 보게 만드는 눈가리개 같은 것을 써야 했던 기억이 없습니다. 어른이 비웃지 않고 존중하면서 들으면 아이들은 자신이 본 그대로를 말합니다. 그러면 흥미로운 이야기를 들을 수 있지요. 사물을 자신의 눈으로 보도록 격려하는 한 가지 방법입니다.

와크텔 어린 시절 이야기를 해주세요. 당신이 살던 펜실베이니아 스크랜턴의 동네와 가족에 대한 가장 오래된 기억은 무엇입니까?

제이콥스 네 살 때 이사해서 열여덟 살까지 살았던 집이 가장 또렷하게 기억납니다. 하지만 물론 가장 오래된 기억은 그 전 집에서 살 때 집 앞의 보도입니다. 우리 집에는 아이가 네 명 있었어요. 한 명은 아기였지만 셋은 나이가 더 많았지요. 우리 집에는 어머니가 3륜차라고 부르는 것 —사실은 세발자전거였어요—이 두 대 있었습니다. 빨리 나가야 그 중 하나를 차지할 수 있었죠. 또 다른 기억은 의사였던 아버지에 대한 거예요. 아버지는 동네에서 제일 처음으로 자동차를 샀습니다. 제 눈에는 그게 별로 대단해 보이지 않았는데, 어쨌든 일상적인 물건에 지나지 않았으니까요. 아버지는 왕진 때문에 자동차가 필요했는데 가끔 어머니와 오빠, 저를 태우고 갔습니다. 저는 그런 식으로 스크랜턴이라는 도시를 많이 봤어요. "내려앉은 집"도 그런 식으로 보았지요. 스크랜턴은 탄광도시라 탄광에 바위기둥을 남겨 땅을 떠받쳐야 한다는 법이 있었지만 악덕 자본가 기업들이 가끔 "기둥을 훔쳤"습니다. 석탄을 캐느라 지지대를 빼버렸고, 그래서 땅이 움푹 꺼졌어요. 집이 있는 경우에는 꺼진 땅으로 움푹 들어갔지요. 그래서 "내려앉은 집"이라고 불렀습니다.

와크텔 집이 꺼져도 사람들이 그대로 살고요?

제이콥스 네, 여전히 그 집에 살았어요. 최악의 위험은 가스관이

망가져서 질식사하거나 폭발하는 것이었지요. 악독 자본가가 있는데 테러리스트가 무슨 필요가 있겠어요?

와크텔 당신은 최근에 낸 『생존의 시스템』을 허드슨 그리니치빌리지의 집과 이곳 토론토의 집, 그리고 먼로 1712번지 집──네 살 때 이사 간 집──에 바쳤습니다. 첫 번째 집이 당신에게 특별한 이유는 무엇입니까?

제이콥스 글쎄요, 네 살부터 열여덟 살까지 산 집은 어린 시절의 고향이라고 할 수 있습니다. 저는 그 집을 정말 좋아했어요. 아직 그대로 있지요. 얼마 전에 다녀왔습니다.

와크텔 집안 분위기는 어땠습니까? 가족끼리 대화나 토론을 많이 했나요?

제이콥스 유쾌했어요. 이야기를 많이 나누었지요. 아버지는 의사로 오래, 아주 오래 일하셨는데, 처음에는 왕진을 다녔습니다. 나중에는 늦은 시각까지 진료를 했는데, 저녁이 돼야 병원에 올 수 있는 사람이 많았거든요. 아침이면 아버지가 필라델피아 신문인 『퍼블릭 레저』를 가지고 와서 철사로 만든 장치에 고정시켰습니다. 신문을 가지고 들어가서 혼자 보는 대신 항상 주요 기사를 우리에게 읽어 주었지요. 아버지가 좋아하는 칼럼 작가가 몇 사람 있었는데, 그 중 한 사람의 이름──제이하우스──이 기억납니다. 아버지는 "오늘은 제이가 무슨 이야기를 하나 한 번 보자"라고 말씀하시곤 했지요. 그러고는 흥미로운 내용이 있으면 우리에게 이야기해 주었습니다.

와크텔 당신 아버지는 버지니아의 농장 출신입니다. 어떤 분이셨지요? 어떻게 설명하시겠어요?

제이콥스 아버지는 지적 호기심이 강하고 밝고 독립적이었습니다. 어떤 면에서는 탐정 같았어요. 우리 지역에서는 유명한 진단전문의였는데, 좋은 진단전문의는 일종의 탐정입니다. 저는 아버지가 이런저런 병을 어떻게 발견했는지 이야기 듣는 것을 무척 좋아했습니다. 아버지의 환자는 무척 다양했고 우리에게 환자들의 이야기를 해주었기 때문에 우리 사남매는 스크랜턴을 커다란 모자이크 그림처럼 그려 볼 수 있었습니다.

와크텔 아버지 덕분에 지적 독립성을 얻을 수 있었다고 말씀하신 적이 있습니다. 왜 그렇지요?

제이콥스 뛰어난 진단전문의였던 아버지는 자신의 눈과 귀, 자신의 논리를 이용해서 진단해야 했습니다. 또 이야기도 잘 들어 주었지요. 제가 고등학교를 졸업하고 처음 들어간 직장은 지역 신문사였습니다. 다행히도 아버지의 시내 진료소 바로 맞은편이었어요. 조간이었기 때문에 이른 오후부터 필요에 따라서 아주 늦은 시간까지 일을 했습니다. 저는 저녁과 밤에 일을 하고 오전에 자는 생활이 좋았어요. 일이 끝나면 길을 건너 아버지의 진료소로 갔지요. 몇몇 환자가 대기실에서 기다릴 때도 있었고, 환자들이 전부 돌아가고 아버지 혼자 의학 저널을 읽고 있기도 했습니다. 우리는 이야기를 나누었고, 저는 아버지와 함께 집으로 돌아갔습니다.

와크텔 무슨 이야기를 나누었습니까?

제이콥스 아버지가 환자를 보고 있을 때는 진료에 대한 이야기를 해주었습니다. 저는 아버지에게 신문사에서 있었던 일을 이야기했지요. 또 일반적인 이야기도 나누었습니다. 가끔은 제가 아버지에게 묵직한 질문을 던졌지요. 예를 들어 삶의 목적이 무엇이냐는 질문 같은 거요.

와크텔 뭐라고 대답하셨나요?

제이콥스 사실 그 이야기를 나눌 때 우리는 집 앞 포치에 앉아 있었는데, 아버지가 마당의 나무를 가리키며 말했습니다. "저 나무 좀 봐라, 저 졸참나무 말이다. 저 나무의 목적은 뭘까? 저것도 살아 있는데."

저는 그 대답을 삶의 목적은 살아가는 것이라는 뜻으로 받아들였고, 그래서 아버지에게 저도 그렇게 생각한다고 말했지요. 아버지가 말했습니다. "그래, 저 나무는 살겠다는 강한 의지가 있어. 건강하게 살아 있는 것은 무엇이든 그렇지."

와크텔 어머니는 교사이자 간호사였고, 101살까지 사셨습니다. 지금은 대부분 출판된, 당신이 어머니에게 보낸 편지를 보면 아주 멋진 관계였던 것 같습니다. 어머니에 대해서 말씀해 주세요.

제이콥스 청소년기에는 어머니랑 사이가 썩 좋지 않았습니다. 빅토리아 시대에 작은 마을에서 자란 분이었거든요. 어땠는지 아시겠지요? 어머니는 책을 많이 읽었고 예전에 살던 작은 마을에 대해서 정말 많은 이야기를 해주었습니다. 하지만 또 빅토리아 시대 사람답게 무척 까다로웠고, 성과 관련된 문제에서 특히 그랬습니다. 게다가 정치 문제에 대해 무척 보수적이었어요. 마음이 열려 있고 호기심이 강하고 상상력이 풍부했던 아버지보다 보수적이었지요. 그래서 저는 어머니와 논쟁을 벌이면 안 된다고, 또 어머니에게 정말로 이야기하고 싶은 것들에 대해서는 입을 다물어야 한다고 생각했습니다. 나중에는 우리가 아주 많은 이야기를 나눌 수 있다는 것을 깨달았지요. 금기는 여전했지만, 이야기를 나누면서 어머니를 점점 더 이해하게 되었습니다. 어머니는 현명하고 충실했고, 아는 게 정말 많았어요.

와크텔 어머니가 당신에게 어떤 가치관을 심어 주었다고 생각하세요?

제이콥스 어머니는 동정심이 많았습니다. 필라델피아에서 간호사로 일하다가 같은 병원의 레지던트였던 아버지를 만났지요. 어머니가 돌보던 소아 환자 대부분은 아주 가난한 지역 출신이었는데, 그 아이들의 삶이 얼마나 제한적이었는지 말해 주곤 했습니다. 참 안 됐다고 생각하셨어요. 참, 어머니는 당시 카니발이나 서커스가 올 때마다 같이 오는 프릭 쇼[1]를 정말 싫어

---

1 서커스 등에서 기형인 사람이나 동물을 구경거리로 보여 주던 쇼.

했습니다. 불우한 사람들을 구경거리로 여기면 안 된다고 생각했기 때문에 프릭 쇼를 정말 싫어했어요. 저는 평생 프릭 쇼를 본 적이 없습니다. 핑크 레모네이드 역시 한 번도 마셔 본 적 없는데, 어머니가 레모네이드에 더러운 빨간 넥타이를 넣은 다음 염료가 빠져나올 때까지 꼭 짜서 만드는 거라고, 마시지 말라고 했기 때문이지요. 필라델피아에서는 1906년에 식품 위생과 약품에 관한 법률이 통과할 때까지 온갖 끔찍한 불순 화학약품들을 썼나 봐요. 저는 지금까지도 핑크 레모네이드를 마시지 않습니다.

와크텔 부모님 두 분 모두 시골에서 자랐지만 도시 생활을 좋아했다고, 도시가 더 살기 좋은 곳이라 생각했다고 들었습니다.

제이콥스 아버지는 농사를 짓는 게 얼마나 힘든 일인지 종종 말했습니다. 시골 생활을 절대 낭만화하지 않았기 때문에 우리는 농사가 얼마나 힘든 일인지 생생하게 알았어요. 아버지가 자란 버지니아의 농장은 오늘날 많이 낭만화되는 그런 곳이었습니다. 200에이커 정도의 다목적 가족 농장으로, 생계를 꾸리기는 충분하지만 일손을 고용해야 할 만큼 크지는 않지요. 아버지 가족은 블랙 갤러웨이라는 스코틀랜드 품종의 소를 키웠는데, 우리 집에도 무두질한 소가죽이 남아 있었습니다. 계단 아래 마룻바닥에 깔아두었는데, 책장도 하나 있어서 아주 아늑했지요. 우리는 항상 "버팔로 가죽"이라고 불렀지만 사실은 블랙 갤러웨이 가죽이었습니다.

부모님은 제가 그랬던 것처럼 우리가 살던 도시의 집을 좋아했고, 도시 사람들을 좋아했어요. 도시인들은 공공심이 있었지요. 부모님은 도서관을 비롯한 여러 편의시설을 고맙게 생각했던 것 같습니다.

와크텔 아주 어렸을 때부터 도시에 대해 생각하신 것 같군요. 당신은 4학년 때 지리 수업에 의문을 품었습니다. 선생님이 도시는 폭포 근처에 위치한다고 말하자 당신은 스크랜턴에서는 탄광이 중요하기 때문에 그렇지 않다고 말했지요. 스크랜턴을 어떻게 그렇게 잘 알았습니까?

제이콥스 제 기억에 저는 아주 어렸을 때부터 시내에 나가는 걸 정말 좋아했어요. 재미있고 신난다고 생각했지요. 사실, 시내에 나갈 수 있다는 이유로 치과에 가는 것까지 좋아했습니다.

스크랜턴 시내는 아주 멋졌고 재미있는 가게들이 있었어요. 공공 서비스의 범위가 꽤 넓은 도시였지요. 제가 다니던 고등학교는 시내에 있었습니다. 건물이 아름답고 사서들이 친절한——이게 훨씬 더 중요하죠——공공 참고 도서관도 시내에 있었습니다. 아버지의 진료실도 시내에 있었지요. 가운데 법원과 법원 광장이 있었고, 초창기 탄광 노조를 만든 존 미첼의 동상이 있었습니다. 도시의 주요 광장에 노조 조직자의 동상을 세우는 것은 드문 일이었어요. 우리 집 근처 동네에 사는 광부의 아이들은 일 년 중 하루는 존 미첼의 날 퍼레이드에 참가하기 위해서 학교에 사정을 말하고 빠졌는데, 스크랜턴에서는 아주 큰 행사였습니다. 제가 반 친구에게 존 미첼이 누구냐고 물어본 적이 있는데 세상에서 제일 훌륭한 사람이라고 대답하더군요. 제가 신문사 일을 시작하기 얼마 전에 지역 노조가 만들어졌습니다. 미국 전체에서 세 번째로 노조가 생긴 신문사였지요. 스크랜턴은 그런 면에서 진보적이었어요.

와크텔 당신은 무엇이든 할 수 있다는 생각을 하며 자랐다고 말씀하셨습니다. 당시 젊은 여성에게는 드문 일이었나요?

제이콥스 아니, 그렇지 않았어요. 흔한 일이었지요. 그런 일들은 밀물과 썰물처럼 왔다 갔다 하니까요. 여성 참정권 운동이 성공을 거두자 여자는 남자와 동등하며 무엇이든 할 수 있다는 생각이 생겨났습니다. 언니와 저는 걸스카우트에서 온갖 배지를 받았지요. 아이 돌보기나 손님 접대하기뿐 아니라 천문학, 나무 찾기, 만들기도 할 수 있었습니다. 전부 여성 해방 이데올로기의 일부였지요. 우리는 여성에 대한 희망이 있는 곳에서 자랐으니 운이 좋았습니다. 요즘 사람들은 그 당시 여성에 대한 생각이나 여성이 받은 대접이 대공황이나 전쟁 직후와 얼마나 다른지 알지 못하는 것 같아요. 그때는 정말 퇴보했었습니다. 사회 전반뿐 아니라 걸스카우트나 여성 잡지에도 그대로 드러나 있었어요.

와크텔 당신 부모님의 직업은 사람을 돕는 일이었습니다. 당신도 사회적인 봉사 쪽으로 마음이 끌리거나 부모님이 그쪽으로 권유하지는 않았습니까?

제이콥스 아니요, 그렇지 않았어요. 부모님은 제가 하는 일에 영향을 주려 하지 않았습니다. 단 하나만 빼고요. 아버지는 우리 사남매에게 스스로 무엇을 하고 싶은지 깨닫고 그것을 위해 애쓰는 것은 아주 좋은 일이지만 항상 수요가 있고 일자리를 얻기 쉬운 무언가를 꼭 해야 한다고, 기댈 데가 있어야 한다고 말씀하셨습니다. 아버지는 부모가 딸들에게 혼수를 해주는 것보다 교육을 시키는 것이 훨씬 더 낫다고 말했지요.

와크텔 하지만 당신은 교육에 큰 흥미가 없었지요. 1학년과 2학년 때는 많은 것을 배웠지만 3학년 때는 책상 밑에서 혼자 책을 읽었다고 들었습니다. 당시 무엇에 굶주려 있었나요?

제이콥스 글쎄요, 사실대로 말하자면 저는 선생님들이 대부분 멍청하다고 생각했습니다. 말도 안 되는 것들을 믿었으니까요. 저는 항상 선생님들을 가르치려 했고, 그래서 가끔 갈등을 빚기도 했어요. 제가 다니던 때의 학교는 지금보다 훨씬 더 획일적이었습니다. 우리는 몇 시간씩 한자리에 앉아 여러 가지를 해야 했고, 질문을 받지 않는 한 말을 하는 것도 허락되지 않았죠. 저는 몇 가지 오해를 했는데, 그 중 하나는 내가 이렇게 계속 침묵을 지키면——집에서는 절대 그렇지 않았어요——더 이상 말을 할 수 없게 될 거라는, 이제 목소리가 사라질 거라는 두려움이었습니다. 그래서 일종의 틱이 생겼습니다. 아직 말을 할 수 있는지 확인하려고 목 안에서 작은 소리를, 작은 목소리를 내곤 했지요. 어느 날 부모님이 왜 그러냐고 물었지요. 저는 이유를 이야기하면 내가 선생님들과 얼마나 사이가 나쁜지 뭐 그런 이야기들이 쏟아져 나올 것 같아서 아무 말도 하지 않았습니다.

와크텔 3학년 때 학교에서 쫓겨났습니다. 무슨 일이었지요?

제이콥스 어느 날 밤 집에서 이야기를 하다가 아버지가 아이들이 평생 무언가를 하겠다고 약속하는 것은 아주 어리석다는 말씀을 하셨어요. 약속은 아주 진지한 것이고, 실행할 수 있다는 확신이 없으면 해서는 안 된다고 말입니다. 그런데 우연히도 다음 날 학교에 어떤 남자가 와서 치아 관리에 대해 이야기했어요. 그리고 이야기를 마치면서 모두에게 평생 아침저녁으로 꼭 양치질을 하기로 약속하자고, 약속하는 사람은 손을 들라고 말했습니다. 저는 친구들에게 손을 들지 말라고 했고, 그러자 친구들은 손을 들다가 내렸지요. 교실로 돌아가자 선생님은 우리 행동에 굴욕감을 느꼈다며 대체 무슨 짓이냐고 말했습니다. 몇몇 아이들이 제인이 손을 들지 말라 했다고 말했고, 선생님은 진상을 조금씩 끌어냈습니다. 저는 선생님에게 아니라고, 약속을 하는 건 나쁜 짓이라고 말했지요. 선생님은 제가 약속을 하게 만들어서 이 일을 해결해야겠다고 결심했지만 저에게서 끌어낼 수 있는 것은 논쟁밖에 없었습니다. 그래서 어찌할 바 몰랐던 선생님이 저를 쫓아냈지요.

와크텔 당신은 아주 어렸을 때부터 벤저민 프랭클린이나 토머스 제퍼슨 같은 사람과 대화를 했습니다. 평범한 상상 속의 친구는 아니지요. 무엇 때문에 그런 인물들과 대화를 나누었다고 생각하세요?

제이콥스 많은 아이들이 그럴 것 같은데요.

와크텔 벤저민 프랭클린과 대화를 한다고요?

제이콥스 네. 혹은 누구든 자기가 선택한 사람과 말입니다.

와크텔 그런 대화가 당신의 어떤 부분을 충족시켰나요?

제이콥스 제가 선생님들을 가르치려 했다는 말은 아까 했지요. 음, 믿을지 모르겠지만 저는 벤저민 프랭클린이나 제퍼슨을 가르치려고 했습니다. 두 사람은 너무 빨리 태어났기 때문에 우리가 길에서 당연하게 지나치는 많은 것들을 몰랐으니까요. 그들은 그런 것들에 대한 호기심이 많았으니 어떤 면에서는 제가 그런 것들을 얼마나 아는지 스스로 시험하고 있었던 셈이죠.

와크텔 무언가를 본 적 없는 사람, 혹은 볼 수 없는 사람에게 설명을 하려면 세세한 부분까지 주의를 기울여야 할 테니 관찰력이 예리해지겠군요.

제이콥스 네, 그리고 저는 늘 같은 길로 다녔는데——학교에 갈 때, 어머니를 위해 가게에 심부름을 갈 때, 노면전차를 타러 갈 때 말입니다——같은 길을 수없이 많이 다니면 지루해지는 법이니 그것은 저에게도 놀이였지요.

와크텔 당신은 고등학교를 마친 뒤 의지할 기술을 배우라는 아버지의 말에 따라 경영 학교에 진학했고 속기사로 일했습니다. 하지만 계속 작가가 되고 싶었다고요. 어떤 글에 매력을 느꼈습니까?

제이콥스 잘은 몰랐지만 많은 아이들이 그렇듯 저 역시 시를 쓰는 것으로 시작했고, 운율을 맞추거나 그런 것이 재미있었습니다. 책을 아주 좋아해서 그랬던 것 같아요.

와크텔 당신은 열두 살이었던 1928년에 뉴욕에 처음 갔고, 그때 어떤 인상을 받았는지, 월스트리트의 점심시간 등등에 대해서 약간 설명한 적이 있습니다. 그때 가장 신났던 경험은 무엇이었습니까?

제이콥스 사람들이 정말 많고 모든 일이 무척 빨리 일어나는 것이었어요. 주식시장이 붕괴하고 대공황이 시작되기 전이었기 때문에 최대 호황기의 뉴욕을 엿보고 있었던 셈이죠. 그때 그 모습을 볼 수 있었던 것을 늘 기쁘게 생각합니다.

와크텔 그때에도 뉴욕에서 살면서 일하고 싶었나요?

제이콥스 네, 뉴욕은 그때에도 매력적이었습니다. 여섯 살 위의 언니가 대학을 졸업하자마자 뉴욕으로 가서 자리를 잡고 있었기 때문에 저도 가서 같이 살 수 있었지요.

와크텔 당신은 열여덟 살 때 뉴욕에 있는 언니에게 갔습니다. 일자리를 찾아다니면서 도시를 탐험한 이야기를 쓴 적이 있지요. 『보그』나 『헤럴드 트리뷴』에 글을 쓰게 되었을 때 소재가 되었던 여러 동네를 말입니다. 그런 도시 탐험이 더 큰 프로젝트의 일부임을, 도시에서의 삶과 도시들의 삶에 대한 연구의

일부임을 그때는 알지 못했을 텐데요. 당시에는 무엇을 쫓고
있었습니까?

제이콥스 그냥 흥미로웠습니다. 저는 정처 없이 떠돌아다녔어
요. 커다란 계획 같은 것은 없었고, 지금도 그런 건 없습니다.
계획이 있다면 제가 흥미를 느끼는 대상을 쫓는 것뿐이지요.
제 남편의 아버지도 비슷한 생각을 했습니다. 남편이 어렸을
때 시아버지는 무언가에 흥미를 가지고서 공부하고 연구하라
는 조언을 해주었다고 합니다. 그러면 잘할 확률이 높아지고,
잘하면 그 대가로 돈을 지불할 사람을 만날 확률이 높다고 말
입니다. 그것이 시아버지의 직업에 대한 조언이었는데, 사실
그게 바로 제가 해온 것이에요. 무척 현실적인 조언이라고 생
각합니다. 저는 우리가 정말로 흥미를 느끼는 것, 열정을 느끼
는 것을 할 수 있다고 생각하고, 그러면 가족을 꾸리려고, 돈을
많이 벌려고, 또는 안전해 보여서 어떤 직업을 택하는 것보다
훨씬 행복하다고 생각합니다.

와크텔 『아키텍처럴 포럼』에서 일할 때 가장 유명한 저작이 된
『미국 대도시의 죽음과 삶』을 시작했습니다. 유명한 도시계획
가가 설계한 필라델피아의 신설 주택 단지를 방문했을 때 깨
달음의 순간이 왔다고 하셨는데요. 그 순간에 대해서, 깨달음
에 대해서 말해 주시겠어요?

제이콥스 네. 필라델피아의 도시계획가가 저에게 그곳을 구경
시켜 주었습니다. 처음에는 사람들이 정말 많은 거리를 지났

어요. 대부분 흑인들이 보도를 걸어가거나 현관에 앉아 있거나 창밖으로 몸을 내밀고 있었지요. 아마 그 사람은 도시의 안 좋은 부분, 이 다음에 저에게 보여 줄 부분과 대조적인 곳을 보여 주려고 그곳으로 데리고 갔을 겁니다. 저는 그 거리가 좋았어요. 사람들이 거리를 이용하며 즐겼고 서로의 존재를 즐겼지요. 그런 다음 이제 막 도시재개발을 마친 비슷한 거리로 이동했습니다. 아무것도 없는 저소득 주택 단지가 가득했지요. 도시계획가는 무척 자랑스러워하며 어떤 지점에 서더니 멋진 전망을 한 번 보라고 말했습니다. 저는 너무 지루하다고 생각했어요. 거리에 사람이 하나도 없었지요. 그곳을 둘러보는 내내——저에게는 너무 긴 시간이었어요——저는 꼬마 남자애 하나밖에 보지 못했습니다. 아이는 배수구에서 타이어를 발로 차고 있었어요. 도시계획가는 아까 갔던 바로 옆 거리에서도 프로젝트가 진행 중이라고 말했는데, 그곳을 수치스럽게 생각하는 것이 분명했습니다. 그래서 제가 그곳에는 사람이 많고 여기는 사람이 하나도 없는 것을 어떻게 생각하느냐고 물었지요. 그는 사람들이 여기에 서서 자신이 만든 전망에 감탄하기를 바라는 것이 분명했습니다. 그에게 다른 것은 전혀 중요하지 않다는 게 빤히 보였어요. 저는 도시계획가와 그가 지휘하는 사람들은 흥미롭고 인간적인 거리를 만드는 방법을 모를 뿐 아니라 그게 뭔지도 모르고 신경도 쓰지 않는다는 사실을 깨달았습니다. 가끔 저는 도시계획자들을 가르치기 위해서 이 책을 썼느냐는 질문을 받습니다. 저는 항상 아니라고 대답해요. 그 사람들에게는 가망이 없으니까요.

와크텔 당신의 첫 책은 연재 기사로 시작했다가 훨씬 큰 프로젝트가 되었습니다. 어떻게 해서 그렇게 되었나요?

제이콥스 저는 잡지 편집자들에게 "보도의 이용"과 같은 주제로 연재 기사 네 편만 쓰게 해달라고 로비 중이었어요. 연재물이 되려면 어떤 일관성이 있어야 한다는 사실을 깨달았거든요. 우리는 월간 잡지라 항상 잡지를 제때 내려고 고군분투했기 때문에 제가 기사 네 편을 쓴다는 것은 여러 호의 제작에서 빠지는 것을 양해 받아야 한다는 뜻이었지요.

와크텔 그러면 보도에 대한 기사에서 어떻게 발전했습니까?

제이콥스 결국 기사로는 쓰지 못했습니다. 제가 우연히 하버드에서 강연을 하면서 몇몇 사람들의 관심을 끌게 되었는데, 『포춘』 편집자인 윌리엄 H. 화이트가 강연을 듣고 자기 잡지에 실을 도심지에 대한 기사를 요청했습니다. 그때까지 저의 기사보다 길게 써야 했지요. 저는 못 쓸 것 같았습니다, 그쪽에서는 2,500 단어짜리 기사를 원했으니까요. 『아키텍처럴 포럼』 기사는 훨씬 짧았어요. 그 뒤 『포춘』 기사에 흥미를 느낀 사람, 록펠러 재단의 누군가가——대도시에서 일어날 수 있는 일이지요——재단 사람들과의 회의에 저를 초대했습니다. 그들은 도시에 관심이 많았고, 저를 도울 방법이 있는지 알고 싶어했어요. 생각해 보세요, 마치 동화 속 요정 대모님이 나타난 것 같았지요.

그래서 저는 생각을 해본 다음 록펠러 재단 측을 다시 만나서 책을 쓰고 싶다고 말했습니다. 제가 고민을 하는 동안 그 사람들 역시 제가 그런 결론을 내리기를 바라고 있었어요. 그래서 저는 1년 동안의 지원금을 받았습니다.

와크텔 하지만 2년이 걸렸지요.

제이콥스 네, 2년이 걸렸어요. 한 해가 끝날 때 즈음 록펠러 재단 측에 전화를 걸어서 아직 끝내지 못했다고 말했습니다. 그 사람은 "그래서, 애초에 당신이 계획한 책이 되어 가고 있습니까?"라고 물었지요. 저는 이렇게 대답했어요. "아니, 전혀 아니에요. 시작할 때는 생각하지 못했던 수많은 이야기를 쓰고 싶어졌거든요." 저는 그것이 진실이지만 재단 측에서는 좋아하지 않을 거라고 생각했습니다. 너무 산만해 보이잖아요. 하지만 그 반대였습니다. 그는 괜찮다고, 그게 자기들이 바라던 것이라고 말했지요.

와크텔 당신이 예상치 못했던 어떤 방향으로 흘러갔습니까?

제이콥스 저는 신도시 계획 전문가 회의에 몇 번 참석했는데, 그 사람들은 도시의 본성에 대해서 전혀 모르는 것 같았습니다. 쇼핑센터를 짓듯이 도심을 계획했지요, 걸어서 접근할 수 있어야 한다는 이야기를 하면서도 말이에요. 저는 사람들이 시간이라는 개념을 빼놓는다고 생각합니다. 그게 바로 제가 발견한 사실이에요. 도시에서는 시간이 정말 중요합니다. 시간이

지나면서 어떤 지역이 더 나아지든 황폐해지든 너무나 명백한 교훈이 많이 있지만 도시 계획자들은——유행에 민감한 사람들조차——교훈을 배우는 것 같지 않습니다.

그 뒤 저는 다음 책『도시의 경제』를 썼습니다. 어떤 면에서는 제 책들 중에서 가장 중요한데, 제가 도시 경제에 아주 중요하지만 사람들이 아직 충분히 이해하지 못하는 것들을 실제로 발견했기 때문입니다. 제가 주목한 문제는 경제학자를 비롯해서 여러 사람들이 저의 설명을 구식이라고 말하기 좋아한다는 것입니다. 경제학자와 도시계획가들은 주로 제가 작은 사업체들을 중요하게 여긴다고 비판하지요. 저는 물론 시간에 대해서 생각하고 있었어요. 큰 사업체들은 어디에서 왔을까요? 사업체는 어떻게 시작될까요? 제가『도시의 경제』를 쓸 당시에는 작은 사업체가 구식이고 더 이상 중요하지 않다는 것이 일반적인 생각이었습니다. 경제적으로 추가된 직업 대부분은 이미 커다란 사업체의 성장으로 인해서가 아니라 작은 사업체로 인해서 생겨났다는 생각——사실이지요——이 새로운 상식으로 받아들여진 것이 겨우 몇 년 전이에요.

와크텔 당신은『미국 대도시의 죽음과 삶』을 처음 펴냈을 때 제목을 지키기 위해 설득해야 했고, 영국 출판사는 사람들이 제목을 이해하지 못할 거라고 생각했습니다. 죽음이 먼저 나오고 삶이 나오는 순서가 당신에게 왜 그토록 중요했습니까? 삶이 가능하다고 확신했나요?

제이콥스 네. 제목이 "삶과 죽음"이었다면 도시가 죽음을 향해 나아가는 것처럼 보였을 겁니다. 저는 그렇게 생각하지 않았어요. 그래서 삶을 두 번째에 놓았지요.

와크텔 당신은 책 말미에서 30년 후에는 상황이 더 나빠질 거라고 말했습니다. 정말 그렇게 되었다고 생각하세요? 그 책을 쓸 때보다 지금 상황이 더 나쁜가요?

제이콥스 어떤 면에서는 더 나쁘고 어떤 면에서는 낫지요. 북아메리카 문화 전체에서 도시에 초점이 많이 맞춰져 있고, 많은 것이 도시에 달려 있다는 게 나쁜 점은 아니라고 생각합니다.

와크텔 어떤 것들이 더 나쁘죠?

제이콥스 현재 일어나고 있는 일반적인 일들을 생각해 보세요. 중요한 제도들이 우리를 얼마나 실망시키고 있는지 말입니다. 회계를 한 번 봅시다. 우리는 회계가 크고 작은 기업들의 상황을 우리에게 정직하게 알려 준다고 몇 세기 동안이나 생각해 왔습니다. 독립채산제 전통이 없고 다양한 기관과 제도의 상태가 어떤지, 어떤 부분이 잘 되지 않고, 어떤 부분이 잘 되는지 추적하지 않는 나라에서는 아주 나쁜 결과가 나옵니다. 상황을 따져 보고 우리의 위치를 파악할 방법이 존재한다는 것은 문명의 크나큰 업적입니다. 그런 의미에서 사업체들의 정직성을 보장하지요. 그런데 지금 어떤 일이 벌어지고 있는지 보세요. 신문에서 매일 스캔들을 보도하고 있는데, 도시로서는 아주 심각한 문제입니다. 도시는 우리 경제 대부분의 중심이니까요.

  가족을, 핵가족을 생각해 봅시다. 저는 전반적으로 핵가족이 크나큰 실패임을 인정해야 한다고 생각합니다. 우리는 결혼의 3분의 1에서 2분의 1 정도가 이혼으로 끝나는 상황을 진지하게 생각해 보아야 합니다. 부모 모두가 최대한 열심히 일을 하는데 한 달 임대료도 내지 못한다는 것은 정말 슬픈 일입니다. 뭔가 잘못되었어요.

와크텔 상황을 어떻게 개선할 수 있을까요?

제이콥스 글쎄요, 옛날처럼 도시의 가장 흥미로운 지역을 무자비하게 쓸어버리는 일은 없으니, 도시의 입장에서는 상황이 나아지고 있다고 생각합니다. 제가 『미국 대도시의 죽음과 삶』을 쓸 당시에는 끔찍한 일들이 일어나고 있었으니 지금은 개선된 셈이지요. 하지만 저는 도시 확산 현상이 더 심해졌다고 생각합니다. 특히 교외의 수많은 공동체들이 많이 사라졌어요.

와크텔 『미국 대도시의 죽음과 삶』은 미국 도시 생활에 대해 쓴 무척 중요한 책이라는 평가를 받고 있습니다. 누군가 썼던 것처럼 "사람들이 생각하는 방식을 바꿨을 뿐 아니라 우리가 살고 있는 세계를 실제로 바꾼 아주 드문 책"이지요. 당신은 도시계획가가 아닙니다. 경제학자도 아닙니다. 사실 당신은 컬럼비아 대학교에 다니긴 했지만 학위에는 관심이 없었지요. 정규교육을 받지 않은 것이 당신에게 어떤 이점을 주었다고 생각하세요?

제이콥스 음, 구체적인 예를 들 수 있습니다. 제가 지원금을 받으며 이 책을 쓸 때 하버드와 MIT의 합동 도시연구 프로젝트 참가자 몇 명이 이야기를 나누고 싶다며 절 초대했습니다. 제가 지원금을 어떻게 쓸지, 시간을 어떻게 쓸지 전부 물어보더군요. 그러더니 이제 다 됐다고 생각하고 저를 대학원생처럼 대했습니다. 그들이 저에게 정말 원한 것은 설문지를 만들어서 어딘가의 위생 멸균 프로젝트 사람들에게 나눠 주고 무엇이 마음에 들지 않는지 알아내는 것이었습니다. 그런 다음 표를 만들어야 했죠. 그 사람들은 제가 무엇을 해야 하는지 벌써 다 정해 놓았습니다. 저는 그들의 이야기를 들으며 예의 바르게 앉아 있었지만 거기서 정말 빠져나오고 싶었습니다. 그 자리를 나서자 완전히 해방된 기분이었지요. 저는 생각했습니다. 내 경력이 이런 얼간이들에게 달려 있다면, 그래서 저들이 원하는 대로 해야 한다면 정말 끔찍하지 않을까? 제가 대학에 갇히면 그렇게 되었겠지요.

와크텔 『미국 대도시의 죽음과 삶』 개정판 서문에서 당신은 이 책이 확실히 "나에게 영향을 끼쳤고 다음 일생일대의 작업을 하도록 꼬드겼다"라고 썼습니다. 어떻게 되었지요?

제이콥스 저는 첫 번째 책을 쓰면서 사라지지 않고 계속 살아남는다는 의미에서——삶의 목적은 살아가는 것이라는 오랜 개념이지요——왜 어떤 도시들은 성공한 것처럼 보이는지 궁금해졌습니다. 제가 이 사실을 의식하게 된 것은 탄광이나 특정

상품에 의존한 수많은 정착지가 그랬던 것처럼 스크랜턴이 결국은 실패했기 때문입니다. 모든 것은 변하고, 어떤 특산품도 영원하지 않습니다. 저는 그 문제에 대해 생각하기 시작했지요. 죽지 않고 새로운 일을 계속 찾아내는 도시들은 뭐가 다를까? 그러한 도시들 일부는 무척 오래되었고 일부는 그렇지 않습니다. 그래서 저는 시간의 흐름을 통해서 볼 수 있는 다양한 과정이 분명히 존재할 것이라고 생각했습니다. 다시 한 번, 시간이 무척 중요했지요. 그래서 다음 책인 『도시의 경제』를 쓰게 되었습니다. 이제 논리적으로 생각했을 때 다음으로 할 일은 도시가 바깥 세상에 어떤 영향을 끼치는지, 서로 어떤 영향을 끼치는지, 배후지에 어떤 영향을 끼치는지 살펴보는 것입니다. 그것이 『도시와 국가의 부』가 되었고, 저는 도시 지역이 다른 어떤 지역과도 다르다는 사실을 발견했습니다. 저는 이 모든 것을 관장하는 도덕적 전제에 흥미를 느껴 『생존의 시스템』을 썼고, 그것이 가장 최근 책인 『자연과 경제의 대화』로 이어졌습니다. 자연의 일부로서의 도시와 경제에 대한 책입니다. 결국 우리는 자연의 일부니까요.

와크텔 다른 글을 보면 당신이 자연보다 도시를 좋아하는 것 같았는데 『자연과 경제의 대화』에서는 그런 접근법을 취해서 흥미로웠습니다. 자연을 보는 다른 시선이기 때문인가요?

제이콥스 네. 저는 자연이 항상 이긴다고 강조합니다. 우리가 할 수 있는 일이 있고, 부자연스럽고 할 수 없는 일이 있습니다.

와크텔 당신 연구의 주제 중 하나는 사물의 상호연결성이고, 당신이 그 이야기를 풀어 나가는 한 가지 방법은 언어에 비유하는 것입니다. 당신은 언어가 자연적이고 예측 불가능한 패턴을 따른다고, 그런 점에서 거의 진화의 모델에 가깝다고 지적합니다. 발전하면서 스스로를 만들어 간다고 표현하셨던 것 같은데요. 언어의 유비가 유용했습니까?

제이콥스 '유용하다'는 것이 적절한 단어인지 모르겠습니다. 다만, 무엇이든 어딘가에서 시작해서 성장하고 진화한다는 사실을 밝히는 데 도움이 된 것은 사실입니다. 언어 자체는 과정으로 이루어지지요. 저는 그 과정에 흥미가 있습니다.

와크텔 당신이 지금까지 탐험해 온 동네에서든, 도시에서든, 더 큰 기관에서든, 과정의 한 가지 측면은 다양성입니다. 말씀하신 것처럼 다양성을 희생시키는 특화는 경제와 생태계 모두에 좋지 않습니다. 그렇다면 왜 특화에 대한 동인이 존재할까요? 다양성에 저항하는 것은 무엇일까요?

제이콥스 그것은 관습적인 학습의 일부가 된 잘못된 생각입니다. 애덤 스미스는 특화가 아주 좋은 일이라고 생각하면서 여러 가지를 뒤섞어 버렸습니다. 그는 특화가 국가들 간의 노동 분업이라고 생각했고, 분업은 좋은 것이기 때문에 국가들 간의 분업도 분명 좋은 것이라고 생각했습니다. 애덤 스미스는 자신의 눈으로 보는 데에 아주 뛰어났고 현실을 잘 파악하는 사람이지만, 이런 식으로 추상적인 이야기를 할 때에는 일종의 말장난이 되어 버려서 별로 유용하지 않았습니다. 말하자면 핀 공장에서 노동 분업이 아주 좋으니까 전 세계에서도 분명 좋을 것이라 생각하는 거죠. 하지만 그렇지 않아요, 그러면 이데올로기가 되어 버립니다. 우리는 그것을 무척 조심해야 합니다. 특화는 위대한 지혜로 우상화되었지만, 사실 우리가 떠올릴 수 있는 모든 특화는 조만간 그것을 특화한 지역을 배신합니다.

와크텔 예를 들어서 어떻게 배신하지요?

제이콥스 다른 지역에서 같은 물건을 더 싸게 더 잘 만들거나, 그 물건이 쓸모없어지는 거죠.

와크텔 당신은 경제와 자연의 관계에 대해서 이야기하면서 중요한 점은 자연을 모방하는 것이 아니라 자연과 똑같은 보편적 원칙을 이용하는 것이라고 말합니다. 어떻게 그런 결론에 다다랐습니까?

제이콥스 음, 발전은 자연스러운 과정입니다. 지구도 시간이 흐르면서 발전해 왔습니다. 한때는 불모의 땅이었고 생명체도 없었지요.

와크텔 엔트로피는요? 엔트로피 역시 자연에서 일어나는 일인데요.

제이콥스 아마 엔트로피 때문에 결국 전부 멈추게 된다는 말을 하고 싶으신 것 같군요. 음, 그럴 수도 있고 아닐 수도 있습니다. 현재 우주에 관한 생각에서는 멈추지 않는다는 것이 중론입니다. 무질서해진 것이 스스로 다시 질서를 갖추지 않는 것은 분명합니다. 카드 한 벌을 바닥에 던지면 저절로 정리되지는 않죠. 저는 천문학을 잘 모르기 때문에 이런 말을 시작하지 말았어야 하지만, 제가 이해하기로 우주에는 서로 다른 구역들이 있는데 그중 하나는 모든 것이 빨려 들어가 밀도가 아주 높아지는 구역, 즉 블랙홀입니다. 결국 블랙홀은 폭발하거나 널리 퍼지는 물질로 흩어지고, 물질들이 모여 태양과 행성 같은 덩어리를 구성하면서 주기가 다시 시작됩니다. 오래 전부터 물질은 만들 수도, 파괴할 수도 없다고 인식되어 왔습니다. 사람들은 그 사실을 알면서도 진지하게 받아들이지 않아요. 그 말이 사실이라면 엔트로피는 파괴되지 않는 셈입니다.

와크텔 당신은 1960년대에 뉴욕 허드슨 가에서 살면서 건축가 남편과 가정을 꾸리고 있었고, 『미국 대도시의 죽음과 삶』을 쓰는 중이었습니다. 그 당시 살던 동네와 거리, 도시, 나라에 깊이 관여하게 되었고, 활동가가 될 수밖에 없었습니다. 제 생각에는 그럴 수밖에 없었을 것 같아요. 그런 식의 정치적 참여가 자연스럽게 느껴졌습니까?

제이콥스 아니요, 사실 그렇지 않았습니다. 저는 뭔가를 배우고 글을 쓰고 싶었어요. 저와 이웃들에게 떠넘겨진 근본적으로 말도 안 되는 일 때문에 하고 싶은 일을 중단하고 싸움에 헌신해야 한다는 사실에 저는 분노했습니다.

와크텔 당시에 살던 동네에서 도시 재개발 프로젝트가 진행되었지요.

제이콥스 네. 프로젝트를 진행하던 시 관계자들은 자기가 뭘 하고 있는지도 몰랐습니다. 연방 정부 관계자들도 몰랐지요. 그즈음 현재 뉴욕 소호 지역을 통과하는 8차선 고속도로 건설이 추진되고 있었습니다. 뉴욕 시에서 가장 성공적인 지역에 말이에요. 그 사람들은 자기가 뭘 하고 있는지 전혀 몰랐어요. 부동산에 대해서 잘 안다고 생각했지만 그렇지 않았지요. 우리는 전문가들도 잘 모를 수 있다고 생각할 준비가 항상 되어 있어야 합니다. 그런 경우가 많아요.

와크텔 당시 더 큰 운동에도 참가하셨습니다. 국방부를 향해 행진도 했지요. 뉴욕에서 징집 반대 시위를 하다가 수전 손택, 앨런 긴즈버그와 함께 체포되기도 했습니다. 당신은 폭동, 폭동 선동, 형사상 피해, 공무집행 방해 혐의를 받았습니다. 그렇게 최전선에 나섰던 경험이 어떤 영향을 끼쳤습니까?

제이콥스 글쎄요, 피할 수 없다면 싸워야 하는데, 책임감이 있는 사람이라면 피할 수 없습니다. 이왕 하는 이상 즐겨야겠다고 결심하는 게 좋겠지요. 물론 이기면 정말 즐겁겠지만요.

언급하신 혐의는 소호가 될 지역을 쓸어버리려는 로어맨해튼 고속도로 반대 운동에 참여했을 때의 일입니다. 싸울 만한 가치가 있었지요. 저에게 어떤 영향을 주었느냐고요? 짤막한 이야기를 하나 해드릴게요. 네 가지 혐의에 대한 기소를 계속 진행할 것인지 판사가 결정하게 되어서 저는 법원에 가야 했습니다. 각 혐의당 징역 1년이었으니, 총 징역 4년이었어요. 판사는 제가 재판을 받아야 할 만큼 심각한 일을 저질렀는지 아니면 터무니없는 기소인지 결정을 내려야 했지요. 분명히 말하지만 터무니없는 일이었어요. 하지만 저는 법원에 갔습니다. 검사는 제가 무시무시한 괴물이라고 강력하게 주장했고, 제 변호사는 전혀 준비된 것 같지 않았어요. 판사는 저를 정말 싫어했지요. 엄벌에 처해질 게 뻔해 보였습니다. 그때까지는 그렇게 끔찍한 일이 저에게 정말 일어날 것이라고 진지하게 생각하지 않았어요. 결국 그렇게 되지는 않았지만, 그날의 저는 그 사실을 몰랐지요. 심리가 끝나자 집으로 돌아왔고, 보석금을 낼 필요는 없었지만 무척 우울했습니다. 무섭기도 했죠. 집에 도착해 보니 아이들은 학교에 가고 남편은 출근하고 없었습니다. 저는 집으로 들어가서 절망에 빠져 식탁 앞에 우울하게 앉아 있었지요. 제 뒤에서 감방 문 닫히는 소리가 정말로 들리는 것 같았습니다. 집에 제일 먼저 돌아온 사람은 아들 네드였어요. 네드가 식탁에 책을 내려놓더니 법원에서 어떻게 되었는지 물었습니다. 제가 말했지요. "아, 괜찮을 것 같아." 네드가 자리에 앉아서 말했습니다. "있잖아요, 엄마는 쉰세 살 여자치고 참 재밌게 사는 것 같아요." 그러자 기분이 갑자기 열 배는 나아졌습니다.

와크텔 1968년에 당신은 베트남 전쟁 반대 시위 때문에, 또 아들들의 징집을 피하기 위해서 미국을 떠나 토론토로 이주했습니다. 당신뿐만 아니라 토론토로서도 무척 운이 좋은 일이었지요. 토론토로 이주한 직후 당신은 새로 살게 된 동네를 "북아메리카에서 가장 희망차고 건강한 도시, 아직 난도질당하지 않고 선택의 여지가 남아 있는 곳"으로 묘사했습니다. 그때 토론토에서 가장 소중하다고 생각했던 것은 무엇입니까?

제이콥스 당시 미국 도시들과 반대로 토론토는 점령국처럼 사람들을 괴롭히는 권력에 시달리지 않았습니다. 사람들이 기니피그 취급을 당하지도 않았고요. 제가 감탄했던 또 한 가지는, 캐나다에서는 무언가가 실패하면 그것을 반복하지 않는다는 사실이었습니다.

와크텔 예를 들면요?

제이콥스 당시 캐나다인들도 미국인들처럼 허튼 짓에 빠졌기 때문에 아주 나쁜 공공 주택 프로젝트가 있었습니다. 사람들을 분류하는 아주 큰 프로젝트들이었지요. 그런 프로젝트가 아직도 토론토를 괴롭히고 있지만, 적어도 건축 관련 프로그램은 중단되었습니다. 캐나다는 또한 아주 나쁜 사업들을 실시한 연방 주택 개발청을 없애고 있었습니다.

와크텔 나쁜 사업이라면 공공 주택 프로젝트 말인가요?

제이콥스 도시를 관통하는 고속도로 건설도 그렇고요. 우리는 스패디나 고속도로 건설을 막기 위해 싸워야 했습니다.

와크텔 참 아이러니하지 않았나요? 뉴욕에서 고속도로 건설 반대 운동을 한 직후 캐나다로 이주했는데 정말 똑같은 상황에 맞닥뜨리다니요.

제이콥스 하지만 캐나다에서는 싸움이 별로 힘들지 않았어요. 우선, 연방 자금이 그렇게 많이 투입되지 않았습니다. 연방 자금 지원이 충분하면 우리가 사는 도시를 구할 수 있다고 생각하는 사람들이 많지만, 돈만이 답은 아니에요. 그 돈으로 옳은 일을 해야지요.

와크텔 옳은 일은 무엇인가요?

제이콥스 그건 도시마다 전혀 달라요. 도시는 각기 다른 때에 다른 것을 필요로 합니다. 저는 옳은 일을 해도 곧 잊힌다는 사실이 가끔 실망스러워요. 예를 들어서, 데이비드 크롬비가 시장이었던 70년대에는 동네의 빈 공간에 알맞은 주택들, 공공 주택들을 아주 새롭고 색다른 방식으로 지었습니다. 여기 우리가 사는 블록 끝에는 지하철이 들어서면서 철거된 낡은 주택가에 그런 주택이 있어요. 그 사업은 대단한 성공을 거두었고, 집을 만드는 경제적인 방법이기도 했습니다. 큰 주머니를 찬 거물 개발자들은 작은 땅에 관심이 없지만, 작은 땅은 지금도 많고 계속 생기고 있어요. 덧붙여 짓는 작은 집들이 동네를 이어 주지요. 그러니 우리는 이제 방법을 알았습니다. 하지만 우리가 집을 대하는 새로운 방식에 익숙해지는 동안 교외 지역은 반대 방향으로 가고 있었습니다. 사람들은 토론토를 보면서 배우지 못했어요. 그즈음 자금이 떨어졌습니다. 그래서 저는 빈 공간을 채우는 주택에 쓸 돈이 다시 생겼을 때가 되면 사람들이 경제적이고 적당한 접근법을 이미 잊을까 걱정입니다. 전 세계에서 토론토로 와서 빈 공간을 이용한 공공 주택을 구경하곤 했는데 말이에요.

와크텔　당신은 캐나다로 오면서 망명이 아니라 이민이라는 결론을 내렸습니다. 당신에게 그것이 왜 중요했습니까?

제이콥스　우리는 우리가 사는 곳의 일부가 되고 싶었습니다. 다른 곳에서 왔으면 이민이죠. 망명이란 임시로 어딘가에 잠시 왔다는 생각을 마음에 품는 것입니다. 미국을 벗어나서 깨달았는데, 미국인들은 미국이 아닌 어느 곳도 미국만큼 진짜가 아니라고 생각합니다. 우리도 미국에 살 때는 그렇게 생각하지 않았지만, 다른 나라에서 살게 되자마자 깨달았습니다. 다른 어느 곳도 그만큼 중요하지 않고, 중요하지 않으면 진짜가 아니라니, 정말 이상하고 자기중심적인 성향인데, 국가 차원으로까지 확대되지요.

와크텔　당신은 1974년에 캐나다 시민이 되었는데, 당시에는 그것이 미국 시민권을 포기한다는 뜻이었지요. 당신 가족이 몇세대에 걸쳐 미국에서 살았다는 점을 생각할 때, 미국 시민권을 포기하고 캐나다 시민이 되는 것이 힘들었습니까?

제이콥스　아니요. 저는 이곳에서 살고 싶었고, 미국 바로 옆에 캐나다가 있어서 정말 운이 좋다고 생각했습니다. 미국이 저에게 정체성을 주었다는 애착 같은 것은 없었어요. 저에게는 저만의 정체성이 있으니까요. 제가 미국인이라는 사실에 정체성이 달려 있지는 않았어요. 저는 캐나다에 왔을 때도 진짜 저였습니다.

와크텔 당신은 곧 토론토 시에 영향을 끼쳤는데 캐나다에서, 토론토에서의 삶이 당신을 어떻게 형성했다고 생각하세요?

제이콥스 토론토는 훨씬 더 점잖고 미국만큼 잔인하지 않은 곳이었는데, 저는 그 점이 마음에 들었습니다. 가끔 지나치다는 생각도 들어요. 예를 들어 캐나다에서, 토론토에서 누군가와 이야기를 나누다 보면 가끔 베개를 앞에 두고 이야기하는 느낌이 듭니다, 진짜 생각을 말하지 않으니까요. 하지만 점잖고 예의바른 것은 좋은 거죠. 저는 이번 인터뷰에서 여러 사람들을 어리석다고 비난했지만, 뉴욕에서처럼 면전에다 대고 말하지는 않아요.

와크텔 "미국만큼 잔인하지 않다"라는 말은 무슨 뜻입니까?

제이콥스 글쎄요, 고쳐 말해야겠군요. 현재 우리 지방 정부와 앨버타 정부, 브리티시 콜롬비아에서 온갖 잔인한 짓을 하고 있는 정부가 있으니 캐나다가 훨씬 덜 잔인하다고는 하지 않겠습니다. 캐나다에는 정말 못된 사람이 많아요. 제가 방금 말한 지방 정부들은 정말 못됐습니다. 참 재밌는 일이지요. 뉴욕에서는 양측이 싸울 때 정부 쪽에서 좋은 말이 나오면——칭찬이나 당신 편을 위한 말——몸서리를 쳤습니다. 한쪽에는 좋은 말을 해주고 다른 쪽에는 좋은 행동을 해주거든요. 양쪽을 회유하려는 것은 뻔하지만 정치적으로는 현명한 움직임입니다.

그런데 캐나다는 무척 점잖지만 정치인들, 적어도 지방 정부 정치인들은 그런 걸 절대 배우지 못하는 것 같아요. 학교 체계에 대해서 끔찍하게 굴면서 최대한 비열한 말만 하지요. 상처를 주는 쪽에 좋은 말도 해주지 않습니다. 아무 이유도 없이 잔인하지요. 무척 분노한 사람들이 정부를 운영하고 있어요. 저는 그들을 지방 군벌 정치의 북부 동맹이라고 생각합니다. 아주 분노한 사람들이에요. 아이들이나 지역 공동체, 학교 체계 등 사람들을 괴롭히면서 즐거워하지요. 그들은 내 나이대의 노인들이 일부러 세금을 낭비하면서 병원에 앉아 있다고 믿는 것 같습니다. 꾀병을 부린다고요. 그러니 어쩌면 점잖은 모습 아래 분노가 숨어 있다가 이제야 나오는 건지도 모르겠군요. 참 불행한 일이지요.

와크텔 도시 이야기로 돌아가서, 문학적 은유로서 도시는 전통적으로 더없이 찬란한 곳이었고, 당신이 지적하듯이 도시가 부패와 악의 중심이라는 개념은 비교적 최근에 생겨났습니다. 당신이 생각하는 찬란한 도시의 모델이 있나요?

제이콥스 아니, 없습니다. 제가 아는 도시는 전부 문제가 있고 실수를 저질렀어요. 하지만 도시가 살아 있는 한, 젊은 사람들이 도시에 살면서 일하는 한, 늘 희망이 있고 더 나아질 가능성이 있습니다. 이 세상에는 스스로 관심이 많은 일, 창의력을 발휘할 수 있는 일을 하려는 사람이 가득합니다. 희곡을 쓰거나 그림을 그리는 사람도 있고, 건물을 설계하거나 물건을 발명하는 사람도 있지요. 저를 흥분시키는 것은 그 모든 삶의 집합, 활동적인 사람들과 그들이 하려는 일들입니다.

와크텔 당신의 첫 번째 책은 분노가 부분적인 원동력이었습니다. 요즘 가장 분노하는 일은 무엇입니까?

제이콥스 저는 대부분의 국제 원조가 전달되는 방식을 볼 때마다 너무나 화가 납니다. 특히 가장 가난한 나라들에 전달될 때 말이에요. 원조를 받는 아프리카 국가들 대부분의 상황이 20년 전보다 더 나빠졌다는 사실은 아마 잘 알려져 있을 겁니다. 이 말은 마치 아프리카에 더 이상 원조를 제공하면 안 된다는 것처럼 들리니까 정치적으로 올바르거나 사람들이 좋아할 말은 아니지요. 하지만 제가 말하려는 것은 원조 방식을 바꾸어야 한다는 것입니다. 원조가 해롭고——실제로 많은 경우에 해가 됩니다——오히려 마이너스라는 사실이 드러나면 보통 원조에 기여한 나라들은 국제통화기금이나 국제부흥개발은행의 탓으로 돌립니다. 음, 물론 일을 잘못 진행한 국제기구의 잘못도 있겠지만 캐나다라는 개별 국가의 잘못도 있어요. 캐나다의 대외 원조는 대부분 "구속성" 대외 원조라고 불립니다. 원조를 받는 나라들은 무엇을 받을지 선택할 수가 없다는 뜻이지요. 댐 건설 전문 기술 같은 것이나 물품을 제공합니다. 캐나다가 제공하는 것은 사실 캐나다 경제의 이익을 위한 거예요. 대외 원조라는 훨씬 듣기 좋은 말로 납세자들이 우리나라 산업이나 서비스업, 생산업에 보조를 제공하도록 만드는 방식이지요. 구속성 원조를 받는 나라의 복지가 절대 최우선이 아닙니다.

와크텔 요즘 국제 세계화 회의들에서 펼쳐지고 있는 운동의 부활을 어떻게 생각하십니까?

제이콥스 정말 보기 좋은 광경입니다. 사람들이 세상에 대해 신경을 쓴다는 것을, 저건 나와 거리가 먼 일이고 나에게 아무런 영향도 없어, 라고 생각하지만은 않는다는 사실을 알게 되어서 기뻐요.

와크텔 올버니 애비뉴의 당신 집에서 보는 풍경은 어떻습니까? 요즘은 주변에서 무엇을 보시나요?

제이콥스 너무 평화로워서 가끔은 놀라울 정도입니다. 저는 정말 운이 좋아요. 이렇게 멋진 삶을 산다는 건 정말 드문 일이지요. 저는 지구의 기생충이 되고 싶지 않습니다. 좋은 집, 넉넉한 공간, 사랑스런 이웃, 저는 정말 많은 것을 받았어요. 그것을 당연하게 여기지 않습니다.

와크텔 요즘은 바깥에서 무엇을 발견합니까?

제이콥스 제가 스케이트보드나 인라인 스케이트를 타는 사람들을 정말 부러워한다는 사실을 발견했어요. 저도 어렸을 때 롤러스케이트를 정말 잘 탔지만 요즘처럼 멋진 스케이트는 없었지요. 지금 스케이트보드나 인라인 스케이트를 탈 수 있으면 좋겠습니다. 원래 자전거를 정말 열심히 탔기 때문에 아직도 자전거를 탈 수 있는 사람들이 부럽지만, 그때가 그렇게 그리운 것 같지는 않아요. 사람들이 뭘 타고 돌아다니는지 지켜보면 새로운 것들이 정말 많습니다. 바퀴를 이용해서 발명할 것이 이렇게 많이 남아 있을지 누가 알았겠어요?

2002년 6월

움베르토 에코
Umberto Eco

문학을 통해 얻을 수 있는 위대한 경험은
어떤 이야기에서 가능한 여러 가지 흐름을
계속 보면서도 운명을 있는 그대로 받아들여야
한다는 것입니다.

움베르토 에코

움베르토 에코는 이탈리아에서 "기호학의 파바로티"라고 불
리지만 『장미의 이름』——꾸준한 베스트셀러가 된 중세 탐정
이야기——작가로 더 유명하다.

에코는 1932년에 태어나 무솔리니의 파시즘 정권하에 이탈
리아 북부의 작은 마을에서 자랐다. 그는 집안의 첫 대학생이
었고, 중세를 연구하여 토마스 아퀴나스의 미학에 대한 박사
학위 논문을 썼다. 그러나 에코는 토마스 아퀴나스 사망 700주
년을 기념하는 에세이의 첫 부분에서 그에 대해 이렇게 말한
다. "토마스 아퀴나스의 일생에서 일어난 최악의 사건은 1274
년 3월 7일 포사노바에서 맞이한 죽음이 아니라 마흔아홉 살도
되지 않았지만 너무 뚱뚱해서 수도사들이 그의 시체를 아래층
으로 옮길 수 없었던 것이었다." 아니, 아퀴나스의 인생을 망친
재난은 성인으로 시성된 1323년에 일어났다. "노벨상을 받거

나, 프랑스 학술원에 들어가거나, 아카데미상을 받는 것과 마찬가지로 이러한 일들은 끔찍한 불운이다. 모나리자 같은 존재, 즉 클리셰가 되는 것이다. 무시무시한 방화범이 수석 요리장이 되는 순간이다."

"성 토마스 아퀴나스를 찬양하며"라는 제목의 이 에세이는 『집안의 풍습』에 실려 있다. 움베르토 에코는 유명한 소설가가 되기 전부터 이미 엔터테이너, 접근하기 쉽게 포장한 뛰어난 아이디어 조달자, 재치 넘치는 칼럼니스트 겸 에세이 작가, 대중문화 해설가였다. 초기 현대 기호학의 대표자인 에코는 볼로냐 대학에서 학생들을 가르치고 있다. 그의 말에 따르면 기호학이란 자신이 "텍스트 아래 숨은 것들의 의미를 찾으려고 끊임없이 노력하고 있다"는 뜻이다.

움베르토 에코는 5개 국어를 유창하게 하며 어마어마한 개인 장서를 가지고 있다. 사실 아파트 벽이 무너지려 해서 두 번이나 이사를 해야 했다. 영국 작가 앤서니 버지스는 에코에 대해서 "어떤 사람도 그렇게 많이 알면 안 된다"고 말했다. 에코의 소설들은 그가 역사, 철학, 과학 이론, 신학, 요리, 오컬트, 천문학, 르네상스 전쟁 등등에 매료되었음을 보여 준다.

아마도 가장 놀라운 것은 이처럼 무거운 이야기로 가득한 소설이 큰 성공을 거두었다는 사실일 것이다. 『장미의 이름』은 24개 국어로 나와 1천만 부나 팔렸다. 게다가 숀 코너리 주연의 영화로 제작되었는데, 사실 에코는 그 영화를 무척 싫어한다.

1988년에 에코의 두 번째 소설 『푸코의 진자』가 출판되자 이탈리아에서 두 달 만에 10만 부가 팔렸다. 그 후 에코는 17세기에 피지 섬에서 난파한 배에 대한 소설 『전날의 섬』을 썼고, 최근에는 언어 학습 능력과 거짓말을 하는 재능이 뛰어난 이탈리아 농부를 둘러싼 환상적인 중세 모험 이야기 『바우돌리노』를 발표했다. 또한 에코는 『언어와 광기』를 비롯한 비소설을 40권 발표했다.

∞

와크텔 『언어와 여행하는 방법』에 실린 에세이 「산 바우돌리노의 기적」에서 당신은 어렸을 때 "서사에 대한 유일한 희망이자 따라서 현실에 대한 유일한 희망"이었기 때문에 소설책을 사고 싶었다고 설명했습니다. 당신에게 서사가 현실과의 연결고리인 이유는 무엇입니까?

에코 참 대답하기 어려운 질문이군요. 현재 기호학자, 신경학자, 심리학자 등 수많은 사람들이 그 대답을 찾고 있습니다. 우리가 현실을 대면하는 방식, 사물을 이해하고 인식하는 방식은 서사적으로 구성됩니다. 나무가 무엇인지 알려면 책을 보면서 나무의 본질을 결정해야 한다는 의미가 아닙니다. 아이가 나무란 무엇인지 알려면 이야기를 배워야 합니다. 옛날 옛적에 씨앗이 있었습니다. 씨앗이 땅으로 들어갔습니다. 그러자 자라서 나무가 되었습니다. 이런 식으로 나무의 이야기를 알면 나무가 무엇인지 이해하게 되지요. 오늘날 인공지능 분야에서 일하는 사람들은 컴퓨터가 단어를 이해하는 능력을 얻으려면 "인간은 이성적인 동물이다" 혹은 "물은 투명한 액체다"라는 말로 충분하지 않다는 사실을 이해합니다. 기초적인 서사를 통해서 표현을 해야 하지요. 이러한 의미에서 우리는 서사적 동물입니다. 우리는 서사 안에서 자라지요. 어머니가 우리에게 해주는 이야기는 "빨간 모자" 같은 이야기들만이 아닙니다. 어머니는 우리에게 이야기의 형태로 세상을 설명해 줍니다. 제가 어렸을 때 책과 소설을 읽는 것은 세상을 이해하는 방법이었습니다. 우리는 신기하고 드문 경험을 할 때 우리에게 무슨 일이 일어났는지 이해하려고 애씁니다. 그것을 서사적 방식으로 설명하려고 노력하면서 원인과 결과, 실제로 일어난 일을 찾지요. 우리에게 일어난 일을 이야기로 설명할 수 있다면 그것을 이해한 것입니다.

와크텔 당신은 자전거를 타고 마을을 돌아다니며 책 파는 가게로 가던 모습을 떠올리는데요, 그때에도 이야기에 대한 욕구가 있었습니까? 자신이 무엇을 쫓고 있는지 알았나요?

에코 그때 저는 이미 이야기를 쓰고 있었습니다. 저의 이야기꾼 이력은 일고여덟 살 즈음에 시작합니다. 열다섯 살 즈음에 그만두었다가 마흔여덟 살에 다시 시작했지요. 어렸을 때 공책에다가 대문자로 속표지를 쓰던 기억이 납니다. 그런 다음 줄

거리를 만들고, 네다섯 페이지마다 삽화를 그려 넣었습니다. 그리고 첫 장을 시작하다가 그만두었습니다. 당시 수많은 미완성 소설을 썼지요. 저는 그만두는 감각이 뛰어났어요. 열여섯 살에서 스무 살 사이에 시를 쓰는 사람들처럼 말입니다. 현명한 사람들은 그것을 버리고 멍청한 사람들은 출판을 하죠.

와크텔 40대에 소설을 다시 쓰기 시작해서 『장미의 이름』을 출판했던 그때, 소설을 쓰려고 한 이유는 무엇입니까?

에코 여러 가지 설명을 할 수 있지요. 이런 사연도 있습니다. 어느 날 잡지사 저널리스트인 제 친구가 오더니 담당 편집자가 사회학자나 정치가처럼 전문 작가가 아닌 사람들에게 짧은 탐정 소설을 의뢰해서 매주 잡지에 싣기로 했다고 말했습니다. 그래서 저는 안 된다고, 대화를 못 쓸 것 같아서 소설을 쓸 생각은 해본 적도 없다고 말했지요. 그런 다음 제가 정말 탐정 소설을 써야 한다면 500페이지짜리 중세 수도원에서 일어나는 사건일 거라는 농담을 덧붙였습니다. 친구는 그런 건 안 된다고 말했지요. 그래서 저는 집으로 갔습니다. 그날 아침이 또렷하게 기억나요. 집으로 간 저는 안 될 게 뭐냐 싶었습니다. 그래서 메모를 하기 시작했지요. 진지한 이유는 이것밖에 떠오르지 않는군요. 아마 제 무의식에서 무슨 일이 일어났겠지요. 당시 저는 원하는 모든 것을 가졌습니다. 대학에 자리도 있었고, 책도 많이 내서 여러 언어로 번역되었지요. 아마 새로운 도전이 필요했을 겁니다. 인터뷰에서 가끔 다르게 설명할 때도 있는데, 인터뷰를 할 때는 대답을 만들어 내야 하기 때문이에요. 저는 자식들이 어렸을 때 이야기를 많이 해주었습니다. 아이들이 어른이 되자 저는 새롭고 더 광범위한 청중을 찾아야 했지요. 아마 새로운 것을 원하는 나이가 되었던 것 같습니다. 그런 시점이 되면 발레리나와 함께 남국의 섬으로 도망치는 남자들도 있지만, 그러려면 돈이 더 많이 드니까요.

아마 다른 이유가 있었을 겁니다. 제가 쓴 학술적인 책은 모두 서사적으로 구성되었습니다. 저는 각 책에서 제가 연구한 이야기를 풀었습니다. 어떤 의미에서 저는 항상 소설을 쓴 셈이고, 어느 시점이 되자 순수한 서사로 방향을 바꾸자고 결심한 것이지요. 저에게는 서사적 충동이 항상 존재했던 것 같습니다. 농담도 잘하고, 이야기하는 것도 좋아하지요. 예를 들어 『푸코의 진자』 마지막 장에 소년이 묘지에서 트럼펫을 부는 이야기가 나오는데, 실제로 제가 겪은 일입니다. 친구들이나 유혹하고 싶은 여자들한테 그 이야기를 수없이 해주었는데, 점차 이야기를 더 잘하게 되더군요. 그 장면은 『푸코의 진자』를 쓰기로 결심했을 때 중요한 이미지 중 하나였습니다. 저는 드디어 그 이야기를, 수없이 많이 들려주었던 이야기를 글로 쓰게 되었지요. 말하자면 저는 사복 이야기꾼이었습니다. 글을 쓰는 게 아니라 개인적으로 이야기를 들려주었지만, 이야기를 하고 싶다는 충동이 있었어요. 일단 시작하고 나니 아주 자연스럽게 느껴졌습니다.

외크텔 가족에 대해서 이야기해 주세요. 할머니의 독특한 유머 감각 때문에 부조리의 재미를 알게 되었다는 이야기를 읽었습니다.

에코 네, 맞습니다. 문화적 배경도 마찬가지지요. 외할머니는 교육을 거의 받지 못했습니다. 학교를 겨우 5년 다녔지만 책에 대한 굶주림이 있었어요. 할머니는 타고난 독서가였지요. 순회도서관에 등록해서 항상 책을 빌렸고 저에게도 주었습니다. 할머니는 발자크부터 당대의 이름 없는 대중 작가까지 온갖 책을 읽었습니다. 저는 할머니의 독서 취미, 이야기를 상상하는 취미를 흡수했습니다. 그리고 친할아버지는 활판 인쇄공이었습니다. 제가 대여섯 살 때 돌아가셨기 때문에 기억이 거의 없지만, 말년에 은퇴하신 후에는 책을 제본했어요. 할아버지가 돌아가시자 사람들이 찾아가지 않은 책이 할아버지 댁에도 많았고 우리 집 지하실의 엄청나게 커다란 상자에도 보관되어 있었습니다. 저는 열 살 때 19세기 책 소장품을 발견했고, 알렉상드르 뒤마부터 쥘 베른까지 이 산더미 같은 이야기들을 읽으며 몇 년을 보냈습니다. 그러니 저는 친할아버지와 외할머니를 통해 흡수한 것들 덕분에 쉰 살이 다 된 나이에 이야기꾼이 될 수 있었던 셈입니다.

외크텔 당신의 아버지는 회계사였지만 역시 책을 열심히 읽었다고 들었습니다. 아버지가 당신에게 어떤 영향을 끼쳤나요?

에코 아버지는 어렸을 때 책을 열심히 읽었지만 어른이 된 후에는 일 년에 한두 권밖에 읽지 않았습니다. 어머니는 조금 더 읽으셨고요. 우리 집에는 서재가 없었습니다. 지금 제 장서는 5만 권 정도 됩니다. 3만 권은 밀라노 아파트에, 1만 권은 시골에, 1만 권은 볼로냐 아파트와 파리의 작은 숙소에 있으니 총 5만 권이지요. 책장 때문에 골치예요. 아파트가 무너지려고 해서 어쩔 수 없이 여러 번 이사를 했습니다. 하지만 어렸을 때는 주변에 책장이 없었습니다. 우리 집에 있던 열 권 남짓 되는 책은 벽장 안에 들어 있었는데, 일부는 아이들에게 안 좋다고 생각했지요. 외설적인 이야기였거든요.

와크텔 당신은 집안의 첫 대학생이었는데, 아버지는 당신이 변호사가 되기를 바랐습니다. 그래서 어떻게 되었나요?

에코 자동차 회사 피아트의 회장 아넬리를 라보카토l'Avvocato, 즉 변호사라고 부르잖아요? 법률가는 아니라도 다들 법학 학위를 가지고 있기 때문입니다. 즉, 변호사가 될 정도의 사회적 위치에 다다랐다는 표시지요. 그래서 제가 철학을 공부하고 싶다고 하자 아버지는 경악했습니다. 친구의 사촌이 철학을 공부했는데 먹고살기 힘들어서 아침마다 새벽 다섯 시에 일어나 기차를 타고 가서 시골 아이들을 가르친다는 둥 그런 이야기를 저에게 매일 하셨지요. 하지만 결국은 제 마음대로 선택하게 해주었습니다. 아버지는 꽤 젊은 나이에, 예순다섯 살에 돌아가셨지만 철학을 공부한 제가 중요한 신문에 글을 쓰고 책을 내는 모습을 보았습니다. 저는 철학을 공부했지만 그때 이미 유명 인사가 되었고 굶지도 않았지요. 아버지가 돌아가시기 1년도 채 남지 않았을 때 제가 『열린 예술작품』을 발표하자, 노벨상을 수상했던 이탈리아의 위대한 시인 몬탈레가 이탈리아에서 가장 중요한 신문에 이 책의 서평을 실었는데, 일부 반대하는 내용도 있었지만 아버지는 몬탈레가 서평을 썼다는 사실에 정말 기뻐했습니다. 얼마 지나지 않아 아버지가 돌아가셨으니, 제 마음대로 하게 허락하신 아버지에게 빚을 갚은 셈입니다.

와크텔 그것이 40여 년 전인 1962년의 일입니다. 그때 당신은 제2차 세계대전의 파시스트 정권 당시와 그 전후에 북부 이탈리아의 작은 마을에서 자랐습니다. 일생에서 중요하고 극적인 사건은 전부 어린 시절에 일어났다고 말씀하신 적이 있는데요. 그 시대에 성장기를 보내는 것은 어땠습니까?

에코 음, 전쟁 중이었고, 평생 죽을 위험에 처한 것은 그때밖에 없었습니다. 저는 어렸을 때 엄청난 역사적 사건을 목격했습니다. 시가의 총격전이었지요. 열세 살 때는 원자폭탄이 히로시마에 떨어졌다는 사실을 알았습니다. 저는 강제수용소 이야기를 들었고 수용소에서 처음 나온 사진들을 보았습니다. 그러니 사실 저는 아주 극적인 어린 시절을 보냈고, 그것이 저의 개인적인 기록의 저장실이 되었습니다. 아시겠지만 저는 소설에서 항상 그 시대의 요소를 가져다 씁니다. 저는 잘 알지도 못한 채 독재 정부 치하에서 어린 시절을 보냈습니다. 독재 정권이 끝날 때가 되어서야 제가 독재 국가에서 살았음을 깨달았지요. 그 후에야 세상에 다른 정부도 있음을 발견했습니다. 이상한 경험이었어요. 명확한 생각을 가지고 자라기 위해서는 아주 중요한 경험이었지요. 저는 영웅적인 행동, 죽음의 아름다움이라는 이상을 갖도록 교육받았습니다. 그래서 지금은 평화주의자가 되었습니다.

와크텔 당신의 삶을 지배했던 독재 정권이 유일한 삶의 방식이 아님을 깨달았던 순간이 기억납니까?

에코 네, 그때 우리는 도시의 폭격 때문에 시골에 살고 있었습니다. 삼촌 집에 살고 있었는데, 삼촌은 제1차 세계대전의 용사였기 때문에 파시스트 성향이 약간 있었지요. 삼촌은 한쪽 눈과 팔의 일부를 잃었습니다. 보통 그렇듯이 파시스트 정권은 삼촌에게 경의를 표하며 십자훈장을 수여했습니다. 어느 날 삼촌이 저를 깨우더니 이렇게 말했습니다. "움베르토, 무슨 일이 있었는지 모르지? 무솔리니가 퇴위했단다." 라디오를 켜서 들어 보니 무솔리니가, 자연의 힘처럼 영원할 것만 같던 남자가 평범한 인간으로 강등되어 쫓겨났더군요. 어머니가 신문이 있는지 나가 보라고 하셔서 제가 신문 가판대에 갔더니 평소의 익숙한 신문이 아니라 새로운 제목을 단 새 신문들이 있었습니다. 신문마다 기독민주당, 공산당, 자유당, 사회주의당이 서명한 법안이 실려 있었는데, 우리가 자유를 되찾았다는 내용이었습니다. 그때 저는 '자유'라는 단어를 처음 읽었습니다.

그리고 여러 정당이 존재할 수 있음을 배웠지요. 그 정당들이 하룻밤 사이에 생겨났을 리는 없으니 어딘가에 비밀리에 존재해 왔음을 저는 그날 아침에 이해했습니다. 제가 전혀 모르는 다른 세상이 있음을 조금씩 깨달았지요. 저는 똑똑했기 때문에 예전에 들었던 이야기들을 종합하여 다른 것들도 이해하기 시작했습니다. 또 다른 삼촌이 파시즘 반대 시위를 하러 우리 집에 왔었는데, 엄마와 아빠가 말린 적도 있었지요. 저는 이 모든 이야기들을 서서히 종합했고 완전히 몰입했습니다. 일주일 만에 자유 전문가가 되었어요.

와크텔 '자유'는 당신 작품이나 연설에 자주 나오는 단어인데, 그때의 깨달음에서 비롯된 게 아닐까, 생각했습니다.

에코 네, 그때의 깨달음으로 거슬러 올라가지요. 깨달음의 순간이었습니다.

와크텔 저는 당신이 썼던 「원형 파시즘」이라는 글을 생각하고 있었습니다. 당신은 어렸을 때 "언론의 자유란 수사법의 자유를 뜻하는 줄 알았다"라는 멋진 문장을 썼지요. 어떻게 이해했습니까?

에코 무솔리니의 연설이나 제가 학교에서 읽은 책은 수사로 가득했습니다. 제가 『푸코의 진자』에 넣은 이야기——실화입니다——가 하나 있는데, 정당들이 작은 마을에 도착해서 당 대표가 승리를 축하하기 위해 발코니에 등장하자 모두들 승자의 말을 들으려고 갑자기 조용해졌습니다. 저는 무솔리니의 연설

같은 연설을 기대했지만 그는 이렇게 말했습니다. "벗들이여, 우리는 수많은 희생 끝에 여기 왔습니다. 자유 만세." 그게 끝이었습니다. 저는 여기 수사가 하나도 없다고 생각했습니다. 사실, 그는 그들이 여기 왔다는 것 외에 할 말이 별로 없었습니다. 정말 아름다웠지요. 크나큰 발견이었고, 아마도 제 평생에 영향을 끼쳤을 것입니다. 저는 개인적으로도 사랑을 큰 소리로 말하기보다는 증명하려고 애썼습니다.

와크텔 당신은 유럽의 지식인이 정치적인 발언을 할 권리와 의무가 있다고 항상 주장했습니다. 요즘 더욱 그렇다는 급박함을 느낍니까?

에코 아니요, 저는 그것이 유럽 지식인의 특징이라고 생각합니다. 프랑스, 독일, 스페인의 시인, 소설가, 철학자라면 항상 정치적 생각을 표현하지 않을 수 없습니다. 미국이나 영국은 그렇지 않지요. 최근에 저는 그 이유를 찾으려 애쓰다가 유럽에서는 처음부터 대학이 도시의 중심이었다는 이야기를 들었습니다. 영국의 옥스퍼드와 케임브리지는 런던이 아닌 시골에 있었지요. 미국의 캠퍼스는 도시 밖에 있습니다. 앵글로색슨 국가들에서는 지식인의 삶이 항상——공간의 관점, 건축의 관점에서 봤을 때——도시와 분리되어 있었지만 나머지 유럽 지역에서는 지식인의 삶이 도시 안에 존재했습니다. 그것은 분명 대학 도시 주민과 대학인들 사이에, 지식인과 도시 사이에, 정치와 국가 사이에 다른 관계를 만들어 냅니다. 민족적 특징이지요.

와크텔 하지만 최근에 당신은 파시즘의 대두에 대해서 경고했습니다.

에코 최근 우리나라에서 일어난 새로운 현상 때문에 저는 어떤 입장을 취하는 것이, 목소리를 내는 것이 제 의무라고 생각하게 되었습니다. 당장 내일이라도 상황이 잠잠해지면 저는 다른 일에 신경을 쓸 겁니다. 예전에는 직접 참여하기도 했습니다. 60년대에 다른 사람들과 함께 핵군축 위원회를 만들었지요. 저는 정치 활동에 종종 참여했지만 정치 전문가도 아니고, 의원이나 장관이 되고 싶은 생각도 없습니다. 그건 제 일이 아닙니다. 정말 못할 거예요. 하지만 저는 필요할 때마다 증언을 했습니다.

와크텔 40년대의 해방 당시 대중문화를 처음 접했다고 하셨습니다. 미군을 통해서 만화책을 처음 접했다고요. 어떻게 거기에서 토마스 아퀴나스로 옮겨 갔다가 다시 대중문화로 돌아갔습니까?

에코 만화책에서 아퀴나스로 옮겨 간 것이 아니라 아퀴나스에서 만화책으로 옮겨 간 겁니다. 그건 다르지요. 파시스트 정권하에서 어느 정도 자유가 허용되는 영역은 대중문화밖에 없었습니다. 1942년에 이탈리아가 미국에 선전포고하는 순간까지 미키마우스와 플래시 고든 만화책이 나왔죠. 재즈를 듣는 사람도 있었지요. 우리는 미국 영화를 봤습니다. 저는 아주 어릴 때부터 대중문화를 좋아했습니다. 전쟁이 끝나자 대중문화가 더욱 중요해졌습니다. 다른 문명의 상징, 이데올로기가 되었지요. 저는 젊은 가톨릭 신자였으므로 성 토마스 아퀴나스는 제 문화에 속했습니다. 처음에는 고급 문화가 별개의 것처럼 보였지만 저는 그 두 가지가 같은 문명의 두 면임을 서서히 깨달았습니다. 고급 문화를, 혹은 아방가르드 예술을 설명하려면 대중문화를 이해해야 하고, 그 반대도 마찬가지입니다. 제가 보기에 기호학은 같은 문화의 두 측면을 연구하는 좋은 틀이었습니다. 저에게는 비틀스가 진정한 전환점이었습니다. 비틀스는 소위 말하는 대중문화였지만 저는 음악의 역사를 아주 잘 알았습니다. 뛰어난 가수 캐시 버베리언이 비틀스의 노래를 영국의 클래식 작곡가 헨리 퍼셀의 노래처럼 부르자 다들 비틀스의 노래에 퍼셀이 들어 있었음을 발견했지요.

당시 작곡가 피에르 불레즈나 슈토크하우젠과 비슷한 벨기에의 아방가르드 음악가 앙리 푸쇠르가 비틀스에 대해서 이야기하면서 비틀스가 자신들을 위해 일하고 있다고 말했던 기억이 납니다. 비틀스가 젊은 세대들에게 새로운 음악적 감수성을 길러 주고 있다고, 그래서 언젠가 젊은 세대가 아방가르드 음악도 이해하게 될 거라는 뜻이었지요. 저는 푸쇠르에게 맞는 말이라고, 하지만 당신도 그들을 위해 일하고 있다고 말했습니다. 60년대 중반에 문화의 여러 측면들이 새롭게 교차하며 융합했고, 따라서 이제는 고급, 중급, 저급 문화라는 옛날식 구분을 유지하기가 무척 어렵습니다. 아주 모호해요. 로이 릭턴 스타인이나 클라스 올든버그 같은 예술가들의 등장 이후 미국의 팝아트에서도 같은 현상이 일어났지요.

와크텔 현재 지식인들은 대중문화, 특히 텔레비전이 별 볼일 없는 일반 대중의 수준에 맞춘다고 비판하는 경향이 있습니다.

에코 대중문화와 쓰레기는 구분해야죠. 쓰레기는 추함에 끌리는 인간의 경향인데, 대중문화와 고급 문화 모두에서 나타납니다. 현재 이탈리아에는 제가 천재이자 위대한 예술가라고 생각하는 뛰어난 코미디언이 서너 명 있습니다. 그들은 대중문화라고 할 수 있지요, 그 사람들이 공연을 하면 대부분 젊은 층인 관객이 만 명씩 모이니까요. 대중 예술가지만 위대한 예술가입니다. 하지만 쓰레기도 있습니다. 저의 동료 철학자들이나 소설가들 중에도 쓰레기가 많아요. 텔레비전이 쓰레기 쪽으로 편향되는 것은 상업적인 필요 때문입니다. 아마 더 심해지겠지요. 인터넷도 마찬가지입니다. 이용자의 약 50퍼센트가섹스를 위해서, 혹은 섹스에 대한 채팅을 하기 위해 인터넷을쓴다는 사실은 불행한 부작용이지만, 그렇다고 인터넷 자체가포르노그래피라는 뜻은 아닙니다.

와크텔 최근에 나온 당신의 에세이집 『신문이 살아남는 방법』에는 전쟁과 언론, 파시즘에 대한 생각이 담겨 있고, 주제는 다양하지만 당신이 말한 것처럼 모두 "우리가 해야 하는 것, 하지말아야 하는 것, 어떤 대가를 치러도 절대 해서는 안 되는 것"

에 몰두하는, 본질적으로 도덕적인 글들입니다. 자칭 세속주의 자인 당신에게 도덕적이라는 것이 어떤 의미인지 말해 주시겠습니까?

에코 저는 밀라노 대주교이자 성경학자인 마르티니 추기경과 편지를 주고받다가 이 주제를 발전시켰습니다. 저는 마르티니 추기경이 던진 질문에 대답을 하고 있었습니다. 그는 "믿음 없는 사람이 도덕적 삶을 사는 것이 어떻게 가능할까요?"라고 물었습니다. 저는 우리 육체와 관련된 기초적이고 보편적인 상황들이 있다고 대답하려 했습니다. 말하고, 먹고, 자는 것 말입니다. 보편적 상황을 분석하면 그러한 행위 때문에 기분이 상하지는 않음을 깨달을 것입니다. 동시에 그러한 행위로 "타인"의 기분을 상하게 해서는 안 된다는 사실을 깨닫습니다. 우리는 타인이 필요하니까요. 타인의 시선이, 타인의 인정이 필요합니다. 심지어는 고문하는 사람도 고문당하는 사람의 존경이나 헌신이 필요합니다. 그렇지 않으면 가학적인 행위를 즐길 수 없지요. 타인의 인정을 바라는 이 심오한 욕구 때문에 우리는 스스로 존중받고 싶은 부분에 있어서 타인도 존중하도록 끌립니다. 이것이 모든 윤리학의 본질적인 핵심입니다.

와크텔 일종의 황금률인가요? 남에게 대접받고자 하는 대로 남을 대접하라는?

에코 글쎄요, 황금률까지는 아니더라도 은률 정도는 되겠지요. 저는 우리의 육체성과 같은 자연적 현실과 우리가 스스로에게 영혼(혹은 그에 해당하는 것)이 있음을 본능적으로 아는 것은 순전히 타인의 존재 때문이라는 생각에서 세속 윤리학 원칙의 바탕을 찾으려 애썼습니다.

와크텔 당신은 스물두 살까지 가톨릭 교육을 받았습니다. 설명하신 것처럼 당신은 세속적인 관점을 힘들게 얻었고, 도덕적 신념이 어린 시절에 받은 종교적 영향 때문은 아닌지 항상 생각합니다.

에코 확실히 그렇습니다. 무엇이든 우리가 처음 받은 영향에 달려 있습니다. 제임스 조이스 역시 깊은 신앙을 버렸지만 종교적인 성장 과정의 심오한 영향을 벗어나지 못했습니다. 사람은 그런 것들에 의해 형성됩니다. 신을 믿지 않으면서 기독교도나 가톨릭 신자로 남기도 하지요. 그런 뜻입니다.

와크텔 새 소설 『바우돌리노』는 『장미의 이름』의 배경이었던 수도원과는 전혀 다른 세상의 이야기입니다. 『바우돌리노』는 피카레스크식 모험 소설로, 12세기의 정치적 격변기가 무대인데, 저는 이 소설의 중요한 이미지 중 하나로 대화를 시작하고 싶습니다. 바로 유니콘의 이미지인데요. 당신은 유니콘이 정말 존재하지 않는지 확신하지 못하겠다고 말했습니다. 당신에게는 유니콘이 어디에, 어떻게 존재하나요?

에코 음, 유니콘은 상상력과 문학이라는 제3세계에 존재하고, 때로는 실재보다 더 생생하고 더 현실적일 수 있습니다. 『바우돌리노』는 바로 가능한 세상을 만들어 내고 상상하는 사람들에 대한 이야기인데, 그 사람들은 또한 정말 강력하게, 너무나 확고하게 믿기 때문에 그런 세상을 발견합니다. 아시겠지만 마르코 폴로는 유니콘을 만났지요.

와크텔 그 이야기를 해주시죠.

에코 마르코 폴로는 중국으로 갈 때인지 중국에서 돌아올 때였는지 자바 섬을 지나다가 유니콘을 보았다고 말했습니다. 하지만 정직한 사람이었기 때문에 유니콘이 희지 않고 아주 추하다고, 처녀를 사랑한다는 인상은 주지 않는다고 말했지요. 마르코 폴로는 유니콘이 자기 일행을 쫓아왔다고 말했습니다. 사실 그가 본 것은 코뿔소였지요. 하지만 마르코 폴로는 미지의 동물을 생각하거나 설명할 수 없었기 때문에 자기 생각 속의 모델을 이용해야 했고, 그게 바로 유니콘이었습니다.

와크텔 코뿔소는 머리에 뿔이 하나 있으니까…

에코 네. 하지만 마르코 폴로는 정직한 저널리스트였으니 코뿔소는 전설과 정확히 일치하지 않았을 겁니다.

와크텔 당신 소설의 주인공은 어렸을 때, 그리고 아주 오랜 후에 유니콘 전설에서 영감을 얻습니다.

에코 네. 저는 중세 동물 우화에 등장하는 괴물들도 전부 이용했는데, 사실 중세의 괴물이라고 할 수만은 없습니다. 헬레니즘 시대부터 시작되지요. 관련 텍스트가 무척 많습니다. 그러므로 지금 우리에게 캥거루가 실재인 것처럼 그 괴물들도 몇 세기 동안 실재였습니다. 아마 우리 세계의 많은 사람들은 진짜 캥거루를 본 적이 없을 겁니다. 하지만 캥거루가 진짜라고 믿고 캥거루에 대해서 생각할 수 있지요. 서구 탐험가들이 여행을 시작하기 전에 극동 지역에 대한 어떤 생각이 있었습니다. 사자와 기린 같은 실제 동물들이, 그런 괴물들이 뒤섞여서 정말로 존재하는 신비로운 나라라고 생각했지요. 소설에는 스키아포데스가 나오는데요, 이 놀라운 괴물은 다리가 하나지만 엄청난 속도로 달리고 거대한 발로 햇빛을 가리기도 합니다. 다른 괴물들도 많이 등장시켰습니다. 괴물을 되살리는 일이 즐거웠지요. 대성당에 조각된 이미지들이 있고 수많은 세밀화에서 머리 위로 발을 들고 누운 유니콘을 볼 수 있습니다. 하지만 유니콘은 다리를 어떻게 움직였을까요? 그게 문제였습니다. 성기는 어디 있었을까요? 그것이 제가 이야기에서 풀려고 했던 진짜 문제입니다. 이 멋진 생물들이 실제 삶을 살기 바랐으니까요.

와크텔 물론 그리스로 돌아가면 만티코어와 바실리스크 같은 괴물들이 있습니다. 책이나 이야기, 미술에서 이런 전설의 동물을 처음 만났던 때를 기억하세요?

에코 아마 어린 시절에 대부분을 발견했을 겁니다. 하지만 저는 대학에 다닐 때 철학적 관점에서 중세를 연구했고, 그 시대 문명에 대한 모든 자료를 탐독했습니다. 대부분 베즐레나 무아사크 같은 곳의 수도원 파사드에서 본 괴물이기 때문에 무척 친숙합니다. 아주 오래 전부터 알았지요.

와크텔 우리 삶에 유니콘 같은 동물이 왜 필요할까요?

에코 이유는 많습니다. 질문을 바꿀 수도 있겠지요. 우리에게 동화가 왜 필요할까요? 사람들은 왜 「스파이더맨」을 볼까요? 인간의 날고 싶다는 욕망과 충동은 영원합니다. 손가락만 튕겨서 싫어하는 사람을 20미터쯤 날릴 수 있으면 어떨까 라는 생각은 우리 안의 심오한 욕구입니다. 우리는 동화를 통해서 그런 욕구를 충족시킵니다. 하지만 유니콘 같은 괴물은 상징적 의미 때문에 그리스 문화와 중세에 중요했습니다. 그 자체로 여겨지지 않았지요. 저는 단지 도덕적 진실이나 성경의 어떤 알레고리를 증명하기 위해서 만들어진 괴물이 많다고 생각합니다. 혹은, 사람들은 상징적인 장치를 부여하기 위해 일반 동물들에게 있지도 않은 습관을 부여했습니다. 예를 들어 사자는 사냥꾼을 따돌리려고 꼬리로 발자국을 지운다고들 하지요. 그런 의미에서 사자는 인류의 죄를 지우는 예수 그리스도의 상징이었습니다. 그러므로 저는 동물이 무언가를 의미하게 만들기 위해서 알레고리적이고 신비한 의미를 먼저 생각한 다음 특성을 만들어 냈다고 생각합니다.

와크텔 신화와 전설에 등장하는 이 유명한 동물들이 오늘날에는 잘 알려져 있지 않지만 중세에는 대중 의식의 일부였습니다. 중세의 세계는 당신의 첫 소설 『장미의 이름』의 배경이었는데, 새 소설 『바우돌리노』 역시 중세로 돌아갑니다. 바우돌리노라는 인물에 대해서 이야기해 주세요. 그는 타고난 이야기꾼입니다. 시인이고요. 픽션의 창조자, 현실의 창조자죠.

에코 소설가입니다.

와크텔 그렇습니다. 바우돌리노의 이러한 면에 당신이 얼마나 들어 있습니까? 그의 장난기와 독창성에 말입니다.

에코 글쎄요, 저의 많은 면이, 그리고 모든 이야기꾼의 많은 면이 들어 있습니다. 그러므로 아주 자전적인 인물이라 할 순 없지요.

와크텔 당신은 바우돌리노의 출생지를 고향인 북부 이탈리아 알레산드리아로 설정했고, 소설에 나오듯 바우돌리노는 1168년에 알레산드리아라는 도시의 탄생을 직접 목격합니다. 당신은 여기서 지역 구전을 가져와서 바우돌리노의 아버지를 암소한 마리로 바르바로사의 포위로부터 도시를 구한 전설적 인물로 설정합니다. 어떤 이야기죠?

에코 음, 그 당시부터 전해져 내려왔다는 점에서 그 이야기는 진짜입니다. 바르바로사는 새로 탄생한 도시 알레산드리아를 포위하고 있었습니다. 도시는 급히 건설되었지만 끈질기게 저항했기 때문에 바르바로사는 1년 넘게 포위 중이었습니다. 그는 포기하고 싶었지만 체면을 세워야 했지요. 도시 사람들은 끔찍하고 비참한 상황이었지만, 늙은 농부 갈리아르도에게 좋은 수가 있었습니다. 알레산드리아 사람들이 다 그랬듯이 그에게도 굶주린 암소가 있었습니다. 마을 사람들은 곡식을 모두 긁어모아 암소에게 먹였습니다. 그런 다음 갈리아르도가 암소를 끌고 성벽 밖으로 나갔고, 예상대로 암소는 바르바로사의 군사들에게 잡혔습니다. 암소의 배를 갈라 보니 곡식으로 가득했죠. 그래서 군사들은 갈리아르도를 바르바로사에게 데리고 갔습니다. 바르바로사는 어째서 암소에게 먹일 정도로 곡식이 많은지 물었습니다. 갈리아르도는 도시에 암소가 많기 때문에 사람들은 고기를 먹고 곡식은 암소에게 준다고 말했지요. 이제 바르바로사는 알레산드리아를 포기하고 떠날 공식적인 핑계를 찾았습니다. 포위 공격이 너무 오래 걸릴 테니까요. 그렇게 해서 갈리아르도는 도시를 구했습니다. 그것이 전설입니다. 저는 갈리아르도를 바우돌리노의 아버지로 삼았지요.

와크텔 그렇다면 당신의 뿌리를 탐구하는 이야기였군요. 자신의 뿌리에 얼마나 관심이 있었습니까?

에코 나이가 들면 자신의 근원으로 돌아가게 됩니다. 그것이 일반적인 태도지요. 저는 또 고향 사람들의 성격에 매료되었습니다. 대체로 회의적이고 반어적이고 수사적이지 않지요. 사실 바우돌리노는 인물이 아니라 언어로 태어났습니다. 저는 소설의 처음 열 쪽을 제가 만든 언어로 썼습니다. 전설에 남아 있는 당시 북부 이탈리아의 언어인데, 기록이 없기 때문에 자유롭게 만들어 낼 수 있었지요. 기억나는 고향의 방언을 전부 이용해서 그 언어를 만들었습니다. 그리고 그 언어를 통해서 저는 그 안에 담긴 심리를 받아들일 수밖에 없었고, 차츰 인물이 형태를 갖추었습니다. 그러므로 어떤 인물을 생각한 다음 그가 말을 하게 만든 것이 아닙니다. 반대로 먼저 익명의 목소리가 말을 하게 만든 다음 인물을 발견했지요.

와크텔 바우돌리노는 언어를 쉽게 배우고 조금만 들어도 원어민처럼 말하는 재능이 있습니다. 그러므로 소설에서 바우돌리노는 감탄할 만한 언어적 매개물이지요.

에코 네. 제 입장에서는 좀 한심한 수법이었는데, 이탈리아에서 그리스로, 또 극동으로 여행하는 인물을 상상하고 있었기 때문입니다. 모두가 영어를 쓰는 할리우드 영화의 전형적인 상황을 피하기 위해서 그렇게 설정했지요. 저는 바우돌리노가 여러 나라를 쉽게 다니면서 모두와 상호작용을 하게 만들려고 언어적 재능을 주었습니다. 사도들의 재능을 암시하기도 하지요. 저는 보편적 언어를 찾는 것에 대해서 쓴 적이 있습니다. 이 아이디어가 이야기의 다른 요소들과 합쳐졌는데, 솔직히 말하면 일종의 수법으로 시작한 것이었습니다.

와크텔 고향의 방언이 ──혹은 고향 사람들이 ──당신의 기질에 어떤 영향을 끼쳤을까요? 고향이 당신 기질의 근원이라고 말한 적이 있는데요.

에코 저는 30년 전에 고향 도시에 대한 짧은 글을 하나 썼습니다. 알레산드리아 역사를 다룬 책의 서평이었지요. 아시겠지만 시골 도시의 젊은 지식인들은 모두 우선 고향을 벗어나 대도시로 가고 싶어 합니다. 저 역시 열여덟 살 때 그랬지요. 저는 토리노에서 살다가 밀라노로 이주했고, 어떤 면에서는 고향 도시를 버린 셈입니다. 하지만 알레산드리아에 대한 글을 쓰면서 작가로서, 사상가로서, 한 사람으로서 제 기질의 많은 측면이 뿌리의 영향을 크게 받았음을 점차 깨달았습니다. 예를 들어 저는 알레산드리아 사람들이 반수사적임을 깨달았습니다. 아씨시의 성 프란치스코가 알레산드리아를 지나면서 늑대를 개종시켰다는 이야기가 있습니다. 하지만 알려진 바에 따르면 성 프란치스코는 중부 이탈리아인 구비오에서 늑대를 개종시켰지요. 좋습니다, 성 프란치스코가 평생 수많은 늑대를 개종시켰을지도 모르지요. 하지만 구비오는 그 전설을 이용했고 알레산드리아는 그것을 잊었습니다. 신화를 만들어 내지 못했지요.

알레산드리아 태생의 교황이 딱 한 명 있었는데, 유명한 족벌주의자였습니다. 조카들을 유력한 자리에 앉혔지요. 또 알레산드리아에는 커다란 유대인 공동체가 있었지만 게토를 만들 수 없었습니다. 알레산드리아 사람들은 너무나 반수사적이라서 심지어는 인종주의자도 되지 못해요. 인종주의자가 되려면 믿음이 필요하지요. 그래서 알레산드리아 사람들은 그토록 회의적입니다. 모든 사건에 대한 알레산드리아인들의 첫 번째 반응은 못 믿겠다는 것입니다. 확인해 봅시다. 언젠가 어떤 사람이 저에게 큰돈을 줄 테니 문화 재단을 만들라고 제안한 적이 있습니다. 저는 변호사를 만나러 갔지만 뭔가 수상한 냄새가 나더군요. 그래서 그만두었습니다. 알고 보니 제가 옳았어요, 그들은 악당이었습니다. 저의 첫 번째 반응은──그것이 제 출신 때문임을 한참 후에야 깨달았습니다──누가 돈을 주겠다고 하면 먼저 경찰을 부르라는 것이었습니다. 그 사람을 믿지 말라는 거죠. 제 고향 사람들의 전형적인 모습입니다. 그래서 바우돌리노도 약간 비슷합니다.

그런데 이 소설을 쓰기까지 신비하고 이상하게 얽힌 과정이 있었습니다. 저는 역사적으로 유명한 날조들에 대해 생각하고 있었는데, 가장 큰 사건 중 하나가 유명한 사제왕 요한의 편지라는 생각이 떠올랐습니다. 상상 속 극동의 왕국을 너무나 생생하게 묘사해서 수많은 사람들이 극동으로 갔지요. 사람들은 몇 세기 동안 그 왕국을 찾아다녔습니다. 그때 저는 사제왕 요한의 편지가 아마 바르바로사라는 이름으로 알려진 프리드리히 1세 시대에, 제 고향 도시가 세워지던 즈음 바르바로사의 침략에 저항하기 위해서 위조되었음을 깨달았습니다. 그러자 제 뿌리로 돌아가서 저의 도시, 제 고향 사람들에 대한 이야기를 하면서 동시에 사제왕 요한의 왕국 이야기를 할 수 있겠다는 생각이 들었지요. 고향 사람들의 전형적인 회의적 태도, 그 정신, 성격을 가지고 날조를 꾸밀 수 있는 거짓말쟁이를 만들어 내기만 하면 됐습니다. 그래서 저는 자신의 뿌리와 유토피아 모두에 경의를 표할 수 있었지요.

와크텔 그 거짓말쟁이가 바우돌리노군요.

에코 네. 그것은 저의 책임인데, 책에 나오는 많은 인물들이 "바우돌리노, 자네는 거짓말쟁이야"라고 말을 하기 때문이지요. 하지만 바우돌리노는 사실 거짓말쟁이가 아닙니다. 거짓말쟁이는 현재나 과거에 대해서 거짓말을 하지요. 하지만 바우돌리노는 미래에 대해서 거짓말을 합니다. 훨씬 더 흥미롭지요.

와크텔 확실히 한 번 더 비틀리는군요. 진짜와 꾸며낸 것, 그리고 그 둘의 관계, 또 진실과 픽션 혹은 거짓의 관계는 당신이 비평에서 탐구하는 주제입니다. 당신은 이 소설에서 역사적 사실——즉, 역사적 인물과 사건——을 꾸며 낸 이야기와 섞습니다. 경계선이 완전히 흐려지지요.

에코 뿐만 아니라 저는 바우돌리노가 실제 존재했거나 사실로 인정되었던 문서들——편지, 아이디어——을 날조하게 만듭니다. 즉, 바우돌리노는 프리드리히 바르바로사를 위해서 정치적 상황을 해결할 책략을 내놓는데, 소설에서 저는 그것을 바우돌리노의 소행으로 만들지만 현실에서는 역사적 사실이지요.

와크텔 소설 『바우돌리노』는 진정한 역사적 의미가 있는 여정에 초점을 맞춥니다. 바로 사제왕 요한의 왕국을 찾는 것인데요, 사제왕 요한은 어떤 사람이었습니까?

에코 제가 언급한 사제왕 요한의 편지는 12세기 중엽에 쓴 것으로, 낙타와 코끼리, 사자 등 이국적인 괴물이 가득하고 강에는 젖과 꿀이 흐르며 상아와 값비싼 원석으로 만든 건물들이 즐비한 거대한 왕국을 묘사합니다. 놀라운 나라, 사제왕 요한이라는 왕의 지배를 받는 곳이지요. 하지만 알쏭달쏭합니다. 왜 사제일까요? 왜 요한일까요? 십자군 시대에 사라센의 땅 너머 사제직과 황제의 권력이 일치하는 오래된 그리스도교 왕국이 있었다는 생각에서 나온 것이었습니다. 서구에서는 황제가 교황과 끊임없이 싸우고 있었지요. 이 생각은 동쪽으로, 그런 다음 아프리카로, 이슬람교의 땅을 넘어 계속 전진할 이유를 제공했기 때문에 정치적 영향력이 있었습니다. 12세기, 13세기, 14세기를 거치며 편지는 다른 언어들로 번역되어 계속 유통되었고, 전설은 점점 자랐습니다. 사제왕 요한에 대한 소문이 커지면서 왕국은 극동이 아니라 아프리카로 옮겨졌습니다. 어떤 의미에서 최초의 식민지화였던 르네상스 시대 포르투갈의 아프리카 탐험은 사제왕 요한을 기준으로 이루어졌습니다. 그들은 사제왕 요한 왕국을 찾고 싶었고, 찾아냈지요. 아비시니아와 에티오피아를 발견했는데, 에티오피아는 아프리카의 그리스도교 왕국이었습니다. 사제왕 요한, 즉 프라테르 조반니가 설명하는 왕국처럼 화려하거나 부유하지도, 눈부시지도 않았습니다. 그 순간 신화는 현실이 되었습니다.

아시겠지만 이것은 기이한 문서입니다. 유토피아라는 꿈이 다 그렇듯 신세계를 상상하는 즐거움을 위해 쓴 것인지, 정치적 목적을 위해 쓴 것인지 우리는 모릅니다. 어쨌든 그 편지는 아프리카와 아시아에 대한 서구 정치에 엄청난 영향을 끼쳤습니다. 편지에는 모순이 가득합니다. 환영을 보는 사람이 쓴 것 같지요. 그래서 저는 제 주인공이 어떤 약을 먹고 쓴 것으로 설정했습니다. 이 편지는 무척 모호하지만 그렇기 때문에 매력적이고 매혹적이지요. 그것이 바로 사제왕 요한의 왕국입니다.

와크텔 소설 속의 여러 인물들은 영적이거나 낭만적, 정치적이거나 물질적인 여러 가지 이유들로 편지 속의 지상 낙원에 매료됩니다. 사제왕 요한의 전설에서 가장 저항하기 힘든 면은 무엇이었을까요?

에코 서구는 아주 먼 옛날, 헬레니즘 시대부터 동구에 매료되었습니다. 동쪽으로 아프가니스탄과 그 너머까지 진출했던 알렉산더 대왕을 생각해 보세요. 그 이후 알렉산더 대왕이 놀라운 여행을 하며 괴물도 만나고 여러 가지를 겪었다는 이야기들이 나왔습니다. 사제왕 요한보다 훨씬 전이지요. 그러므로 신세계에 대한 꿈, 머나먼 땅에 대한 꿈은 그 시대의 전형이었습니다. 똑같은 꿈이 콜럼버스를 아메리카 발견으로 이끌었고, 쿡이 오스트레일리아를 발견할 때까지 이 꿈은 지속되었습니다. 사람들은 계속해서 미지의 땅을 찾아 떠났지요. 세상이 모두 발견된 후에야 모든 전설이 멈추었습니다. 이제 이 행성에는 우리가 밟아 보지 못한 신세계가 없습니다. 그래서 케네디는 젊은이들에게 별을 탐험하자고 했지요. 이제 유토피아를 찾을 곳을 잃었으니까요. 사제왕 요한의 매력은 다른 나라에 대한 모든 설명이 갖는 매력이었습니다. 그것은 사람들이 전 세계를 탐험하도록 부추겼지요. 세상이 모두 알려진 19세기가 되어서야 유토피아는 지리적인 것이 아니라 시간적, 역사적인 것이 되었습니다. 마르크스를 보세요. 다른 사회를, 공산주의 사회를 만들어야 한다고 말합니다. 이제 그것도 통하지 않는다는 게 증명되자 우리 모두 어떤 위기를 느끼게 됩니다. 이제는 꿈꿀 신세계가 없습니다.

와크텔 아까 이야기했던 환상 속 존재의 영역으로 돌아가서, 바우돌리노 일행이 사제왕 요한의 왕국을 찾아 원정을 떠나면서 만나는 신화와 전설의 존재들은 놀라운 면이 무척 많습니다. 예를 들어 겉모습이 아무리 끔찍해도 그 공동체는 놀라울 만큼 관용적이지요. 서로의 신체적 차이를 보지 못하는 것 같습니다.

에코 네. 대신 정신적, 신학적으로는 인종주의자입니다. 그들은 서로 너무나 다르지만 그 차이를 보지 못합니다. 다리가 하나든 두 개든 세 개든 그들에게는 똑같습니다. 하지만 신학적인 관점에서는 서로 죽일 준비가 되어 있지요.

와크텔 그렇다면 그것은 무엇에 관한 이야기입니까? 다들 끝없이 토론을 벌이지요.

에코 인종주의는 피부색만이 아니라 사상, 사고방식과도 관련이 있습니다. 그러므로 신학적인 인종주의가 존재할 수 있는데요, 이는 신체적 인종주의보다 훨씬 끔찍합니다. 그러고 보니 『바우돌리노』의 주요 부분을 아직 언급하지 않으셨군요. 독자들에게 놀라움으로 남겨 두고 싶어서 딱히 이야기하고 싶지는 않지만요. 히파티아와의 사랑 이야기 말입니다.

와크텔 그걸 잊을 수는 없지요. 그게 다음 질문이었습니다.

에코 저는 소설을 쓰면서 아름다운 마음을 가진 히파티아와 사랑에 빠졌습니다. 바우돌리노에게는 그토록 단순한 사랑이 가능합니다. 저는 비슷한 경험이 없지만, 히파티아처럼 아름다운 마음을 가진 사람을 만났다면 그럴 수도 있었겠지요.

와크텔 등장인물들이 인종주의자라고 했는데, 그렇다면 이 소설은 신학적 논쟁 때문에 사람들이 분열되는 또 다른 모델인가요?

에코 지금 우리가 사는 현대 세계에서도 대량학살은 민족적 차이 때문이 아니라 정신적 차이 때문에 일어납니다. 스탈린이 저지른 박해와 학살을 생각해 보세요. 민족적 요소 때문이 아니라 이단 추방을 위해서였습니다. 수 세기 동안 떠돌던 이단에 대한 온갖 이야기들을 생각해 보세요. 이단은 민족적 차이 때문이 아니라 정신적 차이 때문에 화형대로 끌려갔습니다. 근본주의자들의 싸움이 항상 민족 사상을 바탕으로 하는 것은 아닙니다. 종교, 사상, 정치적 이유가 존재할 수 있지요. 저는 평소에는 그렇게 하지 않지만, 원한다면 제 소설의 의미를 인정하겠습니다. 저는 민족 차별은 없지만 정신적·사상적·신학적 차이가 존재하는 공동체를 만들려고 했습니다. 제 소설 중에서 가장 덜 환상적인 이야기, 가장 현실적인 이야기입니다.

와크텔 중세 배경에서 십자군 시대는 너무나 잔인하고, 부패하고, 폭력적이고, 분열되고…

에코 우리 시대와 같지요. 과장하지 맙시다. 르네상스 이후에 화형당한 마녀가 더 많습니다. 박해는 중세 시대보다 현대에 더 전형적입니다. 맞습니다, 중세인들은 즐거워하며 서로를 죽였지요. 하지만 오늘날에도 일어나는 일입니다.

와크텔 중세가 당신의 영역이기 때문에 방어적인 기분이 드시나요?

에코 음, 맞습니다. 하지만 중세는 그동안 너무나 큰 오해를 샀습니다. 우선, 중세라는 것은 존재하지 않았습니다. 천 년을 어떻게 한 단어로 정의할 수 있겠습니까? 중세는 현대 역사학자들의 발명품입니다. 중세란 로마제국 몰락부터 아메리카 발견 사이의 10세기를 가리키는데, 위대한 기술 발명과 철학적 발전, 위대한 문학의 시대지요.

와크텔 네, 당신은 중세사학자입니다. 여러 해 전에 당신이 『장미의 이름』에 대해서 말하는 것을 들었는데요, 약 100페이지까지 왜 그렇게 어렵고 독자들에게 많은 것을 요구하느냐는 질문을 받자 당신은 힘들게 썼으니 독자도 힘들어야 한다고 대답했습니다.

에코 네, 독자 역시 새로운 세계에 들어가려면 대가를 치러야 합니다. 그렇지 않으면 너무 쉽겠지요. 제 인생에서 중요한 역할을 했던 책들이 떠오릅니다. 예를 들어 토마스 만의 『파우스트 박사』가 그렇지요. 저는 스무 살부터 스물다섯 살까지 세 번이나 시도했지만 끝까지 읽지 못했습니다. 그러다가 마침내 문턱을 넘을 용기가 생겼고, 무척 즐겁게 읽었지요. 『파우스트 박사』는 저에게 무척 중요한 책이었습니다. 저는 독자를 존중해야 한다고 믿습니다. 독자 역시 공짜를 바라지는 않습니다.

와크텔 당신은 하버드에서 매년 열리는 노튼 강의에서——나중에 『하버드에서 한 문학 강의』라는 에세이집으로 출판되었지요——"모범 독자"에 대해서 이야기했습니다. 모범 독자란 무엇입니까?

에코 저는 학술서에서 다른 작가들이 말하는 이상적인 독자에 대해 여러 번 썼습니다. 어떤 작가들——예를 들어 삼류 소설, 포르노 소설 작가들——에게는 독자가 이미 존재하고 광고 대상처럼 거기 있습니다. 나는 주부에게 팔고 싶다, 독신 남자에게 팔고 싶다, 누구에게만 팔고 싶다, 그런 거죠. 따라서 그러한 소설들은 이미 존재하는 특정한 표적을 대상으로 만들어집니다. 젊은 여자, 나이 많은 남자, 섹스에 집착하는 사람을 즐겁게 해주기 위해서 말입니다. 반면에 진지한 작가는 기존의 독자를 보지 않습니다. 독자를 만들어 내고 싶어 하지요. 모범 독자가 되는 법은 책에 이미 포함되어 있습니다. 책을 통해 만족스러운 경험을 하고 마지막 장에 도달한 독자는 그 책의 모범 독자가 된 것입니다. 프루스트를 보세요. 기존의 독자가 몇 천 페이지에 달하는 개인적인 기억을 받아들일 거라 생각했을까요? 아마 아닐 겁니다. 프루스트는 그것을 서서히 쌓아 올렸고, 우리는 프루스트의 작품 안으로 들어가서 점차 그가 원하는 독자가 됩니다. 모범 독자라는 말은 그런 뜻입니다. 어떤 책의 모범 독자가 어때야 한다고 말하는 외적인 기준은 필요 없습니다. 기준을 말해 주는 것은 책입니다. 제임스 조이스의 소설 『피네건의 경야』의 모범 독자는 발자크의 모범 독자와 다르지만 원한다면 두 작품 모두의 모범 독자가 될 수 있습니다. 우리가 어떤 저자의 책을 읽느냐에 따라 다른 모범 독자가 될 수 있다는 것 역시 문학이 선사하는 경험입니다. 가끔 모범 독자가 되지 못할 때도 있지요. 중요하고 놀라운 책이지만 제가 모범 독자는 아닌 책이 많습니다. 그러므로 그 책들은 저에게 닫혀 있는 셈이지요.

와크텔 예를 들면요?

에코 그것은 세월에 따라서 변합니다. 스무 살에는 역겨워 보이는 책이었지만 마흔 살이 되자 갑자기 그 세계로 들어가서 책의 유혹을, 텍스트의 유혹을 받아들일 준비가 되었음을 발견할 때도 있습니다. 저자는 유령 같은 존재입니다. 실재적 개체는 텍스트밖에 없습니다.

와크텔 당신은 40년 전에 『열린 예술작품』이라는 책에서 독자와 텍스트의 상호작용과 해석, 개방성 ── 해석의 가능성 ── 이 강조될 것이라 예견했습니다. 더욱 최근에는 해석자의 권리가 지나치게 강조되었다고 말씀하신 것을 읽었습니다. 해석이 도를 지나칠 위험이 있을까요?

에코 네. 저는 1962년에 『열린 예술작품』에서 이러한 경향을 예측했다는 이야기를 들으면 무척 행복하고 자랑스럽습니다. 아마 맞는 말일 겁니다. 그 당시 저는 베를리오즈나 불레즈, 슈토크하우젠처럼 여러 가지 방법으로 연주하고 즐길 수 있는 새로운 곡을 만드는 음악가들을 내내 쫓고 있었습니다. 그러므로 작품의 개방성이라는 이론을 떠올리기에 적당한 순간이었지요. 하지만 책 제목이 『열린 예술작품』이라는 것에 주목해야 합니다. 한편으로는 지우거나 취소할 수 없는 정확한 대상과 관련된 개방성이 있었습니다. 제가 지난 몇 년 동안 해석자의 권리가 지나치게 강조되었다고 말한 것은 일부 비평가들이 자신이 정확한 텍스트를 다룬다는 사실을, 텍스트가 특정한 한계를 부과한다는 사실을 잊는 경향이 있다는 뜻입니다. 저의 입장은 해석이 한없이 이루어질 수 있지만 모든 해석이 좋은 해석은 아니라는 것입니다. 텍스트는 선택입니다. 요즘 일부 비평가들은 새로운 하이퍼텍스트 기술과 인터넷을 통해서 집단적으로 협력하여 기존 소설을 가지고 다른 소설을 만들어 낼 수 있다고 말합니다. 빨간 모자가 늑대를 만나는 부분에서 늑대가 할머니를 잡아먹지 않도록 이야기를 바꿀 수 있다는 겁니다. 사실이지요. 그것은 창의성을 기르는 좋은 훈련이 될 수 있습니다. 그러나 텍스트의 본질과는 관련이 없습니다. 『전쟁과 평화』에 푹 빠져서 읽다 보면 나타샤가 한심한 아나톨과 함께 떠나서 안드레이 대공을 배신하지 않기를 바랄 수 있고, 안드레이 대공이 죽지 않기를 바랄 수도 있지요. 하지만 안드레이 대공은 죽고 나타샤는 떠납니다. 문학을 통해 얻을 수 있는 위대한 경험은 어떤 이야기에서 가능한 여러 가지 흐름을 계속 보면서도 운명을 있는 그대로 받아들여야 한다는 것입니다. 『전쟁과 평화』를 읽으면서 안드레이 대공을 전혀 다른 인물로 해석할 수는 없습니다. 그럴 수는 없지요. 우리는 말하자면 세속적인 모습을 한 신의 의지나 운명을 마주합니다. 그것을 받아들여야 하지요. 그러므로 중요한 것은 독자 자신, 독자의 욕구, 충동, 책을 다르게 해석하려는 의지와 이미 마무리된 텍스트의 실재 사이의 상호작용, 변증법입니다. 우리는 정확한 내용과 상호작용을 해야 합니다.

와크텔 기호학에는 일종의 무정부상태 ——잠재적 무정부상태——가 존재합니다. 어떤 것이 거의 무엇이든 의미할 수 있다면 우리는 의사소통을 위한 공동의 의미에 어떻게 합의할 수 있습니까?

에코 이 경우 텍스트는 상상의 구실, 백일몽의 구실이 됩니다. 우리는 책을 읽을 때도 종종 그렇게 합니다. 금지된 것이 아니에요. 저도 연주회에 가면 그런 경험을 합니다. 처음 5분 동안은 멜로디를 들으면서 흥분하지만 곧 개인적인 생각을 하기 시작해요. 음악을 구실로 이용하는 셈이지요. 그런데 저는 썩 뛰어나지는 않지만 플루트를 불기도 합니다. 제가 연주를 할 때에는 그런 식으로 달아날 수가 없습니다. 기록된 것을 해석해야 하지요. 어떤 음을 약간, 아주 약간 더 늘여서 변화를 줄 수는 있지만 악보에 적힌 음 대신 다른 음을 낼 수는 없습니다. 텍스트가 부과하는 한계는 벗어날 수 없지요. 똑같은 글이라 해도 해석자 열 명이 열 가지 방법으로 해석할 수 있습니다. 그러나 어떤 지점을 넘어가면 더 이상 작곡한 대로 연주하는 것이 아니라 그것을 실마리 삼아 즉흥적으로 연주하는 것뿐입니다. 저는 즉흥 연주를 할 수 있습니다. 뛰어난 재즈 연주자는 베토벤의 테마를 가지고 즉흥 연주를 할 수 있지요. 잼 세션은 또 하나의 예술 형태, 아주 훌륭하고 무척 창의적인 예술 형태이지만, 베토벤의 해석이라고 할 수는 없습니다. 그래서 저는 항상 텍스트의 해석과 이용을 구분합니다. 심지어는 프로슈토햄이나 연어를 싸는 데 텍스트를 이용할 수 있지요. 그것은 텍스트의 이용 방법입니다.

와크텔 중요한 것은 텍스트이며 저자는 덜 중요하다고, 유령이라고 말한 적이 있습니다. 그때는 무슨 뜻이었나요?

에코 『일리아드』를 읽을 때는 눈앞에 『일리아드』가 있습니다. 우리에게는 호메로스에 대한 이미지가 없습니다. 호메로스는 이미 죽었고, 『일리아드』의 저자가 아니었을지도 모르지요. 그러므로 호메로스에게 물어볼 필요는 없습니다. 우리는 텍스트에게 물어봐야 하는데, 우리가 보는 호메로스는 이 텍스트를 쓴 호메로스, 그 모범 저자밖에 없습니다. 모범 독자와 모범 저자 사이의 변증법이지요. 예를 들어 프루스트가 동성애자였는지 아니었는지가 저에게는 전혀 중요하지 않습니다. 중요한 것은 『잃어버린 시간을 찾아서』에 등장하는 샤를뤼스 남작이 동성애자였고, 프루스트가 샤를뤼스 남작을 무척 수용적인 자세로 묘사했다는 것입니다. 제가 『잃어버린 시간을 찾아서』를 읽을 때 흥미를 갖는 동성애는 바로 그것입니다. 프루스트 개인의 동성애는 그의 전기적인 우연일 뿐이고, 저는 그것에 대한 판단도 관심도 없습니다. 저는 전기를 즐겨 읽지만 그것은 또 다른 이야기입니다. 제가 윈스턴 처칠의 개인사에 관심을 가질 수 있듯이 프루스트의 개인사에 관심을 가질 수도 있지요. 하지만 그것은 다른 종류의 관심입니다.

와크텔 비평가로서 당신은 인식, 해독, 판독, 해석의 문제에 관심을 갖습니다. 자신의 작품이 어떻게 읽혔으면 좋겠습니까?

에코 저는 신학자로서, 기호학자로서, 학자로서, 해석에 대해 수많은 이론을 전개할 수 있다고 생각합니다. 또 저는 소설 작가로서 제 텍스트가 병 속에 든 메시지임을 압니다. 그러므로 누군가가 이 텍스트의 해석자로서 권위를 가진 저자가 제안하는 게임을 무시하고 아주 독특한 방식으로 제 책을 읽을 수도 있습니다. 제가 누군가에게 "아니, 틀렸습니다. 당신은 제 책에서 어떤 일이 일어났다고 했지만 사실은 그렇지 않았어요"라고 말할 수도 있지요. 하지만 제가 할 수 있는 것은 기껏해야 그뿐입니다. 나머지 부분에서는 독자를 자유롭게 해주어야죠. 가끔 저는 있는지도 몰랐던 것을 독자들이 발견하는 경우도 있습니다. 하지만 저는 텍스트가 저자보다 더 강력하다고 믿기 때문에, 때로는 독자의 반응 덕분에 제가 생각하지도 못했던 것을 제 텍스트에서 발견할 때도 있습니다. 그러면 저는 "아 맞습니다, 맞아요. 그런 게 있어요"라고 말해야 합니다. 그뿐이지요. 저는 제 소설의 여러 가지 해석을 분석했습니다. 독자들이 가끔 제가 인식했어야 하는 것들을 발견한 여러 가지 예도 수집했지요. 독자가 확실히 오해한 경우도 있었습니다. 제 책이 아니라 단어의 일반적인 의미를 말입니다. 소설은 병 속에 담긴 메시지입니다. 저는 작가가 소설을 마친 뒤에는 죽어야 한다고 항상 말했습니다. 작가가 살아야 한다고 주장하는 사람은 출판업자밖에 없습니다. 다음 책을 내야 되니까요.

와크텔 독자로서의 당신은 변했습니까? 생의 새로운 단계에 접어들면서, 새로운 세기에 접어들면서 예전과는 다르게 읽는다고 생각하나요?

에코 네. 예를 들어서 저는 소설을 쓰기 시작한 이후 현대 문학을 읽지 못하게 되었습니다. 편향적인 느낌이 들어요. 편견이 없지 않습니다. 그래서 저는 현대 문학에 대한 글을 쓰지 않으려고 조심합니다. 소설가가 다른 사람의 소설에 대해서 어떻게 쓸 수 있는지, 시인이 다른 사람의 시에 대해서 어떻게 쓸 수 있는지 저는 이해가 가지 않아요.

와크텔 소설을 읽던 시절이 그립습니까?

에코 아니요, 저는 이제 다른 것을, 17세기, 18세기, 19세기, 혹은 20세기 절반의 문학사 같은 것을 읽습니다. 아직 읽을 게 많아요. 어쨌든 현대 문학을 읽어야 할 때가 종종 있지만, 제가 편견 없는 위치에 있다는 느낌이 들지 않습니다. 저와 다른 방식으로 쓰는 작가에게는 흥미가 생기지 않아요. 또 저와 같은 방식으로 쓰는 작가를 보면 짜증이 납니다. 저보다 잘 쓰면 더욱 짜증이 나지요. 그래서 동시대 문학을 읽을 때는 정직한 기분이 들지 않습니다.

와크텔 탐정 소설——이상한 죽음, 살인——에 대한 끌림은 어떤가요?

에코 탐정 소설은 영원한 종교적, 형이상학적 문제의 세속적인 변형입니다. 추리 소설^{whodunnit}이라는 말 자체가 누구의 짓이냐는 뜻이지요. 죄 지은 자는 누구인가? 또는, 세상을 보는 방식에 따라, 고결한 자는 누구인가? 세상이 엉망이라면 누구의 죄인가? 그러므로 탐정 소설은 수용 가능하고 인식 가능한 차원의 틀에서 형태를 바꿉니다. 런던, 뉴욕 같은 곳이 배경입니다. 어떤 사람이 암살됩니다, 살해당했어요. 그게 전부죠. 하지만 그렇게 쉽게 다룰 수 있는 차원으로 형태를 바꾸는 것은 무척 형이상학적인 문제입니다. 『오이디푸스왕』은 탐정 소설이었습니다. 그러므로 프로이트의 말이 옳다면 우리 무의식의 근원에는 탐정 소설이 있는 셈입니다.

와크텔 소설 『바우돌리노』에는 진실과 거짓의 문제로 계속 돌아가는 코다가 있습니다. 그리고 바우돌리노가 자기 이야기를 들려주는 역사가 니케타스는 무엇이 진실이고 무엇이 거짓인지 판단해야 하지요. 니케타스는 실존인인가요?

에코 네. 그는 책을 여러 권 썼고 그중에 콘스탄티노플 황제의 역사에 대한 세 권짜리 책도 있는데, 이 연대기의 3부에서 그는 콘스탄티노플의 포위를 서술합니다. 제 소설에서 일어나는 일의 대부분을 니케타스가 들려줍니다. 십자군의 관점에서 본 연대기도 있었지만 니케타스는 실존 인물이었습니다. 저는 책의 많은 부분을 니케타스와 바우돌리노의 대화로 쓰는 것이 무척 흥미로웠습니다. 역사가인 니케타스는 바우돌리노가 믿을 만한 목격자인지 확신하지 못합니다. 바우돌리노의 말이 사실인지 아닌지 우리는 알 수 없지요. 니케타스조차도 모릅니다.

와크텔 허황된 이야기를 이렇게 많이 하는 것이 당신 같은 회의론자에게도 만족스러웠나요?

에코 글쎄요, 저는 독자들이 저만큼 회의적이기를, 제 말을 너무 진지하게 받아들이지 않기를 바랍니다.

와크텔 묘비명으로 17세기 시인 톰마소 캄파넬라의 "잠깐, 잠깐. 난 못 해"라는 구절을 골랐다고 들었습니다. 무슨 뜻인가요?

에코 이상적인 공화국에 대한 유토피아 책의 마지막 두 줄입니다. 어떤 사람과 나그네의 대화 형태의 책인데, 마지막으로 한 사람이 말합니다. "잠깐, 잠깐만요. 난 못 해요, 못 해." 대화를 끝내는 말이라기에는 참 신기하지요. 이유는 모르지만 묘비명으로 쓰면 참 멋지겠다는 생각이 들었습니다. 게다가 최고의 묘비명은 토머스 홉스가 이미 자기 무덤에 쓴 것 같아서요. "이 것은 철학자의 돌이다."

와크텔 "잠깐, 잠깐"과 "난 못 해"가 어떤 관련이 있다고 생각합 니까?

에코 제가 마지막 순간에 그렇게 생각할 것 같습니다. 잘 모르 겠군요. 아직 겪지 못했으니까요. 한 번 겪어 본 다음 말씀드리 지요.

2002년 5월/1995년 11월

메리 더글러스
Mary Douglas

뇌는 몸에 있고, 몸은 세상 안에 있고, 세상에는
다른 사람들도 있지요. 생각해 보면 인류학은
분리된 것이 아니라 다른 사람들과의
상호 관계 속에 존재합니다.
그런 싸움은 아직도 진행 중이지요

메리 더글러스

1949년에 옥스퍼드 사회 인류학 대학 학생이었던 메리 더글러스는 렐레[Lele]족과 함께 지내며 현장 연구를 하기 위해서 당시 벨기에령이었던 콩고로 갔다. 더글러스는 잉글랜드로 돌아온 후 얼마 지나지 않아 자기 안에서 "단편적인 설명에 대한 혐오감"을 발견했다고 말한다. 그때 이후 이러한 접근법은 그녀의 연구의 특징이 되었다.

어느 비평가가 말했듯이 "메리 더글러스는 인류학자의 인류학자가 아니다. 그녀의 정신은 지나치게 호기심이 왕성하고 지나치게 맹렬하다. 더글러스의 연구는 경계와 표지, 순수, 모호함, 오염에 대한 것으로 모두 적절한 주제이지만, 그녀 자신은 경계를 위험하게 넘나든다." 그는 계속해서 이렇게 말했다. "메리 더글러스는 그녀가 가진 특별한 천재성 때문에 학계에서 그녀가 거론한 가장 놀라운 예와 같은 존재가 되었다. 바로 어떤 분류에도 들어가지 않는 천산갑이다."

메리 더글러스는 늘 시스템을 구축하는 사람, 건설자이고 인간이 사는 방식을 이해하는 사회 과학의 힘을 믿는다. 더글러스는 색다른 것을 평범해 보이는 것과 연관시키고, 경제학, 생태학, 신학, 영양학, 소비자 이론 분야로 용감하게 나아간다. 그녀는 음식을 차리거나 초대받은 집에 선물로 초콜릿을 가져가는 것 등 진귀한 것부터 일상적인 것까지, 또 관찰되는 것부터 간과되는 것까지, 모든 의례가 우리 사회 체계에 무척 중요하다고 생각한다.

더글러스가 1966년에 출판한 고전 『순수와 위험』은 "오염과 금기 개념의 분석"이다. 책에서 그녀는 이렇게 주장한다. "사회적 동물로서 인간은 의례적 동물이다. … 생각에 말이 필요한 것보다 사회에 의례가 더 필요하다고 해도 과언이 아니다. 무언가를 안 다음 그에 맞는 말을 찾는 것은 지극히 가능한 일이기 때문이다. 그러나 상징적 행위 없이 사회적 관계를 맺는 것은 불가능하다."

1993년에 메리 더글러스는 자신의 저서 『순수와 위험』에서 내비쳤던 구약으로 관심을 돌린다. 그녀는 『황야에서: 민수기에 나타난 오염의 교리』와 『문학으로서의 레위기』를 발표했다. 더글러스는 옥스퍼드에서 받은 교육을 통해 성경을 바라보는 태도가 형성되었다고 말한다. "우리 연구의 틀은 믿음의 본성과 우주의 도덕적 구조에 대한 관심이었다." 『타임스 리터러리 서플먼트』의 평론가 게이브리얼 조시포비치는 이렇게 평했다. "성경은 오랫동안 인류학자의 관심의 대상이었다. 더글러스 교수의 저작에서 새로운 점은 텍스트의 존중, 옥스퍼드의 인류학 연구, 그리고 더글러스 특유의 인간적인 온기와 공감의 조합이다."

우리는 메리 더글러스의 80번째 생일 직후 런던 북부에 위치한 그녀의 집에서 만났다. (더글러스는 1921년생이다.) 내가 도착했을 때 더글러스는 벨기에에서 찾아온 젊은 섬유학과 학생을 돕고 있었는데, 더글러스가 콩고에서 가지고 온 라피아 야자 섬유로 만든 그림과 베개를 보러 온 학생이었다. 라피아는 렐레족 경제에서 중요한 부분을 차지한다. 거실에는 50년도 더전인 현장 연구 시절의 사진과 가공품, 텍스트에 대한 책들이 있었다. 우리는 점심식사 후 위층 서재에서 이야기를 나누었는데, 더글러스는 우리가 함께 한 점심식사 역시 일종의 의례라고 말했다.

◇◇

와크텔 당신은 아프리카에서 현장 연구를 하는 민족지학자로 시작했지만 주변 문화의 관찰자였으며, 우리가 당연히 여기지만 사실 우리 삶이 구성되는 방식에 대해 많은 것을 알려 주는 인간 행동의 세세한 부분을 알아보는 눈을 가지고 있습니다.

늘 그렇게 예리한 관찰자 역할을 했나요? 항상 호기심이 많았습니까?

더글러스 저는 할머니 손에 자랐는데, 할머니 댁은 무척 질서정연하고 세세하게 구조화되어 있었습니다. 항상 저는 그런 점이 무척 흥미로웠습니다. 왜 월요일마다 시트를 갈아야 할까요? 모든 것이 정해져 있었기 때문에 늘 호기심이 많은 아이였던 저는 그러한 관습에 대해 묻곤 했지요. 할머니는 그런 질문이 당황스럽다고 했는데——"글쎄, 안 될 게 뭐니, 일주일에 한 번은 갈아야 해"——제가 무슨 대답을 원하는지 몰랐기 때문이었습니다. "음, 관습이란다." 할머니는 그런 식으로 생각해보신 적이 없었지만, 저는 거기에 이유가 있는지, 아니면 그저 관습일 뿐인지 알고 싶었습니다.

와크텔 일요일에는 로스트를 먹고 월요일에는 차가운 고기를, 화요일에는 셰퍼드 파이를 먹는 것처럼 말이지요

더글러스 네, 맞습니다. 수요일에 남은 음식이 있으면 리솔[1]을 먹었지요. 가끔 셰퍼드 파이 대신 리솔을 먹기도 했고요.

와크텔 당신은 1921년에 이탈리아에서 태어났는데, 우연에 가까웠습니다. 부모님이 버마의 식민지 거점에서 휴가를 받아 잉글랜드로 가는 도중이었지요. 어린 시절 기억은 어떤 게 있

---

1 육류를 파이 껍질로 싸서 튀겨낸 요리

을까요?

더글러스 저는 버마에 대해서 무척 강렬하고 낭만적인 느낌을 가지고 있습니다. 버마에 다시 가 보고 싶지만, 겨우 다섯 살 때까지 살았지요. 당시에는 백인 아이가 다섯 살 넘어서까지 열대 지역에서 지내면 아주 위험하다고 생각했습니다. 우리 가족이 아는 여자애들 중에 일곱 살까지 그곳에서 산 아이가 있었는데, 다들 무모하다고 생각했지요.

와크텔 아주 어린 시절인데 당시 버마가 어땠는지 기억납니까?

더글러스 그렇진 않지만, 기억을 도와 줄 사진이 많습니다.

와크텔 당신 집안은 로마 가톨릭교를 믿기 때문에 영국의 주류와는 다릅니다. 종교적인 분위기 속에서 자랐습니까?

더글러스 저희 집안 전체가 로마 가톨릭교는 아니었지만, 세대마다 가톨릭교 신자가 한 명씩은 있었습니다. 할아버지는 가톨릭교를 믿는 아일랜드인이었지만 프로테스탄트와 결혼했고, 아이들을 가톨릭교도로 키워서 가톨릭 학교에 보냈습니다. 저희 어머니는 수녀원에서 교육을 받은 가톨릭 신자였고, 돌아가시면서 우리를 수녀님들 손에 맡겼습니다. 할머니는 우리를 주일학교에 보내고 교리문답을 가르쳤지만 사실 아주 견실한 프로테스탄트였지요. 크나큰 의무감 때문에 그렇게 하셨습니다.

와크텔 특정한 렌즈를 통해서 세상을 보고 있다는 의식이 있었습니까?

더글러스 1920년대와 30년대는 영국의 가톨릭교도들이 무척 편협한 시기였던 것 같습니다. 프로테스탄트나 불신자들에게 방어적인 태도를 취했지요. 네, 저는 가톨릭 신자였기 때문에 실제로 달랐습니다. 바깥에 적들이, 싸워야 할 반대자들이 있었지요.

와크텔 열두 살 때 극적인 변화가 생겼습니다. 어머니가 세상을 떠나고 식민지에서 근무하던 아버지가 일찍 은퇴하셨죠. 당신은 로햄턴 성심 수녀원의 기숙학교로 보내졌습니다. 환경에 어떻게 적응했습니까?

더글러스 저는 그곳이 참 좋았습니다. 학교에 가면 항상 즐거웠지요. 당시 저는 좀 특권적인 위치였던 것 같아요. 부모님과 멀리 떨어져 있었기 때문에 수녀님들이 우리에게, 여동생인 팻과 저에게 특히 관심을 쏟아야겠다고 느꼈던 것 같습니다. 우리는 "풀잎 같은 고아"였으니까요. 저와 함께 영국으로 돌려보내졌을 때 팻은 겨우 세 살이었습니다. 저도 겨우 다섯 살이었기 때문에 부모님은 저 혼자 가면 너무 외로울 거라고 생각했지요, 불쌍한 팻이 저 때문에 희생을 당한 셈입니다. 저는 어렸을 때 무척 고압적이었기 때문에 팻이 힘들었던 것 같습니다. 하지만 저는 학교에서 늘 즐거웠어요, 아마 저에게 특권이 있었기 때문이었을 겁니다.

와크텔 특권이라고요?

더글러스 네. 처음에는 수녀님들이 "이 친구의 어머니는 외국에 계신단다"라고 하셨어요. 그 다음에는 "어머니가 많이 아프셔"라고 했고, 그 다음에는 "어머니가 돌아가셨대"라고 했지요. 수녀님들 모두가 제 응석을 받아 주고 편의를 봐 주고 예뻐해 주었어요, 특권이었지요.

와크텔 성심 수녀원에서의 교육이 지적으로나 영적으로, 기질적으로 어떤 영향을 주었습니까?

더글러스 지극한 충성심을 주었습니다. 우선, 책임자에 대한 충성심과 권위가 얼마나 위태로운 것인지 깨달았고, 그래서 우리 아이들의 뒷받침이 필요하다는 것을 알게 되었습니다. 그래서 저는 위계 구조에 익숙했고 그것을 존중했습니다. 나중에 사귄 자유론자나 관행을 따르지 않는 친구들, 무신론자나 합리주의자 친구들과는 확실히 좀 달랐죠. 아주 달랐어요. 또, 수녀님들은 우리가 운이 좋다는 느낌, 선택 받았다는 느낌을 갖게 해주었습니다. 결국 자신감의 문제, 지적 독립심의 문제였죠.

와크텔 권위와 지적 독립심이라는 특이한 조합이군요. 얼핏 듣기에는 어울리지 않는 느낌인데요.

더글러스 아니, 그 반대입니다. 권위는 우리를 지지했고, 우리는 세상과는 상관없이, 즉 다른 사람들과는 상관없이 옳은 것을 해야 할 책임이 있다는 것을 알았어요.

와크텔 하지만 제도를 존중했지요.

더글러스 저는 제도를 무척 존중했고, 지금도 그렇습니다. 제도가 진짜 곤란한 상황에 처했다고 생각해요. 그래서 저는 사회 학과 사회 과학의 반체제 문화에 맞지 않았습니다. 제도가 개 인을 억압한다고 생각하는 오랜 전통이 제 앞 세대부터 있었 으니까요. 저는 제도가 지적 자유를 장려한다고 생각하며 자 랐습니다. 제도는 개인이 잠재력을 다 발휘할 수 있게 하고, 저 는 그것이 옳다고 생각합니다.

와크텔 남다른 야망이 있었습니까? 당신이 자랄 때 젊은 여자들 이 커리어를 추구하거나 자기 계발을 하도록 격려 받는 분위 기였나요?

더글러스 그건 다른 문제입니다. 역시 수녀님들 덕분이라고 생 각해요. 수녀님들은 모두 세상을 버리고 수녀원에 들어와 종 교 안에서 우리를 가르치며 헌신적인 삶을 사는 독립적인 여 성들이었으니까요. 따라서 우리 역시 할 수 있는 일을 계속 하 는 것이 당연해 보였지만, 사실은 별로 준비가 되어 있지 않았 습니다.

와크텔 왜 그렇지요?

더글러스 음, 저는 옥스퍼드에 진학한 후——합격 자체가 분명 아슬아슬했을 거예요——고등학교를 졸업한 또래 여자들을 만났는데, 그 애들은 예를 들면 수학이나 언어를 정말 잘했습 니다. 저는 전부, 심지어 라틴어도 못했지요. 대학에 처음 갔을 때는 친구들을 따라가는 것도 무척 힘들었습니다. 그때까지는 진정한 의미에서 열심히 공부를 해야 하는 경우가 없었어요.

와크텔 런던 정경대학^{LSE}에서 사회학을 공부하는 것도 고려했지만 수녀님들이 말렸다고요. 사회학이 너무 급진적이었나요, 아니면 LSE가 너무 급진적이었나요?

더글러스 그런 이유는 아니었다고 생각합니다. 수녀님들은 런던 정경대학이 어딘지 몰랐고, 사회학이 뭔지 몰랐습니다. 옥스퍼드밖에 몰랐지요. 그리고 옥스퍼드에서는 역사학과밖에 몰랐고요. 하지만 저는 역사를 공부하고 싶지 않았고——역사를 못 했으니 공부할 수도 없었어요——사회학과 관련된 공부를 하고 싶었습니다. 그때 수녀님들이 어딘가에서 PPE라는 것을 듣고 왔어요.

와크텔 PPE란 정치학, 철학, 경제학을 뜻하는데, 당신은 옥스퍼드에서 PPE를 공부했습니다. 특정한 역할 모델이 있었나요?

더글러스 아니요, 없었습니다. 하지만 독립적인 커리어를 가진 여자들 앞에 어떤 장애가 놓여 있는지도 몰랐어요. 그런 의식이 전혀 없었지요. 저는 수줍음이 진짜 많았고 앞으로 나서지 않았습니다. 그 당시에는 거의 다 그랬고, 제가 수녀원에서 공부를 한 탓도 있었지요. 저에게는 절대 좋지 않은 태도였습니다. 전혀 도움이 되지 않았어요.

와크텔 스스로를 눈에 띄지 않게 만들었군요.

더글러스 네.

와크텔 어떤 경우에 그랬나요?

더글러스 저는 앞으로 나서서 뭔가를 맡는 것을 꿈도 꾸지 않았습니다. 스스로 그런 일을 할 만큼 뛰어나다고 절대 생각하지 않았어요. 책을 낼 때도 내 책이 괜찮을지도 모른다고 생각하기까지 정말 오래 걸렸습니다. 『순수와 위험』을 출판한 뒤 한 번도 절판된 적이 없고 신기할 정도로 잘 됐지만, 제가 그 원고를 읽을 때는 누가 이런 책에 관심을 갖고 읽을까 생각했습니다. 사실 제가 동료들과 얼마나 동떨어져 있는지 깨닫고 놀랐지요.

와크텔 식민청에서 전쟁 관련 근무를 했기 때문에 인류학자가 되었다고 말씀하셨는데요.

더글러스 사실 그랬습니다. 그 전에는 인류학을 들어 본 적도 없었으니 할 수도 없었지요. 하지만 전쟁이 나자 모두 근로에 동원되었고, 뭐든 선택하는 분야에서 일을 할 수 있었습니다. 저는 영국령 인도 제국에서 산 경험도 있고, 여행을 다니면서 외국인을 비롯한 여러 사람들과 잘 지낼 수 있다는 자신감이 있었기 때문에 인류학자들을 만나자마자 나도 인류학자가 되고 싶다고 생각했습니다. 그때 레이먼드 퍼스를 만났습니다. 그는 청년들이 전쟁에 복무하러 나가서 인력이 무척 부족했던 식민청에서 일하고 있었지요. 그래서 레이먼드는 1년 동안 학업을 포기했습니다. 다른 사람들도 만났어요. 빌 스태넛과 필리스 캐버리를 만났고, 책도 많이 읽었지요. 저는 정말 신이 났습니다. 인류학은 정말 대단하다고 생각했고, 아직도 그렇게 생각합니다.

와크텔 무엇이 당신을 그토록 매료시켰습니까?

더글러스 잘 모르겠어요. 당연하게 느껴졌습니다. 제가 읽은 것을 생각하게 했지요. 당시 저는 3년 동안 PPE를 공부했는데, 아주 건조하고 학술적이고 추상적이었습니다. 하지만 오드리 리처즈의 뛰어난 저작 『로디지아 북부의 땅, 노동, 그리고 식단』을 읽으면 다른 사람들의 집에 찾아가서 다른 여자들에게서 그들이 무엇을 하고 있는지, 그게 어떤 일인지 배우는 여자가 보였습니다. 누구를 위해서 요리하는지, 음식을 어떻게 내놓는지, 그런 것들이지요. 또 온갖 고난도 있었습니다. 남자들이 일을 하러 광산에 가고 없었기 때문에 자기들끼리 마을을 꾸려야 했지요. 오드리 리처즈가 그들에게 공감하는 모습은 정말 놀라운데, 그녀가 내놓는 수치와 측정도 놀랍습니다. 우리가 아주 다른 방식으로 탐구할 수 있음을 제안하는 리처즈의 책을 읽고 저는 완전히 마음을 빼앗겼습니다. 그런 다음 누에르족에 대한 에번스 프리처드의 책을 읽었고, 문제 자체에 접근하는 아주 지적인 방식을 깨달았습니다.

와크텔 문제에 접근하는 아주 지적인 방식이라고요. 어떻게 해서 그렇지요?

더글러스 그가 누에르족에 대해서 발표한 세 권의 책은 그 환경부터 시작해서, 인상적일만큼 추상적이면서도 동시에 자세했습니다. 어느 부족이 어디에 살았는지, 다른 부족들과의 관계가 어땠는지 기록되어 있지요. 에번스 프리처드는 모든 내용을 표와 그림으로 정리했기 때문에 그의 말이 맞는지 틀린지 바로 확인할 수 있습니다. 누에르족 누구나 그에게 가서 틀렸다고 말할 수 있었지요. 무척 솔직하면서도 아주 지적이었어요. 정치와 전투 분석, 법률과 가족과 친족에 대한 생각도 마찬가지였습니다. 항상 데이터가 아름답게 제시되어 있었지요. 그는 배경을 포함해서 모든 것을 말끔하게 정리했습니다. 종교도 마찬가지였지요. 절묘한 역작이었어요. 그런 식으로 정리하는 것이 다시 가능할 것 같지 않습니다.

와크텔 특히 무엇이 관심을 끌었는지 말해 주시겠어요? 밖으로 나가서 이런 이야기들을 수집한다는 것이었나요, 아니면 그런 이야기에서 만들어 낼 수 있는 지적 구성체였나요?

더글러스 정확히 말하기 힘들군요. 그것을 이야기라고 생각하지는 않았습니다. 지적인 끌림이었지만, 밖으로 나가서 무언가를 하는 행동이기도 했습니다. 사람을 만나고, 어울리고, 그들의 생각을 알아내는 거죠. 그것도 매력적이었어요.

와크텔 옥스퍼드 사회인류학 대학에서 공부하셨는데, 전쟁이 끝난 후 활기가 넘쳤고 영향력 있는 학자들을 여럿 배출한 곳입니다. 분위기가 어땠는지, 사회인류학에 대체적으로 어떻게 접근했는지 설명해 주시겠어요?

더글러스 정말 신났습니다. 공격할 적이 있었지요. 제1차 세계대전 이전에 독일인들이 연구했던 "민족학"이라는 적이었습니다. 하지만 우리 시대에는 구식 학문이 되었고, "억측의 역사학"이라는 무례한 이름으로 불렸습니다. 사람에게 별로 관심이 없다는 뜻이었지요. 활과 화살, 칼이나 오두막의 크기—무엇이든—에 관심을 갖고 여러 물건들의 출처를 표시한 작은 지도들을 만들지만 사람은 어디에도 없었지요. 전세계 문화권들의 교류를 찾아내려고 애쓰면서 아주 복잡해졌어요. 이집트인 학생은 이렇게 말했습니다. "(런던 우리 대학의) 페리가 전 세계 문명이 이집트에서 나왔다는 사실을 발견해서 우리는 참 기뻐." 민족학의 주된 질문은 이 모든 것이 어디에서 왔느냐였습니다. 하지만 우리는 다른 질문을 했지요. 사람들은 어떻게 살까, 어떤 사람들일까, 어떻게 관리할까? 인류학은 제가 읽었던 정치학이나 사회학과 관련이 더 많았고, 더 사회학적이고 동시대적이었지요. 우리는 책과 도서관에 의지하는 대신 더 많은 활동을 하고 더 인간적인 접근법을 취했습니다.

우리는 다른 사회에서는 사람들의 정신이 어떻게 작용하는지 살펴보았고, 우리와 같은 방식으로 작동한다는 것을 발견할 수 있었습니다. 프랑스 쪽 연구자들, 특히 레비-브륄과 "원시 심성"에 대한 논쟁이 벌어졌습니다. 아직도 많은 사람들이 "원시인"은 다른 정신을 가지고 있다고, 우리와 다른 정신적 도구를 가지고 있다고 가정합니다. 그것이 바로 공격할 관점이었고 그 생각이 우리의 적이었지요. 그래서 우리는 원시인들의 질서, 우주를 구축하는 방식, 세계와 정의와 사람에 대한 개념을 연구했고 그것이 삶의 방식에 어떻게 적용되는지 분석했습니다. 그것이 주요 프로젝트였어요. 아주 새롭고 신나는 주제였지요.

와크텔 그리고 우리와 크게 다르지 않음을 보여 주려고 했나요?

더글러스 그리고 우리가 그곳에 가면 무척 기쁠 것임을 보여 주려 했지요. 그동안 우리에게 보여졌던 것과는 전혀 달랐습니다. 그 사람들은 문화라는 강력한 손에 눌려 기계적으로 행동하는 사람들이 아니었고, 생각하지 못하는 사람들도 아니었습니다. 그들은 살아 있고, 생각하고, 상호작용하는 사람들이었고 집단적인 사고로 우주의 구조를 파악하고 도덕과 서로에 대한 행동을 합리화했습니다.

와크텔 전후의 평등 사상이나 민주주의 정신 같은 것에 자극을 받았습니까?

더글러스 그랬다고 생각합니다. 원시 종교 및 분류에 대한 뒤르켐과 모스의 연구에서 직접적인 영향을 받았습니다. 이론은 이미 있었지요. 정신의 작용 방식에 대한 생각의 타당성을 검토하고, 수정하고, 확장하기 위해 현장 연구가 필요했습니다. 별개의 지적 작업이 아닙니다. 뇌는 몸에 있고, 몸은 세상 안에 있고, 세상에는 다른 사람들도 있지요. 생각해 보면 인류학은 분리된 것이 아니라 다른 사람들과의 상호 관계 속에 존재합니다. 그런 싸움은 아직도 진행 중이지요.

와크텔 누가 적입니까?

더글러스 아, 심리학과 경제학의 개인주의자들이지요. 그들은 불특정한 누군가를, 대체로 합리적 선택을 하는 사람을 가정합니다. 주변에 문화도 없고 반응할 사람도 책임질 사람도 없는 존재이지요. 여전히 어마어마한 도전이 있습니다. 우리는 아직 이기지 못했어요. 어쨌거나 우리는 그렇게 시작했습니다. 요즘은 인류학 분야의 많은 사람들이 그런 싸움에 큰 관심이 없다는 사실이 당황스럽습니다. 50년대의 구식 생각이라는 거지요.

와크텔 원래 이탈리아나 그리스에서 민족지학 현장 연구를 하고 싶었지만 설득을 당해서 아프리카로 갔습니다. 왜 아프리카였나요?

더글러스 우선, 연구 자금을 모을 수 있으니까요. 그리고 둘째로, 이게 첫 번째 이유일 수도 있는데, 저를 가르쳤던 선생님들 모두 아프리카에 다녀왔기 때문에 이론 분야에서 해답을 찾아야 할 문제가 많고 비교할 것도 많다는 사실을 잘 알았습니다. 아무도 연구하지 않는 분야에 가면 할 수 있는 것이 거의 없습니다. 우리는 자료가 다른 사람의 자료와 맞는지 확인해야 했고, 뭐라도 쓰려면 많이 알아야 했습니다. 이전에 누가 이미 했던 말이라면 그다지 흥미롭지 않을 거고, 그러면 출판되지 않으니까요.

와크텔 20세기 중반의 영국 인류학은 아프리카 중심이었습니다. 식민지화 때문에 접근하기 쉽고 안전하기 때문이었나요?

더글러스 네. 우리는 연구 개발 위원회에서 자금을 지원 받았는데, 위원회는 아프리카에 큰 투자를 했어요. 폴리네시아는 오스트레일리아에 속했고, 아메리카 인디언은 아메리카에 속했지요. 인도도 가능했지만 대부분 인도 사람들이 연구를 하니까요. 그래서 사실 아프리카로 가는 게 당연했습니다. 이론적인 목적을 생각하면 아프리카에 가서 정말 다행이라고 생각합니다.

와크텔 당신은 특히 모계 사회를 연구하고 싶어 했습니다. 왜 그랬지요?

더글러스 모계 사회는 무척 흥미롭습니다. 모계 사회는 다른 사회보다 여자가 더 나을 것은 없지만 여성을 통해 남성의 혈연 관계를 추적하는 사회입니다. 따라서 여자는 연결고리이고 남자는 아버지가 아니라 어머니의 남자 형제와 관련됩니다. 그것이 모계 사회의 핵심입니다. 모계는 가모장제와 관련이 없어요. 남자가 어머니의 남자 형제의 재산을 상속해서 자기 여자 형제의 아들들에게 물려준다는 뜻일 뿐입니다. 모계 사회는 많은 연구가 필요한 흥미로운 이론적 문제를 제기합니다. 제가 콩고에 다녀온 후 아무도 콩고에서 이 문제를 연구하지 않은 것이 유감스럽습니다. 제가 모계 사회에서 발견한 것들이 다른 모계 사회에 얼마나 적용되는지 보고 싶거든요. 예를 들어서 부계 체제에서는 남자가 자기 집에 머물고 여자가 남편 마을로 갑니다. 하지만 모계 체제에서는 원칙적으로 남자가 아내의 집으로 가서 그 부모님과 함께 사는 경우가 많습니다. 그러면 모든 마을에 외부인 남자가 살게 되어 전혀 다른 마을이 되죠. 그런 마을은 더욱 취약합니다. 마을을 하나로 묶고 멀리 떠난 아들들을 다시 데려오려면 어마어마한 노력이 필요합니다. 아들들은 떠나고 여자 형제의 아들들은 있지만, 그들은 거기서 태어나지 않았지요. 그러므로 이러한 마을 구조는 온갖 정치적 함의를 갖습니다. 저는 그와 비슷한 구조를 가진 다른 부족들이 다르게 대응했는지 아직도 궁금합니다. 하지만 친족 연구는 유행이 지나서 이제 아무도 하지 않아요.

와크텔 당시 모계 사회 연구가 당신에게 왜 중요했습니까?

더글러스 연구 주제를 선택해야 했는데, 가장 흥미로운 친족 문제는 모계 사회에서 나온다는 이야기를 들었습니다. 모계 사회의 또 다른 매력은 일처다부제라는 점이었습니다. 여자가 남편을 여럿 가질 수 있었지요.

와크텔 당신이 지적했듯이—제 생각에는 무척 중요한 부분인데요—모계 사회가, 심지어 일처다부제조차도 반드시 여자에게 권력이 있다는 뜻은 아닙니다.

더글러스 정말 그렇습니다. 여자는 권력이 없었어요. 게임판의 말일 뿐이었지요. 처음 갔을 때는 그 사실을 몰랐습니다.

와크텔 당신은 현장에 들어가기로 굳게 결심했습니다. 브뤼셀에서 열리는 회의에 참석할 비용을 마련하려고 어머니의 털코트를 팔았고, 결국 벨기에령이었던 콩고에서 연구를 하게 되었습니다. 혹시 여자니까 포기하라는 설득을 받았나요?

더글러스 전혀 아닙니다. 무척 친절한 사람들에게 많은 도움을 받았어요. 특히 브뤼셀의 대규모 아프리카 박물관 테뷰런은 콩고에 연줄이 많았는데, 거기서 많은 도움을 받았습니다.

와크텔 당신을 가르쳤던 에번스 프리처드는 병에 걸리지 말라고, 그러면 다른 여자들이 현장 연구를 하는 데 지장이 생길지도 모른다고 경고했습니다.

더글러스 네. 맞습니다. "멍청한 짓 하지 마세요." 그가 말했습니다. "어리석은 위험을 무릅쓰지 말아요."

와크텔 다른 여성 인류학자들의 기회를 망치니까요?

더글러스 네. 하지만 저만 응원한 것은 아니었습니다. 많은 여학생들을 응원했지요.

와크텔 1949년에 당시 벨기에령이었던 중앙아프리카 콩고의 렐레족 현장 연구를 시작하셨습니다. 당신에게 그것은 어떤 경험이었습니까?

더글러스 아주, 아주 강렬한 경험이었습니다. 그때까지 그렇게 강렬하게 살아 본 적이 없었어요.

와크텔 그것도 혼자서요.

더글러스 네. 사람들이 제안을 하면 저는 어디로 갈지, 무엇을 받아들일지 결정을 내려야 했습니다. 조언을 구하는 편지를 영국에 보낼 수도 없었지요. 처음 도착했을 때 바송고에서 선교관의 환대를 받았고, 언어를 약간 배워야 했습니다. 어려웠어요, 저는 언어를 정말 못하거든요. 몇 주 후 수녀님들이 요리사를 구해 주었습니다. 요리사 없이는 갈 수 없었지요. 마쿰이라는 요리사는 영리한 사람이라 항상 큰 도움이 되었고 개인적으로도 참 좋은 친구였습니다. 마쿰이 한 명을 더 고용했고, 두 사람은 아주 젊었지만 저를 잘 돌봐 주었습니다.

우리는 선교관에서 추천한 제일 가까운 마을로 갔는데, 제가 지낼 오두막도 있었지만 마쿰은 좋아하지 않았습니다. 마쿰에게는 자기 마을과 관계가 있는 마을이 아니라는 것이 문제였지요. 하지만 저에게는 마을 밖으로 나갈 수 없다는 것이 가장 큰 문제였습니다. 우리는 행정본부와 너무 가까웠고, 다들 제가 풀숲에서 발목이라도 삐거나 무슨 일이 생기면 자기들이 총을 맞거나 골치 아픈 문제에 말려들까 봐 두려워했습니다. 실제로는 아무 일도 없었겠지만요. 제가 마을을 절대 벗어나지 못하게 했습니다. 밭이나 숲, 강을 보러 나갈 수도 없었어요. 사람들이 일하는 모습을 볼 수 없었지요. 그래서 마쿰이 말했습니다. "이래서는 안 돼요. 자, 우리 마을로 갑시다." 그 마을에서는 전혀 달랐어요. 우선, 아주 작은 마을이었습니다. 둘째, 저는 마쿰의 친척 아주머니 같은 신분으로 갔고, 사람들은 마쿰을 잘 알았지요. 잠깐 동안은 텐트에서 지냈지만 사람들이 곧 커다란 오두막을 개조해 주었습니다. 정말 집처럼 편안했어요. 제가 무엇을 해도, 어디를 가도 상관하지 않았고 그래서 훨씬 더 친하게 지낼 수 있었습니다. 저는 그런 결정을 받아들여야 했고, 저에게 무척 도움이 되었습니다. 그렇게 작은 마을에서는 다들 제가 어디 있는지, 무슨 말을 하는지, 무엇을 하는지 압니다. 그렇기 때문에 무척 강렬한 경험이었지요.

와크텔 렐레족 마을로 들어가서 연구하면서 생각이 어떻게 바뀌었나요, 혹은 어떤 영감을 받았습니까?

더글러스 그때까지 제가 했던 모든 것이 바뀌었습니다. 렐레족은 정말 대단한 사람들이지만——아주 섬세하고 지적이고 기쁨과 웃음과 장난이 넘치지요——서로의 주술에 대한 두려움 때문에 정말 꼼짝도 못합니다. 그래서 저는 사람들이 서로를 비난하면서, 혹은 마을에 발생한 온갖 질병을 일으켰다고 비난받을까 봐 두려워하게 만듦으로써 서로의 삶을 지옥으로 만드는 것에 깊은 관심이 생겼습니다. 누가 기침을 하거나 감기에 걸리면 누가 주술로 이런 짓을 했을까 생각합니다. 어떻게 잡을까? 자백을 받을까? 아니면 해칠까? 따라서 제가 "파벌주의"라고 부르는 것을 이해하는 것이 일종의 임무였습니다. 그곳은 무척 평등주의적인 사회였습니다.

제가 최근에 파리를 방문했을 때 프랑스 사회학자이자 인류학자인 피에르 부르디외(2002년 사망)가 렐레족에 대한 책을 읽었다며 렐레족 사회가 작은 유토피아 같다고 말했습니다. 제가 느낀 것과는 정반대였지만 어디서 그런 인상을 받았는지는 알 수 있었습니다. 렐레족의 체제는 주술을 쓰는 원인이라고 생각되는 시샘을 없애도록 만들어졌습니다. 부르디외가 렐레족에게 감탄해서 저는 기뻐요. 제 기록을 통해서 그가 본 것은 어떤 형태의 축적도 허용하지 않고 모든 것을 나누며 질투를 방지하기 위해 누구도 다른 사람보다 부유해지지 못하게 방지하는 렐레족의 체제였습니다. 어떤 사람이 북 연주나 조각에 특별한 재능이 있으면 마을을 위한 고수나 조각가가 될 수 있지만 제자를 들여 자기만큼 잘 하도록 가르친 다음 은퇴해야 합니다. 한 마을에 장인이 두 명일 수는 없으니까요. 그러면 나이 많은 쪽이 젊은 쪽을 질투할 겁니다. 렐레족 사람들이 서로를 해칠 정도의 질투를 방지하기 위해 모든 제도를 만들어 두었습니다. 그것에 무척 집착했지요. 아주 인상적이지만, 잘 통하지는 않았습니다.

와크텔 그것을 왜 파벌주의라고 부릅니까? 어떤 면에서 파벌주의죠?

더글러스 음, 닫힌 공동체였다는 의미에서 파벌입니다. 렐레족은 다른 사람이 들여다보지 못하도록 집 주변에 바리케이드를 세웠습니다. 외부인을 두려워했지요, 끔찍하게 무서워했습니다. 외부인이 위험과 문제를 가져온다고 생각했어요. 저는 그것이 무척 파벌주의적이라고 생각합니다. 흑과 백, 내부인과 외부인을 가르니까요.

와크텔 그리고 평등주의는요?

더글러스 파벌은 대부분 평등주의입니다. 무척 강력한 평등주의죠. 렐레족이 그랬던 것처럼 평등을 위해 각종 규칙을 추가해야 합니다. 그래서 저는 파벌주의 연구에 큰 관심을 갖게 되었습니다. 또 종교로서 조상을 무척 중요하게 생각하는 서아프리카, 나이지리아, 수단의 일부 지역과 달리 렐레족은 조상 숭배가 없었습니다. 렐레족의 경우에 조상은 도움이 되기보다 위험했습니다. 조상이 나쁜 쪽으로 넘어가지 않도록 정말 애를 썼지요. 조상이 나를 위해 많은 것을 할 수는 없지만 해칠 수는 있으니까요. 그들의 우주에는 위험과 해악이 많습니다. 저는 그것이 무척 슬펐지요.

와크텔 천산갑이라는 이국적인 동물에 대해 이야기하고 싶습니다. 천산갑이 어떻게 생겼는지, 렐레족과 당신의 연구에 그것이 얼마나 중요했는지 설명해 주시겠어요?

더글러스 제가 렐레족 마을에 오래 머물면서 언어를 더 배웠으면 좋았을 것 같아요. 그것은 입회가 필요한 소규모 컬트 집단 중 하나였습니다. 천산갑 컬트에 입회한 특별한 사람들이 있었지요. 그들만이 천산갑을 먹을 수 있고, 먹어야 했습니다. 저는 그들이 먹을 수 있거나 먹을 수 없는 음식에, 동물성 식품에 관심이 있었습니다. 그들은 나무에 살지만 물고기처럼 비늘을 가진 포유류에 대해서 저에게 말해 주었습니다. 그들은 천산갑을 잡았을 때 제게 보여 주었고, 저는 사진을 찍었습니다. 천산갑은 공처럼 둥글게 몸을 말아요. 사냥꾼을 보면 대부분의 동물들——예의 없는 동물들——처럼 무례하게 도망가는 게 아니라 작고 수수한 공처럼 몸을 둥글게 말지요. 사냥꾼은 천산갑이 몸을 펼 때까지 기다렸다가 머리를 쳐서 죽입니다. 따라서 천산갑은 인간과 동물의 중간에 위치한 생물이에요. 모든 것의 중간입니다. 나무에서 살기 때문에 물에서 사는 동물과 하늘에서 사는 동물의 중간이지요. 렐레족은 천산갑을 잡으면 다른 모든 일을 즉시 중지하고 천산갑 의례를 마칠 때까지 다른 의례를 하지 않습니다. 아주 비밀스러운 의례입니다. 족장이 마을을 방문했을 때처럼 천산갑 사체를 들고 마을을 한 바퀴 돌아요. 사실 렐레족은 천산갑을 족장이라고 부릅니다. 천산갑이 희생양이 되려고 자발적으로 걸어 들어오기라도 한 것처럼 천산갑이 우리 마을에 왔다고 말하지요. 그리고 이런 노래를 부릅니다. "이제 우리는 고통의 집으로 들어가네, 이제 우리는 고통의 집으로 들어가네."

　정말 애석하게도 마을에서 천산갑 의례를 치르던 날, 친절하고 다정한 선교사들이 제가 잘 지내는지 보러 왔기 때문에 저는 어떤 의례인지 알아낼 수 없었습니다. 어쨌든 여자한테는 힘들었을 거예요. 게다가 렐레족 언어를 아주 잘 알아야 의례를 따라갈 수 있지요. 저는 나중에 마쿰에게서 거의 다 들었습니다. 마을에 식량이 부족하면 천산갑 담당이 의례를 치르고, 그러면 숲 전체 분위기가 부드러워져서 사냥을 다시 제대로 할 수 있다고 합니다. 다산과도 상관이 있었습니다. 마을에 아기들을 데리고 오죠. 여자들이 임신을 했습니다. 렐레족은 이렇게 말했지요. "아, 천산갑이 왔어! 이제 먹을 고기도 생기고 엄마들은 임신을 할 거야." 그러므로 천산갑이 오면 모든 게 좋아집니다. 렐레족은 심오한 영적 해석을 할 수 있습니다.

와크텔 당신은 첫 번째 현장 연구 후 자신 안에서 단편적인 설명에 대한 혐오감을 발견했다고 말했습니다. 당신에게는 어떤 의미였습니까? 그 함의가 뭐였나요?

더글러스 제 자신 안에서 발견했다는 것은 사실이 아닙니다. 그것은 후기 구조주의 인류학의 표준적인 가르침이었어요. 그래서 레비스트로스의 구조주의를 비롯해서 모두 전체를 알아야 한다고 말했던 겁니다, 전체적인 구조가 무엇인지 알아야 한다고 했지요. 인류학은 아주 오래 전부터 그런 입장을 취했습니다. 구조주의는 아주 오래된 뿌리를 가지고 있지요. 무언가를 알려면 그 시스템 전체를 알아야 합니다. 그게 제가 공부를 하면서 귀에 못이 박히도록 들은 말이에요. 단편적인 설명은 한 가지 대상에 초점을 맞춰서, 예를 들면 렐레족이 왜 천산갑에 관심을 두는지 묻는 것입니다. 그런 질문을 던지면 아주 낡은 대답이 나올 테고, 그것은 아주 피상적이고 다른 무엇과도 연결되지 않을 겁니다. 그러니 진짜 던져야 할 질문은 동물을 대하는 그들의 태도는 어떠한가? 얼마나 많은 동물을 알아보는가? 다른 동물을 어떻게 구분하는가?입니다. 그러면 렐레족이 위쪽에 사는 동물, 즉 새──다람쥐는 나무에 살기 때문에 새로 분류됩니다──와 물속에 사는 동물──돼지도 물속에 들어가기 때문에 여기 포함됩니다──을 분류한다는 사실을 파악할 수 있습니다. 초원과 숲에 사는 동물, 땅 위와 땅

속에 사는 동물도 있죠. 천산갑은 여러 큰 범주를 가로지르는 동물입니다. 땅에서도 살지만 물에서도 살고 하늘에서도 사는 포유류죠. 참 흥미롭습니다. 천산갑은 그 자체로 아주 이상한 동물입니다.

와크텔 당신이 쓴 책 중에서 가장 유명한 것은 1966년에 발표한 『순수와 위험: 오염과 금기 개념의 분석』입니다. 렐레족과 지낸 경험을 바탕으로 쓰인 책으로, 이후 저작 대부분이 그렇듯이 여러 문화와 여러 학문의 경계를 넘나들지요. 우리가 삶을 사는 방식을 이해할 때 오염 행위 연구가 왜 그토록 중요했습니까?

더글러스 저는 모든 문화에 쓰레기통 범주가 있을 거라는 생각을 떠올리고 무척 흥분했습니다. 분석 불가능한 것, 분류 불가능한 것이라는 개념에 천착하게 되었지요. 사람들은 분류 불가능한 것을 어떻게 할까요? 모든 것을 분류할 수는 없습니다. 분류는 인간이 만든 것이고, 자연은 완전한 분류에 저항하지요. 분명 분류 기준에 맞지 않는 사례가 수없이 많을 겁니다. 따라서 그것은 분류와 비단편적인 작업 훈련의 확장이었습니다. 사람들은 분류 불가능한 것을 어떻게 할까요? 어떤 쓰레기통을 쓸까요? 이러한 관심 때문에 저는 아주 즐거운 시간을 보냈고, 특히 불순을 이해할 때 이용했습니다. 솔직히 지금은 그 개념이 잘 통한다고 생각하지 않아요. 특정 부분——분류 불가능한 것들——에 대해서 많은 것을 할 수 없었지만 분류의 '유형'은 무척 유익한 아이디어의 원천이었습니다.

와크텔 저는 변칙에 대해서, 분류할 수 없는 것들에 대해서 생각하고 있었습니다. 당신은 더러움을 "제자리에서 벗어난 것"이라고 설명했지요. 이 말은 아주 흥미로운 면이 있습니다.

더글러스 네, 맞습니다. 제가 쓰레기통이라고 부르는 것이지요. 무언가는 버려야 합니다. 어떤 것들은 맞지 않으니까요. 저는 역겨움에 대한 심리적 접근은 틀리고 부적절하며 표면적이라고, 분류학적·사회학적 접근법이 더 유익하고 더 많은 결과를 낳을 거라고 확신했습니다. 자, 제가 말하는 "역겨움"은 지금까지 특히 성경에서 불순이라는 개념이 기피와 역겨움이라는 감정과 관련되어 왔다는 사실을 가리키는데, 그것은 분명 틀렸습니다. 불순에 대해서는 분류적 접근법——분류 가능한 것과 분류 불가능한 것——을 취해야 합니다. 저는 어디에서든 불순은 곧 분류 불가능함이라고 생각했습니다. 하지만 파고들수록 종교적 불순은 점점 더 알쏭달쏭하고 풍성해지고, 대단히 잘 통하는 것 같지는 않습니다. 많은 동료들이 이 문제로 열심히 고민을 했지요. 저는 동료들이 저를 특별히 인용하지 않고 변칙이 항상 역겨운 것이었다는 생각을 자기 생각처럼 다루어서 기쁩니다. 천산갑은 변칙적이지만 전혀 역겹지 않았어요. 신성했지요. 특히 에드먼드 리치는 불안과 역겨움의 원천으로서의 변칙에 대해서 정말 열심히 연구했습니다. 저는 『순수와 위험』에서 그 이야기를 많이 했지만 주요 논점은 아니었습니다. 주요 논점은 순수와 불순을, 그리고 그러한 모든 태도를 사회학적으로 연구해야 한다는 것이었습니다. 금기는 사회적 반응입니다. 금기는 문화적이고, 그 문화의 다른 부분——그 사람들의 행동——과 들어맞아야 합니다. 마음이나 감정에 단독으로 존재하는 것이 아니지요. 감정이 존재하지만 불순에 대한 태도에 섞일 수도 있고 그렇지 않을 수도 있습니다. 제 책에서 그 부분이 많이 받아들여지지 않았기 때문에 그 이후 저는 계속 그것에 대해서 썼습니다.

와크텔 당신은 『순수와 위험』에 "우리는 스스로의 감염 개념에 직면할 때까지 성스럽든 세속적이든 다른 사람이 생각하는 감염이 무엇인지 이해하리라 기대해서는 안 된다"라고 썼습니다. 그리고 같은 책에서 렐레족의 천산갑 문화를 레위기와 신명기에 나타난 유대인의 음식 규정과 비교합니다. 얼핏 생각하면 무척 놀라운 연결입니다.

더글러스 음, 제가 보기에는 그게 맞을 것 같았습니다. 누구든 순수에 대해서 이야기할 때마다 레위기와 신명기를 언급하니까요. 그래서 저는 주요 원칙인 레위인의 법률이 렐레족의 공기에 대한 규칙, 그리고 물과 땅에 대한 규칙과 마찬가지로 환경에 따라 동물을 분류하는 방식이라는 점에서 설명을 찾았습니다. 환경과 생명체를 분류하는 거죠. 그래서 저는 지난 2천 년 동안 받아들여져 온 생각, 먹을 수 없는 동물은 열등하다는 생각을 고찰해 보았습니다. 열등하다는 것이 일반적인 번역인데, 끔찍하고 역겹다는 뜻입니다. 성서 해설들, 그런 동물을 먹으면 안 되는 이유에 관한 해석들은 모두 그러한 동물들에게 혐오스러운 점이 있다는 생각에서 출발했습니다. 그래서 성서 학자들은 머리를 긁적이며 낙타와 산토끼, 바위너구리의 어떤 면이 그렇게 혐오스러운지 생각하려 애썼지요.

와크텔 발굽이 갈라진 동물이 아니니까요.

더글러스 네, 그런데 뭐가 혐오스러웠을까요? 아무튼, 저는 몇 년 후 그 문제로 돌아가 성서 번역에 도전할 생각으로 히브리어를 배우려 했습니다.

와크텔 『순수와 위험』으로 돌아가서, 지적하신 것처럼 천산갑은 혐오스럽지 않지만 당신은 유대인의 음식 규정과 렐레족이 천산갑을 보는 방식을 비교합니다.

더글러스 렐레족이 천산갑을 보는 방식만이 아니었습니다. 천산갑은 수많은 동물들 중에 한 종이었어요. 물론 중요한 것은 한 가지 동물, 하나의 단편이 아니었지요. 렐레족은 많은 동물을 분류했습니다. 여자는 어떤 동물을 먹어도 되고, 아이들은 어떤 동물을 먹어도 되고, 임신부와 어린 남자애들은 특별 식단으로 구분이 되었지요. 복잡했습니다.

와크텔 당신이 『순수와 위험』을 쓴 목적 중 하나는 의례의 역할에 대해 널리 퍼져 있는 생각을 바로잡는 것이었습니다. 그리고 『순수와 위험』과 그 다음 책인 『자연 상징』에서 사회적 삶에서 의례의 중요성을 강조했지요. 왜 그런 이야기를 해야겠다고 생각했습니까?

더글러스 음, 1960년대였지요? 당시 의례에 반대하는 움직임이 거세게 일어났습니다. 의례는 의미가 없다고 생각했지요. 기존 교회에 반대하는 비국교도 프로테스탄트의 생각, 반란자의 입장이에요. 기존 교회에는 의례가 있습니다. 우리 스스로 하느님께 더욱 다가가려면 의례가 필요 없지요. 그러면 사제나 목사도 모두 필요 없습니다, 그런 사람이 없어도 할 수 있어요. 직접적인 상호작용을 할 수 있습니다. 당시 의례에 반대하는 강력한 움직임이 있었지만, 저는 의례를 옹호하고 나서야 했습니다. 의례가 타당하다는 것을 알았으니까요.

와크텔 제도에 대한 친화성과 관련이 있습니까?

더글러스 다 일맥상통하지요. 제가 자란 방식에 열의를 느끼지 않았다면 의례를 그렇게 중요하게 여기지 않았을 겁니다.

와크텔 당신은 인간이 사회적 동물이듯 의례적인 동물이라고 주장하면서 "생각에 말이 필요한 것보다 사회에 의례가 더 필요하다고 해도 과언이 아니다. 무언가를 안 다음 그에 맞는 말을 찾는 것은 지극히 가능한 일이기 때문이다. 그러나 상징적 행위 없이 사회적 관계를 맺는 것은 불가능하다"라고 썼습니다. 저는 이 말에서 큰 인상을 받았습니다. 말과 생각은 불가분의 관계라고 항상 생각했거든요.

더글러스 말이 전부는 아니라고 생각합니다. 제 생각은 우리 문명은 말을 약간 과대평가하고 있고, 말이 없어도 의례를 보거나 의례에 참여하면 생각을 할 수 있다는 것입니다.

와크텔 상징적 행위 없는 사회적 관계는 불가능한가요?

더글러스 네, 저는 그렇게 생각합니다. 상징적 행위가 없으면 사회적 관계도 오래 갈 수 없다고 생각해요.

와크텔 의례가 무엇인지 제대로 이해할 필요가 있겠군요. 인간이 사회적 동물이듯 의례적인 동물이라고 했는데, 이 말은 무슨 뜻입니까?

더글러스 우리는 의사소통이 필요하기 때문입니다. 의례는 반복되는 것이지 신호에 불과한 일회성 제스처가 아닙니다. 의례는 다시 일어나리라 예상할 수 있습니다. 의례의 의미는 예전에도 했고 다시 할 것이라는 예상에서 비롯됩니다. 그러므로 의례는 개인을 과거의 사람들이나 다른 사람들과 연결시키는 연속의 일부입니다. 평범한 행동을 특별한 의례로 만듦으로써 의미를 부여하지요. 사람들에게 주는 초콜릿이나 꽃처럼 의례적인 물건도 있습니다. 의례는 우리가 걷는 길을 만들고 우리가 춤추는 곳을 장식합니다.

와크텔 그러한 의례도 옹호할 필요가 있다고 생각하세요?

더글러스 저는 사람들이 스스로의 의례적 행동을 오해하는 것 같습니다. 사람들은 나이프와 포크를 접시 옆 올바른 위치에 놓고 테이블을 제대로 차려야 한다는 것을 아주 잘 알지만 그것을 의례로 인식하지 못합니다. 사람들은 개인적인 의례를 알아서 지키지만 공적 의례처럼 더욱 세련되고 더 존중받는 차원의 비슷한 의례는 경멸합니다.

와크텔 『순수와 위험』이 나왔을 때 당신 생각이 잘 받아들여졌습니까?

더글러스 책은 좋은 평가를 받았지만 한참 동안 대학 과정에는 들어가지 못했습니다. 처음 2년 동안 200권 정도 팔린 것 같아요. 누구도 저에게 그 책에 대해 이야기하지 않았습니다. 제가 책에서 했던 말을 더 잘 이해하려면 대화를 많이 해야 했는데, 그렇지 않았기 때문에 잘 설명할 수 없었습니다. 저는 학생들을 가르치지 않았고, 따라서 질문을 받지도 못했습니다.

와크텔 당신은 프랑스 식민지였던 곳에서 현장 연구를 했기 때문에 영국의 인류학자들에게 다소 무시당했고 또 영어로 책을 썼기 때문에 프랑스인들의 관심을 별로 받지 못했다고 말한 적이 있습니다. 당신은 여성이었고, 가톨릭교도였고, 가정이 있었죠. 제도의 주변인이었고, 무척 독창적인 생각을 추구했습니다. 스스로도 외부인이라는 느낌이 들었습니까?

더글러스 외국에서 일하면서 고국의 관심을 받는 사람은 없습니다. 프랑스어를 사용하는 마다가스카르 사람들에 대해 영어로 책을 쓴 모리스 블로흐가 저에게 말해 주었지요. 그는 영국에서 책을 팔 수도 없었고 관련 강의에 사람들을 끌어올 수도 없었습니다. 대학 강의에 들어갈 수 없었지요. 네, 저는 무척 외부인 같은 느낌이 들었습니다.

와크텔 괴로웠습니까? 어떤 면에서는 장점이었나요?

더글러스 괴로웠던 것들이 결국은 장점이 된 것 같습니다. 자신이 한 일이 무엇인지 설명하려면 계속 써야 합니다.

와크텔 당신은 마거릿 미드의 전기에 대한 서평에서 미드가 일종의 외부인이었다고, 부분적으로는 여성이기 때문이었다고 썼습니다.

더글러스 네, 저는 미드에게서 그런 부분을 강하게 느꼈습니다. 서평은 아니었어요, 마거릿 미드의 삶에 대한 논평이었던 것 같아요. 사람들은 로버트 머튼을 좋아하고, 미드는 컬럼비아 대학에서 가르쳤어야 하지만 컬럼비아 사람들은 그녀를 괴짜라고 생각했습니다. 미드는 실제로도 괴짜였고, 제 생각에 그녀는 무슨 일에서든 명령에 따를 필요가 없었기 때문에 더욱 독창적이고 괴팍해진 것 같습니다. 제 개인적인 생각이지만, 미드는 박물관 위의 작은 방에서 지내면서 거의 프리랜서 인류학자처럼 활동했습니다. 온갖 실험을 자유롭게 할 수 있었지만 주류가 될 수는 없었지요. 제 경우는 약간 달랐습니다. 1968년 이후 주류 자체가 말라 버렸고, 이제 인류학과에는 제가 배운 종류의 인류학을 아는 교수가 거의 없습니다.

와크텔 하지만 당신은 일찍부터 명석함을 드러냈던 미드가 남자였다면 주요 기관에서 채 갔을 거라고 말했습니다.

더글러스 저는 그렇게 생각합니다. 상대편으로 가면 위협이 될 테니 채 가야 한다고 생각했을 거예요. 네, 미드는 확실히 무척 똑똑했지만 밀어붙이는 성격이고 맨 앞에 서겠다고 결심했었지요. 그러니 그들은 받아들여야 했을 겁니다. 미드가 남자였다면 더 쉬웠겠지요.

와크텔 그동안 당신이 출판한 저작의 범위를 살펴보고 싶습니다. 우리가 사는 방식을 이해하려고 애쓰면서 경제학, 생태학, 신학, 영양학, 소비 이론 등 다른 분야로 용감하게 들어가서 색다른 것과 평범해 보이는 것을 하나로 결합시켰지요. 절충적인 접근법을 취한 이유가 뭐라고 생각하십니까?

더글러스 음, 아주 직접적인 답이 있습니다. 인류학자의 경력은 보통 현장 연구를 하고, 같은 현장에서 연구를 한 번 더 하고, 박사 학위를 하는 식으로 흘러갑니다. 그런 다음 예전에 갔던 현장과 가까운 어딘가, 혹은 비슷한 곳으로 갔다가 다시 그곳으로 돌아가지요. 같은 지역에서 왔다 갔다 하면서 컬렉션을 쌓고, 학생들을 그곳으로 보내고, 같은 지역에 학생들을 보낸 사람들과 협력하고, 관련 학회에 참석합니다. 제 경우에는 세 아이를 좀 일찍 낳았기 때문에 일반적인 경로를 따를 수 없었지요. 인생에 일뿐만 아니라 다른 것들이 포함된 여자들은 대부분이 저와 똑같이 한다는 사실을 나중에 알게 되었는데요, 바로 현장에 갈 필요가 없는 철학이나 도서관 조사에 의지하는 것입니다. 하지만 제 경우에는 복잡한 문제가 또 있었어요. 아이들이 아직 어렸던 1961년에 벨기에령 콩고에서 내전이 일어나 현장 전체가 붕괴했습니다. 벨기에인 동료들은 뿔뿔이 흩어졌어요. 두 명은 아메리카의 다른 지역으로 갔고 한 명은 브뤼셀에 남았습니다. 저는 현장과 정기적으로 연락을 취할 수 없었기 때문에 무엇이든 할 수 있는 것에 기대야 했습니다. 저는 마거릿 미드처럼 하고 싶은 것을 할 자유가 있었습니다. 어떤 콩고 연구자도 저에게 "같이 갑시다, 저랑 이 일을 같이 해요"라고 요청하지 않았지요.

와크텔 무엇을 하고 싶은지 어떻게 결정했습니까?

더글러스 제가 1년 쉬면서 경제학을 공부해야겠다고 말했더니 사람들이 무척 놀랐던 기억이 납니다. 제 남편이 경제학자예요. 저는 상징의 힘을 압축적으로 설명하자면 하나의 예로 돈을 공부하는 것이 도움이 될 거라고 생각했습니다. 경제학에는 통화의 작용에 대한 압축적이고 뛰어난 언어가 있습니다. "유동성"과 "인플레이션"과 "공급자 중시 경제학"에 대해서 이야기하지요. 저는 통화와 관련된 상호 신뢰를 제가 이해하도록 도와줄 말이나 이론이 있을 거라고 생각했어요. 그래서 경제학 책을 읽기 시작했고, 경제학자들 모두 생산 측에서 글을 쓰고 있음을 깨달았습니다. 저는 더 넓은 행동에 관심이 있었습니다. 제가 이야기하는 부족들의 경우에는 생산이 아주 뚜렷하게 분리되지 않습니다, 누구에게나 생산자와 소비자로서의 삶이 공존하니까요. 경제학 이론은 우리를 소비자 '아니면' 생산자 둘로 나누지만 우리는 생산자도 소비한다는 사실을 압니다. 그래서 저는 경제학적 인류학을 하려면 소비 이론을 배워야 한다고 확신했고, 이를 위해 1년을 쉬었습니다. 참 좋았어요, 즐거웠습니다.

와크텔 연구를 통해 일상생활의 모든 영역을 다루기는 힘들었을 것 같습니다. 쇼핑, 담당 의사나 가구를 고르는 일부터 환경 문제에 대한 관심, 빈곤과 위험 혹은 소비를 일종의 의례로 분석하는 것까지 말입니다. 하지만 당신은 각 영역에서 사회적인 목적을 발견합니다. 사회 내에서만 인간성이 가능하다고 강조하지요. 그러한 시각이 당신에게 왜 그토록 중요합니까?

더글러스 우선, 너무나도 명백해 보이기 때문입니다. 동시에 그렇지 않다고 주장하는 글이 계속 제 눈에 띕니다. 그러니 똑바로 고쳐야지요. 그리고 당신 말이 맞습니다, 그것이 제 연구의 주요 주제입니다.

와크텔 당신은 서구 문화의 일상적인 행동에 인류학적인 직관을 적용했습니다. 예를 들어 먹는 것과 관련된 의례, 즉 영국 노동 계급의 식습관 연구는 특히 시사하는 바가 많았습니다. 무엇을 발견했습니까?

더글러스 식사가 얼마나 구조화되어 있는지, 또 누가 애써 그러한 구조를 만드는지 측정하는 방법을 발견했다는 점에서 연구의 수확은 대부분 방법과 관련된 것이었습니다. 미국에서 실시한 연구였는데, 『사회 체제에서의 음식』이라는 책으로 출판되었지요. 처음에는 인류학자 네 팀이 미국에서 연구를 실시했는데, 한 팀은 수 인디언, 한 팀은 노스캐롤라이나의 흑인, 한 팀은 필라델피아의 이탈리아계 미국인을 연구했습니다. 테네시에서 진행되는 연구도 있었지만 끝마치지는 못했지요. 우리는 아무것도 묻지 않은 채 같이 둘러앉아서 음식을 먹으며 조용히 달력을 보고 누가 참석했는지 확인하는 인류학적 방법을 적용했습니다. 세세하게 계획한 연구 프로젝트였어요. 연구자들은 음식을 먹으면서 무엇을 무엇과 같이 먹는 규칙이 있는지 지켜보았습니다. 어떤 가족이 감자를, 오로지 감자만 매일 먹는다고 생각해 보세요. 그것은 전혀 구조화되어 있다고 할 수 없습니다. 한 가지 종류밖에 없고 특별히 뭔가를 하지 않습니다. 하지만 일요일을 따로 축하하면서 소스를 약간 곁들인다든지, 금요일마다 생선을 먹는다면 약간 구조화된 셈입니다. 갖가지 변화를 더할수록 더욱 구조화됩니다. 민트 소스는 반드시 양고기와 함께, 붉은 커런트 젤리는 반드시 닭고기와 함께, 머스터드는 반드시 쇠고기와 함께 먹는다면 그게 바로 구조화입니다. 우리는 음식을 내는 규칙에 관심이 있었는데, 규칙을 지키려면 품이 많이 들기 때문입니다. 계속해서 장을 보고 물건을 공급해야 합니다. 그러한 에너지와 힘과 의도가 어디에서 나올까요? 단순한 음식에 그처럼 복잡한 구조를 부여하려는 욕망은 어디에서 나올까요? 우리는 그런 연구를 했습니다.

또한 우리는 구조화를 측정하고 싶었기 때문에 무척 뛰어난 수학자에게 일을 맡겼습니다. 이렇게 측정한 값을 나중에 비교할 생각이었지만 연구를 중단해야 했습니다. 저는 러셀 세이지 재단의 책임자인 에런 월대브스키의 후원을 받아서 연구를 시작했는데, 에런이 일을 맡은 지 6개월도 되기 전에 해고당했기 때문에 우리 연구를 계속할 수 없었지요. (에런을 해고한 자들만 빼면 누구의 잘못도 아니었습니다.) 구조를 비교하는 방법을 알아내자는 생각이었습니다. '저곳'과 비교해서 '이곳에' 구조가 얼마나 있다고 말할 수 없다면——아주 비슷한 비교값이 필요할 것입니다——구조화를 제대로 말할 수 없기 때문입니다. 아주 특수한 방법론적 연구였지만 재미있었어요.

와크텔 70대에 히브리어를 배우기 시작했다고 하셨습니다. 이제 원본을 읽을 수 있습니까?

더글러스 그렇지 않아요. 저는 히브리어를 유창하게 읽지 못하지만 다행히도 학자들의 노력 덕분에 모세 5경은 해설들이 아주 멋지게 붙어서 나옵니다. 한쪽에 히브리어, 한쪽에 영어가 있고 아래에 해설이 무척 많아서 충분히 읽을 수 있어요. 성서 내용을 아는 상태에서 조금 읽어 보면 히브리어를 약간 알게 되지요. 이스라엘에서 도로 표지판을 읽는 건 못하지만요. 하지만 예를 들어 "기피"라는 번역을 분석하려면 히브리어를 아는 것이 무척 중요합니다. 저는 아직 히브리어 실력이 만족스럽지 않지만, 몇 세대에 걸친 유대인 학자들이 모든 것을 지나치게 오독했다는 생각이 듭니다. 민수기와 레위기 모두 그렇지만, 레위기가 특히 오독되었지요. 랍비들은 성경의 철학과 아름다운 구조를 이해하는 것보다 순수 및 순수의 원칙을 해석하고 일상의 규칙으로 삼는 것을 더욱 강조했습니다. 레위기는 분명 하느님의 연민과 인정과 사랑을 강조합니다. 기독교인들은 항상 신약으로 인해 사랑과 용서의 종교가 되었다고 생각하지만, 절대 사실이 아닙니다. 그건 레위기에, 성경 한가운데 있어요. 번역의 어떤 부분이 잘못되었는지 보려고 몇몇 단어를 공부하면 우리가 하느님께서 어떤 것들을 혐오스럽게 만들었다고 말하는 실수를 저지르게 되었는지 알 수 있습니다. 하느님께서 그런 말씀을 하셨을 리가 없어요, 들어맞지 않지요. 그런 해석을 받아들인다면 레위기는 시편과 완전히 어긋나는 서가 되고, 나머지 예언서들은 내적 모순으로 가득합니다. 레위기는 아주 특이한 서로 취급되었지만 저는 그렇게 생각하지 않아요. 제 생각에는 레위기가 바로 모세 5경의 중심입니다. 예수님께서 위험을 무릅쓰고 바리사이파와 율법학자들에게 완전히 잘못 알고 있다고 말씀하셨을 때 바로 레위기를 생각하신 것이라고 말하고 싶을 정도예요.

와크텔 책 서문에 "인류학자로서 레위기를 연구하는 것이 나에게는 무척 소중한 프로젝트였다"고 썼는데, 왜 그렇습니까?

더글러스 부분적으로는 레위기가 완전한 서이기 때문입니다. 목적이 아주 명확해요. 히브리 학자들에게 제안하기는 위험한 입장이지요. 그들은 모세 5경의 각 부분이 완전한 서가 아니라고——모세 5경이 하나의 서이고 각각의 서는 부분이라고——생각하기를 좋아하니까요. 하지만 저는 레위기가 완벽한 구성의 아름다운 작품이라고 생각합니다. 따라서 레위기를 읽으면서 얼마나 우아하고 정교하게 만들어졌는지 발견하는 것은 아주 큰 기쁨입니다. 또 제 이론을 알맞게 수정할 수 있었습니다. 레위기의 동물성 식품과 금지된 식품에 대한 생각을 완전히 바꾸어야 했지요.

와크텔 어떤 의미에서는 레위기에 대한 생각이 35년 동안 마음 깊은 곳에 있지 않았습니까?

더글러스 아니, 전혀 그렇지 않았습니다. 저는 에든버러의 아주 유명한 강연인 기포드 강연에 초청을 받았는데, 3년 전에 미리 알려 주었기 때문에 다시 레위기 문제를 생각하기 시작했습니다. 어떤 일을 3년 동안 할 수 있다는 이야기를 들으면 도대체 뭐가 그만한 가치가 있을지 수많은 시간, 몇 주 동안 고민하게 되지요. 저는 전부 합쳐야겠다고 생각했습니다. 저의 마지막 대작업이 될 텐데, 모든 작업에서 비롯되어 어디에든 들어맞는 지식의 사회학과 과학의 사회학——정신의 이론——을 하기로 했습니다.

제가 강연에 대해서 고민하면서 소제목과 이런저런 글을 쓰고 있을 때 프린스턴 장로교 신학교의 캐서린 세이큰펠드가 강연을 해달라고 요청했습니다. 저는 민수기에 대해서, 주인 없는 밭에서 살해된 자의 주검을 발견했을 때에 대해서 이야기를 할 예정이었습니다. 그런 경우 붉은 암소를 찾아서 희생양으로 삼은 다음 선언을 해야 했지요. 저는 민수기를 읽어 본

적이 없었는데, 이 부분을 읽고 제가 전혀 이해하지 못했다는 사실을 깨달았어요. 무엇에 대한 이야기인지 전혀 몰랐고, 이를 이해하려면 정말 엄청난 시간을 들여야 한다는 사실을 알았지요. 그러나 저는 인류학자로서 희생양에 대해 이야기하는 것은 항상 유용하다는 믿음이 있었습니다. 하지만 아니었어요, 학생들이 이미 알고 있는 것 외에 아무 이야기도 할 수 없음을 깨달았습니다. 정말 부끄러웠지요.

민수기를 다시 읽으면서 저는 그 책에 사로잡혔습니다. 저는 기포드 강연에서 민수기에 대해 이야기했는데, 누가 이렇게 말했습니다. "성경을 그대로 읽으면서 해설은 하나도 안 읽으시는군요?" 인류학자들은 뭔가를 제대로 알게 될 때까지 해설을 읽으려 하지 않습니다. 끔찍하게도 저는 해설을 읽으면서 몇몇 존경받는 성서학자들이 민수기를 중요하지 않다고 일축해 버렸음을 깨달았습니다. 모두에 제대로 된 구조가 없고 무질서하고 구성이 혼란스럽다며 사과하거나 비난하고 있었지요. 이 내용이 왜 저기가 아니라 여기 있지? 특히 끝부분이 그렇습니다. 어느 학자가 이쪽을 조금 잘라 내면 다른 학자는 저쪽을 조금 잘라 냈지요. "원전 비평"의 영향 때문이었는데, 원전 비평은 책을 하나의 전체로 다루지 않기 때문에 책 자체가 무엇에 관한 것인지에 대한 흥미를 감소시킵니다. 책을 여러 명의 저자가 여러 가지를 덧붙인 일련의 고고학적 단층으로 다루고, 어떤 저자가—모두 상상 속의 저자입니다—무슨 말을 했는지 찾는 것에 모든 기량을 동원합니다. 저는 신성한 책을 그런 식으로 다루면서 어느 한 순간 어떤 목적을 가지고 취합했다고 생각할 수 있다는 사실이 놀라웠습니다. 인류학자는 자료를 제공한 사람에게 "자, 마지막 부분을 잘라 내고 정말 본질적인 내용만 다룹시다"라고 감히 말하지 못합니다. 하지만 민수기는 그렇게 취급받았습니다. 저는 수많은 고대의 텍스트도 마찬가지였음을 나중에 알았습니다. 1880년대에 독일인 산스크리트 교수(파울 도이센)가 인도 신화인 베단타를 번역했는데, 반복이 너무 많았기 때문에 전부 잘라 내고 하나의 줄거리를 만들려고 애썼지요.

저는 해석상의 크나큰 장애 중 하나에 착수했습니다. 인류학자의 임무는 책을 읽는 것인데, 저는 너무 빨리 읽으려 애쓰고 있었습니다. 민수기를 신중하게 읽으면서 스스로에게 말했지요. 뭐가 그렇게 마음에 안 들었을까? 뭐가 잘못된 걸까? 학자들이 좋아하지 않았던 것은 율법이 하나 나온 다음 이야기가 그것을 방해한다는 점이었습니다. 사람들이 시나이산을 떠나 요르단으로 가면서 사막에서 겪는 모험 이야기가 나왔지요. 그런 다음 갑자기 이야기가 뚝 끊기고 훨씬 더 많은 율법이 나온 다음 다시 이야기가 이어집니다. 반복이 아주 많아요. 인류학자들은 그런 것을 모두 읽는 게 전통입니다. 그 안에서 구조를 찾지요. 단편적인 것으로 여기지 않아요. 제가 발견한 것—저는 정말 흥분했어요—은 이 고대의 텍스트가 이야기-율법, 이야기-율법, 이야기-율법이 반복해서 나오는 순환 구조라는 것이었습니다. 1장과 7장은 이야기입니다. 1장에서 이야기가 시작되고 7장에서 끝나지요. 12장과 2장은 율법입니다. 이야기는 홀수, 율법은 짝수예요. 정말 소름끼칠 정도로 일관적이죠! 우연히 그렇게 할 수는 없어요. 그냥 그렇게 되었다고 생각할 수는 없습니다. 그렇게 해서 저는 고전적인 되돌이 구성법을 알아볼 수 있었는데, 작업을 시작하기 전에는 전혀 몰랐지요. 대략적으로 읽는 법을 배워야 했습니다, 즉, 소네트처럼 읽는 것이지요. 머릿속에 운율이 들어 있는 상태에서 단어를 다시 듣고 떠올려서 앞줄과 연결시키다 보면, 마음속에 규칙적인 패턴이 그려집니다. 쭉 읽어 나가는 것이 아니라 건너뛰면서 읽는 거예요. 사람들은 민수기를 순차적으로 읽었지만 사실은 건너뛰면서 읽어야 했습니다. 그러면 전혀 다릅니다, 무척 일관적이고 아주 세련되고 정말 아름답지요. 하지만 저는 민수기를 그렇게 읽는 내내——정말 오래, 몇 년이나 걸렸어요——계속 걱정했습니다. 제가 만약 배수로에 빠지거나 버스에 치이면 민수기는 절대 제대로 분석되지 않을 거라고 말이에요. 제 생각에는 너무나 중요한 일이었습니다. 그리고 민수기 분석을 끝내자 레위기를 다시 살펴봐야 한다는 사실을 깨달았지요.

와크텔 그래서 민수기를 끝낸 다음 레위기로 돌아갔습니다. 스스로 수정주의자가 될 것이라고, 즉 바뀌어야 할 것이라고 예감했습니까?

더글러스 그때는 제가 이미 수정주의적임을 알고 있었습니다, 민수기를 크게 수정했으니까요. 아무튼 민수기는 중립적인 율법을 모아둔 것이 아니라 무척 정치적인 책입니다. 이제 번역을 검증하고 싶은 부분이 있었기 때문에 히브리어를 배워야 했습니다.

와크텔 레위기를 보는 시각이 그것을 이용해서 오염과 순수를 이해할 때와 달라졌다고 말할 수 있을까요?

더글러스 네. 책의 구조를 어느 정도 이해한 다음 문학적 구조로 들어가야 합니다. "되돌이 구성법"이라는 것은 무척 유명한 수사학적 형태로, 시작을 선언한 다음 중간 부분에서 시작 부분이 반복됩니다. 그러면 그것이 중간이라는 것을 알지요. 그런 다음 다시 시작 부분을 향해 돌아갑니다. 그러므로 되돌이 구성에서는 작가가 시작과 끝 사이에 어떤 평행적 이야기를 구성하는지 찾아야 합니다.

저는 이야기-율법, 이야기-율법 구조의 도움으로 민수기를 해석한 다음 레위기를 다시 연구했습니다. 하지만 레위기를 보면서 민수기의 구조가 전혀 적용되지 않는다고 생각했어요, 이야기가 두 개밖에 없었기 때문에 그것이 구성 원칙이 될 수 없었지요. 그런데 어느 날 갑자기 그럴지도 모른다는 생각이 들었고, 그래서 이야기를 다시 살펴보았습니다. 징벌에 관한 이야기입니다. 아론의 아들들이 불에 타 죽고 신을 모독한

자는 돌에 맞아 죽지요. 저는 레위기에서 이야기들의 위치를 살펴보았습니다. 레위기는 세 부분으로 구성됩니다. 두 이야기가 레위기의 세 부분을 구성하지요. 첫 번째 부분은 되돌이 구성입니다. 전부 번제물에 대한 내용, 혹은 번제물을 바쳐야 하는 질병에 대한 내용이지요. 저는 구조가 존재한다는 생각이 들었습니다. 동등한 것이 아니라 점점 더 작아지는 세 부분으로 구성되어 있었지요. 재난 이야기로 나누어진 각 부분의 비율은 출애굽기에서 모세가 만든 성막의 비율과 같습니다.

성막에는 먼저 제단이 있고 번제를 위해 동물을 데리고 들어오는 곳에 거대한 뜰이 있습니다. 그런 다음 사제들만 드나들 수 있는 문이 있습니다. 레위기의 첫 번째 징벌적 이야기는 거기에 위치합니다. 사제들만이 그 문을 지나서 성소로 들어갈 수 있지요. 두 번째 부분은 사제가 들어갈 수 있는 곳과 등잔대, 분향 제단, 제사빵 제단——세 개의 가구——의 위치에 대한 것입니다. 모두 사제에 대한 것이지요. 사제란 무엇인가, 누구와 결혼할 수 있는가, 어떤 음식을 먹을 수 있는가, 등등에 대해서 이야기합니다. 그런 다음 두 번째 재난 이야기가 책의 마지막 부분에 소개되는데, 성막에서는 지성소로 들어가는 마지막 장막으로 들어가는 셈입니다. 여기 계약의 궤가 놓여 있고 그 위에 두 케루빔이 있는데, 어마어마한 연기 때문에 희미하게 보입니다. 궤 안에는 하느님이 이스라엘에게 그들의 주님이 되겠다고 약속한 증언판이 있습니다. 레위기에서 가장 작은 마지막 부분은 전부 하느님의 계약에 관한 내용입니다.

와크텔 그렇다면 레위기는 율법과 금기와 기피에 대한 책이 아니라…

더글러스 무척 영적인 의식입니다. "휴대용 성막"이라고 부르죠. 가지고 다닐 수 있어요. 진짜 성전은 파괴되었지만 레위기가 있습니다. 가톨릭에서 십자가의 길과 같은 것이지요. 반드시 특정한 곳에 갈 필요가 없어요. 성막으로 들어가서 문을 지나면 지성소를 들여다볼 수 있습니다. 하지만 문학적 장치도 완벽하지만 레위기를 읽는 것은 정말 즐겁고 짜릿한 경험입니다. 아주 놀랍지요. 레위기는 창세기와 모세 5경의 다른 책들을 이용하기 때문에 그것들을 이용해서 해석해야 합니다. 하느님의 사랑과 용서에 대한 책이에요. 저는 그 부분이 정말 좋았습니다. 그리워요. 다 끝냈지만 그립습니다. 저는 아직도 레위기에 대해서 쓰고 있어요.

와크텔 사회적 인류학 연구, 특히 의례의 의미에 대한 연구와 최근의 성경 연구를 하면서 종교적으로 더욱 헌신하게 되었다고 생각하세요?

더글러스 아마 그렇겠지요. 이런 식으로 종교를 추구할 수 있어서 행운이라고 생각합니다.

와크텔 당신은 영국과 미국에서 연구자로, 또 교사로 오래 일했습니다. 인류학에서 당신의 가장 큰 공헌이 무엇이라고 생각하십니까?

더글러스 정말 모르겠습니다. 저는 사회적 동물로서의 인간이라는 개념이 중요하다고 생각하지만 제가 이런 말을 하기 바라는 사람은 없을 것 같군요. 아마 레위기겠지요.

2001년 4월

놈 촘스키
Noam Chomsky

제가 사람들이 주변 세상의 실상을 알면
윤리적이고 인간적인 방식으로 행동할
가능성이 2퍼센트라고 생각한다 칩시다.
그렇다 해도 저는 2퍼센트의 가능성을 높이고
그것으로 무엇을 할 수 있는지 고민하는 데
헌신할 겁니다.

놈 촘스키

세계적으로 유명한 언어학자이고 반골 지식인이자 "현대판 코페르니쿠스"라고 불리는 놈 촘스키는 우리가 언어에 대해서, 미디어와 정치 담론에 대해서 생각하는 방식을 뒤바꾸었다. 가장 흔히 인용되는 놈 촘스키에 대한 찬사는 『뉴욕 타임스 북 리뷰』에 나온 말이다. "생각의 힘과 범주, 새로움, 영향력으로 판단할 때 놈 촘스키는 틀림없이 현재 살아 있는 가장 중요한 지식인이다." 마지막 문구는 놈 촘스키의 책 띠지마다 등장하며, 그의 정치적 행동에 대한 기사마다 언급된다.

　그러나 아이러니하게도 촘스키에게 『뉴욕 타임스』는 그가 말하는 "기만의 거미줄", 혹은 "민주주의 사회의 사상 통제"의 주요 하수인이다. 언젠가 치과의사는 촘스키가 이를 간다는 사실을 알아차렸다. 아내가 관찰해 보니 촘스키는 밤에 잠을 잘 때 이를 가는 것이 아니라 아침마다 『뉴욕 타임스』를 읽으면서 이를 갈고 있었다.

놈 촘스키는 인습 타파를 주장하며 권력을 귀찮게 구는 잔
소리꾼이다. 그는 특정한 사상을 대변하지 않고 어떤 정당도
그가 자신들의 편이라고 주장하지 않는다. 촘스키는 냉전 당
시 미국의 외교 정책을 맹렬히 비판했지만 소련의 호의를 사
지도 않았다. 그의 저작은 학술적인 언어학 책조차도 소련에
서 금지되었다. 촘스키는 지식인이라면 진실을 말하고 거짓을
폭로할 책임이 있다고 생각한다. 그는 거의 40년 전에 그렇게
말했고 지금도 그렇게 믿는다.

『옥스퍼드 컴패니언 투 더 잉글리시 랭귀지』는 촘스키가
"20세기 후반 언어학에서 가장 영향력 있는 인물"이라고 말한
다. 50년대 후반과 60년대에 촘스키는 인간이 언어를 배우는
역량을 타고난다고, 말하자면 뼈에 "심층 문법"이 새겨져 있다
고, 유전적으로 그렇게 구성된다고 주장했다. 그는 이렇게 말
했다. "인간의 근본 요소는 언어를 만들어 내는 능력이다."

촘스키의 저작은 영향력이 너무나 컸기 때문에 촘스키 혁명
이라고 불렸다. 예술 및 인문학 학술지 문헌 색인과 사회 과학
학술지 문헌 색인에 따르면 촘스키는 살아 있는 저자 중 가장
많이 인용되는 학자이며, 산 자와 죽은 자를 모두 합쳐도 헤겔
과 키케로를 제치고 8위를 차지했다.

놈 촘스키는 1928년 필라델피아에서 태어났다. 현재 그는 고
령에도 불구하고 무시무시한 일정을 유지하며 MIT에서 언어

학을 가르칠 뿐 아니라 세계 곳곳을 다니며 강연을 하고, 글을 쓰고, 미디어에 대응한다. 또 책을 1년에 한 권 발표한다. 어림 잡아 보니 그는 총 60권의 책을 냈는데, 본인은 모르겠다고, 확실하지 않다고 대답한다. 첫 책은 『촘스키의 통사구조』였고, 최근에는 『언어의 건축』과 『9-11』을 발표했다.

촘스키는 70년대 후반과 80년대 후반에 주류 언론의 주변으로 밀려났지만 세계화 관련 운동이 일어나면서 새로운 청중을 발견했다. 예를 들어 2002년 봄 브라질 포르투알레그리에서 세계 사회 포럼이 개최된 후 촘스키는 미국에서 3천 명 이상을 대상으로 강연했다. 촘스키는 "좌파가 탄생한 이후 줄곧 꿈꿔 왔던" 국제적 운동의 탄생을 목격하는 중이라고 생각한다. "테러리즘과의 전쟁"을 비판한 9·11 테러 관련 인터뷰집은 프랑스, 일본, 타이완, 이탈리아, 오스트레일리아, 포르투갈, 스웨덴, 그리스, 브라질, 독일, 네덜란드와 미국에서 동시 출간되었다.

◇◇

와크텔 제가 생각하는 당신의 이미지는 헌신적이고 지치지 않는 사람, 심지어는 고행자입니다. 오래 전 노먼 메일러가 베트남 전쟁 반대 시위 때문에 당신과 함께 구치소에 잠시 들어갔다 나왔을 때 당신을 그렇게 묘사했죠. 그는 '고행'이라는 단어를 썼습니다. 이 단어가 당신과 어떻게 어울릴까요?

촘스키 어느 정도는 정확할 겁니다. 물론 저는 아주 방종할 때도 많고, 이제 손자들도 있어서 점점 더 그렇지만 말입니다.

와크텔 방종의 예를 하나만 들어 주시겠어요?

촘스키 예를 들면 손자들과 노는 것이지요. 그게 최고의 방종입니다.

와크텔 저는 좀 더 호화로운 것을 기대하고 있었는데요.

촘스키 호화롭다고요? 음, 저는 여름이면 완전한 은거에 들어갑니다. 세월이 지나면서 9월에 시작해서 6월말까지 이어지는 일정에서 살아남으려면 여름 내내 완전히 사라져서 전화도 잘 받지 않는 방법밖에 없다는 것을 깨달았습니다. 오랜 친구들을 만나거나 가족들이 놀러 오거나 할 때도 있지만, 저와 아내는 거의 하루 종일 일을 하면서 보냅니다. 느지막한 오후에는 수영을 하거나 요트를 타러 가지요.

와크텔 여름 동안에도 거의 하루 종일 일을 하시는군요.

촘스키 네, 거의 종일입니다.

와크텔 당신은 "온전한 인간"이라는 것에 대해서 그 어떤 과학적 탐구보다 문학이 언제까지나 훨씬 더 심오한 통찰을 제공할 것이라고 말한 적이 있습니다. 하지만 상상력으로 만든 작품을 거의 언급하지 않지요. 소설에 어떤 영향을 받았습니까?

촘스키 말하기 어렵군요. 저는 소설을 많이 읽습니다. 젊었을 때는 훨씬 더 많이 읽었지요. 사실 저는 문학을 가끔 언급하지만, 소설이 어떤 사람의 감성을 만들어 내는 방식은 설명하기 힘듭니다. 사람을 이해하고 사람이 하는 일을 이해하면 직관이 더욱 풍성해지지만, 제가 그 방식을 정확히 표현하기는 힘들 군요.

와크텔 소설을 읽을 때 무엇에 끌립니까?

촘스키 저는 취향이 보수적이라서 주로 19세기나 20세기 초 문학을 읽습니다. 가끔 현대 작품도 읽고요.

와크텔 어떤 책들이 당신의 신념에 영향을 주었습니까?

촘스키 어린 시절부터 영향을 받은 책이 너무 많아서 열거할 수도, 대표적인 것을 꼽을 수도 없습니다. 어린 시절에 특히 여름 방학은 의자에 웅크리고 앉아서 동네 도서관에서 빌려 온 고전을 탐닉하는 즐거운 시간을 의미했지요. 하지만 한 가지 정도는 개인적인 면을 이야기할 수 있겠군요. 어린 시절부터 금요일 저녁은 아버지와 함께 히브리 고전을 읽는 시간이었는데, 히브리어로 번역된 뛰어난 이디시 문학(작가 본인이 히브리어로 번역한 경우도 있었습니다)도 대부분 포함되었습니다. 특히 좋아했던 작가는 멘델레 모체르 스포림인데, 더 유명해졌어야 마땅하지요. 그리고 정말 크게 후회되는 한 가지는 어린 시절의 경험을 되새기면서, 미래가 아닌 과거를 생각하면서 삶을 음미할 시간이 없었다는 것입니다. 언젠가는 그럴 수 있으면 좋겠군요.

와크텔 문학이 당신의 신념과 태도에 영향을 끼치는 것에 의식적으로 저항했다는 이야기를 들었을 때는 깜짝 놀랐습니다.

촘스키 제가 할 수 있는 한도 내에서는 그랬지요. 문학만이 아니라 시각 예술, 다큐멘터리 같은 것들도 마찬가지입니다. 상상력을 자극하고 고양시키는 것과 진실을 찾는 것은 전혀 다른 일입니다. 문학은 항상 저에게 크나큰 영향을 끼쳤습니다. 하지만 저는 개인적인 확신과 태도가 아니라 독립적인 증거를 바탕으로 결정하고 싶습니다. 그것이 얼마나 성공적이었는지 판단하는 것은 다른 사람들의 몫이겠지요. 저의 신념과 태도를 숨기려는 것은 아닙니다. 사실 저는 다른 사람들이 제 신념과 태도가 어디에서 나왔는지 이해하고 제가 하는 말을 그것에 따라 해석할 수 있도록 최대한 드러내려고 합니다. 저는 다들 그래야 한다고 생각합니다. 하지만 그것은 제 개인적인 생각과 느낌이 특정 문제에 대한 결론을 형성하지 않도록 최대한 막으려는 것과 일관적이지요. 물론 우리는 스스로의 껍데기에서 벗어날 수 없지만 저는 자기 인식과 자기 비판이 허용하는 한 직관적인 느낌, 감정적인 반응, 증거가 없는 관점은 제쳐 두려고 합니다. 분명 손에 넣을 수 없는 이상이고 제가 노력을 하는 만큼 성취했다고 주장하는 것도 아니지만, 적어도 노력은 해야 합니다. 저는 그것이 괜찮은 규범적 원칙이라고 생각합니다.

와크텔 예술에, 문학에는 찾을 진실이 없다고 생각합니까?

촘스키 저는 인간 삶의 중요한 영역들 중에서 가장 정교한 과학——제가 특별히 관심을 가지고 있는 분야도 마찬가지입니다——보다 예술과 문학에서 사람에 대해 더 많이 배울 수 있다고 학술 서적에서 항상 강력히 주장했고, 아마 앞으로도 그럴 것입니다. 놀라운 일은 아니죠. 핵심적이고 엄밀한 과학이 여러 작업에 많은 공헌을 하게 된 것도 무척 최근의 일입니다.

와크텔 당신의 정의감과 사회적 희생자에 대한 연민의 근원이 무엇인지 알고 싶습니다.

촘스키 근원 말입니까? 대공황 시절에 자랐기 때문이 아닐까요? 사람들이 넝마나 사과 따위를 팔려고 집 앞까지 찾아왔던 아주 어린 시절의 기억 말입니다. 노면 전차를 타고 지나가면서 직물 공장에서 파업하는 여자들을 보았고, 경찰이 파업 노동자들을 때리는 광경을 보았기 때문입니다. 그리고 간접적인 경험도 있지요. 개인적인 경험이 아니라 독서, 영화, 2차 자료를 통한 경험 말입니다. 관점을 바꿔서 생각하면, 인간은 근본적이고 고유한 권리를 가지고 있지만 수많은 방식으로 침해당하고 있으며, 때로는 우리 눈앞에서 극악무도한 부당함으로 이어진다는 생각이 근원입니다. 우리 스스로가, 제 자신이 관련되어 있다는 점에서 무척 개인적인 우려입니다. 그래서 저는 징기스칸의 범죄보다 제가 중대한 책임을 가지고 있는 미국에 의한 범죄에 관심이 훨씬 더 많습니다. 징기스칸의 범죄에 대해서 화를 낼 수는 있지만 제가 할 수 있는 게 별로 없으니까요.

와크텔 전쟁 초기에 친나치였던 필라델피아의 동네에서 자란 것이 당신에게 어떤 영향을 끼쳤다고 생각하십니까?

촘스키 정말 끔찍했습니다. 어린 시절 대부분 우리 가족은 주로 독일계 혹은 아일랜드계 가톨릭 동네의 유일한 유대인 가족이었습니다. 무척 반유대인적이었지요. 아이들은 대부분 가톨릭 학교에 다녔습니다. 저는 철들 나이를 훨씬 지나서까지 가톨릭과 가톨릭 학교에 대해 본능적인 두려움을 가지고 있었다고 말해야겠군요. 예를 들어서 저는 베리건 형제[1] 같은 사람들을 만났을 때 비이성적이라는 것을 알면서도 그런 두려움을 극복하기 힘들었습니다. 우리 동네 사람들은 정말로 친나치였습니다. 1930년대였는데, 파리 함락 때 동네 사람들이 축하하던 기억이 납니다. 동생과 저는 버스를 타러 가든 가게에 가든 우리가 갈 수 있는 길을 정해 두었습니다. 다른 길로 가는 건 안 될 일이었지요. 이 역시 과장하고 싶지 않습니다. 반유대주의가 실제로 있었지만, 동네 아이들과 놀 수는 있었습니다. 하지만 무슨 일이 벌어질지 알 수 없었기 때문에 약간 조심했습니다. 그런 분위기가 동네의 일부로 항상 배경에 있었지요. 물론 유럽에서 벌어지는 일은 무척 끔찍했습니다. 히틀러의 뉘른베르크 궐기 대회 소식을 들을 때 부모님이 보인 반응을 제대로 이해하지 못했던 기억이 납니다. 여덟 살, 아홉 살 쯤 무슨 일이

---

1 예수회 소속 가톨릭 사제이자 반전운동가인 대니얼 베리건과 가톨릭 사제 출신의 평화 운동가인 필립 베리건 형제.

벌어지고 있는지 이해하게 되었을 때에는 유럽이 조금씩 조금씩 히틀러주의에 함락되는 것을 보고 겁에 질렸습니다. 제 주변에서 그 영향을 볼 수 있을 때 특히 그랬지요.

와크텔 아주 어렸을 때부터 무정부주의에 관심이 있었다고 하셨습니다. 어떻게 관심을 갖게 되었습니까? 어린 아이가 무정부주의를 이해하거나 좋아한다니, 상상하기 어렵군요.

촘스키 그때가 1930년대였음을 기억해야 합니다. 정치적 논쟁과 논의가 활발했던, 생기 넘치고 신나는 시기였지요. 불황이 심했지만 미래에 대한 희망도 컸습니다. 저희 집안 사람들은 대부분 노동 계급이었고 실업자가 많았습니다. 그럼에도 불구하고 희망과 토론, 열심히 일하는 분위기가 있었지요. 저는 그런 분위기 속에서 자라면서 모든 문제에 열심히 끼어들었고 관심도 많아졌습니다. 스스로 행동할 나이가 된 저는 뉴욕 4번가의 서점들에 자주 다니면서 무정부주의 사무실에서 무정부주의 관련 책자를 집어들었고, 무정부주의 운동에 참여하거나 관심이 있었던 친척이나 회원들과 이야기를 나누었습니다. 저는 스페인 내전에 관심이 아주 많았습니다. 제 기억에 처음 글을 쓴 것은 바르셀로나 함락 직후였고, 1, 2년 후에는 무정부주의 팸플릿과 책자를 나눠 주면서 무슨 일이 있었는지, 그 의미가 무엇인지 생각했습니다. 그러한 흥미와 관심이 변하지 않았을 뿐입니다. 그때 제가 가장 열심히 했던 정치적 활동은 당시 팔레스타인이자 나중에 이스라엘이 된 곳과 관련된 활동이었습니다.

1940년대 초였습니다. 저는 사실상 게토에서 자란 것이나 다름없습니다. 부모님은 유대인, 1세대 이민자였습니다. 두 분 모두 히브리어 교사였고, 그분들 삶에서 중요한 것은 히브리 문화의 부흥, 팔레스타인에서의 문화적 부흥이었습니다. 저는 어렸을 때부터 아버지와 함께 히브리 문학을 읽었습니다. 19세기와 20세기 히브리 문학, 그리고 물론 더 오래된 문학도 읽었지요. 저는 히브리 학교를 다녔고 나중에 히브리어 교사가 되었습니다. 이 모든 것이 정치적 관심과 깊은 관련이 있었어요. 당시 저는 1940년대에도 여전히 중요했던 시온주의 운동의 한 분파에서 활동했는데, 유대인 국가 건설에 반대하면서 협력적인 사회주의 제도의 틀 안에서 아랍-유대가 협력할 가능성에 관심이 많은 분파였습니다. 저는 사실 어디에도 가입하지 않았지요. 저는 어디 가입하는 사람이 아니었고, 이런 문제들과 관련된 실제 운동과 관련이 있긴 했지만, 전부 스탈린주의 아니면 트로츠키주의였기 때문에 가담할 수 없었습니다. 당시에 저는 이미 반레닌주의자였습니다. 반마르크스주의자였지요. 그렇기 때문에 많은 부분에 동의했지만 그 일원이 될 수는 없었습니다. 저는 몇 년 후 그러한 단체들에서 만든 키부츠에서 잠깐 생활했고 사실 거기에서 계속 지낼까 하는 생각도 있었지만 무정부주의에 대한 헌신 때문에 들어갈 수 없었습니다.

와크텔 무정부주의에 대한 헌신은 아주 어렸을 때까지 거슬러 올라갑니다. 열 살 때 학교 신문에 바르셀로나 함락에 대한 글을 실었고 열두 살, 열세 살 이후로 생각이 크게 바뀌지 않았다고 하셨지요. 생각이 더 정교해지기는 했지만, 어린 나이에 생각이 그토록 확고하게 고정되었다는 것은 당신의 어떤 면을 말해 줄까요?

촘스키 제가 둔감하다는 뜻일지도 모르지요. 아니면 무엇이 옳은지 파악하고 그것을 고수하면서 이해하려는 문제일지도 모릅니다. 저는 그런 생각들이 옳은 것 같습니다. 제가 보기에는 현대 무정부주의로 이어진 지적 전통——우연히도 고전적 자유주의의 주류도 여기에 포함됩니다——이 크게 잘못 해석되고 있습니다. 제가 말하는 것은 애덤 스미스, 빌헬름 폰 훔볼트입니다. 훔볼트는 존 스튜어트 밀에게 영감을 주었고, 루소의 자유주의적인 쪽이었지요. 루소는 복잡하지만 자유주의적인 면이 있고, 이것이 고전적인 자유주의 전통으로 발전했는데, 제 생각에는 당시 산업적 자본주의가 부상하면서 좌절되었습니다. 그 전통은 현대 자유제 사회주의 혹은 무정부주의 전통의 일부로 이어졌지요. 저는 그것이 기본적으로 인간은 자유와 자발적 결사체의 조건하에 자아실현과 자아충족에 대한 근본적인 권리가 있다는 뜻이라고 생각합니다. 훔볼트 같은 고전적 자유주의자들은 루소의 초기 양식의 개인주의자가 아닙니다. 훔볼트는 본인이 말했듯이 인간 사회에서 속박을 없애고 유대를 확대하고 싶었습니다——자발적 결사체라는 유대지요. 이러한 형태의 고전적인 자유주의는 부동산 가치에 무척 비판적입니다. 따라서 훔볼트는 예를 들어 텃밭을 소유하고 있지만 다른 사람의 노동의 과실을 즐기기만 하는 사람보다 텃밭을 일구는 노동자가 더 그 땅의 주인이라고 주장합니다. 애덤 스미스의 반자본주의도 같은 뿌리에서 나왔습니다. 그는 궁극적으로는 노동 분업을 용인할 수 없음을 인식했어요. 분업은 모든 인간을 한 생명체로서 최대한으로 멍청하고 무지한 존재로 바꿔 놓을 것이고, 따라서 인간 본성의 핵심인 스스로의 통제하에 외부의 제한 없이 자유롭고 건설적으로 창조할 권리를 훼손하기 때문입니다. 모든 형태의 권위와 지배에 도전하며 그 근거를 요구하는 자유와 권리와 사회 조직의 개념이 여기에서 나옵니다. 가끔——우발적인 역사적 환경에서나 더 심오한 차원에서——그러한 근거가 주어지기도 하지만, 입증의 책임은 권위와 지배 체제에 있지요. 하지만 보통 이러한 책임을 지지 않는데, 그런 경우 우리는 다른 사람들과 협력하여 그러한 권위와 지배 구조를 극복하고, 말하자면 단순히 국가 통제를 제거한다는 의미에서만이 아니라 사람들이 잠재력과 창의력을 능동적으로 발휘할 필요성을 실현시키도록 허락하는 사회 구조를 만든다는 의미에서 적극적 자유를 증대시키려 노력할 것입니다.

와크텔 그러한 이상이 실현된 사회가 있었습니까?

촘스키 모든 사회에서 어느 정도는 실현되었지요. 우리 사회에서 그러한 이상이 어느 정도까지는 실현되었습니다. 다른 면에서는 그렇지 않지요. 그리고 우리가 올바른 사람이라면 이러한 이상이 충족되지 않는 거대한 방식에 맞서고 그것을 제거하고자 할 것이라고 생각합니다. 훔볼트 식으로 말하자면 구속을 제거하고 새로운 사회적 유대를 이루는 것이지요.

와크텔 당신은 1964년에 활동가가 되기로, 삶의 대부분을 정치적 행동에 헌신하기로 결심했습니다. 이미 언어학자로 성공을 거두었고 가족도 있었지요. 모든 것이 좋은 상황이었습니다. 과거를 돌아본 적이 있습니까? 포기해야 했던 것들을 생각해 보셨습니까?

촘스키 아, 물론이죠. 많이 생각했습니다. 조금 전에 이야기했던 것처럼 저는 생각을 바꾸지 않았지만, 당시 진행되고 있던 싸움에서 소극적인 역할만 하는 것이 견딜 수 없다는——견딜 수 없을 만큼 제멋대로라고——결론을 내렸습니다. 탄원서에 서명하고 후원금을 보내고 가끔 모임에 모습을 드러내는 역할 말입니다. 저는 더욱 적극적인 역할을 해야 한다고 생각했고, 그것이 무슨 의미일지 잘 알았습니다. 물에 발을 담가서 적시고서 그냥 떠날 수 있는 것이 아니었습니다. 점점 더 깊이 들어가게 되지요. 저는 특권과 권위에 맞서는 과정을 따르게 될 것을 알았습니다. 제 자신의 관점은 무척 비판적이었지만 작은 집단들에서 제 의견을 표현했을 때는 별 영향이 없었습니다. 그 뒤로 계속해 나가면서 그것은 제 삶에서 더 크고 더 해로운 부분이 됩니다. 저는 순응주의가 퍼져 있고 비판적이고 독립적인 생각을 주변화하거나 없애려는 지식인 사회의 본성에 대해 환상이 없습니다. 항상 그랬고, 여전히 그렇습니다. 저는 지식인 사회가 어디를 향하는지 잘 보였고, 만족스럽지 않았습니다. 많은 것을 포기했지만 그럴 필요가 있다고 느꼈지요. 물론 보상도 많았습니다.

와크텔 어떤 것을 포기하고 어떤 손해를 감수해야 했습니까?

촘스키 저는 끊임없는 거짓말, 험담, 비난, 주변화의 세계에 살고 있습니다. 제가 포기한 것은 정말 흥미로운 것들에 대해 연구할 수많은 자유 시간이었습니다.

와크텔 그때 당신을 그 정도의 행동으로 떠민 것은 무엇이었습니까?

촘스키 민권 운동에서 일어나는 일들과 점점 심각해지는 베트남 전쟁이었는데, 1964년 즈음에는 무척 심각했습니다. 당시 저는 무척 절망했습니다. 1964년에는 전쟁에 대한 반대가 사실상 없었습니다. 조직적으로 또는 목소리를 높여 반대하지 않았지요. 사실 몇 년 후까지 반대 움직임이 없었고, 제가 보기에는 생길 것 같지도 않았습니다. 몇 년 뒤에 반대 움직임이 일어난 것이 저는 무척 놀라웠어요.

초기에는 전혀 유쾌하지 않았습니다. 1966년 후반 당시 미군 수십만 명이 베트남 남부에 있었고, 미국은 1년 반 동안 베트남 북부에 정기적으로 폭격을 퍼붓고 있었습니다. 자, 제가 살고 있는 보스턴은 자유주의적인 도시입니다, 아마도 미국에서 가장 자유주의적일 겁니다. 하지만 보스턴에서 전쟁에 반대하는 공개 야외 집회를 개최하는 것은 사실상 불가능했습니다. 1966년에는 교회에서 공개 집회를 해도 물리적인 공격을 받았습니다. 그리고 모두 그것이 옳다고 생각했지요. 자유주의 공동체의 시위가 없었어요. 반대로 미국의 국가 권력과 그러한 권력 행사에 감히 의문을 제기하며 비판하는 사람들에게 반대하는 시위는 있었지요. 제가 예상한 대로였습니다. 저는 곧 저항 운동에 가담했고 감옥에서 몇 년을 보낸다든가 하는 불쾌한 결과를 예상했습니다. 당시에는 그게 터무니없는 일이 아니었습니다.

와크텔 당신은 세계 전역의 미국 외교 정책을 날카롭게 비판합니다. 이 말도 오히려 부족한 표현이 아닌가 싶은데요. 미국이 나쁜 짓을 하기 때문에 비판하는 것도 아니란 생각이 듭니다. 당신은 모든 국가가 자기 이익을 위해 행동한다고 인정하니까요. "폭력, 기만, 불법은 모든 국가의 자연스러운 기능이다"라고 말씀하신 적이 있는데, 미국이 이토록 크고 강력한 국가라는 점을 생각하면 그러한 행동을 대대적으로 하는 것도 자연스러울 뿐입니다. 당신을 정말 화나게 하는 것은 미국의 위선, 즉 도덕적으로 행동하고 있다는 주장 같습니다. 맞습니까?

촘스키 정치 지도층의 위선 때문에 딱히 화가 나지는 않습니다. 당연하게 받아들일 뿐이지요. 제가 화나는 것은——분노가 적절하지 않다는 것은 알지만 이 감정을 절대 지울 수 없습니다──배운 사람들이 인민 위원처럼 행동한다는 사실입니다. 제가 가장 참기 힘든 것은 기만과 왜곡, 권력에의 종속, 자기 눈앞의 현실을 직시하지 않으려는 태도인데, 이러한 태도는 미적이거나 감정적인 시각만을 강조합니다. 어쩌면 제가 그러한 사람들 사이에서 살고 있기 때문일 겁니다. 기만적으로 행동하는 것이 국가 권력을 휘두르는 자들의 역할인 것처럼 그러한 태도가 지식인들의 역할이라고 객관적으로 이해해야 하는지도 모릅니다. 하지만 감정적으로는 다릅니다.

와크텔 인민 위원이라는 표현은 지식인들의 세계와 언론을 가리키는 건가요? 당신이 더 많은 것을 기대하는 계층을 가리키는 건가요?

촘스키 저는 그 사람들에게 더 많은 것을 기대하지 않고 그런 적도 없습니다. 과장하고 싶지는 않아요. 하지만 저는 대부분의 언론이나 배운 것도 많고 존경 받는 분야의 사람들을 보면 오싹하고 견딜 수 없습니다. 역사를 돌아보면, 가장 오래된 문헌을 살펴보면 늘 그랬습니다. 가장 오래된 문헌인 성경에서 현재 존경받는 사람들──예언자들──을 보면 당시에는 욕을 먹었습니다. 감옥에 갇히고, 사막으로 내쫓기고, 미움을 받았지요. 대부분 그들의 도덕적인 가르침과 지정학적 분석 때문이었습니다. 예언자들의 말은 대부분 오늘날 정치적 혹은 지정학적 분석이라고 부르는 것입니다. 예언자들은 그 당시 정책의 결과에 대해 경고했지요. 하지만 그 당시에는 현재 우리가 거짓 선지자라고 부르는 사람들이 존경을 받았고, 저는 그럴 만한 이유가 있다고 생각합니다. 권력과 영합하면 분명히 존경을 받고 권위와 특권을 누리게 되지요. 부도덕함과 권력 남용, 일반 대중을 괴롭히는 권력의 이용을 비난하면 권위에 의문을 제기하는 사람들을 반대하여 대중을 동원하거나 폭력을 행사할 수 있는 사람들과 반목하게 됩니다. 그건 분명하지요. 성경에 나타나는 이러한 상황은 우리 사회를 포함한 모든 사회에서 계속 반복됩니다.

와크텔 뻔뻔하다는 뜻은 아니지만, 스스로를 성경 속의 예언자들과 동일시합니까?

촘스키 아닙니다. 모든 사회에서 비판적인 사람들은 모두 그렇다는 말을 하려는 것입니다. 성경의 예언자를 언급한 것은 고전적인 예이기 때문이고요.

와크텔 언론은 왜 지금과 같은 행태를 보일까요? 당신은 언론의 위선을 주로 비판합니다. 언론은 스스로 정권을 비판하는 잔소리꾼이라고 주장하지만 당신은 언론이 좁은 시야로 정권에 공모한다고 봅니다. 언론은 어떤 방식으로 공모합니까? 또 왜 그렇게 잘 작용할까요?

촘스키 제 생각에 언론은 대다수의 학자나 지식인들과 근본적으로 다르지 않습니다. 스스로 지식인이라 칭하는 자들의 행태나 학술지도 언론과 크게 다르지 않습니다. 언론의 경우는 자료가 수없이 많고 체계적으로 살필 수 있으며 매일 나오기 때문에 연구하기가 훨씬 쉽지요. 하지만 언론의 행태가 독자적인 것은 아닙니다.

어떻게 작용하냐고요? 언론은 우리 사회의 국내 권력——국가 권력 및 기타 권력들——의 행위를 보도에서 배제하거나, 가볍게 다루거나, 때로는 완전히 없애거나, 심지어는 그것에 대해서 거짓말을 하면서 기존 권력 구조를 지지하는 이해와 가정의 틀 안에서 작동합니다. 국내 권력이란 기업, 금융, 국가 권력을 의미하는데, 이러한 권력 중추의 행위는 비인간적이고, 폭력적이고, 인간적 가치와 인간의 이익을 해칩니다. 권력의 행위를 주변화하거나 가볍게 다루고, 세계 정세를 권력의 권위와 행위에 도움이 되는 방향으로, 즉 정당화하는 방향으로 그리지요. 사실 그렇지 않은 언론은 그런 식으로 작용하는 언론에 의해 공격을 받고 대체됩니다. 그러므로 예를 들어 『뉴욕 타임스』가 국내의 금융, 기업, 국가 권력의 진실에 대해서, 세상의 진실에 대해서 말하기 시작한다면 오래 존속하지 못할 것입니다. 결국 언론은 다른 사업체에 제품을 파는 대기업인 셈입니다. 언론의 작용은 상당 부분 국가 권력과의 관계에 달려 있고, 관계가 악화되면 사라질 것입니다. 주요 언론의 관리직을 맡은 개인——편집자와 칼럼니스트 같은 문화 관리자도 여기에 포함됩니다——역시 그러한 가치관을 내면화하지 않으면 자리를 오래 지키지 못할 겁니다. 그 사람들이 거짓말을 하고 있다는 뜻은 아닙니다. 저는 그들이 대체로 정직하지만 권력을 옹호하는 가치관을 내면화했기 때문에 지금의 위치에 올라갔다고 생각합니다. 획일적이라 주장하고 싶지는 않습니다. 몇 주 전에는 『보스턴 글로브』에 제 논평이 실렸지요. 저는 최고 편집자들 중에 개인적으로 친한 친구들도 있습니다.

미국은 복잡한 나라입니다. 복잡한 체제를 단순하게 설명하면 오도될 소지가 생기지요. 미국의 교리적 이론체계는 무척 효과적이고 사상적 스펙트럼은 아주 좁지만, 예외도 있습니다. 게다가 개인적으로는 지난 몇 년 동안 스펙트럼이 넓어졌다고 생각해요. 그러므로 제가 판단할 때 언론은 30년 전보다 상당히 개방적으로 변했습니다.

와크텔 왜 변했다고 생각하십니까?

촘스키 제 생각에는 나라가 변했기 때문인데, 나라가 변하면 제도 역시 변합니다. 30년, 35년 전보다 일반 대중이 훨씬 더 비판적이고 이론異論을 제기하는 목소리들이 더 커졌습니다. 저는 조금 전에 60년대 중반만 해도 보스턴처럼 자유로운 도시에서조차 보스턴 코먼 공원에서 개최된 시위나 교회 집회가 공격을 받았는데, 학생들이 공격하는 경우가 많았고 집회에 대한 공격은 공교롭게도 보스턴 언론——자유 언론——의 지지를 받았다고 말했습니다. 현재로서는 상상할 수도 없는 일이지요. 사실 수많은 문제에서 일반 대중의 태도와 인식, 이해가 급격히 변했습니다.

여러 면에서 가장 놀라운 문제를 예로 들어 봅시다. 미국 사회의 원죄는 미국 헌법제정자들이 원주민 인구의 절멸이라고 솔직히 표현했던 것입니다. 존 퀸시 애덤스 같은 사람들은 적어도 말년에는 이 사건에 무척 경악했지만, 사실 미국 문화에서 원주민 대량 학살은 1960년대까지 제대로 인식되지 않았습니다. 저는 어렸을 때 친구들과 함께 카우보이와 인디언 놀이를 하며 자랐습니다. 우리는 카우보이였고, 그것을 아무렇지도 않게 생각했지요. 우리는 미국 문화에 큰 변화가 일어났던 1960년대까지 현재 우리의 삶으로 이어진 무시무시한 잔학 행위를 인식하지 못했습니다. 사실 미국 산업 혁명의 바탕은 원주민 인구의 절멸 및 추방과 그 이후 수많은 사람들의 노예화였습니다. 어떤 의미에서는 알려져 있었다고 할 수 있지만, 실상은 큰 범죄였음에도 불구하고 그렇게 인식되지는 않았습니다. 1960년대 이후에야 원주민들에게 일어난 일의 중대성을 인식하고 적어도 부분적으로나마 우리 역사의 추악한 면을 해결하려는 일반 의지가——심지어는 학계에서도——생겨났습니다. 1992년에 일어났던 일을 보면 알 수 있습니다. 콜럼버스의 아메리카 상륙 500주년이었던 1992년에는 서반구의 발견과 해방을 축하할 줄 알았지만 그렇게 되지 않았습니다. 전혀 아니었지요. 대중이 그것을 용인할 수 없었기 때문입니다. 30년 전이었다면 축하했겠지요.

이는 윤리적 가치관 향상의 한 면, 무척 중요한 문화적 발전의 한 면을 보여 줍니다. 이러한 발전은 페미니즘 문제, 생태학적 문제, 제3세계 사람들과의 연대와 얽혀서 여러 가지 방식으로 나타납니다. 다문화주의가 대표적인 사례라고 할 수 있지요. 모든 대중 운동이 그렇듯이 불쾌하고, 우스꽝스럽고, 어쩌면 용납하기 힘든 분파도 있을 것입니다. 하지만 주요 발전은 무척 중요하고, 제 생각에는 언론에도 영향을 끼쳤습니다. 그러므로 1960년대에는 미국의 폭력과 테러가 아무 문제없이 지지를 받았겠지만, 지금은 단발적으로 지지하는 목소리가 있다 해도 그때와 다르게 비판의 대상이 될 것입니다.

와크텔 언어학에서 소위 말하는 촘스키 혁명은 인간이 언어학적으로 유리하게 태어난다고, 언어 습득 역량을 가지고 태어난다고 주장합니다. 자연이 인간에게 언어적 측면에서 유리한 출발점을 제공했다는 것이지요. 언어적 측면에만 적용되는 것은 아닌 듯합니다. 사실은 인간을 보는 더 민주적인 시각, 더 낙관적인 시각처럼 느껴지는데요.

촘스키 그렇게 확대될 수도 있겠죠. 하지만 지나치게 밀어붙이고 싶지는 않습니다. 언어를 넘어 통찰력까지 확대하면 진정한 과학적 지식은 급속히 사라지고 우리가 처음에 이야기했던 영역으로 돌아가서 문학과 역사, 경험, 직관에 대해 이야기하게 될 겁니다. 하지만 제 이론은 낙관적인 관점의 바탕이 될 수 있고, 실제로도 그랬습니다. 사실 계몽주의 시대를 돌아보면 그러한 연관성들이 도출됩니다. 앞서 언급했던 훔볼트와 루소는 인간 본성에 대해 낙관적인 관점을 전개했습니다. 인간 본성의 바탕이 외부의 속박으로부터 자유로워지고 창의성을 발휘하고자 하는 욕구——나중에 자유 본능이라고 불리게 됩니다——라는 생각이었지요. 사실 이 생각은 기본적으로 데카르트적 시각에서 비롯됐는데, 데카르트는 인간 본성의 근본적인 측면들, 특히 인간의 자유는 모든 기계론의 범위를 넘어선다고 말했습니다. 일찍이 16세기부터 "생성력"이 인간 본성의 핵심이라고 생각했는데, 생성력이란 창조하고, 혁신하고, 자기 머릿속에 가진 자원으로 자기 지식의 바탕이 되는 원칙을 구성하는 역량, 즉 새로운 생각을 구성하고 새로운 생각을 표현하는 역량을 말합니다. 이러한 의미에서 지능이 생성 능력이라는 생각은 적어도 16세기 말까지 거슬러 올라가고, 데카르트 혁명 당시 크게 발전했으며, 계몽주의 시대의 낭만주의자들이 계승했습니다. 이러한 지능 개념은, 증명되진 않았지만 인간 본성의 핵심은 자신의 의지에 따라 자유롭게 행동할 때의 자기실현 욕구라는 믿음으로 무척 자연스럽게 정치 이론에 도입되었습니다. 따라서 훔볼트의 시점에서 볼 때 모든 사람은 사실 예술가입니다. 말하자면 자신의 의지에 따라 행동하는 장인은 예술가입니다. 훔볼트의 설명에 따르면 똑같은 장인이 외부의 통제를 받으면서 똑같은 일을 할 경우, 우리는 그가 한 일을 존경할지 몰라도 그 사람은 싫어합니다.

와크텔 당신은 보통 사람의 양식에 큰 믿음을 가지고 있습니다.

모든 정보만 있으면 사람들이 옳은 결정을 내릴 것이라고 생각하지요. 동시에 당신은 대부분의 사람들보다 국제적인 잔학 행위 조사에 많은 시간을 보냈고, 우리 대부분이 정보를 이용할 수 있으면서도 진정으로 원하지 않거나 일상생활 때문에 다른 일에 몰두해서 관심을 기울이지 않을 때 당신은 세상에서 무슨 일이 벌어지는지 첨예하게 인식하며 지켜봤습니다.

촘스키 음, 제가 얼마나 낙관적이거나 비관적인지는 사실 중요하지 않습니다. 제가 사람들이 주변 세상의 실상을 알면 윤리적이고 인간적인 방식으로 행동할 가능성이 2퍼센트라고 생각한다 칩시다. 그렇다 해도 저는 2퍼센트의 가능성을 높이고 그것으로 무엇을 할 수 있는지 고민하는 데 헌신할 겁니다. 자, 사실 저는 확률이 그것보다 높다고 생각합니다. 그런데 권력을 가진 이들 역시 사람들이 현실을 이해했을 때 훌륭하고 인간적인 방식으로 행동할 역량에 대한 낙관주의를 거의 보편적으로 가지고 있습니다. 역사를 살펴보면, 혹은 현재를 보면 "자, 저기 저 사람들을 학살하고, 가진 것을 빼앗고, 고문을 하거나 테러를 저지르면 우리한테 이득입니다. 그러니 그렇게 합시다"라고 말하는 정치가나 지도자는 거의 없습니다. 절대 찾을 수 없어요. 아주 정교한 합리화와 핑계, 그리고 지식인들이 발전시킨 정교한 구조밖에 찾을 수 없는데, 그것은 그들의 물건을 빼앗고 그들을 고문하고 죽이는 것이 옳고 정당한 일인 것처럼 보이게 만듭니다. 글쎄요, 의식 어딘가에 사람들이 진실을 깨달으면 그냥 넘어갈 수 없을 것이라는 두려움이 없다면 왜 군이 그런 합리화를 하겠습니까?

와크텔 당신은 때로 긍정적인 대안을 충분히 제시하지 않는다고, 문제의 뿌리에 접근할 혁명적인 전략을 제시하지 않는다고 비판받습니다. 그런 비판에 뭐라고 답하겠습니까? 대안을 제시하는 것도 당신이 하는 일의 일부인가요?

촘스키 물론입니다. 우선, 완벽한 사회를 자세히 계획할 만큼, 또는 더욱 인간적인 약속과 인간 가치에 대한 관심 위에 세워진 사회가 어떻게 기능하는지 상세히 보여 줄 만큼 똑똑한 사람은 저를 포함해서 아무도 없습니다. 제 생각에 우리는 그런 사회가 어떨지 많은 이야기를 할 수 있지만 아주 상세하게 설명할 수는 없습니다. 게다가 그것이 대략 어떤 세상일지 다들 잘 이해하고 있고, 어떤 면에서는 몇 세기 동안이나 그러했다고 생각합니다. 우리는 강압적인 제도를 극복하는 사회를 보고 싶습니다. 전체주의적이고 책임 의식 없는 제도를 용인해서는 안 됩니다. 우리 시대에 그러한 제도는 기본적으로 전체주의적이고, 이제 다국적 규모를 갖춘 금융 및 기업의 중추를 의미합니다. 또 그러한 세력의 이익에 호응하는 국가 권력—지금은 국가보다 더 큰 권력—을 의미합니다. 좁게는 가정에 이르기까지 모든 권위와 지배 구조에 대해서도 마찬가지입니다. 그러한 것들과 싸워서 이겨야 합니다. 우리는 지역 사회를, 직장에서의 투자 결정을 민주적으로 통제하기 위해 노력해야 하고, 사람과 국가와 민족 집단 사이의 위계적인 관계와 지배 관계를 없애야 합니다. 우리는 이 모든 것을 이해할수 있습니다. 더 자유롭고 더 민주적인 구조가 어떻게 기능할지 이런 식으로 계속해서 자세히 설명할 수 있겠지만, 진정한대답은 경험과 시험에서 나올 것입니다. 18세기 중반에는 의회민주주의가 어떻게 작동할지 정확히 설명할 수 없었습니다.시도해 봐야 했지요. 일반적인 생각은 있겠지만 그래도 시도하고, 탐구하고, 실험해야 합니다. 오늘날 자유와 민주주의와정의의 확장에 대해서도 마찬가지입니다. 혁명적 전략을 말씀하셨는데, 저는 그런 것을 들어 본 적이 없습니다. 제가 역사에서 볼 수 있는 전략은 스스로 교육을 받아 다른 사람의 교육을돕고, 타인으로부터 배우고, 조직을 꾸리고, 그 조직을 확대시키면서 부당함을 없애고 자유를 퍼뜨리도록 노력하는 것밖에없습니다. 그래서 저는 지금까지 살아오면서 직접적인 저항부터 모임 참석과 강연까지 많은 활동에 참여했습니다. 제가 아는 한 더 좋은 비결 같은 것은 없어요. 문제는 자신이 할 수 있는 한도 내에서——누구도 성자는 아니니까요——이루어야 하는 일에 헌신하는 것입니다. 무슨 일을 이루어야 하는지는 우리 모두 알고 있지요.

와크텔 당신은 소비에트 연방과 미국을 비슷한 권력체로 비교하곤 했습니다. 독재 정권인 소비에트 연방은 통제를 위해 폭력에 의지했고, 민주주의 국가인 미국은 선동에 더욱 의존했습니다. 소련의 붕괴를 순수 선이라고 볼 수는 없지만 긍정적인 영향으로 뭐가 있을까요?

촘스키 소비에트 폭정의 근절은 인간의 자유를 실현하기 위해 필요한 주요 단계입니다. 사실 저는 소련의 붕괴가 사회주의의 위대한 승리라고 생각합니다. 두 거대 권력체——서구 권력체와 동구 권력체——가 선동해 온 것과 반대로 소련은 레닌과 트로츠키가 권력을 장악한 초창기부터 모든 면에서 호전적이고 반사회주의적이었습니다. 그들은 사회주의 제도를 즉시 파괴했고, 자신들이 무슨 일을 하고 있는지 잘 알았습니다. 그것은 신념에 따라 이루어졌었습니다. 구소련 및 동유럽 대부분은 현재 제3세계 수준으로 돌아가고 있는데, 제 생각에는 예측 가능한 일이었습니다. 대체로 냉전은 이에 관한 것이었습니다. 사적 자본과 사적 권력, 그리고 국가의 형태를 취하는 사적 자본 및 권력이 지배하는 국제 사회에서 세계의 대부분——남반구의 개발도상국, 제3세계, 옛 식민지——은 유효 범위일 뿐, 독립적인 노선을 추구하도록 허용되지 않습니다. 대체로 냉전은 이에 관한 것이었지요.

더 명민한 역사학자들은 이미 알아차렸듯이 냉전은 사실 1917년, 1918년에 시작되었습니다. 힘이 더 셌던 서구가 전쟁에서 이겼는데, 이는 서구의 부유하고 강력한 부문들이 전쟁에서 이겼다는 뜻입니다. 사실은 서구의 더 많은 인구가 전쟁에서 졌습니다. 이제 동유럽, 혹은 동유럽의 대부분이 20세기

초에 있던 자리인 제3세계의 자리로 돌아가고 있습니다. 이는 아주 심각한 쇠퇴를 의미하지만 풍요로움을 뜻하기도 합니다. 잊지 말아야 할 것은 제3세계 사회가 어마어마한 풍요로움과 특권을 누리는 부문이 있고, 동유럽도 마찬가지라는 사실입니다. 러시아를 한번 봅시다. 경제가 붕괴하고 사람들은 고통 받고 있습니다. 최근에 유네스코는 1989년 이후 구소련에 해당하는 지역에서 소련 붕괴 및 신자유주의 개혁으로 인해 연간 50만 명이 사망한 것으로 추정된다고 보고했습니다. 하지만 15만 달러짜리 메르세데스 벤츠는 뉴욕보다 모스크바에서 더 많이 팔립니다. 구매자는 대부분 구 공산당 지도자들이지요. 이것이 바로 소위 말하는 노멘클라투라[2] 자본주의입니다. 그들은 러시아 국민이 아니라 냉전의 승리자입니다. 동유럽의 큰 부분이 제3세계 서비스 모델로 돌아가고 있습니다. 이는 서구 노동자들에게 맞서는 새로운 무기를 제공합니다. 따라서 제너럴모터스나 아우디 같은 다국적 기업은 서구 노동자가 받는 임금의 극히 일부만 받으며 일하는 노동자를 동유럽에서 찾을 수 있고, 이제 경제 언론은 서구 노동자들에게 소위 말하는 호화로운 라이프스타일을 버리고 경쟁력을 갖추라고 촉구합니다. 동유럽에서 싼 노동력을 착취함으로써 이득과 권력을 얻기 쉽

---

2 소련이나 동유럽 사회주의 국가 지배자들이나 최고위조직에 소속된 사람을 뜻한다.

다는 사실을 직시할 필요가 있다는 뜻이지요. 예를 들어 제너럴모터스가 폴란드로 공장을 옮기면 30퍼센트 정도의 관세 보호를 주장합니다. 폭스바겐이 체코 공화국으로 옮길 때처럼 말입니다. 자유 시장을 믿지 않기 때문이지요. 그들은 부자가 아니라 가난한 사람들의 자유 시장을 믿습니다. 국가 권력과 부자 보호를 믿습니다. 이것이 바로 냉전 종식의 결과입니다. 좋다고 할 수는 없지요. 하지만 인류 역사상 최악의 독재 체제라 할 수 있는 소비에트가 멸절했고, 이는 온갖 자유의 가능성을 제공하고 인간 정신 및 인간 자유의 새로운 지평이 열렸다는 의미가 있습니다.

와크텔 당신은 반세계화 운동 덕분에 주변부의 목소리, 귀찮게 구는 잔소리꾼에서 사실상 신좌파의 대변인이 되었습니다. 지금 일어나고 있는 일을 어떻게 이해하십니까?

촘스키 우선 '반세계화'라는 말은 오해의 소지가 있습니다. 세계화라는 용어는 권력 중추들이 "자유 무역 협정"——가끔 경제지는 더욱 정확하게 "자유 투자 협정"이라고 부르지요——을 바탕으로 한 자기들의 국제적 통합을 부르는 말로 시작했습니다. 누구도, 특히 좌파와 노동자 운동은 세계화에 반대하지 않습니다. 국제적 연대는 항상 좌파와 노동자 운동의 중요한 주제였습니다. 문제는 어떤 세계화냐는 것이지요. 누구의 이익을 위한 것이냐가 문제입니다.

지금 일어나는 일에 대해서 말하자면, 투자자와 금융 자본이 아닌 일반 사람들의 필요를 겨냥하는 세계화 관련 운동은 강력한 힘이 되었습니다. 시작은 남반구였습니다. 예를 들면 수년 전에 신자유주의적 세계화에 반대하며 대안을 찾는 중요한 대중 운동이 발달했던 브라질과 인도가 있지요. 지난 몇 년 동안 일반 대중이 사적 부문 및 국가 권력에 의해 제도화된──그래서 대중에게는 별로 알려지지 않았었지요──세계화에 반대하면서 일어난 북반구의 주요 세력이 그들과 합류했습니다. 포르투알레그리에서 개최된 세계 사회 포럼은 아주 광범위하고 다양한 사람들을 하나로 묶었고, 현대 좌파 및 노동자 운동이 시작한 이후 줄곧 꿈꾸어 왔던 진정한 국제 운동의 씨앗이 될지도 모릅니다. 저는 여러 해 동안 이 문제에 대해서 발언하거나 글을 써 왔고 최대한 참여하고 있지만, 이 운동뿐만 아니라 다른 어떤 운동의 대변인도 아닙니다. 참여자인 것은 분명하지만 스스로 대변인이라고 생각하지는 않습니다.

질문에 구체적으로 답변을 하자면, 40년 전에는 제가 "주변부의 목소리"라는 느낌이 강하게 들기도 했습니다. 예를 들어 베트남 전쟁에 대해 발언했을 때 기껏해야 서너 명이 귀를 기울이고 강렬한 적의를 사면 그렇게 느끼지 않기 힘듭니다. 1960년대 후반에는 분위기가 변했고, 그 뒤로 대중 운동은 규모뿐 아니라 다루는 문제의 범위 면에서도 상당히 확장되었습니다. 저는 주변부라고 생각하지 않아요. 사실 저는 여러 가지 중요한 문제에서 실질적이고 종종 다수를 차지하는 대중적 조류——엘리트층의 태도나 참여도와는 확연하게 다르지요——에 가까울 거라고 생각합니다. 그런 면에서, 적어도 저의 경우에는 대중 세계화 운동의 성장으로 크게 달라진 것이 없습니다. 그러나 수많은 사람에게 경종을 울린 9·11 사건 이후 큰 변화가 있었지요. 대부분의 사람들이 지금껏 생각하지도 않았던 수많은 문제에 관심을 갖고 우려하게 되면서 대담, 토론, 인터뷰 요청이 급격히 늘었습니다.

와크텔 세계화와 관련된 단체들이 다른 목소리를 효과적으로 낼 수 있다고 생각하십니까?

촘스키 다른 목소리 이상이지요. 인류가 오래 살아남으려면 절실히 필요한——불행히도 이 말은 과장이 아닙니다——건설적인 대안도 내놓을 수 있을지 모릅니다.

와크텔 9·11 사건, 아프가니스탄 침공, "악의 축" 지명 후 일반 여론이 더욱 양극화되었다는 느낌이 있습니다. 어떻게 생각하십니까?

촘스키 어떤 면에서는 맞습니다. 위기의 순간에 지식인들의 담론은 일반적인 경로를 따라 권력에 더욱 종속되는 방향으로 가는 경향이 있었고, 때로는 광신적이었습니다. 반대로 일반 대중은 단순한 용어로 설명할 수 없는 방식을 통해 더욱 열린 자세로 걱정하며 참여하는 쪽으로 변했습니다.

와크텔 당신의 삶——사회 운동과 학문, 가정 사이의 자원 분배——은 작년에 일어난 사건에서 어떤 영향을 받았습니까?

촘스키 여러 해 동안 (주로 "사회 운동" 영역의) 수요가 무척 컸지만, 9·11 사건 이후 일정 궤도에 올랐습니다. 저는 매일 밤 안타까운 마음으로 초청을 거절하는 데 적어도 한 시간을 써야 하고, 일정이 잡혀 있지 않은 시간이 거의 단 한 순간도 없습니다. 하루는 24시간밖에 안 되니 가정이나 직업에 쓸 시간과 충돌이 있지요. 개인적인 시간을 포기해야 합니다. 그럴 수밖에 없어요.

2002년 6월/1994년 2월

아서 C. 클라크
Arthur C. Clarke

저는 늘 과학과 과학 소설은 동전 하나의
양면이라고 생각했습니다. 과학 소설은 과학에
굳건한 기반을 두지 않으면 과학이라는 이름에
부응할 수 없습니다.

아서 C. 클라크

약 25년 전, MIT 총장은 아서 C. 클라크를 소개하면서 이렇게 말했다. "다음 강연자는 제가 아는 사람 중에서 유일하게 네 자리 수 하나로 확실하게 소개할 수 있는 사람입니다. 바로 2001 이지요." 그가 신화로 만든 해는 이미 지났지만 클라크는 화성에서의 삶이든 소행성 충돌이든, 우리의 미래에 대해 아직도 열심히 생각하고 있다. 그는 여전히 우주 여행의 가능성을 믿는다. 최근에 클라크가 말했듯이, "공룡은 우주 프로그램이 없었기 때문에 멸종했다." 과학과 문학 양 분야에서 통찰력 있는 글을 써 온 클라크는 "행성들의 보물"이라 불린다.

아서 클라크의 책 『2001 스페이스 오디세이』는 3백만 부 이상 팔렸다. 그를 둘러싼 숫자들은 모두 무척 인상적인데, 지난 반세기 동안 클라크——이제 아서 경이다——가 발표한 책은 총 80종이고 7천만 부 이상 팔렸다. "과학 소설의 거인"이라 불리는 그는 주요 문학상을 전부 받았고, 항공 우주 명예의 전당에 올랐으며, 노벨 평화상 후보에도 올랐다.

아서 C. 클라크는 1917년에 브리스톨 해협이 내려다보이는 작은 바닷가 마을 마인헤드에서 태어났다. 웨일스 해안이 보이는 거대한 초승달 모양의 그 모래 해변이 그에게는 이상적인 풍경이 되었고, 그는 달 표면의 무지개만에서, 또 1956년 이후 지금까지 살고 있는 스리랑카 남부 해안에서 어린 시절의 해변을 발견했다.

클라크는 할머니와 고모의 손에 자랐고, 부모님은 생계를 꾸리기 위해 32킬로미터 정도 떨어진 내륙의 농장에서 힘들게 일했다. 제1차 세계대전 퇴역 군인이었던 아버지는 아서가 열네 살 때 세상을 떠났다. 그 즈음 클라크는 이미 학교 잡지에 판타지 단편을 실었고, 펄프 잡지 『어메이징 스토리즈』에 "중독"되었다. 클라크는 학업을 계속할 형편이 되지 않았기 때문에 런던으로 가서 공무원으로 일했다. 그는 역시 과학 소설과 우주를 좋아하는 두 사람과 함께 아파트를 썼고 세 명은 영국 행성간 협회에 같이 가입했는데, 클라크는 협회의 "회계 담당이자 일반 선전원"이었다.

클라크는 1941년에 영국 공군에 자원 입대했고, 나중에 이를 "평생 가장 단호했던 유일한 행동"이었다고 설명했다. 그는 지상 관제 진입 레이더의 선구자가 되었다. 클라크는 1945년에 쓴 글에서 통신 위성——지구 주변의 궤도를 도는 전 세계 네

트워크——을 상상했는데 그의 가장 놀랍고 정확한 예언이었다. 전쟁이 끝나자 런던 킹스 칼리지에서 수학과 물리학을 공부했고, 2년 만에 최고 우등생으로 학위를 마쳤다. 그가 처음 발표한 책은 1950년에 출판된 비소설 『행성간 비행』이었다. 1년 후 첫 소설 『화성의 모래』를 발표했다. 클라크는 과학적 엄밀함에 대한 집착 때문에 「스타 워즈」류의 우주 판타지와 대비되는 "하드 SF" 세대의 대부로 불린다. 그는 소설만큼 비소설도 많이 썼다.

열광적인 스쿠버다이버였던 클라크는 1950년대에 따뜻한 기후와 바다에 끌려 현재 스리랑카가 된 실론 섬으로 이주했다. 그 후 1960년대에 회백질척수염에 걸렸고, 회복하긴 했지만 후 회백질척수염 증후군 때문에 5년 전부터 거의 휠체어 생활을 하고 있다. 그러나 아서 경은 여전히 활동적이고 호기심이 왕성하다. 그는 어린 시절에 열광했던 것들을 생각하면서 묘비명을 이미 정해 놓았다. "그는 결코 어른이 되지 않았지만, 결코 성장을 멈추지 않았다."

클라크는 몇 년 전 에세이집 『안녕하십니까, 탄소 기반 이족 보행자들이여! 1934년부터 1998년까지 에세이 모음』을 냈다. 그는 스리랑카 콜롬보에 위치한 자신의 집에서 전화로 이야기를 나누었다.

와크텔 지금 계신 곳에 대해서 설명해 주시겠어요? 어떤 방이고 어떤 집인지, 또 어떤 기술이 갖춰져 있는지 말입니다.

클라크 저는 바다에서 1.5킬로미터 정도 떨어진 콜롬보 외곽에 살고 있습니다. 원래는 제가 정말 사랑하는 바닷가에 살았지만 불행히도 염분 때문에 장비가 부식돼서 내륙으로 밀려왔지요. 저는 원래 콜롬보 주교가 살던 아주 큰 집에서 저의 스리랑카 가족과 함께 살고 있습니다. 제 스리랑카인 파트너와 그의 오스트레일리아인 아내, 그리고 두 사람 사이의 유쾌한 세 딸인데, 안타깝게도 두 명은 지금 오스트레일리아에서 대학에 다니고 있지요. 제 방은 아주 큽니다. 책과 컴퓨터 3대, 제 사생활을 지키는 치와와 펩시 때문에 북적북적하지요.

와크텔 당신의 이름을 들으면 보통 우주와 별들을 연상하지만 당신은 원래 바다를 무척 좋아했습니다. 어렸을 때 바다에서 어떤 경험을 했는지, 그리고 그러한 경험이 당신을 어떻게 형성했는지 말해 주시겠습니까?

클라크 저는 잉글랜드 남서부 해안 서머싯의 마인헤드에서, 바다와 겨우 몇 백 미터 떨어진 곳에서 태어났습니다. 바다 근처 해변에서 놀면서 어린 시절을 보냈지요. 1936년에 런던으로 가서 공무원 생활을 할 때까지는 의식하지 못했지만, 그때의 경험이 제 삶을 지배했습니다. 저는 스킨다이빙 기술이 발달한 뒤 바다를 다시 발견했고, 그레이트 배리어 리프에 대한 책을 쓰려고 오스트레일리아로 향했습니다. 1954년이었지요.

와크텔 해변이 당신에게 큰 인상을 남긴 것 같군요. 당신은 "망원경으로 10일째 달을 관찰하다가 무지개만(달 표면의 아름다운 지형 중 하나)이 보이면——백 배는 더 크지만——마인헤드를 떠올리지 않을 수 없다"고 썼습니다. 마인헤드는 당신의 상상에 굳건히 자리 잡고 있습니다.

클라크 네, 그렇습니다. 「무상」이라는 아주 짧은 단편을 쓴 적이 있는데, 해변에 대한 이야기지만 아주 먼 옛날의 원시 시대, 현재, 미래의 세 가지 다른 역사적 시기가 배경입니다. 해변은 변함없지만 인종은 나타났다 사라지지요.

와크텔 해변의 어떤 점에 그렇게 사로잡혔나요?

클라크 글쎄요, 무의식적이기 때문에 설명할 수가 없습니다. 제가 해변에서 태어났다는 우연 때문일지도 모릅니다. 풀이 가득한 평원 한가운데에서 태어났다면 전혀 다른 생각을 갖게 되었겠지요.

와크텔 1978년 선집 『세렌딥에서 본 풍경』에 이런 내용이 있습니다. "지난 20년간의 내 삶은 세 가지 S에 지배당했다. 바로 우주 Space, 세렌딥 Serendip, 바다 Sea이다." 세렌딥은 실론의 옛 이름 중 하나입니다. 당신에게 세 가지 S——우주, 세렌딥, 바다——는 서로 어떻게 연결됩니까?

클라크 음, 확실히 우연이겠지만, 저는 우주에 대한 관심 때문에 바다에 다시금 관심을 갖게 되었습니다. 새로운 스킨다이빙 기술이 나오자 우주여행의 특징적 현상 중 하나인 무중력을 경험할 수 있겠다고 생각했지요. 우주에 직접 가지 않아도 물속으로 다이빙하면 우주인이 된 듯한 기분을 느낄 수 있는데, 그래서 그렇게 했습니다. 그러자——겨우 런던의 수영장에 서였지만——다이빙에 흥미가 생겨서 더 멀리 세계 최대의 산호초 그레이트 배리어 리프에 가기로 했지요. 배를 타고 오스트레일리아로 가는 길에 콜롬보에 한나절 들렀다가, 그 지역의 다이버 몇 명을 만났습니다. 다이버들이 콜롬보에 또 오라고 해서 그렇게 했지요. 세 개의 S는 그렇게 연결되었습니다.

와크텔 그 당시 콜롬보로 돌아가서 계속 거기에 살게 될 거라고 생각했습니까?

클라크 아닙니다. 저는 1956년에 실론에 다시 왔을 때 여기에 정착할 꿈도 꾸지 않았지만 제 파트너인 마이크 윌슨이 마을의 미녀와 결혼을 했고, 그래서 쇼는 여기에서 멈췄습니다. 사람들이 실론에 왜 이렇게 오래 사느냐고 물으면 저는 영국의 겨울을 30번인지 40번 넘게 겪었다고 간단하게 대답하지요.

와크텔 반드시 겪을 필요는 없었던 겨울들이군요.

클라크 바로 그겁니다.

와크텔 당신은 또 "설명할 수 없지만 이제 실론이 아닌 곳은 나에게 완전한 현실이 아니"라고, 다른 곳들은 이제 확실하지 않고 "그런 곳들의 이미지는 테두리가 흐릿하다"고 말했습니다. 실론, 즉 스리랑카가 당신에게 그토록 생생한 현실인 이유는 무엇일까요?

클라크 열대 국가라서 햇볕이 극단적으로 많이 내리쬐고, 안타깝지만 그 외에도 극단적인 것들이 많습니다. 하지만 실론은 제 무의식과 공명하고, 모든 친구들이, 특히 내 작은 치와와가 여기 살고 있어요. 제 책들도 전부 여기 있는데, 당연히 책이 있는 곳이 곧 집이지요.

와크텔 현실성이 있는 그곳에 다른 부분도 있을까요? 지금 설명하신 것은 어디에서나 만들 수 있으니까요. 스리랑카에 구체적인 무언가가 있나요?

클라크 다양성인 것 같습니다. 동물들, 인간들, 다양한 사람, 다양한 문화가 있지요. 저는 다소 균일한 사회에서 자랐습니다. 십대 후반까지 피부색이 어두운 사람을 본 적이 없는 것 같군요. 이제는 피부가 흰 사람을 볼 일이 별로 없습니다.

와크텔 바다에 대해서 이야기해 보죠. 당신은 레오나르도 다 빈치의 노트에 현대와 똑같은 스킨다이빙 마스크, 호흡용 튜브, 물갈퀴가 그려져 있었다고, 바다는 오랫동안 수수께끼와 마법의 공간이었다고 지적했습니다. 이렇게 말씀하셨지요. "우리가 바다로 가는 문이 열린 시대에 태어난 것은 크나큰 행운이다. 하지만 우리는 바다에서 완전히 벗어난 적이 없었다." 무슨 뜻입니까?

클라크 바다는 말 그대로 우리 핏속에 있습니다. 혈액의 조성과 바닷물의 조성은 정말 비슷해요, 생리학적인 이유가 있을지도 모릅니다.

와크텔 당신은 이렇게 썼습니다. "파도 아래의 세계는 아름답지만 절망적일 만큼 한정적이고, 그곳에 사는 생명체들의 마음과 영혼은 돌이킬 수 없는 불구가 되었다. 어떤 물고기도 별을 볼 수 없지만 우리는 별에 닿을 때까지 절대 만족하지 않을 것이다."

클라크 바다 속 생명체가 불구가 되었다는 말은 물고기는 불을 피울 수 없다는 뜻이었습니다. 불은 모든 과학 기술의 기본이지요. 그렇기 때문에 바다는 한정적입니다. 하지만 바다에는 정말 놀라울 정도로 다양한 생물들이, 정말 이상한 동물들이 살고 있기 때문에 저는 산호초에서 볼 수 있는 몇몇 생명체보다 더 이상한 것이 이 우주에 있을 것이라 상상하기 힘듭니다.

와크텔 당신은 우리의 운명이 우주에 있다고 말했습니다. 시선을 돌리게 만든 것은 무엇이었습니까? 우주와 과학 기술에 처음 끌린 것은 무엇 때문이었나요?

클라크 사실 제가 처음으로 과학적 관심을 가진 분야는 지리였습니다. 화석을 수집했지요. 하지만 1930년 즈음 과학 소설을 읽으면서 우주에 대한 관심이 더 커졌습니다. 혼자서 조야한 망원경을 만들어서 달이나 뭐 그런 것들을 보았는데, 그때부터 저의 주요 관심 대상은 우주였습니다. 『어스타운딩 스토리즈』나 『원더 스토리즈』 같은 요란스러운 옛날 펄프 잡지에 등장하는 다른 행성으로 날아가는 우주선이나 이상한 생명체 같은 그림들이 제 상상력을 자극한 게 아닐까 싶습니다. 처음에는 이론적인 흥미 이상임을 깨닫지 못했습니다. 우주여행이 펄프 잡지에 나오는 단순한 생각이 아니라 실제 가능하다는 것을 몰랐지요. 1930년과 1931년에 데이비드 래서의 『우주 정복』을 읽었는데, 우주여행의 가능성을 진지하게 설명한 최초의 영어 책이었습니다. 아, 세상에, 진짜일 수도 있구나, 라고 생각하기는 했지만 제가 살아 있는 동안 일어날 거라고는 생각지 못했습니다.

와크텔 어렸을 때 모닝콜 장치를 만들기 위해 침실에다가 전선을 연결하고, 무선 광석 라디오를 만들기도 했고, 심지어 혼자만의 뉴스 속보까지 만든 적이 있다는 이야기를 읽은 적이 있는데요.

클라크 실제로 방송을 하지는 않았지만 확실히 광석 라디오를 가지고 있었고, 이어폰으로 BBC를 들었습니다. 요즘 세대는 누리지 못하는 즐거움이지요. 저는 하고 싶은 것을 대부분 할 수 있었습니다. 가장 가까운 이웃집도 1.5킬로미터 이상 떨어진 외딴 농장에 살았으니까요.

와크텔 당신의 책 중에 혼자 많은 시간을 보내는 소년이 등장하는 소설이 하나 있습니다. 약간 외로운 외톨이지요. 당신의 어린 시절이 반영된 건가요?

클라크 저는 외롭지 않았고 친구도 많았지만 책과 잡지를 가지고, 특히 정말 좋아했던 메카노[1]를 가지고 혼자 틀어박혀 노는 것도 좋아했습니다. 제 어린 시절에서는 메카노로 온갖 기계와 이상한 장치를 만들면서 보낸 시간이 가장 많을 거예요.

와크텔 메카노의 어떤 점이 그토록 매력적이었을까요?

클라크 제 상상력은 확실히 기계 쪽 성향이었고, 예쁜 색의 조각과 부품과 기어 바퀴를 조합하는 것은 정말 근사했습니다. 지금 자라는 세대들은 메카노를 모른다는 것이 참 안타까워요. 요즘 아이들은 컴퓨터 키보드에 딱 달라붙어 지내는데, 정보 기술은 물론 놀랍지만 금속과 기어와 같은 진정한 기계의 세계를 가로막는 경향이 있습니다. 저는 컴퓨터 스크린에서는 통하던 것이 실제 물질이 존재하는 실제 세계에서는 통하지 않아서 일부 젊은 엔지니어가 끔찍한 실수를 저지를까봐 걱정입니다.

와크텔 열두 살 때 과학 소설 잡지를 처음 만나면서 당신의 삶은 "돌이킬 수 없을 만큼 변했"습니다. 『어스타운딩』 1930년 3월호가 그토록 놀라웠던 이유는 무엇입니까?

클라크 표지가 아직도 생생하게 기억납니다. 거대한 유리 온실처럼 생긴 우주선이었지요. 이제는 그런 우주선을 만들지 않

---

1 이층버스, 화물선, 기관차 등 여러 가지 모델을 만들 수 있는 영국의 조립식 장난감.

습니다. 하지만 저는 그때 그 월적月賊 발췌 시리즈를 아직도 기억하지요. 옛날 펄프 잡지에 바치는 과학 소설 자서전 『놀라운 시절』에 이런 이야기를 다 썼습니다.

와크텔 당신은 과학 소설, 특히 그때 크게 유행했던 펄프 잡지를 통해서 "다차원적 세계"를 배웠습니다. 펄프 잡지가 당신의 흥미를 어떻게 자극했는지 말해 주시겠어요?

클라크 펄프 잡지에 실린 과학 소설은 온갖 가능성을, 그리고 더 많은 불가능성을 다루었습니다. 당시 저는 생물학적인 세계보다 물리학 세계에 관심이 더 많았지만, 과학 소설은 제 상상력을 키워 주었지요. 물론 지금은 생물학적 세계가 점점 더 중요해지고 있습니다. 하지만 펄프 잡지의 과학 소설은 천문학, 우주여행, 차원 여행, 시간 여행의 모든 가능성을, 그리고 또 생물학적 가능성——프랑켄슈타인까지 거슬러 올라가는 온갖 괴물들——을 탐구했습니다. 이것이 저의 상상력을 키워 주었습니다. 상상력이야말로 진정한 진보의 시작이지요.

와크텔 당신은 어렸을 때 쥘 베른, 에드거 라이스 버로스, H. G. 웰스와 같은 작가들이 쓴 과학 소설 장르의 문학적 고전에도 영향을 받았습니다. 과학 소설을 고전으로 만드는 것은 무엇일까요?

클라크 말씀하신 "고전" 중에는 지금까지 남아서 읽히지 않는 작품도 있을 겁니다. 하지만 1930년대에 나온 존 테인의 『시간의 흐름』을 최근에 읽었는데——테인은 사실 미국 수학자 에

릭 템플 벨이었습니다──저는 그 책이 50년이 지난 지금까지
도 유효해서 무척 기뻤습니다.

와크텔 당신에게 큰 영향을 미쳤던 작품들을 대략적으로 말씀
해 주실 수 있을까요?

클라크 소설 쪽에서는 에드거 라이스 버로스가 무척 저평가되
었다고 생각합니다. 그는 모든 소설 인물들 중에서 가장 유명
한 타잔을 만들어 냈지요. 버로스가 쓴 화성 이야기는 실제 화
성과 전혀 다르지만, 칼 세이건처럼 뛰어난 사람들이 버로스
에게 자극을 받았습니다. 제가 이제 와서 그의 작품을 다시 읽
을 것 같지는 않지만, 확실히 버로스는 특히 어렸을 때 읽으면
아주 좋아할 만한 작품을 쓰는 작가지요. 과학 소설을 읽는 황
금기는 열두 살 즈음이라고들 하는데, 저도 그 나이에 과학 소
설을 처음 읽었습니다. 열네 살이나 열다섯 살이라고 하는 사
람들도 있지요. 버로스 외에도 H. G. 웰스, 특히 『우주 전쟁』과
『타임머신』이 있습니다. 최근에 저는 영광스럽게도 그러한 고
전을 소개하는 글도 썼습니다. 저는 웰스를 만나지 못한 것이
유감스러워요, 만났으면 정말 좋았을 겁니다. 지금 제 앞 벽에
는 웰스가 사인한 사진이 걸려 있습니다. 또 올라프 스테이플
던도 있어요. 그는 가장 뛰어난 상상력을 가진 작가이고, 요즘
재발견되고 있기 때문에 참 기쁩니다. 앞으로 2억 년에 걸친 인
간의 역사를 그린 『마지막 인간과 최초의 인간』는 지금까지 출
판된 책들 중 상상력이 가장 뛰어난 작품입니다.

와크텔 마인헤드 공공 도서관에서 그 책을 발견했다고요.

클라크 네. 제가 1931년에 『마지막 인간과 최초의 인간』을 발견했던 그 선반까지 아직 기억납니다. 책을 빌려서 연대기표를 베끼던 기억이 떠올라요. 스테이플던은 그 책에 과거와 현재를 일종의 지도처럼 표시한 연대기표를 실었습니다. 선의 중심은 현재를 나타냅니다. 첫 번째 선은 2,000년 전까지 거슬러 올라가고, 두 번째 선은 그리스도의 탄생을 중심으로 AD 2000년까지를 나타냅니다. 그런 다음 스테이플던은 내용이 진행될수록 표를 확장하는데, 마지막 선에는 양쪽으로 10조 년까지 나와 있었던 것 같습니다. 마지막 표에는 중간에 점이 하나 있는데, 그 왼쪽에서는 행성들이 탄생하고 겨우 2.5센티미터 떨어진 지점에서는 인간의 종말을 맞이합니다.

와크텔 당신은 스물아홉 살에 첫 번째 과학 소설 『우주의 전주곡』을 냈습니다. 당시 영국 행성간 협회 소속이었고 협회에 책을 헌정하기도 했지요. 영국 행성간 협회에는 누가 소속되어 있었고 무슨 역할을 했습니까?

클라크 영국 행성간 협회는 1933년에 필 클리터가 설립했습니다. 그와 유명한 과학 소설 작가 에릭 프랭크 러셀을 포함한 리버풀 지역 사람들이 협회를 만들었고, 과학 소설 팬이었던 우리——때 이른 우주 사관생도——가 그들에게 연락을 했지요. 결국 무게 중심을 런던으로 옮겨 왔고, 지금은 협회 본부가 런던에 있습니다. 사우스뱅크에 있는데, 지금도 잘 되고 있습니다. 최근 오랜만에 스리랑카 바깥으로 나갔다 왔는데, 그때 협회에 다녀왔습니다.

와크텔 당시 협회의 열정을, 협회의 목적을 설명해 주시겠어요?

클라크 우리는 언젠가 우주여행이 가능해질 것이라고 굳게 믿고 우주선에 대한 아이디어와 설계가 실린 저널을 냈는데, 일부 설계는 아직도 유효합니다. 하지만 우리는 극소수였고 아무도 우리를 진지하게 여기지 않았지요. 사실 사람들은 대부분 우리가 완전히 미쳤다고 생각했습니다.

와크텔 C. S. 루이스, J. R. R. 톨킨과 대화를 나눈 적이 있다는 이야기를 들었습니다.

클라크 네. 저는 옥스퍼드에서 루이스를 만났습니다. 그때 딱 한 번 만났던 것 같은데, 아주 즐거운 만남이었습니다. 저는 C. S. 루이스와 편지는 많이 주고받았는데, 현재 미국의 작은 출판사에서 그 편지의 출판을 준비하고 있습니다. 제가 루이스에게 썼던 편지를 다시 읽는다니, 약간 걱정하면서 고대하고 있습니다. 우리는 꽤 친했습니다. 저는 루이스의 아내인 미국 시인 조이 그레셤을 훨씬 더 잘 알았습니다. 런던 술집에서 열리는 과학 소설 모임에서 매주 만났기 때문이지요. 제가 옥스퍼드 이스트 게이트에서 루이스를 처음 만났을 때는 그와 함께 있던 남자가 누군지 몰랐고, 몇 년 후에야 그가 톨킨이었음을 알았습니다.

와크텔 대화는 어땠습니까? 우주여행이라는 생각 자체에 동의

하지 않거나 우주여행의 장점에 대해서 회의적이었나요?

클라크 루이스는 우주여행 자체를 싫어했던 것 같습니다. 그는 하느님의 검역법을 어기면 안 된다고 생각했는데, 지금 세상을 보면 그의 말에 일리가 있었다는 생각이 듭니다.

와크텔 과학 소설은 당신의 창작 작품과 과학적인 글 모두에 영감을 주었고, 사실 당신은 과학계의 수많은 성공이 과학 소설에서 시작되었다고 말했습니다. 과학——우리가 알고 있거나 알아낼 수 있는 것——과 과학 소설——우리가 상상하는 것——의 관계에 대해서 이야기를 나누고 싶습니다. 우주항행학의 선구자들은 모두 쥘 베른에게서 영감을 받았다고 지적하셨는데요. 미국 우주비행사와 소비에트의 우주비행사들 대부분이 과학 소설의 팬이었지요. 닐 암스트롱은 논문을 "아서에게", 즉 당신에게 헌정했습니다. 두 분야가 서로 어떤 연관이 있는지, 그리고 서로에게 어떤 자양분이 되었는지 말해 주시겠어요?

클라크 저는 늘 과학과 과학 소설은 동전 하나의 양면이라고 생각했습니다. 과학 소설은 과학에 굳건한 기반을 두지 않으면 과학이라는 이름에 부응할 수 없습니다. 공상일 뿐이지요. 자, 저는 공상 소설에 아무런 유감도 없습니다. 톨킨의 작품이 아마 최고의 예일 것입니다. 공상 소설은 좋아요. 저는 공상 소설을 정말 재미있게 읽고, 몇몇——정말 얼마 안 되는——작품을 쓰기도 했습니다. 하지만 과학 소설은 상당한 과학 지식을 바탕으로 할 때에만 가치가 있고 현실적입니다. 과학 소설을 쓰기 위해서 반드시 과학자여야 할 필요는 없지만 과학에 대한 요령과 이해가 최소 어느 정도는 있어야 합니다.

또한, 수많은 뛰어난 과학자들이 과학 소설을 썼습니다. 과학 소설이 과학 분야에 엄청난 영향을 끼쳤다는 사실에는 의심의 여지가 없지요. 저는 이와 관련해 최근에 무척 기분 좋은 일이 있었고, 정말 자랑스러웠습니다. 화산의 바위 사이를 돌아다니며 여기 저기 들여다보는 작은 탐사 로봇에서 멋진 이미지들을 보낼 때 사용하는 프로그램 마르스 패스파인더를 담당했던 NASA의 수석 엔지니어 도나 셜리가 저에게 재미있는 자서전 『화성인 관리하기』를 보내왔습니다. 이 책에서 그녀는 어렸을 때 제가 거의 한 세기 전에 쓴 소설 『화성의 모래』를 읽으면서 화성에 흥미를 갖게 되었다며 저에게 감사 인사를 합니다.

와크텔 당신은 과학 소설 작가들이 예언을 하려는 경우는 거의 없다고, 오히려 추론에 관심이 더 많다고 늘 조심스럽게 지적했습니다.

클라크 맞습니다. 과학 소설 작가들이 미래를 설명하려고 한다는 잘못된 생각이 흔합니다. 가끔 과학 소설 작가가 미래를 예언하는 경우도 있지만——제 친구인 레이 브래드버리가 한 말인데요——미래를 설명한다기보다 방지하려고 할 때가 더 많습니다.

와크텔 당신의 글에 비추어 보았을 때 그건 어떤 의미입니까?

클라크 그것은 사실 레이가 『1984』와 『멋진 신세계』에 대해 이야기하면서 했던 말인데, 두 소설 모두 미래에 일어날 비극을 방지하려는 과학 소설입니다. 어떤 면에서는 성공했다고 할 수 있지요. 저는 과학 소설을 쓸 때 항상 일어날 가능성이 있다고 생각하는 일에 대해서 쓰지만, 그렇게 되지 않으면 좋겠다고 생각하는 경우가 많습니다. 유토피아에 대한 소설의 문제점은 너무 지루하다는 것이고, 따라서 디스토피아나 재난에 대해서 쓰게 되지요. 과학 소설에서는 거대한 식인 식물이나 우주로부터의 침략이 훨씬 더 흥미로운 주제이고, 따라서 특히 할리우드에서는 재난과 이어지는 경우가 많습니다.

와크텔 하지만 행성간 여행의 도움이나 아주 먼 곳에서 온 지적 생명체의 도움을 받아서 인간이 진화할 수 있다는 내용을 생각하면 당신의 글에 낙관적인 요소가 있는 것처럼 보입니다. 그렇게 되기를 바라나요, 그렇게 되지 않기를 바라나요?

클라크 저의 일부 작품에는 희망적인 요소가 분명히 있습니다. 우리가 이 세상을 완전히 망치기 전에 외계인이 와서 위험한 고비를 넘기도록 도와주기 바라는 『유년기의 끝』이 특히 그렇습니다. 그럴 가능성은 별로 없을 것 같지만요. 하지만 그런 생각이 점점 더 많이 활용되고 있습니다. 『우주 전쟁』처럼 외계인 침공이 등장하는 초기 작품들에서는 외계인이 항상 적대적이었지만 최근에는 E.T.처럼 친근한 외계인이 나옵니다. 물론 우리는 외계인이 존재하는지 아닌지도 모르지만요.

와크텔 당신의 가장 유명한 작품『2001 스페이스 오디세이』에도 외계인이 온화할 뿐 아니라 인간의 진화에서 중요한 역할을 할지도 모른다는 느낌이 있습니다.

클라크『2001 스페이스 오디세이』의 이론——아이디어——은 과거의 일을 증명하기는 아주 어렵다는 생각에서 시작되었습니다. 저는 그와 같은 일이 일어났을 가능성이 높다고 생각하지 않아요. 우리는 이 행성에서 독자적으로 자라난 생명체입니다.

와크텔 저는 미래가 어떨지 공상하거나 상상할 뿐 아니라 미래를 방지하려고 애쓴다는 관점에서 생각하고 있었습니다.

클라크 물론 디스토피아 이야기, 특히 원자력 전쟁 이후의 이야기——『해변에서』같은 이야기들——는 사람들이 올바른 행동을 하도록 겁을 주려는 의도였습니다. 그게 좋은 생각인지 아닌지, 통할지 안 통할지는 역사만이 대답할 수 있겠지요.

와크텔 당신은 과학 소설이 수많은 불가능한 미래들뿐 아니라 가능한 미래들을 그린다고, "우주적 관점"을 촉진한다고 말했습니다. 어떻게 해서 그렇지요? 과학 소설이 어떤 우주적 관점을 포용하는지 이야기해 주시겠어요?

클라크 그것은 이 세상이 우주의 작은 부분에 불과하다는 사실을 코페르니쿠스와 갈릴레오가 깨달았을 때부터 시작되었습니다. 어쩌면 겸손한 자세가 모든 종에게 도움이 될지도 모릅니다. 우리도 아직 그런 겸손함을 갖추지 못했지만 말입니다.

와크텔 과학 소설이 가능성과 인간에게 일어날지도 모르는 일뿐만 아니라 현실적인 문제까지 모두 다루는 유일한 글쓰기 형식이라는 뜻인가요?

클라크 저는 과학 소설이 현실 전체를 다룬다고 생각합니다. 불륜이나 뭐 그런 것들을 다루는 소위 말하는 주류 소설은 진정한 우주의 아주 작은 단편일 뿐인데, 문학계의 요인들은 그 사실을 인식하지 못하는 것 같습니다. 그리고 제 자랑이 되겠지만, 저는 문학에 대한 공로로 기사 작위를 받은 것을 기쁘게 생각합니다. 과학 소설이 문학으로 인식되고 있다는 뜻이니까요.

와크텔 당신은 예언을 좋아하지 않지만——예측이라고 부르는 것을 선호하지요——소설이나 비소설을 통해서 최초의 달 주변 비행이나 달 착륙을 놀라울 만큼 정확히 내다보았습니다. 일부 어긋난 예측도 있지만, 당신은 최근에 발표한 에세이집 『안녕하십니까, 탄소 기반 이족보행자들이여!』에서 이렇게 말합니다. "내가 우연히 맞힌 것보다 틀린 것(혹은 틀린 이유)을 볼 때 더 재미있는 경우가 많았다." 어떻게, 혹은 왜 예측이 어긋났는지 말해 주시겠어요?

클라크 주로 시기가 어긋났습니다. 누구든지 어떤 일이 일어나리라 확신할 수 있지만, 추정이 어긋나는 이유는 보통 두 가지입니다. 우선, 근시일 내에 일어날 일을 과장하면서 장기적으로는 얼마나 더 많은 일이 일어날 수 있는지 깨닫지 못하기 쉽습니다. 제가 우주 비행에 대해서 초기에 썼던 이야기들은 아마 그 반대일 것입니다. 저는 우주 비행을 너무 먼 미래로 설정했습니다. 『2001 스페이스 오디세이』가 고전적인 예죠. 스탠리 큐브릭과 제가 각본을 썼던 60년대 중반은 달 착륙이 얼마 남지 않았던 시기였습니다. 우리는 영화를 통해 커다란 달 기지와 목성과 토성으로의 여행을 보여 주었습니다. 그리고 60년대 중반 당시에는 1980년대를 목표로 한 화성 착륙 계획들이 정말 있었지요! 지금은 그 사실을 믿기 힘들지만, 베트남 전쟁과 워터게이트 같은 사건들만 아니었으면 가능했을지도 모릅니다. 제가 말하려는 요점은 미래를 결코 정확히 예측할 수 없다는 것이지만, 그것은 기술적 문제보다는 정치적 문제와 관련이 있습니다.

와크텔 저는 또 말을 할 뿐 아니라 입술을 읽고, 계획을 세우고, 계략을 짜고, 사람을 죽이는 할^{HAL}과 같은 컴퓨터에 대해서도 궁금했습니다. 현재의 인공 지능은 그런 컴퓨터와 거리가 멀어 보이는데요.

클라크 제가 『2001 스페이스 오디세이』에서 지나치다고 생각한 것은 할이 입술을 읽는다는 설정이었습니다. 하지만 현재 입술을 읽는 프로그램이 있어요. 대단히 정확하지는 않지만 괜찮은 정확도의 컴퓨터가 실제로 존재합니다. 지난번에 흥미로운 참고자료를 우연히 발견했습니다. 인력을 이용한 최초의 비행기——고사머 콘도르——를 만든 폴 맥크레디가 최근에 한 말에 따르면, 지난 세기의 가장 중요한 말은 "데이브, 미안하지만 그렇게 할 수 없습니다"라더군요.

와크텔 영화 마지막에 할이 악마처럼 명령을 거역하는 부분이지요. 맥크레디는 왜 그것이 가장 중요하다고 했습니까?

클라크 우리가 가까운 미래에 그런 상황에 처할 것이고, 컴퓨터가 우리의 명령에 따르지 않을 것이기 때문이지요. MIT에서 얼마 전에 로봇 지능의 대두에 관한 『로보사피엔스』라는 흥미로운 책을 보내 주었습니다. 2020년경이면 우리가 지구의 이등 시민이 될 거라는 생각이 전반적으로 퍼져 있습니다.

와크텔 1972년에 당신은 향후 약 20년에 대해 안전한 예측을 하자면, 아무도 예측하지 못했던 발전이나 발견이 적어도 한 가지는 나올 것이라고 말했습니다. 지금 생각하면 무엇이 그러한 발전이었을까요? 어떤 발견들이 당신을 가장 놀라게 했습니까?

클라크 발견보다는 발명이 흥미로웠지요. 가장 놀라운 발명은 마이크로칩과 그로 인한 변화였습니다. 마이크로칩이 모든 것에 혁명을 일으켰습니다. 콤팩트디스크도 마찬가지죠. 한 손으로 들 수 있는 작은 은색 원반에 백과사전 전체를 담는다니 믿을 수 없다는 느낌이 드는데, 저의 세 가지 법칙 중에서 가장 유명한 세 번째 법칙의 좋은 예이기도 합니다. 바로 충분히 발달한 기술은 마법과 구분할 수 없다는 것이지요. 저에게는 콤팩트디스크와 마이크로칩이 여전히 마법입니다. 발견에 관해서는 우주에서 더 흥미로운 발견들이 있기를 바라고 있습니다. 감마선 폭발과 퀘이사, 천문학자들이 내놓고 있는 놀라운 업적들은 누구도 가능하다고 생각하지 못했을 겁니다. 사실 저는 감마선 폭발이 조금 걱정스러운데, 그건 태양보다 몇 백만 배 강한 어마어마한 에너지 폭발이지요. 지구 근처에서 그런 일이 일어나면 우린 끝장입니다!

와크텔 감마선 폭발이 어디에서 일어나고 있습니까?

클라크 우주 전역에서 일어나고 있습니다. 우리는 무엇이 감마선 폭발을 일으키는지 아직 확실히 알지 못합니다. 아마도 블랙홀 충돌이겠지요. 그로 인한 에너지 방출은 정말 어마어마합니다. 과거에 지구가 그러한 폭발을 겪어서 많은 생명 형태가 사라지면서 진화에 영향을 끼쳤을 가능성도 있습니다. 그런 일이 다시 일어난다면 우리가 할 수 있는 일은 없습니다. 저는 우주로부터의 또 다른 위험에도 관심이 무척 많은데요, 바로 소행성 충돌입니다. 사실 제 소설 『신의 망치』는 소행성 충돌에 관한 이야기지요. 스페이스 가드라는 프로젝트가 있는데, 저는 그 프로젝트에 위험한 소행성이나 혜성을 찾아서 다른 방향으로 유도해야 한다고 건의했습니다.

와크텔 다음 밀레니엄이 다가오는 현재, 우리 문명이 위험에 처해 있다고 생각하십니까?

클라크 우리는 많은 면에서 큰 위험에 처해 있습니다, 우리의 행동만이 아니라 오염 때문이지요. 그게 바로 주요한 문제입니다. 지구 온난화가 정말 일어나고 있느냐를 두고 아직도 일부 논쟁이 있지만, 그것을 문제로 생각해야 합니다. 또 다음 세기에 지구는 큰 충돌을 여러 번 겪을 겁니다. 이번 세기에도 최소 세 번의 충돌이 있었는데, 다행히 인구 밀집 지역 근처는 아니었지요. 운이 정말 좋았습니다. 하지만 언젠가 충돌이 다시 일어날 텐데, 언제가 될지는 아무도 모릅니다. 그렇기 때문에 스페이스 가드가 중요할 겁니다.

와크텔 인간이 달에 다시 가서 당신이 상상했던 식민지를 건설하리라 생각하십니까?

클라크 분명히 달에 다시 가겠지만, 빠른 시일 내에 가지는 않을 겁니다. 2010년이라고 말하면 너무 낙관적이겠지만, 2020년에는 가능성이 더 크겠지요.

와크텔 스리랑카를 배경으로 하는 『낙원의 샘』에서 당신은 정지 궤도까지 상승하는 우주 엘리베이터를 상상했는데, 새로운 탄소 분자가 발견되면서 우주 엘리베이터가 정말 가능할지도 모르는 상황입니다. 당신은 나노기술이 우주로 가는 문을 열어 줄 진정한 돌파구라고 말했지요. 왜 그렇습니까? 나노기술이 어떤 영향을 줄까요?

클라크 나노기술은 이미 세상을 바꾸기 시작했습니다. 나노기술의 목적은 너무 작아서 거의 보이지 않는 것을 이용해서 환상적인 일을 하는 것입니다. 일부는 실제로 보이지 않지요. 작은 탐사 로봇을 우주로 보내면 정보를 수집해서 우리가 어디로 가야 하는지, 또 우리가 무엇을 멀리하는 게 좋을지 알려 줄 것입니다. 그리고 아마 10년쯤 후에는 나노 로봇이 혈류 속을 돌면서 나쁜 병균을 찾아서 죽이고 있겠지요. 나노기술은 훌륭한 미래 기술입니다. 유전 공업 기술과 관련이 있는데, 유전 기술은 역시 놀라운 미개척 분야지요.

와크텔 유전 공학이 희망적이라고 생각하십니까? 불안함도 따르는 기술 같은데요.

클라크 제가 말하는 유전 기술은 동물은 물론 인간까지 변화시킬 수 있는 기술인데요, 물론 크나큰 책임이 뒤따르는 일입니다. 모든 위대한 과학적 발전과 마찬가지죠. 음, 불을 생각해 보세요. 불은 어마어마한 피해를 끼치기도 했지만 불이 없었으면 문명은 불가능했을 겁니다. 저는 유전 공학에 대한 논의가 가이드라인 확립으로 이어지고, 사람들이 미래 세대를 위해 가이드라인을 철저하게 지키기 바랍니다.

와크텔 최근 나노기술이 사회에 미칠 영향에 대한 논의들이 많았고, 미국 정부 차원에서도 진행되었습니다. 기술에 의해서 인간 문명이 바뀌거나 어떤 면에서는 대체될 수도 있다는 것이지요. 그것에 대해서는 걱정하지 않으시나요?

클라크 미래에 중요한 것 중 하나는 인공 지능 개발인데, 어느 정도까지는 나노기술에 달려 있습니다. 현재 세대의 컴퓨터는 마이크로 기술과 마이크로칩에 달려 있다고 할 수 있는데, 마이크로칩이 곧 나노칩으로 대체될 것입니다. 2020년 즈음이면

인공 지능이 인간 지능과 비슷한 수준에 다다를 것이라는 생각이 전체적으로 퍼져 있는데, 그렇다면 한 가지 의문이 떠오릅니다. 그러한 기계들, 지능을 가진 기계들은 의식을 가진 개체일까요? 데카르트처럼 "나는 생각한다, 고로 존재한다"라고 말할 수 있을까요? 혹은, "나는 생각한다, 고로 나는 존재한다고 생각한다"라고 말할까요?

와크텔 혹은, "내가 생각하도록 당신이 프로그램했기 때문에 나는 존재한다"일지도 모르고요.

클라크 바로 그겁니다.

와크텔 2020년 즈음에는 인공 지능이 정말로 인간 지능과 동등해질 것이라고 생각하세요? 이제 20년도 채 남지 않았는데요.

클라크 추측입니다. 그동안 사람들은 컴퓨터의 발전 속도를 추정하려고 애써 왔는데, 지능과는 다를 수도 있지만 다음 세기 내에 인공 지능이 인간의 수준에 도달한다는 것이 일반적인 생각 같습니다. 그렇다면 인공 지능이 우리가 상상할 수 없는 수준까지 높아지지 않으리라고 가정할 이유가 없지만, 지능이라는 말이 무슨 뜻이냐에 따라 다릅니다. 지능은 분명 단순한 처리 능력 이상을 뜻하지요.

와크텔 마이크로칩이 나노칩으로 대체된다는 것은 나노칩에 비하면 마이크로칩이 코끼리처럼 크다는 뜻인가요?

클라크 네. 이미 한계에 맞닥뜨렸지만 말입니다. 분자나 원자 수준에 가까워지고 있지만 그보다 작아지는 것은 불가능합니다.

50년 전에 사람들이 그러한 장치를 만든다면 집채만 할 거라고 말했던 기억이 나지만, 결국 인간의 두뇌 크기까지 작아졌습니다. 결국에는 호두만큼 작아질지도 모르지요. 그래도 눈에 보이는 크기일 겁니다.

와크텔 당신의 작품은 과학 소설의 필수 요소인 경이로움을 자아냅니다. 기술적으로 최대한 정확하긴 하지만, 단지 그것 때문에 경이로운 것은 아니지요. 당신은 『2001 스페이스 오디세이』가 형이상학적·철학적·종교적 의문까지 제기한다고 말했습니다. 당신이 생각하는 종교나 영성, 인간성이 우주에서 차지하는 위치는 어디라고 설명하겠습니까?

클라크 저는 지능이 있는 사람이라면 누구나 우주의 크기와 범위——그리고 아마도 더 중요한 복잡성——에 대해 틀림없이 경외감을 느낄 것이라 생각합니다. 특히 생물의 왕국이 그렇지요. 우리는 생물학적 세계의 아주 작은 부분, 즉 우리 행성의 생물학적 세계밖에 모르지만 말입니다. 크나큰 의문 중 하나는 다른 곳에, 화성이나 다른 행성에 생물이 존재하는가입니다. 하지만 저는 종교에 대한 생각이 없어요. 사실, 종교의 이름으로 행해진 끔찍한 잔학 행위와 범죄를 생각하면 종교에 강력하게 반대합니다. 하지만 가끔 스스로 불교신자라고 생각할 때도 있습니다. 그 평화로운 분위기 때문이지요.

와크텔 당신의 유명한 단편 「신의 90억 가지 이름」은 약간 아이러니한 종교관을 드러내는 듯하다 놀라운 결말을 보여 주고,

역시 유명한 단편 「동방의 별」도 더 높은 이치라는 생각을 다룹니다.

클라크 네. 우주의 신비에 관한 이야기, 우주 뒤에 더 큰 힘이 있느냐에 관한 이야기들이지요. 사실 저는 「신의 90억 가지 이름」을 달라이 라마에게 보냈고 아주 재미있게 읽었다는 친절한 답장을 받았습니다. 「동방의 별」은 예수회 천체물리학자에 대한 이야기인데요——참, 천체물리학자들 중에 예수회가 많습니다, 제 친한 친구들도 있어서 잘 알지요——그는 베들레헴의 별이 놀라운 문명을 파괴한 신성이었음을 발견하고 바티칸에 이 소식을 전하러 가야 했습니다. 역시 가톨릭 신자인 또 다른 친구——사실 로마 가톨릭 대학의 학장이지요——는 이렇게 말하더군요. "음, 우리 예수회를 과소평가하고 있군. 우리는 기꺼이 바티칸에 가서 그 소식을 전할 거야."

와크텔 당신이 이러한 의문들에 사로잡히는 이유를 아시나요?

클라크 우주의 신비를 다루기 때문입니다. 『2001 스페이스 오디세이』가 그렇지요. 제가 제일 좋아하는 이야기는 「지구 통과」인데, 화성에 처음 간 사람의 마지막 순간을 다룬 이야기입니다. 이야기의 배경인 1984년은 이미 과거가 되었지만, 그 이야기를 썼던 1970년에는 아폴로 프로그램 성공 후 1980년대까지 화성에 진출하겠다는 진지한 계획이 있었지요. 그런데 1984년에 화성에서 아주 흥미로운 일이 일어납니다. 화성에서 태양을 볼 때 작고 검은 점 같은 지구가 태양 표면을 가로지르는 모습이 보이지요. 「지구 통과」는 태양 표면을 가로지르는 고향 행성을 바라보며 곧 닥쳐올 자신의 죽음을 예감하는 사람의 이야기입니다. 2084년에도 지구 통과 현상이 일어날 텐데—딱 100년 후라니, 신기한 우연이지요—그때는 분명 화성에 사람들이 있을 겁니다.

제가 가장 좋아하는 소설은 『머나먼 지구의 노래』인데, 감정적인 연상이 많고 스리랑카의 다른 버전, 어쩌면 이상화된 스리랑카 같은 행성이 배경이기 때문입니다.

와크텔 당신은 예언의 위험을 다룬 에세이에서 "용기의 부족"과 "상상력의 부족"을 구분합니다. "예상하지 못했던 발명과 발견의 목록을 작성해 보면 무척 유익하고 상상력이 자극되는데, 예상했던 것들의 목록을 작성해도 마찬가지이다"라고 썼지요. 당신은 엑스레이와 핵에너지, 라디오와 TV처럼 예상치 못했던 발견의 예를 듭니다. 거기에서 어떤 교훈을 배울 수 있을까요?

클라크 제가 생각하는 교훈은 우주가 인간의 정신에 끊임없는 놀라움을 제공하는 장치라는 것입니다. 우리는 결코 자연을 앞지를 수 없습니다. 자연 대신 신이라고 말할 수도 있겠지요. 지평 너머에는 새롭고 놀라운 것이 늘 존재하는데, 그것은 물론 아주 좋은 일입니다. 모든 것을 이미 다 발견해서 모르는 것이 없다면 슬프겠죠. 그러면 사는 게 무슨 소용이 있겠습니까?

와크텔 당신은 계속해서 이런 질문을 던집니다. "이제 우리가 무엇을 예상하거나 상상할 수 있을까?"

클라크 그 글의 요점은, 저는 상상 불가능한 것을 상상할 수 없지만 앞으로 크나큰 혁명들이 일어나리라 확신한다는 것입니다. 저는 특히——많은 친구들이 비웃을 텐데요——에너지 혁명에 관심이 있습니다. 10년 전에 새로운 에너지원에 대한 이야기가 나오면서부터 관심이 생겼어요. 저온 핵융합 소동이 한바탕 일어난 뒤 다들 웃어넘겼지요. 폰스와 플레이슈먼이라는 과학자들이 상온에 가까운 온도에서 에너지 생성에 성공했다고 발표했습니다. 실제 새로운 에너지원으로 이용할 수 있는가를 둘러싸고 아직도 논쟁이 진행 중이지요. 정말 가능하다면——저는 가능하면 좋겠습니다——최고의 기술적·정치적 혁명이 될 겁니다. 그렇다면 석유 시대는 끝날 테니 세계의 양상이 바뀌겠지요.

와크텔 당신은 통신 위성을 예언했다고, 혹은 적어도 예상했다고 인정받고 있습니다. 1945년에 인공위성 3개를 이용해서 전 세계에 라디오와 텔레비전 통신 시스템을 제공하자고 제안했고, 세계적인 통신 시스템이 새로운 세계 문화를 가능하게 만들 것이라고 말했지요. 현재의 세계 문화에 대해서 어떻게 생각합니까?

클라크 글쎄요, 마음에 들지 않는 것도 많고 TV에도 끔찍한 것들이 많이 나오지만, 그것은 실제로 세계 문화를 만들었고 지구촌을 실현했습니다. 곧 전 지구의 인간이 한 가족이 되면 좋겠군요. 통신 시스템은 지정학적 상황도 바꾸었습니다. 이제 우리는 투명한 시대에 살고 있습니다. 어디에서 무슨 일이 일어나고 있는지 숨길 수 없지요. 카메라맨이 작은 휴대용 장치를 들고 가서 사진을 찍은 다음 홈 스튜디오로 곧장 보내고, 그런 다음 지역 사람들에게 다시 전송할 수 있습니다. 누구도 그것을 막을 수 없지요. 검열은 아직까지 어느 정도 가능하지만, 과도하게 많았던 최악의 시기는 지났습니다. 세상은 예전보다 훨씬 더 투명하고 열려 있고, 그것은 통신 위성이 불러온 결과입니다.

와크텔 그리고 정지궤도위성의 개념을 떠올린 지 30년 넘는 세월이 지난 후에 이 세상의 유일한 개인 소유의 지구 위성국이 스리랑카의 당신 집에 설치되었습니다.

클라크 맞습니다. 1970년대 후반에 설치했지요. 하지만 역시 놀라운 혁명인 광섬유를 통해 필요한 것을 모두 얻을 수 있기 때문에 사실 지금은 위성 접시도 없습니다. 머리카락 두께의 유리 조각이 수백 가지 텔레비전 프로그램 수백 개와 오디오 프로그램 수백만 개를 전달할 수 있을 거라고 누가 상상이나 했을까요? 광섬유는 아까 말했던 마이크로칩과 CD롬처럼 환상적인 기술 혁명입니다.

와크텔 일반적으로는 기술이 사람을 소외시키고 인간성을 빼앗을 수 있다고 생각하지만 당신은 반대 입장을 취합니다. 우리가 기술을 현명하게 이용하면 생각할 시간과 생각해 볼 주제를 끝없이 제공한다고 말합니다.

클라크 네, 저는 기술에 반대하는 사람들 때문에 정말 짜증이 납니다. 기술은 문명이에요. 기술이 없으면 문명도 없습니다. 물론 문명 없는 기술이 존재할 수는 있지만, 저는 우리가 그쪽으로 나아가지 않기를 바랍니다. 기술은 의복에서부터 시작했습니다. 그런 다음 불을 발견하고 길들였지요. 현재 우리가 의존하는 모든 것이 기술입니다.

와크텔 불의 발견과 그 이후 뒤따른 모든 일들 때문에 기술이 우리를 인간으로 만든다는 뜻인가요?

클라크 맞습니다. 가장 중요한 기술은 말, 그리고 뒤이어 발달한 글과 인쇄술일지도 모르지만요. 모두 문명을 가능하게 만든 기술입니다.

와크텔 말을 기술이라고 하는 이유는 무엇입니까?

클라크 음, 논쟁——구성체가 있는가, 실제로 일어날 수 있는가——의 여지는 있지만 문법은 일종의 기술이에요. 어휘와 문법 말입니다. 저는 말을 기술이라 부를 수 있다고 생각합니다.

와크텔 지적 외계 생명체는 SF 책과 영화에서 계속 다루어 온 주제입니다. 「동방의 별」이나 『유년기의 끝』, 혹은 『라마와의 랑데부』 등 당신의 작품 역시 다른 문명에 대해 알고 싶다는 인간의 욕구를 자극하거나 다른 생명체의 방문이 등장합니다. 인간은 어떤 신호를, 혹은 접촉을 갈망하는 것 같습니다. 왜 그렇다고 생각하세요?

클라크 외롭기 때문이겠지요. 전 우주에 지적 생명체가 인간밖에 없다면 슬플 겁니다. 반대로, 우리가 지구에서 다른 존재를 해치면서 식민지를 만들었던 것처럼, 앞으로 발견해서 착취하고 식민지로 삼을 수 있는 우주가 펼쳐져 있다는 생각에 짜릿함을 느끼는 사람도 있을지 모릅니다.

와크텔 당신은 『라마와의 랑데부』에서 "오랫동안 바랐던, 오랫동안 두려워했던 조우가 드디어 이루어졌다"라고 썼습니다. 희망과 두려움이 왜 그렇게 팽팽하게 섞여 있을까요?

클라크 저 바깥에 무엇이 있는지 전혀 모르기 때문입니다. E.T.일까요, 다스베이더일까요? E.T.와 다스베이더는 여러 매체가 만들어 낸 외계인에 대한 생각의 양극단이라 할 수 있겠지요. 아마 우주에서 온 파괴적이고 사악한 외계인 침략자를 처음으로 그린 사람은 아마 H. G. 웰스일 겁니다. 우호적인 방문자들도 있었지만 외계의 방문자들이 훨씬 더 흥미롭습니다.

와크텔 당신은 다른 곳에 생명체가 존재한다는 증거를 보고 싶다고, 지적 생명체라면 더욱 좋겠다고 자주 말했습니다. 우리가 지적인 외계 생명체와 만날 것이라고 생각하시나요?

클라크 우리가 언젠가 우주에서 다른 생명체를, 그리고 지적 생명체를 발견할 것이라고 거의 확신합니다. 바로 이 순간에도 화성에서 놀라운 이미지들을 보내 오고 있어요. 세 가지 이미지가 도착했는데, 하나는 빙원에 늘어선 전나무들처럼 보입니다. 나무가 아닌 다른 것으로 보기 힘들어요. 저는 이 사진에 대한 진지한 논의를 기다리고 있습니다. 영화 「듄」의 모래 벌레와 똑같이 생긴 거대한 뱀 같은 사진도 있습니다. 아마 붕괴한 용암 동굴이겠지만, 그래도 흥미롭습니다. 또 "달마티안"이라고 부르는 신기한 것도 있는데요, 말 그대로 검은 점과 흰 점들이지요. 아마 사구에서 녹은 눈일 겁니다. 하지만 모서리가 무척 날카롭고 거대한 유기체처럼 보이기도 하지요. 갑자기 움직임이 멈추기도 하고요. 왜 그럴까요? 다양한 웹사이트에서 누구든지 볼 수 있습니다.

와크텔 아까 이야기한 것처럼 『2001 스페이스 오디세이』와 『유년기의 끝』에는 외계 지능과의 접촉을 통한 인간의 진화라는 주제가 등장합니다. 실제로 그렇게 믿으시나요?

클라크 우리가 외계 지능과 접촉을 한다면 어떤 시나리오든 가능합니다. 외계인이 적대적일 수도 있는데, 그렇다면 우리는 끝장이겠지요. 외계 지능이 호의적이고 우리를 도우려 할 수도 있는데, 그것도 꼭 좋은 것만은 아닐지 모릅니다. 모든 게 너무 쉬워지면, 노력도 하지 않고 너무 많은 것을 알게 되면, 세상을 잃을지도 모릅니다. 혹은, 우리가 지구의 다른 생명체에 대해서 별로 걱정하지 않듯이——물론 다행히도 이제 지구의 같은 생명체들에게 점점 더 신경 쓰고 있다고 말할 수 있지만요——외계인이 아주 중립적이고 우리에게 전혀 신경을 쓰지 않을 수도 있습니다.

와크텔 당신은 「미래 선택」이라는 에세이에서 우주에 다른 지능이 존재하지 않는다면 놀라울 뿐 아니라 우리에게 어마어마한 책임이 생긴다고 말합니다. 왜 그렇지요?

클라크 네, 그렇습니다. 만약 이 거대한 우주에 아무것도 없고 우리 인간이 유일한 지능이라면 우리 인간을 보존하고 인간의 자기 파괴를 막는 것은——때로는 우리가 스스로를 파괴할 위험에 처한 것 같지요——우리에게 달려 있습니다. 우리가 현재 앓고 있는 "유년기 질병"을 이기고 살아남으면 바깥으로 나가서 이 거대하고 굉장한 우주에 대해서 무언가를 할 수 있을지도 모릅니다.

와크텔 당신은 1973년에 화성에 대한 에세이 「올림푸스의 눈」에서 "인간은 먹을 것과 쉴 곳이 절실히 필요한 만큼 새로운 지평이라는 낭만과 수수께끼가 절실히 필요하다"라고 썼습니다. 그리고 (다른 글에서) "우주에서 우리의 도구가 이미 알려 준 것 외에 아무것도 배울 수 없다 해도 우리는 여전히 우주로 나가야 한다"고도 썼습니다. 우리가 우주의 수수께끼를 알아야 하는 이유는 무엇입니까?

클라크 에베레스트를 처음 등정한 사람에게 왜 올라갔느냐고 묻자 "그것이 거기 있으니까"라고 대답했다고 하지요. 이 말은 클리셰가 되었지만, 우리는 호기심 많고 탐구하는 유인원입니다. 탐구하고 싶다는 생각을 멈추는 것은 인간임을 멈추는 것이지요.

와크텔 우주여행의 생리적 힘에 대해서 말씀하셨는데요, 가능하다는 믿음이 널리 퍼지자마자 인간의 생리적 전망에 영향을 끼칠 것이라고 했습니다.

클라크 네, 실제로 그랬습니다. 우주는 이제 인간 의식의 일부입니다. 우주에서 본 지구의 모습이 처음으로 나와서 사람들이 우리가 다소 작고 아름답지만 연약한 행성에, "태양으로부터 세 번째 바위"에 살고 있음을 지적으로뿐 아니라 감정적으로 깨달았을 때 시작되었습니다. 이제 이 아름답고 복잡한 유산을 지구 정찰 위성을 통해서 아주 상세하게 볼 수 있습니다. 지금 당장 틀어 볼 수 있지요. 또 TV 화면으로 우리가 살고 있는 마을과 집을 볼 수 있습니다. 저는 이러한 사실에서 다른 시대에는 가능하지 않았던 지구인들의 일체감이 나온다고 생각합니다.

와크텔 자원은 한정적이고 지구에서도 수많은 필요가 있다는 점을 생각할 때, 우주 프로그램에 수십억을 쓰는 것을 어떻게 정당화할 수 있을까요?

클라크 우주 프로그램에 쓴 수십억은 몇 배의 이득으로 돌아왔습니다. 통신 위성과 기상 위성 덕분이지요. 기상 위성은 수십만 명의 목숨을 살렸고, 지구 자원 위성은 지구의 자원이 어디에 있는지 보여 주고 우리가 오염과 같은 것들을 감시할 수 있게 해주었습니다. 우주에 돈을 쓰는 것은 인간이 지금까지 했던 것 중 최고의 투자입니다. 인간을 달에 보내는 것을 두고 논쟁이 일어날 수 있겠지요. 지구와 가까운 궤도의 우주 기술이 유용하다는 것을 알겠지만, 왜 큰 비용을 들여서 유인 우주 탐험을 계속할까요? 글쎄요, 그것은 심리학적인 질문입니다. 저는 그 답이 인간 본성에 달려 있다고 생각합니다. 찬성할 수도 있고 반대할 수도 있지요. 저는 우리가 우주를 계속 탐험해야 한다고 생각하는데, 아주 괜찮은 실용적 이유가 발견되었습니다. 지구는 유성 및 소행성과 계속 충돌해 왔는데, 이러한 충돌이 문명의 경로를 바꾸었고 공룡 등 일부 종 전체를 쓸어버렸습니다. 그런 일이 또 일어날 겁니다. 그러므로 우주로 나가는 가장 큰 이유는 아마 다가오는 발사체를 주의하기 위해서겠지요. 우주로 가지 않으면 인간은 조만간 멸종할 것입니다.

2000년 6월

해럴드 블룸
Harold Bloom

저는 심오하고 진정한 독서를 하려면
어려운 즐거움을 위해 쉬운 즐거움을 포기하는
법을 배워야 한다는 사실을 사람들에게
가르쳐 주려 합니다.

해럴드 블룸

내가 해럴드 블룸과 처음 대화를 나누었을 때, 그의 감성과 지성의 독특한 조합은 청취자들로부터 어마어마한 반응을 끌어냈다. 블룸이 고전 독서를 열정적으로 주장한 『서구 정전』을 발표한 직후의 일이었다. 처음에 나는 현대 문학의 새로운 움직임을 경멸하는 호전적이고 반동적인 사상가라는 명성 때문에 그를 좋아할 수 없을 것 같았다. 존경은 하겠지만 친밀해지는 못할 거라고 말이다. 하지만 블룸은 무척 매혹적이고 박식하고 열정으로 가득한 사람이었기 때문에 나는 곧장 그에게 끌렸다. 정말 좋은 친구 같았다. 블룸은 책을 더 읽고 싶게 만들었다. 그의 비평도 더 읽고 싶고 그가 너무나도 사랑하는 책들도 더 읽고 싶었다. 그리고 특별 시리즈 「오리지널 마인드」를 하게 되자 그와 다시 이야기를 나누고 싶었다.

지난 30년 동안 해럴드 블룸은——『뉴욕 타임스』의 표현처

럼——"세상에서 가장 영향력 있는 비평가-학자-이론가"였
다. 그의 놀랄 만큼 우수한 기억력과 독서의 폭(과 속도)은 매우
유명하다. 그는 밀턴의 『실낙원』을 처음부터 끝까지 외우고,
블레이크의 작품 대부분과 스펜서의 『요정 여왕』, 셰익스피어
의 작품 등등을 다 외운다. 블룸은 28권의 책을 냈고, 문학 비평
서 600여 권의 서문을 썼다.

　어느 비평가는 "해럴드 블룸에 대한 모든 것이 지나치게 광
대하다"라고 썼다. (셰익스피어의 폴스타프가 그의 또 다른 자아인
것도 당연하다.) 그러므로 서양의 문학을 전부 탐구하여 무엇이
중요한지, 무엇이 정전에 들어가는지 결정하기에 더 적합한
사람이 달리 누가 있을까? 그런 다음 블룸은 768쪽에 달하는
『셰익스피어: 인간의 발명』에서 자신의 크나큰 사랑을 분석한
다. 그는 아직도 놀라울 만큼 많은 책을 낸다. 주로 문학 분석
과 종교에 관한 책——예를 들어 예상치 못한 베스트셀러 『제
이의 책』에서는 구약 성서의 중요한 부분들을 여성이 썼다고
주장한다——을 종종 번갈아가며 내는 블룸은 『밀레니엄의 저
주: 천사와 꿈, 부활의 그노시스』를 발표했다. 그 후 『독서의 방
법과 이유』,[1] 『아주 똑똑한 아이들을 위한 이야기와 시』, 『사람
이 알아야 할 모든 것 : 세계문학의 천재들』을 차례로 냈다. 『엔

1　한국에서는 『해럴드 블룸의 독서 기술』(윤병우 옮김, 을유문화사, 2011)이라는 제목으로
　출간되었다.

터테인먼트 위클리』에 따르면 블룸은 천재성과 상상력에 대한 책을 내기로 하고 "소문에 따르면 120만 달러짜리 계약"에 서명을 함으로써 "마침내 어마어마한 영향력 있는 위치를 얻었다"고 보도했는데, 이는 그가 얼마나 유명한지 단적으로 보여준다.

또한 해럴드 블룸은 예일 대학과 뉴욕 대학에서 계속 학생들을 가르치고 있다. 이처럼 왕성한 지적 활력은 울적하다고 할 수는 없지만 슬픔의 저류가 느껴지는 그의 태도 때문에 가려진 면이 없지 않다. 하지만 우리가 CBC 뉴욕 스튜디오에서 처음 만났을 때(이전 인터뷰는 직접 대면이 아니라 스튜디오 연결이었다) 그는 애정으로 가득했다. 블룸의 배경을 설명하기 위해서 이전 인터뷰를 일부 덧붙였다.

∞

와크텔 당신은 문학과 삶에 구분이 없다고 말한 적이 있습니다. 그것에 대해서, 어떻게 해서 문학이 당신의 삶에서 그토록 큰 부분을 차지하게 되었는지 이야기하고 싶습니다. 영문학을 처음 접했던 때 이야기를 해주시겠습니까?

블룸 저는 1930년에 태어나 브롱크스 동부의 이디시어를 쓰는 집안에서 자랐고, 이디시어만 쓰는 동네에 살았습니다. 그래서 뉴욕에서 태어났지만 아직도 영어 발음이 좀 이상하죠. 책을 읽고 영어 발음을 짐작하면서 배웠으니까요. 그래서 제가 말하는 영어는 발음이 좀 독특합니다.

와크텔 왜 발음을 짐작해야 했죠? 학교에 가기 전에 영어를 배웠기 때문인가요?

블룸 저는 네 살 때쯤 혼자서 영어와 몇 가지 언어를, 하지만 주로 영어를 공부하기 시작했습니다. 어렸을 때 저는 거의 강박적으로 책을 읽었는데, 이유는 잘 모르겠지만 아무튼 강박적이었습니다. 당시 이디시어는 물론 읽을 줄 알았고, 히브리어를 공부하고 있었는데, 영어를 실제로 배우거나 들은 것은 유치원에 들어간 다섯 살 반 이후의 일입니다. 영어 읽는 법을 혼자서 익힌 후였죠.

와크텔 강박적으로 책을 읽은 이유가 무엇인지 짐작해 보셨습니까?

블룸 저는 사랑이 넘치지만 아주 가난한 집안의 5남매 중 막내였습니다. 좁은 집에서 살았지만 우리들은 충분히 평온하게 지냈습니다. 제가 가장 어렸고, 확실히 가장 똑똑했지요. 우리 남매 중에 고등학교 이상 다닌 사람은 저밖에 없었습니다. 유복한 집안에 태어났다 해도 지금 같은 성격이었다면 책을 열심히 읽었을 겁니다. 부모님은 프롤레타리아였고 조부모님들도 마찬가지였습니다. 아버지는 의류공장에 다녔고, 어머니는 주부였고, 할아버지는 러시아-폴란드에서 목수로 일했던 것 같은데, 나치의 손에 죽임을 당하셨지요. 저는 아직 살아 있는 친척들과 이야기를 나누다가 증조부의 형제들 중에 탈무드 학자나 유대교 신비주의자가 있었다는 사실을 알아냈습니다. 그러니 학문에 대한 관심을 물려받은 면도 있겠지요. 예를 들어서 아주 어렸을 때 저는 어떤 언어로 읽는 법을 배우면——어렸을 때만이 아니라 지금까지 늘 그랬는데요——정말 놀라운 속도로 책을 읽었습니다. 지금은 일흔 살이니 스물다섯 살 때만큼 빨리 읽지는 못하지만요. 억지로 속도를 줄이지 않는 한, 그리고 미학적 즐거움이 아니라 정보를 얻으려고 읽을 때면 지금도 거의 페이지를 넘기는 동시에 그 안의 내용을 바로 다 읽습니다. 또 가증스러울 정도의 기억력, 무시무시한 기억력을 가지고 있습니다. 운문이든 산문이든 감동을 받은 것은 무엇이든 다 기억합니다. 시는 거의 외워서 내용을 거의 정확하게 말할 수 있고, 산문도 많이 인용할 수 있습니다. 저는 일종의 괴짜였던 것 같아요.

와크텔 어렸을 때 지독한 기억력 때문에 괴짜였던 것 같다고 했는데, 당시에도 그런 의식이 있었습니까?

블룸 아니, 아닙니다. 저는 정말 당연한 줄 알았어요. 어쨌든, 저는 무척 조용했습니다. 형과 누나, 부모님, 몇몇 학교 친구들과만 어울렸고 특별히 공부를 잘하지도 않았어요. 우리 동네가 워낙 좋지 않은 곳이어서 공립 고등학교에 갈 수 없었지요. 저는 브롱크스 과학 고등학교에 시험을 쳐서 들어갔는데, 사실 저에게는 최악의 학교였지요. 저는 그때도 지금도 과학이라는 것에 전혀 관심이 없고 수학에도 관심이 거의 없는 것이나 마찬가지니까요. 그래서 공부를 잘 못했습니다. 반에서 꼴찌는 아니었지만, 아무튼 꽤 나쁜 성적으로 졸업했습니다. 뉴욕주 학업성취도 시험에서 전체 1등을 하지 않았다면 코넬 대학은 물론이고 대학에 아예 못 갔을 겁니다. 광범위한 독서를 바탕으로 하는 객관식 시험이었으니, 모든 것을 읽고 모든 것을 기억했던 저는 완벽한 점수를 받을 수밖에 없었죠. 그래서 제가 지원을 한 것도 아닌데 코넬 대학에서 장학금을 주더니 저를 신입생으로 입학시켰습니다. 코넬에서 저는 M. H. 에이브럼스를 비롯해서 정말 멋진 선생님들을 만났습니다. 에이브럼스 선생님은 정말 뛰어난 낭만주의 학자로 저의 멘토가 되어 주었고, 저도 사람들에게 멘토 역할을 하면서 갚으려고 노력해 왔지만 에이브럼스 선생님에게 받은 만큼 다른 사람에게 해준 것 같지 않아요. 저는 선생님에게 큰 빚을 지고 있습니다.

저는 무척 수줍음이 많고 서툰 사람이었어요. 지금도 별로 사교적이지는 않지만, 그때는 괴로울 정도로 부끄러움을 탔죠. 코넬 대학 1학년 때는 복도 벽에 바짝 붙어서 걸어 다녔습니다. 거의 병적으로 들리지요. 하지만 제가 심리적인 병이 있었다고 생각하지는 않습니다. 너무 낯선 기분이었고 너무 당혹스러웠지요. 4년 뒤 1951년에 예일 대학원에 갔더니 분위기가 너무 혼란스러워서 더욱 그랬습니다. 저는 다행히도 신비평, 신기독교파 교수들을 피할 수 있었는데, 당시에는 그게 주류였어요. 윌리엄 K. 윔새트 교수만 빼고요. 저는 윔새트 교수와 학문적으로는 개와 고양이처럼 싸우긴 했지만, 윔새트 교수에게는 이의를 제기할 수 있었지요. 그는 무척 아리스토텔레스적이었고, 로마 가톨릭 신자였습니다. 저는 코넬에서 그랬던 것처럼 예일에서도 대단한 교수들을 만났습니다.

와크텔 유치원에 들어가기 전으로 돌아가서, 블레이크의 "예언시"를 소리 내어 읽으면서 영어를 배웠다고요?

블룸 어렸을 때 저는 블레이크를 미친 듯이 좋아했습니다. 제 앞 세대 비평가인 노스럽 프라이와 비슷한데, 결국 프라이는 저의 스승이 되었습니다. 제가 예일대에서 학생들을 가르칠 때가 되어서야 만났지만 말입니다. 저는 블레이크의 시, 특히 장편시를 이해하지도 못할 때 그의 시와 사랑에 빠졌습니다. 네 살 반, 다섯 살 때 어떻게 그걸 이해할 수 있었겠습니까? 하지만 저는 시를 외웠어요. 밤이고 낮이고 블레이크 시를 읽었지요. 도서관에서 빌린 책으로요. 몇 년 뒤에 누나에게 논서치사에서 나온 블레이크 전집을 사 달라고 할 때까지 제 책은 없었습니다. 누나로서는 아주 큰 지출이었지만 워낙 착해서 책을 사 주었지요. 그것이 제가 두 번째로 갖게 된 책이었습니다. 첫 번째 책은——아직도 기억이 납니다——돈을 모아서 샀던 『하트 크레인 시선집』이었는데, 아마 여섯 살 즈음이었을 겁니다. 지금까지도 저는 하트 크레인의 시집을 정말 좋아합니다. 블레이크를 이해하지 못했던 것처럼 그때는 아마 이해하지 못했을 거예요. 저는 주문 같고 낯선 느낌, 시의 소리와 그 느낌과 사랑에 빠졌습니다.

와크텔 당신을 감동시킬 위대한 시를 이해하기도 전부터 시와 사랑에 빠질 수 있었군요.

블룸 우리가 무엇을 어떤 수준으로 이해하는지 아무도 모릅니다. 정전에 속하는 시—말하자면 셰익스피어, 밀턴, 워즈위스, 스펜서, 단테, 예이츠—가 불충분한 시, 또는 시인 척하는 운문, 운문도 산문도 아니면서 운문인 척하는 한심한 요즘 글들, 미국에서 말하는 다문화 어쩌고 하는 시들과 다른 점, 결국 가장 다른 점은 수많은 차원이 있어서 우리가 진정으로 이해하기 훨씬 전에도 일부를 이해할 수 있다는 점이라고 생각합니다. 우리는 아마 처음부터 자기가 생각하는 것보다 더 많이 이해하고 있을 겁니다. 나중에는 그것에 대한 일종의 해설을 할 수 있게 되는 거고요. 저는 그게 정말 이상하다고 생각했습니다.

와크텔 당신은 어렸을 때 동네 도서관 서가를 돌아다니면서 산문을 많이 읽었지만 아직도 시를 더 좋아합니다. 시의 그러한 인력이 뭔지 아십니까?

블룸 경계를 넘는 느낌입니다. 그래서 저는 시를 단 한 줄도 쓸 수 없었고, 쓰려는 시도도 하지 않았습니다. 악마가 지키는 문턱을 넘는 것이지요. 대대로 아이들이 들어갔던 영역에 들어가는 것이라고 생각합니다. 마법의 세계, 고조된 인식의 세계,

모든 것이 놀랍고 깊은 생각을 불러오는 세계입니다. 성직자의 언어, 그 안의 음보적 요소, 음보를 넘나들며 움직이는 더욱 깊고 더욱 어두운 리듬이라고 생각합니다. 저는 소리와 의미의 깊은 관계에 대해서 비범한 질문을 던지는 것 자체에 심오한 매력이 있다고 생각합니다. 물론 시각적인 산문도 있습니다. 제임스 조이스의 『피네건의 경야』가 그런 경우인데요, 그 작품은 깊은 의미에서 산문시라고 할 수 있을 겁니다. 같은 효과를 가지고 있지요. 또 기적 같은 번역도 있습니다. 그 자체로 재창조라고 할 수 있으니 번역이라고 부를 수 있을지 모르겠지만요. 킹 제임스판 성경은 결국 틴데일과 커버데일이라는 두 번역가의 천재적인 능력으로 만들어졌는데, 두 사람 모두 생생한 산문을 정말 잘 썼습니다.

와크텔 당신은 사실상 60년 동안 매일 하트 크레인의 시 「무너진 탑」의 한 연에 매료되었습니다. 크레인은 당신이 가장 좋아하는 현대 시인이고…

블룸

그렇게 나는 무너진 세계로 들어갔다
사랑이라는 환상 속 동행을 찾아서, 그 목소리를 찾아서
바람 속에서 한 순간 (어느 쪽에서 불어왔는지 나는 몰랐다)
아주 잠시, 필사적인 선택을 붙잡으려고

아마 이 연일 겁니다.

와크텔 바로 그 부분이 왜 당신을 그토록 사로잡았을까요?

블룸 「무너진 탑」은 사실 크레인의 죽음의 시입니다. 저는 60년도 더 전에, 여덟 살이나 아홉 살에 처음 읽었습니다. 처음 이 시가 제 기억에 노래처럼 흘러들어 왔을 때 제가 그 의미를 완전히 이해했는지는 모르겠지만, 여기에 그노시스적 의미가 있음을 직관적으로 느꼈던 것이 분명합니다. "그렇게 나는 무너진 세계로 들어갔다"——세상은 만들어지는 것처럼 분명 무너지기도 하지요. "사랑이라는 환상 속 동행을 찾아서"——찾는다는 것은 모든 의미에서 그것을 다시 잡아끄는 것이라 할 수 있지만 또한 그 뒤를 쫓는 것, "사랑이라는 환상 속 동행"을 찾으려고 애쓰는 것입니다. 저는 오랫동안 이 구절을 사랑했습니다. 저는 20세기 말에 쓴 책에 『환상 속 동행』이라는 제목을 붙였는데, 영국 낭만주의 시에 대한 책이었지요. 여러 해가 지난 뒤에 월터 페이터의 소설 『가스통 드 라투르』의 아름다운 부분을 읽었는데, 첫 장에서 젊은 시인 가스통은 첫 영성체를 합니다. 교회 잔디밭의 야외 장면으로 그려지지요. 페이터는 어린 가스통이 곁에 서 있던 환상 속 동행의 느낌을 절대 잊지 못한다고 씁니다. 나중에 알게 되었는데, 크레인은 페이터를 정말 깊이 있게 읽었다고 합니다. 그의 편지나 책 어디에서도 『가스통 드 라투르』의 파편을 찾을 수는 없지만 말입니다. 크레인은 페이터의 영향을 정말 많이 받았기 때문에 "사랑이라는 환상 속 동행"이라는 아름다운 구절이 페이터의 작품에서 나온 것이라고 믿을 만한 이유가 아주 많습니다. 어쨌든 시를 계속 읽자면, "그 목소리를 찾아서 / 바람 속에서 한 순간"은 무척 쫓기 힘들다는 뜻입니다. 그런 다음 이 구절에 도달합니다——크레인의 시뿐만 아니라 삶까지 알고 나면 무척 가슴 아픈 구절이지요——"아주 잠시, 필사적인 선택을 붙잡으려고." 동성애자였고 진정한 일생의 파트너를 항상 찾았던 크레인은 나중에 시에서 이렇게 말하기 때문입니다. "오래 전에 흩어진 / 내 무너진 음정의 악보여." 이 구절은 정말 놀랍고 다양한 의미를 담고 있는데, 그의 시를 뜻하기도 하고, 물론 우리가 쓰는 악보를 뜻하기도 하기 때문이지요. 악보에서 음정은 낮아지거나 높아질 뿐 아니라 무너져서 거슬리는 소리를 내기도 합니다. 그는 또한 성적인 유혹이라는 뜻도 다소 음울하게 담고 있습니다. "오래 전에 흩어진 / 내 무너진 음정의 악보여 …… 나는 그들의 종지기 노예이니!" 그러므로 이 시는 결국 나약한 인간의 정신——크레인의 정신——에 담긴 지나치게 강력한 시적 재능에 대한 시입니다. 아주 어렸을 때 "종들이, 나는 말한다, 종들이 탑을 무너뜨리고 / 어딘지 알 수 없는 곳에서 흔들린다"라는 크레인의 어마어마한 외침에 거의 압도되었던 기억이 아직도 납니다. 그 느낌이 아주 오랫동안 저를 떠나지 않았지요. 말씀드렸듯이 저는 그 시를 설명할 수도 없을 때 직관적으로 이해했던 것 같습니다.

와크텔 크레인의 죽음의 시라고요.

블룸 그가 마지막으로 쓴 중요한 시이고, 죽음의 시라고 할 수도 있을 겁니다. 크레인은 죽기 몇 달 전 멕시코시티에서 이 시를 썼지요. 그가 마지막으로 남긴 견고하고 완전한 시이고, 뛰어난 마지막 시라고 말해도 될 겁니다. 크레인이 무척 강한 의구심을 가졌던 시이지요. 이 시는 여러 가지 의미가 있겠지만 특히 자기 안에서 시적 재능이 산산조각 나고 끝장났다는 고뇌를 표현하는 것 같습니다. 사실은 그렇지 않았지요, 이 시가 그 증거입니다. 크레인은 미국의 시 평론가 친구들——맬컴 카울리, 케네스 버크, 아이버 윈터스, 앨런 테이트——에게 이 시를 보냈지만 누구의 답장도 받지 못했습니다. 어쩌면 그럴 만한 시간이 없었을지도 모릅니다. 답장이 왔다 해도 그에게 큰 도움이 되었을지 잘 모르겠군요. 크레인은 자살했을 가능성이 아주 높습니다. 구겐하임 지원금을 받아 멕시코에서 지내던 그는 뉴욕 시로 돌아가는 길에 배 갑판에서 바다로 뛰어내렸습니다.

와크텔 겨우 서른두 살이었지요.

블룸 네, 그의 나이는 서른두 살 몇 개월이었고, 예수님의 나이인 서른세 살까지도 살지 못했습니다. 제가 보기에 크레인은 타고난 시적 힘——시인으로서 타고난 재능이라 부를 수 있는 것——이라는 면에서 모든 미국 시인들 중에서 가장 비범하고 전도유망했습니다. 많은 사람들이 크레인보다 뛰어나다고 생각하고 저 역시 비슷한 후보라고 생각하는 시인들——월트 휘트먼, 에밀리 디킨슨, 로버트 프로스트, T. S. 엘리엇, 그리고 압도적인 월리스 스티븐스——이 있지만, 이들이 겨우 서른두 살에 죽었다면 지금 우리가 생각하는 것처럼 위대한 시인이라고 여겨지지 않았을 겁니다. 크레인에게는 충분한 시간이 없었을 뿐입니다. 그는 스스로에게 시간을 주지 않았지요.

와크텔 당신은 시에 대해서라면 스스로 말씀하신 것처럼 "가증할 만한 기억력"을 가지고 있었습니다. 그리고 당신에게는 작품을 이해하는 과정에서 외우는 것이 무척 중요하죠.

블룸 저는 학생들에게 기계적으로만 외우지 말고 스스로에게, 또 남들에게 소리 내어 읽어 주라고, 특히 혼자서 스스로에게 읽어 주라고 가르칩니다. 시를 소리 내어 읽으면 내면에 불을 지를 수 있습니다. 새뮤얼 테일러 콜리지의 말처럼 "당신을 찾아오는" 시라면 말입니다. 저는 학생들에게 어떤 시가 찾아오면 내 기억력을 차지할 기회를 주라고, 그러면 내가 그 시를 외워서 차지할 수 있다고 말합니다.

와크텔 어떤 면에서 당신에게는 시가 당신의 기억에 살아남는지 여부가 그 시의 우수성을 알려 주는 기준이 됩니다. 시가 기억에 남아 있지 않으면 뭔가가 부족하다고 생각하지요.

블룸 어느 시인——이름을 밝히지 않는 게 좋겠군요——의 작품에 대해서 또 다른 시인——이름을 밝히지 않은 시인의 친구이자 저의 친구——과 함께 토론했던 기억이 납니다. 저는 그에게 기억에 남는 구절이 없는 것이 신경 쓰이지 않느냐고 물었습니다. 제 친구 시인의 말에 따르면 우리가 이야기하는 그 시인은 그런 것에 전혀 신경 쓰지 않는다고, 기억에 남을 만한 구절을 쓰는 것은 핵심이 아니라 생각한다고 하더군요. 저는 그 말에 약간 충격을 받았고, 아직도 그렇습니다. 시뿐만 아니라 상상 문학과 그 이해에서 기억은 아무리 강조해도 지나치지 않을 정도입니다. 저는 칠십 평생 그 문제에 대해서 생각했고, 기억의 작용이 없으면 온전한 의미에서 생각할 수 없다고 믿습니다. 우리가 기억력에 얼마나 의존하는지는 인식조차 할 수 없습니다. 저는 학생들과의 열띤 토론에서 우리가 깊이 있게 읽고 또 읽으면서 가장 뛰어난 생각과 글을 기억하는 것이 절대적으로 중요하다고 주장했습니다. 지금까지 나온 가장 강렬한 작품들을 기억에 쌓지 않으면 우리의 기억력뿐 아니라 스스로 생각하는 능력마저 가난해집니다. 저는 미국과 캐나다처럼 스스로 생각하는 능력에 의존하고 그것을 중요하게 생각하는 나라들의 민주주의의 미래가 무척 걱정스럽습니다. 젊은 이들이 강렬한 책을 읽고 또 읽기보다는 여러 종류의 스크린으로 점차 몰려가기 때문입니다. 그들이 독립적으로 생각하는 법을 배울는지, 선동가에게 저항할지, 사실상——특히 영어를 사용하는 세계에서는——치어리더와 마찬가지인 대학의 사람들이나 대학에서 미디어에 내보낸 사람들에게 저항하는 법을 배울 수 있을지 걱정입니다. 저에게 이것은 교육적 고뇌, 문화적 고뇌가 되었습니다.

와크텔 어떤 시나 글의 어떤 부분이 계속 떠올라서 놀란 적이 있나요?

블룸 네, 예상치도 못했을 때가 너무 많기 때문에 놀랍지요. 제1차 세계대전 때 서부 전선에서 세상을 떠난 영국 시인 겸 화가인 아이작 로젠버그의 단편적인 시가 정말 대단합니다. 이렇게 시작하지요.

> 코린트와 바빌론, 로마의 심장을 먹고 자란
> 벌레, 늘씬한 헬레나를 겁탈한 것은 파리스가 아니라
> 이 상피 붙은 벌레다.

그 다음 로젠버그는 영국에 일어날까 두려운 일을 블레이크식으로 예언합니다. 요즘 왜 이 부분이 자꾸 떠오르는지 모르겠어요. 저는 『독서의 방법과 이유』의 시 부분을 A. E. 하우스먼의 근사한 시 「내 마음 속으로 오싹한 선율이」로 시작합니다. 저는 자리에 앉아 그 책 문제로 씨름을 하고 있었는데, 최대한 짧은 책을 쓰고 싶었기 때문이었습니다. 일종의 입문서, 선집을 쓰고 싶었지만 너무나도 많은 자료 중에서 선별을 해야 했지요. 그때 갑자기 "내 마음 속으로 오싹한 선율이"라는 구절이 난데없이 떠올랐습니다. 정말 근사하지요. 하우스먼은 선율을 말하고 있지만, 우리가 들이마시는 공기라는 뜻도 됩니다. 선율이든 공기든 내가 들이마시는 것이 나에게 생명을 주는

것이 아니라 오싹하게 만든다는 생각, 감정적으로 나를 아프게 한다는 생각이 들어 있지요.

내 마음 속으로 오싹한 선율이
저 머나먼 나라에서 불어오네
기억 속 저 파란 언덕은 무엇일까,
저 첨탑과 농장들은 무엇일까?

그것은 잃어버린 만족의 땅,
반짝이는 모습이 똑똑히 보이네
가 보았으나 다시는 갈 수 없는
저 행복한 고속도로.

어렸을 때 이 시가 노래처럼 제 머릿속으로 들어왔고, 그 뒤로 한참 동안 이 시를 생각한 적이 없었습니다. 이 시로 시작한다는 것은 시대 순으로 구성할 수 없다는 뜻이었지만, 비교적 단순하지만 무척 구슬프고 강력한 운율의 완벽한 전형처럼 느껴졌기 때문에 저는 이것으로 시작해야겠다고 결심했습니다.

와크텔 당신은 시를 "상상 문학의 절정"이라고 설명합니다. 실제로 당신은, 본인의 표현을 쓰자면, 예언적 양식이기 때문에 시를 산문 소설보다 더 좋아합니다. 왜 예언적 양식이지요?

블룸 물론 에밀리 브론테의 『폭풍의 언덕』처럼 무척 환상적인 소설들도 있고, 당연히 놀랄 만큼 환상적인 희곡도 있습니다. 물론 셰익스피어는, 늘 그런 것은 아니지만 주로 운문으로 작품을 썼지요. 그는 최고의 운문 작가일 뿐 아니라 최고의 산문 작가입니다. 『한여름 밤의 꿈』과 『템페스트』는 환상적인 희곡의 순수한 예일 것입니다. 소설은 물론 산문 로망스의 양자이긴 하지만, 대체로 디킨스나 조이스처럼 환상적인 작품들조차 강한 사회적 사실주의 요소와 일상적인 현실의 재현성을 갖는 경향이 있습니다. 비교적 현대적이라 할 수 있는 단편 소설——체호프가 완성시킨 지난 2세기 동안의 작품부터 현재의 작품까지——은 최고의 시가 많이 가지고 있는 환상적 강렬함과 비슷한 것을 가지는 경향이 있습니다. 하지만 전체적으로——랠프 월도 에머슨의 근사한 구절을 빌려 쓰자면——탁월하고 비범한 문학 작품을 생각하면 서사적이거나 사색적인 산문보다 시가 많을 겁니다.

와크텔 시와 영성에 대해 잠시 이야기하고 싶습니다. 당신은 평생 비평과 논평을 썼을 뿐 아니라 영적 주제에 몰두해 왔으니까 말입니다. 당신에게는 시와 영성을 추구하는 것이 밀접한 관련이 있는 듯합니다. 그런가요?

블룸 글쎄요, 지난 10년 동안은 확실히 그랬습니다. 한동안 저는 『제이의 책』, 『미국 종교』, 『밀레니엄의 저주』 같은 책들과 『서구 정전』, 『셰익스피어: 인간의 발명』, 『독서의 방법과 이유』 같은 책들을 번갈아가며 썼습니다. 저는 아주 넓은 의미에서 제가 아무리 이단적이라 하더라도, 종교적이거나 영적이라고 할 수 있는 책들과 새뮤얼 존슨 박사와 윌리엄 해즐릿, 그리고 어느 정도는 월터 페이터와 오스카 와일드의 작품을 따르는 문학 비평의 전통을 잇는 책들 사이를 오갔던 것 같습니다. 저는 주된 상상 문학 작품에서 얻는 것과 대개 이단인 종교적 사상이나 텍스트에서 얻는 것에 더 이상 차이를 느끼지 못합니다. 후자에 속하는 책들은 그노시스나 신비학, 혹은 적어도 환상적이거나 신비적인 책입니다. 저는 글을 쓸 때 항상 두 가지 양식을 구분하려 했습니다. 심지어 『미국 종교』에서는 제가 "종교적 비평"이라고 이름 붙인 범주를 만들려고 했습니다만, 제 책 중에서 가장 오해받고 오용되는 것 같습니다. 신기한 일이지요. 저는 모르몬교를 창시한 예언자, 선각자, 계시자 조지프 스미스에 대한 강의와 세미나 때문에 솔트레이크 시티에 갔을 때 미국 모르몬교도 지식인들과 어울리면서 영성 문제에 대해서 이야기를 나누었습니다. 그들은 매력적이고 무척 창의적이었지만 자신의 종교가 이단으로 여겨지기를 바라지 않더군요. 이단 내의 누구도 이단으로 여겨지기를 바라지 않습니다. 그 사람들은 스스로 진정한 기독교도라고, 예수 그리스도의 가장 진실한 제자라고 생각합니다. 그들은 제가 이렇게 말하는 것을 싫어하겠지만, 그 사람들은 일신론자도 아니에요. 그들은 복수의 신이 존재한다고 믿습니다. 사실 단일신교주의자들이죠. 따라서 역사적으로 봤을 때 그들은 처음에는 유대교, 그 다음으로는 기독교라는 주요 종교에서 갈려 나간 심오하고 매혹적인 이단입니다.

와크텔 당신은 노스럽 프라이에게 깊은 영향을 받았다고 말씀하셨습니다. 블레이크에 대한 프라이의 책 『무서운 대칭』을 읽었을 때 당신은 겨우 열일곱 살이었지요.

블룸 네, 열일곱 살이었고 코넬 대학교 신입생이었습니다. 저는 그의 또 다른 걸작 『비평의 해부』 신판에 서문을 썼는데요, 프라이의 유령이 돌아와서 보고 무례하다고 생각하지 않기를 바랍니다. 제가 강연을 하러 토론토에 올 때마다, 이틀 연속 2회 강연일 때에도 프라이가 제 소개를 고집했다는 이야기를 썼습니다. 그는 항상 저를 직접 소개하려 했습니다. 이제 학생들을 가르치지 않지만 아직 그 근처에 살고 있는 오랜 친구들, 학자이자 비평가인 엘리너 쿡과 제이 맥퍼슨은 분명히 기억할 겁니다.

저는 아주 어렸을 때 하트 크레인을 읽으면서 윌리엄 블레이크도 같이 읽었는데요, 블레이크에 대한 집착 때문에 프라이의 작품을 읽게 되었을 겁니다. 제가 학자이자 교사였던 젊은 시절에는 블레이크주의자라고 생각했지만 지금은 아닙니다. 당시 누가 포프의 「던시어드」와 블레이크의 「예루살렘」 중에서 어느 것이 더 좋은 시냐고 물었다면 저는 끔찍하게 생각했을 겁니다. 깜짝 놀라서 당연히 블레이크의 「예루살렘」이라고 대답했겠지요. 지금 누가 저에게 같은 질문을 한다면 저는 약간 슬픈 기분으로 이렇게 대답할 겁니다. 아직도 「예루살렘」을 사랑하고 아직도 거의 다 외우지만 포프의 「던시어드」가 더 강렬하고 숙달된 작품이라고 말입니다. 제가 그렇게 말하게 되었다니 참 놀랍습니다. 프라이가 저를 소개할 때마다 문학을, 특히 블레이크를 보는 캐나다 연합 교회의 플라톤적 시각과 저의 유대 그노시스 시각을 구분하려고 애썼던 기억이 납니다. 프라이는 그노시스주의를 좋아하지 않았고, 한 번은 제가 장년기에 쓴 저작들 중 별로 마음에 들지 않는 부분은 그노시스주의 때문이라고 말한 적이 있습니다. 1973년에 제가 『영향에 대한 불안』을 냈을 때 프라이가 좋아하기를 무척 기대하며 책을 보냈을 때 우리는 완전히 결별했습니다. 그는 책이 전혀 마음에 들지 않는다고, 제 그노시스주의의 당연한 결과라는 편지를 보냈습니다. 좀 이상한 말이었지만, 저는 아주 재치있는 말이자 아마도 무척 통찰력 있는 말이었을 거라고 생각합니다. 우리 모두 알고 있듯이 프라이는 가장 뛰어난 독자였으니까요.

와크텔 『밀레니엄의 저주』에 실린 유대인 그노시스주의에 대한 내용을 간략하게 설명해 주시겠습니까? 불가지론은 익숙하지만, 당신이 그노시스주의를 무슨 뜻으로 쓰는지 말해 주시겠어요?

블룸 그노시스주의는 원래 유대교의 현상이었을 가능성도 있고 아닐 가능성도 있습니다. 현대 그노시스주의 학자들은 그노시스교의 존재에 반박합니다. 서력 2세기에는 이집트와 팔레스타인을 비롯한 고대 세계 전체에 당시의 표준 유대교나 표준 그리스도교의 시각에서 보면 엄청난 이단이 분명히 존재했습니다. 그노시스주의는 천지창조와 에덴동산에서의 추방이 별개의 사건이 아니며 절대적으로 같은 사건이라고 주장했습니다. 표준 유대교나 정통 그리스도교의 시각에서 봤을 때는 정말 놀라운 개념이었습니다. 그노시스주의는 또한 우리 인간의 가장 뛰어나고 가장 오래된 부분은 창조의 결과도 자연의 결과도 아니고, 육체도 영혼도 지력도 아니라고 주장했습니다. 그것은 바로 프네우마^{pneuma}, 즉 호흡인데, 때로는 "불꽃"이라는 비유로 이 개념을 표현합니다. 우리 안의 가장 뛰어나고 가장 오래된 부분인 이것은 신의 한 조각입니다. 실제로 우리가 유럽 낭만주의라고 부르는 것에는 고대 그노시스주의나 다양하게 변형된 현대의 그노시스주의——그리고 그 세월 동안 나타났던 수많은 시적 분회들——가 스며 있습니다. 우리는 노발리스와 랭보 같은 시인들이 본질적으로 그노시스파라고 생각하지요. 조금 다르지만 블레이크도 본질적으로는 그노시스파입니다. 셸리도 그럴지 모르지요. 저는 하트 크레인이 그노시스파 시인이라고 생각합니다. 저 스스로도 그노시스파라고 생각하고요. 저는 아주 어렸을 때부터 무척 종교적인 기질을 가지고 있지만 매우 이단적이라고 생각합니다. 사실 제가 바르미츠바를 치를 때 저를 가르치고 조언을 해주던 랍비들과 끔찍한 언쟁을 벌였던 기억이 납니다. 한 명은 저에게 이디시어로 미님^{minim}이라고까지 말했는데, 탈무드에서 쓰는 고대 히브리어로 초기 유대인 그노시스파 이단을 가리키는 말이었기 때문에 저는 만족스러웠지요.

이제 저에게 그노시스주의는 역사적이라기보다 개인적이고 경험적인 것인데, 제가 신성이라고 부르는 것에는 두 가지 측면이 있지만, 하나는 우리에게서 떨어져 나가서 망명 중입니다. 우리 태양계와 멀리 떨어진 어느 태양계의 성간 공간에 존재하고, 우리의 기도나 우리의 울부짖음이나 우리의 소망을 들을 수 없습니다. 그 혹은 그녀 혹은 그것은 우리와 닿을 수 없고, 우리는 그 혹은 그녀 혹은 그것과 닿을 수 없습니다. 그리고 신성의 또 다른 부분은 프네우마, 즉 불꽃인데, 자아라는 바위 속에 너무나 깊숙이 묻혀 있고 진흙과 오물 속의 순수한 다이아몬드 같은 것이기 때문에 우리는 평생 두세 번, 몽상이나 환영이나 갑작스러운 깨달음의 순간에만 그것과 닿을 수 있습니다. 그러나 우리는 어쨌든 그것이 거기 있음을 압니다. 자, 이것은 분명 프로테스탄트나 가톨릭, 이슬람교도, 표준 유대인이 받아들일 수 있는 이야기 방식이 아닙니다. 그러나 그노시스주의가 유대교에서 나왔고 초기 카발라는 우리가 현재 가지고 있는 중세 텍스트보다 훨씬 이전부터 존재했으며 아마 고대 유대인들 사이에 존재했을 것이라고 주장하는 학자들이 있습니다. 제가 개인적으로 잘 알았고 큰 영향을 받은 고^故 게

르숌 숄렘도 그 중 하나였지요.

와크텔 당신은 언제 "불꽃"에 닿았는지 말해 주시겠습니까? 독서를 통해서, 시를 통해서였나요?

블룸 제가 어렸을 때 블레이크의 시를 정말 끝없이 읽으면서, 또 나중에는 블레이크 학자가 되면서 불꽃이 처음 일어났을 겁니다. 저는 블레이크에 대한 책을 썼고 데이비드 어드먼의 블레이크 최종판의 해설도 썼는데, 아직도 유용한 해설입니다. 저는 그 책을 들여다보지 않은 지 오래되었고 보고 싶지도 않습니다. 당시 저에게는 블레이크가 경전이기에 토라[2]를 설명하는 라시[3] 같은 정신으로 그것을 썼습니다. 저는 이제 블레이크를 토라로 생각하지 않지만, 생각해 보면 토라를 토라라고 생각하지도 않습니다. 제가 1987년에 하버드에서 강연을 하면서 학자나 교회, 대중이 구분하는 신성한 상상 작품과 세속적인 상상 작품은 결국 문학적이거나 지적인 구분이 아니라 정치적 구분에 가까우며, 제가 생각할 때 어떤 텍스트가 다른 텍스트보다 신성하다고 믿는 것은 어떤 장소가 다른 장소보다 더 신성하다고 믿는 것만큼이나 틀린 생각이라고 말했던 기억이 납니다. 블레이크는 무척 아름답게도 "살아 있는 모든 것은 성스러우니"라고 말했고, 그의 말이 정말 옳았습니다. 제 말은

---

2 "가르침"이라는 뜻으로, 보통 모세5경과 그것에 대한 율법학자의 해석을 가리킨다.
3 중세의 프랑스 랍비로, 탈무드와 히브리 성경에 대한 해설을 썼다.

일부 작품은 경전으로 채택되고 일부는 그렇지 않다 하더라도 위대한 창작 작품을 구별하고 싶지 않다는 뜻입니다. 물론 시인들 중에 이를 보여 주는 선례가 많지요. 윌리엄 버틀러 예이츠는 시적 전통이 본질적으로 신성하다고 생각했습니다. 물론 예이츠는 아주 복잡한 그노시스파이자 은둔자가 되었지만 그것을 넘어 오컬티즘까지 갔고, 제가 그를 뒤따르는 것은 아닙니다.

와크텔 당신에게 문학 비평은 일종의 소명이었던 것 같습니다. 아주 일찍부터 비평을 시작했고 한 번도 흔들린 적이 없다고 말했습니다.

블룸 그렇다고 생각합니다. 어렸을 때 샘 펠드맨이라는 사람 좋은 친척 아저씨가 있었는데, 브루클린의 코니아일랜드에 사탕 가게를 가지고 있었지요. 어느 날 제가 아저씨랑 가게에 있는데 아저씨가 사탕을 주면서 말했습니다. 제가 여덟 살이 되기 전이었던 것 같은데요, 아저씨가 이렇게 물었지요. "커서 뭐가 될래, 해리?" 그래서 제가 말했습니다. 우리는 물론 이디시어로 얘기하고 있었지요. "커서 교수가 될 거예요." 사실 저는 하버드나 예일이라는 곳이 있다는 이야기는 들어봤지만, 교수가 무슨 뜻인지 전혀 몰랐습니다.

한참 후, 하버드 대학 석좌 교수 겸 예일대 인문학 석좌 교수였던 1987년, 88년 즈음에 그때의 일이 떠올라 이상하고 슬픈 기분이 들었습니다. 갑자기 프로이트의 위대한 경고가 떠올랐지요. "무언가를 지나치게 원할 때는 조심해라."

와크텔 처음부터 문학 비평을 하겠다고 생각했습니까? 소설이나 시를 쓰는 것이 아니라 그것을 감상하고 분석하게 되리라는 것을 알고 있었나요?

블룸 저는 꽤 어릴 때 새뮤얼 존슨과 윌리엄 해즐릿의 비평을 읽기 시작했습니다. 고등학교 때 두 사람의 글을 읽으면서 무척 매료되었고, 또 코넬 대학에 진학하기 한두 해 전인 열다섯 살인가 열여섯 살에 빅토리아 시대의 비평가 존 러스킨과 미친 듯이 사랑에 빠졌지요. 저에게 이야기를 하는 재능이 없다는 것은 알고 있었습니다. 딱 한 번, 1979년에 시도한 적이 있지요. 저는 "그노시스주의 환상문학"이라고 이름 붙인 『루시퍼를 향한 비행』을 썼습니다. 출판하지 않았으면 좋았을 거라는 생각이 듭니다. 소설을 쓴 건 괜찮지만 출판은 하지 말았어야 해요. 글은 괜찮았는데 이야기가 너무 맥이 없었지요. 저는 소설을 쓰는 재능이 없고, 아까 말한 것처럼 저에게 시는 악마가 지키는 문턱입니다. 저는 원래 비평 작가가 되고 싶었습니다.

와크텔 위계가 있다고 생각하시나요? 시가 제일이고 그 다음이 소설, 그 다음이 비평이라고 생각하세요? 항상 그렇게 생각했습니까?

블룸 음, 위계를 어떻게 정하는지 저는 잘 모르겠습니다. 저는 문학 비평이 문학의 일부가 되든지 아니면 아예 존재하지 말아야 한다고 믿습니다. 분명 우리는 새뮤얼 존슨 박사나 윌리엄 해즐릿, 러스킨, 또는 노스럽 프라이가 아니고 그렇게 되지도 않을 겁니다. 존슨, 해즐릿, 러스킨은 확실히 잘 썼지요. 월터 페이터도 대단한 에세이와 『감상』을 썼고, 오스카 와일드도 뛰어난 비평을 했고, 케네스 버크도, 프라이도 대단합니다. 그건 미적 경험이지요. 존슨의 비평은 제가 평생, 제가 아는 모든 언어로 읽은 그 어떤 비평보다도 뛰어납니다. 저에게는 존슨의 비평집 『시인들의 삶』에 수록된 가장 뛰어난 글이 그의 놀라운 소설 『라셀라스』나 위대한 시 「덧없는 소망」만큼이나 뛰어납니다. 위계는 모르겠어요. 저는 산문을 사랑하는 것보다 시를 더 사랑하지요. 당연히 저는 아직도 제가 접하는 시는 전부 읽으려고 애씁니다. 일종의 중독 같아요.

와크텔 당신의 경우 어떤 문학 작품에서 개인적으로 얼마나 강렬한 느낌을 받느냐가 비평의 기준이 되는 것 같습니다. 늘 그 책을 읽는 것이 얼마나 내밀한 경험인지에 따라 판단을 내립니까?

블룸 네, 그런 것 같습니다. 저에게 불리할 수도 있다는 것은 알지만 저에게는 미적 경험이, 무언가가 진실로 아름답고 고귀하고 숭고하다는 충격이 먼저 오고, 그 다음에 사랑이 오는 것 같습니다. 사랑에 빠지면 그 사랑에서——깊은 애정에서——정신적 에너지가, 또 바라건대 그것을 더 잘 이해하고 다른 사람들에게 설명할 수 있는 기술 같은 것이 나온다고 생각합니다. 말했듯이 저에게 불리한 말일 수도 있지요. "음, 앨리스 워커가 뛰어난 작가라고 생각하지 않는다면 그녀의 작품을 사랑하지 못하기 때문이군요"라든지 "실비아 플라스가 시를 쓸 능력이 없다고 생각한다면 그녀의 작품을 사랑하지 못하기 때문이군요"라고 말할 수 있으니까요. 그러면 저는 그 글들이 미적인 산물로 보이지 않는다고, 뭔가 다른 것으로 보인다고 말할 뿐 달리 대답하기가 힘듭니다.

와크텔 내적 자아를 키우고 고독을 적절히 이용하려면 책을 깊게 읽는 것이 중요하다고 말씀하셨습니다. 고독이란 결국 우리가 언젠가는 죽을 운명이라는 사실에 직면하는 것이라고 하셨지요.

블룸 음, 그렇지 않으면 무엇이겠습니까? 60대가 되면 친구들이 이런저런 병이나 사고로 세상을 떠나기 시작합니다. 오랜 우정을 지키는 것도, 새로운 우정을 만드는 것도 무척 어렵지요. 우리는 너그럽게 굴려고 노력하고, 자기 확대를 피하려고 노력합니다. 자기 확대를 불러올지도 모르는 관계는 피하려고 노력하지요. 제 말은, 인간은 다 그렇습니다. 가끔 성공하고 가끔은 실패하지요. 하지만 결국 우리는 혼자입니다. 우리는 모두 혼자예요. 요즘은 우리를 사회 속의 존재로 생각해야 한다는 말을 많이 듣습니다. 글쎄요, 저는 세금도 내고, 우리의 이 비참한 나라에 민주당이 돌아오기를 간절히 바라고, 최대한 많은 자선단체에 할 수 있는 만큼 기부를 하려고 노력합니다. 하지만 결국 우리는 혼자라는 것을, 누구나 고독 한가운데 살고 있고, 죽을 운명을 의식하고 있음을 다들 알고 있습니다.

와크텔 이러한 독서와의 관계가, 독서가 제공하는 위안이 나이가 들어서 생기는 특징이나 작용이 아니라 젊었을 때부터 당신과 독서를 이어 주는 것이었다는 느낌이 듭니다.

블룸 독서는 기운을 내는 방법이 아닙니다. 또 바라건대 자아를 확대시키는 방법도 아닐 겁니다. 저는 평생 그렇다는 비난을 받고 있지만요. 왜 그런지 저는 전혀 모르겠습니다. 한 번은 프라이에게 왜 그럴까 물었더니 이렇게 말하더군요. "해럴드, 자네는 맹렬한 성격을 가지고 있고 그게 자네가 쓰는 글에서도 드러나지. 자네는 항상 그런 비난의 대상이 될 거야." 그리고 덧붙였지요. "나도 자네를 그렇게 비난했다네." 맞습니다, 그도 저를 그렇게 비난했지요. 결국 독서란 즐거움이지만, 고통스러운 요소가 포함된 격렬한 즐거움입니다. 우리의 외로움은 가혹합니다. 마르크스주의자들은 가장 작은 인간의 단위는 두 사람이라고 말합니다. 하지만 저는 이상주의라고 생각합니다. 우리는 결국 혼자입니다.

와크텔 독서가 위안이 아니라면 무엇일까요?

블룸 우리는 끝없이 자라는 내적 자아 안에 갇혀 있습니다. 독서는 점점 커지는 내적 자아를 훈련시키는 것입니다. 내적 자아의 교육이지요. 풍성한 기반도 가지고 있지만, 저는 독서를 꼭 사회 활동이라는 기반에 놓고 싶지는 않습니다. 저에게 독서는 이기적인 행동일지도 모르겠습니다. 저는 완벽할 정도로 좋은 삶을 누리고 있습니다. 또 제가 생계를 위해서, 아이들과 아내와 제 자신을 부양하기 위해서 책을 읽지 않는다고 말할 수는 없겠군요. 저는 학생 수만 명을 가르쳤는데, 가끔 학생들이 다시 찾아오거나 편지를 보내서 제가 그들에게 무언가를 전달했다고, 정신적으로 조금 덜 외로워졌다고 알려 줍니다. 감상적으로 굴고 싶지는 않아요. 저는 『서구 정전』에 대한 편지를 많이 받습니다. 좌파든 우파든 나쁜 편지, 저를 인종주의니 성차별주의니 끔찍한 말로 비난하는 편지들은 바로 던져 버리지요. 얼마나 끔찍한 일인지 모르겠습니다. 하지만 평범한 일반 독자들이나 일부 평범하지 않은 독자들에게서 무척 감동적인 편지도 받습니다. 제 덕분에 어떤 작품을 다시 읽게 되었다고, 독서를 다시 하게 되었다고, 또는 어떤 의미에서 제가 자신들을 대신해서 말해 준다고 합니다.

저는 거트루드 스타인이 했던 정말 아름다운 말을 지치지도 않고 즐겨 인용합니다. "우리는 자신을 위해서, 또 낯선 이를 위해서 글을 쓴다." 저는 우리가 자신을 위해서, 또 낯선 이를 위해서 글을 읽는다고 생각합니다. 결국은 자신을 위해서, 또 낯선 이를 위해서 가르칠 수도 있겠지요. 분명 우리는 교실에 있는 사람들을 인식하게 되고, 각자의 성격을 알게 됩니다. 하지만 가르치는 것으로 격차를 극복할 수는 없기 때문에 거기에도 어떤 절망이 있어요. 어쩌면 책을 읽는 것에도 절망의 요소가 있을지 모릅니다, 저는 모르겠습니다. 자신의 한계를 극복하려는 시도가 있을지도 모르지요. 제 경우에는 한계가 정말 심합니다.

와크텔 영적 위기를 겪으신 적이 있습니다.

블룸 저는 단테가 말하는 여행 중에 아주 힘든 시기를 겪었습니다. 서른다섯 살에 아주 힘든 해를 보냈지요. 그래서 아내와 아들들과 함께 외국으로 나갔는데, 제가 깊은 우울증에 빠져서 떨쳐 낼 수 없었기 때문이었습니다. 한동안 저는 글을 읽을 수가 없었고, 하늘도 쳐다볼 수 없었습니다. 그래서 예일 대학을 1년 휴직하고 영국으로 갔지요. 결국 다시 책을 읽을 수 있었습니다. 치료는 효과가 없었어요. 예일의 동료였던 아주 뛰어난 프로이트파 정신분석가와의 상담도 효과가 없었고, 그가 소개한 런던의 썩 뛰어나지 않은 정신분석가도 마찬가지였지요. 제 경우에는 에머슨을 읽는 게 차라리 낫더군요. 저는 그해에 프로이트를 읽고 또 읽었지만, 프로이트에 대한 관심은 결국 셰익스피어에 대한 관심으로 안에 포괄되었습니다. 프로이트에게서 발견한 것을 셰익스피어에게서는 더욱 강렬하게 발견할 수 있고, 프로이트는 인정하기 싫어했지만 셰익스피어가 프로이트의 진정한 원천임을 깨달았습니다. 저는 『서구 정전』에서 프로이트를 셰익스피어적으로 읽는 것에 대해 썼는데—비웃으려는 의도는 반밖에 없었습니다—셰익스피어를 프로이트적으로 읽는 것보다 훨씬 더 유용하다고 생각했기 때문입니다.

하지만 그 해——여행의 중간, 인생의 절반을 지난 서른다섯 살에——저는 에머슨주의라고 부를 만한 것으로 개종했습니다. 종교로서의 자기의지라는 뜻이지요. 헨리 포드가 말한 것과 같은 끔찍한 경제적 의미가 아니라 에머슨이 월트 휘트먼과 에밀리 디킨슨과 그 이후 수많은 사람들에게 영감을 준 의미에서 말입니다. 에머슨이 말하는 "자기 안의 신"이지요.

와크텔 그것이 개인적인 문학 이론으로의 짧은 여행이었다고 말씀하셨는데요.

블룸 네. 두 번의 여름이 지난 1967년 서른일곱 번째 생일 즈음에 저는 결국 나중에 블레이크와 보호자 케루빔——저와 노스럽 프라이가 무척 매료되었던 신화적 존재로, 우리는 그에 대해 많은 이야기를 나누었습니다——이라고 생각하게 된 거대한 날개 달린 존재가 제 목을 조르는 끔찍한 악몽에서 깨어났습니다. 1, 2년 후 저는 코넬 인문학회에서 "보호자 케루빔, 혹은 시적 영향"이라는 강연을 했고, 이 강연은 『영향의 시학: 새로운 비평 선집』이라는 책에 실렸습니다.

사실 그 글은 사실 나중에 나온 『영향에 대한 불안』의 첫 장 「클리나멘」의 초고였습니다. 클리나멘은 루크레티우스가 도입한 용어로 빗겨감이라는 뜻인데, 원자가 떨어질 때의 갑작스러운 움직임을 뜻하지요. 루크레티우스의 말에 따르면 그 갑작스러운 빗겨감, 즉 클리나멘이 없으면 이 세상에는 새로운 시작도, 자유도 없습니다. 우리는 모든 면에서 결정되어 있을 것입니다. 『영향에 대한 불안』은 정말 오래 걸렸습니다. 1967년 여름에 초고를 썼는데 1973년 1월에야 책을 냈지요. 너무 오래 전이긴 하지만 제 연구의 분기점이었던 것 같습니다. 제가 그 전까지 쓴 책들——1970년에 낸 예이츠에 관한 두꺼운 책과 하트 크레인에게서 영감을 받아 『탑의 종지기들』이라고 제목을 붙인 1971년 에세이집을 포함해서——은 전부 낭만주의 시인에 대한 제 초기 책들과 비슷했습니다. 지금 보면 문학적 경험이 무엇인지 충분히 깊이 고민하지 않은 일종의 이상주의가 보입니다. 그래서 저는 1967년 여름부터 한 시기를 거치면서 월리스 스티븐스에 대한 긴 책을 썼고, 1980년대 초에는 에세이집 『아곤』과 더 짧은 『파선』을 냈습니다. 『파선』은 창조에 대한 일종의 그노시스파 우화였지요.

그 뒤에 저는 또 한 번 변했습니다. 이제 세 번째 시기가 찾아왔고, 앵글로-아메리카 대학에서 문학을 가르치는 것의 위기를 날카롭게 인식하게 되었습니다. 저는 제가 반문화적 요소라고 부르는 것에 강력하게 반대했는데, 그때 이후 반문화적 분위기가 널리 퍼졌지요. 그들은 신역사주의라든가 페미니즘——저는 잘못된 용어라고 생각합니다——이라고 불렀습니다. 심지어는 마르크스주의나 우리 학계에서 문학 연구를 거의 대체한 문화 연구와 아무 상관도 없지만 마르크스주의라고도 부릅니다. 이에 대한 반동으로 저는 첼시 하우스 출판사의 광대한 시리즈를 편집하기 시작했습니다. 문학 비평 선집이었는데, 저는 일반 독자들을 위해서 존슨식 서문을 쓸 수 있었지요. 아주 짧을 때도 있고 길 때도 있었습니다. 그런 책을 아마 천 권 정도 냈을 겁니다. 저에게는 상업적인 동기가 있었지만, 존슨 박사도 마찬가지였습니다. 제 영웅의 말을 인용해 볼까요. "돈을 받지 않고 글을 쓰는 사람은 바보밖에 없다." 저는 이 말이 아주 좋은 모토라고 생각합니다.

하지만 저는 교육의 위기가 걱정입니다, 그것에 대한 책을 쓰고 싶어요. 우리는 정보에 쉽게 접근할 수 있지만 지혜는 어디서 찾을까요? 물론 그것은 성경 같은 의문입니다. 히브리 성경은 신에 대한 두려움이 지혜의 시작이라고 말합니다. 하지만 저는 그런 식으로 대답하고 싶지 않습니다. 저는 이 기나긴 세 번째 시기에 교사이자 작가로서 학문에 전념하지 않았다고 생각하지만, 그래도 많은 학생이 제 책을 읽습니다. 저는 학계에 등을 돌린 이후——몇몇은 제가 예일 대학과 뉴욕 대학에서 계속 가르치고 있기 때문에 위선적이라고 합니다만——하던 일을 계속 하고 있지만, 이제는 최대한 넓은 독자층을 대상으로 책을 쓰려고 합니다. 『독서의 방법과 이유』를 냈을 때 많이 다녔던 것처럼 책을 홍보하러 다니면서 제 책에 대한 사람들의 반응을 봤더니, 제 이야기를 듣고 저에게 이야기를 하러 오는 사람들은 20세기 말에 배운 적이 있다면 그 방식을 좋아하지 않는다는 사실을 발견했기 때문입니다. 그들은 영어를 쓰는 대학에서 배운 "독서의 방법과 이유"가 마음에 들지 않았고, 문학 연구가 정치화되고 사실상 문화 연구에 의해 대체되었다고 느낍니다.

와크텔 흥미로운 말씀을 하셔서 그 이야기를 계속 하고 싶습니다. "지혜는 어디에서 찾아야 하는가"라는 질문에 전통적인 성경처럼 대답하지는 않겠다고 하셨지요.

블룸 신의 두려움이 지혜의 시작이라는 것 말이지요. 네.

와크텔 그러면 어디에서 시작하실지 아시나요?

블룸 윌리엄 셰익스피어의 작품이지요. 지혜는 위대한 작가들에게서 찾아야 합니다. 셰익스피어, 호메로스, 단테, 초서, 그리고 물론 세르반테스에게서 찾아야지요.

와크텔 『밀레니엄의 저주』에서 자신을 알고, 셰익스피어를 알고, 신을 아는 것은 별개이지만 밀접하게 관련된 세 가지 탐색이라고 말씀하셨습니다.

블룸 네, 저는 그렇게 생각합니다. 자신을 모르면 신을 알 수 없다고, 또 신을 모르면 자신을 알 수 없다고 말하면 에머슨이나 발렌티누스(2세기 그노시스파)의 말처럼 들리겠지요. 저는 항상 셰익스피어에 대해 가르치거나 쓰는 것을 일부러 미뤄 왔는데, 지금까지 읽은 모든 작가들 중에서 셰익스피어가 가장 심오하고 제가 읽을 수 있는 모든 언어의 작품 중 최고라고 생각했기 때문입니다. 40대 초반까지는 셰익스피어를 가르칠 준비가 되지 않았다는 느낌이 들었습니다. 셰익스피어에 걸맞게 성장해야 한다는 사실을 알았지요. 마침내 준비가 되었다는 느낌이 들었을 때에도 지적으로나 감정적으로 충분히 성숙했다는 느낌이 들지 않았습니다. 지금도 저는 셰익스피어를 완전히 읽거나, 가르치거나, 이해할 만큼 충분히 성숙했다거나 강해졌다는 생각이 들지 않습니다. 뉴욕의 퀸스 칼리지에서 셰익스피어에 대해서 처음으로 대중 강연을 했던 때가 아직도 기억납니다. 제 이야기를 들으려고 모인 대부분의 사람은 뉴욕시 근처의 셰익스피어 학자들이었습니다. 그들은 제가 이야기하는 방식에 약간 놀랐지요. 그 강연은 결국 여러 해 뒤에 『셰익스피어: 인간의 발명』이라는 책으로 묶였습니다. 강연이 끝나자 무척 정중한 사람이 다가와서 자신이 하느님에 대해 이야기하듯이 제가 셰익스피어에 대해 이야기해서 불편했다고 말했습니다. 제가 그를 보며 경쾌하게 말했지요. "글쎄요, 저는 상관없습니다만. 하느님이 셰익스피어라고 하든 셰익스피어가 하느님이라고 하든 저는 괜찮습니다." 그는 무척 심란한 듯 고개를 흔들며 갔습니다. 그 사람이 표준 유대교인이었는지 표준 기독교인이었는지 기억은 안 나지만, 제가 아주 사악하거나 경박하다고 생각했을 겁니다. 하지만 저는 제 말이 사악하거나 사소하다고 생각하지 않았습니다.

와크텔 하지만 그러한 탐색——셰익스피어를 알고, 신을 알고, 자신을 아는 것——은 어떤 방식으로든 관련이 있겠지요?

블룸 저는 밀접하게 관련이 있다고 생각합니다. 우리는 영적인 생각과 문학적인 생각을 뒤섞지 않아요. 저는——제 자신을 옹호하기 위해서가 아니라 진심으로——정치적이거나 사회적 생각과 미학을 섞느니 영적 생각과 미학적 생각을 섞는 게 훨씬 낫다고 말하겠습니다. 물론 영적 판단과 별개로 미학적 판단을 내릴 수 있다고 여전히 생각합니다. 따라서 저는 고故 토머스 스턴스 엘리엇을 영적으로 혐오하고 경멸하고 증오하지만 미학적으로는「황무지」가 뛰어난 시라고, 또「황무지」와 1925년「텅 빈 사람들」까지 엘리엇의 초기 시가 비범한 상상력의 업적이라고 인정합니다. 영적으로 엘리엇의 종교와 문화 비평은 불쾌하고 화가 나지만 말입니다. 제가 보기에는 파시스트적이에요. 저는 엘리엇의 문학 비평을 항상 격렬하게 싫어했습니다. 그의 비평을 뒤집으면 문학의 진실에 훨씬 가까운 것이 나올 거라고 생각할 정도로요.

최근에 성 아우구스티누스의 비범한 고백을 읽고 또 읽었는데요, 아우구스티누스의 글이 영적으로 무서웠다고 인정하지 않을 수 없군요. 그의 글을 읽으면 정말 불행한 기분이 들지만 지적으로, 미학적으로 무척 뛰어납니다. 아우구스티누스는 위대한 작가이고 위대한 영혼입니다. 저는 그 글을 일 년에 두 번씩 다시 읽습니다. 또 중년이 된 이후로 매년 조너선 스위프트의 『통 이야기』를 읽는데, 스위프트의 작품은 셰익스피어의 산문 다음으로 가장 뛰어난 영어 산문이라고 생각합니다. 하지만 『통 이야기』만큼 읽으면서 화가 나거나 제 자신에 대한 비난으로 느껴지는 책은 없습니다. 그렇기 때문에 그 책을 읽지요. 저에게 좋은 일이라고 생각합니다. 결국 이 책은 위대한 스위프트가 "투영자들"이라고 부르는 몽상적인 열광자들에 대한 뛰어난 풍자입니다. 스위프트는 저를, 혹은 제가 문학이나 삶에 대해서 말하는 방식을 전혀 좋아하지 않았을 겁니다. 하지만 『통 이야기』는 위대한 작가의 위대한 책이지요. 그리고 스위프트의 지적 영향뿐 아니라 그 책이 저에게 끼치는 미학적 영향은 어마어마합니다. 하지만 저와는 정반대이고 많은 면에서 그 책이 불쾌하게 느껴집니다. 그러므로 우리는 영적 판단과 별개로 미학적 판단을 내릴 수 있지만, 또 가끔 상상적 이해——저의 경우에는 그것을 넘어 깊은 사랑이지요——를 통해서 또 다른 가치가 나올 수 있음을 알고 있습니다. 이해할 수 없었을 작가들을 이해하게 되지요. 셰익스피어는 그런 경우가 아니지만요. 어느 서평가가 저에게 "셰익스피어를 설명하기 위해서 고대 이단의 말도 안 되는 헛소리"를 가져다 붙인다고 말했던 기억이 납니다. 아닙니다, 아니에요. 저는 셰익스피어가 신비주의에 관심이 조금 있었다고 생각하지만, 생각해보면 그는 모든 분야에 관심이 있었습니다. 셰익스피어는 포괄적이지요. 셰익스피어는 그릇입니다. 우리를 포함해서 모든 것이 그 안에 들어갑니다. 셰익스피어의 이해나 범위를 과대평가하는 것은 불가능합니다. 저는——위대하지만 지금은 잊힌 이름을 언급하자면——토머스 칼라일이 옳았다고 생각합니다. 그는 셰익스피어가 가장 뛰어났던 단 하나의 자질을 고른다면 바로 우수함, 지적인 힘이며 그 안에 다른 모든 것이 포함된다고 말했습니다. 저는 칼라일이 옳다고 생각합니다. 에머슨은 셰익스피어가 현대적인 삶의 텍스트를 썼다고 말하지요. 셰익스피어는 궁극적으로 저의 이해를 넘어서는 기적이지만 저는 그 기적으로 할 수 있는 것을 했습니다. 의도적인 셰익스피어 숭배로 정말 다양한 반응을 끌어낸 것 같습니다. 『뉴욕 타임스』의 인용에 따르면 뛰어난 평론가 프랭크 커모드 경은 셰익스피어가 인간을 발명했다는 블룸의 생각은 분향에 불과하다고 말했습니다. 저는 이렇게 대답하고 싶습니다. "글쎄요, 제가 누군가 혹은 무언가를 위해 분향해야 한다면 아주 행복한 마음으로 셰익스피어에게 분향하겠습니다."

와크텔 앞서 블레이크가 신이라고 생각했다 말씀하셨습니다.

블룸 젊었을 때의 저에게는 블레이크가 신이라기보다 그의 글이 경전 같았습니다. 이제——로맨스 형식 전체에 대한 말이었지만 노스럽 프라이의 멋진 구절을 이용하자면——저에게 세속 경전은 '윌리엄 셰익스피어 전집'입니다. 이것은 미학적인 판단이기도 합니다. 트리에스테에서 조이스의 친구였던 프랭크 버젠——문학가가 아니라 화가지요——은 『제임스 조이스와 율리시스의 집필』이라는 책에서 조이스에게 이런 질문을 던졌습니다. 무인도에 조난당했을 때 책을 딱 한 권 가질 수 있다면 무엇을 고르겠느냐고 말이지요. 조이스는 당당하게 대답했습니다. 정확한 인용입니다. "단테라고 대답하고 싶지만 영국인의 작품이 더 풍성하니 그걸 가져가야겠지." 우리는 이 말에서 자신을 불안하게 만든 선배 작가——불안의 근원이 아닌 단테가 아니라 셰익스피어——에 대한 조이스의 분노와 궁극적인 영국인에 대한 아일랜드인의 분노를 모두 느낄 수 있습니다. 하지만 저는 조이스가 옳다고 생각합니다. 제가 책을 딱 한 권 가질 수 있다면 셰익스피어 전집을 선택할 겁니다. 한 권 더 가질 수 있다고 하면 곤란하겠지요. 결국에는 히브리 성경을 고를 겁니다. 그리고 세 번째 책은 단테나 세르반테스일 텐데, 이 역시 어려운 선택이지요. 저는 세르반테스를 아주 좋아합니다. 단테는 그렇게 좋아하지 않아요. 하지만 『신곡』과 『돈키호테』 중 하나를 고르라고 하면 저는 그냥 둘 다 고르겠습니다. 그러면 총 네 권이 되겠군요.

와크텔 『서구 정전』에 대해서 잠시 이야기하고 싶습니다. 그 책에 대한 이야기는 이미 했지만 더 직접적으로, 조금 더 기본적인 문제로 돌아가서, 정전이란 무엇입니까? 우리에게 정전이 왜 필요하지요?

블룸 정전은 명확합니다. 목록이에요. 그게 답니다. 우리에게는 정전이 필요합니다. 셰익스피어를 읽어야 하니까요. 단테를 연구해야 하고, 초서와 세르반테스, 성경을, 적어도 킹 제임스 판 성경은 읽어야 하기 때문입니다. 우리가 꼭 읽어야 할 작가들이 있습니다. 프루스트, 톨스토이, 디킨스, 조지 엘리엇, 제인 오스틴을 읽어야 하지요. 우리는 제임스 조이스와 새뮤얼 베케트를 읽어야 한다는 사실에서 절대 도망칠 수 없습니다. 절대적으로 아주 중요한 작가들입니다. 그런 작가들은 지적 가치를, 그리고 감히 말하자면 영적 가치를 제공합니다. 조직화된 종교나 제도화된 신앙의 역사와는 아무 관계없는 가치이지요. 정전은 우리에게 상기시켜 줍니다. 정전은 우리가 잊고 있던 사실을 말해 줄 뿐 아니라 정전이 없었다면 우리가 절대 알지 못했을 것들을 말해 줍니다. 그리고 정전은 우리의 정신을 개혁하지요. 우리 정신을 더 강하게 하고, 우리를 더 활기 넘치게 만듭니다. 우리를 살아 있게 하지요! 아시겠지만 10년 전에 저는 『제이의 책』에서 축복을 나름대로 해석했다가 크게 비난받았습니다. 저는 구약이라는 히브리 성서에서 누가 다른 사람을 축복한다는 것은 항상 한 가지 뜻이라고, 더 많은 생명을 주는 것이라고 말했습니다. 세르반테스와 초서와 셰익스피어와 단테는——그리고 무엇보다도 셰익스피어는——우리에게 더 많은 생명이라는 축복을 줍니다.

정해진 정전은 존재하지 않습니다. 존재할 수도 없고 존재해서도 안 되지요. 저는 이 점을 분명히 밝히려 노력했습니다. 하지만 우리 모두가 최대한 어린 나이에 반드시 읽어야 하는 책들이 있습니다. 아이들과 청소년들에게 셰익스피어와 세르반테스와 단테를 접하게 해 주지 않는다면 교육이 무슨 의미가 있겠습니까? 단테가 너무 어렵다면, 셰익스피어는 보편적입니다. 셰익스피어는 진정한 다문화 작가입니다. 그는 모든 언어로 존재하고, 어디에서나 무대에 오르며, 모두 셰익스피어의 무대에서 자신을 발견합니다. 세르반테스도 절대적으로 보편적인 작가이고, 힘이 셰익스피어와 거의 같지요.

와크텔 『서구 정전』이 왜 좌익뿐 아니라 우익에게서도 공격을 받았다고 생각하십니까?

블룸 저는 확실히 우익의 공격을 받았습니다. 모든 신보수주의 잡지들——『코멘터리』와 『어메리칸 머큐리』, 『뉴 크라이테리언』과 『내셔널 리뷰』——이 가혹하고 성난 서평을 쏟아 내며 제가 예술을 위한 예술을 믿는다고, 문학에 도덕적, 종교적 기반이 있음을 믿지 않는다고 비난했습니다. 저는 셰익스피어나 단테를 도덕적이거나 종교적 가치 때문에 읽는 것은 아니라 말했다고 비난을 받았습니다. 신보수파 저널리스트와 비평가들은 분노파, 소위 말하는 좌파만큼이나 야만적이었습니다. 저는 양쪽 모두로부터 비난을 듣는 것에 아주 만족합니다. 그것이 오히려 책의 가치를 증명한다고 생각합니다.

와크텔 정전을 둘러싸고 이러한 논쟁, 혹은 전투가 벌어지는 이유는 무엇일까요?

블룸 우리 사회가 급속히 붕괴 중이기 때문이겠지요. 이기심의 해방 때문입니다. 몇 년 전에 상원인지 하원에서, 깅리치파 중한 명이 사생아에 대한 지원을 전부 끊어야 할 뿐 아니라 사생아에 대한 사회적 낙인을 다시 찍어야 한다고 정말로 말했습니다! 정전의 기능은 셰익스피어를 읽으면서 『리어 왕』에 등장하는 사생아 에드먼드를 보고, 『존 왕』에 등장하는 대단한 사생아 팔콘브리지 ——가장 고결한 사람—— 를 보게 만드는 것입니다. 셰익스피어를 읽을 수 있었다면, 셰익스피어를 정말로 공부했다면, 도덕을 모르는 그런 끔찍한 멍청이는 없을 겁니다. 저는 정말 확신합니다.

와크텔 당신은 셰익스피어에 대한 책에 "인간의 발명"이라는 부제를 붙였습니다. 셰익스피어가 어떻게 우리를 발명했지요?

블룸 약간 비유적인 부제였는데, 어쨌든 비평가로서 저는 가장 위대한 비평가인 새뮤얼 존슨 박사의 충실한 제자입니다——혹은, 그렇게 되려고 노력합니다. 존슨은 시의 본질이 발명이라고 말했는데, 이것은 심오한 의미에서의 발견이라는 뜻입니다. 그러므로 셰익스피어가 시의 본질, 상상 문학의 본질이라면, 셰익스피어의 본질이 발명이고, 그는 인간이라는 개념을 가장 심오하고 아름답게 발견하거나 재발견한다고 한 제 말은 존슨 식 비평입니다. 하지만 더욱 구체적으로 다른 의미가 있었는데, 저의 독창적인 생각은 전혀 아니었습니다. 제가 편지를 주고받던 런던의 변호사이자 문학 비평가——학자는 아니었습니다——인 고故 오언 바필드는 여러 훌륭한 비평 작품 중에서도 『현상계 구제』라는 대단한 책을 썼습니다. 바필드는——표현이 그대로는 아닐지 모르겠지만 핵심은 그대로입니다——우리의 감정이라고 생각하는 것이 사실은 셰익스피어의 생각임을 깨달으면 당황스러울 수 있다고, 거의 모욕감을 느낄 수 있다고 썼습니다. 자, 제가 셰익스피어는 우리가 지금 가지고 있는 것과 같은 인간 성질의 발명가라고 쓴 것은 바로 그런 뜻이었습니다. 우리의 감정이라고 생각하고 싶은 것이 사실은 셰익스피어의 생각이라는 거죠. 셰익스피어가 언어로 적은 것입니다.

니체의 어떤 경구가 있는데, 저는 아마 니체가 특히 『햄릿』을 읽고 나서 떠올렸다고 생각합니다. 니체는 말합니다. "우리가 어떤 것에 대해 적절한 말을 찾을 수 있다면 우리 마음속에서는 이미 죽은 것이다." 그는 말을 하는 행위에 항상 일종의 경멸이 있다고 덧붙입니다. 제가 보기에 이것은 무시무시한 통찰이고, 물론 우리는 그 말이 완전히 사실은 아니기를 바랍니다. 그것이 사실이라면, 우리 중 누군가가 다른 사람에게 "사랑해"라고 말하면 그 사람이 마음속에 살아 있는 것이 아니라 이미 지나간 것을 말하고 있다는 뜻이기 때문입니다.

와크텔 정말 사실이면 안 되겠군요.

블룸 햄릿은 그것이 사실이라고 생각했고, 저는 셰익스피어도 결국 그것이 사실이라고 믿지 않았을까 싶습니다. 햄릿의 정말 멋진 독백에 나오는 그의 표현에 따르면, 창녀처럼 말로 마음을 비웠다고 스스로를 탓할 때 우리는 니체의 통찰을 분명히 볼 수 있습니다. 그리고 물론 니체는 햄릿에 대해 정말 아름다운 말을 했습니다. "햄릿을 행동하지 못한 사람이나 생각이 너무 많은 사람이라고 생각하지 말자." 제 생각에 니체는 햄릿이 너무 많이 생각하는 것이 아니라 너무 열심히 생각하는 것이라고, 너무나 열심히 생각해서 생각을 통해 진실에 도달한다고 말합니다. 이것은 콜리지에게 주는 제대로 된 대답입니다. 니체와 햄릿에 따르면 우리가 진실을 가지고 할 수 있는 일은 진실로 인해서, 진실과 함께, 진실을 위해 죽는 것밖에 없기 때문입니다. 진실을 안고 살 수는 없어요. 실제로 니체는 우리에게 문학이 있는 이유, 예술이 있는 이유는 그렇지 않으면 진실로 인해 죽어 버리기 때문이라고 말합니다. 저는 그것이 말로 마음을 비우는 것, 혹은 우리 마음속에서 이미 죽은 것만을 말할 수 있는 것의 다른 표현이라고 생각합니다. 햄릿과 『좋으실 대로』의 로절린드, 저의 영웅 존 폴스타프와 『안토니와 클레오파트라』의 클레오파트라, 특히 이 네 인물을 통해서, 그리고 『오셀로』의 이아고와 위대한 악인 주인공 맥베스, 『리어 왕』의 에드먼드와 리어라는 압도적인 인물을 통해서 셰익스피어가 인간을 재발명하지 않았다고, 우리 인간이 할 수 있는 것이나 할 수 없는 것의 개념 자체를 바꾸지 않았다고 어떻게 말할 수 있는지 저는 모르겠습니다. 제가 보기에 특히 폴스타프와 햄릿은 인간이 무엇인지 확실히 정의하는 것 같습니다.

와크텔 니체의 경구에 들어 있는 셰익스피어의 영향으로, 우리가 어떤 것에 대해 적절한 말을 찾을 수 있다면 우리 마음속에서는 이미 죽은 것이라는 말로 돌아가 봅시다. 당신은 셰익스피어에 대한 책에서 셰익스피어가 근본적으로 삶의 찬양자인가, 허무주의자인가 질문을 던지며 무척 영향이 큰 문제라고 말합니다.

블룸 양쪽 모두입니다. 셰익스피어는 우리가 아는 양가감정을—프로이트가 양가감정이라고 부르는 것을—발명했습니다. 그는 서구 허무주의를 발명했지만 가장 멋진 삶의 찬양자이기도 합니다. 그런 면에서 폴스타프는 초서의 「바스의 여인 이야기」에 나오는 앨리스와 비슷합니다. 그녀는 "나의 전성기에는 세상이 내 것이었으니"라고 외칩니다. 그는 "월터 블런트 경, 명예는 당신의 것이오! … 나는 월터 경처럼 이를 드러내는 명예는 필요 없어. 나에게 목숨을 다오."라고 외칩니다. 이 두 사람은 대단한 활력론자입니다. 셰익스피어는 대단한 활력론자인 동시에 우리가 이해할 수 있는 허무주의의 범위를 넘어서는 궁극적인 허무주의자입니다. 저도 셰익스피어의 마지막 희곡이자 존 플레처와의 합작인 『두 왕족 사촌 형제』에서 셰익스피어가 쓴 부분이나 『템페스트』, 『눈은 눈으로, 이는 이로』나 위대한 비극들, 『아테네의 타이먼』을 읽고 해석하기가 무척 어렵습니다. 셰익스피어는 모든 활력론자들 중에서도 가장 대단한 활력론자이지만, 이후의 그 누구보다도 훨씬 더 대단한 허무주의자입니다. 우리가 셰익스피어를 정확히 설명하지 못했음을 가리키는 용어가 있어야 할 것 같습니다. 저는 셰익스피어를 정확히 설명하는 것이 가능하다고 생각하지 않습니다. 이런 식으로나 저런 식으로 그를 이해하려고 노력할 수는 있지만, 셰익스피어가 『한여름 밤의 꿈』에서 발명한 구분을 이용하자면, 그는 우리의 확실한 이해를 넘을 뿐 아니라 모호한 이해도 넘습니다.

와크텔 당신은 활력론자와 동일시합니다. 셰익스피어의 작품에서 당신의 또 다른 자아는 폴스타프죠.

블룸 하지만 결국 무척 슬픈 결말을 맞이한 존 폴스타프 경이지요. 완전히 거부당하고 상심한 사람입니다.

와크텔 하지만 비극은 그가 활기로 가득하다는 것입니다.

블룸 당신에게 이렇게 말해야 할 것 같군요, 엘리너. 지금까지 저는 멀리서 당신을 정말 좋아했지만, 당신에게 이렇게 말해야 할 것 같습니다. "엘리너, 당신은 정말 쾌씸하게 인용하는군요. 성인도 타락시킬 수 있겠소. 당신은 나에게 큰 해를 끼쳤소. 신께서 당신을 용서하시길, 엘리너. 당신을 알기 전에 나는 아무것도 몰랐건만 이제 진실만을 말하자면, 나는 죄인보다 나을 게 없소."[4] 정말 기가 막히지요. 문학에 이보다 더 나은 게 있을 수가 없어요. 그리고 이 대사는 물론 여러 가지 중에서도 조롱을 나타내지만 패러디를 하듯이 과도한 조롱을 통해서 드러나는 것은 폴스타프의 범상치 않은 충만함입니다. 벤 존슨이 또 다른 문제에 대해서 이야기했듯이, 폴스타프는 생기가

---

4 『헨리 4세』 1부에 나오는 폴스타프의 대사이다.

넘칩니다. 그는 세르반테스의 산초 판사나 라블레의 파뉘르주와 비슷하지만 그들을 뛰어넘습니다. 제가 찾아봤을 때 폴스타프에 비견할 만한 사람은 바스의 여인 앨리스밖에 없는데, 그녀는 아마 조금 더 사악할 겁니다. 결국 우리는 모르지요. 그녀의 네 번째 남편에게 무슨 일이 있어났는지…

와크텔 당신은 셰익스피어의 희곡으로 만든 만족스러운 연극을 찾기 힘들다고 말했고, 확실히 읽는 것을 더 선호합니다.

블룸 음, 이전에도 그렇게 생각하는 유명한 사람들이 있었습니다. 위대한 괴테는 셰익스피어의 극을 무대에 올린 적이 있었지만, 셰익스피어 연극을 보니 희곡을 읽겠다고 말했지요. 찰스 램은 제대로 된 『리어 왕』을 보는 것을 단념하고 집에서 희곡을 읽을 수 있는데 뭐하러 서툰 작품을 보러 극장에 가겠느냐고 말했습니다.

와크텔 하지만 당신은 랠프 리처드슨의 초기 폴스타프 연기에 영감을 받기도 했지요.

블룸 열다섯 살인가 열여섯 살이었을 겁니다. 여기 뉴욕시에서, 전성기의 올드 빅 극장에서 봤는데, 리처드슨과 올리비에 등이 나왔지요. 마티네 공연은 『헨리 4세』 1부였고 저녁 공연은 2부였습니다. 저는 두 회 모두 봤습니다. 랠프 리처드슨 경의 연기는 제 평생 가장 특별한 경험이었습니다.

와크텔 리처드슨의 연기에서 어떤 점이 그렇게 대단했습니까?

블룸 그의 폴스타프죠. 기록을 할 수 있었다면 얼마나 좋았을까요. 테이프에 기록할 수만 있었다면. 필름이 있다면 얼마나 좋겠습니까. 리처드슨은 폴스타프였습니다. 유일하게 가능한 폴스타프였지요. 그는 모든 것을 다 보았지만 조소도 절망도 하지 않습니다. 생기가 넘치지요. 폴스타프가 전장에서 죽은 척했다가 다시 살아났을 때 그것은 온전한 의미의 부활이었습니다. 그는 벌떡 일어나서 자신에게 방부처리를 하라고 외칩니다. 그는 온갖 지성, 온갖 명랑함, 온갖 인식, 온갖 에너지, 온갖 내재성과 초월성의 집합체였습니다. 탁월하고도 비범했지만 무대 위에 너무나 깊이 내재되어 있었기 때문에 저는 어떤 존재가 개념으로서 무엇을 의미할 수 있는지 다시 생각하게 되었습니다. 사실 저는 몇 년 후에야 1부에 등장하는 핫스퍼가 원기 왕성한 전성기의 로렌스 올리비에였고, 놀랍게도 믿을 수 없을 정도의 대단한 솜씨로 저녁 공연에서는 섈로를 연기했음을 기억해 냈습니다. 몇 시간 만에 기사의 영광, 기사도, 명예를 지닌 위풍당당한 최후의 대표자 같은 역할에서 가랑무 같은 섈로 역할을 오가는 것을 보니 정말 대단했습니다.

와크텔 텍스트가 아니라 리처드슨의 연기의 힘 때문에 폴스타프라는 인물에게 빠졌다고 생각하십니까?

블룸 아니요. 저는 이미 텍스트와 거기에 딸린 해설, 특히 A. C. 브래들리의 뛰어난 에세이 「폴스타프의 거절」에 매료되었습니다. 역시 폴스타프를 찬양하는 에세이지요. 윌리엄 엠슨 경이 사랑스러운 늙은이라고 치부했던 폴스타프가 아닙니다. 폴스타프는 사랑스러운 늙은이가 아니에요. 저라면 존 폴스타프 경과 저녁을 같이 먹고 싶을 것 같지는 않군요. 그는 분명히 제 주머니를 몰래 털 테고, 저는 갈비뼈에 칼이 꽂히지 않으면 운 이 좋을 겁니다. 그는 무척 위험한 사람, 전문적인 노상강도예 요. 도덕적으로 믿을 수 있는 사람이 아니지요. 하지만 위대한 시인들 중에서도 저녁을 함께 하고 싶지 않거나 밤에 같은 방 에 앉아 있고 싶지 않은 사람들이 있습니다. 프랑수아 비용, 아 르튀르 랭보, 크리스토퍼 말로가 그렇지요. 이들은 위대한 시 인이었을 뿐 아니라 아주 위험한 인간, 대단한 범죄자였습니 다. 폴스타프는 상상력의 위대한 승리이자 사악하지는 않을지 언정 아주 교활한 인물입니다.

와크텔 요즘 셰익스피어 작품의 영화가 이토록 많이 나오는 이 유를 아시나요?

블룸 참 신기합니다. 우리는 스크린의 시대에 살고 있어요. 텔 레비전 스크린, 영화 스크린, 그리고 안타깝게도 컴퓨터 스크 린이지요. 물론 인터넷이 상업적으로 필요하다는 사실을, 인 터넷이 없었다면 유용한 자료를 얻을 수 없었을 사람들에게 온갖 자료를 제공해 준다는 사실은 알지만 말입니다. 단지 저 는 제대로 된 교육을 받지 못한 사람들이 제대로 구분하는 법 을 배우지도 못한 채 정보와 텍스트의 거대한 회색 바다로 가 라앉아 익사할까봐 두렵습니다. 하지만 특히 세 명의 작가, 영 어로 글을 썼고 어떤 종류든 스크린으로 멋지게 옮겨지는 세 작가에 대해서는 걱정할 필요가 없습니다. 바로 셰익스피어와 찰스 디킨스, 제인 오스틴입니다. 세 작가는 서로 무척 다르기 때문에——물론 오스틴은 셰익스피어의 영향을 많이 받았고, 디킨스는 벤 존슨을 더 좋아했지만 역시 셰익스피어로부터 깊은 영향을 받았습니다——그 이유를 제가 확실히 안다고 말할 수는 없지만, 세 사람의 작품은 스크린 상영에 무척 적합한 것 같습니다.

와크텔 당신은 고집이 세고 편애가 심하지만 셰익스피어를 영화화한 모든 작품들 중에서 구로사와의 일본…

블룸 네, 그런 것 같습니다. 저는 어느 날 밤 92번가 유대인 커뮤니티 센터의 무대에서 프랭크 커모드와 토론을 했습니다. 많은 면에서 다른 우리는 셰익스피어에 대해서, 그의 작품을 어떻게 감상해야 하는지에 대해서 토론을 하고 있었습니다. 구로사와가 『맥베스』로 만든 「거미의 성」과 『리어 왕』으로 만든 「란」을 더 좋아한다고 말하자 프랭크 경은 이상하게 생각하더군요. 그의 말에 따르면 그 영화들에는 셰익스피어의 텍스트가 없기 때문에요.

와크텔 영어가 아니니까요.

블룸 영어가 아닙니다. 네. 그리고 저는 일본어를 몰라요. 하지만 저는 「거미의 성」과 「란」을 각각 네다섯 번 봤는데, 장엄한 영화일 뿐 아니라 제 생각에 구로사와는 제가 본 다른 영화들보다, 그리고 대부분의 연극보다 『맥베스』와 『리어 왕』의 정신을 훨씬 잘 포착했습니다. 물론 대단한 연기를 본 적도 있습니다. 이언 맥켈런의 맥베스는 정말 대단했지요.

와크텔 『서구 정전』의 중심인 셰익스피어의 작품을 비서구 세계에서 그토록 많이 감상하고 사랑한다는 것이 신기하군요.

블룸 그것이 셰익스피어의 위대함입니다. 저는 전 세계의 학생들이나 교수들에게서 셰익스피어의 연극을 정말 생각지 못한 곳에서 봤다는 이야기를 많이 들었습니다. 인도네시아에서, 불가리아에서, 나이지리아에서, 온갖 나라들에서 말입니다. 관객들 중에서 저속한 부류는——셰익스피어라면 이렇게 말했을 겁니다——무대에서 자기네 말을 해도 가끔 알아듣지 못하고 영어는 전혀 모르지만 자기들이 무대 위에 있다는 느낌이 들기 때문에, 셰익스피어가 자신들을 이해하고 무대에 올렸다는 느낌이 들기 때문에 매료됩니다. 놀라운 현상이에요. 문화유물론이나 대영제국주의, 우리 대학의 포스트식민주의자들이나 신역사학자들과 분노하는 자들——저는 그렇게 부릅니다——이 집착하는 그런 것들과는 아무 상관도 없습니다. 상관없지요. 셰익스피어는 보편적인 문학과 인간의 천재성에 가장 가까운 존재입니다. 누구나 그의 작품을 보자마자 어렴풋이 이해하고, 거의 어디에서나 그의 작품을 완전하게 이해합니다. 현재 히브리 대학에서 영문학을 가르치는 박식한 불가리아인 친구가 소피아에서 셰익스피어 연극을 몇 편 보았다고 말한 적이 있습니다. 그녀의 말에 따르면 관객들은 셰익스피어의 작품이 문학과 삶을 진정으로 합쳐 놓은 것이라고 열정적으로 느꼈고, 정말 자연스럽고 당연하게 느꼈다고 합니다.

와크텔 당신은 햄릿이 종종 그리스도를 연상시킨다고…

블룸 저는 어떤 의미에서 햄릿이 세속의 그리스도라고, 혹은 지식인의 그리스도라고 생각합니다. 햄릿은 그리스도만큼이나 진실한 존재 같습니다. 물론 이 말은 분명 많은 사람들을 충격에 빠뜨리겠지만, 모독하려는 뜻은 아닙니다. 저는 마음 깊이 품은 종교적인 믿음을 존중합니다. 하지만 햄릿은 세상에 정말 놀라운 영향을 주었습니다. 햄릿보다 더 포괄적이고 더 광범위한 인물은 없습니다. 햄릿이 신에 필적한다는 것이 셰익스피어의 입장에서는 일종의 기적입니다. 저는 영어 역사상 가장 뜻밖의 비판적 판단은 『햄릿』은 미학적 실패이지만 『코리올라누스』는 대단한 미학적 성공이라는 T. S. 엘리엇의 단언이라고 늘 생각했습니다. 그 말은 엘리엇이 부리는 옹고집의 절정을 보여 준다는 생각이 들고, 반어법을 의도한 것이어야만 말이 되겠지만, 유감스럽게도 그가 반어법을 쓴 것은 아닐 겁니다.

와크텔 당신은 셰익스피어를 다룬 방대한 책을 발표한 다음, 본인의 말에 따르자면 일부러 더 작은 책을 냈습니다. 『독서의 방법과 이유』라는 용감한 제목의 책인데요. 40년 전의 당신이었다면 그런 제목의 책을 쓰는 것을 상상도 하지 못했을 거라고 최근에 말씀하셨습니다. 무슨 일이 있었나요? 무엇 때문에 이 책이 필요해졌습니까?

블룸 음, 두 가지입니다. 우선, 저는 책에서 일부러 강조하지 않았던 것처럼 지금도 강조하고 싶지 않은데요. 첫째는 제가 『서구 정전』으로 쌓은 명성입니다. 저를 고인이 된 지인 앨런 블룸과 혼동하는 사람이 있을 정도였지요. 저는 보수주의자가 아닙니다. 저는 문화적 보수주의자가 분명히 아닙니다. 정치적, 종교적 보수주의자가 절대 아닙니다. 저는 전통적인 사회주의자인데, 노먼 토머스가 죽은 이후로는 사회주의 후보를 당선시킬 수 없기 때문에 줄곧 민주당 후보에게 투표했습니다. 저는 조지 W. 부시가 정말 무서워요. 저는 그를 예일 대학 300년 역사상 "가장 덜 뛰어난" 졸업생이라고 부릅니다.

하지만 이 책이 지금 필요한 이유로 돌아가도록 합시다. 저는 『서구 정전』을 썼고, 그 다음에 『셰익스피어: 인간의 발명』——자기방어적인 면도 있지만 완전히 그렇지는 않습니다——을 쓴 부분적인 이유는 대학의 문학 연구 분야에 일어난 일을 잘 알지 못하는 독자들을 위해서였습니다. 하지만 그것이 『독서의 방법과 이유』를 쓴 이유는 아니었습니다. 저는 전 세계에서 독서의 가장 큰 적이 대학에서 문학 연구를 대체한 문화 연구가 아님을 지난 2, 3년 동안 깨달았습니다. 물론 그러한 현상은 한탄스럽지만, 모든 유행이 그렇듯 지나갈 것입니다. 가장 큰 위험은 우리가 정보의 시대에 살고 있다는 것입니다. 우리는 스크린의 시대에 살고 있습니다. 우리는 곧 가상 현실 시대에 살게 될지도 모릅니다. 아아, 우리는 이제 전자책의 시대에 들어서고 있는데, 제가 보기에는 끔찍한 문화적 후퇴이기 때문에 정말 개탄스럽습니다. 두루마리, 즉 스크롤에서 현재 우리가 인쇄하여 제본했다고 생각하는 책의 초기 형태인 사본으로의 변화는 엄청난 발전이었습니다. 그런데 이제 스크롤로 돌아가고 있어요. 스크린이 바로 그거죠. 버튼을 누르면 다음으로 넘어가지만, 그래도 스크롤이라는 사실에는 변함이 없습니다.

오늘날 독서의 가장 큰 적은 인터넷입니다. 오늘날 독서의 가장 큰 적은 온라인 연결입니다. 제가 이렇게 말하면 많은 사람들이 화를 내지요. 어떤 젊은이들은 제가 읽으라고 하는 책을 살 형편이 안 된다고 주장합니다. 그런 이유라면 제가 엄청난 모멸감을 느끼며 굴복할 수밖에 없지요. 그렇다면 제가 당연히 물러서야지요.

와크텔 도서관은요?

블룸 요즘 캐나다의 도서관은 어떤지 모르지만 미국에서는 운영 자금이 크게 줄었습니다. 일주일 내내 열어야 하지만 그러지도 않아요. 저는 뉴욕 공공 도서관에 아주 큰 빚을 졌습니다. 1930년대에 뉴욕 공공 도서관이 없었다면 저에게 아무런 기회도 없었을 겁니다. 브롱크스의 멜로스 브랜치 공공 도서관, 그다음에는 센트럴 브랜치, 포드햄 로드 도서관, 그리고 마지막으로 42번 스트리트 도서관이지요. 저는 코넬 대학에 들어갈 때까지 도서관이 저를 가르쳤습니다. 도서관에 있는 책은 뭐든 읽을 수 있었지요. 이제는 도서관이 그렇지 않습니다. 제대로 된 자금 지원이 없어요. 개관 시간도 많이 줄었고 컴퓨터 센터로 전락한 경우가 많습니다.

와크텔 캐나다도 어느 정도는 비슷합니다.

블룸 네, 그래서 『독서의 방법과 이유』를 썼습니다. 저는 스크린이 정말 두려워요. 그렇다고 제가 러다이트는 아닙니다. 인터넷이 전 세계의 경제적, 상업적 필수품이라는 것도 알고 되돌릴 수 없다는 것도 알아요. 이북이 우리에게 달려 있다는 것도 압니다. 하지만 저는 어린이들에게, 어린 독자들에게 끼칠 영향이 무척 두렵고, 가장 중요한 독서 방법의 미래가 무척 걱정됩니다. 가장 위대한 생각과 글을 면밀하고 깊이 있게 읽고 또 읽는 것, 우리에게는 그것이 필요합니다. 절실하게 필요해요. 저는 엘리트주의라고 비난을 받지만 이게 엘리트주의라고 생각하지는 않습니다. 민주주의자이자 민주당원답게 생각하는 것이지요. 우리가 열심히 생각해야만, 가장 강렬한 작품들을 기억할 수 있어야만 민주주의가 살아남을 것입니다. 우리에게는 셰익스피어가 필요하고, 스크린을 통해서만 접해서는 안 됩니다. 이미지로만 봐서는 안 돼요. 우리에게는 단테가 필요합니다. 우리에게 영적으로 성경이 필요한지 아닌지는 개인에게 달려 있지만, 저라면 문학적, 미학적, 지적 관점에서 봤을 때 우리에게 성경이 필요하다고 하겠습니다.

와크텔 이제 책을 젊은 시절과 다르게 읽습니까?

블룸 네, 더 슬픈 감정으로 책을 읽습니다. 우리는 살면서 많은 슬픔을 겪는데, 자신의 슬픔이기도 하고 사랑하는 사람과 친구와 타인의 슬픔이기도 하지요. 일흔 살의 독자가 된 저는 일곱 살이나 여덟 살, 열다섯 살, 스물다섯 살, 서른다섯 살 때와 같은 원초적인 에너지가 넘친다고 생각하지 않습니다. 더 많이 알면 더 많이 기억할 수 있다는 의미에서 제가 2, 3년 전보다는 나은 독자일지도 모르지요. 참 이상한 일입니다. 뇌세포는 닳는 법이고, 어떤 사람을 다른 사람에게 소개하려고 할 때는 그 사람의 이름──심지어는 오랜 친구의 이름──을 아무리 생각해도 떠오르지 않을 때가 종종 있습니다. 참 당황스러운 일이지요. 하지만 창작물에 나오는 이름은 전부 떠오릅니다. 제가 좋아했던 시의 모든 구절이 기억나지요. 당신에게 제가 읽은 모든 소설과 단편 소설을 설명할 수도 있습니다. 가끔은 그대로 인용할 수도 있지요. 그러므로 기억의 양은 점점 더 많아지고, 우리는 기억을 더욱 잘 이용하는 방법을 배웁니다. 저는 심오하고 진정한 독서를 하려면 어려운 즐거움을 위해 쉬운 즐거움을 포기하는 법을 배워야 한다는 사실을 사람들에게 가르쳐 주려 합니다. 이 점에서 저는 셸리를 따르고 있지요. 이제 저에게 독서는 예전보다 훨씬 더 어려운 즐거움이 되었고, 그러므로 어떤 의미에서는 더 큰 즐거움입니다. 하지만 어렸을 때는 독서에 단순한 즐거움이 있었지요. 환희와 황홀 말입니다. 요즘은 그런 즐거움이 없어요. 어느 정도는 쇠퇴하고 말지요. 나이가 든다는 것은 난파당하는 것이라는 멋진 말이 있는데, 존 러스킨의 말 같습니다. 일흔 살이 된 저는 시간과 싸우면서 읽고 또 읽기 때문에 예전과는 다르게 읽습니다. 저는 항상 스스로에게 묻고, 다른 사람에게도 스스로 물어 보라고 말합니다. 저 책 대신 이 책을 다시 읽어야 할까? 저 책 대신 이 책을 처음으로 읽어야 할까? 독서에 관해서라면 절대 시간이 충분하지 않기 때문입니다. 시간이 충분했던 적은 한 번도 없었습니다. 저는 평생 책을 읽었지만 읽고 싶은 것을 다 읽지 못했어요.

와크텔 제가 묻고 싶던 것이군요. "육신은 슬프다. 그리고 나는 모든 책을 읽었다"라는 말라르메의 말을 즐겨 인용하시니까요. 하지만 당신은 모든 책을 읽었다는 느낌이 들지 않는군요?

블룸 네, 저는 아직도 책을 좋아합니다. 최근에 누가 제가 오래전에는 분명 알았을 책에 대해서 이야기했습니다. 리하르트 하인체의 훌륭한 『아에네이드』 연구 말입니다. 얼마 전에 영어 번역서가 도착해서 저는 그것을 읽기 시작했습니다. 이 책을 손에 넣어서 정말 기분이 좋아요. 또 몇 년 만에 에라스뮈스의 『우신예찬』을 처음으로 다시 읽었는데, 정말 기운이 나는 경험이었습니다.

와크텔 당신은 독서란 진정한 자아를 발견하는 방법이면서 자신에게서 빠져나오는 방법이라고 말했습니다. 독서가 아니면 다른 삶을 살아 볼 기회가 없으니까요.

블룸 네. 우리가 모든 삶을 살아 볼 수는 없습니다.

와크텔 독서의 즐거움이 줄어드는 부분적인 이유는 당신이 진정한 자아를 이미 알기 때문일까요? 이미 발견했기 때문에 찾을 부분이 이제 없는 것일까요?

블룸 아니, 저는 그렇게 생각하지 않습니다. 자아는 아직 발견되지 않은 나라입니다. 우리는 아직 그곳을 향해 가면서 그곳을 찾고 있습니다. 저는 반응하는 에너지가 항상 있었고 지금도 있다고 생각하지만, 지쳤습니다. 육신은 지치지요.

와크텔 『독서의 방법과 이유』의 제사題詞로 가장 좋아하는 현대 시인 월리스 스티븐스의 아름다운 구절을 골랐습니다.

블룸 네.

독자는 책이 되었다.
그리고 여름밤은
책의 의식을 가진 존재 같았다.

정말 아름답지요. 저는 아직도 그런 감각을 느낍니다, 간헐적일지도 모르지만요. 하지만 제가 이 구절을 이 책의 제사로 골라서 무척 기쁩니다. 저는 이 말에 공감합니다, 엘리너.

2000년 10월/1995년 1월

참고문헌

조너선 밀러

조너선 밀러, 『몸을 의심하다』*The Body in Question*, Pimlico, 2017

____, 『상에 대하여』*On Reflection*, National Gallery Publications, 1998

____, 『딱히 그 어디도 아닌』*Nowhere in Particular*, Mitchell Beazley, 1999

버트런드 러셀(Bertrand Russell), 『마음의 분석』*Analysis of Mind*, Alpha Editions, 2017

길버트 키스 체스터턴(Gilbert Keith Chesterton) , 『목요일이었던 남자』*The Man Who Was Thursday: A Nightmare*, 김성중 옮김, 펭귄클래식코리아, 2010

제인 구달

제인 구달, 『인간의 그늘에서: 제인 구달의 침팬지 이야기』*In the Shadow of Man*, 최재천·이상임 옮김, 사이언스북스, 2002

____, 『곰베의 침팬지들: 행동 패턴』*The Chimpanzees of Gombe: Patterns of Behaviour*, Belknap Press of Harvard University Press, 1986

____, 『창문을 통해서: 곰베의 침팬지와 함께한 30년』*Through a Window: My Thirty Years with the Chimpanzees of Gombe*, Houghton Mifflin Harcourt, 2010

____, 『희망의 이유』*Reason for Hope: A Spiritual Journey*, 박순영 옮김, 궁리, 2011

____, 『내 핏속에 흐르는 아프리카: 편지로 읽는 자서전』*Africa in My Blood: An Autobiography in Letters*, Mariner Books, 2001

___,『순수를 넘어: 편지로 읽는 자서전』*Beyond Innocence: An Autobiography in Letters, The Later Years*, Houghton Mifflin, 2001

볼프강 쾰러(Wolfgang Köhler),『유인원의 정신세계』*The Mentality of Apes*, Transaction, 2017

베르나르도 베르톨루치

롤랑 바르트,『텍스트의 즐거움』*Le plaisir du texte*, 김희영 옮김, 동문선, 1997

조지 스타이너

조지 스타이너,『정오표: 인생 검토』*Errata: An Examined Life*, Yale University Press, 1998

___,『창조의 문법』*Grammars of Creation*, Faber and Faber, 2002

___,『톨스토이 혹은 도스토옙스키』*Tolstoy or Dostoyevsky*, Yale University Press, 1996

___,『실재적 현존』*Real Presences*, Faber and Faber, 1991

___,『푸른 수염의 성에서』*In Bluebeard's Castle*, Yale University Press, 1971

___,『바벨 그 후』*After Babel*, Oxford University Press, 1992

___,『증거』*Proofs*, Granta Books in association with Penguin Books, 1993

마틴 에이미스(Martin Amis),『정보』*The Information*, Vintage Books, 2008

스티븐 호킹(Stephen Hawking),『시간의 역사』*A Brief History of Time*, Bantam Books, 2017

레온 트로츠키(Leon Trotsky),『문학과 혁명』*Art and Revolution : Writings on Literature, Politics and Culture*, Pathfinder, 2015

데즈먼드 투투

데즈먼드 투투,『용서 없이 미래 없다』*No Future Without Forgiveness*, Doubleday, 1999

수전 손택

수전 손택,『해석에 반대한다』*Against Interpretation*, 이민아 옮김, 이후, 2002

___,『은유로서의 질병』*Illness as Metaphor*, 이재원 옮김, 이후, 2002

____,『에이즈와 그 은유』*AIDS and Its Metaphors*, Straus and Giroux, 1989

____,『화산의 연인』*The Volcano Lover*, Penguin, 2013

____,『인 아메리카』*In America*, 임옥희 옮김, 이후, 2008

____,『강조해야 할 것』*Where the Stress Falls*, 김전유경 옮김, 이후, 2006

데이비드 리프(David Rieff),『도살장』*Slaughterhouse*, Touchstone, 2014

케네스 오펠(Kenneth Oppel),『은날개』*Silverwing*, Oxford David Fickling Books, 2015

아마르티아 센

아마르티아 센,『집단 선택과 사회 복지』*Collective Choice and Social Welfare*, Holden-Day, 1970

____,『윤리학과 경제학』*On Ethics and Economics*, Basil Blackwell, 1987

____,『불평등의 재검토』*Inequality Re-examined*, Basil Blackwell, 1995

____,『자유로서의 발전』*Development as Freedom*, 김원기 옮김, 갈라파고스, 2013

____,『삶의 질』*The Quality of Life*, Clarendon, 2010

카우틸랴(Kautilya),『아르타샤스트라』*Arthashastra*, Motilal Uk Books Of India, 2016

아미트 차우두리(Amit Chaudhuri),『새로운 세상』*A New World*, Oneworld, 2015

글로리아 스타이넘

글로리아 스타이넘,『글로리아 스타이넘의 일상의 반란』*Outrageous Acts and Everyday Rebellions*, 이현정 옮김, 현실문화, 2002

____,『말을 넘어 행동하기』*Moving Beyond Words*, Simon & Schuster, 1994

베티 프리단(Betty Friedan),『여성의 신비』*The Feminine Mystique*, 김현우 옮김, 이매진, 2005

루이자 메이 올컷(Louisa May Alcott),『작은 아씨들』*Little Women*, 공경희 옮김, 시공주니어, 2007

____,『조 아주머니의 잡동사니 가방』*Aunt Jo's Scrapbag*, CreateSpace Independent Publishing Platform, 2016

____,『일』*Work*, Dancing Unicorn Books, 2017

마거릿 미첼(Margaret Mitchell),『바람과 함께 사라지다』*Gone with the wind*, 안정효 옮김, 열린책들, 2010

재레드 다이아몬드

재레드 다이아몬드, 『총, 균, 쇠』*Guns, Germs and Steel : The Fates of Human Societies*, 김진준 옮김, 문학사상사, 2005

＿＿＿, 『제3의 침팬지』*The Third Chimpanzee*, 김정흠 옮김, 문학사상사, 2015

＿＿＿, 『섹스의 진화』*Why is Sex Fun? The Evolution of Human Sexuality*, 임지원 옮김, 사이언스북스, 2005

올리버 색스

올리버 색스, 『색맹의 섬』*The Island of the Colorblind*, 이민아 옮김, 알마, 2015

＿＿＿, 『올리버 색스의 오악사카 저널』*Oaxaca Journal*, 김승욱 옮김, 알마, 2013

＿＿＿, 『아내를 모자로 착각한 남자』*The Man Who Mistook His Wife for a Hat*, 조석현 옮김, 알마, 2016

＿＿＿, 『깨어남』*Awakening*, 이민아 옮김, 알마, 2016

＿＿＿, 『화성의 인류학자: 뇌신경의사가 만난 일곱 명의 기묘한 환자들』*An Anthropologist on Mars: Seven Paradoxical Tales*, 이은선 옮김, 바다출판사, 2015

＿＿＿, 『엉클 텅스텐』*Uncle Tungsten: Memories of a Chemical Boyhood*, 이은선 옮김, 바다출판사, 2015

＿＿＿, 『나는 침대에서 내 다리를 주웠다』*A leg to stand on*, 김승욱 옮김, 알마, 2015

존 조지프 그리핀(John Joseph Griffin), 『화학반응』*Chemical Recreations*, General Books, 2012

제인 제이콥스

제인 제이콥스, 『미국 대도시의 죽음과 삶』*The Death and Life of Great American Cities*, 유강은 옮김, 그린비, 2010

＿＿＿, 『생존의 시스템』*Systems of Survival*, Vintage Books, 1994

＿＿＿, 『자연과 경제의 대화』*The Nature of Economies*, 송인성 옮김, 전남대학교출판부, 2008

＿＿＿, 『도시의 경제』*The Economy of Cities*, Modern Library, 2000

＿＿＿, 『도시와 국가의 부』*Cities and Wealth of Nations*, 서은경 옮김, 나남출판,

2004

마크 트웨인(Mark Twain), 『철부지의 해외여행』*The Innocents Abroad*, Tauchnitz, 1879

움베르토 에코

움베르트 에코, 『장미의 이름』*The Name of the Rose*, 이윤기 옮김, 열린책들, 2009

____, 『집안의 풍습』*Travels in Hyperreality*, Vintage Books, 1986

____, 『푸코의 진자』*Foucault's Pendulum*, 이윤기 옮김, 열린책들, 2007

____, 『전날의 섬』*The Island of the Day Before*, 이윤기 옮김, 열린책들, 2001

____, 『바우돌리노』*Baudolino*, 이현경 옮김, 열린책들, 2002

____, 『언어와 광기』*Serendipities: Language and Lunacy*, 김정신 옮김, 열린책들, 2009

____, 『연어와 여행하는 방법』*How to Travel with a Salmon*, Vintage, 1998

____, 『열린 예술작품』*Opera aperta*, 조형준 옮김, 새물결, 2006

____, 『신문이 살아남는 방법』*Five Moral Pieces*, 김운찬 옮김, 열린책들, 2009

____, 『하버드에서 한 문학 강의』*Six Walks in the Fictional Woods*, 손유택 옮김, 열린책들, 2009

메리 더글러스

메리 더글러스, 『순수와 위험』*Purity and Danger*, 유제분·이훈상 옮김, 현대미학사, 1997

____, 『황야에서: 민수기에 나타난 오염의 교리』*In the Wilderness: The Doctrine of Defilement in the Book of Numbers*, Oxford University Press, 2004

____, 『문학으로서의 레위기』*Leviticus as Literature*, Oxford University Press, 2001

____, 『자연 상징』*Natural Symbols*, 방원일 옮김, 이학사, 2014

____, 『사회 체제에서의 음식』*Food in the Social Order*, Routledge, 2009

오드리 리처즈(Audrey Richards), 『로디지아 북부의 땅, 노동, 그리고 식단』*Land, Labour and Diet in Northern Rhodesia*, Oxford University Press for the International African Institute, 1969

놈 촘스키

놈 촘스키, 『촘스키의 통사구조』Syntactic Structure, 장영준 옮김, 알마, 2016

____, 『언어의 건축』The Architecture of Language, Oxford University Press, 2001

____, 『촘스키, 9-11』9-11 : Was There an Alternative?, 이종삼·박행웅 옮김, 김영사, 2001

아서 C. 클라크

아서 C. 클라크, 『2001 스페이스 오디세이』2001: A Space Odyssey, 김승욱 옮김, 황금가지, 2017

____, 『행성간 비행』Interplanetary Flight, Berkley, 1985

____, 『화성의 모래』The Sands of Mars, Gollancz, 2017

____, 『안녕하십니까, 탄소 기반 이족보행자들이여! 1934년부터 1998년까지 에세이 모음』Greetings, Carbon-based Bipeds! Essays from 1934 to 1998, St. Martin's Griffin, 2000

____, 『세렌딥에서 본 풍경』The View from Serendip, Routledge, 2014

____, 『놀라운 시절』Astounding Days, Bantam Books, 1990

____, 『우주의 전주곡』Prelude to Space, Harcourt, Brace & World, 1965

____, 『유년기의 끝』Childhood's End, 정영목 옮김, 시공사, 2016

____, 『신의 망치』The Hammer of God, Bantam Books, 1994

____, 『낙원의 샘』The Fountains of Paradise, Aspect, 2014

____, 「신의 90억 가지 이름」"The Nine Billion Names of God", Nine Billion Names of God : The Best Short Stories of Arthur C. Clarke, Amereon House, 1967

____, 「동방의 별」"The Star", 『아서 클라크 단편 전집 1953-1960』, 고호관 옮김, 황금가지, 2009

____, 「지구 통과」"The Transit of Earth", 『아서 클라크 단편 전집 1960-1999』, 고호관 옮김, 황금가지, 2009

____, 『머나먼 지구의 노래』The Songs of Distant Earth, Clipper, 2011

____, 『라마와의 랑데부』Rendez-vous with Rama, 박상준 옮김, 아작, 2017

____, 「미래 선택」"A Choice of Futures", Spring a Choice of Futures, Granada, 1984

____, 「올림푸스의 눈」"The Snows of Olympus", The Snows of Olympus : A Garden on Mars : The Illustrated Story of Man's Colonization of Mars, Gollancz,

1994

데이비드 래서(David Lasser), 『우주 정복』*The Conquest of Space*, Apogee Books, 2002

존 테인(John Taine), 『시간의 흐름』*The Time Stream*, Dover Publications, 1964

H. G. 웰스(Herbert George Wells), 『우주 전쟁』*The War of the Worlds*, 손현숙 옮김, 푸른숲주니어, 2007

____, 『타임머신』*The Time Machine*, 김석희 옮김, 열린책들, 2011

올라프 스테이플던(Olaf Stapledon), 『마지막 인간과 최초의 인간』*Last and First Men*, Penguin, 1976

도나 셜리(Donna Shirley), 『화성인 관리하기』*Managing Martians*, Broadway Books, 2013

페이스 달루이시오(Faith D'Aluisio), 『새로운 종의 진화 로보사피엔스』*Robosapiens*, 신상규 옮김, 김영사, 2002

해럴드 블룸

해럴드 블룸, 『서구 정전』*Western Canon*, Papermac, 1996

____, 『셰익스피어: 인간의 발명』*Shakespeare: The Invention of the Human*, Fourth Estate, 2010

____, 『제이의 책』*The Book of J*, Grove Press, 2001

____, 『밀레니엄의 저주: 천사와 꿈, 부활의 그노시스』*Omens of Millennium: The Gnosis of Angels, Dreams, and Resurrection*, Riverhead Books, 1997

____, 『독서의 방법과 이유』*How to Read and Why*, Fourth Estate Ltd, 2011

____, 『아주 똑똑한 아이들을 위한 이야기와 시』*Stories and Poems for Extremely Intelligent Children*, Touchstone, 2002

____, 『사람이 알아야 할 모든 것 : 세계문학의 천재들』*Genius: A Mosaic of One Hundred Exemplary Creative Minds*, 손태수 옮김, 들녘, 2008

____, 『환상 속 동행』*The Visionary Company*, Cornell University Press, 1995

____, 『미국 종교』*The American Religion*, Chu Hartley Publishers, 2006

____, 『영향에 대한 불안』*The Anxiety of Influence*, 양석원 옮김, 문학과지성사, 2012

____, 『루시퍼를 향한 비행』*The Flight to Lucifer*, Vintage Books, 1980

____, 『영향의 시학: 새로운 비평 선집』*Poetics of Influence: New and Selected*

Criticism, Henry R Schwab, 1988

＿＿, 『탑의 종지기들』*The Ringers in the Tower*, University of Chicago Press, 1973

＿＿, 『아곤』*Agon*, Oxford University Press, 1983

＿＿, 『파선』*The Breaking of the Vessels*, University of Chicago Press, 1982

새뮤얼 존슨(Samuel Johnson), 『시인들의 삶』*The Lives of the Poets*, Yale University Press, 2010

＿＿, 『라셀라스』*Rasselas*, 이인규 옮김, 민음사, 2005

월터 페이터(Walter Pater), 『가스통 드 라투르』*Gaston de Latour*, Blackwell, 1973

＿＿, 『감상』*Appreciations*, Blurb, 2017

노스럽 프라이(Northrop Frye), 『무서운 대칭』*Fearful Symmetry*, Beacon Press, 1962

＿＿, 『비평의 해부』*Anatomy of Criticism*, 임철규 옮김, 한길사, 2000

조너선 스위프트, 『통 이야기』*A Tale of a Tub*, 류경희 옮김, 삼우반, 2003

프랭크 버젠(Frank Budgen), 『제임스 조이스와 율리시스의 집필』*James Joyce and the Making of Ulysses*, Indiana University Press, 1973

오언 바필드(Owen Barfield), 『현상계 구제』*Saving the Appearances*, Oxford Barfield Press, 2011

오리지널 마인드

지은이 엘리너 와크텔 | 옮긴이 허진 | 발행인 유재건 | 편집인 임유진 | 펴낸곳 엑스북스

등록번호 105-91-96264호 | 주소 서울시 마포구 와우산로 180 (4층 402호)

대표전화 02-334-1412 | 팩스 02-334-1413

초판 1쇄 인쇄 2018년 4월 20일 | 초판 1쇄 발행 2018년 4월 25일

엑스북스(xbooks)는 (주)그린비출판사의 책읽기·글쓰기 전문 임프린트입니다. 이 도서의 국립중앙도서관 출판예정도서목록(CIP)은 서지정보유통지원시스템 홈페이지(http://seoji. nl.go.kr)와 국가자료공동목록시스템(http://www.nl.go.kr/kolisnet)에서 이용하실 수 있습니다. (CIP제어번호: CIP2018011440)

ISBN 979-11-86846-27-8 03800